गुलारा बेगम

ऐतिहासिक उपन्यास

गुलारा बेगम

शरद पगारे

राजकमल प्रकाशन

1981 में पहला संस्करण नेशनल पब्लिशिंग हाउस से प्रकाशित।

ISBN : 978-81-939692-7-4

मूल्य : ₹695

पहला राजकमल संस्करण : 2019

प्रकाशक : राजकमल प्रकाशन प्रा. लि.
1-बी, नेताजी सुभाष मार्ग, दरियागंज
नई दिल्ली-110 002

शाखाएँ : अशोक राजपथ, साइंस कॉलेज के सामने, पटना-800 006
पहली मंजिल, दरबारी बिल्डिंग, महात्मा गांधी मार्ग, इलाहाबाद-211 001
36 ए, शेक्सपियर सरणी, कोलकाता-700 017

वेबसाइट : www.rajkamalprakashan.com
ई-मेल : info@rajkamalprakashan.com

मुद्रक : बी.के. ऑफसेट
नवीन शाहदरा, दिल्ली-110 032

GULARA BEGUM
Novel by Sharad Pagare

ज़िन्दगी के हर मोड़ पर शिकवा-शिकायत के बिना साथ निभाने और
मेरी शरारतों/कमियों को नज़रअन्दाज़ करने वाली
श्रीमती सुमन पगारे को सादर, सस्नेह

नए संस्करण की भूमिका

गुलारा बेगम का नया ग्यारहवाँ संस्करण प्रस्तुत करते हुए मुझे हार्दिक प्रसन्नता हो रही है। इसका श्रेय राजकमल के श्री अशोक महेश्वरी को है।

इस उपन्यास का पूर्व में मराठी संस्करण कॉन्टिनेंटल प्रकाशन, पुणे ने प्रकाशित किया है। और यह उपन्यास इतना लोक एवं पाठक प्रिय है कि गुजराती के प्रकाशक आर.आर. सेठ ने इसका गुजराती अनुवाद प्रकाशित किया है। इसी प्रकार इसका अनुवाद उर्दू और मलयालम में भी हुआ है।

सभी जानते हैं कि मलयालम अत्यन्त प्रसिद्ध व समृद्ध साहित्य की संवाहिका है, और अब इसके कन्नड़ में अनुवाद की बातचीत चल रही है। कुल मिलाकर यह कि इस उपन्यास ने साहित्य में अपनी विशेष जगह बनाई है।

इस उपन्यास की सबसे बड़ी विशेषता यह है कि इसमें इतिहास की अल्पज्ञात नायिका गुलारा की खोज कर जहाँगीर-शाहजहाँकालीन युग के जीवन को पुनर्सृजित किया गया है।

ऐतिहासिक पात्रों जैसे—बादशाह जहाँगीर, ईरानी सौन्दर्य की मलिका नूरजहाँ, उसके भाई आसफ़ खान तथा शहज़ादा बुलन्द इक़बाल, शाह ख़ुर्रम (शाहजहाँ), उनकी चहेती बेगम मुमताज महल के बरअक्स गुलारा बेगम और अब्दुल्ला जान उर्फ़ अबु व इनायत खान जैसे आम आदमी को भी पुनर्जीवित किया गया है।

इसकी प्रशंसा प्रसिद्ध उपन्यासकार जैनेन्द्र कुमार, अमृतलाल नागर, विष्णु प्रभाकर और डॉ. शिवमंगल सिंह 'सुमन' के साथ डॉ. धर्मवीर भारती ने की है। वे लिखते हैं : 'आधा गाँव' के बाद ग्रामीण परिवेश पर लिखा गया यह उपन्यास प्रशंसनीय तो है ही साथ ही, इसमें निमाड़ अंचल के प्राकृतिक सौन्दर्य का मनोहारी चित्रण है।

इसमें बुरहानपुर की प्रसिद्ध तवायफ़ों के बोरवाड़ी मोहल्ले के नृत्य और संगीत, गायन और वादन, मयूर नृत्य को पहली बार प्रस्तुत कर मैंने ऐतिहासिक उपन्यास में एक नई परम्परा प्रारम्भ कर नया अध्याय जोड़ा है। विश्वास है अन्य भाषा-भाषी पाठकों के समान हिन्दी के पाठकों का प्यार इसे मिलेगा।

इसी कामना के साथ अशोक महेश्वरी का आभार प्रकट करते हुए रूपसी

कथा नायिका गुलारा बेगम की त्रासद रूपकथा प्रस्तुत है।

पुनश्च : यह समाचार देते हुए प्रसन्नता हो रही है कि संगीत नाटक अकादेमी, नई दिल्ली की सहायता से श्री राजेश तिवारी इसका नाट्य रूपान्तर कर मंचन हेतु प्रयत्नशील हैं। इसका आभार, साथ में सुश्री वर्तिका मिश्रा को भी, जिन्होंने पूरे मनोयोग और परिश्रम से उपन्यास को शीघ्र प्रकाशित कराया।

—शरद पगारे

पुराने संस्करण की भूमिका

शायद वह तीस का दशक था। पर इतना निश्चित है कि ज़माना अंग्रेज़ी राज का था। मेरे मामा जी श्री गोविन्दराव जोशी बुरहानपुर में रेवेन्यू इंस्पेक्टर के पद पर कार्यरत थे। मैं पाँच-सात वर्ष का रहा होऊँगा। मामा जी के निमंत्रण पर अपनी माँ के साथ गरमी की छुट्टियाँ बिताने बुरहानपुर चला गया। वहाँ की ऐतिहासिक इमारतें देखने के बाद एक दोपहर बुरहानपुर से थोड़ी दूर किसी गाँव में मामा जी हमें पिकनिक मनाने हेतु ले गए। गाँव के पटवारी ने खाने-पीने का इन्तज़ाम किया था। दिन-भर, आम-इमली एक करता मैं, थककर, साँझ पड़े ही सो गया।

अचानक रात नौ बजे माँ ने झकझोरकर उठाया, "उठ रे शरद, उठ! देख! बाहर कितना बढ़िया नाच होने वाला है।" मुझ उनींदे को उठाकर उन्होंने जालीदार खिड़की में बैठा दिया। खिड़की के उस पार, आँगन में मंचनुमा चबूतरे पर पेट्रोमैक्स जल रहा था। चबूतरे के सामने, नीचे बैठे साज़िन्दे साज़ मिला रहे थे। उनसे हटकर, गाँव के बच्चे-बूढ़े, किसान और औरतें बैठे-खड़े थे। तभी संगीत की लहरी पर एक नाचने वाली मंच पर अवतरित हुई। पाउडर पुता चेहरा, पान की लाली से लाल ओठ, काजल-सुरमे से काली-तीखी आँखें। गाल और चिबुक पर नीला तिल और जूड़े में लगे गजरे के चारों ओर खुँसे मोरपंख। बुरहानपुरी साड़ी को खानदेशी लोक-शैली में वह पहने थी। कमर में भी मोरपंखों का पंखा फैला हुआ था। साज़ों की आवाज़ पर जब वह मयूरी नाचने लगी तो मेरी नींद न जाने कहाँ उड़ गई। शायद उस रात मेरे अवचेतन अन्तर्मन पर गुलारा की पहली छवि गहराई तक अंकित हो गई थी।

दशहरा-दीपावली के अवकाश में, कॉलेज बन्द हुआ तो मैं अपने अन्तरंग मित्र रमेश राजवैद्य के साथ बुरहानपुर जा धमका। हमारा ध्येय, अपने दूसरे जिगरी दोस्त बाबा गीते को परेशान और बोर करना था। गीते उन दिनों सहकारिता विभाग में शायद ऑडीटर था। एक दोपहर बातचीत में बोरवाड़ी की चर्चा निकल पड़ी। हम गीते पर पिल पड़े, "साले! सच बता, तू कितनी बार बोरवाड़ी की सैर के लिए गया?"

"अरे बदमाशो! क्यों बदनाम करते हो?"

"इसमें बदमाशी जैसा है ही क्या? देख बे! तू साले गया ज़रूर होगा! किसी से दोस्ती भी होगी तेरी! पर अब हमसे बन रहा है।" राजवैद्य ने हँसते हुए छेड़ा।

"सच यार रमेश, एक बार भी उधर का रुख़ नहीं किया है! अबे, सरकारी अफ़सर हूँ। सावधानी से नहीं रहूँगा तो जूते पड़ जाएँगे।"

"अबे, इस लायक तो तू है ही। ख़ैर! अभी तक नहीं गया तो कोई बात नहीं। आज रात, वहाँ की सैर का इन्तज़ाम, अपने किसी जान-पहचान वाले के ज़रिए कर ले।"

इन्तज़ाम तो हो सकता था, शायद किया भी था। पर समय आने पर, एक अनजानी झिझक, लज्जा और संकोच के कारण हम सबके हाथ-पाँव फूल गए। उस रात बोरवाड़ी न जा सके, और गीते ने हमारी कायरता का ख़ूब मज़ा लिया। दूसरे दिन वह हमें करारा गाँव ले गया, बोरवाड़ी की एक हसीन बेटी का स्मारक दिखाने। करारा की उतावली नदी के दोनों ओर दो सुन्दर बारादरियाँ बनी थीं। वे एक चौड़ी सफील से जुड़ी थीं, जिसके नीचे से उतावली कल-कल-कल कर बह रही थी। एक बारादरी पर भारत सरकार के पुरातत्त्व विभाग का पट्ट लगा था कि बादशाह शाहजहाँ ने अपनी प्रिय रखैल गुलारा के लिए इन बारादरियों का निर्माण कराया था।

इस सूचना ने मुझे, इतिहास के विद्यार्थी को चौंका दिया। घर आकर जहाँगीरनामा और शाहजहाँ कालीन इतिहास पर अनेक किताबें पढ़ डालीं। पर गुलारा का ज़िक्र कहीं नहीं मिला। ठोस पुरातत्त्वीय साक्ष्य करारा गाँव में है, जबकि इतिहास गूँगा है। शायद यह दूसरी परत थी, जो मन पर जम गई थी। कालांतर में जीवन की व्यस्तता में इसे भूल गया।

तभी सन् 1967-68 में अपने छात्रों के एक दल को लेकर सैर हेतु आगरा गया। ताजमहल के जमुना किनारे वाले बाज़ू की ओर ले जाकर गाइड ने मुझे कहा, "हुज़ूर! जमुना के उस किनारे काले संगमरमर की जो कुर्सी आप देख रहे हैं न, वहाँ बादशाह शाहजहाँ बढ़िया काले संगमरमर का दूसरा ताज बनवाना चाहते थे। जमुना के इस पार सफ़ेद और उस पार काले संगमरमर का ताज! फिर उन दोनों को वे एक चौड़ी सफील से जोड़ देना चाहते थे। सफील इस तरह की बनवाने वाले थे कि उसके नीचे से जमुना का पानी कल-कल-कल करता बहे। पर अपने नामुराद बेटे औरंगजेब की वजह से बादशाह की ख़्वाहिश उनके सीने में ही दफ़न रह गई।

मैं चौंक उठा। करारा गाँव में, शाहजहाँ द्वारा, अपनी चहेती गुलारा के लिए उतावली के दोनों ओर बनवाई दो बारादरियाँ भी तो सफील से जुड़ी हैं। और उतावली हलके संगीतमय शोर के साथ उस सफील के नीचे से बह रही है! कहीं शाहजहाँ को ताज और उससे सम्बन्धित योजना की प्रेरणा गुलारा, उसकी बारादरियों और सफील से तो नहीं मिली?

मैं बेचैन हो गया। दूसरे ही साल फिर बुरहानपुर गया। मगर इस बार मिलन मिठाई भंडार के मालिक और मेरे वरिष्ठ मित्र श्री नन्द किशोर जी देवड़ा ने मेरे लिए न केवल करारा गाँव की यात्रा का प्रबन्ध किया; वरन् वे मेरे साथ भी गए। इस बार पुरातत्त्व विभाग की पट्टी ग़ायब थी। खोज के बाद वह मिली। मैंने उसकी नकल उतार ली। बुरहानपुर का मुग़ल महल भी देखा। गुलारा से सम्बन्धित कुछ किंवदंतियाँ भी एकत्र कीं।

घर आकर फिर किताबों में जानकारी पाने हेतु जुट गया। मगर इस बार भी इतिहास के अँधेरे में भटकने के सिवाय कुछ हाथ नहीं लग रहा था। उस रात भी मैं इतिहास की किताबें टटोल रहा था। टेबल पर कई पुस्तकें खुली पड़ी थीं। तभी एक मधुर आवाज़ ने मेरा ध्यान बँटाया, "क्यूँ परेशान हो रहे हैं? मुझ गुलारा के बारे में आप क्या जानना चाहते हैं?" किताबों के पन्नों से उभरकर एक मध्यम ऊँचाई की सुन्दरी सामने आ खड़ी हुई। जिस्म से फूट रही हिना की सुगन्ध मदहोश कर देने के लिए काफ़ी थी।

"इतिहास भी अजीब है! ढेर सारी बातें, न जाने क्यों छोड़ दी जाती हैं?" बेभान-सा मैं बातें करने लगा।

"ज़िन्दगी में जो कुछ घटता है, क्या सभी आपके इतिहास में आ पाता है?"

"आप सही कह रही हैं। इसी बात से तो मैं परेशान हूँ। यह तो सरासर अन्याय है। आपके साथ न्याय क्यों नहीं किया गया?"

"न्याय, ईमानदारी, सच्चाई की दुहाई देने वाली आपकी ये दुनिया क्या सदा से इन्हीं के सहारे चल रही है? और आगे भी चलेगी?"

"चल तो नहीं रही है गुलारा जी! पर इसके लिए कोशिश तो की जा सकती है?"

"तब कोशिश ज़रूर करिए। मेरी जिस कहानी को जानने के लिए आप इतने बरसों से बेताब हैं और आपको जो इतिहास में नहीं मिल रही है उसे आप मुझसे, ख़ासकर बोरवाड़ी की मेरी रिश्तेदार मुन्नीबाई से सुन लें तो ज़्यादा बेहतर होगा। इसके बाद आपने मुझे न्याय दिला दिया तो मैं आपकी एहसानमन्द होऊँगी।"

गुलारा की वही कहानी, जो इतिहास में नहीं है, आपके लिए हाज़िर है। मैं गुलारा बेगम के साथ न्याय कर पाया हूँ या नहीं, इसका फ़ैसला आप करें तो बेहतर होगा।

—शरद पगारे

पुनश्च :

इस उपन्यास को जीवन का प्रकाश देने में जिन्होंने मुझे उत्साहित किया, सहायता दी, उन्हें भूलना कृतघ्नता होगी। मैं श्रद्धेय रामनारायण जी उपाध्याय का हृदय से आभारी हूँ, जिन्होंने मुझे इस उपन्यास को सतत लिखते रहने की प्रेरणा दी।

इसके प्रकाशन हेतु भी उन्होंने पूरी आधार-भूमि तैयार की। अपने नगर बुरहानपुर को अत्यधिक प्यार करने वाले युवा सांसद ठाकुर शिवकुमार सिंह को मैंने जब इस उपन्यास की जानकारी दी तो वे अत्यन्त प्रसन्न हुए। सामयिक प्रोत्साहन दिया।

मेरे अभिन्न मित्र भाई दीनदयाल पांडे ने उपन्यास को पूरा पढ़कर उसके भाषात्मक गठन, और व्याकरणात्मक स्वरूप पर महत्त्वपूर्ण सुझाव दिये। इसी प्रकार प्रसिद्ध उपन्यासकार एवं कथाकार मेरे अन्तरंग रमेश बक्षी ने उपन्यास के सम्पादन का प्रबन्ध कर उसे सुगठित बनाने में अमूल्य सहयोग दिया। इन सभी का मैं आभारी हूँ।

अन्त में मैं श्री के. एल. दत्ता, विचार प्रकाशन, का हृदय से आभारी हूँ जिनके सहयोग के बिना गुलारा बेगम जीवित न हो सकती थी।

—शरद पगारे

'सुमन कुंज'
10, स्नेह नगर,
नौलखा, इन्दौर (म.प्र.)

कुछ समय पहले व्यक्तिगत काम से मुझे एक बार बुरहानपुर जाना पड़ा। वहाँ मैं अपने मित्र चन्दू बाबू के यहाँ ठहरा। बुरहानपुर अपनी ऐतिहासिक इमारतों और खँडहरों के लिए प्रसिद्ध है, और मुझे इतिहास और खँडहरों से बड़ा लगाव है। जब कभी भी कहीं भी जाता हूँ, वहाँ की इतिहास-प्रसिद्ध इमारतों को देखने के लिए सदा ही लालायित रहता हूँ। इतिहास के ये भग्नावशेष मुझे चुपके से अपनी कहानी सुना जाते हैं। साधारण सैलानी या टूरिस्ट इन टूटे-फूटे महलों, मन्दिरों और मस्जिदों में सिर्फ़ घूम-फिर कर, एक चक्कर लगाकर, रस्म अदाई कर जाते हैं। उनमें से कुछ अधिक उत्साही इन इमारतों की दीवारों, छतों पर खड़िया, मिट्टी, कोयले या पत्थर से कुरेद कर अपना नाम, पता, और वहाँ आने की तारीख़ आदि लिखकर शायद अपने को अमर करने की कोशिश करते हैं। वहीं मुझे इनका आकर्षण मोहाविष्ट कर देता है। इनमें भटकती हुई आत्माएँ, उनका सुख-दुख, ईर्ष्या-द्वेष, प्रेम-घृणा आदि मुझे स्पन्दित कर जाते हैं।

और फिर बुरहानपुर, वह तो अपने में इतिहास की धड़कनें छिपाए है। मध्य-युग की चादर आज भी ओढ़े हुए यह शहर अपनी रसवन्ती नर्तकियों, गायिकाओं, और रसीली मिठाइयों के लिए विख्यात है। ये तीनों, आज भी सैलानियों का मनोरंजन करती हैं, उन्हें आनन्द देती हैं।

बुरहानपुर की जान वहाँ का चौक बाज़ार और बोरवाड़ी है। इनकी रौनक और आकर्षण आज भी कायम है। अनेक प्रकार की दुकानें और बाज़ार, चौक की शानदार मस्जिद को घेरे हुए हैं। आसमान से बातें करती हुई मस्जिद की मीनारें और बुर्जियाँ उस महान ईश्वर की बुलन्दियों की याद दिलाती हैं। चौक बाज़ार में बालाई और चाट बेचने वालों के खोमचों और ठेलों के आसपास चटखारे से लेकर खाने वालों की भीड़ देखने लायक होती है। बोरवाड़ी की हसीनाओं के रूप की प्यास मन में लिये, उस मुहल्ले के बाज़ार और आसपास की गलियों के आकर्षण से बँधे, वहाँ से सहमते, झिझकते, लजाते और चेहरे पर रोमांटिक भाव लिये, पर आँखें चुराकर निकलने वालों को आज भी देखा जा सकता है।

साँझ के झुटपुटे में यहाँ का सारा समाँ मध्ययुगीन वातावरण की सृष्टि कर देता है। निमाड़, ख़ानदेश और साथ लगे महाराष्ट्र के दूर-दराज के गाँवों, कस्बों और शहरों को यहाँ की मिठाइयाँ, नाचने और गाने वालियाँ आज भी आनन्दित करती हैं। मौज-शौक़ के प्रेमी बुरहानपुर आने पर इनका मज़ा लेना नहीं चूकते।

यहाँ आने पर मुझे पता चला कि इतिहास की रोशनी के दायरे में आने वाले व्यक्ति और घटनाएँ तो सदा चमकती रहती हैं। सदियों तक वे सभी की निगाहों पर छाई रहती हैं। पर कभी-कभी इतिहास के अँधेरों में दफ़न साँसें भी अपनी ओर बरबस हमारा ध्यान खींच लेती हैं। तब अन्धकार में दबी ये गाथाएँ हमें दंग कर देती हैं। हम उनके बारे में जानकर स्तब्ध रह जाते हैं।

रूपांगनाओं ने बुरहानपुर में बोरवाड़ी नामक एक मुहल्ला ही अलग से बसा लिया है। हर रूप-रंग, नाक-नक्श, उमर और क़द की सुन्दरियों का तो यह अड्डा ही बन गया है। बोरवाड़ी गायिकाओं, नर्तकियों, तवायफ़ों, वेश्याओं, भाँड़ों, मिरासियों और तबलचियों से गुलज़ार रहता है। आज भी उस मुहल्ले की रौनक शौक़ीन मिज़ाजों को खींच लेती है।

चार-पाँच सदियों पहले मुग़ल फौजें, दक्षिण के मुहासिरे पर आगे बढ़ने के पहले, बुरहानपुर में थोड़े समय के लिए आराम करने के लिए पड़ाव डालती थीं। और तब यह शहर मुग़लों की छावनी बन जाता था। विश्राम के उन क्षणों को आनन्ददायी एवं रसमय बनाने के लिए मुग़ल शहज़ादे, अमीर-उमराव, मनसबदार और साधारण सिपाही तक उतावले हो उठते थे। शराब और साक़ियों की महफ़िलें सज उठती थीं। घुँघरुओं की झनकार तथा अंगूरी से लबरेज प्यालों की खनखनाहट में सभी डूब जाते थे। ताप्ती के किनारे फैले आम, अमरूद, केले, सीताफल और फूलों से लदे बाग़ों में शहज़ादे अपनी चहेतियों के साथ सैर करते थे। अपना दिल बहलाते थे। ताप्ती की रातें बजरों पर गाए जाने वाले प्रेम-गीतों, मुहब्बत के तरानों की सुरीली तानों से गूँजा करती थीं। नाच की अदाओं से थिरका करती थीं।

यहीं पर बादशाह शाहजहाँ की चहेती बेगम मुमताजमहल ने आख़िरी साँसें ली थीं। ताप्ती के उस पार आवागढ़ में उसे क़ब्र दी गई थी। ताज तो बाद में बना था, बहुत बाद में। और मुमताज बेगम की मिट्टी को तो आगरा और भी बाद में पहुँचाया गया था।

इतिहास इस बात का गवाह है कि बोरवाड़ी की हसीनाओं ने मुग़ल बादशाह अकबर महान्, उनके अज़ीज़ दोस्त, कवि, साहित्यकार, और इतिहासकार अबुल फ़ज़ल और मुग़ल हरम की सुन्दरियों का भी मनोरंजन किया था। यहाँ तक कि कट्टरपन्थी औरंगजेब भी बोरवाड़ी की एक तन्वंगी के नयन-बाणों से घायल हो, अपनी सुधबुध खो बैठा था। पर वह सब दूसरी कथा है। वह मैं फिर कभी आपको सुनाऊँगा। अभी तो उसका समय भी नहीं है। बोरवाड़ी की नाज़नीनों की कला और सौन्दर्य ने तो प्रसिद्ध शायर, कवि, मनसबदार अब्दुर्रहीम खान-ए-खाना, 'रहीम' को भी आनन्दित किया था। बुरहानपुर का लालबाग़, जहाँ आजकल रेलवे स्टेशन है, उनकी जागीर था। जब भी वे जागीर के काम के सिलसिले में इधर आए, बोरवाड़ी का आनन्द उठाने से नहीं चूके।

पर आज मैं आपको यह सब इतिहास सुनाने नहीं बैठा हूँ। प्रसंगवश ही इसका ज़िक्र कर दिया है। आवागढ़ और ताजमहल के निर्माण से भी पहले, बहुत पहले यहाँ, बुरहानपुर में बहुत कुछ घटा था। एक शहज़ादे ने, बोरवाड़ी की अपनी एक चहेती के लिए, प्यार की छोटी-सी बारादरियाँ बनवाई थीं। उस नारी के लिए उसके मन में जितनी मुहब्बत थी, उतना ही बड़ा स्मारक उसे मिला। वह इसी में ख़ुश हो गई थी कि वेश्यालय से उठकर, शाही हरम में न केवल उसे स्थान मिला, बल्कि शहज़ादा हुज़ूर ने, बारादरियाँ बनवाकर, उसके प्रेम की दास्तान को अमर कर दिया।

वह कौन थी ? शहज़ादे के सम्पर्क में कब आई ? शाही हरम में कैसे पहुँची ? क्या वह शाही महल की बेगमों से भी अधिक सुन्दर थी ? वह शहज़ादा कौन था, जो उस पर मर मिटा ? उसके लिए मुहब्बत का मक़बरा बनाने को तैयार हो गया ? इन सब सवालों के उत्तर मुझे इतिहास के किसी ग्रन्थ में नहीं मिले। मैंने उन्हें खोजने का भरसक प्रयत्न किया, पर असफल रहा। इस सबकी जानकारी मुझे मिली उसके ही एक परिजन से। उसी के ख़ानदान की एक नारी से। यदि तवायफ़ों का कोई ख़ानदान होता है, तो वह उसी ख़ानदान से थी, जिसने अपने और उसके जीवन की त्रासदी को उजागर कर दिया था। अँधेरे में छिपी एक टीस को उघाड़ दिया था।

हुआ यह कि चन्दू भाई के साथ आवागढ़, जैनाबाद, असीरगढ़, ख़ूनी भंडारा और ताप्ती के किनारे के शाही महल आदि देख लेने के बाद हम उनकी दुकान पर आ बैठे। तभी तय हुआ कि लगे हाथों रसरंग भी हो जाए तो क्या हर्ज ? फिल्मों में तो कई मुजरे देखे हैं। इस बार असली मुजरा हो जाए तो क्या बुरा है ? सहमते, सकुचाते चन्दू भाई के साथ मैं बोरवाड़ी जा पहुँचा।

''आइए हुज़ूर आइए,'' कहते हुए उस प्रौढ़ा ने हमारा स्वागत किया। उसके चेहरे पर ताज़गी, आँखों में चंचल शोख़ी, और बात करने के लहजे में कशिश थी। अंगों से फूट रही ख़ुशबू ने कमरे के माहौल को मदिर बना दिया था। बड़ी अदा से आदाब करते हुए उसने कहा, ''आज हम ग़रीबों पर हुज़ूर की कैसे नज़रे-इनायत हो गई ? तशरीफ़ रखिए ना हुज़ूर!'' उसने गावतकिये की ओर अपनी ख़ूबसूरत नाज़ुक तर्जनी से इशारा किया। उसमें हीरे की एक ख़ूबसूरत अँगूठी पड़ी हुई थी। मेहँदी और नेल-पॉलिश से रंगी कोमल उँगलियों और हथेलियों में ग़ज़ब की कलात्मकता थी।

बैठते हुए चन्दू भाई ने अपनी बेबसी का इज़हार किया, ''क्या बताएँ मुन्नीबाई। काम-धन्धे से फ़ुर्सत ही नहीं मिलती! ये हमारे अज़ीज़ दोस्त और मेहमान मुजरा देखना चाहते हैं। और तुम जानो कि इस बोरवाड़ी में तुमसे अच्छी अदाकारा हमने न देखी न सुनी। अपनी लड़की को जो रियाज़ तुमने कराया है, उसे कोई कैसे भूल सकता है ?''

"हुज़ूर की ज़र्रा-नवाजी का शुक्रिया मैं कैसे अदा करूँ?" बड़े नाज़ो-अन्दाज़ से मुन्नीबाई ने एक बार फिर आदाब किया। छालियाँ (सुपारी) काटते-काटते उन्होंने सरौता पानदान पर रख दिया। अपनी बेबसी का इज़हार करते हुए कहने लगी, "पर आजकल इस सबका क्या मतलब रह गया है, मालिक? इस मुए सनीमा ने हम सब को चौपट कर दिया। कला और अदाकारी तो धूल में मिल गई। लोग अब कैबरे का अधनंगापन पसन्द करते हैं। हम लोग यह सब कैसे कर सकते हैं हुज़ूर? कहाँ हमारा मणिपुर, कत्थक, ओडिसी, कथकली और कहाँ यह निगोड़ा कैबरा?" उसने घृणा से अपने ख़ूबसूरत सुर्ख पतले ओठ सिकोड़ लिये और एक गहरी लम्बी साँस ली। उदासी की बदली ने उसके आकर्षक चेहरे को ढक लिया।

कमरे की सजावट सुरुचिपूर्ण, कलात्मक थी। गावतकिये की सफ़ेदी, सोफा सेट की रंग-बिरंगी चमक से होड़ ले रही थी। भीतर जाने वाले दरवाज़े के परदे पर काँच की सलाखों और मोतियों वाली झालर पर मोर नाच रहे थे। दीवारों पर दो-तीन सुन्दरियों के पेंटिंग टँगे हुए थे। शायद वे इसी कोठे की पूर्ववर्ती हसीनाओं के थे। कोठे पर पान-तम्बाकू का उपयोग होने पर भी दीवारों, फ़र्श, तकिए, चादर पर उनके दाग़ न थे। झमाझम चमक रही पीकदानी, तश्तरी और एश-ट्रे मुन्नीबाई की सफ़ाई पसन्दगी के गवाह थे। एक छोटी टेबिल पर पत्र-पत्रिकाएँ भी करीने से सजी थीं।

इसी समय, एक युवती ने अन्दर जाने वाले कमरे का परदा हटाकर प्रवेश किया। उसके पतले लाल ओठों, हिरनी-सी चंचल आँखों में मुस्कान नाच रही थी। रंग साँवला, नाक-नक्श तीखे, कटावदार आकर्षक थे। हलके मेकअप ने उसके सौन्दर्य में चार चाँद लगा दिये थे। नेल-पालिश से रंगी पतली अँगुलियाँ, जूही की कलियों-सी ख़ूबसूरत थीं। बाईं कलाई में घड़ी बँधी थी। अपने नाजुक दाएँ हाथ को उठाकर, अदा से भौंहों की कमान को थोड़ा तिर्यक कर, जब मीठे स्वर में उसने 'आदाब' किया तो मैं अभिभूत हो उठा। पहली बार एहसास हुआ, साँवला-सलोना नमकीन सौन्दर्य भी कितना दिलकश होता है।

"ये आपकी बेटी...?" शब्द गले में फँसकर रह गए।

मुन्नीबाई हँसी की सीमा तक मुस्करा उठी। अपनी बेटी के वांछित प्रभाव ने उसके सीने में गर्व का उभार पैदा कर दिया। हँसते हुए उसने कहा, "हुज़ूर! कोठे की हर लड़की हमारी बेटी ही होती है। ये लड़कियाँ कोखजाई बेटियों से भी ज़्यादा वफ़ादार, ईमानदार और प्रेमी होती हैं।"

"आओ बेटी! बैठो!" इशारे के साथ ही रूपसी अपनी माँ के पास बैठने लगी। उसने बड़ी अदा से अपनी साड़ी के पाटलों को चम्पई उँगलियों से हलका-सा दबाया और बैठ गई। उसके बैठने में एक कलात्मक गति थी और था हलका-सा ग़रूर। उसकी नज़रें फ़र्श पर कुछ खोज रही थीं। लज्जा की रेखा उनमें फैली हुई थी।

बात आगे बढ़ाते हुए मुन्नीबाई ने कहा, "हुज़ूर! आप जानते हैं कि मुजरे की ख़बर अगर कुछ पहले से मिल जाती तो हम तैयारी कर लेते! साज़िन्दों का इन्तज़ाम...फिर बेटी को तैयार करना...। हुज़ूर तो इस सबसे वाक़िफ़ ही हैं। इतने कम समय में कैसे क्या हो सकता है हुज़ूर?" परेशानी, बेबसी उसके ख़ूबसूरत चेहरे से झाँकने लगी थी।

चन्दू भाई की प्रश्नात्मक दृष्टि मुझे घूरने लगी। मैं कुछ कहूँ इसके पहले ही मुन्नीबाई ने ही समाधान पेश किया, "हुज़ूर, अगर हुक़्म दें तो कल ऐसा मुजरा पेश करूँ कि आपका और आपके अज़ीज़ मेहमान का दिल बाग़-बाग़ हो जाए। हमारे ख़ानदान की लड़की ने कभी मुग़ल शहज़ादे के सामने जो चीज़ पेश की थी, वही, उसी माहौल में एक बार फिर पेश की जा सकती है। ख़ाली हुज़ूर के इशारे भर की देर है। सारी बोरवाड़ी में यह चीज़ हम ही पेश कर सकते हैं' उसके क़द्रदां की हमें तलाश है।" वह बड़े गर्व और प्रेम के साथ अपनी बेटी की पीठ सहलाने लगी।

"ठीक है मुन्नीबाई। हम तैयार हैं। आप ख़र्च की परवाह न करें, पर मुजरा ऐसा हो कि हमें भी आप पर नाज़ हो। कार्यक्रम कहाँ रखेंगी?"

"हुज़ूर! यहाँ से तक़रीबन दस-बारह किलोमीटर दूर करारा नाम का एक गाँव ताप्ती के उस पार है। उतावली नदी पर बनी बारादरियों पर साज़िन्दों के साथ हम रस बरसाएँगे। फिर कल पूरे चाँद की रात भी है। आपके लिए हुज़ूर, मैं वह मुजरा रखूँगी, कि आप और आपके मेहमान ताज़िन्दगी याद करेंगे।" अभिमान उसकी आँखों से छलक रहा था। उसकी नाज़नीन हसीन बेटी अपनी बड़ी-बड़ी पलकों में मन्द-मन्द मुस्करा रही थी। कानों के उसके बुंदे झिलमिला उठे।

"हमें मंज़ूर है मुन्नीबाई। आप बेफ़िकर होकर तैयारी करें।" चलने की इच्छा से चन्दू भाई उठने की मुद्रा में आ गए। उनकी देखा-देखी मैं भी उठने की तैयारी करने लगा। तभी सुनाई पड़ा—

"हुज़ूर! आप मुजरे की तो चिन्ता न करें। ठंडा लेंगे या गरम?" मुन्नीबाई ने मनुहार की।

"अरे मुन्नीबाई! अब इस तकल्लुफ़ की क्या ज़रूरत है? अब तो तुम कल की तैयारी पर ध्यान दो।"

"हुज़ूर, बीड़ा तो नोश फ़र्माइए!" मुजरे की बात तय करने के बीच में ही मुन्नीबाई ने पान के बीड़े बना लिये थे। जब हम उठने लगे तो चाँदी की तश्तरी में उस रसवन्ती ने रसीले बीड़े, सुगन्धित तम्बाकू, लौंग-इलायची और छालियाँ पेश कर दीं। चन्दू भाई ने दो बीड़े उठा लिये। मैंने सिर्फ़ लौंग-इलायची ले लिये। बदले में चन्दू भाई ने उस तश्तरी को नोटों से भर दिया। और उसने तीन बार गरदन झुकाकर ग़ज़ब का आदाब किया। माँ-बेटी हमें कोठे के दरवाज़े तक छोड़ने आईं।

जिस वक़्त हम करारा गाँव पहुँचे पूर्णिमा का चाँद आसमान की नीली पहाड़ियों के पीछे से झाँकने लगा था। फिज़ाँ में शरद ऋतु की हलकी गुलाबी ठंड घुल गई थी। चन्द्रमा की संगमरमरी किरणों ने उतावली और उसके दोनों किनारों पर बनी बारादरियों को नहलाना शुरू कर दिया था। बारादरियाँ एक सफील से जुड़ी हुई थीं। ऐसा लगा मानो वह सफील कंचुकी बनकर उतावली के उद्दाम यौवन को बाँधने की असफल कोशिश कर रही थी। और यौवन था कि उफना जा रहा था। मचल रहा था। सफील के दोनों ओर और नीचे कंचन-सा पानी कल-कल कर बह रहा था। उस कल-कल में उतावली का संगीतमय गुंजन था। शायद उतावली गा रही थी।

मुन्नीबाई के साज़िन्दे अपनी तैयारी में लगे हुए थे। सितार, सरोद, सारंगी, तबला, हारमोनियम आदि के सुरों को मिलाने पर स्वर सारे वातावरण में रस घोल रहे थे। सफील के एक ओर मुन्नीबाई के नौकर ने गावतकिये, जाजम, गादी आदि बिछा रखे थे। इनकी सफ़ेदी चाँदनी से होड़ ले रही थी। बीच में काफ़ी जगह, शायद नृत्यांगना के लिए छोड़ दी गई थी। वहीं पास में अपने चिरसंगी चमचमाते पायदान, नक्काशीदार चाँदी की तश्तरी रखे सरौते से छालियाँ काटते हुए मुन्नीबाई बैठी थी। समस्त वातावरण बड़ा मनोरम, मनभावन, लुभावना हो गया था।

"आइए, हुज़ूर, आइए! तशरीफ़ रखिए!" मुन्नीबाई ने उठते हुए हमारा स्वागत किया। उसके बाएँ हाथ में सरौता था और दाएँ हाथ की नाज़ुक अँगलियों को मोड़कर वह आदाब कर रही थी। आज उसके शृंगार का क्या कहना! बड़ी-बड़ी पलकों की कोरों को, काजल की रेखाओं ने अधिक तीखा और नुकीला बना दिया था। कमान-सी भौंहों के नीचे आँखें मछली-सी चंचला रही थीं। नाख़ूनों की नेल-पॉलिश, हाथों की मेहँदी, और शरीर के अंग-अंग से फूट रही हिना की सुरभि ने उसकी उमर के दस-पन्द्रह साल कम कर दिये थे। उसकी गोरी एवं मांसल कमर की त्रिवलि कालिदास की नायिकाओं का स्मरण करा रही थी।

और उनकी बेटी! वह तो ग़ज़ब ही ढा रही थी। मोती पिरोए बालों की वेणी, नागिन-सी उसकी पीठ और नितम्बों पर लहरा रही थी। सलमे-सितारों से कढ़ी मखमली तिरछी टोपी, सुन्दर बिन्दी लगे कपाल से उठती हुई सिर के ऊपरी बालों की चमक को ढकते हुए पीछे की ओर चली गई थी। नयनों की सुरमई चंचलता, हिरणी को भी मात दे रही थी। पलकें नुकीली थींऔर बरौनियाँ कमान-सी। ऐसा लग रहा था मानो पलकें नयन-बाण बन, भौंहों की कमान से तत्काल छूटकर, हमारे दिलों को घायल करने के लिए तैयार हैं। सफ़ेद, कढ़े हुए भड़कीले, घुटनों तक लटके अँगरखे पर वह सोने-चाँदी और मोतियों की जाकिट पहने हुए थी। उसकी यह शानदार जाकिट, मचल रहे, उफन रहे उसके वक्षस्थल के उभार को रोकने में मानो अपने को असमर्थ पा रही थी। और चुस्त पाजामे के नीचे से झाँक रहे थे

महावर लगे गोरे पाँव, जिन पर बँधा हुआ था घुँघरुओं का तोड़ा। उसके इस सिंगार और तैयारी ने हमें मुग़लिया माहौल में ला खड़ा किया। उसका बायाँ हाथ, वक्ष के नीचे पेट को घेरे था, और दाहिना बग़ल में झूल रहा था। सिर नीचा किए, सौन्दर्य और लज्जा की वह मूर्ति, अपनी अम्मा के पीछे खड़ी थी। हमारे निकट पहुँचते ही उस सुमुखी ने बड़ी अदा के साथ अपनी मेहँदी रची और उसकी सुगन्ध को बिखेरती अँगुलियों को मोड़ देकर, सिर को हलकी-सी जुंबिश दे धीरे से शहद घुला 'आदाब' कहा। और अपनी पलकों को ऊपर उठाकर, हमारी ओर जिस जादू भरी मिठास से मुस्कराकर देखा उससे हम अभिभूत हो उठे।

चतुरा मुन्नीबाई ने हमारी मन:स्थिति को ताड़ लिया। उसका अंग-अंग गर्व से मुस्करा उठा। हम लोग गावतकिये के सहारे बैठ गए। मुन्नीबाई ने भी अपनी जगह सँभाल ली। उस रात की हमारी नायिका अन्तर देकर अपनी अम्मी की छत्रच्छाया में बैठ गई। चाँद के उजाले में हमारे साये सिमट आए। उस गर्वीली ने बात आगे बढ़ाई, "हुज़ूर! करारा की इस प्राकृतिक ख़ूबसूरती से प्रभावित होकर ही ख़ानदेश के फारूकी सुल्तानों ने इसे अपना आनन्दगाह बनाया था। उधर बग़ल में देखिए हुज़ूर! उतावली जिस दीवार पर से गिर रही है ना, वह सौ गज लम्बी है। उसे फारूकी बादशाहों ने बनवाकर, इस शैतान पहाड़ी नदी को जलप्रपात में बदल दिया है।" मुन्नीबाई ने तर्जनी से इशारा किया। उसके थोड़ा मुड़ जाने से बढ़िया बुरहानपुरी साड़ी का पल्ला, सिर से खसककर कन्धों पर आ गया। जिस सफील पर हम बैठे थे, उसकी बग़ल में ही, कुछ दूरी पर उतावली का पानी दीवार से, जलप्रपात बनकर गिर रहा था। ऐसा लग रहा था, पानी नहीं, चाँदनी प्रपात बनकर झर रही हो। वह प्रपात एक कर्णप्रिय संगीत का सृजन भी कर रहा था। शोर हलका और संगीतमय था। उसके कारण फिजाँ की ठंडक बढ़ गई थी।

"हाँ मुन्नीबाई! हमने भी 'बादशाहनामा' और 'शाहजहाँनामा' में इस जगह की तारीफ़ पढ़ी है। उन्होंने इस जगह की तुलना ज़िन्दगी के अमृत से की है। इसे ख़ानदेश की काश्मीर-वादी कहा है।" हमने समर्थन करना चाहा।

"हुज़ूर! इतना तो मैं नहीं जानती। पढ़ी-लिखी तो हूँ नहीं। हुज़ूर ख़ुद यहाँ की ख़ूबसूरती का जायज़ा ले सकते हैं। इस जगह में चार चाँद लगाने का काम ख़ुर्रम ने किया था। ये ही आगे चलकर बादशाह शाहजहाँ के नाम से प्रसिद्ध हुए थे। और आगरा में ताजमहल बनवाकर अपने और बेगम मुमताजमहल के प्यार को अमर कर गए। परन्तु...।" वह कुछ क्षणों के लिए रुक गई। मानो किसी रहस्य पर से परदा उठाने में झिझक रही हो। अचानक बात तोड़ देने की उसकी अदा ने मुझे बेचैन कर दिया।

इसी समय सुमधुर कंठस्वर सुनाई दिया।

"अम्मी! मैं और साज़िन्दे तैयार हैं। हुक्म हो तो शुरू करें?" उतावली की तरह मुन्नीबाई की बेटी अपना मुजरा पेश करने के लिए उतावली हो रही थी। "हाँ-हाँ

बेटा, शुरू करो। इसीलिए तो हम यहाँ आए हैं।" मुन्नीबाई ने जहाँ स्वीकृति दी, वहीं हमसे भी उसने आज्ञा माँगी, "तो हुजूर, शुरू करें ना?"

"हाँ-हाँ मुन्नीबाई, ये भी कोई पूछने की बात है?" चन्दू भाई ने फ़ौरन स्वीकृति की मुहर लगा दी।

मैं चुप बैठा रहा। ऐसा लगा कि एक रहस्य पर से परदा उठते-उठते रह गया है। मेरा उत्सुक मन अवसर की तलाश में था।

सितार की स्वर-लहरी में सारा वातावरण घुलता चला गया। सारंगी भी रसवर्षण करने लगी। तबले, ढोलक, और हारमोनियम की संगत पर उस रूप सुन्दरी नवयौवना के महावर लगे, घुँघरू बँधे पाँव थिरक उठे। छूम...छूम...छन...नन...नन... न...छूम...। छूम...छूम...छूम...छन...नन...नन...। सभी वाद्य यंत्रों, ख़ासकर तबले एवं ढोलक की हर थाप पर उन घुँघरुओं की जुगलबन्दी ने जादू भरी तरंगों का जाल-सा बुन दिया। बड़ी कुशलता एवं तन्मयता से उसका अंग-अंग नर्तन करने लगा। प्रत्येक हाव-भाव के साथ उसकी भौंहों, पलकों और नयनों के नर्तन ने मुझे स्तब्ध कर दिया। शरीर के हर अंग पर उसका अद्वितीय नियंत्रण था। वह जिस अंग को चाहती थी वही नाचता था, उचित भावों को अभिव्यक्त कर देता था। उसकी सुराहीदार गर्दन, मयूरी के समान घूम जाती थी। ऐसा लग रहा था मानो उसका सारा शरीर नृत्य के लिए ही बना है।

नाच के साथ ही मुन्नीबाई के मधुर कंठ की स्वर-लहरी ने ग़ज़ब का समाँ बाँध दिया। वह जीवन्त मुजरा बड़ा ही कलात्मक, हृदयग्राही और मनभावन था। कत्थक के माध्यम से जब मुन्नीबाई की नृत्यांगना बेटी ने वन्दना, थार, आमद, परन, तिहाई, टुकड़े और तत्कार पेश किए तो उनकी झंकार से हमारे दिल बाग़-बाग़ हो उठे। कत्थक के ही माध्यम से उस सुनयना ने राधा-कृष्ण की प्रणय कथा को जब प्रस्तुत किया तो हम दंग रह गए। अपनी चंचल निगाहों से नटखट कृष्ण के प्रणय और राधा के भोले परन्तु कृष्ण पर मर मिटने वाले भावों की अभिव्यक्ति उसके अभिनय में साकार हो उठी।

और इस सब पर ग़ज़ब ढा रही थी मायावी चाँदनी। आसमान की नीली पहाड़ियों को चाँद काफ़ी पीछे छोड़ आया था। अब वह आकाश की झील में स्वच्छन्द तैर रहा था। कपासी बादल उससे आँखमिचौली खेल रहे थे। आसमान से पृथ्वी तक चाँदनी ने एक मोहक जाल-सा बुन दिया था। पृष्ठभूमि की दीवार पर से उतावली ऐसी झर रही थी मानो चाँदनी का दरिया बह रहा हो। कत्थक के उस प्रणय रूप ने समय को थाम लिया। कितनी रात खिसक गई, पता ही न चला। जब तबले की थाप और अन्य साज़ों की सम पर उसके घुँघरू थमे तो हमें होश आया। बरजोरी हमारे हाथों ने तालियाँ बजाकर उसकी कला का स्वागत किया। उस सुनयना ने थोड़ा झुककर तीन बार सलाम करते हुए हमारी दाद को कबूल किया।

अपनी बेटी की सफलता पर मुन्नीबाई का सारा शरीर सगर्व मुस्करा रहा था। उसकी बेटी के रियाज़ को सच्चे क़द्रदां जो मिले थे। जब चाँदी की तश्तरी में उसने पान के बीड़े तथा छालियाँ तम्बाकू सहित पेश किए तो हमने उसे नोटों से भर दिया। मुन्नीबाई और उसकी बेटी ने आदाब किया।

"अम्मी, मैं अभी कपड़े बदलकर आती हूँ।" सुरीले बैन फूट पड़े।

"हाँ बेटी, जल्द आना।" मुन्नीबाई की आज्ञा मिलते ही वह धीरे से मराली के समान क़दम-ब-क़दम सामने की बारादरी के अँधेरे में खो गई।

"हुज़ूर! अब हम आपके सामने वह चीज़ पेश करेंगे जो हमारी ख़ासियत है। जिसके बल पर हमारे ख़ानदान की एक लड़की ने एक शहज़ादे का दिल जीता था।" मुन्नीबाई ने फिर रहस्य का जाल फेंका।

"मुन्नीबाई! कल से आप अपने ख़ानदान की सुन्दरी का ज़िक्र कर रही हैं, जिसने मुग़ल शहज़ादे को अपनी कला और सौन्दर्य का ग़ुलाम बनाया था। शायद उसी सिलसिले में आप हमें यहाँ लाई भी हैं। यहाँ आकर हम आपका, आपकी बेटी का और आप लोगों के ज़रिए, उस अनाम, अनजान हसीना के प्रभाव का अनुभव कर रहे हैं। कौन है वह सुन्दरी? कौन है वह शहज़ादा? जिसने उसका ग़ुलाम बनने में अपने आप को ख़ुशक़िस्मत समझा था?" बड़ी बेचैनी से मैंने पूछा।

"मालिक! कभी-कभी ज़िन्दगी की सच्चाइयाँ कहानी और क़िस्सागोई से भी अधिक अजीबोग़रीब होती हैं। हुज़ूर! जहाँ हम बैठे हैं, इस उतावली के दोनों ओर बनी बारादरियाँ उनके प्रेम की गवाह हैं। उनकी निशानियाँ हैं।" नदी के दोनों ओर बनी बारादरियों की ओर उसने तर्जनी से इशारा किया। चाँदनी में नहा रही बारादरियों की सफ़ेदी अधिक आकर्षक और उज्ज्वल लग रही थी। उतावली के जल-प्रपात ने उनके सौन्दर्य में वृद्धि की थी। एक रोमांटिक वातावरण की सृष्टि हो गई थी। हवा मन्द, मदिर, मनभावन थी। करारा गाँव, उससे लगा वनप्रान्तर, जो सतपुड़ा की तलहटी तक फैला था, उसकी जंगली एवं गाँवठी सुगन्ध से हवा बोझिल थी। सारा गाँव और वन-प्रान्तर चाँदनी के उजाले-अँधेरे में डूब-उतरा रहा था। पहेलियाँ बुझाने वाली मुन्नीबाई की बतकही ने, उसके ख़ानदान की उस रहस्यमयी के रहस्य को और अधिक गहराया ही था।

एक शरारत-भरी मुस्कान मुन्नीबाई के रंगीन ओठों और कजरारे नयनों में खेलने लगी। गरदन को थोड़ा तिरछा करते हुए उसने बड़ी अदा से एक सवाल हमारी ओर उछाला, "अच्छा हुज़ूर! आपने ताजमहल देखा है?"

एक पल के लिए मैं हड़बड़ा गया। कुछ समझा नहीं। आख़िर ताजमहल का इन बारादरियों से क्या सम्बन्ध? हड़बड़ाहट में मैंने पूछा, "मुन्नीबाई, मुग़ल बादशाह शाहजहाँ...उनकी चहेती बेगम मुमताजमहल...ये बारादरियाँ...आपके ख़ानदान की वो अनाम और दिलकश तवायफ़...आप कहना क्या चाहती हैं?...आख़िर ये सब

क्या गुत्थियाँ हैं? क्या पहेलियाँ हैं? इतिहास की रहस्यात्मक भूलभुलैया में आप क्यों गुमराह कर रही हैं?'' मेरी व्यथा फूट पड़ी।

''आदमी के दिल में न जाने कितनी परतें हैं हुज़ूर! क्या कोई उनके पार झाँक पाया है?'' वह न जाने किन गहराइयों में खो गई।

मैं हैरान था।

और वह थी कि मानव मन की परतों के गुप्त अँधियारों को उजागर करना चाह रही थी। बात को और अधिक उलझाकर, पेचदार बना रही थी। गुस्सा तो मुझे बहुत आ रहा था, पर मैं बेबस था। मुझे लगा कि सुन्दर तवायफ़ें सभी बातों में कितनी पारंगत होती हैं। न केवल हाव-भाव, चाल-ढाल, नृत्य-संगीत और नाज़-नख़रा, बल्कि बात करने का उनका लहजा भी जलेबी की तरह चक्करदार मगर कितना रसमय और दिलचस्प होता है।

''मन कभी भी, अधिक समय तक, एक जगह बँधा रह सका है हुज़ूर? तितली-सा चंचल यह दिल, क्या रंग-बिरंगे फूलों की मोहकता पर मँडराया नहीं? उस शहज़ादे के साथ भी यही हुआ। और फिर वह पला-बढ़ा भी तो एक रंगीन माहौल में ही था। आप जानें मालिक! मुग़ल हरम तो एक बड़ा परिस्तान ही था। हसीन, दिलकश बेगमों, कनीजों, रखैलों और बाँदियों का तो वहाँ मेला ही जुड़ा रहता था। बादशाह सलामत अकबर क्या कम रसिक थे? उनका मीना बाज़ार और फतेहपुर-सीकरी में कमसिन नाज़नीनों को मुहरा बनाकर, अपनी चहेती बेगमात के साथ चौसर खेलना, होली पर, महल में फाग खेलते हुए गोरे-गुलाबी गालों पर, रंग-गुलाल मलते हुए उन्हें और लाल कर देना, रूपसियों का रस, रंग, और लाज से दुहरा हो-हो जाना, यह सब क्या कम था? इस रस पगे रंगीन माहौल में अगर मुग़ल शहज़ादे, प्रेम का खेल अपने जीवन के पहले चरण में ही खेलने लगे तो क्या आश्चर्य?'' बात कहने का मुन्नी का ढंग लाजवाब था।

''उस माहौल में ही तो महल के गलियारों में सलीम-अनारकली और बाद में जहाँगीर-नूरजहाँ का प्रेम परवान चढ़ा था। अपनी उमर के चढ़ाव में सम्राट जहाँगीर ने तो बेगम नूरजहाँ को न केवल ख़ुद को बल्कि सारे हिन्दोस्तान की सल्तनत को भी सौंप दिया था।'' कोमलांगी नारी के प्रभाव को मुन्नीबाई बड़ी चतुराई से उजागर कर रही थी।

''ऐसे माहौल से प्रभावित शहज़ादा ख़ुर्रम ने यदि मुमताज न...न...बेगम अर्जुमन्द बानू को छोड़कर किसी और हसीना से प्यार किया तो वह गुनाह कैसे बन गया? उस गुनाह की सज़ा उस मासूम को ही अकेले क्यूँ भुगतनी पड़ी? क्या कुटिल राजनीति के सामने दिलों की कोई क़ीमत नहीं? उस गन्दी राजनीति का शिकार उस अकेली को ही क्यूँ बनाया गया?'' वह मानो हम सबसे सवाल पूछ रही थी। हम क्या उत्तर देते?

ऐसा लगा कि मुन्नीबाई, उस प्रेम कहानी की साक्षी, उतावली पर जमी काई की परतों के नीचे छिपे इतिहास को उजागर करने लगी थी। काई फट गई और मुग़ल इतिहास के अलिखित पन्ने खुलने लगे।

ज़िन्दगी की ढलती साँझ में, आदमी के पास यादों के इतिहास की धरोहर ही रह जाती है। फ़ुर्सत के उन क्षणों में वह अपनी बीती ज़िन्दगी के व्यापार का लेखा-जोखा करने लगता है, हिसाब मिलाने लगता है। वह यह जानने की कोशिश करता है कि उसने इस जीवन-व्यापार में कितना क्या खोया ? कितना पाया ? कितना घाटा उठाया ? क्या जीवन लाभ-हानि के हिसाब पर ही चलता है ?

आगरा का लाल किला। सामने, जमुना के उस पार खड़ा है ताज! संगमरमरी चाँद का टुकड़ा, संगमरमर पर लिखी गई कविता या सपना। जमुना का काला जल कलल...कलल...कल...कल...कलल...के संगीतमय लास्य के स्वरों में, मंथर गति से बहा जा रहा है। लाल किले का मुसम्मन बुर्ज, बड़े चाव से मुग़ल सम्राट शाहजहाँ ने बनवाया था। उस समय उसे क्या पता था कि यही मुसम्मन बुर्ज एक दिन उसका क़ैदख़ाना बन जाएगा।

मुसम्मन बुर्ज से क़ैदी शाहजहाँ टकटकी लगाए, ताज में सोई अपनी प्रिया की छवि को निगाहों में बाँधने की बार-बार कोशिश करने लगा। बेगम मुमताज थी कि धुँधला-धुँधला जाती थी। तन्हाइयाँ शाहजहाँ को नागिन बन डसे जा रही थीं। एक वक़्त था जब वह इन तन्हाइयों के लिए, सुकून के लिए तरस-तरस जाता था। पर लोग-अमीर-उमरा, मनसबदार-मुसाहिब उसे घेरे रहते थे। सुबह से लेकर गई रात तक, लोगों का समन्दर, उसके आसपास, ठाठें मारा करता था। जब शहज़ादा था उस वक़्त भी, और हिन्दोस्तान की बादशाहत मिलने के बाद तो उसे कभी अकेला न रहने दिया गया। उसके नज़रो-करम और कृपा-कटाक्ष के लिए सभी लालायित रहते थे।

और आज! हाथों-हाथ उठना तो दूर, गरम सलाख मान सभी दूर से कतरा जाते थे। यहाँ तक कि चौबीसों घंटे हाथ बाँधे नज़रें झुकाकर, सदा सतर्क खड़े रहने वाले नौकर-गुलाम, दासियाँ-बाँदियाँ तक उससे दूर-दूर रहते थे। वक़्त के बदलते ही इनसान की वफ़ादारियाँ और नज़रें कैसे अपने आप बदल जाती हैं, इसका एहसास उन्हें पल-पल खाए जा रहा था। अब वे ही लोग, उसके बेटे, हिन्दोस्तान के शहंशाह औरंगजेब आलमगीर को घेरे थे। बादशाहत के बदल जाने से आकर्षण और हलचल का केन्द्रबिन्दु भी बदल गया था। उसे लग रहा था कि सारी दुनिया के लिए अब वह मर चुका है। कभी भरे रहने वाले गाल पिचक गए थे। मुँह पोपला हो आया था।

आँखें धँसकर अपने कोटरों में चली गई थीं। दाढ़ी बेतरतीब बढ़ रही थी। चेहरे पर एक मुर्दनी-सी छाई रहती। हाथों का कम्पन बढ़ गया था। उसका हुक़्म दूसरों पर तो क्या अपने जिस्म पर ही नहीं चल पा रहा था। वह बन गया था एक ज़िन्दा लाश। नहीं वह अपनी यादों में ज़िन्दा है। और यादों के साये प्रेत बनकर उसके दिल और दिमाग़ पर मँडराने लगे। बीती ज़िन्दगी की घटनाएँ, तसवीर बन, उभर-उभर कर आने लगीं।

सूरज की चिलक ख़त्म होकर एक लाल गोले में सिमट आई थी। वह शिथिल क़दम पश्चिम की ओर निढाल-सा लुढ़का जा रहा था। उसकी किरणों ने जमुना की कलौंस को हलकी लाली दे दी थी। उधर पूरब में चाँद सूरज की लाल झाँईं को चुराए क्षितिज में उभर रहा था। एक अजीब-सा संगम आसमाँ के परदे पर हो रहा था। गूँ...गूँ...गुटर...गूँ...गूँ...गुटर...गूँ करते हुए कबूतरों के जोड़े, मुसम्मन बुर्ज की छतरी पर, निडर घूम रहे थे। बूढ़े, थके शाहजहाँ ने खुना के इस सारे नज़ारे का जायज़ा लिया। उसकी निगाहें ताज की मीनारों पर से फिसलती हुई, बीच के गुम्बद पर जा टिकीं। ताज का गुम्बद और चारों मीनारें चाँद-सूरज के मिले-जुले, लाल-सफ़ेदी की रंगत वाले उजाले में डूब रही थीं। ताज की संगमरमरी क़ब्र में अकेली लेटी मुमताज, जिसके लिए उसने यह शानदार इमारत बनवाई थी, क्या उसके प्रति तहेदिल से ईमानदार रहा था वह ? यही बात आज उसे मथ रही है, परेशान कर रही है। क्या कोई दूसरी औरत उसके दिल-दिमाग़ पर हावी नहीं रही थी ? ताज बनाकर उसने ख़ुद को और सारे संसार को क्या धोखा नहीं दिया है ? मुमताज के अलावा जिस औरत ने उसे हिला दिया था, क्या उसे इतनी सहजता से भूला जा सकता है ?

तभी ताज की बुर्जियों को तोड़ जमुना की लहरों को चीर, झलमल करती हुई वह उसके सामने आ खड़ी हुई। सूरज के गोले को धरती निगल गई थी। चाँद की ललाई सफ़ेद ठंडक में बदल चुकी थी। बड़ी नफ़ासत से, अपनी चम्पाकली-सी अँगुलियों को जोड़, उसने हौले से, सुरीली आवाज़ में कहा, "हुज़ूर को बाँदी आदाब बजा लाती है।" हवा के हलके झोंकों में मिली हिना की ख़ुशबू शाहजहाँ के नथुनों में भर गई।

शाहजहाँ सकपका गया। आँखें फाड़कर देखने लगा और जब उसे भरोसा न हुआ तो पुनः उन्हें मलकर देखा। हसीन, कमसिन गुलारा सामने खड़ी मुस्करा रही थी। शाहजहाँ को वह जन्नत की परी लगी। उसकी कोमल देह चाँदनी से धुल जाने के कारण ताज से ज़्यादा उज्ज्वल और दिलकश लगी। उसके अंग-अंग से शीतलता फूटी पड़ रही थी। नज़रों से लबालब प्यार छलका पड़ रहा था। शाहजहाँ ने घबराकर चोर निगाहों से चारों ओर देखा। कहीं कोई नहीं था। सभी ओर शान्ति और ख़ामोशी थी। अलबत्ता जमुना की कल-कल का हलका शोर लाल किले की दीवारों से टकराकर वापस लौटा जा रहा था। बुर्ज और किले की दीवार के बीच के कुछ

हिस्सों में बबूल की झाड़ियाँ उग आई थीं। मकड़ियों ने उन पर जालों के घर बुन लिये थे। उन्हीं पर रेंगने वाले झींगुरों की झींग, कभी-कभी उस निस्तब्धता को तोड़ जाती थी।

शाहजहाँ ने एक छुटकारे की साँस ली। आज की यह तन्हाई उसे बड़ी भली लगी। एक पल के लिए उसने सोचा, 'कहीं यह सब ख़्वाब तो नहीं है?' अपने शक को दूर करने के लिए उसने पूछा, "अरे गुलारा तुम?"

"हाँ हुज़ूर! मैं ही हूँ। आपकी बाँदी, बुरहानपुर की गुलारा। मेरी रूह सुख से न जा सकी जहाँपनाह! इसीलिए मैं आपकी ख़िदमत में फिर हाज़िर हुई हूँ।" उसकी ज़ुबान से फूल झर रहे थे।

शाहजहाँ का दिल भर आया। उसने भरे गले से कहा, "गुलारा! हम समझते थे कि हम तुम्हें भूल चुके हैं। पर क्या कोई अपने पुराने दिनों का साथ देने वालों को भूल सकता है? महज, यह एक ख़ामख़याली थी! तुमको हम चाहकर भी नहीं भूल सके।"

"वो दिन कितने दिलकश और ख़ूबसूरत थे जहाँपनाह! जब पहली बार मुझे आपका बुलावा आया तो मैं सिहर उठी थी। अंग-अंग में एक अनजानी पुलक और डर समा गए थे।" गुलारा ने कुरेदा। और शाहजहाँ को वह उसके जवानी के दिनों में खींच ले चली।

बादशाह उत्साह में उठ बैठा। बात करते-करते गुलारा शाही मसनद के पास जा खड़ी हुई थी। उसकी रेशमी हथेली को थामकर शाहजहाँ ने उसे अपने पास बिठा लिया। सारा माहौल एक अनजान, अदृश्य सुरभि से महकने लगा। मुसम्मन बुर्ज के बारजे को छोड़कर शेष भाग और महलसरा के कुछ क्षेत्रों में अँधेरा उतर आया था। बुर्ज का बारजा चाँद के उजाले और रात के अँधियारे में डूब-उतरा रहा था। जमुना के उस पार का ताज और उसमें सोई मुमताज अब पूरी तरह से अतीत के अँधेरों में खो गए।

"हाँ गुलारा, शायद हम दोनों की तक़दीर ही हमें उस साल बुरहानपुर खींच लाई थी। न अहमदनगर का दरिन्दा मलिक अकबर मुग़लों का विरोध करने की हिमाकत करता, न अब्बा हुज़ूर जहाँगीर हमें मुग़ल फौज की कमान देते। न हम बुरहानपुर पहुँच पाते।" शाहजहाँ अपनी जवानी दुहराने लगा।

सन् 1616 का साल!

आगरा के लाल किले की महलसरा के ख़ास कमरे में बादशाह जहाँगीर आकुल-व्याकुल चहलक़दमी कर रहे थे। मानो कोई गुस्सैल बाघ पिंजड़े में बन्द कर दिया गया हो। फ़र्श पर सुन्दर नरम ईरानी कालीन बिछा होने से चहलक़दमी की आवाज़, मखमली, हीरे जड़ी जूतियों की मर-मर में बदल गई थी। सिर की अकबरी पगड़ी

पर मोतियों की लड़ लिपटी हुई थी जिसमें छिपे हुए थे खिचड़ी बाल। कानों में दप-दप दिपदिपा रहे थे हीरों के बुन्दे। पर आँखों के लाल डोरे, कानों की कोर तक खिंच आए थे। नथुनों से एक हिंस्र गुर्राहट यदा-कदा फूट पड़ती थी। गले में हीरे-पन्नों का कंठा झलमला रहा था। चहलक़दमी करते-करते वे यदा-कदा रुक जाते थे। पर बेचैनी उन्हें अधिक देर तक रुकने न देती थी। हाथ पीछे बाँधकर वे टहलने लगते थे। चिन्ता की रेखाएँ सुन्दर पेशानी पर उभर-उभर आती थीं। चारों ओर शान्ति थी। कमरे की छत के बीचोबीच शमादान वाला ख़ूबसूरत झाड़फानूस लटक रहा था। चारों कोनों में तिपाइयाँ रखी थीं। दीवार के पास दो-तीन मखमल जड़ी कुर्सियाँ थीं। एक ओर तख़्तपोश भी करीने से सजा था। खिड़कियों और दरवाज़ों पर कढ़े हुए, मलमली परदे लहरा रहे थे। दरवाज़ों से दूर तातारी ख्वाजा-सराएँ नंगी तलवारें लिये पहरे पर थीं। बादशाह की बेचैनी का कारण था अहमदनगर का मलिक अम्बर। अहमदनगर के ख़िलाफ़ चल रही जंग में मुग़ल फौजों की बढ़त न केवल रुकी हुई थी, बल्कि मलिक अम्बर के छापामार मराठा गुरिल्लों ने मुग़ल सेनाओं को नाकों चने चबवा दिये थे। बादशाह के अज़ीज़ दोस्त और मुगलिया दरबार के श्रेष्ठ मनसबदार अब्दुर्रहीम ख़ानख़ाना को मुँह की खानी पड़ी थी। ख़ानख़ाना की असफलता ने बौखला दिया।

"आप इतने चिन्तित और परेशान क्यूँ हैं आलीजाह?"

एक सुरीली आवाज़ ने जहाँगीर के क़दम बाँध दिये। वे पलटे, सामने मुस्कराती हुई खड़ी थी, उनके दिल की मलिका—नूरजहाँ। तीस के पास पहुँचने के बाद भी उजले दूध-सा उसका ईरानी सौन्दर्य और अंडाकार चेहरे तथा गालों की लुनाई अत्यन्त ही मनभावन थी। नीली रसमयी आँखों के कोए कानों के लवों तक खिंच आए थे जिन्हें काजल की कोरों ने और अधिक आकर्षक बना दिया था। वे सागर की तरह गहरी और नशीली थीं। वक्ष और नितम्बों का उभार अभी भी पैना था। उसका परिपक्व यौवन और गुलाब के इत्र की भीनी-भीनी सुगन्ध दोनों अंग-अंग से फूटे पड़ रहे थे। पान की गिलौरियों ने तराशे ओठों को और अधिक लाल, रसीला बना दिया था। ऐसा लगता था मानो नूरजहाँ के शरीर से मद झर रहा हो। उसमें रसिक प्रौढ़ता का एक तीखा खिंचाव था। आयु के इस मोड़ पर भी वह सौन्दर्य की आकर्षक एवं उन्मादक मूर्ति थी।

हुस्नो-जमाल की मलिका, नूरजहाँ को देखते ही बादशाह के चेहरे का तनाव ढीला पड़ गया। प्यार का ज्वार सीने में उमड़ पड़ा। वे मुस्करा उठे। नज़रों में भी रस उतर आया। अति उत्साह एवं प्रेम से बेगम नूरजहाँ की ओर बढ़ते हुए उन्होंने कहा, "आह! बेगम तुम? आओ, आओ। तुम्हें देखकर हमारे दिल को कितना सुकून मिलता है, हम क्या बताएँ?" वे अपनी चहेती के निकट जा पहुँचे। उन्होंने बात आगे बढ़ाई, "बेगम, अहमदनगर का दरिन्दा मलिक अम्बर किसी भी तरह हमारे

काबू में नहीं आ रहा है।'' जहाँगीर के चेहरे पर बल पड़ गए। उन्होंने मेहँदी से गमक रही कोमल ललाई लिये गोरी हथेली को थाम लिया। उसे लिये वे तख़्त पर जा बैठे। विचारमग्न स्वर में उन्होंने कहा, ''अब मुग़लों की सारी ताक़त हमने उसके ख़िलाफ़ लगाने का फ़ैसला कर लिया है, नूर। न होगा तो माबदौलत ख़ुद दक्खन के लिए कूच करेंगे। अपनी सेना की कमान सँभालेंगे। तुम चलोगी हमारे साथ?'' एक निश्चय पर पहुँचते ही बादशाह ने बड़े लाड़ से नूरजहाँ से पूछा।

''एक चींटी को मसलने के लिए हुज़ूर गजराज का इस्तेमाल करना चाहते हैं? नहीं-नहीं जहाँपनाह! मैं इसकी राय आपको नहीं दे सकती। फिर यह ठीक भी नहीं होगा मेरे हुज़ूर, कि सारे हिन्दोस्तान का मालिक एक अदना फौजदार से लड़ने पहुँचे। शहज़ादा ख़ुर्रम आपके हुज़ूर की ख़िदमत में है। तब हम आपको कैसे तकलीफ़ उठाने दे सकते हैं?'' इसरार करते हुए नूरजहाँ ने मुग़ल राजनीति की शतरंज पर एक चाल चल दी।

मुग़ल दरबार और हरम आपसी गुटबाजी का अड्डा बन गया था। बादशाह के बड़े बेटे, शहज़ादा ख़ुसरू, उनके हिमायती तथा मामू, राजा मानसिंह के गुट को, और अपने दूसरे विरोधी, मनसबदार महाबत ख़ान को नीचा दिखाने तथा बादशाह को अपनी मुट्ठी में बनाए रखने के लिए, बेगम नूरजहाँ ने अपने अज़ीज़ भाई आसफ़ ख़ाँ और उनके दामाद शहज़ादा ख़ुर्रम के साथ अपना अलग गुट बना लिया था। इस गुट को नूरजहाँ के पिता एतमाद-उद-दौला और उसकी माँ का भी समर्थन प्राप्त था। इस दल का सबसे अधिक चालाक सदस्य आसफ़ ख़ाँ था। उसकी चुप्पी और मन्द-मन्द मुस्कान के पीछे कुटिल चालें छिपी रहती थीं। वैसे भी विलास-प्रिय, नशेबाज, आरामपसन्द जहाँगीर अपनी हसीन बेगम नूरजहाँ की ज़ुल्फ़ों में क़ैद था। अक्सर वह कहा करता था—

एक बोतल शराब औ पाव भर कबाब हो।
नूर-ए-जहाँ की सल्तनत, ख़ूब हो-ख़राब हो॥

अपने दुश्मनों को नीचा दिखाने का कोई भी मौक़ा वह अपने हाथ से जाने देना नहीं चाहती थी। इसलिए इस मौक़े का और बादशाह की मुश्किलों से फ़ायदा उठाने का उसने फ़ौरन फ़ैसला लेकर, एक राय धीरे से पेश कर दी। इस सुनहरे मौके को उसने हाथ से न जाने दिया। इस राय के ज़रिए वह बादशाह पर मानो एहसान जता रही हो।

''तुम बजा फ़रमा रही हो बेगम। हम न सिर्फ़ तुम्हारी ख़ूबसूरती के कायल हैं, बल्कि हर बात और हर काम को सही वक़्त पर करने की इस अदा पर तो मर मिटे हैं।'' जहाँगीर भावुक हो उठा। मुहब्बत का सुरूर उसकी नज़रों में उतर आया। वह नूरजहाँ की रेशमी अँगुलियों से खेलने लगा। मोगरे की कलियों-सी वे अँगुलियाँ रेशम-सी मुलायम थीं।

"शाह ख़ुर्रम की हौसलाअफ़ज़ाई के लिए हम लोग...मेरा मतलब है हुज़ूर, मुग़ल दरबार और शाही हरम मांडू तक चले। सल्तनत के उस सूबे, मालवा की सैर और जाँच दोनों हो जाएँ। दक्खन के मुआमलों पर निगाह भी बनी रहेगी और 'शबे-मालवा' का हम लोग आनन्द भी उठा सकेंगे।" शोखी से नूरजहाँ मुस्कराई। अपनी बात को अधिक प्रभावशाली बनाने के लिए वह बादशाह के सीने से जा लिपटी।

नूरजहाँ के सिर एवं अंगों से निसृत होने वाली सुरभि ने जहाँगीर को मदमस्त कर दिया। उस ख़ुशबू को अपने दिल में गहरे तक उतार लेने के लिए उमने एक लम्बी साँस खींची और लहरा गया।

"क्या बात है! तुम्हारी जितनी तारीफ़ की जाए, कम है नूर। वाह! तुमने तो ख़ुर्रम को शाह का खिताब भी अता कर दिया! हमें यह भी मंज़ूर है। आज से ख़ुर्रम को शाह ख़ुर्रम, शहज़ादा बुलन्द इकबाल कहा जाएगा। आज ही शाम के दरबार में हम इसका ऐलान कर देंगे। तुम्हारा कहना सही है, नज़दीक रहने से हमारे बेटे सुल्तान शाह ख़ुर्रम और मुग़ल सेनाओं का हौसला बुलन्द रहेगा और... ।" जहाँगीर सपनों में खो गया..."रूपमती और बाजबहादुर के बाद मांडू के खँडहरों में मुहब्बत की एक और दास्तान दुहराई जाएगी। हम बनेंगे बाज और तुम बनोगी रूप... ।" एक पल रुककर नूरजहाँ के सुन्दर चिबुक को अपनी ओर ऊँचा करते हुए वह धीरे से फुसफुसाया, "बोलो मंज़ूर है?" अधेड़ जहाँगीर शैतानी से मुस्कराया। नूरजहाँ के सारे शरीर में पुलक भरी सिहरन दौड़ गई। लाज से वह दुहरी हो गई, भावुक उत्तेजना में उसकी सुन्दर पलकें बन्द हो गईं।

दोपहर ढलने लगी थी। अपने आप हवा की गरमी में कमी होने लगी। दोपहर भर सूरज के डर से दुबके परिन्दों के दल अपने कोटरों को छोड़, पेड़ों की फुनगियों पर बैठ चहचहाने के लिए बाहर निकल आए। जमुना के किनारे के शीतल कीचड़ में भैंसों के झुंड लोट रहे थे। एकाध भैंस पर कौआ बैठा काँव-काँव कर रहा था। गायें और अन्य जानवर पानी पी रहे थे। मुर्गाबियाँ अपनी नन्ही-नन्ही गरदन उठाए पानी में डुबकियाँ लगा पानी उड़ा रही थीं। पशु-पक्षी जमुना के ठंडे पानी से अपने को तर कर अपने स्थानों और घोंसलों को लौट रहे थे। यह साँझ के उतर आने की ख़बर थी।

लाल किले के पीलखाने में हाथी झूम रहे थे। घुड़साल में बँधे अरबी, तुर्की और काठियावाड़ी घोड़ों के खुरों से उठी धूल और लीद की गन्ध ने हवा को बोझिल बना दिया था। किले की बुर्जियों पर तोपें जमी थीं। कंगूरों और सफील पर, अन्तर देकर तलवार, बन्दूकें और तीर-कमान लिये मुस्तैद सिपाही पहरे पर तैनात थे।

ढम...ढम...ढमाक...ढम...ढम...तू...तू...तू...ऊ...त...ऊ...तू...के साथ ही नगाड़े की ढमाक एवं तुरही की तू-तू दिगंत में फैलने लगी। शहर पनाह के दरवाज़ों से मनसबदार, मुंसिफ़, सिपहसालार, सूबेदार, राजा, रजवाड़े, कारिन्दे और सेनापति

शाम के दरबार में हाजिरी लगाने के लिए दीवान-ए-ख़ास की ओर बढ़ने लगे। सवारों के उतर जाने पर नौकर-चाकर घोड़ों को एक ओर कतार में बाँधने लगे। मालिकों के चले जाने के बाद पीनस और पालकियों को कहारों ने एक ओर रख दिया। वे पान-तम्बाकू की जुगत में लग गए। गपशप करने लगे। उनके फटे कपड़े, रूखे बाल और ग़रीबी उस वैभव और समृद्धि के दुशाले में पैवन्द थे। अधिकांश लोगों की हालत ऐसी ही थी। पर वे अपनी ग़रीबी में ही मस्त थे।

कुछ लोग अभी भी अजमेरी दरवाज़े से घोड़ों और हाथियों पर आ रहे थे। दिल्ली दरवाज़े पर भी काफ़ी चहल-पहल थी। दीवान-ए-ख़ास के आसपास ख़ास-ख़ास जगहों पर नंगी तलवारें लिये सिपाही चाक-चौबन्द पहरा दे रहे थे। उनकी सतर्क निगाहें चारों ओर थीं। ख़ास-ख़ास अमीर-उमराव, मनसबदार, मुसाहिब और दरबारी अपने दर्जे और हैसियत के अनुसार नियत स्थानों पर बैठने लगे। बातचीत और चलने-फिरने का हलका शोर दरबार में गूँज रहा था। तभी नक्कारे पर चोट पड़ी और चोबदार की कड़क आवाज़ ने सबको सावधान कर दिया, "...होशियार...हो...शि...या...र...र...र...चिराग-ए मुग़लिया ख़ानदान...शहज़ादा हुज़ूर ख़ुर्रम तशरीफ़ ला रहे हैं...एँ...एँ...।" गले पर ज़ोर दे उसने आख़िरी शब्दों को लम्बा कर दिया। उस आवाज़ के साथ सारे दरबार की नज़रें सामने टिक गईं।

दो अंगरक्षकों के पीछे एक ख़ूबसूरत नौजवान बड़े आन-बान के साथ चला आ रहा था। उसका आकर्षक व्यक्तित्व देखने लायक था। उसके सिर पर पन्ने जड़ी पेचदार पगड़ी थी। सुरमई आँखें चंचलता से चारों ओर घूम रही थीं। नाक सुतवाँ और रंग गोरा था। दाढ़ी और मूँछें करीने से तराशी हुई थीं। सीना चौड़ा, कानों में बुन्दे और गले में कंठहार चमचमा रहा था। कमर में जड़ाऊ तलवार बँधी थी। उसमें ग़ज़ब की फुर्ती और तेज़ी थी। कढ़ा हुआ सुन्दर अँगरखा, घुटनों के नीचे लटक रहा था। वह चूड़ीदार पाजामा और मोती टँकी मखमली जूतियाँ पहने था। दाएँ हाथ में वह एक जड़ाऊ खंजर लिये था। वह सजीला, सुदर्शन नौजवान था शहज़ादा ख़ुर्रम, नूरजहाँ के त्रिगुट का तीसरा सदस्य, आसफ़ ख़ाँ का दामाद और जहाँगीर का दूसरा बेटा।

शहज़ादा ख़ुर्रम के ठीक पीछे, अन्तर देकर बड़े अदब से सिर झुकाए एक और भव्य, भद्र पुरुष चल रहा था। रंग उसका भी गोरा, साफ़ और नाक-नक्श तीखे थे। चेहरे पर ईरानी सुन्दरता की स्पष्ट छाप थी। परन्तु बालों में सफ़ेदी आ चली थी। मूँछें सघन और दाढ़ी तराशी हुई थी। दाढ़ी और गलमुच्छे मिले हुए थे। छोटी-छोटी नीली आँखें सतर्क, चालाक और सावधान थीं। वह नीची नज़रें किए चल रहा था मगर बीच-बीच में गरदन उठा लेने पर, एक पल में ही वे चालाक निगाहें चारों ओर का जायज़ा लेकर अपने-पराए को भाँपने की कोशिश कर लेती थीं। सिर पर उसके भी पगड़ी, हाथों में अँगूठियाँ और गले में सतलड़ा हार था। उसकी कमर में जड़ाऊ

तलवार बँधी थी। यही था नूरजहाँ त्रिपुट का आधार-स्तम्भ—उसका चहेता भाई, आसफ़ ख़ाँ।

इनके प्रवेश करते ही, दरबार में सन्नाटा छा गया। अनेक मुसाहिबों ने खड़े होते हुए ख़ुशामद भरे स्वर में स्वागत किया—"ख़ुश आमदीद...ख़ुश आमदीद... ख़ु...श...आ...मदीद...इ।" ख़ुशामद और स्वागत का अभ्यस्त शहज़ादा ख़ुर्रम बड़े गर्व के साथ अकड़ते हुए अपने मखमली तख़्त पर जा बैठा। पास की कुर्सी आसफ़ ख़ाँ ने सँभाली। नौकरों-ग़ुलामों ने पंखा झलना शुरू कर दिया। सभी यथास्थान बैठ गए। रुका हुआ बातचीत का सिलसिला, फिर दबी ज़ुबान में चल पड़ा। आसफ़ ख़ाँ की उड़ती नज़र ने भाँप लिया कि हमेशा की तरह राजा मानसिंह और शहज़ादे ख़ुसरू की जगह ख़ाली थी। कई दिनों से उन्होंने दरबार में आना बन्द कर रखा था। वैसे भी शहज़ादा ख़ुसरू शाही निगहबानी में नज़रबन्द था, एक तरह से बन्दी। बेचारा ख़ुसरू! अत: राजा मानसिंह और उनके भांजे का ख़तरा समाप्तप्राय ही था।

मगर खतरा दूसरी जगह मँडरा रहा था जो दरबार के एक अन्य हिस्से में केन्द्रित था। मनसबदार महाबत ख़ान अपने पठान और ख़ासकर राजपूत दोस्तों के साथ दरबार का बायाँ हिस्सा दबाए बैठा था। अफ़गान जाति के अनुरूप महाबत ख़ान का डील-डौल ऊँचा-पूरा था। उसका चौड़ा-चकला सीना गज-भर का था और गाल भरे हुए थे। चेहरा उसका औसत से बड़ा था। अपनी चीते-सी कमर में वह दो तलवारें बाँधता था। बड़े रणकुशल, निर्भय और खुले दिल के इस पठान ने अपने शहंशाह का दिल जीत रखा था। इसी वजह से उसे दरबार में, कुछ भी बोलने की आज़ादी थी। स्वाभिमानी ही नहीं गर्वीला महाबत ख़ान दबंग और मुँहफट था। युद्ध के मैदान में व्यक्तिगत वीरता और साहस का जो परिचय वह दिया करता था, उसी के कारण राजपूतों में वह बहुत लोकप्रिय हो गया। अनेक राजपूत उसकी नौकरी में उसके चारों ओर इकट्ठे हो गए थे। उसकी स्वामिभक्ति और गुणों ने जहाँगीर को उसका कायल बना रखा था। बादशाह ने ख़ुश होकर उसे न केवल दरबार में एक उच्च मनसब दिया, बल्कि झंडा-निशान लगाने और तुरही-नगाड़ा बजाने की इजाज़त भी दे रखी थी।

महाबत ख़ान, सिर नीचा किए अपने दोस्तों की बातें ध्यान से सुन रहा था। बीच-बीच में वह मुस्करा उठता था। यदा-कदा अपनी मगरूर आँखों को ऊपर चढ़ा कर चारों ओर उन्हें दौड़ा लेता था। दरबार में वही एक ऐसा था, जो शहज़ादा ख़ुर्रम और आसफ़ ख़ाँ के दरबार में आने पर, उनके इस्तकबाल में न तो वह खड़ा हुआ, न ही उसने मुस्कराकर उनका नज़रों से स्वागत किया। वह अपनी बातों में मशगूल रहा। उसके न उठने पर उसके अन्य साथियों ने भी उठने का कष्ट नहीं किया। आसफ़ ख़ाँ की निगाहों से यह छिपा न रह सका। वह सुलग उठा। वैसे भी उन दोनों के बीच लाग-डाट थी ही। बादशाह के मुँहलगे इस पठान को उनका साला सह नहीं

सकता था। पर वह कुछ न बोला। कड़वा घूँट पीकर रह गया। शहज़ादे की ओर झुककर उसने भी धीरे-धीरे बतियाना शुरू कर दिया। मगर वह दरबार के हालात को भाँपने की सतर्कता ज़रूर बरत रहा था।

तभी तुरही और नगाड़े की आवाज़ किले की मीनारों और गुम्बदों से टकरा कर दरबार में बिखर गई। चोबदार की कड़क ललकार गूँज उठी—"हो...शि... यार...ख...बर...दार। नज़रें रूबरू...ऊ...जिल्ले सुभानी...शहंशाहे हिन्दोस्तान... बादशाह सलामत जलवा-अफरोज हो रहे हैं...ए...ए।" सारा दरबार अदब के साथ उठ खड़ा हुआ। बातचीत का हलका शोर सन्नाटे में बदल गया। हाथ बाँध कर सिर नीचा किए सभी खड़े हो गए। जहाँगीर अपने खास महल के परदादार गलियारों को पार कर शाही तख़्त पर आ बैठे। चारों ओर से स्वागत में आवाज़ें फूट पड़ीं, "मरहबा, मरहबा, मरहबा!" बादशाह के बैठते ही सभी अपनी-अपनी जगहों पर अदब से बैठ गए। वे शाही तख़्त से किसी ऐलान या बात का इन्तज़ार करने लगे।

जहाँगीर ने एक तिरछी नज़र, दरबार से लगे, जनानखाने के पारदर्शी परदे की ओर डाली। बेगम नूरजहाँ भी अपने तख़्त पर आ बैठी थीं। इस बार वे पूरे शाही लिबास में थीं। उनके नागिन से काले बालों को ढकने वाला एक जड़ाऊ ताज उनके सिर पर था, जिसके जवाहरातों की चमक उनके चेहरे के दमकते सौन्दर्य के सामने फीकी पड़ रही थी। वे किमखाब और जरी के कढ़े हुए कपड़ों में फब रही थीं। वे स्वयं गुलाब-सी ललाई और सुगन्ध लिए उसी के इत्र में महक रही थीं। उन्होंने मुस्कराकर बादशाह से नज़रें मिलाईं और नवोढ़ा-सी शर्मा कर अपनी कटीली निगाहें नीची कर लीं, मानो उन्होंने दरबार की कार्यवाही शुरू करने का इशारा कर दिया।

बादशाह ने पास पड़े मखमली गावतकिये को खींच लिया। आराम से उस पर उठंग गए। फिर धीरे से उन्होंने कहा, "मुग़ल दरबार के वफ़ादार अमीर-उमरा, मनसबदार और सिपहसालारों को हम एक बुरी ख़बर देना चाहते हैं। आज दोपहर से एक घड़ी पहले वाकिया-नवीस से हमें ख़बर मिली कि अहमदनगर की जंग में ख़ाने-खाना रहीम साहेब को जितनी सफलता मिलनी चाहिए थी, नहीं मिल पाई है। हम जो चाहते थे, वह कुछ भी नहीं हो पाया है। अहमदनगर का वह वहशी मलिक अम्बर काँटा बनकर हमारी बग़ल में अभी भी चुभ रहा है।" जहाँगीर एक पल रुके। दरबार पर पड़े अपनी बात के प्रभाव को वे तौलने लगे। सभी ख़ामोश थे।

हलका-सा ग़ुस्सा बादशाह के चेहरे पर उतर आया। आँखें छोटी हो गईं और घनी भौंहें कपाल पर चढ़ गईं। कुछ देर चुप रहकर उन्होंने बात आगे बढ़ाई, "हमारी ख़्वाहिश है कि खाने-खाना को वापस बुला लिया जाए। जंग की कमान किसी और को सौंपी जाए, ताकि मोर्चे पर रुकी हुई हमारी फौजें आगे बढ़ सकें। हमारे अब्बा हुज़ूर जन्नत आशियानी, शहंशाह अकबर शाह ने जिस काम को हाथ में लिया था, उसे शान से पूरा किया जा सके।"

दरबार में एक अनजान तनाव का जाल खिंच आया। सभी की साँसें बोझिल हो गईं। हवा में कूटनीति तैरने लगी। ख़ुर्रम तनकर बैठ गया। आसफ़ ख़ाँ ने पहलू बदला और महाबत ख़ान की पेशानी पर बल पड़ गए। बेगम नूरजहाँ मन्द-मन्द मुस्करा रही थीं। बात को पूरी करने के पहले जहाँगीर ने एक बार फिर जनानखाने के परदे की ओर देखा। महाबत ख़ान सब कुछ भाँप रहा था और आसफ़ ख़ाँ, उसे तो अपनी सर्वशक्तिमान बहन का पूरा भरोसा था।

''हम चाहते हैं कि इस बार मुग़ल सेना और जंग की कमान शाही ख़ानदान के किसी शहज़ादे को सौंपी जाए। माबदौलत की ख़्वाहिश है कि ख़ुर्रम इस काम को अंज़ाम दे।'' जहाँगीर के माध्यम से बेगम नूरजहाँ ने अपनी कूटनीतिक चाल चल दी थी। ख़ुर्रम का सीना ख़ुशी और गर्व से फूल उठा। उसका चेहरा दमकने लगा। एक हलकी-सी मुस्कराहट आसफ़ ख़ाँ के ओठों पर आने के पहले ही दफ़न हो गई।

महाबत ख़ान की परिपक्व राय को जहाँगीर अनदेखा नहीं कर सकता था इसीलिए उसने पूछा, ''तुम्हारी क्या राय है महाबत ख़ान?''

ख़ान मानो इस बात का इन्तज़ार ही कर रहा था। शतरंज की सभी चालों को वह एक पल में भाँप गया। उसने प्यादे से मात देने का फ़ैसला ले लिया। महाबत ख़ान उठ खड़ा हुआ। उसने झुककर बादशाह को तीन बार कोर्निश बजाई और बोला, ''जान की अमान पाऊँ, तो हुज़ूर से कुछ अर्ज करूँ?''

''तुम बेख़ौफ़ कुछ भी कह सकते हो महाबत। तुम जानते हो कि हम तुम्हें और तुम्हारी राय को कितनी अहमियत देते हैं।'' जहाँगीर ने खुले दिल से कहा, एक लम्हे के लिए वे नूरजहाँ को भूल गए।

नूरजहाँ बेचैन हो उठीं। उन्हें उम्मीद न थी कि महाबत ख़ान को देखकर बादशाह फिसल जाएँगे। उनके मुखमंडल पर चिन्ता की बदलियाँ घिर आईं। ऊँट न जाने अब किस करवट बैठे? आसफ़ ख़ाँ और ख़ुर्रम ईर्ष्या से जल उठे। पर वे लाचार थे। तीर कमान से निकल चुका था। वे शान्त पर सावधान बैठे रहे। सारे दरबार में सन्नाटा छा गया। सभी के कान खड़े हो गए। आसफ़ ख़ाँ-नूरजहाँ गुट के साथ महाबत ख़ान की लाग-डाट की भनक सभी को थी। सभी ख़ान की अगली चाल का इन्तज़ार करने लगे।

''हुज़ूर-ए-वाला! इतने ग़ुलामों के रहते हुए एक मामूली सिपहसालार से लोहा लेने के लिए शाही ख़ानदान के एक शहज़ादे को भेजा जाए... । न...न...हुज़ूर...यह कुछ जँचता नहीं।'' महाबत ख़ान तौलकर धीरे-धीरे एक-एक शब्द बोल रहा था, ''इस मामूली काम को आपका कोई भी ग़ुलाम बख़ूबी अंज़ाम दे सकता है, मेरे मालिक।''

बादशाह सोच में पड़ गए। आदत के मुताबिक़ उन्होंने फिर जनानखाने के परदे की ओर देखा मानो किसी राय या इशारे का उन्हें इन्तज़ार हो। और नूरजहाँ की अकुलाहट के एहसास ने उन्हें मानो कोई भूली बात याद दिला दी। जहाँगीर महाबत

ख़ान की बात का खंडन करने लगे, "नहीं-नहीं महाबत, तुम जरा हालात की नजाकत को तो देखो। जहाँ खाने-खाना जैसे दानिशमन्द नाकामयाब हो गए, वहाँ दूसरा कोई कैसे टिक सकेगा?"

"ख़ुदाबन्द! आप ये क्यों भूल जाते हैं कि रहीम साहेब एक शायर हैं। कोमल दिल इनसान। कोई भी अदीब, शायर जंग की चालाकियों का सामना कैसे कर सकता है? हुज़ूर जानते हैं कि लड़ाई में मौक़ा पड़ने पर पीछे हटना या दुश्मन की पीठ पर वार करना, सभी कुछ जायज़ है?" ख़ान की वाणी में कूटनीति खेलने लगी। वह आसफ़ ख़ाँ की परदे के पीछे की राजनीति को फाश करने पर मानो तुल गया।

"और...फि...र...।" अपनी बात पर ज़ोर देने के लिए महाबत ख़ान ने उसे लम्बा खींच दिया।

"हाँ-हाँ...कहो...और क्या कहना चाहते हो?" बादशाह ने उतावली से पूछा।

"हुज़ूर! शहज़ादा परवेज़ पहले से ही अहमदनगर की कमान सँभाले हुए हैं। उनके कामों के बारे में हुज़ूर को अच्छी तरह से जानकारी है। फिर नए शहज़ादे से क्या कोई दूसरी उम्मीद की जा सकती है? खाने-खाना के अलावा शहज़ादा परवेज़ के साथ अब्दुल्ला ख़ान और खाने जहाँ लोदी जैसे अमीर भी थे। पर वे सब क्या कर सके?" महाबत ख़ान ने सारी बातें बिना किसी डर के खोलकर रख दीं।

खान की साफ़गोई से दरबार दंग रह गया। बेगम नूरजहाँ तिलमिला गईं। पर कुछ बोल न सकीं। ख़ुर्रम और आसफ़ ख़ाँ अन्दर ही अन्दर कुढ़ गए। हमला साफ़ तौर से उन्हीं पर था। बादशाह पुनः विचारमग्न हो गए। तभी उन्होंने देखा कि राजा महासिंह भी कुछ कहना चाहते हैं। वे सतर्क हो गए। उन्होंने तुरन्त पूछा, "हाँ-हाँ राजा साहब, आप भी क्या इसी मुआमले में कुछ कहना चाहते हैं?"

राजा महासिंह आमेर नरेश राजा मानसिंह के बेटे थे। उनका गोरा और खिलता हुआ रंग ताम्रवर्णी हो गया था। त्रिपुंड लगे सिर पर राजपूतानी पगड़ी थी, और गले में पड़ी थी जवाहरात की माला। कानों के बुन्दे चमचमा रहे थे। मुग़ल दरबार में उन्हें दो-हज़ारी मनसब मिला हुआ था। शाही ख़ानदान के वे सम्बन्धी भी थे। इसलिए मुग़ल दरबार में उनका बड़ा मान था। बादशाह भी उनकी बड़ी इज़्ज़त करते थे।

राजा महासिंह ने झुककर जहाँगीर की जुहार की और हाथ बाँधकर निवेदन किया, "अन्नदाता! मैं भी इस विषय पर अपनी तुच्छ राय प्रस्तुत करना चाहता हूँ। इसमें कोई सन्देह नहीं कि अहमदनगर का मामला पेचीदा है। पर यह भी कोई कारण नहीं कि जहाँ युवराज परवेज़ और खाने-खाना रहीम साहेब असफल हो गए, वहाँ दूसरे भी उस काम को पूरा नहीं कर पाएँगे। धर्मावतार! मेरी तो प्रार्थना है कि आपने युवराज ख़ुर्रम को दक्षिण मोर्चे पर भेजने का जो निर्णय लिया है, वह सर्वथा उचित ही है।

"राजा साहेब! आपने जो कहा, वह भी सही है। इनसान-इनसान में फ़र्क़ तो होता ही है। पर एक बात मैं यहाँ और अर्ज कर दूँ, दक्खन का मैदाने-जंग दूसरी तरह का है। चालाक मलिक अम्बर जानता है कि आमने-सामने की लड़ाई में वह टिक नहीं पाएगा, इसीलिए उसने छापामार पद्धति अपनाई है। उसके मराठा सैनिक इसमें माहिर भी हैं। वे अपनी रोटी भाले की नोक पर रखकर खाते हैं। चना-चबैना उनका भोजन है। तभी वे लड़ाई में हम पर हावी हो रहे हैं। दक्खन की कोई भी जंग बुरहानपुर की बोरवाड़ी की रक्कासाओं का नाच देखकर नहीं जीती जा सकती राजा साहेब।" बात को ख़त्म करते-करते महाबत ख़ान का लहजा व्यंग्यात्मक हो गया और उसमें से थोड़ा ग़ुस्सा भी झलकने लगा।

ख़ान की बातों ने सारे दरबार को स्तब्ध कर दिवा। यह हमला सीधे परवेज़ और अन्य शहज़ादों पर ही नहीं वरन् शाही ख़ानदान पर भी था। पर बात सच थी, क्योंकि शहज़ादा परवेज़ बुरहानपुर में मौज मार रहा था, जबकि जंग वहाँ से कोसों दूर अहमदनगर में लड़ी जा रही थी। सच्ची बात कड़वी लगी। ख़ुर्रम पर भी यह अप्रत्यक्ष चोट थी। महाबत ख़ान को विश्वास था कि ख़ुर्रम भी परवेज़ के पद-चिह्नों पर ही चलेगा। महाबत ख़ान की कड़वी सच्चाई ने बादशाह को निरुत्तर कर दिया। उनके पास भी वे ख़बरें दूसरे रास्तों से पहुँचा दी गई थीं। और जब ख़ुद बादशाह ही इन बातों को सुन रहे थे तो फिर दूसरों की क्या मजाल कि ख़ान का विरोध करे।

अपनी सफ़ाई में कुछ कहने के लिए ख़ुर्रम बेचैन हो गया। आसफ़ ख़ाँ ने इसे तुरन्त भाँप लिया। वह हलके से खँखारा। ख़ुर्रम के मुड़कर बग़ल में देखते ही इशारे ही इशारे में आसफ़ ख़ाँ ने उसे कुछ भी बोलने से रोक दिया। एक दमित क्रोध ने उन्हें अकुला दिया। बेगम का सुन्दर आनन भी ग़ुस्से में काला पड़ गया। वे सभी लाचार थे अपने बादशाह की उदारता के कारण।

"ख़ान साहेब! हालात का जो जायज़ा आपने पेश किया है, वह दुरुस्त है। फिर भी मैं महाराजाधिराज से दरख्वास्त करूँगा कि वे युवराज ख़ुर्रम को एक मौक़ा ज़रूर दें। जहाँ युवराज परवेज़ असफल हो गए, हो सकता है कि क़िस्मत वहीं सफलता का सेहरा युवराज ख़ुर्रम के सिर पर बाँध दे। दूसरा निवेदन मैं हुज़ूर से यह करूँगा कि वे राजकुमार को सुलह और लड़ाई के मामले में सभी अधिकार प्रदान कर दें। वे बादशाह सलामत के सच्चे मानों में प्रतिनिधि हों।" थोड़ी देर रुककर महासिंह ने आगे कहा, "और हुज़ूर! खाने-खाना साहेब को थोड़े दिन आराम करने के लिए वापस उनकी बुरहानपुर की जागीर लालबाग़ में उन्हें रहने की आज्ञा प्रदान करें। और...।" कहकर महासिंहजी फिर रुके। उन्होंने चारों ओर देखा कि उनकी बात का क्या प्रभाव पड़ रहा है। सभी उत्सुकता और ध्यान से सुन रहे थे।

"और...उनकी जगह हमारे परम प्रिय अनुभवी एवं रणकुशल कूटनीतिज्ञ मित्र महाबत ख़ान साहेब की नियुक्ति कर दी जाए। मेरा विश्वास है कि इस बार विजयश्री

मुग़लों के गले में माला डालेगी।'' राजा साहेब ने अपनी बात ख़त्म कर दी।

दरबार पर छाया हुआ तनाव एकदम ढीला पड़ गया। नूरजहाँ और उसके सहयोगियों ने छुटकारे की साँस ली। जहाँगीर को मानो सही राह मिल गई। उन्होंने फ़ौरन राजा महासिंह का प्रस्ताव मंजूर करते हुए कहा, ''वाह राजा साहब, वाह! आपने हमें सही राय दी है। हम भी यही कहना चाहते थे। आपने हमारे मुँह की बात छीन ली। आपकी राय के मुताबिक़ हम अभी फ़रमान जारी करते हैं। हम अपने अज़ीज़ बेटे ख़ुर्रम को अहमदनगर की जंग के मुतालिक सारे हकूक सौंपते हैं। हम उसे शाह का खिताब अता करते हैं। शहज़ादा बुलन्द इकबाल ख़ुर्रम आज से शाह ख़ुर्रम कहलाएँगे।''

जनानखाने में ख़ुशी की लहर दौड़ गई। नूरजहाँ की आँखें जहाँगीर की अपेक्षा राजा महासिंह के लिए कृतज्ञता से भर गई थीं। उनकी चाल को सीधा उन्होंने ही किया था। बेगम का वक्ष ख़ुशी के उद्वेग में जल्दी-जल्दी उठने-गिरने लगा। उनकी नीली झील-सी आँखों में प्यार का ज्वार-सा उमड़ आया। आसफ़ ख़ाँ की ख़ुशी उसके सीने में ही दफ़न रही। और ख़ुर्रम, वह तो फूला न समाया।

''अरे कोई है?'' बादशाह की आवाज़ गूँज उठी।

ग़ुलाम ने सामने आकर तीन बार फर्शी सलाम किया।

''शहज़ादा शाह ख़ुर्रम को देने के लिए तोहफ़े लाए जाएँ।'' बादशाह ने हुक्म दिया।

थोड़ी ही देर में किमखाब से ढके चाँदी के थालों में सिरोपावा, जड़ाऊ तलवार और खंजर हाजिर कर दिये गए। भाँपने वाली पारखी निगाहों ने भाँप लिया कि तलवार और खंजर दोनों मिलकर डेढ़ लाख से कम के न थे। बड़े अदब से ख़ुर्रम बादशाह के सामने हाजिर हुआ। कृतज्ञता से वह दोहरा हो रहा था। उसने ज़मीन बोस करते हुए तीन बार सलाम किया। बादशाह ने हाथ से छूकर थाल शहज़ादे की ओर बढ़ा दिये। ख़ुर्रम ने उन्हें बड़े आभार के साथ कबूल किया। उसके नौकरों ने थाल सँभाल लिये। शहज़ादे की ओर से भी बादशाह और बेगम को नज़र-निछावर भेंट की गई।

भेंट-उपहार की रस्म ख़त्म होने के साथ ही दरबार ख़त्म करने की घोषणा जहाँगीर करने ही वाले थे कि उनकी नज़रें पुनः सामने खड़े राजा महासिंह पर पड़ गईं।

''क्यों राजा साहब! और कुछ कहना चाहते हैं क्या आप?'' बादशाह ने जानना चाहा।

''हाँ स्वामी! अगर उचित समझें तो चित्तौड़ के महाराणा अमरसिंहजी के नाम भी एक खरीता भेज दें कि वे राजपूतों की एक टुकड़ी किसी विश्वासपात्र या सम्भव हो तो युवराज करण की कमान में शहज़ादा बुलन्द इकबाल की मदद के लिए भेज

दें। अन्नदाता! इससे महाराणा साहेब की दोस्ती के पुख्तापन का पता भी चल जाएगा।'' महासिंह ने बिना किसी उत्तेजना के अपनी बात कही। मगर सभी जानते थे कि आमेर घराने की उदयपुर के सिसोदियों से लाग-डाट थी।

''हाँ हुज़ूर! राजा साहेब बजा फ़रमाते हैं।'' आसफ़ ख़ाँ ने खड़े होकर पहले तीन बार बादशाह को कोर्निश की और धीरे से राजा महासिंह का समर्थन किया।

''बहुत ख़ूब राजा साहेब, बहुत अच्छे। आज तो आपने ग़ज़ब कर दिया, हम आपकी इस राय से भी सहमत हैं। आसफ़ ख़ाँ, आज ही एक सन्देशवाहक हमारे ख़त के साथ उदयपुर भेज दिया जाए। और हाँ, हम सोच रहे हैं कि मुग़ल दरबार और हरम भी अजमेर होते हुए मालवे की इक़लीम पहुँचे। सूबा-ए-मालवा की हम जाँच और सैर भी कर लेंगे। हम मांडू में थोड़े दिन कयाम करेंगे। पास रहने से मुग़ल फौज के हौसले पर भी इसका अच्छा असर पड़ेगा। राजा साहेब, आपका क्या ख़याल है?''

''स्वामी! आपका विचार सर्वोत्तम है।'' महासिंह ने बड़ी नम्रता से उत्तर दिया।

''तुम्हारा क्या ख़याल है महाबत?'' जहाँगीर ने वही सवाल ख़ान की तरफ़ उछाला।

''हुज़ूर ने बहुत ही बजा फ़रमाया है।'' बड़े धीरे से दबी ज़ुबान में महाबत ने सलाम करते हुए ताईद की।

राजा महासिंह ने अनजाने में आसफ़ ख़ाँ, शहज़ादा ख़ुर्रम और बेगम नूरजहाँ के कट्टर विरोधी की, उनके गुट को बेनक़ाब करने की कोशिश को नाकाम कर दिया था। महासिंह के कारण बात ने एक नया मोड़ ले लिया था। उसे स्वीकार करने के अलावा ख़ान के पास कोई चारा नहीं था। और इसी बहाने राजा महासिंह ने अपना दाँव मार लिया था। ख़ान ही क्या, सारा दरबार इसे अच्छी तरह से समझ गया था।

नगाड़े की धपा-धप और तुरही की तुत्त के साथ दरबार बरखास्तगी की सूचना सभी को मिल गई। ख्वाजासराओं से घिरे बादशाह ने हरम के लिए प्रस्थान किया। ''आमीन...आमीन...आ...मी...न...।'' के साथ ही दरबारियों ने बादशाह के जाने का भी स्वागत किया। दरबार हलके शोर से गूँजने लगा। महाबत ख़ान अपने साथियों के साथ धीमे क़दम अपनी ड्योढ़ी की ओर चल दिया।

उस शाम राजा महासिंह की ड्योढ़ी पर किमखाब से ढके तीन चाँदी के थाल पहुँचे, जिनमें से एक में साम्राज्ञी नूरजहाँ की ओर से रानी साहिबा के लिए जवाहरातों की क़ीमती भेंट थी। अन्य दो थाल शहज़ादा बुलन्द इकबाल शाह ख़ुर्रम और आसफ़ ख़ाँ की ओर से थे, जो उन्हें मैत्री कृतज्ञता प्रगट करने के लिए भेजे गए थे। शाही फ़रमान जारी हो गया। एक घुड़सवार खाने-खाना एवं परवेज़ के लिए दक्खन की ओर, और दूसरा चित्तौड़ के लिए रवाना हो गया। दूसरे दिन दोपहर ढलने के पहले ही मनसबदार महाबत ख़ान अपने लश्कर के साथ बुरहानपुर के

लिए रवाना हुए। उन्हें हुक़्म दिया गया कि वे खाने-खाना से दक्खन के हालात पर मशवरा करें और शहज़ादे का इस्तकबाल भी करें। रवाना होने से पहले ख़ान ने और भी इन्तज़ाम किए। मुग़ल दरबार से लेकर अहमदनगर तक उसके अपने जासूस फैलते चले गए।

दो-तीन दिन में तैयारी पूरी हो जाने के बाद शाही दरबार और हरम अजमेर के लिए रवाना हुआ। ख़ुर्रम को अजमेर तक साथ चलने का हुक़्म हुआ। सारा शाही हरम नूरजहाँ बेगम की निगरानी में चला। शहज़ादा ख़ुर्रम की बेगम अर्जुमन्द बानू और हरम की अन्य सुन्दरियाँ भी साथ थीं। आसफ़ ख़ाँ को मय हरम के चलने का हुक़्म मिला। दूसरे अमीर-उमरा, मनसबदार-मुसाहब और सिपहसालार अपने जनानखाने के साथ चले। बादशाह पूरे लावलश्कर और लवाजमे को लेकर अपने वैभव का प्रदर्शन करने निकला था, अपनी ग़रीब प्रजा पर शान-शौकत का सिक्का जमाने के लिए। सेवकों-ग़ुलामों, दासियों-बाँदियों और नौकर-चाकरों की तो गिनती ही न थी। मनोरंजन करने वाले भांड-मिरासी, वेश्याओं, नर्तकियों और व्यापारियों की भीड़ अलग से साथ चल रही थी। मुग़ल दरबार जहाँ पड़ाव डालता, एक नया शहर बस जाता था। बाज़ार लग जाता था। आसपास के ग़रीब गाँव वालों के लिए वे दिन मेले के होते थे। ख़रीद-फ़रोख्त, सौदा-सुलफ़, लेन-देन के शोर शराबे से वह शहर गरम रहता था। नाच-गाने की महफ़िलें सज जाती थीं। साक़ी और शराब के दौर चलते थे। बादशाह अपनी प्यारी नूर बेगम के साथ हाथी या घोड़े पर सवार हो, आसपास के जंगलों में नीलगाय, या बाघ के शिकार पर निकल जाते थे। बेचारे हिरणों की भी ख़ैर न थी। पशु-पक्षियों की जान पर बन आई थी। और जिस दिन नूर बेगम किसी जानवर का शिकार अपनी बन्दूक से करतीं, उस दिन विशेष जश्न मनाए जाते। और बादशाह सभी कुछ उस सौन्दर्य की रानी पर लुटाने के लिए मचल-मचल पड़ता था।

शाही बावर्चीखाने से उड़ने वाली पकवानों की सुगन्ध अतराफ़ के गाँवों के ग़रीब-ग़ुरबों को खींच लाती थी। ये भिखारी शाही बावर्चीखाने के आसपास मक्खियों की मानिन्द भिनभिनाया करते थे। सिपाहियों के द्वारा बार-बार भगाए जाने के बावजूद आसपास ही मँडराया करते थे। उनकी भूखी आँखें और लार टपकाती जीभ तथा पेट की आग उन्हें सभी प्रकार के अपमान को सहने के लिए मजबूर किए थी। जूठन के टुकड़ों के लिए वे वहीं घूमा करते थे। बेगमात की छोलदारियों के आसपास ख्वाजासरा नंगी तलवारें लिये घूम-घूमकर ख़ौफ़ पैदा करती थीं। शाही कारवाँ के गुज़र जाने के बाद भी लोग कुछ खोजकर पा लेने के लालच में चील-कौओं की तरह उसी जगह पर मँडराया करते थे।

अरावली की पहाड़ियों की सुरम्य गोद में बसे पृथ्वीराज और संयोगिता की प्रणयस्थलि, अजमेर में शाही प्रेमियों ने अपने दरबार और हरम के साथ कुछ दिनों

मुकाम किया। सम्राट अनासागर और पुष्कर झीलों में अपनी प्रियतमा नूर के साथ जल-विहार और नौका-विहार में मगन हो गए। शहज़ादा ख़ुर्रम को हुक्म दिया गया कि वह अपनी बेगम और हरम को शाही संरक्षण में छोड़ अहमदनगर की जंग की कमान सँभालने के लिए बुरहानपुर फ़ौरन रवाना हो जाए। शाह ख़ुर्रम ने बुरहानपुर के लिए कूच कर दिया। शहज़ादे पर गुप्तचर नियुक्त कर दिए गए जिनका काम उसकी हर गतिविधि पर निगाह रखना था। आसफ़ ख़ाँ भी चौकन्ना था। उसने अपना इन्तज़ाम अलग से किया। ख़ुर्रम के रवाना हो जाने के बाद भी बादशाह और बेगम कुछ समय अजमेर में ही टिके रहे। दोनों ने ख्वाजा मुईनुद्दीन चिश्ती की दरगाह के दर्शन किए और चादर चढ़ाई। दक्खन की लड़ाई में जीत के लिए उन्होंने दुआ माँगी। अरावली के जंगल में शिकार और वन-विहार का आनन्द उठाने के बाद शाही लश्कर ने मांडू के लिए कूच किया। रास्ते में वे उज्जैन के कालियादह में रुके। बादशाह, मुग़ल हरम और दरबार के मांडू पहुँचने के पहले ही शाह ख़ुर्रम दक्खन के पहले पड़ाव, बुरहानपुर जा पहुँचा। शहरपनाह के दरवाज़े पर मनसबदार महाबत ख़ान और खाने-खाना रहीम ने शहज़ादा बुलन्द इकबाल का इस्तकबाल किया।

"अजमेर से रवाना होने के बाद सीधे हम तुम्हारे शहर बुरहानपुर आए। हम जल्द से जल्द अहमदनगर पहुँचना चाहते थे। कुछ कर गुज़रने के लिए उतावले थे। पर हमें क्या मालूम था कि तक़दीर ने तुम्हें हमारे लिए बुरहानपुर में बिठा रखा है।" शाहजहाँ ने मनोविनोद करते हुए गुलारा को छेड़ा।

"हमें ही कहाँ मालूम था कि हमारे सरताज आ रहे हैं।" शर्म से गुलारा ने पलकें झुका लीं। फिर धीरे से मुस्कराती पलकों को ऊपर उठाकर शाहजहाँ की ओर देखा।

"हाँ गुलारा। ये सब तक़दीर के ही खेल तो हैं। तक़दीर का लिखा अगर इनसान पढ़ लेता गुलारा, तो उसे कभी भी मुसीबतों का सामना न करना पड़ता।" वर्तमान अवस्था ने शाहजहाँ को दार्शनिक बना दिया। बन्दी जीवन की भावनात्मक त्रासदी उस पर हावी हो गई। उसकी उदासी ने गुलारा को भी छू लिया।

"हाँ, हुज़ूर! यह क़िस्मत ही तो सब खेल रचाती है। यह तक़दीर न मुझे बोरवाड़ी का कोठा चढ़ाती न आपसे मुलाक़ात होती।" एक लम्बी साँस गुलारा ने ली। उसका वक्ष उठकर गिर गया।

"अच्छा गुलारा! भला बतलाओ तो यह कैसे मुमकिन हुआ कि तुम जैसी हसीन, ज़हीन लड़की कोठे पर जा पहुँची? सच गुलारा, मैं जितना ही उन दिनों तुम्हारे नज़दीक आता चला गया, तुम्हारे गुणों ने मुझे हैरान और मुग्ध ही किया। कुछ

मामलों में तो तुमने मुमताज को भी पीछे छोड़ दिया था।'' शाहजहाँ उसकी लम्बी उँगलियों से खेलने लगा।

''ख़ुशामद करना तो कोई आप मर्दों से सीखे। आप बड़े झूठे हैं। कहाँ मैं, एक नाचीज़ नाचने वाली और कहाँ बेगम साहिबा, हिन्दोस्तान की मलिका। क्या हम दोनों के लिए बनाए गए मकबरे इसका सबूत नहीं हैं?'' गुलारा ने चोट की।

''नहीं-नहीं गुलारा, ऐसी बात नहीं है। उन दिनों हम ख़ुद आज की तरह किसी के ग़ुलाम थे और उन हालातों में तुम्हारे लिए जितना ज़्यादा हम कर सकते थे, वही किया। ख़ैर! तुमने हमारी बात का जवाब नहीं दिया। कोठे के बजाय तुम किसी के भी घर और दिल की रोशनी बन सकती थीं। अगर तुम हमसे बिछुड़ न जातीं तो हम तुम्हें ज़रूर आगरा ले आते। हाँ, तुम बोरवाड़ी कैसे पहुँचीं?''

''मेरे सरताज! इनसान कभी-कभी अपनी आदतों का [illegible]ना ग़ुलाम बन जाता है कि वह भले-बुरे, ऊँच-नीच, और सद-असद सभी की समझ खो देता है। उनके लिए वह अपनी औलाद को भी बलि का बकरा बना देता है। मेरे साथ यही हुआ।'' गुलारा यादों की गहरी अँधेरी घाटियों में उतरती चली गई। चारों ओर धुन्ध फैल गई।

''देखो अमानत भाई! मेरी राय मान लोगे तो बड़े मज़े में रहोगे। तुम्हारे पास तो सोने का अंडा देने वाली मुर्गी है। अगर उसे तुम मुझे सौंप दोगे तो तुम्हारी सारी परेशानियाँ हल हो जाएँगी। और फिर मैं तुम्हें कोई कम रकम तो दे नहीं रहा हूँ। दो हज़ार कलदार नक़द से तुम अपने गिरवी खेत और बैल आराम से छुड़वा सकते हो। मैं एकाध ईमानदार लड़का भी रखवा दूँगा। वो तुम्हारी और खेती की भी देखभाल करेगा। फिर उसे कोई बड़ी दूर तो नहीं ले जा रहा हूँ। यहीं पास बुरहानपुर में वह रहेगी। तुम चाहे जब छठे-चौमासे या चाहो तो हर आठवें-पन्द्रहवें दिन भी उससे मिल सकोगे। माँ-बाप की मुहब्बत बहुत बड़ी चीज़ होती है, मियाँ! मुसीबत पड़ने पर वह भी तुम्हारी मदद किया करेगी।'' याक़ूब, अमानत को ऊँच-नीच समझा रहा था।

नशा उतर जाने के कारण अमानत का बदन टूट रहा था। नसें ढीली पड़ गई थीं। ऐसा लगता था मानो शरीर में जान ही न हो। चेहरा फीका सफ़ेद पड़ गया था। आँखों की चमक ग़ायब हो गई थी। बेतरतीब खिचड़ी दाढ़ी और बिना तेल वाले बाल उलझे हुए थे। कुरता फट रहा था। शलवार में भी कई पैवन्द लगे हुए थे। खाट पर बैठा सिर नीचा किए वह याक़ूब की बातें उचाट मन से सुन रहा था। उसने कुछ जवाब नहीं दिया।

''किस सोच में पड़ गए यार? मैं तुम्हारी तलब और परेशानी को जानता हूँ।''

कहते हुए याक़ूब ने अपने झोले से निकालकर बोतल अमानत के सामने रख दी।

''नहीं-नहीं याक़ूब भाई। इसे अब रहने दो। इसी ने मेरा बेड़ा गर्क किया है। न ये साली मुँह लगती न मेरे खेत-खलिहान गिरवी होते। अब मैंने इससे तौबा कर ली है।'' अमानत ने सच्चे दिल से पछतावा किया। नज़रों को हटाने के बाद भी, बरबस वे बोतल के आसपास ही नाच रही थीं। दिल उधर ही लगा था।

''अरे, ठीक है यार, इस बार तो हो जाए। तौबा तुम अगली बार से करना। अरे भाभी जान, कहाँ हो?'' याक़ूब ने जौहरा को आवाज़ दी। जौहरा चुपचाप आकर सिर नीचा किए आँगन में खड़ी हो गई। याक़ूब सँभलकर बैठ गया। उसने दो रुपये उन्हें देते हुए कहा, ''लो भाभी जान! बाज़ार से मुर्गा वगैरह कुछ सामान मँगवा लो। आज मैं भी यहीं खाना खाऊँगा।''

''और वह खिलंदड़ी कहाँ गई?'' उसने फिर पूछा। जौहरा इस बीच चली गई थी।

''कौन अनवरी?''

''हाँ। वही।''

''यहीं कहीं खेल रही होगी। गाँव के बच्चों के साथ। नहीं तो उतावली में तैर रही होगी। वह तो उतावली की मछली है, मछली।'' अमानत ने कहा।

झोला वगैरह लेने के लिए जौहरा अन्दर चली गई थी। पर वह अन्दर ही अन्दर कुढ़ रही थी। याक़ूब उसे फूटी आँख न सुहाता था। उसका बस चलता तो वह जूतियाँ मारकर उसे निकाल देती। मगर अपने ख़ाविन्द की वजह से लाचार थी। मुई इस शराब ने उन्हें बरबाद कर दिया था। शराब के कारण ही उनकी इज़्ज़त इस गाँव में दो कौड़ी की भी नहीं रह गई थी। इसके पीछे वे कंगाल हो गए। जब से वे शराब के चक्कर में पड़े खेती-बाड़ी की तरफ़ ध्यान देना बन्द कर दिया। पहले बैल, घर का सामान और बाद में खेती-खलिहान भी बनिये के यहाँ गिरवी रख दिये गए। घर की हालत ख़स्ता हो गई। वह उन्हें समझा-समझाकर हार गई। रोई, गिड़गिड़ाई, अपनी और बच्ची की कसम खिलाई, ख़ुदा का वास्ता दिया, मगर अमानत पर कुछ भी असर न हुआ। ज़्यादा कुछ बोलने पर घर में झगड़ा होता। वैसे भी वह अमानत से दबती थी। ख़ाविन्द को ख़ुदा मानती थी। उसे डर था कि कहीं अमानत ने तलाक ले लिया तो वह कहाँ जाएगी? पर जब सहन के बाहर सब कुछ निकल जाता तो वह दबी जुबान से कुछ न कुछ बोल ही देती थी। बस फिर अमानत तूफ़ान सिर पर उठा लेता था। धीरे-धीरे जौहरा ने कुछ भी कहना बन्द कर दिया। आने वाली हर मुसीबत को चुपचाप झेलने के लिए वह अपने को तैयार करने लगी।

इस घर में जब वह ब्याह कर आई थी, तब क्या रौनक थी। सारे करारा गाँव में अमानत ख़ान की तूती बोलती थी। गाँव की पंचायत बिना अमानत के नहीं बैठती थी। क्या हिन्दू, क्या मुसलमान! सभी उसकी राय की क़द्र करते थे। खेती-बाड़ी

के अलावा दो-तीन बैल, कुछ बकरियाँ, एक गाय और भैंस भी घर में थी। जब भी कोई तीज-त्योहार होता, अमानत जौहरा को गाड़ी पर बिठाकर बुरहानपुर ले जाता। वहाँ से ख़रीद-फ़रोख्त कर वे ख़ुश-ख़ुश लौटते थे। ख़ुदा की मेहरबानी से उसकी गोद भी हरी हुई। अनवरी घर में चिराग़ बनकर आई। अनवरी की ख़ूबसूरती को देखकर सभी दंग रह गए। मानो चाँद का टुकड़ा अमानत के घर उतर आया था। सारे गाँव की वह लाडली बन गई। गाँव-भर में वह उछलती-कूदती फिरती थी। किसी की भी नकल उतारना, नाचना, मटकना तो उसकी आदत में शामिल था। गाँव के आम-इमली उसने एक कर रखे थे। घर में तो उसका पाँव टिकता ही नहीं था। घघरी की लाँग लगाकर उतावली में जो छलाँग लगाती तो जौहरा का दिल धक् से रह जाता था। पर अनवरी थी कि पानी में मछली-सी तैरा करती। तैरते हुए ख़ुशी से किलकारी भरते आवाज़ लगाती...“अ...म्म...ई... दे...खो... ।” और पानी में गोता लगा जाती।

“अरे बाबा, तू कैसी लड़की है? तुझे लाज-शरम कुछ रह गई है या नहीं? ये कोई लड़कियों के ढंग हैं तेरे? आने दे तेरे अब्बा को शाम को खेत से। आज तुझे न पिटवाया तो मेरा भी नाम नहीं।” ढूँढ़ने आई जौहरा मन-ही-मन ख़ुश होती पर ऊपर से नकली नाराज़गी दिखाते अनवरी को धमकाती।

शाम को थका-हारा अमानत खेत से घर लौटता तो जौहरा शिकायत करती, “अपनी लाडो की तरफ़ ध्यान देने की फ़ुर्सत भी मिलेगी आपको क्या?”

“क्यों? और क्या हो गया?” खाट पर लेटते हुए अमानत पूछता।

“होगा क्या, गाँव-जंगल एक कर रखे हैं। दिन-भर उतावली के किनारे घूमा करती है। मैं कहूँ कि कुछ सीना-पिरोना सीखे। सलीक़े से कपड़े पहने। खाना बनाना सीखे। चौका-चूल्हा सँभाले। और यह है कि आम-अमरूद सब एक किए है। मौक़ा मिला कि कूद पड़ी उतावली में। अब आठ-नौ बरस की होने को आई। अभी तक आपने इसे परदे में नहीं बिठाया? साल-दो साल में निकाह करना पड़ेगा। और आप हैं कि बिलकुल बेफ़िकर हैं!”

“अरे तू देखना तो, मेरी चन्दा को लोग घर बैठे माँगने आएँगे। है भला इस गाँव में या आसपास के दस गाँव में उसके जैसी कोई?” बड़े घमंड से अमानत उत्तर देता।

उसी समय हिरनी-सी उछलती-कूदती अनवरी आँगन में आ धमकी। “अ...अ... ब्...बा...” कहते हुए वह अमानत के गले में झूल गई।

हाँ, उसे माँगने वाला आया था ज़रूर। पर वह उसके और उसकी बेटी के सपनों का शहज़ादा नहीं था। वह शहज़ादा तो उसे मिला था बाद में, बहुत बाद में। जो आया था वह तो कोई और था।

हुआ यह कि उस दिन जब जौहरा अपनी पड़ोसन के घर से बतिया कर वापस लौटी तो अनवरी का हाथ पकड़े एक हट्टा-कट्टा कद्दावर आदमी आँगन में खड़ा

था। अनवरी एक दोने में से कुछ खा रही थी। अपनी अम्मी को देखते ही वह ख़ुशी से बोली, "देख अम्मी, ये याक़ूब चाचा अब्बा से मिलने आए हैं।" उसका मुँह भरा होने से शब्द गोल-मोल हो जाते थे।

जौहर जल्दी से परदे के पीछे चली गई। और जब परदे की आड़ में से उसने देखा तो वह आदमी बिलकुल ही उसे पसन्द नहीं आया। तहमद पर मलमल का कुर्ता डाले गले में काला गंडा और बाईं बाँह पर तावीज बँधा था। तीखी बल खाई बिच्छू के डंक-सी खड़ी मूँछें और आँखों के लाल डोरे उसे किसी शरीफ़ आदमी के बजाय गुंडा अधिक सिद्ध कर रहे थे। उसका दिल काँप उठा। तभी उसे सुनाई दिया, वह पूछ रहा था, "बेटी! क्या नाम बताया आपने अपना?"

"अनवरी।"

"देख अनवरी! शायद तेरे अब्बा अभी खेत से लौटे नहीं। जाओ तुम अपनी अम्मा के पास खेलो। तुम्हारे अब्बा जब तक खेत से लौटते हैं, मैं गाँव का एकाध काम निबटाकर आता हूँ। इस बीच तुम्हारे अब्बा आएँ तो कहना बुरहानपुर के याक़ूब चाचा आए हैं। थोड़ी देर में आएँगे।" और वह लम्बे-लम्बे डग भरता, हाथी-सा झूमता, गाँव की ओर चल दिया। उसके चले जाने पर जौहरा ने राहत की साँस ली।

दिल तो उसका उस दिन भी काँपा था, जिस दिन अमानत ख़ाँ पास के रावेरखेड़ी गाँव के मेले से शराब पीकर लड़खड़ाते हुए घर लौटा था। नशे में होने से, बदन बेकाबू हो रहा था। आँगन में आकर जब वह लड़खड़ाते हुए चिल्लाया, "अन...अन...वरी...ओ...अनु...की...अ...म...आ...। दरवाज़ा...तो...खोल। क्या... ब...बहरी हो गई है?" तो इस हालत में अनवरी के अब्बा को देखकर वह सन्न रह गई। पर कुछ बोल न सकी। बाद में उसे पता चला कि गाँव के ही छोटे ख़ाँ और चन्दरसिंह के साथ उस रात उन्होंने मेले में पतुरिया का नाच ही नहीं देखा बल्कि मौज-मस्ती के लिए शराब भी पी थी।

सुबह अमानत ने अपने को बड़ा ही शर्मिन्दा महसूस किया। पर शाम को जब चन्दरसिंह राजपूत उसे बुलाकर ले गया तो उसका माथा ठनका। वह बोली कुछ न थी। दया की भीख माँगने वाली नज़रों से वह उसे देखती रही। वह रोज़ सुबह तौबा करता, अनवरी और उसकी कसम खाता। मगर रोज़ शाम को उसकी तौबा प्यालों की खनक के कारण टूट जाती थी। फिर धीरे-धीरे उसकी शरम टूटती चली गई। और यह आलम हो गया कि घर के आँगन में ही कभी-कभी छोटे ख़ाँ और चन्दरसिंह के साथ पीने-पिलाने की महफ़िल जमने लगी। पीने के पहले कभी भुने गोश्त, पापड़, कबाब या चटपटी चीज़ की फ़रमाइश जले दिल से जौहरा को पूरी करनी पड़ती थी।

खेत-खलिहान के प्रति अमानत लापरवाह होता चला गया। खेत बटाई पर

उठने लगा। बटाईदार बेईमानी पर उतर आए। फिर पहले गाय-गोरू गिरवी रखे। बाद में वे बेचे गए। फिर खेत गिरवी रखने पड़े। पीने की लत इतनी ज़्यादा बढ़ती चली गई कि बिना शराब के अमानत रह ही नहीं पाता था। अब तो वह कभी-कभी सुबह-सुबह ही कुल्हड़ लेकर बैठ जाता था। शराब से ही कुल्ली करता था। नशा उतरने पर वह बेचैन हो जाता क्योंकि उसकी आत्मा उसे कचोटती थी। न पीने की कसम खाता पर दिल पर काबू न रह पाया था। वह शराब का ग़ुलाम हो गया था। न पीने पर शरीर गिरा-गिरा रहता था। वह इतना ढीला हो जाता कि उस पर उसका काबू न रहता। बह बेचैन हो जाता और शराब के लिए सनकी की तरह चक्कर लगाता था।

याक़ूब ख़ान गाँव का चक्कर लगाकर जब वापस आया तो उसे इन सब बातों की जानकारी हो गई थी। इस बार वह शराब की बोतलें और खाने का सामान लेता आया था। अमानत ख़ाँ खाट पर बैठा हुआ था। याक़ूब के भरे-पूरे व्यक्तित्व को देख वह उठ खड़ा हुआ।

''आप ही बुरहानपुर से आए हैं?'' उसने पूछा।

''अमाँ यार, अमानत भाई! आपने मुझे पहचाना नहीं? अरे यार, पिछली बार मैं मिला था आपसे जब आप रावेरखेड़ी के मेले में आए थे। मैं भी कैसा बुद्धू हूँ यार! आपको याद कैसे रहेगा? उस वक़्त तो आप थोड़े सुरूर में थे। चन्दर और छोटे ख़ाँ के साथ आप लोगों के पीने के दौर चल रहे थे। तभी मैं उधर आ निकला था।'' याक़ूब ने ऐसा याराना जतलाया, पूरे आत्मविश्वास के साथ कि अमानत गड़बड़ा गया। याक़ूब अच्छी तरह जानता था कि नशेबाज की याददाश्त बड़ी कमज़ोर होती है। उसी का उसने फ़ायदा उठाया। फिर बोतलें सामने रखकर अमानत का हाथ पकड़ वह खाट पर बैठ गया। अमानत अहमक़ की तरह उसे देखता रह गया। फिर अचानक उसे होश आते ही बोला, ''अरे याक़ूब भाई, बैठो-बैठो।'' वह तो पहले ही बैठ चुका था। बोतलों को देखते ही उसकी बुझी आँखों में चमक आ गई। तभी भुना गोश्त का दोना भी याक़ूब ने झोले से निकालकर सामने रख दिया। उसकी सुगन्ध अमानत के नथुनों में भर गई।

''मुझे मुआफ़ करना भाईजान! मैंने आपको पहचानने में देरी कर दी। आजकल मेरी याददाश्त को न जाने क्या हो गया है। ग़लती मेरी ही है। आपके मिज़ाज तो ठीक हैं?'' अमानत ललचाई नज़रों से बोतलों और गोश्त के पत्ते को देख रहा था।

''अरे बिटिया अनवरी, ज़रा दो गिलास तो लाना!'' याक़ूब ने इस प्रकार से आवाज़ लगाई मानो इस घर में उसकी पुरानी आमदरफ़्त हो।

अनवरी जब दो गिलास रखकर अन्दर जाने लगी तो याक़ूब ने उसे पकड़कर अपनी गोद में बिठा लिया। प्यार जतलाते हुए बोला, ''बड़ी हमीन, तेज़ और समझदार लड़की ख़ुदा ने तुझको दी है, अमानत भाई। यदि ख़ुदा की मेहरबानी हुई

तो यह लड़की तुम्हारा नाम रोशन करेगी और तुम्हारी सारी मुसीबतें दूर हो जाएँगी।''

''यह सब आपकी मेहरबानी है, याक़ूब भाई।'' कहते हुए उसने बोतल अपने पास खींच ली और शुरू हो गया। याक़ूब ने पीने की बजाय मेहमाननवाज़ी की तरफ़ अधिक ध्यान दिया। वैसे वह बीच-बीच में एकाध घूँट गटक लेता था। अनवरी गोद से उतरकर अन्दर चली गई थी। जब अमानत नशे में धुत होकर खाट पर औंधा गिर पड़ा तो याक़ूब उठकर चल दिया। जाते वक़्त उसने अमानत के सिरहाने कुछ रुपये रख दिये। उसने आसमान की तरफ़ देखकर वक़्त का अन्दाज़ा लगाया। रात गहरा गई थी। टिमटिमाकर तारे उस कालिमा को हलका करने की कोशिश कर रहे थे। हवा में ठंडक हो गई थी। अन्दाज़ से वह समझ गया कि रात की पहली घड़ी बीत गई है। मगर गाँव में चारों तरफ़ सन्नाटा और सोता पड़ गया है। जानवरों की घंटियाँ यदा-कदा टुनटुनाकर उस सन्नाटे को तोड़ देती हैं। बीच-बीच में इक्के-दुक्के कुत्ते की भौंक भी उस शान्ति को भंग कर जाती है। उसने पलटकर घर की ओर देखा। दरवाज़ा बन्द था। दरवाज़े की झिर्री से दिये का उजाला छनकर बाहर आ रहा था। उसने जौहरा और अनवरी को आवाज़ देना ठीक न समझा। जौहरा दरवाज़ा बन्द कर अनवरी को साथ ले, बिना खाए ग़ुस्से में सो गई थी। याक़ूब बुरहानपुर की ओर चल दिया।

उस दिन के बाद से याक़ूब हर दूसरे-तीसरे दिन करारा गाँव के चक्कर लगाने लगा। वह जब भी आता, अनवरी के लिए कपड़े, मिठाई, कुछ-न-कुछ लेता आता। अमानत के एतराज करने पर बड़ी मुहब्बत से नकली ग़ुस्सा दिखाते हुए डाँटता, ''ये क्या फालतू बात तुम करते हो, यार? क्या अनवरी मेरी बेटी नहीं है? भाई! ये बच्ची इतनी प्यारी है कि मुझे भा गई है। देखना, मैं इसे किसी दिन ले जाऊँगा, और रानी बना दूँगा।''

फिर पीने-पिलाने का दौर चालू हो जाता। अमानत धीरे-धीरे इतना खुलकर बेशरम होता चला गया कि वह याक़ूब से बेझिझक रुपये-पैसे और सामान की फ़रमाइश करने लगा। इसमें वह अपनी तौहीन नहीं समझता था। उसने जौहर से भी याक़ूब का परदा तुड़वा दिया। अब वह खुलेआम उसे अपने घर में घुसाने लगा। घर की ख़स्ता हालत, उससे छुपी न रह सकी। वह कपड़े और खाने-पीने का सामान सीधे लाकर जौहरा को देने लगा। अनवरी उससे इतनी हिल गई थी कि बिना हिचक चीज़ों की फ़रमाइश कर देती थी। कुछ ही महीनों में याक़ूब ने इस घर के मालिक और उसकी हसीन बेटी को अपनी मुट्ठी में कर लिया था। उसकी आँखें जौहरा के बजाय अनवरी पर गड़ी थीं।

आज उसने अपने इरादे बेनक़ाब कर दिये। जौहरा अन्दर-ही-अन्दर जल रही थी। वह अच्छी तरह से जानती थी कि अमानत ख़ान की शराबखोरी की लत ने उसे सारे गाँव में रुस्वा और बेइज़्ज़त कर रखा है। गाँव का कोई घर या रिश्तेदार नहीं

बचा था जिससे उसने शराब के लिए पैसे न माँगे हों। और माँगने के बाद उसने लौटाना सीखा नहीं था। उसे भी पेट का गड्ढा भरने के लिए अड़ोसी-पड़ोसी से आटा-दाल माँगना पड़ा था। वह शर्म से गड़-गड़ जाती थी, जब देने वालों की चुभती निगाहें उसके शरीर को छेदने की कोशिश करतीं। मगर लाचार भी। उसे अमानत ने मजबूर कर दिया था।

पिछले कुछ महीनों से तो याक़ूब ही उसका घर चला रहा था। अनवरी तो क्या, यदि याक़ूब उसे भी माँगता तो न तो अमानत उसे इनकार करता न वो ही इनकार कर पाती। उसने ध्यान से सुना, याक़ूब बड़े धीरे से समझा रहा था।

"अब तुम जानो अमानत भाई, कि गौहरजान तो राज़ी ही नहीं हो रही थी। पर मैंने तुम्हारी ख़ातिर उसके हाथ जोड़े, बड़ी मिन्नत-ख़ुशामद की, आख़िर मनवा ही लिया। यदि अनवरी उनके कोठे पर पहुँच गई तो समझो उसकी तक़दीर ही खुल जाएगी। गौहर के कोठे की सारी बोरवाड़ी और बुरहानपुर तो क्या आसपास के सारे शहरों-गाँवों और पूरे ख़ान देश में धाक है। हलके-पतले की तो हिम्मत ही नहीं कि उसके कोठे की सीढ़ी भी चढ़ जाए। अमीर-उमरा से कम लोगों की तो वहाँ गुज़र ही नहीं है। फिर तुम जानो कि दक्खन की जंग के कारण मुग़ल अमीर-उमरा, मनसबदार और शहजादों का बुरहानपुर आना-जाना तो लगा ही रहता है। ख़ुदा न ख़ास्ता, यदि हमारी बिटिया किसी बूड़े अमीर की नज़र चढ़ गई तो फिर पौ बारह ही समझो। बिटिया राज करेगी, राज। तुम्हारी वजह से हमारी भी पूछ हो जाएगी, भाई जान।" याक़ूब उस पर जाल फेंक रहा था। एहसान जताते हुए उसे हत्थे चढ़ाना चाहता था। साथ ही प्याले में शराब भी ढालता जा रहा था।

शराब की ख़ुशबू नथुनों के ज़रिए अमानत के दिल में पहुँचकर उसे बेचैन करने लगी। उसका धीरज छूट गया। उसकी हालत नदी में डूब रहे उस इनसान-सी हो गई थी, जो लहरों के थपेड़ों से लड़ते-लड़ते थक जाने पर प्रवाह के भरोसे अपने को छोड़ देता है। इस उम्मीद में वह हाथ-पाँव मारना बन्द कर देता है कि शायद तक़दीर उसे किनारे लगा दे और वह बच जाए। मगर डूबना ही उसकी नियति थी। शराब की तलब ने उसके इरादों की मजबूती को ढहा दिया था। लपककर उसने गिलास उठा लिया और गटगट उसे गले के नीचे उतार लिया। पेट में पहुँचते ही शराब ने उसे एक ऐसा धक्का दिया कि उसकी सारी नसें खुल गईं। उनमें ख़ून तेज़ी से दौड़ने लगा। वह नशे के स्वर्ग में तैरने लगा। सारे शरीर पर एक सुरूर छाता चला गया। एक बार बाँध टूटते ही उसने गटगट दो गिलास और ख़ाली कर दिये।

"अमाँ यार याक़ूब भाई, तुम्हें कौन साला रोकता है? अ...न...वरी...तु... तुम्हारी...भी...तो...बेटी है। तु...तुम...कोई...उसका...ब...बुरा...चाहोगे?...या...यार ...जो...ठीक समझो...करो।" शराब अमानत से सब कुछ कहलवा रही थी। नशे के कारण आवाज़ उसकी भारी हो गई थी, जुबान लड़खड़ा रही थी।

"ये हुई न मर्दों वाली बात, भला क्या मैं अपनी बेटी और तुम लोगों का बुरा चाहूँगा? तुम निशाख़ातिर रहो, अमानत भाई। मैं तुम लोगों को बिलकुल धोखा नहीं दूँगा। मैं सब कुछ जमा दूँगा। सब ठीक हो जाएगा। यार, सोचो तो। ज़्यादा से ज़्यादा तुम किसी किसान के लड़के से अनवरी का निकाह करोगे? और उस साले के यहाँ हमारी यह नाजुक बदन बिटिया गोबर पूजा करते-करते ख़ुद उससे गन्धाया करेगी। उसकी हैसियत एक शादीशुदा नौकरानी से ज़ियादा न होगी। अरे इस हीरे की कदर तो जौहरी ही कर सकते हैं। तुम देखना, गौहरबाई इस हीरे को तराशकर इसमें ऐसी चमक और आब भर देगी कि बड़े-बड़े अमीरज़ादे और शहज़ादे तुम्हारी इस बेटी के तलवे तो तलवे, जूतियाँ तक चाटेंगे, बड़े भाई। रानी बनकर रहेगी मेरी बेटी। कहे देता हूँ, हाँ। लो एक प्याला तो और लो यार!" याक़ूब ने प्याले में शराब और डाल दी। थोड़ी ही देर में अमानत लुढ़क गया। प्याला उसके हाथ से छूट गया।

"अच्छा तो मैं अब चलता हूँ, भाभीजान। आप इन्हें आराम से सुला दीजिएगा। मैं कल कभी भी आकर ठीक-ठाक कर दूँगा। आप किसी बात की फ़िक्र न करना। इस बार ऐसा इन्तज़ाम करूँगा कि आप लोगों को, ख़ासकर आपको, किसी बात की परेशानी नहीं होगी। उस हरामी बनिये से खेत-खलिहान सभी कुछ छुड़वा दूँगा। और अनवरी की आप बिलकुल फ़िक्र मत करना। समझना अपने ही घर में है।" याक़ूब दिलासा देने लगा। जौहरा आँगन में निकल आई थी। सिर झुकाकर खड़ी हो गई। उसका चेहरा फीका पड़ गया था। अनवरी की तक़दीर का फ़ैसला सुनकर उसे अन्दरूनी घबराहट हो रही थी। वह कुछ बोलना चाहती थी। अपने ख़ाविन्द और याक़ूब को रोकना चाहती थी। पर शब्द जैसे खो गए थे। फिर भी वह साहस बटोरकर बोली, "भाई जान! गाँव वाले क्या कहेंगे? जात-बिरादरी वाले कहेंगे कि बेटी की कमाई खा रहे हैं।" इतना कहने में ही उसका गला सूख गया। मानो उसमें काँटे पड़ गए। वह कँपकँपा गई।

"लोग तो साले बकते ही रहते हैं। अच्छा करो तो भी बोलते हैं और बुरा करो तो भी। लोग और रोग की कोई दवा नहीं है, भाभीजान। उनके पास बकने के सिवा है भी क्या? आया कोई भी साला जात-बिरादरी वाला और रिश्तेदार आपकी मदद पर? फिर आप उनकी चिन्ता क्यों करती हैं?" एक पल वह रुका, फिर खँखारकर गला साफ़ करते हुए बोला, "फिर आप जानो, भाभीजान! मुग़ल फौज दक्खन जाने के लिए बुरहानपुर में कयाम करती ही है। उनके नौकर-कारिन्दे अतराफ के गाँव-जंगल में दूध, अनाज, लकड़ी के लिए फिरते रहते हैं। कभी-कभी किसी ख़ूबसूरत कमसिन लड़की-औरत को उठा ले जाते हैं। लड़की जान से जाएगी और रुस्वाई फिर भी उठानी पड़ेगी। अनवरी हज़ारों में एक है, जल्द ही पकड़ में आ जाएगी।" याक़ूब ने डराया।

जौहरा काँप उठी। उसकी कल्पना में ही एक हट्टा-कट्टा फौजी अनवरी का

हाथ पकड़े खींचकर ले जाता-सा लगा। और अनवरी छूटने के लिए छटपटाने लगी। वह घबरा गई। उसे कहना ही पड़ा, "आप और ये जैसा ठीक समझें, करें।" उसने हथियार डाल दिये। ख़ाविन्द को ख़ुदा समझने वाली वह औरत भी प्रवाह के साथ बह गई।

"मेरे मालिक! गुंडों का भी एक ईमान होता है। इसमें कोई शक नहीं कि याक़ूब चाचा ने मुझे गौहरबाई के कोठे पर पहुँचाने के लिए बड़ी जोड़-तोड़ लगाई, रुपया पानी की तरह बहाया। मगर उसने मेरे अब्बा का पूरा ख़याल रखा। वह समय खोना नहीं चाहता था। वह जानता था कि शराबी-जुआरियों का क्या भरोसा? ये लोग कभी भी पलट सकते हैं। इसलिए वह दूसरे ही दिन रुपये ले आया। उसने घर में दो-चार महीने का खाने-पीने का सामान भरवा दिया। कपड़े वह हम सभी के लिए बुरहानपुर से ही लाया था। अम्मी औरत होने के कारण घर की चीज़-वस्त और कपड़ों में उलझ गई। अम्मी के लिए वह दो-चार चाँदी के जेवर भी लेता आया था। सोने की अँगूठी, हार और बालियाँ भी थीं। बस, अम्मी तो पिघल गई। याक़ूब चाचा औरतों की कमज़ोरी अच्छी तरह से जानते थे।" गुलारा की कथा शाहजहाँ बड़े ध्यान से सुन रहा था।

याक़ूब ने दो-चार दिनों तक अनवरी के बारे में बिलकुल भी किसी से बात तक न की। उसने बनिये को धमका, गालियाँ देकर कम-से-कम रुपये में खेत-खलिहान छुड़ा लिये। गिरो के सारे काग़ज़ उसने छीनकर फाड़ डाले। आते वक़्त पाँव पटक और चाकू चमकाकर बनिये को धमकाया— "अब किसी साले ने अमानत भाई को लूटने की कोशिश की तो यह चाकू ही उसके सीने के पार उतार दूँगा। सारा गाँव समझ ले।" लोगों की भीड़ के सामने बनिया दयालदास थरथर काँप रहा था, उसकी घिग्घी बँध गई थी। वह गिड़गिड़ा रहा था, "भइये! कोई मेरी ग़लती थोड़ी थी। मैंने तो कई बार मना किया। बार-बार समझाया। वो तो अमानत भाई ही नहीं माने। मैं क्या करता, लाचार था।"

"ठीक है बे बनिये। अब उनकी तरफ़ देखा भी तो समझना ख़ैर नहीं। बुरहानपुर कोई ज़्यादा दूर नहीं है। अमानत भाई ने यहीं से आवाज़ दी तो आ जाऊँगा। और तेरी दुकान, तेरा घर खड़े-खड़े न लुटवा दिया तो मेरा नाम भी याक़ूब ख़ाँ नहीं, समझा?"

"नहीं भइया! तुम जो कहोगे वही होगा। मैं कोई बेवकूफ थोड़े हूँ।" दयालदास ने हाथ जोड़े।

साँड़ की तरह झूमता-झामता याक़ूब अमानत के घर की तरफ़ चल दिया। गाँव के तमाशबीन बिखर गए। याक़ूब ने वायदे के मुताबिक़ एक लड़का भी रखवा दिया। तब जौहरा ने ही ख़ुद नहला-धुलाकर अच्छे कपड़े पहना एक दिन अनवरी को तैयार कर उसके साथ कर दिया। वह नासमझ बड़ी ख़ुश-ख़ुश उसके साथ हो ली। जौहरा ने जाते वक़्त सीख दी, ''बेटी अन्नो! बड़े अच्छे से रहना। घबराना मत। उनका कहना मानना। वो जो कहें करना। बीच-बीच में मैं या तेरे अब्बा तुझसे मिलने आया करेंगे। और फिर तेरे याक़ूब चाचा तो तुझसे रोज़ ही मिला करेंगे।'' जौहरा की आँखें आसुओं से धुँधला गईं। हलक में काँटे पड़ गए।

''अम्मी! मुझे याक़ूब चाचा कहाँ लिये जा रहे हैं?'' अनवरी के चेहरे के भोलेपन ने एक बार तो याक़ूब को भी हिला दिया। पर वह फ़ौरन सँभल गया। यह समय किसी भी तरह की कमज़ोरी दिखाने का न था। जौहरा कुछ कहे, इसके पहले ही वह बोल पड़ा, ''बिटिया! हम तुम्हें गौहर ख़ाला के घर ले चल रहे हैं। तुम उनसे मिलकर बहुत ख़ुश होगी! वो तुमको बहुत प्यार करेंगी, लज़ीज़ खाने खिलाएँगी। कपड़े और मिठाइयाँ देंगी। नाच-गाना सिखाएँगी।''

''क्या वो हमारी ख़ाला हैं?''

''हाँ बेटी! इसीलिए तो याक़ूब चाचा के साथ तुम्हें वहाँ भेज रहे हैं। थोड़े दिन तुम उनके यहाँ ही रहना।'' अमानत ने अपनी बेटी के गाल को प्यार से थपथपाते हुए समझाया।

इस बार याक़ूब ने बड़े प्यार से अपने शिकार की गरदन पर छुरी फेरी थी। उसने हँसते-हँसते मरना मंजूर कर लिया था, उफ़ तक न की थी।

साँझ का अँधियारा घिरने के पहले ही याक़ूब ख़ाँ की बैलगाड़ी ने ताप्ती पार की। चरवाहे कच्च...कच्च...च...क...च...करते हुए मवेशियों को, लाठी लेकर, उनके आगे-पीछे दौड़-दौड़, घेर रहे थे, ताकि दिन ढलने के पहले नदी पार कर लें। और जानवर थे कि बेख़बर अपनी मस्ती में झूमते-झामते जुगाली करते आगे बढ़ रहे थे। पशु बीच-बीच में खड़े हो जाते। ताप्ती का पानी पीने लगते। पेशाब या गोबर कर देते थे। एक चरवाहा घुटने तक पानी में खड़ा गीले कपड़े से रगड़-रगड़कर अपनी भैंस को नहला रहा था। उसके कालेपन को चमका रहा था।

ताप्ती किनारे खड़े मुग़ल महल की भव्यता को अनवरी देखती ही रह गई। महल के कंगूरे और गुम्बद आकाश को छू रहे थे।

अनवरी और याक़ूब जब बोरवाड़ी में घुसे तो उन्होंने मुहल्ले को शबाब की सीढ़ी पर चढ़ते पाया। चहल-पहल में धीरे-धीरे गरमाहट आती जा रही थी परन्तु गहमागहमी में देर थी। अनवरी इस सबको समझ न पाई। गौहरबाई के कोठे को देखकर तो वह दंग रह गई। नरम ईरानी कालीन चारों कोनों को छू रहा था। कालीन पर पाँव रखने पर उसके मैले होने का डर था। पाँव अन्दर धँस-धँस जाते थे। तलवों

में गुदगुदी होती थी। सारा कमरा झाड़फानूस वाले शमादान के उजाले में जगमगा रहा था। लड़की सहमते-सहमते याक़ूब चाचा के पीछे कमरे में गई। सामने एक अत्यन्त आकर्षक, गोरी-सी स्थूल महिला शृंगार किए पानदान पास लिये बैठी थी। उसके मुँह में गिलौरियाँ थीं। पान के कारण ओठ लाल हो रहे थे। एक ओर का गोरा गाल गिलौरियों के कारण फूला हुआ था।

अन्दर जाने वाले कमरे के दरवाज़े के पास ही एक साँवली-सी अठारह-उन्नीस साल की लड़की खड़ी थी। उसका साँवला रंग खुलता-सा था। उदासी के कारण चेहरे की रंगत फीकी पड़ गई थी। वह सिर झुकाए खड़ी थी। वह ऐसी लग रही थी, मानो कमलिनी पर पाला पड़ गया हो।

''लो, गौहरबाई! सँभालो अपने माल को। तुम्हारे ख़ातिर जो पापड़ मुझे बेलने पड़े, वो मैं ही जानता हूँ। अब इसे ऐसा तैयार करना कि सिन पर आने पर, सारी बोरवाड़ी और बुरहानपुर तो क्या सारा खानदेश और हिन्दोस्ताँ तौबा करने लगे। इस बार ऐसी चीज़ लाया हूँ कि पिछली कसर भी पूरी हो जाएगी। है ना?'' बड़े घमंड से याक़ूब ने अनवरी के कन्धे थपथपाए।

गौहर की पारखी नज़र अनवरी के कपड़ों को भेदकर मानो अन्दर तक के अंगों का निरीक्षण कर लेना चाहती थी। अनवरी मानो कोई जिन्स हो जिसे वह ख़रीदने के पहले अच्छी तरह से जाँच-परख रही हो।

''क्या देख रही हो, गौहरबाई? इस बार कुछ भी देखने-परखने की ज़रूरत नहीं है। इस बार हीरा लाया हूँ, हीरा। सिर्फ़ तुम्हारे तराशने भर की देर है। वो आब इसमें आएगी कि सारा बुरहानपुर जल उठेगा। इस धन्धे में मैंने भी कई साल बिताये हैं।''

''अबे चल बे मुए। बड़ा आया पारखी का बच्चा। एक वह ठीकरा मेरे सिर पर फोड़ रखा है, जिसे न उगलते बनता है न निगलते।'' गौहर ने याक़ूब की बोलती बन्द कर दी। दरवाज़े के पास खड़ी लड़की मानो ज़मीन में गड़ जाना चाहती थी।

थोड़ी देर चुप रहने के बाद, खँखारकर, गला साफ़ करते हुए याक़ूब बोला, ''अब उस नुकसान की भरपाई भी कर रहा हूँ, गौहरबाई। अरे हाँ! अपनी ख़ालाजी को आदाब नहीं करोगी बिटिया?''

अनवरी ने आदाब किया।

''इधर तो आओ, बेटी। हमारे पास।'' गौहर ने बुलाया।

''जाओ बेटी! अपनी ख़ालाजी के पास।'' याक़ूब ने अनवरी की हिम्मत बँधाई।

अनवरी डरते-डरते क़दम-ब-क़दम गौहर के पास पहुँची। गौहर के शरीर से फूट रही सुगन्ध ने उसके नथुनों को भर दिया। गौहर ने बड़े प्यार से उसे अपने पास बिठा लिया। पीठ पर मुहब्बत से हाथ फेरते हुए पूछा, ''क्या नाम है बिटिया तुम्हारा।''

''जी, अनवरी।''

''ये भी मुआ कोई नाम है? बिलकुल गाँवठी, गँवई!'' गौहर ने अरुचि से

अपने रसीले ओठ सिकोड़ लिये। उसका हसीन चेहरा विकृत हो गया। अनवरी डर गई, मानो यह उसकी ग़लती है जो उसका नाम अनवरी है। वह चुप बैठी रही। ख़ाला उसे अच्छी ही लगी थी। तभी उसे सुनाई दिया—

"हम अपनी रानी बिटिया का बढ़िया-सा नाम रखेंगे। हमारी रानी तो गुलाब की कली से भी ज़्यादा नाज़ुक और लाल है। बहुत ही ख़ूबसूरत है। तो...तो...तुम्हारा नाम होगा...गुलाबो।...न...न...यह नाम...भी...ठीक...नहीं...है...।" विचारमग्न गौहर अस्फुट स्वरों में, बेख़बर, अपने आप बोले जा रही थी। "हाँ...यह...ठीक...रहेगा... गु...गुलारा...हाँ...हाँ...गुलारा...ही ठीक रहेगा। आज से तुम्हारा नया जनम हुआ है बेटी, अब तुम गुलारा कहलाओगी। हम और सभी तुम्हें इसी नाम से पुकारेंगे। मेरी गुलाब-सी गुलारा।" बड़े प्यार से गौहर ने अनवरी को अपनी गोद में खींच लिया। साड़ी मरमर कर उठी।

अनवरी की समझ में नहीं आया कि उसका नाम क्यों बदला जा रहा है और अनवरी नाम में क्या ख़राबी है? पर वह कुछ बोली नहीं।

"वाह! गौहरबाई, वाह! तुम्हारा भी जवाब नहीं। क्या छाँटकर नाम रखा है, गौहर की बेटी गुलारा। वाह!" याक़ूब ने भरपूर ख़ुशामद कर लेने के बाद कहा। "अच्छा तो अब मैं चलूँ?" उसने इजाज़त माँगी।

अनवरी भी याक़ूब के साथ जाने के लिए उठ खड़ी हुई।

"ना-ना, गुलारा बिटिया! तुम्हें मेरे साथ थोड़े ही चलना है। अब तुम्हें तो यहीं, अपनी ख़ालाजी के पास रहना है। ये जो कहें, वही करना है तुम्हें, हाँ।" याक़ूब ने अनवरी को समझाया।

अनवरी गौहर के पास फिर चुपचाप बैठ गई। एक ही पल में वह गम्भीर हो गई। उसकी चंचलता और खिलंदड़ापन हवा हो गए।

सीढ़ियों से उतरने के पहले याक़ूब ने पलटकर गौहरबाई से पूछा, "तो फिर मैं अपनी बाक़ी रकम के लिए कब आऊँ?"

"क्यों मरे जा रहे हो याक़ूब? क्या आज तक हमने तुम्हारी कोई रक़म रोकी या डुबाई है? कभी भी आकर ले जाना। और याद रखना, इसकी चर्चा कहीं न हो। मैं सारी बोरवाड़ी को झटका देना चाहती हूँ।" गौहर ने घुड़ककर चेतावनी दी।

याक़ूब चुपचाप सीढ़ियाँ उतर गया।

"जा री, परवीन, खड़ी-खड़ी यूँ क्या मुँह तक रही है? जा और हमारी बेटी के नहाने-खाने का इन्तज़ाम कर।" गौहर ने दूसरी लड़की को हुक़्म दिया। वह सिर झुकाए अन्दर चली गई।

सुबह जब अनवरी उठी तो गौहर ने मल-मलकर उसे नहलाया। पहले उबटन से उसके गोरे अंगों का मैल छुड़ाकर चमका दिया। फिर हिना के इत्र से उसके शरीर की मालिश की। बाद में सुवासित गुनगुने पानी से नहलाकर उसका सिंगार किया

तो अनवरी बदल चुकी थी। करारा गाँव के किसान की बेटी हसीन गुलारा में बदल गई थी। नाश्ते के बाद बैठक के पास के कमरे में उसे ले जाया गया। वहाँ तबला, सारंगी, ढोलक, सितार आदि लेकर साज़िन्दे बैठे थे। चाँदी की एक तश्तरी में घुँघरू रखे हुए थे। दूसरी थाली में पूजा का सामान, मिठाई और नारियल थे। एक बड़े लम्बे बालोंवाला, धोती-कुर्ता पहने, दुबला-पतला आदमी हाथों को नचा-नचाकर नाच की मुद्राएँ बता रहा था। गौहर के साथ अनवरी को आते देख, सभी उठ खड़े हुए। सभी ने ''आदाब अर्ज है गौहरबाई, आदाब।'' कहकर गौहर का स्वागत किया।

गौहर ने मुस्कराकर आदाब का जवाब देते हुए कहा, ''तस्लीम-तस्लीम। तशरीफ़ रखिए, उस्ताद साहबान! ये हमारी बिटिया गुलारा है, दुर्गा महाराज। इसकी तैयारी और रियाज़ ऐसा हो कि लोग दाँतों तले अँगुलियाँ दबा लें। जिस दिन इसकी वाहवाही में बुरहानपुर गूँजने लगेगा, हम आप लोगों के हाथों को सोने की मोहरों से भर देंगे। बेटी गुलारा! उस्तादों को आदाब करो।'' गुलारा ने सभी को आदाब किया। उसमें अनाड़ीपन था। बाद में नखरे के साथ गौहर ने उसे आदाब करना सिखाया था।

पूजा की रस्म पूरी कर लेने के बाद मिठाइयाँ बँटीं। गुरुजी ने घुँघरुओं को कुंकुम लगाकर, उनमें गुलारा के कोमल पाँवों को सदा के लिए क़ैद कर दिया। नाच के बोल फूट पड़े, ता...ता...धिन...ना...ता...थेई...तक...धिन...धिन...तक...छूम... छनन...छन..छूम...ता...। बोलों के साथ ही दुर्गा महाराज ने नाच का पहला पाठ गुलारा को पढ़ाना शुरू कर दिया। वे अंग और हस्त-संचालन के साथ गुलारा को नाच की मुद्राएँ बताने लगे। अनवरी उस कोठे की चारदीवारी और घुँघरुओं में सदा के लिए दफ़न हो गई। एक नई गुलारा पैदा हुई।

गौहरबाई के वैभव एवं विलास से सहमी अनवरी...न...न...गुलारा जल्दी ही सँभल गई। उसने ख़ुद को उस माहौल के मुताबिक़ ढालना शुरू कर दिया। गौहर उसका बड़ा ख़याल रखती थी। ऐसे लज़ीज़ खाने दिये जाते कि वह अँगुलियाँ चाट-चाटकर रह जाती। एक से एक शानदार कपड़े पहनाए जाते। गौहर ने सुन्दर ज़ेवर उसे बनवा दिये। अनवरी ने जिसकी कल्पना भी नहीं की थी, वह सब उसे मिल रहा था। धीरे-धीरे वह करारा गाँव, अपने घर के लोगों को भूलती जा रही थी।

गौहर ने उसे चलना-फिरना, उठना-बैठना, झुकना और आदाब करना तक सिखाया। एक दिन बड़े प्यार से उसने गुलारा को समझाया, ''देख बेटी! तुझे एक राज़ की बात बतलाती हूँ। ऐसी कहावत है कि 'एक नूर नारी, सौ नूर साड़ी, हज़ार नूर सिंगार और लाख नूर नख़रा', मर्द का दिल जीतने के लिए यह गुर जानना ज़रूरी है।''

गुलारा की विस्मित आँखें फैलकर और बड़ी हो गईं। गौहर समझ गई कि लड़की इस मुहावरे का मतलब नहीं समझ पाई है। उसने बड़े मीठे शब्दों में उसे फिर

समझाया, ''देख गुलारा, औरत इस जहान में ख़ुदा का भेजा हुआ एक नूर है। दपदप करती दीये की लौ है। कपड़े और साड़ी उसकी दीप्ति को सौ गुना बढ़ा देते हैं। उसे मालूम होना चाहिए कि कब कौन-से कपड़े उस पर खिलेंगे। सिंगार उसके नूर में हज़ार गुना इज़ाफ़ा कर देता है। इतना सब होते हुए भी अगर उसमें नाज़-नख़रा न हो तो इस सबका क्या फ़ायदा? इस नाज़ो-अन्दाज़ की वजह से औरत के नूर में, खिंचाव में, लाख गुना ज़्यादा ताकत आ जाती है। और ये ही तो हमारी पूँजी है, हम कोठेवालियों का सबसे बड़ा हथियार है। देख रानी! कभी भी, किसी मर्द पर, पूरा भरोसा मत करना। ये लोग मतलब के यार होते हैं। स्वार्थ पूरा हुआ और भागे। वे भौंरे होते हैं, भौंरे। एक फूल के रस से कहीं उनका दिल भरता है भला? फूल-फूल, पत्ती-पत्ती घूमना चाहते हैं ये मुए। इसीलिए इन्हें हिलगाये रखने के लिए इन सभी हथियारों का इस्तेमाल करना चाहिए। ऐसा करोगी तो कभी हार नहीं खाओगी। ये सदा तुम्हारे तलवे तो क्या जूतियाँ तक चाटने को तैयार रहेंगे।''

गुलारा बड़े ध्यान से सब कुछ सुन, गाँठ बाँधती रही।

गौहर ने उसे नहाना भी सिखलाया, ''देख गुलारा, कोठेवाली के लिए उसका जिस्म ही सब कुछ है। वही उसका ख़ुदा है। यह शरीर सदा सजा-धजाकर रखना चाहिए। इसकी रंगत कभी फीकी न पड़े। चमड़ी ऐसी हो मानो रेशम। हाथ तो हाथ, देखने वालों की नज़रें भी फिसल जाएँ। तुम्हें हमेशा महकती रहना चाहिए। सोने से पहले चेहरे पर हमेशा बालाई की मालिश किया करो। फिर साफ़ गुनगुने पानी से उसे धो लिया करो। नहाने के पहले बेसन, नीबू के रस और उबटन से अंग-अंग का मैल साफ़ करना ज़रूरी है। फिर हिना के इत्र से मालिश करने के बाद ख़ुशबूदार पानी से नहाने पर देखो, तुम फूल-सी कोमल और महकती हुई सचमुच की गुलारा बन जाओगी।''

गुलारा को अपना पहला नहाना याद आ गया। उस दिन से वह ऐसा ही करने लगी। फल यह हुआ कि करारा की धूल-मिट्टी और गोबर में गन्धाने वाली गुलारा ख़ुशबू की कस्तूरी मृगी बन गई। ख़ुद उसे यह सब अच्छा लगने लगा। वह घंटों नाख़ूनों को साफ़ कर चमकाती। गन्दगी का एक कण भी रहने न देती। हर आठवें दिन बालों को शिकाकाई और दूसरी ख़ुशबूदार चीज़ों से धोकर चन्दन की लकड़ी के धुएँ में उन्हें सुखाती फिर चन्दन के तेल से उन्हें महकाती। ऐसे मौकों पर उसे अपने बचपन के उन स्नानों की याद आती जब अम्मी काली मिटटी को घोल, उसके बालों को रगड़-रगड़कर धोया करती थी। वे यादें उसके शरीर में काँटे खड़े कर देती थीं। कस्तूरी मृगी की तो नाभि ही सुगन्ध का केन्द्र रहती है मगर गुलारा का तो अंग-अंग कस्तूरी का केन्द्रबिन्दु बन गया।

पहले तो गुलारा की समझ में ही नहीं आया कि उस पर जान छिड़कने वाली ख़ालाजी परवीन से क्यूँ नाराज़ थीं? परवीन उसे अच्छी ही लगी थी। मौक़ा मिलने

पर वे दोनों बतियाती थीं। धीरे से परवीन उसकी हमजोली बन गई। वह जितनी खुलकर उससे बात करती थी, ख़ालाजी से उतना खुल नहीं पाती थी। मौक़ा मिलने पर दोनों घंटों बतियातीं। अन्तरंगता के उन्हीं क्षणों में गुलारा को पता चला कि याक़ूब चाचा उसी के समान परवीन को भी बुरहानपुर के पास के गाँव भाऊसिंगपुरा से ख़रीदकर लाया था और गौहर को बेच गया। याक़ूब बोरवाड़ी का दलाल था। इस मुहल्ले के कोठों को आबाद रखना ही उसका धन्धा था। सचाई की इस जानकारी ने गुलारा को उदास कर दिया। परवीन ने बतलाया कि पहले तो गौहर ने डरा-धमकाकर उसे तैयार करना चाहा। जब वह न झुकी तो गौहर ने उसे नौकरानी बना दिया। अब उसे उसकी सहेली का दर्जा दे दिया गया है।

गौहर ने पहले-पहल गुलारा को अपनी निगरानी में ही रखा। उसे डर था कि कहीं परवीन उसे बहका न दे। वह गुलारा को अपने ही पास रखती, सुलाती थी। मगर जब परवीन ने ऐसी कोई कोशिश न की तो वह थोड़ी बेफ़िक्र हो गई। जब कभी गौहर का कोई पुराना आशिक, ख़ासकर सेठ रोशनलाल किसी रात आ धमकता तो उस रात गौहर उसे परवीन के पास सोने भेज देती थी। अनवरी के आने के पहले ही गौहर ने एक दोपहर परवीन को डरा-धमका दिया था, ''देख छोरी! एकाध दिन में एक नई लड़की आ रही है। यदि तूने उसे जरा भी बिगाड़ने या बहकाने की कोशिश की तो जूते मारकर इस कोठे से निकाल बाहर करूँगी। और तू जान ले कि बोरवाड़ी से निकाली गई लड़की को दुनिया-जहान में कोई कबूल नहीं करेगा। सड़क पर जिस्म बेच या भीख माँगकर ज़िन्दगी काटनी पड़ेगी। समझी ?'' परवीन सिहर उठी थी।

रात के अँधेरे में पलंग पर सोई गुलारा चुपके से ज़मीन पर पड़ी परवीन को अपने पास बुला लेती, ''परवीन आपा! ऊपर आ जाइए ना।''

''ना गुलारा! अगर ख़ालाजी ने देख लिया तो मेरी ख़ैर नहीं। तू तो मेरी रानी बहन है। मैं तेरे पास ही तो हूँ।'' परवीन समझाती।

गुलारा तुरन्त पलंग से कूद पड़ती। दरवाज़े को अच्छी तरह से बन्द कर परवीन का हाथ खींचते कहती, ''ना आपा। आप मेरे पास सोइये ना। मुझे डर लगता है। नहीं तो...।'' कहते हुए गुलारा परवीन के पास ही सोने की तैयारी करती। तब हारकर परवीन को भी मच्छरदानी से ढके उस गुदगुदे पलंग पर सोने के लिए जाना पड़ता। चौकन्नी परवीन गौहरबाई को कोई मौक़ा न देती थी। किसी के भी उठने से पहले वह पलंग पर बेख़बर पड़ी गुलारा को प्यार से चादर उढ़ाकर उठ जाती थी। परवीन के बेइन्तहा स्नेह को गुलारा ने सच्चे दिल से स्वीकार किया था। गौहर ने भी जब इस स्नेह को परख लिया तो वह परवीन की तरफ़ से निश्चिन्त हो गई। उसने भी उसे छेड़ना ठीक न समझा। पर सावधानी ज़रूर बनाए रखी। गुलारा के आने से एक परिवर्तन ज़रूर हुआ। ज़िन्दगी के प्रति उदासीन और सदा गम्भीर बनी रहने

वाली परवीन को स्नेह-बिन्दु मिल जाने से वह भी जीने में रस लेने लगी। साफ़-सफ़ाई और धीरे से सिंगार की ओर उसने ध्यान देना शुरू कर दिया। कछुए-सी सिमटी परवीन खुलने लगी। गुलारा कभी-कभी ख़ुद उसे जबर्दस्ती सँवरने पर मजबूर कर देती थी। गुलारा का मस्ताना स्वभाव उसे भी छू गया।

समय का पखेरू न जाने कब चुपके से उड़कर उमर के पेड़ की सोलहवीं डाल पर जा बैठा, इसका पता पहले न तो गौहर को चला न अल्हड़ गुलारा को। उस दिन जब वह आईने के सामने खड़ी हुई तो अंग-अंग में वसन्त गदरा गया था। सीने का उभार चोली में से फट पड़ने के लिए मचल रहा था। और नितम्बों के भार ने उसकी पतली-सी कमर को थोड़ा झुका दिया था। बड़ी-बड़ी, चंचल आँखों के तेवर कटीले हो उठे थे। कजरे-से काले बाल और वेणी, नागिन-सी लहराती हुई, नितम्बों के नीचे तक झूल गई थी। लम्बी बरौनियाँ नयनों के ऊपर कमान-सी झुक आई थीं। गोल चेहरे की छोटी-सी चिबुक पर पतले लाल ओठ रस से सराबोर हो उठे थे। तीखी लम्बी नाक की नथनी उसकी आभा से दीप्त हो उठी थी। हर रोज़ नाच के लिए किए गए रियाज़ ने उसके अंग-अंग को साँचे में ढाल दिया। वह तराशी हुई मूर्ति अथवा क़िस्से-कहानियों की परी-अप्सरा-सी लगने लगी। दुर्गा महाराज और गौहर ने उसे ऐसा तराश दिया, उसमें ऐसी आब पैदा कर दी कि देखने वाले 'हाय' खा जाएँ। वह एक ऐसी दीपशिखा बन गई कि पतंगे ख़ुद आकर मरने के लिए तैयार हो जाएँ। शरीर के सारे अंगों पर उसका नियंत्रण होने से उसकी चाल गजगामिनी-सी मोहक हो उठी थी। उस दिन से गौहर अपने हीरे के लिए अधिक सावधान हो गई।

हवा के भी कान, आँखें और मुख होते हैं। यह बात गुलारा के मामले में सच्ची साबित हुई। गौहर ने लाख छुपाना चाहा कि किसी को कानोकान गुलारा की ख़बर न हो और ठीक वक़्त पर उसे संसार के सामने लाया जाए पर सारी बोरवाड़ी और बुरहानपुर गुलारा के सौन्दर्य, नृत्यकला, गायन और मुजरे में उसकी महारत के चर्चों से गूँजने लगे। फूल की सुन्दरता और सुगन्ध को हवा उड़ा ले जाती है और सभी को उससे अवगत करा देती है। हवा में तैरने वाली सुरभि की लहरें, भौंरों को फूल की ओर बरबस खींच लाती हैं। उसी हवा ने चुपके-चुपके गुलारा की सौन्दर्य-सुरभि को चारों ओर बिखेर दिया। तब गौहरबाई के पास सेठ-साहूकारों और बुरहानपुर में ठहरे अमीर-उमरा के पैग़ाम, गुलारा के लिए आने लगे।

पहले तो गौहर हैरान-परेशान हो गई, फिर उसे बेहद ग़ुस्सा आया। उसने याक़ूब ख़ाँ से लेकर सभी साज़िन्दों और दुर्गा महाराज तक को आड़े हाथों लिया। तब दुर्गा महाराज ने गौहर के ग़ुस्से को शान्त करने के लिए समझाया, "क्यों नाराज़ हो रही हो, गौहर? फूल की सुन्दरता और सुगन्ध को कौन रोक सकता है भला, बतलाओ तो? अरे तुम्हें तो उलटे ख़ुश होना चाहिए कि तुम्हारी बेटी ने मैदान में उतरने के पहले ही उसे जीत लिया। आख़िर कब तक इस हीरे की चमक को, आग की लपट को

अपने आँचल में छुपाये रखोगी ? कहीं ऐसा न हो कि तुम्हारा आँचल ही उसमें जल जाए। हाँ, सुपात्र देखकर उसके सामने इसका पहला मुजरा पेश कर दो। अब उसे छाँटना, देखना–परखना तुम्हारा काम है। हमने तो उसे उर्वशी बना दिया है, उर्वशी।''

गौहर के तेवर ढीले पड़ गए। तसवीर का दूसरा पहलू सामने आते ही वह अभिमान से फूल उठी। तभी नगर–सेठ इन्दरमल का सन्देश गौहर को मिला, ''गौहरजान! इन्दर सेठ तुम्हारी लड़की का मुजरा देखना चाहते हैं। जो कहोगी, हाज़िर हो जाएगा। फ़िलहाल तो ये हीरे जड़े कंगन उन्होंने आपके हुज़ूर में भेजे हैं, उम्मीद है कबूल करोगी।'' बड़े लटके–झटके के साथ उसके मुसाहिब ने कंगन, मखमली डिब्बे सहित गौहर के सामने पेश कर दिये। कंगनों की चमक से कमरा गमगमा गया।

शहज़ादा परवेज़ उन दिनों बुरहानपुर में ही थे। गौहर उम्मीद कर रही थी कि गुलारा की ख़ूबसूरती की चर्चा सुनकर शायद उसे बुलवा भेजें। पर जब बुलावा नहीं आया तो वह कुछ निराश–सी हो गई। तभी चौक बाज़ार से अफ़वाह उड़ी कि शहज़ादा परवेज़ की जगह शहज़ादा बुलन्द इकबाल ख़ुर्रम शाह की पदवी और शहंशाह के पूरे अधिकार के साथ दक्खन के सूबेदार बनाए गए हैं। शाह ख़ुर्रम ही दक्खन की जंग की कमान भी सँभालेंगे। बुरहानपुर उनका मुख्यालय रहेगा। गौहर की आँखें उम्मीद से चमक उठीं। इसी समय अमीर–उल–उमरा मनसबदार महाबत ख़ान शाही फ़रमान के साथ बुरहानपुर आ पहुँचे, और उन्होंने शहज़ादा बुलन्द इकबाल की अगवानी की तैयारी शुरू कर दी। ख़बर पक्की हो गई थी। शहज़ादा परवेज़ के झंडे–निशान उखड़ गए। मुग़ल महल का नए सिरे से रंग–रोगन और सजावट शुरू हो गई। ऐसे में ही इन्दर सेठ का सन्देशा आया।

''सुनो मियाँ! अपने ये कंगन उठाकर सीधे–सीधे सीढ़ियाँ उतर जाओ। यह कोई नटनी–खटनी का डेरा नहीं है कि हर कोई ऐरा–गैरा अपना सन्देश लेकर आ जाए, समझे ? यह गौहरबाई का कोठा है, गौहरबाई का। अपने इन्दर सेठ से कह देना कि वह और कोई घर ढूँढ़ ले।''

''सोच लो गौहरबाई। तुम किसके कंगन ठुकरा रही हो। इन्दर सेठ कोई ऐरे–गैरे नहीं हैं। बुरहानपुर के नगर–सेठ हैं, नगर–सेठ। मालवा से दक्खन तक उनकी हुंडी चलती है। शाही शहज़ादे और अमीर–उमरा भी उनकी इज़्ज़त करते हैं। चाहें तो कई कोठे ख़रीद सकते हैं। कंगन ही क्यूँ, जो माँगोगी, वही मिलेगा। इनकार करने से पहले एक बार और अच्छी तरह से सोच लो। हाँ भला ?'' उसी लटके से मुसाहिब ने समझाने की कोशिश की।

''ख़ूब सोच लिया है मियाँ। गौहर इस बाज़ार में आज की नहीं है। सारी ज़िन्दगी मैंने यहीं गुज़ारी है। बड़े–बड़े सेठ–साहूकार और अमीरज़ादे इस कोठे की सीढ़ियाँ चढ़े–उतरे हैं। और हम इन्दर सेठ तो क्या उनके सारे ख़ानदान को जानते

हैं। अब आप हमारा मुँह मत खुलवाइए। हमारा वक़्त बरबाद न करते हुए सीधे-सीधे बढ़ लीजिए।'' गौहर से अपमानित वह मुसाहिब चुपके से खिसक लिया।

इन्दर सेठ के मुसाहिब को उसने भगा तो दिया मगर एक पल के लिए धक से रह गई। कहीं शहज़ादा ख़ुर्रम ने भी गुलारा को न्योता न दिया तो? यह सोचकर वह सिहर उठी। ''या ख़ुदा! मेरी इज़्ज़त अब आपके हाथ है।'' कहते हुए उसने आँचल पसारकर आसमान की ओर दुआ में हाथ उठा दिये।

''क्या दुआ माँग रही हो, ख़ाला जान?'' तभी ख़ुशबू बिखेरती गुलारा गौहर के पास आ बैठी।

''आ मेरी बच्ची, आ! तेरी ही फ़िक्र हमें खाये जा रही है।'' गौहर ने बड़े लाड़ से उसके सिर पर हाथ फेरा।

''हमारी चिन्ता क्यूँ है आपको?'' गुलारा के मुख से फूल झरने लगे।

''बेटी जब बड़ी होती है तो क्या माँ को नींद आ सकती है भला? बोल तो? चाहे वह गिरस्तिन की बेटी हो या कोठेवाली की। तू माँ का मन क्या जाने री?'' गौहर स्नेह से विगलित हो उठी।

गुलारा को गौहर का प्यार गहराइयों तक छू गया। वह चुप बैठी रही।

''देख मेरी लाडो! क्या हमने तुझे माँ का-सा प्यार नहीं दिया, जो तुम अभी भी हमें ख़ाला ही कहती हो?'' गौहर का भीगा स्वर गुलारा को गीला कर गया।

''आप हमें माफ़ कर दें, ख़ाला जान...न...न...अम्मी जान। आप सच ही हमारी अम्मा हैं, उनसे भी बढ़कर। अब हम आपको ख़ाला कहने की गुस्ताख़ी नहीं करेंगे।'' गुलारा ने ईमानदारी से मंजूर किया।

''मेरी बच्ची!'' गौहर ने गुलारा को सीने से लगा लिया।

सारा शहर शहज़ादा ख़ुर्रम की अगवानी के लिए दुल्हन की तरह सजाया जाने लगा। ख़ुर्रम कोई मामूली शहज़ादा न था। वह था जहाँगीर और उनकी मलिका नूरजहाँ का चहेता। उसे वे सभी हक़ थे जो बादशाह के पास थे। लोगों को हवा ने बतला दिया कि मुग़ल साम्राज्य का भावी बादशाह ही बुरहानपुर आ रहा है। शहर की चहल-पहल बढ़ गई। गौहर का मन आशा-निराशा के हिंडोले में झूलने लगा।

''हुज़ूर, मुझे परवीन आपा से भनक मिल गई थी कि ख़ाला...न... अम्मी मेरा पहला मुजरा किसी अमीर और हो सके तो किसी शहज़ादे के हुज़ूर में पेश करना चाहती हैं। तभी मुझे पता चला कि आपके लश्कर के एक हिस्से ने खाने-खाना रहीम साहेब की जागीर लालबाग़ के एक हिस्से में पड़ाव डाला है। महाबत ख़ान साहेब बहादुरपुर में ठहरे हैं। दूसरे अमीर-उमरा सोनबल्ली और दूसरी जगह ठहराए गए हैं, और मेरे सरताज ने मुग़ल महल में

क़याम किया है।'' गुलारा शाहजहाँ के रेशमी अँगरखे पर अपनी नाज़ुक अँगुलियों से लकीरें खींचने लगी।

''हाँ गुलारा! उस बार इतनी बड़ी फौज हम लाये थे कि उस शैतान मलिक अम्बर को तो क्या, हम सारा दक्खन कुचल देते। शहर में भीड़-भाड़ ज़्यादा न हो, इसी इरादे से हमने सारी सेना और मनसबदारों को शहर और शहर के बाहर मुक़ाम बनाने का हुक़्म दिया था।'' शाहजहाँ ने कहा। वह बड़े स्नेह से गुलारा की लटों से खेलने लगा।

शहज़ादे के हुक़्म से मुग़ल सेना की एक टुकड़ी ने लालबाग़ में पड़ाव डाला। मुग़ल छावनी के पड़ाव डालने के बाद सिपाही और सिपहसालार व्यवस्थित रूप से जमने लगे। शहज़ादा ख़ुर्रम ताप्ती के किनारे के मुग़ल महल में ठहरा। शहज़ादा चाहता था कि दक्खन के अगले पड़ाव पर रवाना होने के पहले मुग़ल फौजें बुरहानपुर में थोड़े वक़्त आराम कर हालात का पूरा-पूरा जायज़ा ले लें। लालबाग़ बुरहानपुर से कुछ फर्लांग दूर था। वह जगह शान्त थी। पर अब मुग़ल सेना के आ जाने से चहल-पहल बढ़ गई थी। घोड़ों, हाथियों और अन्य जानवरों के खुरों से उठने वाली गर्द-गुबार का एक टुकड़ा आसमान को धूलि-धूसरित रखने लगा था। तम्बुओं और छोलदारियों का एक नगर लालबाग़ में बस गया। साधारण सिपाही और छोटे दर्जे के सिपहसालार खाने-पीने का इन्तज़ाम करने लगे। बड़े अमीर-उमरा और मनसबदारों ने शहज़ादे के समान अपने डेरे बुरहानपुर की शहरपनाह के भीतर अपनी मनपसन्द जगहों पर डाल दिये। शहज़ादे ने उन्हें इसकी परवानगी दे दी थी। लालबाग़ की मुग़ल छावनी के आसपास, थोड़े ही समय में, एक छोटा-मोटा बाज़ार भी सज गया, जहाँ ज़रूरत की सभी चीज़ें मिलने लगीं।

एक तम्बू में ठीक रूप से जम जाने के बाद अब्दुल्ला जान बाहर निकलने के लिए उतावला हो उठा। उसने अपनी टुकड़ी के सरदार इनायत ख़ाँ के सामने दो दिन की छुट्टी की दरख्वास्त पेश कर दी।

''मियाँ अब्दुल्ला, दो दिन बाहर रहकर तुम क्या करना चाहते हो? बोरवाड़ी और बुरहानपुर का मज़ा तो तुम छावनी में रहकर लूट सकते हो। उसके लिए छुट्टी की क्या ज़रूरत है?'' इनायत ख़ाँ ने आँखें मिचमिचाते हुए पूछ ही लिया।

''हुज़ूर! दरअसल बात ये है कि मेरी रिश्तेदारी के कुछ लोग इधर बुरहानपुर के पास वाले गाँव में रहते हैं। अगर हुक़्म दें तो उन्हें मिल आऊँ।'' अब्दुल्ला ने बड़े अदब से जवाब दिया।

''अमाँ यार, बोरवाड़ी के रिश्तेदारों से मिलने के लिए बहाना तो नहीं बना रहे हो?'' बड़े भौंड़े तरीके से अपना रसियापन दिखाने की इनायत ने कोशिश की।

''नहीं हुज़ूर! मुझे सच ही अपने रिश्तेदारों से मिलने बुरहानपुर के बाहर जाना है।'' अब्दुल्ला जरा कड़ा पड़ गया।

"ठीक है मियाँ! पर जरा जल्द और वक़्त पर आ जाना। न जाने कब, किसे, कहाँ कूच का हुक़्म मिल जाए।" इनायत ख़ाँ ने मंजूरी दे दी।

अब्दुल्ला का घोड़ा ताप्ती को पार कर जब भाऊसिंगपुरा गाँव की सीमा पर पहुँचा तो दोपहरी ढल रही थी। भाऊसिंगपुरा ताप्ती के निचले बहाव पर बुरहानपुर से बीस कोस पर था। गाँव की काँकड़ के एक बबूल के पेड़ के नीचे रखे दो-तीन पत्थर लाल सिन्दूर से पुते हुए थे। उसे याद आया कि ये हिन्दुओं के भैरू बाबा हैं। हिन्दू किसी विचित्र पत्थर के मिलते ही उसे सिन्दूर से पोत, किसी देवी-देवता का नाम दे पूजना शुरू कर देते हैं। जली अगरबत्तियों की राख, सूखे फूल, नारियल की नट्टियाँ और खोपरे-चिरौंजी दानों के टुकड़े वहाँ बिखरे पड़े थे। पेड़ की टहनी पर दो लाल झंडियाँ भी फहरा रही थीं। पास ही, थोड़ी दूर पर पीर की एक दरगाह थी। अब उसकी हालत ठीक न थी। दरगाह का पत्थर-चूना कई जगहों से खिर रहा था। वहाँ भी लोबान का चूरा और राख पड़ी हुई थी। एक हरी झंडी पास के पेड़ पर फरफरा रही थी। कभी-कभी दोनों जगहों पर मेला-ठेला लग जाता था। हिन्दू-मुसलमान मिल-जुलकर वहीं इबादत, प्रार्थना करने और मन्नत मनाने आते थे।

अब्दुल्ला ने घोड़े की लगाम हलके से खींच ली। घोड़ा खुर से ज़मीन को मारकर धूल उड़ाने लगा। कभी-कभी दुम हिलाकर वह मक्खियाँ भी भगा दिया करता था। नीचे फैली हरी घास में मुँह मारने के लिए गरदन झुका लेता था। माहौल बड़ा शान्त था। घोड़े पर बैठे ही बैठे अब्दुल्ला ने दूर फैले खपरैल, ईंट-गारे से बने मकानों की ओर उड़ती निगाह डाली। सनकाड़ी, बाँस की चिपलियों और काँटों के झंखाड़ों से कई मकानों के सामने बागड़ की आड़ खड़ी कर दी गई थी। बीच-बीच में झोंपड़ियाँ दिखाई दे रही थीं। हथेली के समान सारे गाँव के नक्शे से अब्दुल्ला वाफिक था।

गाँव की सड़क छोड़कर कौन-सी गली चमार टोले को जाती है और कौन-सी रंगरेज मुहल्ले में, यह वह जानता था। ब्राह्मणों का अपना अलग मुहल्ला था। और बनिये, राजपूत, गूजर भी उन्हीं के पास बसे थे। ऊँची जाति के मुसलमानों ने अपना मुहल्ला अलग बसा लिया था। वे रंगरेज या अन्य मुसलमानों के साथ नमाज़ तो पढ़ लेते थे, मगर रोटी-बेटी के व्यवहार में परहेज करते थे।

एक लम्बी साँस खींचकर अब्दुल्ला ने अपने घोड़े को एक हलकी-सी एड़ लगाई। वह दुलकी चाल से गाँव की ओर बढ़ लिया। आशा और निराशा के झूले में उसकी भावनाएँ झूल रही थीं। कभी-कभी वह हलकी-सी उत्तेजना का भी अनुभव कर रहा था। उस समय उसकी साँस गहरी और लम्बी हो जाती थी। गाँव की कच्ची धूल-

भरी सड़क घोड़े की टाप से गूँजने लगी। लोहार पट्टी के रास्ते वह गाँव में घुसा। नन्दलाल लोहार की घरवाली भट्ठी की धौंकनी चला रही थी। वह उसे पहचान गया, पर कुछ बोला नहीं। लाल अंगारे में कच्चे लोहे को गरम कर चन्दू दराँती बना रहा था। बीच-बीच में वह उसे हथौड़े से पीटता-ठोंकता जाता था, और उठाकर उसकी जाँच करता था। नन्दू की घरवाली ने एक अजनबी घुड़सवार को देखकर घूँघट थोड़ा और लम्बा कर लिया। पास में खटोले पर गुदड़ी में लिपटा बच्चा सो रहा था।

नन्दू ने आँखें ऊपर उठाकर घुड़सवार को देख नज़रें फ़ौरन नीची कर लीं। उसने उसकी मौजूदगी को मानने से ही इनकार कर दिया। जब भी दक्खन जाने या उत्तर जाने के लिए मुग़ल फौजें बुरहानपुर आतीं तो आसपास के गाँव-कस्बों की शामत आ जाती थी। मुग़ल सिपाही, सिपहसालार और उनके छुटभैयों की इन गाँव-कस्बों में आमदरफ्त बढ़ जाती थी। आए दिन गाँव वालों से मुर्गी, अंडे, दूध, फल, सब्जियों की माँग होती थीं। जबरदस्ती करना तो आम बात थी। कुछ लोग तो इतने बदमाश होते थे कि वे शराब और लड़की भी माँगते थे। गाँव वाले परेशान हो जाते थे। इन चीज़ों के लिए मारपीट तो मामूली बात थी। ऊपर कोई सुनवाई नहीं थी। इन सिपाहियों के कौन मुँह लगे। नन्दू लोहार अब्दुल्ला को देखकर समझ गया कि बुरहानपुर में मुग़लों ने छावनी डाली है। वह काम में लगा रहा।

गाँव की सड़क और गलियों में पड़े नदी के पत्थरों पर धूल अधिक थी। आसपास के घरों की नालियों का गन्दा पानी गलियों से बहकर सड़क पर फैल गया था। इसने सड़क पर कीचड़ कर दिया। कुछ घरों के सामने डबरे बने थे जिन पर मक्खियाँ और मच्छर भिनभिना रहे थे। भर जाने से डबरों का पानी भी गलियों और सड़क पर फैल रहा था। जानवरों का गोबर कई जगह पड़ा था। कहीं-कहीं तो बच्चों की गन्दगी भी बागड़ के पास पड़ी थी। अब्दुल्ला के ये सब पहचाने थे। धूल में बच्चे, लड़के और लड़कियाँ खेल रहे थे। अपने गाँवठी खेल।

लोहार पट्टी से थोड़ा आगे चलकर वह रंगरेज गली के पास वाले मुसलमानी मुहल्ले में मुड़ गया। जिस घर के सामने उसने अपने घोड़े की लगाम खींच उसे रोका, वह खँडहर हो चुका था। खपरैल नदारद थी। दरवाज़े और चौखट शायद अड़ोसी-पड़ोसी घर मालिक के अभाव में उखाड़ ले गए थे। मिट्टी की दीवारों से मिट्टी झर रही थी। आँगन में मिट्टी के कई छोटे-बड़े टीले बन गए थे। छत के अभाव में आसमान साफ़ दिखाई दे रहा था। काँटेदार झाड़ियों और गोखरू के झंखाड़ों ने मकान पर दख़ल जमा लिया था। आसपास के घरों के बच्चों ने उस खँडहर को अपना पाखाना बना रखा था।

साँस रोके अब्दुल्ला जान वहाँ कुछ पल खड़ा रहा। फिर एक गहरी साँस लेकर मुड़ने के लिए उसने घोड़े की लगाम खींची। घोड़ा ज्यों ही घूमा, सामने एक वृद्ध लाठी टेके खड़ा था। सफ़ेद दाढ़ी, झुर्रीदार चेहरे में दो छोटी पर तेज़ आँखें चमक

रही थीं। कमर थोड़ी झुक गई थी पर शरीर में काफ़ी ताक़त बाक़ी थी। धोती, गले में रुद्राक्ष की माला और ललाट पर चन्दन का टीका था।

"कौन है रे? क्या ढूँढ़ रहा है, उस खँडहर में?" धूप से बचाव के लिए वृद्ध ने आँखों पर हथेली की आड़ कर ली, ताकि वह घुड़सवार को अच्छी तरह से देख सके। आवाज़ उनकी कड़क थी।

"कुछ नहीं पंडितजी, मैं देख रहा था कि इस मकान में रहने वाले लोग कहाँ चले गए? इतना मजबूत मकान खँडहर कैसे हो गया?" अब्दुल्ला घोड़े से उतर पड़ा। लगाम थामकर उसने वृद्ध को उत्तर दिया।

"अरे भाई, जब कोई यहाँ रहेगा नहीं, घर-खेत-खलिहान छोड़कर भाग जाएगा, तो मकान क्या गिरेगा नहीं?" वृद्ध बुदबुदाया।

वह लाठी टेकते हुए आगे बढ़ गया, अब्दुल्ला भी पीछे चलने लगा। अब्दुल्ला उन्हें पहचान गया। वे पंडित दीनानाथ थे। संस्कृत के अच्छे जानकार। गाँव के सभी लोग, क्या हिन्दू, क्या मुसलमान, उनके ज्ञान और उनके चरित्र का आदर करते थे। बीमारियों का इलाज भी वे करते थे। खेती-किसानी से बचा समय वे पढ़ने-लिखने और वैद्यकी में ही बिताते थे। गाँव की पंचायत के सरपंच भी थे। शीघ्र ही दोनों गाँव के मन्दिर पहुँच गए। इस राम मन्दिर में कथा-कीर्तन और भजन-पूजन के साथ ही गाँव के हिन्दू रामलीला आदि नाटक खेलते थे। मुसलमानों का पूरा सहयोग उन्हें इन कामों में मिलता था। जूते उतारकर पंडितजी चबूतरे पर बैठ गए। घोड़े की लगाम थामे अब्दुल्ला बड़े अदब से नीचे खड़ा रहा।

"कहाँ से आ रहे हो! शायद मुग़ल फौज में हो?" पंडितजी ने पूछा।

"जी हाँ! आगरा से आ रहा हूँ। हम लोग दक्खन जा रहे हैं अहमदनगर की सुल्तानी से लड़ाई चल रही है। बीच में बुरहानपुर में कुछ दिनों के लिए पड़ाव डाला है। शहज़ादा हुज़ूर ख़ुर्रम साहेब इस बार फौज की कमान सँभाले हैं। इस गाँव के कुछ लोगों को मैं जानता हूँ, ख़ासकर सलामत ख़ाँ साहब को। इसीलिए मिलने चला आया था। वे, उनकी बेगम, शायद बच्चे, ख़ासकर उनके अब्बा हुज़ूर कहाँ चले गए? गाँव क्यों छोड़ दिया?" अब्दुल्ला ने धड़कते दिल से पूछा।

मन्दिर के पट बन्द थे। चारों ओर ख़ामोशी थी। बीच में एकाध चिड़िया चहचहा जाती थी।

"अब तुम्हें क्या बताएँ मियाँ, ज़माना बड़ा ख़राब आ गया है। सलामत की नियत डोल जाएगी, कभी किसी ने सोचा न था। उसका बाप रहमत ख़ाँ बड़ा शरीफ़, नेकदिल इनसान था। उसी का बेटा इतना कमीना निकलेगा, इसको तो कभी सपने में भी सोचा न था। केले के झाड़ में बबूल के काँटे निकल आए जनाब! ख़ुदा से डरने वाले ईमानदार रहमत की सारे गाँव में दुहाई थी। मेरे साथ पंचायत में बैठता तो हम दोनों दूध का दूध पानी का पानी कर देते थे। धरम और ईमान के सामने

जज्बात और जात-पाँत कभी भी आड़े न आए। पर उसे ही यह सब भोगना पड़ा। उफ़!'' पंडित दीनानाथ ने गहरी नि:श्वास के साथ कहा।

''क्या हुआ उन्हें?'' बेचैनी से अब्दुल्ला ने जानना चाहा।

''होगा क्या? पूछो क्या नहीं हुआ? मत मारी गई रहमत की जो पहली बीवी के मरने के बाद दुबारा शादी की। पहली बीवी से था लड़का सलामत। दूसरी से भी लड़का ही हुआ। पर बेचारी जापे में चल बसी। लड़का जी गया, और सलामत की आँखों का काँटा बन गया। रहमत का दिल दूसरी बीवी के मरने पर टूट गया। उसका सारा प्यार अपने दूसरे बच्चे पर केन्द्रित हो गया। वह उस बिन माँ के बच्चे को ज़्यादा लाड़ लड़ाने लगा। यही उस बच्चे के हक़ में अच्छा न हुआ।'' दीनानाथ जी क़िस्सा सुनाने लगे।

''घर में सिर्फ़ अबू ही है क्या जो आप उस पर इतना ध्यान देते हैं?'' सलामत झल्लाया। ईर्ष्या उसकी आँखों से टपकने लगी थी।

''अरे! उससे तू इतना क्यूँ खार खाता रहता है? तुझसे तो वह पन्द्रह-बीस बरस छोटा है। फिर बिना माँ का बच्चा। उसके लिए माँ और बाप मैं ही हूँ। तेरा भाई ही तो है। तेरे ही काम आएगा। दोनों मिलकर घर-खेत सँभालना।'' रहमत ख़ाँ ने आजिज़ी से सलामत को समझाने की कोशिश की।

''ठीक है, ठीक है। आपके दिल में जो आए सो करिए। मैं तो इसलिए कहता हूँ कि आपका ज़्यादा लाड़ उसे बिगाड़ न दे। दिन-भर गाँव-जंगल में भटकता रहता है। इस्माइल मियाँ की लड़की छंगी के साथ ताप्ती में घंटों नहाता है। किसी की नाव चुराकर, सैर को भाग जाता है। मौलवी साहब भी कह रहे थे कि पढ़ने के लिए कभी भी मकतब नहीं जाता। दिन-भर ग़ायब रहता है। आपके लाड़ले के पर निकल रहे हैं। वह और बिगड़ न जाए, वर्ना मुझे क्या लेना-देना।'' सलामत बड़बड़ाया।

''अरे! अभी बच्चा ही तो है। उसके खेलने-खाने के दिन हैं। पढ़-पढ़ा भी लेगा।'' रहमत ख़ाँ ने अपने बड़े बेटे को समझाया।

''पन्द्रह साल का हो गया है, अब भी आप कहते हैं कि बच्चा है? इस उमर में तो आपने मुझे खेतों में बैल की तरह जोत दिया था।'' अपनी किशोरावस्था की याद ने सलामत को झल्ला दिया।

अपने सौतेले बड़े भाईजान की नज़रों से टपकने वाली हक़ारत और जलन को अबू टुकुर-टुकुर देख रहा था। उसके सामने उसकी ज़ुबान बन्द हो जाती थी। अब्बा की ग़ैर-मौजूदगी में, वह सलामत से कई मर्तबा पिट चुका था। इस धमकी के साथ कि अगर अब्बा को कुछ भी बतलाया तो तेरी हड्डी-पसली एक कर दूँगा। अकेले में रो लेने के बाद अबू की हिम्मत अब्बा को कुछ भी बतलाने की नहीं होती थी। वह अच्छी तरह जानता था कि घर में अब्बा और सलामत की बीवी, सकीना, उसकी

भाभीजान ही उसे प्यार करते हैं। पर सकीना सलामत के डर से अक्सर चुप रहती थी। सलामत को तो वह फूटी आँख न सुहाता था।

"मैं अपने खेत जा रहा हूँ अब्बा। अगर आप ठीक समझें तो मदद के लिए अपने लाड़ले को भेज दें।" सलामत लाठी लेकर खेत की ओर चल दिया।

रहमत ख़ाँ सलामत के चले जाने के बाद थोड़ी देर तक चुपचाप बैठा रहा, विचारमग्न। कुछ देर बाद अबू की पीठ पर बड़े प्यार से हाथ फेरते हुए पूछा, "क्यों रे, तू जाएगा खेत? जा न, अपने बड़े भाईजान की थोड़ी मदद ही कर देना।"

अबू जानता था कि खेत पर गालियाँ और थप्पड़ उसका इन्तज़ार कर रहे होंगे। वह सिहर उठा।

"मैं अभी आया अब्बा।" कहते हुए, हाथ चकरी की तरह घुमाते, अबू भाग खड़ा हुआ।

"खेल-खालकर आ जइयो। अँधेरे के पेले आ जाना रे, अबू।" भागते-भागते भी उसे अब्बा का हुक़्म सुनाई दे गया। रहमत ख़ाँ जानता था कि अबू खेलने के लिए भाग खड़ा हुआ है। ममता के आधिक्य के कारण वह उसे कुछ न बोल पाया।

अबू जब ताप्ती के किनारे पहुँचा तो जगह सुनसान थी। गाँव की सड़क का ढाल ताप्ती की ओर ही था। सड़क से हटकर एक शान्त और गुप्त जगह पर, जहाँ उसकी हमेशा की बैठक थी, वह जा बैठा। उसने कंकड़ियाँ उठा लीं और उन्हें एक-एक कर ताप्ती में फेंकने लगा। हर कंकड़ी द्वारा पैदा किया गया छोटा गोलक चक्कर से बड़ा बन नदी के बहाव में फैलता चला जाता था। उसके ख़त्म होने के पहले ही अबू दूसरी कंकड़ी फेंक देता था। वह सोचता जा रहा था कि आख़िर सलामत भाईजान उससे सदा नाराज़ और चिड़चिड़ाये क्यूँ रहते हैं? उसका कोई काम उन्हें पसन्द क्यूँ नहीं आता? उसका किशोर मन सगे और सौतेले के भेद को समझ पाने में असमर्थ था। वह यह नहीं जानता था कि खेत-खलिहान और घर-जायदाद के हिस्सेदार के रूप में उसका अस्तित्व सलामत के लिए असहनीय है। कभी-कभी उसकी इच्छा घर छोड़कर भाग जाने की होती थी। पर अब्बा के बेइंतहा प्यार की ज़ंजीर ने उसके पाँव जकड़ रखे थे।

तभी अपनी बाँह पर ज़ोर की चिमटी काटे जाने पर वह तिलमिला उठा। फ़ौरन उठकर पीछे देखा। सामने एक बारह वर्षीय साँवली-सलोनी लड़की मुस्करा रही थी। उसकी सलवार के पाँयचे फट रहे थे। तेलहीन दो चोटियों के ज़्यादातर बाल, घास के फूलों की तरह उड़ रहे थे।

"देख छंगी! तेरी यही शैतानी मुझे अच्छी नहीं लगती। फिर मैं भी एक टिकाऊँगा तो रोती हुई अपनी अम्मा के पास शिकायत करने जाएगी।" अबू ने धमकाया।

''देख अबू! तुझे हज़ार बार कहा कि मुझे छंगी मत कहा कर। मेरा नाम परवीन है। तेरे कारण ही अब सभी मुझे छंगी कहकर चिढ़ाते हैं।''

''तेरे बाएँ हाथ में क्या छै अँगुलियाँ नहीं हैं? छंगी ही है रे तू।'' अबू शरारत से छेड़ने लगा।

''ठीक है। ठीक है। छंगी कहना हो तो अकेले में कहा कर। सबके सामने नहीं।'' छंगी बाएँ हाथ की अपनी छठी उँगली को दुपट्टे में लपेटकर छिपाने की कोशिश करने लगी। दुपट्टा लपेटने से हाथ का पंजा मोटा हो गया।

''तू आज इतनी जल्दी घर से क्यों भाग आया, अबू? क्या फिर सलामत भाईजान ने तुझे डाँटा?'' छंगी ने कोमलता से जानना चाहा।

''हाँ रे! मैं जितना उन्हें ख़ुश करने की कोशिश करता हूँ, वे उतने ही नाराज़ रहते हैं। सच छंगी! घर छोड़कर भाग जाने को जी चाहता है। अब्बा और तू न होते तो मैं कब का इस सड़े-से गाँव-घर को छोड़कर भाग जाता।'' अबू उदास हो गया। उसकी आँखों में दीनता उतर आई।

''कहाँ जाएगा भागकर, बता तो रे तू? कहीं जाएगा तो खाएगा क्या? सोएगा-रहेगा कहाँ?''

''कहीं भी चला जाऊँगा। बुरहानपुर ही चला जाऊँगा। नहीं तो अहमदनगर या दिल्ली-आगरा चला जाऊँगा। जहाँ काम करूँगा, दो रोटियाँ, तन ढकने को कपड़े और सिर छिपाने को जगह तो मिल ही जाएगी। फिर आगरा-दिल्ली तो राजधानियाँ हैं। बहुत बड़े शहर। बादशाह और सभी अमीर-उमरा के लंगर चलते हैं वहाँ। न होगा तो वहीं खा लिया करूँगा।''

''लंगर में खाकर भिखारीपना दिखाएगा तू? शरम नहीं आएगी तुझे?'' छंगी तमक गई।

''यहाँ भी तो सलामत भाईजान की वजह से भिखारी जैसा ही लगता हूँ। ऐसा लगता है जैसे बेशरम बनकर पड़ा हूँ।'' अबू फूट पड़ा।

कुछ पल ख़ामोशी रही। अबू ने इस बार, एक साथ तीन-चार कंकड़ियाँ ताप्ती में फेंक दीं। कई गोल घेरे एक के बाद एक सारी नदी में फैलने लगे। वे उतार वाले बहाव में खोते चले गए। सूरज की धूप पश्चिम में उतरती जा रही थी इसीलिए दरख़्तों के साये लम्बे हो रहे थे। गाँव जाने वाली सड़क पर गाय, भैंसों, बैल और बकरियों आदि के झुंड दिखाई देने लगे। उनके गले में बँधी घंटियाँ टुन... टुन...टुन...टुनटुना रही थीं। कुछ मवेशी ताप्ती का पानी पीने के लिए रुक गए थे।

''मुझसे ज़्यादा तक़दीर वाली तो तू है छंगी। तेरे अब्बा और अम्मी तो ज़िन्दा हैं, और डाँटने के लिए कोई बड़ा या छोटा भाई भी नहीं है।'' अबू की साँस दिल की गहराइयों से निकली थी।

"तू क्या! कम है किसी से?" छंगी ने शिकायत की।

"चल अब लौट चलें। काफ़ी देर हो गई। तेरी उदासी के कारण आज ताप्ती में तैरना या नाव पर सैर करना भी रह गया।" छंगी ने उलाहना दिया।

अबू छंगी को उसके घर छोड़कर, जब अपने घर जाने के लिए मुड़ा तो छंगी ने टोका, "अन्दर चलकर अम्मी से नहीं मिलेगा अबू?"

"न, आज मेरा दिल नहीं करता। तू जानती है, देर से घर पहुँचने पर सलामत भाईजान से गालियाँ ही मिलेंगी। थप्पड़ भी पड़ जाएँ तो ताज्जुब नहीं।" अबू घर की तरफ़ दौड़ गया। छंगी मकान की बागड़ के दरवाज़े के पल्ले को पकड़े खड़ी-खड़ी उसे तकती रही।

अबू जब घर पहुँचा, साँझ के साये सारे गाँव पर फैल रहे थे। इक्का-दुक्का चिड़ियों की चहचहाट रात के अँधेरे के पहले चरण में खोने लगी थी। दूर आसमान में तोतों और कौओं के झुंड, गोल घेरों में उड़ते हुए, अपने बसेरों की ओर लौट रहे थे। गाय-बैलों, बकरियों और भैंसों के गलों में बँधी घंटियों की समवेत ध्वनि, उनके लौट आने की सूचना दे रही थी।

वह जल्दी ही बागड़ के दरवाज़े को खोलकर अन्दर घुस गया। अब्बा खटिया पर बैठे, हुक्का गुड़गुड़ा रहे थे। तम्बाकू के मज़ेदार स्वाद की वजह से उनकी आँखें मुँदी थीं, पर बागड़ के दरवाज़े की चर्र...चूँ से वे खुल गईं। हुक्का हटाकर उन्होंने पूछा, "कौन? सलामत आ गए खेत से क्या?"

"नहीं अब्बा, मैं हूँ।"

"कौन, अबू?"

"जी।"

"क्यों रे? तू खेत गया था कि नहीं?"

अबू चुप खड़ा रहा।

"न जाने तुझे कब अक्ल आएगी, अबू? सलामत को तेरी यही मूर्खता तो चुभती है। वह तभी नाराज़ होता है, तुझ पर। अब तू बड़ा हो गया बेटा। तुझे खिलंदड़ा सुभाव छोड़ देना चाहिए। खेत-खलिहान की बातें समझनी चाहिए।" अब्बा उसे समझाने लगे। वह चुपचाप खड़ा रहा।

"मैं न रहूँगा, तब तुझे कितनी परेशानी होगी, तूने कभी सोचा है, इस बाबत?" अबू के भविष्य की कल्पना ने रहमत ख़ाँ को सिहरा दिया।

"अबे! अबू...उ...।" बाहर से ही सलामत चिल्लाया।

"आया, भाईजान...।" अबू ने दौड़कर बागड़ का फाटक खोल दिया।

"कच्च...कच्...कच्। चल बे चल, अन्दर चल...बेटा भूरिया अन्दर...चल...।"

बैलों की जोड़ी को हकालते हुए सलामत उन्हें अन्दर धकेलने लगा। बीच-बीच में एकाध डंडा वह बैलों की पीठ पर बरसा देता था।

अबू ने बैलों की रास पकड़ ली और उन्हें बखारी में बाँधने के लिए चल पड़ा।

"जरा सँभल के ले जाना!" सलामत की आवाज़ की नरमाई ने अबू को अभिभूत कर दिया। उसे तो उम्मीद थी कि खेत पर न पहुँचने के कारण गालियों के साथ-साथ उसके कान भी अवश्य उमेठे जाएँगे। वह बलारी में बैलों को बाँधकर लौटा तो सलामत भाईजान अब्बा के पास खटिया पर बैठकर बतिया रहे थे।

"अब्बा, इस बार फसल तो बढ़िया उतरेगी। कपास और जुआर तो उम्मीद के मुताबिक़ ही होगी।"

"बेटा, तूने हाड़-तोड़ मेहनत भी तो की है। अल्लाह बड़ा कारसाज़ है। तेरी मेहनत का फल ज़रूर देगा।" रहमत ख़ाँ ने आसमान की ओर दुआ में हाथ उठा दिये।

"अब्बा, मैं दो दिन के लिए, बुरहानपुर जाने की सोच रहा हूँ। वहाँ पीरान-पीर का मेला लग रहा है। गाँव से भी कुछ लोग जाएँगे ही। सोचता हूँ, एकाध अच्छी घोड़ी सपड़ जाए तो लेता आऊँ।" बड़े उत्साह से सलामत बोल रहा था।

"बेटा, घोड़ी के बजाय बैल ले आ तो ज़्यादा ठीक रहेगा। भूरिया अब बुढ़ा गया। साल-छै महीने बाद तो बेचने लायक भी नहीं रहेगा।"

"आप ठीक कह रहे हैं, अब्बा। न होगा तो घोड़े के बजाय बैल ही ले आऊँगा।"

अबू वरांडे के खम्बे से लगा चुपचाप सुन रहा था।

"क्यों बे! चलेगा तू भी?" अचानक सलामत ने अबू से पूछ लिया।

मेले में चलने के लिए अचानक मिले इस आमंत्रण ने अबू को गड़बड़ा दिया। उसके दिल की धड़कन तेज़ हो गई। उसे लगा, सूरज पश्चिम से तो नहीं निकल रहा है। डाँटने-झिड़कने वाले भाईजान से मेले में ले चलने का आमंत्रण! ख़ुशी के मारे वह बोल न सका!

"ले जा, इसे भी ले जा। घूम-फिर आएगा बेचारा। बिना माँ का जो है। अब तू ही इसका सरपरस्त है।" अबू ने इस बीच अब्बा के पास बैठने की हिम्मत कर ली थी। रहमत ने उसे बड़े लाड़ से अपने पास खींच लिया और पीठ पर प्रेम से हाथ फिराने लगा। रहमत ख़ाँ भी अबू के प्रति सलामत के अप्रत्याशित प्यार से आप्लावित हो उठा था।

अबू उस दिन तो समझ न सका था भाईजान की मेहरबानी का राज। समझा था बहुत सालों बाद। उस प्यार-भरे निमंत्रण में ज़हर और धोखा था। भाईजान की वजह से उसे, दिल्ली-आगरा जाने का मौक़ा मिला था। पर वह कितने लज्जाजनक हालात में मिला था, यह उसका दिल ही जानता था। तब तक बहुत देर हो चुकी थी। उसकी ज़िन्दगी का सारा नक्शा ही बदल गया था।

"वह हरामी सलामत! बच्चे को मेले के नाम से बहकाकर बुरहानपुर ले गया। और मेले में उसने, उस नासमझ को, जानवर के समान, ग़ुलाम बनाकर व्यापारी को बेच दिया।" पंडित दीनानाथ के नथुने क्रोध से फड़कने लगे। अब्दुल्ला जान चुपचाप सुनता रहा। उसने कोई भी प्रतिक्रिया प्रकट नहीं की। पर बीच-बीच में, उसकी साँस, भावनात्मक स्पन्दनों के साथ, तेज़ हो जाया करती थी। उसका घोड़ा जब कभी भी टाप पटकता था, खुर से उड़ी धूल का गुबार थोड़ा उठकर नीचे गिर जाया करता था।

"चार दिन बाद बुरहानपुर से जब सलामत गाँव वापस लौटा तो बैल तो बैल, एक बढ़िया घोड़ी भी उसके साथ थी। उसके नए कपड़े इत्र से महक रहे थे। मुँह में वह पान का कल्ला दबाए था। कुछ चीज़ें पोटली में भी थीं।" पंडितजी की बातों से कड़वाहट साफ़ झलक रही थी।

"क्यूँ रे सलामत! यह घोड़ी कितने में ली?" रहमत ख़ाँ ने हुक्का परे रख दिया और घोड़ी के पास पहुँचकर, उसकी पीठ पर हाथ फेरने लगा।

"अब्बा, सस्ते में सपड़ गई, इसीलिए लेता आया।" गर्व सलामत की ज़ुबान से फूट रहा था।

"घोड़ी तो पानीदार है रे! अच्छा हुआ जो तू लेता आया। तेरी बड़ी साध थी। चल पूरी हो गई।" रहमत ने घोड़ी के चारों ओर घूमकर उसका निरीक्षण कर लिया। उसकी आत्मा भर गई।

"दिखता है, भूरिया को बेचकर बैल भी बदल लाया है?" रहमत ख़ाँ ने आगे बढ़कर गाड़ी में जुते चितकबरे बैल की रास पकड़ ली। उसका मुँह उठाकर जबड़ा खोल, दाँत गिन लिये।

"बैल भी अच्छा है रे! इस बार तू सब कुछ बढ़िया माल लाया है। दिखता है, मिठाई और नए कपड़े भी लाया है?" रहमत ख़ाँ ने उड़ती हुई नज़र छकड़े पर डाली।

"आपके लिए भी नए कपड़े, नया हुक्का और इस बार अम्बरी तम्बाकू लाया हूँ, अब्बा।" सलामत उत्साह से बोला।

"अरे इतना ख़र्च काहे को किया मेरे लिए? अम्बरी तम्बाकू तो भाई अमीर-उमरा पीते हैं। अपन ठहरे किसान-मजूर। अपन को यह क्या शोभा देता है?" रहमत ख़ाँ टाल रहा था। पर दिल ही दिल ख़ुश था। ज़िन्दगी में पहली बार अम्बरी की ऐयाशी का उसे मौक़ा मिला था।

सलामत ने जल्दी से पोटली खोलकर अब्बा के सामने रख दी। उनके लिए लाये कपड़े उनके हाथ में दे दिये। रहमत ख़ाँ कपड़ों को उलट-पुलटकर देखने लगा। एक मलमल का सिला-सिलाया अँगरखा और नई शलवार थी। एक पुड़िया लेकर सलामत अन्दर जाने लगा। जाने के पहले उसने अब्बा के हुक्के की तम्बाकू,

राख और कोयले फेंक दिये। रहमत ने उसे ऐसा करते देख टोका, "अरे-अरे, ये क्या कर रहे हो? अरे, अभी थोड़ी देर पहले ही तो मैंने हुक्का सुलगाया था।"

"ठहरिए अब्बा। लीजिए तो अम्बरी का स्वाद।" सलामत तेज़ी से अन्दर चला गया।

रहमत कपड़ों को अच्छी तरह से देखने लगा। फिर उसने घोड़ी को पहले बखारी में बाँधा और गाड़ी को छोड़ बैलों को भी बखारी में बाँधने लगा। बखारी से बाहर आने के पहले बड़े प्यार से, जानवरों को पीठ पर उसने हाथ फेरा। उसका मन आज अत्यधिक मग्न और उत्फुल्ल था। रोज़ की नीरस ज़िन्दगी में आज सलामत नया रस ले आया था। वह आँगन में आकर, खटिया पर बैठा ही था कि सलामत हुक्का तैयार कर लाया। उसने हुक्के में दो-तीन फूँक मारी ताकि वह ताव पर आ जाए। अम्बरी तम्बाकू की ख़ुशबू से सारा माहौल महक उठा।

"अरे तम्बाकू मेहमानों के लिए रहने देता। अभी ही क्यूँ हुक्के पर चढ़ा दी?" हलका-सा विरोध रहमत ख़ाँ ने किया।

"अब्बा काफ़ी लाया हूँ। आप पी लें और मेहमानों के लिए भी रख दें।" सलामत ख़ुशी से फूटा पड़ रहा था।

रहमत ख़ाँ ने हुक्का हाथ में लेकर एकदम से खींचा। बढ़िया तम्बाकू का मीठा, ख़ुशबूदार धुआँ उसके गले, नथुनों, दिल और दिमाग़ में भर गया। अम्बरी के नशे ने उसे मस्त कर दिया। वह आनन्दित हो उठा। उसने जल्दी-जल्दी एक के बाद एक दो-तीन दम खींचे और मस्त हो गया। सारा सेहन तम्बाकू की महक से गमकने लगा। मज़े में कई बार उसकी आँखें बन्द हुईं।

"सच रे सलामत! अम्बरी तो अम्बरी ही है। वाह बेटा, आज तो तूने मज़ा ला दिया। इसके सामने दूसरी तम्बाकू तो कूड़ा है, कूड़ा।" रहमत धीरे-धीरे, कंजूस के धन की तरह, हुक्का गुड़गुड़ाने लगा ताकि अम्बरी ज़्यादा देर तक चले।

सलामत सामने खड़ा हँसता रहा।

तभी अचानक रहमत ख़ाँ को ख़याल आया कि कहीं कुछ कमी है। अरे हाँ, उनका अबू काफ़ी देर से नहीं दिखाई दे रहा था। घर में एक साथ इतनी सारी नई चीज़ों के आ जाने के कारण ख़ुशी के पहले ज्वार में वो अबू को भूल ही गया था। उसके उतरते ही उसे अबू याद आया। उसकी नज़रें उसे ढूँढ़ने लगीं। वह जब नहीं दिखाई दिया तो उसने पूछा, "अरे हाँ सलामत! वह लंगूर कहाँ है? क्या रास्ते में ही उतरकर छंगी के घर चला गया?"

"अब्बा...।" अचानक सलामत की सारी ख़ुशी कपूर की तरह उड़ गईं। उसका चेहरा सफ़ेद पड़ गया। अगले लफ़्ज़ गले में फँसकर रह गए।

"क्यूँ...क्यूँ...क्या बात है?" रहमत ख़ाँ अनजान भयभीत हो उठा। "तू बोलता क्यूँ नहीं! क्या हुआ मेरे अबू को?" भय की उत्तेजना में वह खड़ा हो गया। एक

हाथ में हुक्का होने से, दूसरे ख़ाली हाथ से वह सलामत का कन्धा ज़ोर से पकड़कर झकझोरने लगा। रहमत ख़ाँ की सूखी हड्डियों ने सलामत का कन्धा इतना कसकर पकड़ा कि वह तिलमिला गया। उसने हलके से अपना कन्धा छुड़ा लिया और थोड़ा परे हट गया।

"अब्बा, मेरे इनकार करने पर भी वह मेले में नौटंकी देखने चला गया। काफ़ी रात बीतने के बाद भी जब वह न लौटा तो मैं परेशान हो गया। मैंने सारा मेला और बुरहानपुर छान मारा, मगर वह कहीं नहीं मिला। इसीलिए मुझे गाँव लौटने में एक दिन की देर हो गई।" सलामत जवाब ज़रूर दे रहा था, पर उसकी ज़ुबान में वजन और दृढ़ता का अभाव था।

रहमत ख़ाँ को अपने बड़े बेटे सलामत की बात में खोखलापन लगा। वह बुत की तरह जड़ बनकर खड़ा रह गया। वह सोचता था कि उसके दो बेटे उसकी दो आँखें हैं—नहीं-नहीं, दो बाजुएँ हैं। पर आज उसे लगा कि उसकी एक बाज़ू ने दूसरी को उखाड़कर फेंक दिया है। दूसरी आँख जाती रही। हुक्के के अंगारे और तम्बाकू बिना पिये जलकर राख हो रहे थे।

"अब्बा, अम्बरी...अम्ब...री...जाया...हो रही है।" सलामत लड़खड़ाकर बोला।

तम्बाकू की याद दिलाते ही उसने आदत के मुताबिक़ हुक्के को मुँह से लगाकर गुड़गुड़ाया। परन्तु अबू की याद आते ही उसे लगा मानो सलामत ने उस अम्बरी में ज़हर घोल दिया हो। उसे साँस लेने में तकलीफ़ होने लगी। तब उसने झल्लाकर परेशानी और घबराहट में हुक्का आँगन में एक ओर फेंक दिया। राख, अंगारे और तम्बाकू बिखर गए। चिलम टुकड़े-टुकड़े हो गई। कुछ ही पलों में वह ख़ुद को ज़्यादा बूढ़ा महसूस करने लगा। पेड़ की कटी शाख की तरह वह खटिया पर गिर पड़ा।

सलामत गहरी ख़ामोशी के उन लम्हों में चुपके से अन्दर खिसक लिया। उस दिन के बाद रहमत का हुक्का-तम्बाकू सदा के लिए छूट गया। जो खाने के बिना रह सकता था, हुक्के के बिना नहीं, उसे तम्बाकू से घृणा हो गई। उसने मरते दम तक उसे हाथ न लगाया।

"वह ऐसा टूटा कि उसका दिमाग़ ही पगला गया। गाँव में वह निकल जाता और जो भी मिलता, उसका हाथ पकड़ बड़ी दीनता और आजिज़ी से पूछता, "क्या तुम बुरहानपुर जा रहे हो? देखना, वक़्त मिले तो मेरे अबू को ढूँढ़ लाना।"

पंडित दीनानाथ के स्वर में रहमत ख़ाँ का दर्द उतर आया था।

बुड्ढा कभी-कभी ताप्ती के किनारे की राह पर जा बैठता, और टकटकी लगाकर बुरहानपुर की सड़क देखा करता। आने वालों से पूछता, "क्यूँ भाई? बुरहानपुर से आ रहे हो क्या? वहाँ तुमने मेरे अबू को देखा?" लोग उसे पागल समझ बिना जवाब दिये आगे बढ़ लेते। कभी-कभी इस्माइल मियाँ की छंगी उसके आसपास मँडराया करती। वही साँझ होने पर उसकी लकड़ी पकड़े उसे उसके घर

के बाहर छोड़ जाती। उदास, जरा-सा मुँह लिये रहमत लकड़ी टेकते घर में घुसता क्योंकि उसकी कमर और झुक गई। मगर घर में भी उसे चैन न मिलता था। खटिया पर पड़ा करवटें बदला करता था।

सलामत के सामने पड़ जाते ही वह खड़ा होता। उसके हाथ को पकड़ने की कोशिश करते हुए पूछता, ''सच बता सलामत, तूने मेरे अबू को क्या कर दिया? कहीं उसे जानबूझकर, मार-पीटकर भगा तो नहीं दिया?'' रहमत अधिक बेचैन हो उठता।

सलामत अक्सर अब्बा से कतराता था। लेकिन पकड़ में आ जाने पर झल्ला उठता। झटका दे, पहले वह अपना हाथ छुड़ाता।

''आपको भरोसा क्यों नहीं होता अब्बा? क्या मैं इतना गिरा हुआ हूँ कि अबू को मेले में मारता-पीटता?''

''नहीं रे! मैं तो यूँ ही पूछता हूँ।'' रहमत बदहवास हो जाता। फिर न जाने उसने गाँव में कहाँ क्या सुन लिया कि एक दिन फिर सलामत को पकड़ लिया।

''क्यों रे, लोग कहते हैं कि अबू को ग़ुलाम बनाकर कहीं किसी ने बेच-बाच न दिया हो?'' रहमत सीधे पूछ न सका। आख़िर सलामत उसी का ख़ून था।

''हाँ-हाँ। मैं ही तुम्हारे लाड़ले को बेच आया हूँ। सीधे-सीधे आप ही ख़ुद क्यों नहीं कहते? दूसरों के नाम पर यह इल्जाम किसलिए लगाते हैं?'' सलामत झगड़ने पर उतारू हो गया। फिर रहमत ख़ाँ की हिम्मत आगे कुछ कहने-पूछने की न हुई।

झल्लाया सलामत घर के अन्दर पहुँचा तो उसने अपनी बीवी सकीना को सामने खड़ा पाया। उसका सलोना चेहरा उतरा हुआ था। अबू के गुम होने के बाद से घर में मैयत का-सा माहौल सदा बना रहता था। हर कोई एक-दूसरे से नज़रें चुराता था। सदा गुनगुनाने और खिली रहने वाली सकीना गुमसुम रहने लगी थी। अपने शौहर से वैसे भी वह कम बतियाती थी। अब तो कुछ भी बोलने की हिम्मत उसकी न होती थी। ससुर का ग़म उससे देखा न जाता था। इस घर में जब ब्याह कर आई थी, अबू चार साल का था और नई दुल्हनिया के आसपास सदा मँडराया करता था। अबू उसका खिलौना बन गया था। उसके दिल में भी, उसके लिए बड़ी ममता पैदा हो गई थी। सलामत की डाँट-फटकार पर वह अपने प्यार का मलहम लगा देती। चोरी-छिपे गुड़-घी खाने को दे दिया करती। सलामत से कतराने वाला अबू उसके दामन से चिपका रहता था। इसलिए उसे भी उसकी कमी बहुत सालती थी। पर सलामत के ख़ौफ़ की वजह से ज़्यादा कुछ बोल नहीं पाती थी।

आज उससे भी रहा न गया। उसने धीरे से सलामत से कह ही दिया, ''न हो तो आप फिर बुरहानपुर का एकाध चक्कर अबू के लिए लगा आएँ। ठीक समझें तो उसे ढूँढ़ निकालने के लिए इनाम-इकराम का एलान करा दें। अब्बा का ग़म देखा नहीं जाता।''

"चुप कर गधी! बड़ी हमदर्दी जता रही है। मेरे काम में टाँग अड़ाने या दख़ल देने की कोशिश की तो फिर हाँ...!" सलामत गुर्राया और आँखें तरेरकर उसने सकीना को देखा, मानो खा ही जाएगा। सकीना कछुए के मानिन्द उस दिन से अपनी खाल में ही दुबक गई।

अबू की लाश उन दोनों के बीच सदा के लिए दीवार की तरह उठ खड़ी हुई। रहमत ख़ाँ दिन-ब-दिन टूटता चला गया। छह माह के भीतर ही ख़ुदा को प्यारा हो गया। मरते दम तक उसकी जान अबू में ही अटकी रही। थोड़ा-सा भी खटका होने पर वह डबडबाई आँखों से इस उम्मीद में देखने की कोशिश करता कि कहीं उसका अबू वापस तो नहीं आ गया और जब अन्तिम रूप से रहमत को भरोसा हो गया कि अब उसका अबू वापस न आएगा तो उसकी साँस उखड़ गई। उसने दम तोड़ दिया।

"मलमल का जो अँगरखा और शलवार सलामत मेले से अपने अब्बा रहमत के लिए लाया था, वही उसका कफ़न बना।" पंडितजी की आवाज़ भीग आई।

अब्दुला ने जिस घुटन का एहसास किया, उसने उसे गूँगा बना दिया।

गाँव वालों ने सलामत का जीना मुहाल कर दिया। जिधर से भी निकलता, लोग उससे अबू और रहमत मियाँ के बारे में ही पूछते। वह ख़ुद भी गुनाह के एहसास से त्रस्त था। सिर उठाकर गाँव, खेत-खलिहान, यहाँ तक कि अपने घर में, सकीना के सामने भी घूम-फिर न सकता था। पड़ोसियों के तानों के डर से सकीना भी घर में ही घुसी रहती थी। तब तंग आकर सब कुछ बेच-बाचकर वे गाँव से निकल गए।

"किस गाँव जा बसे वे पंडित चाचा?" सूखे-खरखराते गले से अब्दुल्ला ने पूछा।

"न जाने किधर चला गया। कोई कहता है कि शायद दक्खन की तरफ़ निकल गया है। कई साल बीत गए पर गाँव के पास उसकी कोई खोज-ख़बर नहीं है।" पंडितजी ने बात पूरी की।

"मियाँ! रहमत के अन्त को देखकर मुझे लगा, यदि औलाद अच्छी न निकले तो बुढ़ापे में इनसान कितना लाचार और बेबस हो जाता है। जवानी में शेर की तरह सीना तानकर घर की मालिकी करने वाला बुढ़ापे में हर बात के लिए औलाद का मुहताज हो जाता है। उनकी ख़ुशी-नाराज़ी का मुँह जोहने लगता है। और सलामत जैसा बेटा होने पर तो वह और भी टूटकर बिखर जाता है।" कहकर पंडितजी चुप हो गए।

चारों ओर ख़ामोशी छा गई। गाँव में वैसे भी अपेक्षाकृत अधिक शान्ति ही रहती है। पर रहमत ख़ाँ के दुखद अन्त की कहानी ने इस निस्तब्धता को अधिक बोझिल बना दिया।

एक चपल गिलहरी पास के खम्बे से उतरकर मन्दिर के आँगन में बिखरे अनाज के दानों को चुगने के लिए इधर-उधर दौड़ रही थी।

तभी घोड़ा हिनहिनाया। उसकी हिनहिनाहट और अगली टाँगों को ज़मीन पर मारकर धूल उड़ाने से शान्ति भंग हो गई।

''बेटा! तुम्हारे पाँव दर्द करने लगे होंगे। आओ, बैठ जाओ।'' पंडित दीनानाथ के स्वर में स्नेह उमड़ आया।

''नहीं, पंडित चाचा, नहीं, मैं मन्दिर के चबूतरे पर कैसे बैठ सकता हूँ? मैं मुसलमान जो हूँ। मैं यूँ ही ठीक हूँ। मैं मुग़ल सिपाही भी तो हूँ। घंटों खड़े रहने या घोड़े पर चढ़े रहने की हम सिपाहियों को आदत रहती है। आप आराम से बैठिए।''

''क्या हिन्दू और क्या मुसलमान बेटा? ख़ुदा और ईश्वर का घर सभी के लिए खुला रहना चाहिए। पर झगड़े मजहब और दीन-धरम के नाम पर भरमाने और अपनी दुकानदारी जमाने के लिए कराए जाते हैं। क्या ख़ुदा या ईश्वर इनसे ख़ुश होता है? इनकी इजाज़त देता है? तुम तो बैठो बेटा।'' पंडितजी परे सरक गए ताकि बनी जगह पर अब्दुल्ला बैठ सके।

''नहीं पंडित जी, अब मैं चलूँ। अरे हाँ। मैं यह पूछना तो भूल ही गया कि इस्माइल मियाँ अभी भी हैं या वे भी गाँव छोड़कर चले गए? उनकी लड़की छंगी का तो अब तक निकाह हो गया होगा?'' धड़कते दिल से अब्दुल्ला ने पूछा। छंगी का नाम लेते ही उसके चेहरे पर लाली और शर्म छा गई।

'''उफ! तुमने भी किसकी चर्चा छेड़ दी बरखुरदार?'' पंडितजी के झुर्रीदार बुढ़ाये चेहरे पर पीड़ा साफ़ झलकने लगी।

''पर...पर...तु...तुम...कौन हो जी? इस गाँव के? इस गाँव की लड़कियों के बारे में क्यों जानना चाहते हो? बताओ तो भला? क्या मतलब है?'' पंडितजी ने अचानक अब्दुल्ला जान का हाथ पकड़ लिया। उनकी आँखों में सन्देह के धागे तैरने लगे।

अब्दुल्ला जान घबरा गया। डर उसके चेहरे से टपकने लगा। पर उसने शीघ्र ही अपने को सँभाल लिया। पिछले कई सालों में उसने अपनी भावनाओं पर नियंत्रण करना सीख लिया था। इसलिए सँभलकर हँसने लगा। उसकी हँसी के बनावटीपन को पंडितजी न भाँप सके।

''पंडित चाचा, आपको अचानक मुझ पर यह शक क्यूँ हुआ? मैं भी आप में से ही कोई होऊँगा। इसीलिए इतने सालों बाद आपका सुख-दुख बाँटने आ गया हूँ। मैं भी इसी इलाके का हूँ। अब मुग़लों की नौकरी कर रहा हूँ। कई सालों बाद इधर आया हूँ सो अपने लोगों के बारे में जानना, उनके गाँव पहुँचकर मिल-बैठना चाहता था। इसीलिए इधर आ निकला।'' अब्दुल्ला बड़े आदर एवं श्रद्धा से उनके सलवटों भरे गोरे कोमल हाथों को सहलाने लगा।

अब्दुल्ला जान के हाथों का ममत्व भरा स्पर्श पाते ही पंडितजी का तनाव ढीला पड़ गया। एक शरीर ने दूसरे शरीर की ममत्व-भरी ऊष्मा का अनुभव कर लिया।

अब्दुल्ला थोड़ी देर तक उनके हाथ को अपने हाथ में लिये रहा। फिर धीरे से उठ खड़ा हुआ। उसने अपने घोड़े को पास ही मन्दिर के खम्बे से बाँध दिया। जूतियाँ उतारकर पंडितजी के पास बड़े अदब से थोड़ा अन्तर देकर बैठ गया। पंडितजी उसकी कार्यवाही को टुकुर-टुकुर देखते रहे। न जाने अब्दुल्ला के चेहरे और व्यवहार में ऐसा क्या था जो उनमें विश्वास पैदा करने में सफल हो गया।

''बैठो बेटा, बैठो! आदमी के मन और दिमाग़ की गठानों को कोई क्या समझ पाया है? क्या मनुष्य स्वयं को समझ सका है? हमारे शास्त्रों में कहा भी गया है कि स्त्री के चरित्र और पुरुष के भाग्य की जानकारी तो देवताओं को भी नहीं होती। छंगी के भाग्य को देखकर मैं तो यहाँ तक कहूँगा कि कुछ मामलों में तो नारी के भाग्य को देवता भी नहीं जान सकते।'' पंडितजी दार्शनिक बातें करने लगे।

अब्दुल्ला जान अब सब कुछ सहने-सुनने को तैयार था। अपने को तैयार करने के बाद भी, पंडितजी द्वारा उद्‌घाटित हर सत्य उसके मन में अज्ञात भय भर रहा था। कभी-कभी तो उसे लगता कि कोई बरछी उसे चीर जाती है।

''माँ की ममता और वात्सल्य की इस संसार में तुलना नहीं है, बेटे। पर माँ ही सौत बन जाए तो बेटी क्या करे?'' दीनानाथ जी का प्रश्न हवा में उछलकर खड़ा हो गया।

अब्दुल्ला धक्क से रह गया। दिल की धड़कन तेज़ हो गई। अपनी साँस उसे रुकती-सी जान पड़ी। वह सोचने लगा, 'या ख़ुदा, पंडितजी और क्या सुनाने जा रहे हैं?' वह साँस रोके बैठा रहा।

''और इस्माइल मियाँ की छंगी के साथ यही हुआ।'' अब्दुल्ला को लगा कि पंडित चाचा की आवाज़ सर्द हो गई है।

रहमत की मौत के बाद गाँव में सन्नाटा छा गया। अबू के गुम हो जाने के कारण रहमत ख़ाँ के बाद, सबसे अधिक परेशान छंगी थी। उसे यह समझ में नहीं आया था कि कोई खो कैसे सकता है? किसी इनसान और उसके बच्चे को ग़ुलाम बनाकर कैसे बेच दिया जाता है? इनसान क्या कोई जानवर है? सलामत भाईजान ने अबू को ग़ुलाम बनाकर क्यों बेच दिया? जब कभी भी उसे सलामत दीख जाता, वह डरकर भाग खड़ी होती थी। मानो उसने कोई जिन देख लिया हो। घर से खाना खाकर आदत के मुताबिक़ ताप्ती की तरफ़ निकल जाया करती थी। घंटों उस पेड़ के नीचे, उस जगह पर बैठी रहती, जहाँ अबू बैठा रहता था। वह सोचा करती, अबू न जाने कहाँ होगा? क्या कर रहा होगा? कहाँ सोता-खाता होगा? कहीं सचमुच वह सलामत भाईजान के कारण दक्खन, दिल्ली या आगरा तो नहीं भाग गया? किसी लंगर के सामने भिखारी बनकर रोटी माँगते अबू

की कल्पना कर वह सिहर उठती। सिर से पाँव तक काँप जाती। उसकी इच्छा होती कि वह अपनी अम्मी या अब्बा को सब कुछ बता दे। पर डर के कारण चुप रह जाती। अनजाने में वह कंकड़ियाँ उठाकर ताप्ती में फेंकने लगती। और एक कंकड़ी से उठे गोल घेरों के ख़त्म होने के पहले ही दूसरा कंकड़ फेंक देती। अपने अकेलेपन, ताप्ती और उसके दोनों किनारों पर फैले वन-प्रान्तर की ख़ामोशी से जब छंगी का जी घबरा उठता तो सभी कंकड़ एक साथ ताप्ती में फेंक, शलवार से हाथ झटकारती घर की ओर चल देती।

"क्यूँ री! इतनी देर से तू कहाँ मटरगश्ती कर रही थी? इत्ती बड़ी हो गई पर तेरा खिलंदड़ा सुभाव अभी गया नहीं? अरे तू लड़की है, लड़कियों की तरह घर में बैठ। काम में मेरा हाथ बँटा। यह तो नहीं, सारे गाँव और ताप्ती की खाक छानने के लिए दिन-भर भटका करती है। मैं तो समझी थी कि अब अबू नहीं है तो तेरी भागदौड़ अपने आप कम हो जाएगी। पर तू है कि भूतनी की तरह डोला ही करती है।" अम्मी की डाँट-फटकार से सहमी छंगी सेहन में खड़ी रह गई। उसके पाँव ज़मीन से चिपक गए।

"अरे क्यूँ डाँट-फटकार रही हो लड़की को? अभी बच्ची ही तो है। साल-दो साल और खेल-खाल लेगी। फिर तो घर-गिरस्ती के कोल्हू में उस बिचारी को भी जुतना ही है।" अब्बा बड़े लाड़ से उसका हाथ पकड़ कन्धा सहलाने लगे।

"तेरह साल की होने आई, अभी बच्ची ही है? इस उमर में तो मेरा निकाह हो गया था और दूसरे ही साल यह मरी आ टपकी थी। मुझे मेरी दादी अम्मा ने नौ साल की उमर में ही परदे में बिठा दिया था। और आप हैं कि इससे लाड़ लड़ाए जा रहे हैं।" अमीना ने शिकायत की।

"उस उमर की तेरी क़द-काठी और इसकी क़द-काठी में अन्तर नहीं है क्या? एक बच्ची की माँ होने पर, आज भी तू कुँवारी ही लगती है। सच कहूँ, तू तो उमर चोर है, उमर चोर।" रसिकता से छेड़कर इस्माइल मुस्कराया।

किस शादीशुदा, बाल-बच्चे वाली को कुँवारी से की गई प्रशंसात्मक तुलना अच्छी नहीं लगती?

"अब रहने भी दो, क्या फालतू बातें करते हो बच्ची के सामने।" इस्माइल की तारीफ़ ने अमीना को भीतर तक गुदगुदा दिया।

अम्मी-अब्बा के रसीले माहौल ने छंगी को जल्द छुटकारा दिला दिया। वह चुपके से भीतर चली गई।

अबू के बिना उसे खेलने में आजकल मज़ा नहीं आता था। वह बालपन और किशोरावस्था की दहलीज पर थी। उसे अबू का झगड़ना भी अच्छा लगता था। इस सभी के पीछे स्नेह का रज्जु है, जिसने उन दोनों को बाँध रखा है। झगड़ने के अलावा वह उसके लिए जंगलों की खाक छानकर बेर, इमली, करौंदे आदि लाता था। किसी

के बाग़ में घुसकर सन्तरे, अमरूद और अधपकी अमियाँ, कैरी चुरा लाना उसके लिए बाएँ हाथ का खेल था। इन सबके लिए कई बार सलामत भाई से ही नहीं, रखवालों से भी वह पिट चुका था। ताप्ती में तैरना उसने ही उसे सिखाया था। वह इतना ख़राब था कि झगड़ा होने पर, जानबूझकर उसे डुबकियाँ दे देता था। नाव चुराकर सैर कराने दूर-दूर ताप्ती में वह उसे कई बार ले जा चुका था। इस बात पर नावड़ों से आए दिन उसकी लड़ाई होना मामूली बात थी। किसी और के साथ खेलना उसे अच्छा न लगता था। मगर आदत के मुताबिक़, अब्बा के खेत पर चले जाने पर वह घर से अम्मी को गुलछब्बी देकर खिसक लेती थी। ताप्ती अब उसे खाने को दौड़ती थी। उसके किनारे बैठना उसे अच्छा न लगता था। जंगल में अकेले जाने से डर लगता था। अबू की याद, उससे उसका लड़ना-झगड़ना, सभी कुछ निगाहों के सामने घूमने लगता।

उस दिन जब गाँव भर में भटककर वापस आई तो घर में सन्नाटा छाया था। सुबह से शाम तक खेत में रहने वाले अब्बा दोपहर में ही घर आ गए थे। इस्माइल चारपाई पर पड़ा कराह रहा था। बुख़ार से उसका चेहरा तप रहा था। अमीना पास बैठकर पंखा झल रही थी। छंगी डर गई। थोड़ी देर बाद मौलवी साहब आए। सफ़ेद दाढ़ी पर हाथ फिराते-फिराते उन्होंने इस्माइल की नब्ज टटोली। मौलवी साहब के आने पर अमीना उठकर अन्दर चली गई थी, परदे में।

"कब से बुख़ार आ रहा है? कल तक तो ठीक थे तुम इस्माइल मियाँ?" मौलवी पीरबख्श ने पूछा।

"कल तक तो क्या आज सुबह तक मैं ठीक था मौलवी साहब। आह... ओह...! सिर बड़ा दर्द कर रहा है। कमर भी अकड़ी जा रही है। खेत पर भी गया था। वहीं बुख़ार चढ़ गया।...हे ख़ुदा...रहम कर। कँपकँपाते घर चला आया। बीच-बीच में शरीर अकड़ने लगता है। आ...ह...या...अल्लाह!" इस्माइल कराहने लगा।

"जरा जीभ तो दिखाना।" मौलवी पीरबख्श ने आँखों और जीभ दोनों की जाँच की। वे गम्भीर हो गए।

"असल में बेटा, मौलवी पीरबख्श इस्माइल की बीमारी को समझ नहीं पाया। हकीमी वे कर लेते थे पर उन्हें पूरी तरह से उस विद्या की जानकारी न थी। न जाने क्यों अमीना ने उस दिन मुझे नहीं बुलाया। मैंने तो इस शास्त्र का बाकायदा अध्ययन किया है। जड़ी-बूटियों की मुझे अच्छी जानकारी है। आसपास के दस गाँवों से लोग मेरे पास आते हैं, यह अमीना और इस्माइल को भी मालूम था। पर ईश्वर का विधान कौन टाल सकता है?" पंडितजी ने दीर्घ नि:श्वास ली।

अब्दुल्ला ख़ामोश बैठा रहा।

"इस्माइल को धनुर्वात था। खेत पर उसे दो दिन पूर्व कुछ गड़ गया था। उस छोटे-से घाव की इस्माइल ने परवाह नहीं की। यही उसे महँगा पड़ा। वह गोबर-पूँजे का काम करता रहा। उस छोटे-से घाव के कारण उसे धनुर्वात हो गया। सारा बदन कमान की तरह तन गया। और दूसरा दिन निकलते-निकलते वह ख़ुदा को प्यारा हो गया।" पंडितजी उदास हो गए।

अब्दुल्ला पत्थर बन गया।

"इस्माइल की मौत के बाद उसकी बेवा अमीना ने छंगी को परदे में बिठा दिया। खेती बटाई पर कराने लगी। सारे गाँव ने उसका साथ दिया। मौलवी पीरबख्श और उनका लड़का इलाहीबख्श हर दूसरे-तीसरे दिन अमीना के हालचाल पूछने और मदद करने जा पहुँचते थे। मैं भी चला जाया करता था। सारे गाँव की सहानुभूति अमीना के साथ थी...," पंडित दीनानाथ बता रहे थे।

"इस हादसे ने छंगी को पूरी औरत बना दिया। उसका बचपन मानो हवा हो गया। सारे गाँव, जंगल और ताप्ती को छान मारने वाली छंगी घर-घुस्सी बन गई। हर काम में वह अपनी माँ का हाथ बँटाने लगी। धीरे-धीरे वह सारा घर सँभालने लगी। सच पूछा जाए तो वह अपनी माँ की माँ बन गई।

"अमीना लड़की को निपटाने के लिए बेचैन थी। इसी बीच तीन-चार साल निकल गए। छंगी सोलह-सत्रह के आसपास पहुँच गई। उधर मौलवी पीरबख्श भी ख़ुदा को प्यारे हो गए। उनका लड़का इलाहीबख्श नया मौलवी बना। उसका इस्माइल के घर आना-जाना था ही। अमीना चाहती थी कि कोई ऐसा लड़का मिले जो अकेला हो और घरजमाई बनकर रह सके। लोग चाहते थे कि अमीना छंगी को इलाहीबख्श से ही निपटा दे तो ठीक रहेगा। इलाही भी अकेला था। उसकी अम्मा पहले ही गुज़र चुकी थी। इलाही इस्माइल का दामाद बनकर सब सँभाल लेता।" पंडितजी गुज़री बातें बड़े विस्तार से बता रहे थे।

"पर क्या जिन्दगी के अनजान पहलुओं को कोई जान पाया है? हम चाहते क्या हैं और हो क्या जाता है।" पंडितजी ने एक गहरी साँस छोड़ी।

अब्दुल्ला का दिल बैठ गया। वह बेचैनी अनुभव करने लगा।

"देख छंगी, मैंने इलाही को तेरे लिए पसन्द कर लिया है। तेरी क्या मरजी है? मैं इसलिए पूछ रही हूँ कि कहीं निकाह के समय तू मौलवी साहब के सामने इनकार न कर दे।" अमीना ने बड़े प्यार से परवीन से पूछा।

छंगी के मन में, अभी भी कहीं न कहीं क्षीण आशा थी कि उसका अबू लौट आएगा। अबू अभी भी उसके किशोर मन पर छाया था। तब तक थोड़े दिन के लिए

रुक लिया जाए तो क्या हरज है? एक बार इलाहीबख्श के साथ बँध जाने पर तो सारे दरवाज़े बन्द हो जाएँगे।

"अभी जल्दी क्या है, अम्मी? फिर तुम्हारा क्या होगा?" दबी ज़ुबान से छंगी बोली।

"मेरा क्या होगा? क्या मतलब? मैं तेरे साथ ही रहूँगी। इलाहीबख्श हमारे साथ ही रहने को तैयार हैं। वो अपने और हमारे खेत-खलिहान, घर-बार और हम सभी को सँभालेंगे।" अमीना ने उसे आश्वस्त किया।

मैके के ही ससुराल में बदल जाने की बात छंगी को अच्छी नहीं लगी। फिर वह उस दिन की घटना को कैसे भूल सकती थी। अम्मी पड़ोस में हमीदा चाची से बतियाने दोपहर में चली गई थी। अकेली वह घर में चावल बीन रही थी।

तभी इलाही आ धमका। बिना पुकारे या आवाज़ दिये अन्दर, सीधे उस कमरे में आ गया जहाँ वह थी। वह इलाही को सामने खड़ा देख घबरा गई। घबराहट और शरम के कारण उसके कान की लवें तक लाल हो उठीं।

"तुम्हारी अम्मी कहाँ हैं?" दुष्टता से इलाही ने पूछा था।

इलाही से कभी बात न करने वाली छंगी के सामने जवाब देने के सिवाय कोई चारा न था। तब उसने नीची निगाहों से बता दिया।

"कब तक आएँगी वे?" इलाही ने दूसरा सवाल उछाला था।

"मालूम नहीं।" नीची निगाहों से ही उसने जवाब दिया। अबू के सामने चबर-चबर करने वाली छंगी की ज़ुबान, इलाही के सामने गूँगी हो गई। वह चाहती थी कि इलाही जल्दी टल जाए या उसे भागने का मौक़ा मिल जाए।

अचानक इलाही ने आगे बढ़कर उसका हाथ पकड़ लिया। शराब के हलके भभके छंगी के नथुनों में घुस गए। उसने घबराकर नज़र ऊपर उठाकर इलाही को देखा तो उसकी आँखों में वासना के डोरे तैर रहे थे। निगाहों की इस वासना को उसने कई बार, चुपके से, अपने लिए ही नहीं, अम्मी के लिए भी देखा था। ईश्वर ने नारी को न जाने कौन-सी शक्ति दी है जिसके बल पर वह पुरुष के दिलो-दिमाग़ में चलने वाले विचारों और हलचलों को उसकी आँखों में झाँककर पहचान लेती है।

उसमें उस वक़्त न जाने कहाँ से ताकत आ गई। झटका दे हाथ छुड़ा, छंगी पिछले दरवाज़े से भाग खड़ी हुई। उसे पीछे से सुनाई दिया, इलाही आवाज़ लगा रहा था, "अरे... सु...नो...तो...सुन...न...ओ...तो... !" पर उसे सुनने की फ़ुर्सत या ताब कहाँ थी?

आज क्या यह सब अपनी अम्मा को सुना सकती थी? उसे लगा कि एक-दूसरे के सामने दिल खोलकर रख देने वाली औरतें कभी-कभी, कुछ न कुछ, एक-दूसरे से छिपाने के लिए मजबूर हो जाती हैं।

रोज़ की तरह उस दिन भी इलाही शाम को खेत से लौटने पर अमीना और छंगी से मिलने जा पहुँचा। खेत से लौटने के बाद वह रोज़ शाम को एकाध घंटा माँ-बेटी, ख़ासकर अमीना से बतियाने पहुँच जाया करता था।

उसे अन्दाज़ हो गया था कि अमीना ने उसे छंगी के लिए पसन्द कर लिया है। वह ख़ुद को उनका सरपरस्त मानने लगा। अपने बाप पीरबख्श द्वारा छोड़ी जायदाद और इस्माइल की सम्पत्ति का वह अपने को वारिस मानता था।

खेत-खलिहान और दुनिया-जहान की बातें अमीना से करने के बाद उठते हुए इलाही बोला, "तो अब मैं चलूँ? घर जाकर खाना भी पकाना है।"

"अरे! अब घर जाकर बर्तनों और चूल्हे में क्यूँ अपना सिर खपाते हो? यहीं दो रोटी और रूखा-सूखा जो परवीन ने पकाया है, खाते जाओ।" अमीना ने मनुहार की।

"अब आप लोग क्यूँ तकलीफ़ उठाती हैं? मुझे तो बनाने-खाने की आदत है।" इलाही ललचाई नज़रों से अमीना को तक रहा था।

इन कुछ सालों में अमीना के चेहरे पर एक लुनाई और शरीर में एक नया भराव पैदा हो गया था। वैसे भी उसके नाक-नक्श तीखे थे। बाल लम्बे, कमर पतली, वक्ष और नितम्ब उभरे थे। आँखों की बरौनियाँ लम्बी थीं। और रंग गेहुँआ पर सँवलाया होने से वह अधिक आकर्षक लगती थी। वैधव्य संयम ने उसमें एक नई ताजगी ला दी थी। उन्तीस-तीस के आसपास पहुँचने पर भी अपने जिस्मानी गठन की वजह से, अपनी उमर से पाँच-सात साल कम ही लगती थी। अपनी खिलती बेटी परवीन से भी ज़्यादा आकर्षण उसमें आ गया था। वह सादगी से रहती थी। पर उस सादगी की अपनी ख़ूबसूरती थी। इलाही की नज़रों में अमीना का यही सब कुछ चढ़ गया था। वह उसे छंगी से अधिक भा गई।

छंगी उठती कली होने के बाद भी, इलाही की नज़रों से छिपने के लिए, न केवल दूर-दूर भागती थी, बल्कि उसका रहन-सहन भी दुराव-छिपाव का था। सिंगार को उसने पहचानने से इनकार कर दिया। ज़्यादातर चूल्हे-चौके में वक़्त बिताने की वजह से उसकी कोमल अँगुलियाँ लहसुन-प्याज और मसालों से गन्धाया करती थीं। चूल्हे की कालिख उसके चेहरे का डिठौना नहीं बल्कि उसे अनाकर्षक बनाने का साधन बन गई थी। वह कपड़े भी इतने ढीले-ढाले पहनती कि शरीर के उभार उनमें खो जाते थे। जिस उमर में लड़कियाँ सुन्दर दिखने को सदैव लालायित रहती हैं, सिंगार के लिए घंटों आईने के सामने बैठकर आँखों के तेवर तीखे करती हैं, तंग कपड़े पहन शरीर के कटावों को उभारकर दिखाती हैं, उसी उम्र में छंगी इन सबसे दूर भागती थी। ऐसा नहीं कि सुन्दर नहीं थी, अपनी माँ की सुन्दरता का एक बड़ा हिस्सा उसे भी विरासत में मिला था मगर इलाही की निगाहों से बचने के लिए, उसने कुरूपता को ओढ़ने की कोशिश की। प्रकृति

यौवन के उभार पर हर लड़की को ख़ूबसूरती देती है, और छंगी उसका अपवाद नहीं थी परन्तु लादे हुए बैराग की वजह से उसने इत्र-फुलेल, काजल-सुरमे और उबटन से परहेज रखना शुरू कर दिया।

छंगी की इस विरक्ति ने इलाही को भी उदासीन बना दिया। इस्माइल की जायदाद के आकर्षण और दो औरतों की सरपरस्ती ने उसे उनसे बाँध रखा था। जब वह अमीना और उसकी बेटी की तुलना करता, तो उसे बेटी के बजाय माँ ही अधिक अच्छी लगती। जाने-अनजाने में वह अमीना की ख़ूबसूरती और जिस्म के जाल में अपने को अधिक फँसता पाता। उसका दिल कहता, बेटी के साथ माँ भी ब्याज में मिल जाए तो क्या बुरा? फिर हर व्यापारी की तरह मूलधन रूपी परवीन की बजाय उसे अमीना रूपी ब्याज अधिक आकर्षक लगता। वह अपने को परवीन के बदले अमीना के अधिक निकट पाता। आजकल उसकी अमीना से ही अधिक घुटने लगी थी।

"इसमें काहे की तकलीफ़? आगे-पीछे तो यह तकलीफ़ हमें उठानी ही है।" अमीना ने बात साफ़ कर दी।

"मैं कई दिनों से एक बात आपको कहने को सोच रहा था। पर..." इलाही की पेशानी पर बल पड़ गए। जानबूझकर 'पर' पर उसने बात तोड़ दी।

छंगी भीतर के कमरे के दरवाज़े की आड़ में खड़ी उनकी बातें सुन रही थी। उसका सारा शरीर कान बन गया था।

इलाही की ओर अमीना की सवालिया नज़र उठ गई।

"आप और परवीन, यहाँ अकेले पड़े हैं और मैं वहाँ। मगर आप लोग ठीक समझें तो, मेरे यहाँ रहने आ जाएँ। इस घर को बन्द कर दें। कम से कम दो के बजाय एक ही घर चले तो ज़्यादा ठीक रहेगा। मेरी भागदौड़ और आपकी फ़िक्र भी कम हो जाएगी।" थोड़ा हिचकिचाते हुए इलाही ने प्रस्ताव रखा।

अमीना सोच में पड़ गई। छंगी परेशानी और डर से कँपकँपाने लगी। या ख़ुदा, कहीं अम्मी इसे मान न ले? वह जानती थी कि अम्मी के सामने उसकी कोई वक़त या वजूद नहीं है।

अमीना अनपढ़ होते हुए भी तर्कबाज थी। इलाही के घर रहने जाकर वह अपने को उसकी दया पर छोड़ना कभी गवारा न करती। इसके बजाय तो इलाही को ही इस घर में बुला अपने अँगूठे के नीचे रखना ज़्यादा अच्छा था। फिर गाँव की निगाह में गिरने और बदनामी से भी इसी तरह बचा जा सकता था। उसने कुछ ही पल में हिसाब लगा लिया।

तभी छंगी को सुनाई पड़ा, अम्मी कह रही थी, "हम लोगों का तुम्हारे घर जाना अच्छा नहीं लगेगा। न हो तुम ख़ुद ही यहाँ आ जाओ। जैनाबाद के मौलवी से निकाह की तारीख़ की बात कर लो। छंगी को निपटाकर मैं बेफ़िक्र हो जाना चाहती हूँ।"

"जरा फसल के काम से निपट जाऊँ फिर आप जो भी, जैसा भी कहेंगी कर लूँगा।" इलाही ने मान लिया और वक़्त भी माँग लिया। थोड़ी देर रुककर वह बोला, "कपास और गन्ने की फसल बिक जाने पर मेहर का नगद इन्तज़ाम कर लूँ तब तक तो रुकना पड़ेगा।"

"जैसा तुम ठीक समझो।"

छंगी का दिल बैठ गया।

दूसरे दिन सुबह गाड़ी-बैल पर सामान की पहली खेप लादकर इलाही सचमुच ही पहुँच गया। दिन-भर में दो-तीन खेप कर वह सारा सामान ले आया। छंगी का दिल धक् से रह गया। पिंजरे में बन्द कबूतरी की तरह वह फड़फड़ाने लगी। या ख़ुदा! अब कैसे और कब तक वह इलाही का सामना टाल पाएगी? उसे अपनी अम्मी पर बेहद ग़ुस्सा आया, पर वह लाचार थी।

इलाही के आ जाने के बाद से छंगी की दुनिया अन्दर के कमरों में ही सिमट गई। उसका सामना करने से वह हमेशा कतराती। और वह था कि उसे कभी-कभी घेरने की कोशिश करता। परवीन को लगता कि इलाही उसके साथ-ही-साथ अम्मी को भी फाँसना चाहता है।

इलाही एक चतुर खिलाड़ी की तरह अपने दाँव खेल रहा था। शुरू में वह ख़ुद अपनी रोटी ले, हल-बैलों के साथ खेत पर चला जाता और शाम को लौटने के बाद बैलों को बखारी में बाँध, हाथ-मुँह धो, तरोताज़ा होकर बाहरी आँगन में बैठ खाना खा लेता था। अमीना उसे परोस दिया करती थी। उसके खाने के बाद माँ-बेटी दोनों मिलकर चौके में खाकर सो रहतीं।

फिर एक दिन उसने दाँव खेला।

खाने पर बैठते वक़्त अमीना से कहा, "रोज़-रोज़ अकेले खाना अच्छा नहीं लगता। आप और परवीन भी खाना यहीं ले आएँ। सभी साथ बैठकर खा लेंगे। साथ खा लेने पर चौका भी जल्द उठ जाएगा। आप लोगों को फालतू खटना नहीं पड़ेगा।"

इलाही की बातों ने छंगी के सिर से पाँव तक आग लगा दी। पर वह कुछ नहीं बोली। तभी अमीना ने उसे आवाज़ दी, "यहीं खाना ले आ न बेटी! ये ठीक ही तो कह रहे हैं। आ हम तीनों मिल-बैठकर खा लें।"

छंगी पत्थर बन गई। इलाही की चालों को उसका जागृत मन समझ रहा था। वह जान गई थी कि बड़ी होशियारी से नर-मकड़ी अपना जाला बुन रही है उनको फाँसने के लिए। पर उसे ताज्जुब तो इस बात का था कि अम्मी क्यों यह समझ नहीं पा रही है? इलाही का चक्कर उस पर चल रहा है, यह जान क्यों नहीं लेती?

हारकर अमीना अन्दर गई। छंगी ने इलाही के साथ खाना खाने से साफ़ इनकार कर दिया। तब दो थालियाँ परोसकर अमीना बाहर ले आई। उस दिन से वे बाहर ही खाने लगे। छंगी अपनी माँ की इस मूर्खता पर कुढ़ गई। पर वह बेबस और लाचार थी।

खाना खाते वक़्त इलाही अमीना से खेत-खलिहान और गाँव की बातें करने के बाद धीरे-धीरे सतर्कतापूर्वक रसीली बातें भी करने लगा। पर वह हर समय सावधान रहता था। अमीना पर होने वाली प्रक्रिया को ध्यान में रखते हुए ही उसकी जिस्मानी ख़ूबसूरती की तारीफ़ करता। उसकी बुद्धिमानी की दाद देता।

अपनी ख़ूबसूरती और जवानी की चर्चा किस औरत को नापसन्द होती है? अमीना टालने के लिए कभी-कभी कह देती, "अब मैं क्या और मेरा जिस्म क्या? और क्या ही मेरी ख़ूबसूरती? अब खेलने-खाने के दिन तो तुम्हारे और छंगी के हैं।"

"हूँ, छंगी? वह तुम्हारी क्या होड़ कर सकती है? अभी तो तुम्हारे पाँव के नखों की होड़ करने में भी उसे चार-पाँच साल लगेंगे।" इलाही ख़ुशामद पर उतर आया। वह, जानबूझकर 'तुम' कहने लगा।

दरवाज़े की आड़ में खड़ी छंगी जल गई। उसे इलाही से ज़्यादा ग़ुस्सा अपनी अम्मी पर आ रहा था, जो उँगली ही नहीं पहुँचा पकड़ा रही थी।

"एक बात तो मैं साफ़ कहूँगा, चाहे अल्लाह ही बुरा मान जाए, ख़ुदा ने तुम्हारे साथ बड़ा ज़ुल्म किया है कि इस कम उमर में तुम्हें बेवा बना दिया। अभी तुम्हारी उमर ही क्या है? कुछ औरतें तो इस उमर में निकाह करती हैं। फिर इस्लाम तो बेवा को दूसरी शादी की इजाज़त भी देता है।" इलाही ने अप्रत्यक्ष रूप से प्रस्ताव रख दिया। मकड़ी के शिकार को फाँसने के लिए चारा फेंक दिया था।

अमीना ने कोई जवाब नहीं दिया।

बाँध टूट जाने पर, पानी सभी अवरोधों को तोड़कर जिस तरह से फैलता चला जाता है, उसी प्रकार लज्जा के आवरण के हट जाने पर मर्यादा के सभी बन्धन स्त्री-पुरुष के बीच अपने आप टूटते चले जाते हैं।

उस दिन के बाद अमीना में एक नया परिवर्तन आ गया। अब वह साज-सिंगार की ओर ध्यान देने लगी। विधवा की सादगी और संयम रसिका के सिंगार और रसिकता में बदलने लगे। ख़ासकर वह शाम के वक़्त, इलाही के खेत से आने के पहले, सज-धजकर तैयार रहने लगी। काजल और मिस्सी, तेल-फुलेल और इत्र भी वह लगा लेती थी। अम्मी के इस बर्ताव से छंगी बहुत-बहुत परेशान हो जाती। पर अपनी अम्मी को कुछ भी बोलने की हिम्मत वह जुटा न पाती। उसका दिल चाक-चाक हो जाता था।

इलाहीबख्श ने उसकी आँखों की नींद और सकून ख़त्म कर दिये। वह उससे तीव्र घृणा करने लगी। वह सदा एक बेचैनी और घुटन का एहसास करती। एक तनावपूर्ण ज़िन्दगी वह जी रही थी। उसे लगता कि न जाने क्या घट जाए। और उस अघट के घटित हो जाने के डर से उसका दिल हमेशा काँपता रहता।

उस रात तो पानी सिर पर से ही गुज़र गया।

खाना खाने के बाद जब काफ़ी देर तक अमीना अन्दर न आई तो छंगी को खटका हुआ। उसने दरवाज़े की आड़ से देखा तो पाया कि जूठी थालियाँ परे सरका दी गई हैं। इलाही चारपाई पर लेटा, बाईं करवट, बाएँ हाथ का सिरहाना लिये, चुपके-चुपके घुल-घुलकर अमीना से बतिया रहा था। बातें बहुत ही धीरे-धीरे हो रही थीं। अमीना खटिया के सिरहाने लगी बैठी थी। कभी मुस्कराहट उसके ओठों पर फैल जाती थी तो कभी हँसी से दुहरी हो जाती। उसकी आँखें और सारा शरीर मुस्करा रहा था। प्यार-भरी नज़रों से वह इलाही को देख लेती थी। उनमें से एक भावुक रसिकता टपक रही थी। छंगी अम्मी की बेशर्मी देख गड़ गई।

तभी उसे सुनाई दिया, "तुम्हारा सिर दर्द कर रहा है तो लाओ मैं तेल मल दूँ। कुछ आराम ही मिलेगा।" अमीना की ज़ुबान से प्यार टपका पड़ रहा था।

"रहने दो, क्यूँ तकलीफ़ करती हो ? न होगा तो थोड़ी देर दुखकर अपने आप ठीक हो जाएगा।" इलाही के स्वर में थकान थी।

"वाह! ये भी कोई बात हुई ? तुम तो हमारे लिए इतनी परेशानी उठाओ, दिन-भर खेत में हाड़-तोड़ मेहनत करो और हम इतना भी तुम्हारे लिए न करें ?" अमीना उलाहना देने लगी।

"अरी ओ परवीन ? ओ छंगी !" अमीना ने आवाज़ दी।

छंगी को साँप सूँघ गया।

"शायद सो गई है।" अमीना ने अन्दाज़ लगाया।

छंगी दौड़कर बिस्तर में घुस गई। सिर से पाँव तक चादर ओढ़ ली। फिर भी उसका दिल घबराहट में ज़ोरों से धड़क रहा था।

अमीना ने अन्दर आकर एक कटोरी में तेल निकाला और छंगी के पास दो पल खड़ी रही। शायद आहट ले रही थी।

"बड़ी पागल लड़की है। घोड़े बेचकर सोती है।" तेल की कटोरी लेकर वह बाहर आ गई। आते वक़्त उसने बाहर से दरवाज़ा बन्द कर कुंडी चढ़ा दी।

कुंडी के खटकने के साथ ही छंगी का दिल बैठ गया। उसे लगा कि अपनी अम्मी की बेशरमी के लिए वह ताप्ती में डूब मरे।

"होने वाले दामाद को अमीना ने जब अपना खसम बना लिया तो तुम छंगी की हालत की सोच सकते हो। माँ ही बेटी की सौत बन गई।" दीनानाथ जी कड़वाहट से बोले।

अब्दुल्ला को कई कड़वे अनुभव हुए थे। पर वह कभी न काँपा था। अमीना की क्षुद्रता और छंगी के दुख की कल्पना कर वह दहल गया, सकते में आ गया।

"उस बच्ची के साथ उसने जो कुछ किया उसे सोचकर, आज भी काँप उठता हूँ। सोचता हूँ, क्या जनम देने वाली, अपने बच्चों पर जान निछावर करने के लिए सदा तैयार रहने वाली माँ सौत बन जाने पर इतना गन्दा काम कर सकती है?" पंडितजी तड़पकर बोले।

"ये लड़की कहीं हमारे लिए काँटा न बन जाए?" इलाही ने अमीना को चेताया।

रात काफ़ी भीग चुकी थी। रोज़ की तरह अमीना ने छंगी को कमरे में बन्द कर रखा था। छंगी भीतर फड़फड़ाया करती। सारी रात करवट बदल, बिस्तर पर तड़पा करती। उसका दिल और दिमाग़ जला करते। कभी-कभी उसे लगता था कि वह कहीं पागल न हो जाए। पर लाचार थी। अमीना दिन-ब-दिन बेहया बनती चली जा रही थी। बेशर्म। वह खुलेआम इलाही की बीवी बन रहने लगी।

"हाँ! अब मुझे भी उसका यहाँ रहना नहीं सुहाता। न हो तो जल्द उसका किसी दूसरे गाँव में निकाह कर दिया जाए?" अमीना ने राय दी।

"तुमने कभी आगे की बात सोची है? रहीं ना आख़िर औरत जात? अरे निकाह के ब़ाद उसका घरवाला इस जायदाद में हिस्सा माँगने के लिए अपनी बीवी के साथ आकर हमारी-तुम्हारी छाती पर मूँग दलेगा। फिर हम लोगों की या हमारे बच्चों की क्या हालत होगी, यह सोचा है? "इलाही ने कुटिलतापूर्वक समझाया।

"फिर क्या करें?" अमीना सोच में पड़ गई।

"मैं ही कुछ रास्ता निकालूँगा। तुम्हें फिक्र करने की जरूरत नहीं। बस मैं जो कुछ कहूँ या करूँ, तुम उसकी ताईद (समर्थन) करती चलना।" इलाही ने समझाया।

इसके बाद इलाही चार दिन तक गाँव से ग़ायब रहा। जब लौटा तो उसके साथ एक आदमी और था। वह ऊँचा-पूरा, कद्दावर था। बड़ी-बड़ी मूँछों पर बल होने से बिच्छू के डंक के समान वे खड़ी थीं। सिर पर तेल चुपड़ा था जो बहकर गालों की कलमों पर उतर आया था। रंग काला और बाल घुँघराले थे, मुँह में तम्बाकू के पान का कल्ला दबा होने से एक तरफ़ का उसका गाल फूला हुआ था। चारखाने की तहमद कमर में लपेटे वह मलमल का कुर्ता पहने था। उसके गले में लटक रहा काले धागे का गंडा-तावीज साफ़ दिखाई दे रहा था। एक तावीज उसने दाहिनी

बाज़ू में भी बाँध रखा था। कुर्ते की बाँहें उसने चढ़ा रखी थीं। बाएँ हाथ में चाँदी का एक कड़ा था और दाहिने हाथ की अँगुलियों में दो-तीन सोने की अँगूठियाँ पहने था जिनमें से एक में मूँगा जड़ा था। बग़ल में लाठी और शायद कुर्ते की जेब में चाकू था।

"बेगम! ये याक़ूब भाई आए हैं। अपने लड़के के लिए परवीन का रिश्ता माँगने। बुरहानपुर में इनका बड़ा अच्छा कारोबार है। इनका लड़का भी उसमें हाथ बँटाता है। शहर में इनका बड़ा नाम है।" इलाही ने याक़ूब मियाँ का परिचय अमीना को दिया।

अमीना दरवाज़े की आड़ में खड़ी थी। उसने आधा दरवाज़ा भेड़ रखा था। और छंगी, जिसकी तक़दीर का फ़ैसला होने वाला था, रसोईघर में बैठी आँसू बहा रही थी। अमीना ने जवाब नहीं दिया।

"बेगम साहिबा, आप बेफिक्र रहें। आपकी लड़की बेटी बनकर हमारे यहाँ राज करेगी। बड़े आराम से हम उसे रखेंगे। आप बिलकुल ही किसी बात की फिक्र न करें।" पान के कारण भरे गले से याक़ूब ने कहा। पीक ओठों के बाहर दाढ़ी तक बह आई। तब उसने पिच्च से थूक दिया।

अमीना क्या जवाब देती। फिर भी वह थोड़ा घबरा रही थी। तभी इलाही अन्दर आया।

"तुम कुछ जवाब क्यूँ नहीं दे रहीं? इससे अच्छा रिश्ता फिर मिलने वाला नहीं। बड़ी मुश्किल से मैं याक़ूब भाई को समझा-बुझाकर लाया हूँ। घर-खेत, जायदाद में कोई भी हिस्सा, वे या उनका लड़का नहीं माँगेगा। सारी लिखा-पढ़ी करने को तैयार हैं।" इलाही बड़ा मीठा भुलावा और मुगालता अमीना को देने लगा।

"मैं क्या जवाब दूँ? तुमने जब सब देख-भाल लिया है तो मुझे मंजूर है।" अमीना ने हथियार डाल दिये।

"पर याक़ूब भाई की एक शर्त है। वे आज, अभी ही, लड़की को सीधे अपने घर बुरहानपुर ले जाएँगे और निकाह की सारी रस्में वहीं पूरी होंगी। भाई, मैंने तो मंजूर कर लिया है। बेकार के ख़र्च से हम लोग बचेंगे।" इलाही ने दूसरा तीर छोड़ा।

"ये क्या अच्छा लगेगा? गाँव वाले क्या कहेंगे?" अमीना ने हलका-सा विरोध किया। उसे उम्मीद न थी कि इतनी जल्द और इस तरह से लड़की को विदा करना पड़ेगा। पर इलाही ने उसे इतने दिनों में कमज़ोर कर दिया था। वह अब इलाही की मुट्ठी में थी।

अमीना के गालों को हलके से मरोड़ते हुए इलाही ने कहा, "गाँव वालों की तुम परवाह मत करो। हर अच्छी-बुरी बात की चर्चा करना ही उनका काम है।" फिर अमीना के कान के पास मुँह ले जाकर वह धीरे से फुसफुसाया, "काँटे को

निकाल देने का यही मौका है। फिर वे दहेज या जायदाद में हिस्सा भी नहीं माँग रहे हैं। छंगी के जाने के बाद ही हम लोग चैन से रह सकेंगे।''

अमीना का चेहरा शर्म से लाल हो गया। इलाही की फुसफुसाहट ने उसके शरीर को रोमांचित कर दिया। शरीर में एक मीठी सिहरन-सी दौड़ गई। इलाही के जवान और रसिक चेहरे को उसने देखा। उसके साथ अकेले में निडर होकर रंगरेलियाँ मनाने की कल्पना ने उसके शरीर में मीठी लहर दौड़ा दी।

''तुम जो ठीक समझो, करो।'' अमीना ने समर्पण कर दिया।

दो घंटे की मामूली तैयारी के बाद जब छंगी को याक़ूब ले जाने लगा तो उसे लगा, कोई कसाई हलाल करने के लिए, किसी जानवर को ले जा रहा हो। जाने के पहले वह दौड़कर अपनी अम्मी के गले से चिपक गई। वह अमीना से बहुत कुछ कहना चाहती थी। उससे लड़ना-झगड़ना चाहती थी। अपनी ज़िन्दगी के लिए दया की भीख माँगना चाहती थी। यहाँ तक उसने अपने को तैयार कर लिया था कि वह उसकी और इलाही की दासी-नौकरानी बन ख़िदमत करेगी। पर उसे किसी अनजान के साथ अम्मी न भेजे। मगर डर, फ़िक्र और लज्जा के कारण उसका दिमाग़ शून्य हो गया। वह गूँगी हो गई। उसका मन अन्दर-ही-अन्दर कुलबुला रहा था। पर बोल थे कि फूट नहीं रहे थे। वैसे भी उसकी जुबान तो अबू के साथ ही चली गई थी। इलाही ने तो उसे काटकर ही फेंक दिया था। फिर भी आँसू सारे बन्धन तोड़कर बह निकले। वह काँपने लगी। उसकी कातर दृष्टि ने, एक पल के लिए, अमीना के दिल को भी चीर दिया। कई सालों के बाद बड़ी ललक और प्यार के साथ अपनी कोख जाई बेटी को अमीना ने कसकर बाँध लिया।

तभी सुनाई दिया, ''अरे भई मौलवी इलाहीबख्श, क्या देरदार है? बेगम साहिबा को कहें, हमारी बहू को जल्द विदाई दें ताकि दिन रहते हम घर पहुँच जाएँ।'' याक़ूब मियाँ जल्दी मचा रहे थे।

इलाही ने फ़ौरन अन्दर आकर अमीना को टोका, ''याक़ूब मियाँ तुरन्त विदा चाहते हैं। जरा जल्दी करो।'' उसने रसिकता से अमीना को देखा, और बेशर्मी से परवीन की बाँह पकड़, उसे अमीना से जुदा करने की कोशिश की। इलाही का हाथ लगते ही छंगी जल उठी। उसके आँसू सूख गए। उसने तेज़ी से उसका हाथ झटक दिया। बड़ी हिकारत से पहली बार उसने इलाही की नज़रों से नज़रें मिलाईं। इलाही ने घबराकर नज़रें झुका लीं। अमीना के साथ के अनैतिक सम्बन्ध ने उसे कमज़ोर और डरपोक बना दिया था। कुछ भी बोलने की उसे हिम्मत न हुई। छंगी समझ गई, वासना के इन कीड़ों से किसी भी तरह की दया-माया की उम्मीद नहीं की जा सकती। उसने सिर दुपट्टे के पल्ले से ढक लिया। पास की अलगनी से रँगा बुर्का उतारकर उसे जल्दी ओढ़ लिया और दरवाज़े के बाहर क़दम बढ़ा दिये। अच्छे भविष्य की उम्मीद में वह अनजान दुनिया की ओर चल दी।

अमीना ने दरवाज़े तक आकर उसे विदा कर दिया।

जाते-जाते याक़ूब कहता गया, ''आप लड़की की चिन्ता बिलकुल न करें, बेगम साहिबा। हम जब निकाह की तारीख निकालेंगे, आपको खबर करेंगे। आप इलाही मियाँ के साथ आइएगा, ज़रूर।''

''वो याक़ूब बुरहानपुर की बोरवाड़ी का छँटा हुआ शातिर गुंडा था। लड़कियों की दलाली करना ही उसका धन्धा था। आसपास के गाँव-कस्बों की ख़ूबसूरत लड़कियों को उड़ाकर उन्हें बोरवाड़ी के कोठों पर बेचता था। उस जैसे गुंडों के कारण ही बोरवाड़ी के कोठे आबाद थे। हरामी इलाही ने, जो बड़ा मौलवी बना फिरता था, छंगी को याक़ूब के हाथों बेचकर बोरवाड़ी के किसी कोठे पर पहुँचवा दिया। और वो अमीना, वासना में इतनी अन्धी हो गई थी कि उसे यह सब कुछ दिखाई न दिया। शायद दिखाई भी दिया हो तो उसने अपने स्वार्थ के खातिर आँखें मूँद ली।'' घृणा ने पंडितजी के ममतामय चेहरे को विकृत कर दिया।

''जानते हो, बेटा! उस हरामजादी अमीना का क्या हुआ? ईश्वर के घर देर है अन्धेर नहीं। स्वर्ग और नरक इसी दुनिया में हैं बरखुरदार। वहाँ ऊपर कुछ भी नहीं।'' पंडित दीनानाथ ने आकाश की ओर इशारा किया। उनका बार-बार बेटा कहकर बुलाना उसे बहुत अच्छा लगा। सालों बाद किसी ने उसे इतने प्यार से, इतनी ममता से बेटा कहकर बुलाया था। उसकी इच्छा हुई कि उनके चरणों में गिरकर हिन्दुओं के समान प्रणाम करे। पर वह बैठा रहा। उसका मन छंगी के लिए विकल हो उठा। पर वह संयमी बना रहा। अन्दर ही अन्दर वह घुट रहा था, रो रहा था। अमीना और इलाही का परिणाम जानने के लिए वह बैठा रहा।

''परवीन के चले जाने के बाद उन्हें रोकने-टोकने या कुछ कहने वाला घर या गाँव में नहीं रह गया था। गाँव वालों की परवाह करना तो उन्होंने वैसे भी बन्द कर दिया था। अमीना इलाही की रखैल बन गई। वह बदमाश उसे निकाह का झाँसा देता रहा पर निकाह किया नहीं। वह तो किसी और ही गुंताड़े में था। उसने उसे समझा-बुझाकर, ऊँच-नीच बता और पटाकर खेत-खलिहान और मकान अपने नाम करा लिए। पटवारी के कागजातों में भी, घूस देकर, अपने नाम इन्द्राज करा लिया। जब उसने सारा काम पूरी तौर पर पक्का करा लिया तो आए दिन उसे आँखें दिखाने लगा।

''एक दिन तो इलाही ने गजब ही कर दिया। वह गाँव से फिर गायब हो गया। अमीना घबरा गई। उसे और गाँव वालों को लगा कि वह अमीना को छोड़कर भाग गया है। पर कुछ ही दिनों बाद वह गाँव लौट आया। इस बार उसके साथ एक कमसिन लड़की थी। उस लड़की के आते ही, आए दिन इलाही के साथ अमीना का झगड़ा होने लगा। अब वह उस पर हाथ चलाने लगा। इस्माइल का स्वर्ग-सा घर

नरक बन गया। अमीना की जब आँखें खुलीं तो काफ़ी देर हो चुकी थी।'' पंडितजी की बतकही ने उसे उत्सुक कर दिया।

''मेरे ही घर रहकर तू मुझे ही आँखें दिखाता है?'' अमीना गुर्राई।

''तेरे बाप का घर है, जो मुझे टोकती है, हरामजादी। चुपचाप पड़ी रह वर्ना इतने जूते मारूँगा कि जुबान ठीक हो जाएगी।'' इलाही गाली-गलौज पर उतर आया। अमीना और ज़्यादा भड़क गई।

''हाथ लगाकर तो देख कुत्ते! मैं तुझे कैसा मजा चखाती हूँ। तेरी खातिर मैंने अपनी बेटी का मुँह पोंछा। तेरी मीठी बातों में इतना जहर भरा होगा, यह मैंने नहीं सोचा था। जब तक गरज रही, कुत्ते की तरह मेरे तलुए चाटता रहा। अब गरज निकल गई तो आँखें दिखाने लगा।'' अमीना नागिन की तरह फुफकारने लगी।

''साली, तू अपनी बेटी की न हुई तो मेरी क्या होगी? और तू मुझे कुत्ता कहती है, सूअर कहीं की।'' इलाही तिलमिला गया। उठकर पीटने दौड़ा। उसने अमीना के झोंटे पकड़कर उसे ज़मीन पर गिरा दिया। और लात-घूँसे जमाने लगा।

पास-पड़ोस का कोई भी उनके झगड़े में पड़कर, छुड़ाने के लिए तैयार न था। अमीना और इलाही के गन्दे कारनामों ने गाँव वालों के दिलों में उनके लिए तीखी घृणा और विरक्ति पैदा कर दी थी। इसीलिए कोई भी उनके बीच पड़कर बीच-बचाव से कतराता था।

पिछले कुछ सालों से अमीना और इलाही एक नारकीय ज़िन्दगी बिता रहे थे। दोनों ही एक-दूसरे से तीव्र घृणा करने लगे। एक-दूसरे की मौत की मनौतियाँ मनाने लगे। लेकिन एक-दूसरे को छोड़ने को भी तैयार नहीं थे। साँझ होते ही वासना का ज्वार उन्हें जानवर बना देता था। नई लड़की को ले आने के बाद आकर्षण का बिन्दु बदल गया था पर अमीना के शारीरिक गठन से वह अपने को बँधा पाता था। अमीना का अनुभव, उस कामुकता का जो सुख था, वह उसे अनुभवहीन दूसरी बीवी से मिल न पाता था। रोज़ के झगड़े, गाली-गलौज और मारपीट के बाद, वे रात को वासना की पुकार में डूब जाते थे। घृणा और प्यार, ईर्ष्या-द्वेष और जिस्मानी सुख का यह सम्बन्ध काफ़ी लम्बे समय तक खिंचता चला गया। अमीना अच्छी तरह से जानती थी कि इलाही कुत्ते की मानिन्द उससे बँधा हुआ है। दो-चार दिन भी उसकी शारीरिक गरमी और आग़ोश के बिना वह रह नहीं सकता। वे उस नरक से छुटकारा पाना चाहते थे। पर मानो वही उनकी नियति थी।

उस दिन झगड़ा कुछ ज़्यादा बढ़ गया। अमीना की गालियों से इलाही बहुत भड़क गया। उसने मार-पीटकर अमीना को घसीटते हुए घर की बागड़ के बाहर खदेड़ दिया। ग़ुस्से में आकर उसने बाहर के दरवाज़े में ताला ठोक दिया। गालियाँ

बकता हुआ वह अन्दर चला गया। अन्दर से भी उसने दरवाज़ा बन्द कर लिया। अमीना को घर में न घुसने देने के लिए उसने पूरी किलेबन्दी कर ली।

अमीना बड़ी देर तक घर के सामने बरगद के पेड़ के नीचे कच्ची मिट्टी के चबूतरे पर बैठी रही। बीच-बीच में वह गालियाँ बकती रही, ''नासपीटे, तेरा सत्यानास होगा। मरने पर तुझे कफन-दफन के लाले पड़ेंगे, तेरे नाम को रोने वाले नहीं मिलेंगे।'' पर थक जाने पर वह चुप हो गई। रात का अँधेरा पेड़ों की फुनगियों, पत्तों, डालियों पर से उतरकर सारे गाँव पर फैल गया। अमीना उम्मीद कर रही थी कि रात आते ही इलाही सब कुछ भूलकर उसका हाथ पकड़कर घर में ले जाएगा। मान-मनौवल के नाटक के बाद झगड़ा वासना के ज्वार में बह जाएगा। पर जब काफ़ी रात बीत जाने के बाद भी वह नहीं आया तो उसकी आशा का टिमटिमाता दीया बुझ गया। उसकी इच्छा हुई कि बागड़ फाँदकर वह अन्दर चली जाए, और दरवाज़ा पीट-पीटकर इलाही की नींद हराम कर दे। क्योंकि अकेलेपन और आसपास की ख़ामोशी से वह डरने लगी। पर उसके स्त्रियोचित अभिमान ने उसे रोक दिया।

''यह हरामी अपने आपको समझता क्या है? मैं भी देख लूँगी। जरा सुबह तो हो ले। सारे गाँव की पंचायत बुलाकर, उस सूअर के बच्चे को घर से निकलवाऊँगी। उससे अपनी जायदाद जरूर ही छुड़वाऊँगी।'' बड़बड़ाते हुए टटोलते-टटोलते वह गाँव की मस्जिद में रात गुजारने जा पहुँची। खुले में पड़े रहने से उसे डर लग रहा था। वह मस्जिद के एक सुरक्षित कोने में दुबककर पड़ी रही।

मार खाने से सारा शरीर खट्टा होकर दर्द कर रहा था। पर दिमाग़ ख़ाली न था। वह जायदाद किसके लिए किस बल पर माँगेगी? अपने लिए, छंगी के लिए? उसके इस कदर गिर जाने, माँ होकर भी छंगी के साथ किए गए उसके सलूक के बाद, क्या गाँव की पंचायत उसे इलाही से जायदाद दिला देगी? अकेली वह कैसे इन सबसे लड़ेगी? उन्हें अपने दावे के लिए मनवा सकेगी? अचानक उसे अँधेरे में उजाले की किरण नज़र आई। बुरहानपुर जाकर अपने रिश्तेदार याक़ूब मियाँ, छंगी और अपने दामाद को वह लाएगी। उन्हें जायदाद दिलाएगी। उसका पक्ष, उनके साथ आने पर पक्का और मजबूत बन जाएगा। गाँव वाले भी उसका विरोध न कर सकेंगे। सूअर का बच्चा इलाही तो याक़ूब मियाँ को देखते ही घर-जायदाद छोड़ भाग खड़ा होगा। पंचायत बुलाने की भी ज़रूरत नहीं पड़ेगी। सारी रात उसने इसी उधेड़बुन में गुज़ार दी। आसपास के मकानों की थानों में बँधे गाय-बैलों, भैंसों, बकरियों के गले में बँधी घंटियों की टुनटुनाहट, बीच-बीच में, रात के सन्नाटे को तोड़ देती थी। कमीने इलाही को मटियामेट करना ही अब उसका मक़सद बन गया।

मुर्गे ने बाँग दी—कुकड़ू...कूँ...कुकड़ू...कूँ...। आसमान की अँधियारी के सुबह की सफ़ेदी में बदलने के पहले ही वह उठ खड़ी हुई। उसने फटे हुए दुपट्टे को अपने सिर पर ओढ़ लिया। कुर्ती के फटे कन्धे को भी कपड़े से ढक लिया। चुपके से

मस्जिद की सीढ़ियाँ उतर गई। उसने देखा, पूरब में सुबह की लालिमा और सफ़ेदी रात की अँधियारी पर छा रही थी। लाल, सफ़ेद और काले रंग ने मिलकर एक नया ही रंग बना दिया। उस तरफ़ टिमटिमाते तारे सूरज की ललाई में छिपने लगे थे। सूरज की बढ़ती चमक के साथ ही चाँद फीका पड़ रहा था। चिड़ियों की चहचहाहट शुरू हो गई थी। घर की चारदीवारी से बाहर निकलने में घबराने वाली अमीना में उस वक़्त न जाने कहाँ से हिम्मत आ गई। जिसने मैके की चारदीवारी छोड़कर ससुराल की दीवारों में ही सुख और सुकून पाया था, उसने बुरहानपुर की राह पकड़ ली। अनजाने में वह एक नरक को छोड़कर दूसरे नरक की ओर क़दम बढ़ाने लगी।

अमीना को घर की सीमा के बाहर खदेड़ देने और ताले आदि लगा देने के बाद इलाही ने घर के दरवाज़े भी भीतर से बन्द कर लिए थे। वह ग़ुस्से में चारपाई पर जा गिरा और काफ़ी देर तक करवटें बदलता रहा। थोड़ी देर बाद उसकी दूसरी बीवी सईदा खाने के लिए थाली परोसकर ले आई। मगर ग़ुस्से में उसने लात मारकर थाली फेंक दी, और चीख़ा, "चल दूर हो, मेरी निगाह के सामने से कमीनी! वर्ना तुझे भी धुनकर रख दूँगा।"

सईदा चुपके से एक कोने में दुबक गई। मियाँ का ग़ुस्सा जूती पर। वैसे भी सईदा सारी लड़ाई के दौरान कोने में खड़ी थरथर काँपती ही रही थी। उनके झगड़े को छुड़ाने या बीच-बचाव करने की हिम्मत वह जुटा नहीं पाई थी। सारी घटना के बीच वह दुख और शर्म से बेचैन रही। पर वह लाचार थी। इस सारे हादसे ने उसे हैरान कर दिया था। इस नरक में जीने के लिए वह भी मजबूर कर दी गई थी।

छंगी के चले जाने के कुछ समय बाद से ही इलाही और अमीना के बीच एक अदृश्य दीवार-सी उभर आई थी, जिसे वे दोनों काफ़ी समय तक समझ न पाए थे। छंगी उन दोनों के बीच मर्यादा और संयम की सीमा थी। वह उनकी अनैतिकता पर अंकुश थी। उस मर्यादा की लक्ष्मण रेखा के टूट जाने पर दोनों के गुण-दोष एक-दूसरे पर उजागर होने लगे। गुणों की अपेक्षा दोष ही अधिक उभरे। कामुकता के उबाल ने जिन दोषों को ढक रखा था वे भी धीरे-धीरे प्रकट होने लगे।

गुनाह के एहसास ने उन्हें चिड़चिड़ा बना दिया। इलाही भी परेशान रहने लगा था। गाँव वालों ने उनका जीवन अलग मुहाल कर रखा था। दोनों में से एक ही जिधर निकल जाता, उसे लोगों के व्यंग्यात्मक इशारों, अपमानजनक मुस्कान और हँसी का शिकार बनना पड़ता था। इसका प्रभाव उनके स्वभाव पर पड़ा। वे एक-दूसरे से घृणा करने लगे।

छंगी के चले जाने से एक बदलाव और आया। घर का सारा बोझ अमीना पर ही आ पड़ा। समझदार होते ही छंगी ने चूल्हा-चौका, झाड़ू-बुहारी, लिपाई-पुताई, जानवरों का सानी-पानी सभी कुछ सँभाल लिया था। तीव्र घृणा के बावजूद अम्मी के डर के कारण वह इलाही के कपड़े भी कुढ़ते-कलपते धोती थी। इस

सबने अमीना को कामचोर बना दिया था। कई सालों बाद, छंगी के चले जाने पर, घर-गिरस्ती के सभी काम जब अमीना पर आ पड़े तो वह और अधिक चिड़चिड़ी हो गई।

"ये सब काम अब मुझसे नहीं होते।" उनकी नाराज़ी एक दिन फूट ही पड़ी। चूल्हा फूँकने के कारण, उसमें से उठने वाले धुएँ ने उसके गले और आँखों में कड़वाहट भर दी। नाक और आँखों से पानी टपकने लगा।

खेत से हारा-थका आया इलाही चारपाई पर पड़ा था। खटिया उसकी कमज़ोरी बन गई थी। काम न होने पर भी वह दिन-भर खाट पर पड़ा रह सकता था। छंगी के जाने के बाद तो वह खुलेआम शराब पीकर आने लगा था। कभी-कभी घर भी बोतल ले आया करता था। जिस दिन अमीना से झगड़ा होता, उस दिन तो वह ज़रूर ही शराब ढालता था। कभी-कभी इतनी पी लेता कि उल्टियाँ हो जातीं। उसका सिर गनगनाने लगता। आँखें लाल-सुर्ख होकर चढ़ जाती थीं। तब उस दिन दोनों में ज़रूर ही झगड़ा होता था। यह लड़ाई शुरू में गाली-गलौज तक ही सीमित थी।

"तू नहीं खाना बनाएगी तो क्या मैं बनाऊँगा? दिन-भर खेत में खटने के बाद अब क्या घर आकर खाना भी बनाऊँ तेरे लिए?" इलाही गुर्राया।

अमीना उस बार चुप कर गई।

रोज़ की चिकचिक से परेशान हो, उसे दूर करने लिए इलाही दो दिन बाद बुरहानपुर से सईदा को लाया। सईदा जिस दिन आई, अमीना और इलाही में उसी दिन ख़ूब महाभारत मचा।

"मुझसे दिल भर गया क्या जो एक और ले आए? मैं इस हरामजादी को एक दिन भी टिकने न दूँगी।"

"देख! तू मुझे ग़लत मत समझ। मैं तो इसे तेरी मदद के लिए लाया हूँ। और तू है कि बेकार का झगड़ा-फसाद कर रही है।" इलाही ने समझाने की कोशिश की।

"बेवकूफ उसे बनाना जो तुम्हें समझता न हो। इसे मेरी मदद के लिए लाया है या रंगरेलियाँ मनाने के लिए? मेरी ही मदद करनी थी तो आठ-दस साल की लड़की भी ला सकता था। मैं सब समझती हूँ। मैं कम पड़ रही थी ना, इसीलिए तू उसे उठा लाया। मैं अपनी सौत को अपनी छाती पर मूँग न दलने दूँगी? जूते मारकर इस चुड़ैल को न निकाल दूँ तो मेरा नाम भी अमीना नहीं। यह घर मेरा है और मैं जिसे चाहूँगी, वही यहाँ रहेगा। इसे तुम्हारी अय्याशी का अड्डा नहीं बनने दूँगी।" अमीना बिफर गई। और चीख़-चीख़कर बोलने लगी।

"चुपकर कमीनी, वर्ना इतने जूते दूँगा कि तेरी जुबान बन्द हो जाएगी। अभी तक तो इसे तेरी सौत बनाने का इरादा न था, पर अब मैं इसे जरूर अपनी बीवी भी बनाऊँगा। देखूँ, तू क्या करती है?" और ग़ुस्से में आकर इलाही ने उसे दो झापड़ टिका दिये। फिर तो पूरा महाभारत ही मच गया। अमीना ने चिल्ला-चिलाकर

इलाही और सईदा को गालियाँ दीं। और एक बार हाथ उठा देने पर इलाही की सारी झिझक टूट गई। फिर तो उसने उसे ख़ूब पीटा।

सईदा कोने में खड़ी, सिर नीचा किए, थरथर काँपती रही। अमीना को इलाही ने वरांडे में धकेलकर किवाड़ बन्द कर लिया, और ग़ुस्से में उसने शराब की सारी बोतल ख़ाली कर दी। फिर सईदा को ज़बर्दस्ती ठेलकर अपनी चारपाई पर पटक लिया। डर के मारे सईदा विरोध न कर सकी। पर उसके मन में अपने मालिक के लिए प्यार उमड़ न सका। सारे वक़्त वह चारपाई पर मुर्दे जैसी बर्फ़ बनी ठंडी पड़ी रही। सईदा के ठंडेपन और मुर्दानुमा जिस्म ने इलाही को भी ठंडा कर दिया। तब उसे लात मारकर इलाही ने चारपाई से नीचे धकेल दिया, और दरवाज़ा भड़ाक से खोल बरामदे में आ गया। रोते-रोते अमीना दालान में ही एक दरी बिछा, हाथ का सिरहाना ले, चादर ओढ़कर सो रही थी। लड़खड़ाता हुआ इलाही उसके पास जा पहुँचा, लेटने के लिए।

इलाही के शरीर का स्पर्श पा अमीना जाग गई। उसने पूछा, ''कौन?''

''मैं हूँ हरामजादी, मैं।'' कहता हुआ वह चादर में घुसने लगा।

''अब क्यूँ आए मेरे पास? जाओ न अपनी उस चहेती कलमुँही के पास, जिसे कौन जाने बुरहानपुर के किस नाबदान से उठाकर लाये हो।'' बड़े घमंड से अमीना ने इलाही को टोका। पर उसे इलाही का अपने पास आना अच्छा ही लगा। अपनी जीत पर वह ख़ुश हुई। वह थोड़ा परे सरक गई ताकि इलाही को भी दरी पर सोने की जगह मिल जाए। मान-मनौवल का नाटक थोड़ी देर तक चलता रहा। जल्द ही वे कामुकता की वेगवती धारा में डूबने-उतराने लगे।

दोनों एक-दूसरे के शारीरिक आकर्षण और मांसलता के मोह से बँधे हुए थे। अमीना को तो हमेशा यह एहसास रहा कि उसने अपनी बेटी का हक़ मारकर बहुत बड़ी ग़लती की है। दोनों एक-दूसरे से छुटकारा पाना चाहते थे, परन्तु खेली-खाई अमीना इलाही के नौजवान जिस्म को और इलाही अमीना से मिलने वाले शारीरिक सुख को छोड़ने को तैयार न था।

उस दिन से प्यार-घृणा, ईर्ष्या--द्वेष और वासना-कामुकता का नाटक आज के अपने अन्तिम अंक तक चलता रहा।

चारपाई पर पड़े इलाही की बीच में इच्छा हुई कि वह अमीना को देख आए। न हो तो उसका हाथ पकड़कर उसे घर में ले आए। वह रात में दो-तीन बार पेशाब करने उठा भी, पर बाहर जाने के बजाय वह पिछवाड़े के आँगन में गया। उसका अभिमान उसे रोक रहा था।

सुबह जल्दी से उठकर वह बाहर आया। घर के चारों तरफ़ अमीना को खोजा।

अमीना कहीं दिखाई न दी। गाँव के जागने के पहले ही उसने सारा गाँव छान मारा। पर अमीना उसे न मिली। उसे शक हुआ कि कहीं ग़ुस्से में आकर अमीना ताप्ती में डूब न मरी हो। उसने ताप्ती का किनारा दूर-दूर तक ढूँढ़ डाला। वह कहीं न दिखाई दी। धरती उसे खा गई या ताप्ती हमेशा के लिए निगल गई, उसकी समझ में कुछ न आया। तीन दिन तक वह न खेत गया न गाँव में निकला। उसे बड़ी घबराहट होती रही। जरा भी खटका होने पर वह चैतन्य हो जाता और आशा करता कि कहीं अमीना वापस तो नहीं आ गई। फिर ख़ुद को दिलासा देने के लिए बड़बड़ा उठता, "चलो अच्छा हुआ साली चली गई। वर्ना कभी किसी दिन मेरे हाथ से उसका ख़ून ही हो जाता। अब घर में अमन तो है। आराम से सईदा के साथ रहूँगा।" पर मन न मानता। अमीना के बिना घर खाने को दौड़ता। ख़ासकर रातें नागिन बन सारे शरीर पर रेंगतीं और तब ग़म ग़लत करने और घबड़ाहट दूर करने के लिए वह शराब के प्यालों में डूबकर उनमें सुकून ढूँढ़ने की कोशिश करता।

"अमीना के भी चले जाने के बाद से गाँव वालों ने इलाही का जीना मुश्किल कर दिया। सारे गाँव को सन्देह हो गया था कि इलाही ने अमीना का क़त्ल कर उसकी लाश गायब कर दी है। आए दिन गाँव में किसी न किसी से उसका झगड़ा होता। तब परेशान हो, घबराकर उसने अपनी और इस्माइल मियाँ की जायदाद औने-पौने बेच में दी। गाँव से अपनी दूसरी बीवी को लेकर भाग खड़ा हुआ। वह भी न जाने कहाँ निकल गया।" पंडितजी बात करते-करते थक गए थे।

उन्होंने धीरे से अपनी तम्बाकू की गोल मखमली थैली निकाली। रस्सी खींच उसमें से तम्बाकू और चूने की डब्बी निकाल ली। चूना लगाकर तम्बाकू हथेली पर मलने लगे। तम्बाकू बन जाने पर उन्होंने दो-तीन बार हथेली पर मली तम्बाकू को बाएँ हाथ की उँगलियों से फटकारा। फिर तैयार तम्बाकू की हथेली अब्दुल्ला जान के सामने पेश कर दी।

"पंडित चाचा, मैं तम्बाकू नहीं खाता।" बड़ी देर बाद अब्दुल्ला के बोल फूटे। उसे लगा उसका गला सूख गया है। इतनी देर से वह जो कुछ सुन रहा था, उसने उसके दिल में जो घुटन पैदा कर दी थी वह उसका बयान नहीं कर सकता था। दिमाग़ शून्य हो गया था। उसे ऐसा लगता रहा था जैसे किसी ने बग़ैर रोशनी और हवा के किसी कोठरी में उसे बन्द कर रखा हो। जिस घुटन और तड़पन का एहसास बन्द कमरेवाला इनसान करता है, वही उसे हुआ।

"बहुत अच्छा करते हो बेटा, जो इन बुराइयों से दूर हो। वर्ना हमारे गाँवों में तो पैदा होते ही लड़के तम्बाकू खाने-पीने लग जाते हैं।" पंडित दीनानाथ ने गम्भीरता से जवाब दिया।

दुपहरी साँझ में, और साँझ रात में न जाने कब ढल गई, इसका पता न उसे चला न पंडित दीनानाथ को।

"अब मैं चलूँ, पंडित चाचा। मैंने आपका काफ़ी वक़्त बरबाद किया है।" अब्दुल्ला जान ने झुककर बड़ी श्रद्धा से हिन्दुओं की तरह प्रणाम किया।

"ईश्वर तुम्हें सदा सुखी और खुशहाल रखे बेटा। पर हाँ, तुमने यह तो बतलाया नहीं कि तुम हमारे इधर के किस गाँव के हो। मैं करीब-करीब आसपास के आठ-दस गाँवों को जानता हूँ। और रहमत मियाँ के तुम क्या लगते हो ? मियाँ इस्माइल से तुम्हारा क्या रिश्ता है ?" पंडितजी ने उत्सुकतावश पूछा।

इस बीच अब्दुल्ला जान खम्भे से लगाम खोल, घोड़े पर सवार हो चुका था। घोड़े को ऐड़ लगाने से पहले उसने खँखारकर गले को साफ़ किया और जवाब दिया, "पंडित चाचा ! मैं ही मरहूम रहमत मियाँ का वह अभागा बेटा अबू हूँ जिसे आज से कई साल पहले उसके भाई सलामत ने बुरहानपुर में ग़ुलामों के एक व्यापारी को जानवर की तरह बेच दिया था। मैं इस गाँव की धूल-मिट्टी में पैदा हुआ। पन्द्रह साल की उमर तक यहाँ की गलियों, ताप्ती किनारे और खेत-खलिहानों में यहाँ के लड़के-लड़कियों और छंगी के साथ खेला-कूदा हूँ।

"हम शहज़ादा हुज़ूर ख़ुर्रम की कमान में अहमदनगर के मुहासिरे पर दक्खन जा रहे हैं। दक्खन जाने से पहले बुरहानपुर में थोड़े दिनों के लिए आराम करने ठहरे हैं। अपने घर और गाँव के इतना नज़दीक आ जाने पर मेरा दिल न माना। आप सभी के दर्शन करने चला आया। मुझे उम्मीद न थी कि इतना सब कुछ इस बीच गुज़र जाएगा।" उसने एक लम्बी साँस खींची। उसके द्वारा लगाम खींचकर, इशारा करते ही सधा घोड़ा दुलकी चाल से आगे बढ़ गया।

पंडित दीनानाथ अवाक् रह गए। वे कुछ क्षणों तक अब्दुल्ला को टुकुर-टुकुर देखते ही रहे। वे कुछ और बोलें या आवाज़ दें, इसके पहले ही अब्दुल्ला जान का घोड़ा गाँव के काँकड़ पर जा पहुँचा। घोड़े की टापों से उठी धूल के गुबार में वह खो चुका था।

अब्दुल्ला जान गाँव की धूल-भरी सड़क छोड़कर बुरहानपुर जाने वाली सड़क पर मुड़ा तो, मन्द-मदिर और सुगन्ध भरी हवा के झोंकों ने उसका स्वागत किया। ताप्ती की ओर से बहकर आने के कारण हवा में बहुत ठंडक थी। एक पल वह रुका। एक गहरी साँस खींचकर अपने फेफड़ों में उस ताज़ा शीतल हवा को भर लिया ताकि इतनी देर से वह जिस घुटन, घबराहट और त्रास का अनुभव कर रहा था, उससे उसे छुटकारा मिले।

पक्षियों का कलरव समाप्त हो चुका था। चौदहवीं का चाँद आसमान में अठखेलियाँ कर रहा था। चाँद की किरणों ने आकाश से धरती तक एक मनमोहक सफ़ेद चादर-सी तान दी थी। सड़क के दोनों ओर, सतपुड़ा की तलहटी तक, निमाड़ का वन प्रान्तर फैला हुआ था। इस जंगल में बबूल, नीम, पलाश, टेमरू, चारोली के बीच काँटेदार झाड़ियों की भरमार थी। पलाश के नंगे पेड़ों को चाँदनी नहला रही

थी। वे चित्रलिखे-से दिखाई दे रहे थे। इनके बीच से उठता हुआ धुआँ, उनकी गोद में छिपे गाँवों की मौजूदगी का आभास कराता था। इस जंगल को बचपन में अबू ने कई बार टेमरू, इमली और चारोली के लिए छान मारा था। छंगी ने भी उसका साथ दिया था। पास और दूर के खेतों में कहीं-कहीं केलों के पत्तों की हरियाली उनकी ख़ूबसूरती को दुगुना कर रही थी। चन्द्रकिरणें उन पर फिसल-फिसलकर आसपास की मेड़ों पर मचल रही थीं। खेतों में खड़े आम के पेड़ों की हलकी रहस्यमय छाया ज़मीन पर लेटी पड़ी थी।

जंगली फूलों की तीखी गन्ध ने हवा को मदिर बना दिया था। उसकी आँखें और उसके नथुने इस सबका एहसास कर रहे थे। चारों ओर उन्मादक वातावरण था। दूर गगन में बगुलों की दो पाँतें बुरहानपुर की तरफ़ उड़ती चली जा रही थीं। उनकी सफ़ेदी चाँदनी से होड़ ले रही थी। ऐसा लग रहा था मानो चाँद उन्हें नहला रहा था। पर जिसके दिल में अँधेरा हो उस पर मादकता का क्या प्रभाव पड़ सकता था।

लुटे-पिटे जुआरी की तरह, शिथिल शरीर और थके-अस्वस्थ मन से वह वापस लुढ़क रहा था। जिस उत्साह और आशा से वह भाऊसिंगपुरा, अपने गाँव आया था, वह धूलि-धूसरित हो चुकी थी। उसने लगाम ढीली छोड़ दी। सधा घोड़ा दुलकी चाल से बुरहानपुर की ओर दौड़ने लगा। जल्द ही वह ताप्ती की रपट पर पहुँच गया। चाँद ने ताप्ती को भी दूधिया बना दिया था। ऐसा लग रहा था मानो दूध की नदी, कई जगहों पर मचल और उफन-उफनकर कल...कल...क...ल करती हुई बही जा रही थी। उसका पाट काफ़ी चौड़ा था। चाँदनी मिली ताप्ती की सुन्दरता अत्यन्त ही मोहक हो उठी थी। मगर इस सबसे बेख़बर वह विचारों में खोया चला जा रहा था। अब बोरवाड़ी का वह अनजान याक़ूब ख़ाँ उसकी उम्मीद का टिमटिमाता दीया बनकर बच रहा था।

जिस समय वह बुरहानपुर पहुँचा, रात काफ़ी गुज़र चुकी थी। सारा शहर रात के अँधेरे और चाँदनी के उजाले में आँखमिचौली खेल रहा था। जिन हिस्सों पर चाँद की किरणें बरस रही थीं, वे चाँदनी में नहा रहे थे। मुग़ल टुकड़ियाँ यहाँ-वहाँ, अनेक जगहों पर, मशालें जलाकर, अँधेरों से लड़ रही थीं। सेना गश्त पर थी। गश्त सैनिक बीच-बीच में आवाज़ लगा रहे थे, "होशियार!" "ख़बरदार!"

अब्दुल्ला जान की तीव्र इच्छा हुई कि वह एक टुकड़ी लेकर सारी बोरवाड़ी को अभी ही छान मारे और अपनी छंगी को ढूँढ़ निकाले। पर रात काफ़ी बीत जाने के कारण सारे शहर समेत बोरवाड़ी में भी सोता पड़ गया था। मुग़ल गश्ती सैनिकों के घोड़ों की टापों और सावधान रहने की आवाज़ के सिवा कहीं से कोई हलचल नहीं सुनाई दे रही थी। चारों ओर ख़ामोशी और शान्ति का साम्राज्य था।

अब्दुल्ला जान ने अपने घोड़े का रुख़ लालबाग़ की ओर मोड़ दिया। रात का तीसरा पहर चल रहा था। पर अचानक उसका दिल न माना और वह भावनाओं के

उबाल में बहकर उस क्षीण आशा के साथ बोरवाड़ी की तरफ़ मुड़ गया कि शायद कहीं याक़ूब मिल जाए, या किसी कोठे के दरवाज़े-छज्जे पर छंगी ही दिख जाए। पर वह उन दोनों को पहचानेगा कैसे? इतने सालों बाद छंगी का क्या रूप होगा? जब वह शहर की मुख्य सड़क छोड़कर बोरवाड़ी की गली में घुसा तो वहाँ की रौनक ख़त्म हो चुकी थी। कोठों की चहल-पहल, सुरीले गलों की तानें, घुँघरुओं की सुमधुर छमछम, हँसी-खिलखिलाहटें और चुहल, सितार, तबलों और सारंगी की स्वर-लहरियाँ नींद की खुमारी में डूब गई थीं। उस सौन्दर्यमय, कलात्मक रसिक और जवान जिस्मों की खुमार से लबालब भरे मुहल्ले की गन्दगी पान के पत्तों, काग़ज़ के टुकड़ों, शराब की टूटी बोतलों और प्यालों, खाई गई मिठाई-नमकीन के दोनों के रूप में सड़क और गलियों में बिखरी पड़ी थी जिसे कुछ कुत्ते और भिखारी चाट-बीन रहे थे।

एक कोठे के चबूतरे के नीचे वाली दुर्गन्ध से भरी नाली के किनारे एक अधलेटा शराबी, ख़ाली बोतल से हिचकियाँ ले-लेकर इश्क लड़ा रहा था। "न...मैं... हिक...तुझे...नईं छोडूँगा...हिक साक़ी नईं...हि...।" शराब के नशे में चूर होने से उसकी ज़बान लड़खड़ा रही थी। अपने जिस्म पर उसका काबू न था। वह भी लड़खड़ा रहा था। नाबदान के कीड़े की तरह वह उसकी ख़ुशबू में मस्त था। इनसान के इस घृणित रूप को देखकर अब्दुल्ला का जी मिचला गया।

पान और नानबाई की दुकानें बन्द हो चुकी थीं। अब्दुल्ला ने बोरवाड़ी के बाज़ार की मुख्य सड़क पर अपना घोड़ा रोक लिया। बड़ी दर्दीली नज़रों से आसपास के कोठों का मुआइना किया। मुख्य सड़क आसपास की गलियों में खो गई थी। बोरवाड़ी के कोठों की छतों, गच्ची, बारजों और खपरैलों को चाँद नहला रहा था। अब्दुल्ला सोचने लगा, न जाने इस मुहल्ले के किस कोठे में उसकी छंगी क़ैद होगी? दूसरों का दिल बहलाने के लिए, नाच-गाकर या इस पल कहीं अपना जिस्म तो नहीं बेच रही है? वह सिहर उठा। उसका दिल चिर गया। दिमाग़ पर मानो हथौड़े पड़ने लगे। घबराकर उसने अपना घोड़ा लालबाग़ की ओर बढ़ा दिया।

रास्ते में बिना रुके वह लालबाग़ की छावनी में पहुँच गया। घोड़े को अस्तबल में बाँधकर अपने डेरे जा पहुँचा। उसकी भूख मर चुकी थी। वह सीधे बिस्तर में घुस गया परन्तु सारी रात उसने करवटें बदलकर काटीं। वह बेचैन था। वह बड़ी बेसब्री से सुबह का इन्तज़ार करने लगा।

इनसान के अनजाने में भी प्रकृति अपना काम करती रहती है। बड़ी देर तक उसकी पलकों की नींद उड़ी रही। सिर भारी हो गया था। पीछे के हिस्से में दर्द होने लगा। तभी सुबह के ठंडे झोंकों ने, जो ताप्ती और सतपुड़ा को पार करके आ रहे थे, उसे थपकियाँ देकर सुला दिया। उसका थका दिल, दिमाग़ और जिस्म नींद के आगोश में झूलते रहे। बड़ी देर तक वह एक बालक की मानिन्द मीठी नींद सोया

रहा, और जब नींद खुली तो दिन का उजाला दूर-दूर तक फैल चुका था। सूरज की किरणें पेड़ों की फुनगियों से नीचे उतरकर ज़मीन पर फैल गई थीं। अब्दुल्ला जान ने घबड़ाकर उठने की कोशिश की। पर उसका शरीर जवाब देने लगा। बदन बुख़ार में तवे-सा जल रहा था। सारा बदन टूट रहा था। कल दिन-भर का संत्रास, घुटन, भावनात्मक आवेग और मानसिक परेशानियाँ बीमारी बनकर फूट पड़ीं। आँखों पर बेहोशी हावी होने लगी। बोरवाड़ी कितनी पास थी, फिर भी कितनी दूर। बुख़ार की गरमी, बदन की टूटन और सिर के भारीपन ने उसे फिर सुला दिया। इस बार वह पन्द्रह दिन बिस्तर पर पड़ा रहा।

बीच-बीच में जब भी उसे होश आता, वह उठने की कोशिश करता था, फिर शरीर उसका साथ न दे पाता। उसका बेचैन दिल बोरवाड़ी में भटका करता। अधिक तनाव को सह न सकने के कारण बुख़ार और बेहोशी फिर उस पर हावी हो जाते। नीम बेहोशी की हालत में उसे लोगों के अपने तम्बू में आने-जाने, हकीम साहब के उसे देखने और दवाई खाने का एहसास होता था। उसे कई आवाज़ें सुनाई देती थीं, डरावने सपने आते थे। वह बहुत परेशान रहता था। बीमारी के पहले कुछ दिन वह बेचैन रहा, फिर धीरे-धीरे उसका मन व्यवस्थित होने लगा। साथियों ने उसकी बीमारी के दौरान अच्छी देखभाल की। रसिक सिपहसालार इनायत ख़ाँ ही उसके काम आया। इस बीमारी ने उसका बदन तोड़ दिया। खड़े होने में उसे एक पखवाड़े से अधिक लग गया।

"हाँ हुज़ूर! आपने भीड़-भाड़ कम करने के लिए फौज और अमीर-उमरा को शहर के आसपास ठहरा ज़रूर दिया था, मगर मालूम है, मेरे मालिक! आप लोगों के आ जाने से हमारे बुरहानपुर की रौनक कितनी बढ़ गई थी? चौक बाज़ार तो अपने पूरे शबाब में रहने लगा था। सिपाहियों और व्यापारियों से गली-मुहल्ले और बाज़ार भरे रहते थे। शहर में चहल-पहल बढ़ गई थी। वह गुलज़ार रहने लगा था। हमारी बोरवाड़ी की रातें तो और भी रंगीन हो उठी थीं। जानते हैं आप? हमारे कोठों से उठने वाले गीत-संगीत, घुँघरुओं की छमछम पर कई-कई दिल मचल-मचल उठते थे।" गुलारा ने इठलाते हुए कहा।

फिर वह एकाएक उदास हो गई।

"क्यों, फिर क्या हो गया हमारी गुलु को?" शाहजहाँ ने गुलारा के हसीन चेहरे को अपनी ओर उठाते हुए पूछा।

"उन दिनों की यादें अभी भी हमें सिहरा देती हैं हुज़ूर! आपको और आपके अमीरों को आए कुछ दिन गुज़र गए थे, पर हमारे कोठे की तरफ़ कोई भी रुख़ नहीं कर रहा था। अम्मी थीं कि किसी भी क़ीमत पर किसी मामूली अमीर या सेठ-

साहूकार को सीढ़ी भी चढ़ने न देने के लिए ज़िद पकड़ गई थीं। बोरवाड़ी के सभी कोठों में जिस वक़्त रौनक थी, हमारे दिलों और घर में अँधेरा था।'' गुलारा की बातों से दुख भरी उदासी झरने लगी।

''क्यों बेकार की जिद किए बैठी हो गौहरबाई? मुगल शहजादों और अमीरों को तुम्हारे कोठे की तरफ़ झाँकने की भी फुर्सत नहीं है। लड़की अब सिन पर आ गई है। और ज्यादा दिनों तक उसे बैठाए रखना ठीक नहीं। अगर इजाजत दो तो इन्दर सेठ को पैग़ाम भिजवा दूँ?'' आख़िरी बात कहते-कहते याक़ूब की बोलती धीमी हो गई।

बोरवाड़ी की हर अफ़वाह का उसे पता रहता था। इन्दर सेठ ने भी उसे बुलवाकर चाँदी के डंडे के बल पर गुलारा की बाबत सभी कुछ उगलवा लिया तब तो उनकी लार अधिक ही टपकने लगी। याक़ूब ने उनकी तरफ़ से दलाली करना मंजूर कर लिया। गौहर की मायूसी का फ़ायदा उठाने आ पहुँचा।

''चुप बे, हरामी! हमें क्या करना चाहिए और क्या नहीं, यह सब क्या अब तुझसे सीखना पड़ेगा? इन्दर सेठ का नाम भी लिया तो सौ जूतियाँ मारकर सीढ़ियों से ढकेल दूँगी, हाँ! अब चुपचाप चल दे यहाँ से।'' गौहर नागिन-सी फुफकार तो उठी पर मन ही मन वह कँपकँपा भी रही थी। सच ही, किसी अमीर, अमीरज़ादे या शहज़ादे ने उसकी फूल-सी गुलारा को न बुलवाया तो ख़ुदा ख़ैर करे। क्या फिर उस इन्दर सेठ की ड्योढ़ी पर ही नाक रगड़नी पड़ेगी? पर कुछ दिन और इन्तज़ार करने का उसने तय कर लिया।

गौहरबाई के गम्भीर हो जाने के कारण घर का माहौल बोझिल हो उठा था। गुलारा की चंचलता काफ़ूर हो गई। साज़िन्दे और दुर्गा महाराज चुपके से आकर उसमें रियाज़ कराकर चले जाते। गुलारा ने सिंगार करना छोड़ दिया। उसकी सादगी ने उसमें एक नया निखार दिया। सपनों के जिस शहज़ादे के लिए उसकी अम्मी गौहर ज़िद किए बैठी थी, वह फिसल-फिसल रहा था। परवीन आपा से, उसे चुपके-चुपके सब जानकारी मिल जाती थी, क्योंकि धन्धे की बातें अक्सर गौहर उसके सामने नहीं करती थी। इसलिए परवीन आपा ही हालात जानने का उसका साधन थी।

गुलारा को उदास देख उस दिन परवीन ने उसके भरे गालों पर उँगली गड़ाते हुए कहा, ''तू क्यों उदास हो रही है री गुलु, चिन्ता न कर! अम्मी तुझे बेहद चाहने लगी हैं। अपनी कोखजाई बेटी से भी ज़ियादा। वे ज़रूर ही तेरे भले के लिए सब कर रही हैं। मुझे पूरा भरोसा है, वे तेरे मुजरे के लिए किसी अमीरज़ादे-शहज़ादे का इन्तज़ाम कर लेंगी।''

गुलारा की आँखें आसुओं से धुँधला गईं। उसे दुख इस बात का था कि अम्मी

और सारे लोग उसके कारण कितने परेशान हैं। चूँकि अम्मी को इन्दर सेठ नापसन्द था, इसीलिए गुलारा भी उससे घृणा करने लगी थी।

''हम किसी भी हालत में इन्दर सेठ के पास नहीं जाएँगे आपा।'' गुलारा के आँसू झर पड़े।

''तू चिन्ता न कर, गुलु। ख़ुदा सब ठीक करेगा।'' परवीन का गला भी भर आया। जानती थी कि वेश्या की पसन्द-नापसन्द की कोई क़ीमत नहीं होती। उसे तो उसी की बीन पर नाचना पड़ता है, जो रक़म ख़र्च करता है। वह तो गौहर के हठ और अनुभव ने गुलारा को बचाए रखा था।

तभी गौहर ने एक चाल चली।

''हाँ, गुलारा तुम ठीक कह रही हो। हमें फ़ुर्सत ही कहाँ थी तुम्हारी बोरवाड़ी की ओर झाँकने की? हम दिन-भर काम में बुरी तरह से मशगूल थे। अहमदनगर और दक्खन के कस्बों, शहरों से मुग़ल जासूस हमें रोज़ नई ख़बरें दे जाते थे। नए हमलों की योजनाएँ और दुश्मनों को घेरने के तरीकों पर बातचीत की वजह से घंटों सलाह-मशविरे और बहस-मुबाहसे चला करते थे। हमें अपने अब्बा हुज़ूर यानी कि बादशाह सलामत और बेगम नूरजहाँ पर भी निगाह रखनी पड़ती थी। दरबार के अपने दुश्मनों से भी चौकस रहना पड़ता था। परवेज़ चूँकि दक्खन में असफल हो चुका था, इसलिए वह चाहता था कि हम भी कामयाब न हो पाएँ। हमारे ख़िलाफ़ बादशाह हुज़ूर और बेगम साहिबा के कान भरने वालों की कमी न थी। मुग़ल शतरंज की इन सभी चालों पर हमें निगाह रखनी पड़ी थी। तुम नहीं जानतीं गुलारा कि शाही हरम की साज़िशें कितनी ख़तरनाक होती हैं। आज तुम बादशाह की निगाह में हो, उनकी नाक के बाल हो और कल जेल में सड़ रहे हो।'' शाहजहाँ ने एक गहरी साँस ली।

''हाँ हुज़ूर! शाह लोग भी तो अपनी मर्ज़ी के माफ़िक़ काम करते हैं। एक तानाशाह फ़र्क़ इतना ही होता है कि उनकी औलाद भी उनके शक के दायरे से परे नहीं होती। और जहाँ तक शाही हरम की साज़िशों का सवाल है, हुज़ूर, उसे हम भी चख चुके हैं।'' गुलारा ने भी एक गहरा निःश्वास लिया।

''कब गुलारा? कहाँ और कैसे उस साज़िश का तुम्हें एहसास हुआ?'' शाहजहाँ उठ बैठा और उसने गुलारा को झकझोरकर जानना चाहा।

''वह मैं फिर कभी आपसे अर्ज़ करूँगी, मेरे सरताज। हाँ, आप और क्या कह रहे थे?'' गुलारा बात को सफ़ाई से टाल गई।

''तुम ठीक कह रही हो गुलारा। बादशाह बनने के बाद हमें भी यही भुगतना पड़ा। ख़ैर! छोड़ो उस बहस को। हमारा दिन तो फौजी और सियासी मामलों में

अच्छी तरह से गुज़र जाता था। पर साँझ होते ही जब हम शाही महल वापस लौटते तो वहाँ का अकेलापन हमें खाने को दौड़ता था। सुल्तान शाह ख़ुर्रम जिनके इशारे पर सब कुछ हो सकता था, उन तन्हाइयों से घबरा उठते थे।'' शाहजहाँ ने गुलारा की नाज़ुक कलाई थाम ली। मानो अभी भी वह जानलेवा सूनेपन से बचना चाहता हो। आज तो हालात उससे भी बदतर थे।

''जानती हो गुलारा, हमारी बेगम आर्जूमन्द बानो माँ बनने वाली थी! इसीलिए हमारे साथ न आ पाई। हमारा हरम सूना था। वे मांडू में अपने अब्बा आसफ़ ख़ाँ और हमारे अब्बा हुज़ूर शहंशाह जहाँगीर और नूरजहाँ बेगम की निगहबानी में थीं। हमारा दिल किसी नाज़नीन के लिए तड़प जाता था। आज भी वह तड़पन हमें परेशान किए हुए है। न तुम हो न मुमताज।'' शाहजहाँ ने एक दर्दीली उदास निगाह गुलारा पर डाली। वह उसके कन्धों पर फिसलती हुई जमुना पार के ताज पर जा टिकी।

गुलारा चुप थी।

तभी सारा बुरहानपुर और बोरवाड़ी गुलारा की ख़ूबसूरती और नृत्यकला की चर्चाओं से दूसरी बार गूँजने लगा। चारों ओर उसी के चर्चे थे।

''तभी हमने तुम्हारे हुस्नो-जमाल की चर्चा सुनी। हमने उन तन्हाइयों से बचने के लिए अपने पास, महलसरा में तुम्हें बुलवाने का फ़ैसला ले लिया। और अपने ख़ास अहलकार को हुक़्म दिया कि वह तुम्हें हमारे हुज़ूर में जल्द से जल्द पेश करने का इन्तज़ाम करे।''

उस समय का सारा दृश्य गुलारा के मानसपटल पर घूम गया। बड़े उत्साह के साथ वह याद करने लगी, ''हुज़ूर, पालकी लेकर कहार, सिपाही और आपका हुक़्मनामा ले जब अहलकार दोपहर बाद हमारे यहाँ पहुँचा तो अम्मी ख़ुशी से झूम उठीं। उन्होंने मुझे अपने सीने से लगा लिया।''

''शुक्र है ख़ुदा का, गुलारा, कि उसने मेरी सुन ली। मेरी लाज रख ली।'' ख़ुशी के मारे गौहर की बड़ी-बड़ी आँखें आँसुओं से भी भीग गईं। गुलारा भी रो पड़ी। और पास खड़ी परवीन की आँखें भी भर आईं।

''किसी अमीरजादे या उमरा ने नहीं ख़ालिस शहज़ादे ने तुझे बुलवाया है, मेरी बच्ची। शहज़ादा बुलन्द इकबाल, सुल्तान शाह ख़ुर्रम ने हिन्दोस्तान के होने वाले शहंशाह ने। सच मेरी गुलु, तू कितनी नसीबों वाली है।'' गौहर ने फिर से गुलारा को चिपटा लिया। कई बार बलाएँ लीं। उसकी समझ में नहीं आ रहा था कि क्या करे।

सारी बोरवाड़ी में सन्नाटा खिंच गया। किसी को भी उम्मीद न थी कि बोरवाड़ी के एक कोठे की एक नाचीज़ वेश्या की बेटी पर मुग़ल शहज़ादे की नज़रे इनायत हो सकती है। किसी वेश्या को यह विश्वास न था कि गुलारा का पहला मुजरा ही किसी शहज़ादे के सामने हो सकता है।

"और हुज़ूर! ह...म...म...ह...हमें लगा कि हमारे दिल की धड़कन बन्द हो जाएगी।" घबराहट में अभी भी पलकें झँप गईं, उसने घबराकर अपने सीने पर हाथ रख लिया। वह सुखद सपनों में खो गई।

"जानते हैं, हुज़ूर! उस दिन अम्मी ने ख़ुद हमारा सिंगार अपने हाथों से किया। दूध, उबटन और हिना के इत्र से हमें मल-मलकर नहलाया। हमारे बालों में मोती पिरोये। पाँवों में महावर, हाथों में मेहँदी। न जाने क्या-क्या किया अम्मी ने! और दुलहन की तरह सजकर जब हम आईने के सामने खड़े हुए तो ख़ुद को नहीं पहचान पाए थे। अपनी मोहिनी पर हम ख़ुद ही मुग्ध हो उठे। और अम्मी ने "हाय! मेरी बेटी को नज़र न लग जाए, कहकर काजल का एक डिठौना भी लगा दिया था।"

तभी ख़ास अहलकार रामसिंह ने अदब से आवाज़ लगाई, "हुज़ूर साहिबा! और कितनी देर लगेगी? वक़्त रहते हमें महलसरा पहुँचना है।"

"बस! बिटिया अभी आई जाती है। आप उसकी फ़िक्र न करें।" परवीन से रामसिंह को गौहर ने ख़बर करा दी। तभी अचानक वे कह उठीं, "अरी परवीन, तू अभी खड़ी ही है? तैयार नहीं हुई? तुझे नहीं जाना मेरी बच्ची के साथ क्या?"

परवीन चौंक पड़ी। इसकी तो उसे उम्मीद ही न थी। घबराहट में अस्फुट स्वरों में बोली, "म...म...मुझे...अम्मी...क्या मुझे भी इसके...गुलारा के साथ जाना पड़ेगा?"

"हाँ, बेटी! आज से तुम्हें मैं गुलारा की सरपरस्त बना रही हूँ। तुम इसके साथ जा रही हो। इसका पूरा ख़याल रखना परवीन।" गौहर ने बड़े स्नेह से परवीन की पीठ पर हाथ फेरा।

जब से वह यहाँ आई है, उसे गौहर से झिड़की और अपमान ही मिला। प्यार के दो लफ़्ज़ गौहर से सुनने के लिए वह तड़प गई। इस घर में, उसकी हैसियत नौकरानी से भी बदतर थी। प्यार उसे मिला था गुलारा से। वही उन दोनों को जोड़ने वाली कड़ी बन गई थी। आज उससे बिछुड़ते उसे दुख हो रहा था पर जब उसके साथ जाने का हुक़्म बड़े प्यार से गौहर ने उसे दिया तो उसका दिल भर आया। गौहर से मुहब्बत के इन्हीं शब्दों के लिए वह तरस गई थी।

"जी अम्मी! आप फ़िक्र न करें, मैं गुलारा की छाया बनकर रहूँगी।"

"जा बेटी! जल्दी तैयार हो जा। और थोड़ा-बहुत ज़रूरी सामान भी साथ ले जा।" गौहर ने समझाया।

कुछ कपड़ों के साथ जल्दी ही परवीन तैयार हो गई। दोनों को पालकी में बिठाने के पहले गौहर फिर उनसे गले मिली।

पालकी के परदे गिरा दिये गए। गौहर को लगा कि उसकी बेटी सच ही दुलहन बनकर विदा हो रही है। कहारों ने पालकी उठा ली। रवाना होने के पहले अहलकार रामसिंह ने झुककर बड़े अदब से गौहर को जुहार किया और सिपाहियों से घिरी

गुलारा परवीन के साथ रवाना हो गई। जब तक पालकी नज़र आती रही गौहर टकटकी लगाए देखती रही। और जब वह ओझल हो गई तो उसने एक गहरी साँस ली। पलटकर उसने देखा तो चार-पाँच सिपाही पहरे पर खड़े थे। उनके नायक ने आकर उसे बड़े अदब से सलाम किया और कहा, ''हुज़ूर! हम यहाँ आपकी ख़िदमत-हिफ़ाज़त के लिए हैं। आपको किसी भी चीज़ की ज़रूरत हो तो हुक़्म करें। शहज़ादा हुज़ूर की ओर से इन्तज़ाम हो जाएगा। मेरा नाम मुहम्मद अली है।''

गौहर ने बड़ी शान से आसपास के कोठों पर नज़र डाली। झुकी-झुकी सभी कोठेवालियाँ देख रही थीं। ईर्ष्या और जलन चेहरों से झाँक रही थी। वह बड़े घमंड से मदमाती चाल से घर में दाखिल हुई। जाने के पहले, उसने सबको सुनाते हुए हुक़्म दिया, ''देखो मुहम्मद अली, ध्यान रहे कि कोई आलतू-फालतू आदमी हमारे हुक़्म के बगैर घर में घुसने न पाए।''

''बेहतर हुज़ूर!'' झुककर आदाब करते हुए मुहम्मद अली ने जवाब दिया।

गौहर जब कमरे में पहुँची तो नौकरानी ने शमादान जला दिया था। घर सूना था। हिरनी की तरह सारे घर में कुलाँचें लगाने वाली गुलारा के बिना सब सूना हो गया। उसके घुँघरुओं की छमछम, हँसी-खिलखिलाहट, रोना-रूठना सब ख़त्म हो गए थे। वह चुपचाप बिस्तर पर लेट गई।

''मुग़ल सिपाहियों से घिरे हम जब आपके महलसरा के लिए रवाना हुए तो मुहल्ले वालियों और उनके अपनों के दिल पर साँप लोट गए थे। सच! अम्मी ने हमें बताया था।'' गुलारा की कजरारी आँखों से शोखी झाँकने लगी।

''उस दिन तुम्हारी ख़ूबसूरती, नाक-नक्श, और क़द-काठी की मोहकता देखकर हम दंग रह गए थे। हमें लगा था कि हमारे सामने एक हाड़-मांस की पुतली नहीं, बल्कि जन्नत की हूर, परी खड़ी है।'' शाहजहाँ अपना दुख, बीमारी, क़ैद की यंत्रणा, सभी कुछ भूल गया, और उत्साह से अपने पिछले जीवन की रंगीनियों में खो गया।

''सच कहूँ गुलारा, उस दिन तुम मुझे मुमताज से भी ज़्यादा हसीन लगी थीं। जिस नाज़ो-अन्दाज़ से तुमने हमें पलकें झुका-उठाकर आदाब किया, ग़ज़ल और मुजरे पेश किए हम दंग रह गए थे। जानती हो, उस दिन हमें क्या लगा? हमें ऐसा लगा था कि तुम्हारी जगह बोरवाड़ी में नहीं, शहज़ादा ख़ुर्रम के हरम में है। यह पक्का इरादा करते ही हमने हुक़्म दिया और तुम बोरवाड़ी न लौट सकी थीं। हमने तुम्हारी अम्मी का भी इन्तज़ाम कर दिया था। तुमने हमारी तन्हाई के वो दिन रस से भर दिये थे। हम तुम्हारे कितने शुक्रगुजार थे, गुलु तुम अन्दाज़ नहीं लगा सकतीं। तुमने हम पर ऐसी मोहिनी डाल दी थी कि हम तुम्हारी वजह से अहमदनगर, मलिक अम्बर, यहाँ तक कि अब्बा हुज़ूर बादशाह सलामत की सज़ा के डर को भी भूल गए थे। हमने तुम्हारी ख़ातिर अपनी ज़िन्दगी दाँव पर लगा दी थी।'' शाहजहाँ ने अपना दिल खोलकर रख दिया।

"तुम्हारी सोहबत में हमारे दिन सोने-से और रातें चाँदी-सी गुज़रने लगी थीं, गुलारा।"

"न हुज़ूर! मुझे लगा था कि दिन पंख लगाकर हवा में तैरते चले जा रहे थे और चाँदनी में डूबी रातों ने हमें मदहोश कर रखा था।"

गुलारा और ख़ुर्रम के दिन प्रेमरस में डूबने लगे। शहज़ादा ख़ुर्रम सैनिक और राजनीतिक गतिविधियों की तरफ़ से लापरवाह होता चला गया। पूरे चाँद की रात में ताप्ती पर तैरनेवाले बजरों में गीत-संगीत और नाच की महफ़िलें सज उठीं। असीरगढ़ के किले की सैर, और सतपुड़ा के उस जंगल में घोड़ों पर सवार दोनों प्रेमी शिकार में व्यस्त हो गए। शराब के प्यालों की खनखनाहट और साक़ी के घुँघरुओं ने ख़ुर्रम को मदहोश कर दिया। और गुलारा मुग़ल शहज़ादे और भावी सम्राट के प्यार को पाकर निहाल हो उठी थी। वह भूल गई थी, कुछ वक़्त के लिए, कि वह एक कोठेवाली की बेटी और तवायफ़ है। हरम की बेगम का पद और रुतबा उसके लिए आकाश-कुसुम सिद्ध हो सकता है। प्रेमियों ने राह के रोड़ों और काँटों की परवाह कब की है?

उस दिन जब अब्दुल्ला जान ने बिस्तर छोड़ा तो कमज़ोरी के बावजूद उसका दिल बड़ा मजबूत था। दिन बड़ा सुहावना था। सूरज की गरमी में उतनी तेज़ी न थी। सतपुड़ा की ठंडी बयारों ने उस गरमी को हलका कर रखा था। आम और नीम की पत्तियाँ हवा के झोंकों पर नाच रही थीं। मुग़ल छावनी में आवाजाही हर दिन के समान ही थी। घुड़सवार और प्यादे मुग़ल महल, मनसबदारों, अमीर-उमरा के पास पैग़ाम ला-ले जा रहे थे। दक्खन से भी सन्देश आ रहे थे। बादशाह जहाँगीर को भी वक़्त पर ख़ास-ख़ास ख़बरें भेजी जा रही थीं। बादशाही हरम, दरबार, और मुग़ल फौजें सभी अमीर-उमरा के साथ अजमेर से रवाना हो उज्जैन पहुँच गए थे, और वहाँ से मांडू रवाना होने वाले थे। फ़िलहाल वे उज्जैन में आराम कर रहे थे। घोड़ों की लीद, उनके खुरों से उठी धूल और बावर्चीखाने से उठनेवाले मिर्च-मसालों की तीखी गन्ध से सारी छावनी घिरी रहती थी।

अब्दुल्ला जान ने अपने आपको तम्बू से बाहर निकलने लायक मान लिया। वह बोरवाड़ी जाने के लिए उतावला हो उठा। उसने अपनी सबसे अच्छी पोशाक पहनी। कलीदार अँगरखा और चुस्त पाजामा पहनकर तलवार और कटार बाँध ली। अँगरखे के अन्दर लोहे की जालियों वाला बख्तर भी पहन लिया, ताकि वक़्त-ज़रूरत पर या झगड़ा होने पर बचाव हो सके। उसने हलका इत्र अपने कपड़ों पर छिड़ककर उन्हें महका लिया। बक्से के कपड़ों में रखी अँगूठी निकालकर बड़ी सावधानी से अँगरखे की जेब में रख ली। जेब में रखने से पहले उसे झाड़-पोंछकर साफ़ कर लिया। तम्बू

से बाहर निकलने के पहले उसने आदमक़द शीशे में देखा। हाल की बीमारी की वजह से चेहरे पर हलका-सा पीलापन था। वह ख़ुद सन्तुष्ट हो गया, और तम्बू से बाहर आया।

ठंडी हवा के झोंकों ने उसका स्वागत किया। इतने दिनों तक बिस्तर पर क़ैद रहने के कारण, वह बाहर निकलने के लिए छटपटा रहा था। कई दिनों तक आसमान, पशु-पक्षियों, फूल-पत्तों और चाँद-सूरज को देखने के लिए वह तरस गया था। बाहर आने पर उसे बड़ा अच्छा लगा। उसने बड़े प्यार से आसपास के माहौल का जायज़ा लिया। आकाश से उतरकर पेड़ों की पत्तियों पर से नाचती हुई उसकी नज़रें जब ज़मीन पर उतरीं तो सामने ही सिपहसालार इनायत ख़ाँ को खड़े पाया, जो बड़ी रसिकता से मुस्कराए जा रहा था। आँखें उसकी सुरमे की रेखाओं से तीखी हो रही थीं। साफ़-सुथरी तराशी दाढ़ी की सफ़ेदी को छिपाने के लिए उसने मेहन्दी से उसे रंग रखा था। सिर पर कसीदों वाली दो पल्ली लखनवी टोपी थी। मुँह में पान-तम्बाकू का कल्ला था। तम्बाकू की पीक के कारण मुँह भर आया था। वह पान-तम्बाकू और छालियों का बड़ा शौक़ीन था। सदा चाँदी की नक्काशीदार पानदान को बीड़ों से भरे रखता था। साथ ही बढ़िया किवाम भी। जिस किसी पर वह ज़्यादा मेहरबान होता तो उसके सामने झट से पानदान खोल देता और कहता, ''मियाँ, नोश फ़रमाइए, हमारा पान खाकर आपका दिल न फड़क उठे तो हमारा नाम सिपहसालार इनायत ख़ाँ नहीं!'' और तब बोलते-बोलते पान के पीक की फुर्रियाँ उसके मुँह से अनजाने में उड़ा करती थीं। इस वक़्त भी पान की पीक ओठों के कोनों से बहकर उसकी ख़ूबसूरत दाढ़ी को तर कर रही थी।

इनायत ख़ाँ की आँखों से अब्दुल्ला के लिए हमेशा मुहब्बत टपका करती थी। पर न जाने क्यों अब्दुल्ला को उनकी मुहब्बत गवारा न थी। अक्सर वह उनसे कतराता था। इस आदमी के ग़लीज़ व्यक्तित्व के बावजूद अब्दुल्ला उनके लिए एक कृतज्ञता से भर उठा। अपनी बीमारी के दौरान में उसने इस आदमी का जो रूप देखा, उसने उसकी आँखें खोल दीं। उसे लगा कि व्यक्ति का दिल उसकी बाहरी शख़्सियत से अक्सर कम ही मेल खाता है। इनायत ख़ाँ ने, उसकी बीमारी में जो देखभाल और सेवा की थी, उसके लिए वह आभारी था। उन्हीं की वजह से वह जल्दी उठ खड़ा हुआ। शहर के अच्छे-से-अच्छे हकीम से उन्होंने उसका इलाज करवाया था। अभी तक भी उन्होंने उसकी बीमारी पर ख़र्च की गई रकम का न तो हिसाब-किताब किया था, न ही उसे माँगा था।

वह थोड़ा परे हट गया, ताकि ख़ाँ साहब के मुँह से उड़ने वाली पान की फुर्रियों के दाग़ उसके चमक रहे कपड़ों पर न गिरें। फिर उसने हार्दिक श्रद्धा से कहा, ''चचा मियाँ! आप जानते हैं, मैं पान-तम्बाकू और शराब से सदा परे ही रहता हूँ। फिर अपनी बीमारी से आपकी दुआ और रहम से अभी उठा ही हूँ। आपने बीमारी के

दौरान जो मेरी मदद की, उसका शुक्रिया मैं किस ज़ुबान से अदा करूँ! आपने दवा-दारू और हकीम साहब पर जो रकम खरच की, मेहरबानी कर बता दें ताकि मैं उसे अदा कर सकूँ।''

''जब तुम मुझे चचा मानने लगे हो तो मुझे भी अब तुम्हें बेटा ही कहना पड़ेगा। अरे मियाँ! तुम्हारी बीमारी में तुम्हारी मदद और ख़िदमत करना तो हमारा इनसानी फ़र्ज़ था। हम उसे पूरा न करते तो यह महज हिमाकत ही होती। और ख़र्च की रक़म, अब हम अपने बेटे से क्या लें? अब उस सब को जाने दो। अमाँ यार, यह तो बताओ कि यह तेल, फुलेल, इत्र वगैरह से सज-धजकर आज फिर किधर जा रही है सवारी? किस हसीना की क़यामत आ गई है?'' बड़े दोस्ताना लहजे में, अब्दुल्ला के कन्धे पर हाथ रखते हुए इनायत ख़ाँ ने पूछा।

इनायत ख़ाँ की आशिक मिज़ाजी से अब्दुल्ला को बेहद कोफ़्त हुई। वह कोई कड़ी बात कहना चाहता था, पर रुक गया। उसकी इच्छा हुई कि वह अपना असली मक़सद इनायत ख़ाँ को बताकर, सलाह-मशविरा ले। पर उसने ठीक न समझा। अभी तो सारे मामले की स्थिति उसे ख़ुद समझनी थी। फिर इनायत ख़ाँ का रसिक भोलापन कहीं उसके व्यक्तिगत मामले को सार्वजनिक चर्चा का विषय न बना दे। इसलिए उसने सारे मामले को अपने तक ही रखने का फ़ैसला किया।

''क्या सोच रहे हो, बरख़ुरदार? क्या कोई बड़ा पोशीदा और ख़ास मामला है जिसकी वजह से तुम बीमार पड़े? फिर क्या तुम उधर ही अपने रिश्तेदारों से मिलने जा रहे हो? पर ताज्जुब है, तुम्हारी बीमारी के दौरान इस एक माह में तुमसे मिलने कोई नहीं आया। अजीब हैं, तुम्हारे रिश्तेदार भी! कहीं तुम्हारे रिश्तेदार ही तो तुम्हारी बीमारी की वजह नहीं हैं? भई! एक बात तो मैं तुमसे ज़रूर ही कहूँगा। रिश्तेदारी अपनी जगह ठीक है। पर कभी-कभी वही जान को भारी पड़ जाती है। ख़ुदा बचाए इन रिश्तेदारों से।'' उसने बड़ी मुहब्बत से पास आकर अब्दुल्ला के कन्धे पर हाथ रख दिया।

इनायत ख़ाँ की रसिकता कपूर की तरह उड़ गई थी। उससे इस तरह की संजीदा बात की उसने उम्मीद न की थी। पिछले कई दिनों से वह उसे एक अधेड़ रसिक ही मानता था जो जवानों, ख़ासकर उस जैसे लड़कों की सोहबत पसन्द करता था। औरतों-लड़कियों की रसमय चर्चा में ही जिसे मज़ा आता था। अब उसके अन्तर की गम्भीरता और गहराई के नए पहलू उसके सामने खुलते जा रहे थे। उन्हें देख वह दंग था। उसने समझ लिया कि सिपहसालार भी चोट खाया है। एक बार फिर मन में आया कि वह अपनी सारी परेशानी उसे सुनाकर इतने दिनों से पड़े बोझ को हलका कर ले। पर उसने सावधानी बरतना ही ठीक समझा। वह चुप खड़ा रहा। परन्तु उसकी आँखें अन्तरिक्ष में कुछ खोजने लगीं। आसमान हलके नीले पानी के समान बिलकुल साफ़ था। सूरज की किरणों ने उसे आच्छादित

कर रखा था। सामने आम के पेड़ पर बैठा कौआ काँव...काँव...काँव कर रहा था।

"अरे हाँ मियाँ, बीमारी की बेचैनी में तुम एक-दो बार 'छंगी-छंगी' कहकर न जाने किस छोकरी को बुला रहे थे!" कन्धे को थपथपाते हुए रसिकता से इनायत ख़ाँ मुस्कराया, "अमाँ यार, यह छंगी कौन है? हमें भी बताओ ना।" उसने आँख मारी और मुँह भरकर हँसने लगा। फिर अब्दुल्ला को कोफ़्त हुई, पर कुछ बोला नहीं। दोनों के बीच मौन मुखर हो उठा। वह उससे जल्दी छुटकारा पाना चाहता था।

"चाचा मियाँ! मौक़ा आने पर मैं आपको सारी बातें ज़रूर बतलाऊँगा। फ़िलहाल तो मैं आपसे माफ़ी चाहता हूँ। उम्मीद है, आप मुझे अभी माफ़ करेंगे।" वह मुड़कर खड़ा हो गया। अब वे दोनों एक-दूसरे के सामने थे। उसने बेझिझक होकर इनायत ख़ाँ की आँखों में झाँककर देखा। बीमारी से पियराया चेहरा और अब्दुल्ला जान की निगाहों से टपकती करुणा ने इनायत ख़ाँ को द्रवित कर दिया। उसकी ख़ुशमिज़ाजी एकदम ग़ायब हो गई। उसने बड़े प्यार के साथ अब्दुल्ला के हाथों को अपने हाथों में ले लिया। उन्हें थपथपाते हुए बोला, "तुम निशाख़ातिर रहो, बरख़ुरदार! मैं हमेशा तुम्हारे साथ-साथ हूँ। बिना हिचक तुम मुझे कभी भी अपनी मुश्किल के वक़्त आज़मा सकते हो।"

"अच्छा, तो अब मैं इजाज़त चाहता हूँ," बड़े अदब से अब्दुल्ला ने थोड़ा झुककर कहा।

"हाँ-हाँ। जाओ, जहाँ जाना है, हो आओ। ज़रूरत पड़े तो मुझे ख़बर ज़रूर करना।" इनायत ख़ाँ ने अब्दुल्ला की हथेली थपथपा दी।

"ज़रूर! ज़रूरत पड़ने पर तकलीफ़ दूँगा ही। बीमारी में भी तो आपको परेशान किया ही था।"

"अरे, अरे! ये क्या फ़ालतू बातें बीमारी की बार-बार करते हो? वह तो मेरा फ़र्ज़ था।"

"आज के ज़माने में, अपनी-अपनी ख़ुदगर्जी के सामने अपने फ़र्ज़ को कौन याद रखता है, चचा मियाँ? अब आप जैसे इनसान कम ही मिलते हैं जो दूसरों पर अपनी मुहब्बत बिना किसी लालच के छिड़कते हैं।

"अच्छा तो मैं चलूँ।" कहकर वह थोड़ा आगे बढ़ा।

"अब कहाँ जाने का इरादा है, मियाँ?" इनायत ख़ाँ ने पूछ ही लिया।

"जरा शहर तक जा रहा हूँ, एक ज़रूरी काम से।"

"शहर बुरहानपुर जाने के पहले हमारी एक बात सुनते जाओ मियाँ।"

अबू के बढ़ते क़दम रुक गए, वह मुड़कर खड़ा हो गया।

इनायत ख़ाँ ने बात आगे बढ़ाई, "तुम्हारी बीमारी के दौरान इधर बहुत कुछ

गुज़र चुका है। शहज़ादा हुज़ूर ख़ुर्रम और बोरवाड़ी की एक नाज़नीन गुलारा के बीच मुहब्बत की पींगें बढ़ रही हैं। अब शायद फौज को एक लम्बे अर्से तक यहीं पड़ाव डालकर पड़े रहना पड़े। शहज़ादा सलामत जब तक मुहब्बत की जंग जीत नहीं लेते, समझो अहमदनगर की जंग तब तक पिछड़ी रहेगी।

इस ख़बर ने उसे चौंका दिया। वह समझ न पाया कि इसे सुनकर वह ख़ुशी मनाए या दुख। पर उसे अच्छा ही लगा। अब छंगी को ढूँढ़ निकालने का उसे काफ़ी वक़्त मिलेगा। वर्ना अहमदनगर कूच करने के हुक़्म वाली तलवार सदा उसके सिर पर लटका करती थी। उसने छुटकारे की साँस ली। अस्तबल से वह अपना घोड़ा खोल लाया। उस पर चढ़कर वह जब बाहर निकला तो इनायत ख़ाँ को आम के पेड़ के नीचे खड़ा पाया। उसने जाने के पहले अँगुलियाँ मोड़कर आदाब किया।

"कब तक लौटोगे मियाँ?"

घोड़े को उसने हलकी-सी ऐड़ लगाई। घोड़ा उड़ चला। जाते-जाते वह चिल्लाया, "शाम के पहले ज़रूर लौट आऊँगा, चाचा। आज तो सिर्फ़ चौक बाज़ार तक ही जा रहा हूँ।" ठंडी हवा के झोंकों ने उसे तरोताज़ा कर दिया। घोड़े की टाप से उठी धूल में इनायत ख़ाँ छिप गया।

अब्दुल्ला जान लालबाग़ से सीधे शहर आया। बोरवाड़ी की ओर मुड़ने के पहले वह चौक बाज़ार जा निकला। बाज़ार खुल गया था। दुकानों की सफ़ाई कर दुकानदार अपनी-अपनी दुकानों के सामान को उठाने-जमाने में लगे थे। भीड़ अभी बाज़ार में बढ़ी नहीं थी। ख़रीद-फ़रोख्त में गरमी नहीं आई थी। फिर भी कहीं-कहीं लोग झुंड बनाए हुए बतिया रहे थे। उनकी चर्चाओं का केन्द्र शहज़ादा ख़ुर्रम और उनकी चहेती बोरवाड़ी की गुलारा थी। पर वे मुग़ल सिपाहियों को आता देख चुप हो जाया करते थे। सारा बुरहानपुर शहर उनकी मुहब्बत की दास्तान से गूँज रहा था। लोगों के दिलो-दिमाग़ और ज़ुबान पर एक ही कहानी थी—गुलारा और ख़ुर्रम की मुहब्बत।

चौक की मस्जिद के आसपास की बालाई, नानबाई, फल-सब्जी और छोटे-मोटे मनिहारों की दुकानें तम्बुओं में लग रही थीं। दिन का पहला पहर चल रहा था। सूरज को निकले दो घड़ी बीत चुकी थी। लोगों की सबसे अधिक भीड़ सब्जीवालों के सामने थी। ताप्ती से नहाकर और कपड़े धोकर लोग, ख़ासकर औरतें और बच्चे, लौट रहे थे। कुछ लोग नहाने, कपड़े धोने के लिए दौड़े चले जा रहे थे। चारों ओर सुबह की चहल-पहल थी। धूल में बच्चे खेल रहे थे। मुग़ल सिपहसालारों, अमीर-उमरा के नौकर, ग़ुलाम और सिपाही सौदा-सुलफ़ ख़रीदने बाज़ार में आ-जा रहे थे। हलवाइयों की कड़ाहियों में दूध गरम हो रहा था, तो कहीं-कहीं रबड़ी बन रही थी।

गरम जलेबियाँ भी बन रही थीं। लोग चटखारे ले-लेकर मिठाई-नमकीन का मज़ा ले रहे थे।

चौक की शान उसकी मस्जिद थी, जिसकी ऊँची-ऊँची मीनारें ख़ुदा की महानता और बुलन्दियों का गुणगान कर रही थीं। कबूतरों के झुंड मजिस्द के कंगूरों वाली सफील और मीनारों की बुर्जियों पर बैठे हुए थे। थोड़ी-सी भी हलचल होने पर पूरा का पूरा झुंड आकाश में उड़ जाता। फिर कुछ देर तक मजिस्द के आसमान पर मँडरा-मँडराकर उन्हीं सफीलों, कंगूरों और बुर्जियों पर तौलकर उतर पड़ता था। कबूतरों के कई जोड़े ज़मीन पर पड़े अनाज के दानों को चुगने के लिए बीच-बीच में उतर आया करते थे। बड़ी शाही शान से गरदन उठाए वे पंजे गिन-गिनकर चलते थे। सारा नज़ारा बड़ा ही दिलकश था।

अब्दुल्ला जान को ख़ुदा की इबादत का बचपन से ही मौक़ा नहीं मिला था। बालपन के खिलंदड़े सुभाव के कारण वह गाँव की मस्जिद में नमाज़ पढ़ने यदा-कदा ही जाता था। ईद-बकरीद के दिन ही अब्बा उसे ज़बर्दस्ती मस्जिद में पकड़ ले जाते थे। उस वक़्त वह नए कपड़ों और मिठाई के लालच में नमाज़ के लिए चला जाया करता था। ख़ुदा से वह डरता था। और जब बड़े भाई सलामत ने ग़ुलाम बनाकर बेच दिया तो उसका मन न केवल सारे समाज और संसार से बल्कि ख़ुदा से भी बगावत कर उठा था। क्या अल्लाह ने सारी परेशानियाँ और मुसीबतें उसी की तक़दीर में लिख रखी थीं?

पर आज, अनजाने में ही वह मस्जिद के दरवाज़े जा पहुँचा। कई नमाज़ी नमाज़ पढ़, मस्जिद के बुलन्द दरवाज़े से बाहर आ रहे थे। कुछ अन्दर जा रहे थे। दरवाज़े के पास ही जूते-जूतियों का ढेर लगा था। घोड़े भी बँधे हुए थे। उसने भी अपना घोड़ा एक ओर बाँध दिया। दरवाज़े के पास ही जूतियाँ उतार वह अन्दर दाखिल हो गया। मस्जिद के सहन में एक ओर पेशइमाम दाढ़ी पर हाथ फेरते हुए थैली में तस्बीह के मनके घुमा-घुमाकर उस परवरदिगार का नाम ले रहे थे। आँखें उनकी बन्द थीं। बीच-बीच में आने-जाने वालों को देख लिया करते थे। पास में ही दो बच्चे बैठे क़ुरान की आयतें पढ़ रहे थे। एक हरा कपड़ा सामने बिछा था, जिस पर रुपये, पैसे और कुछ सोने की मोहरें भी पड़ी थीं। पेशइमाम के पास मोरपंखों की एक झाड़ू भी रखी थी। लोबान और अगरबत्तियों का ख़ुशबूदार धुआँ चारों ओर फैल रहा था। मस्जिद के पेशइमाम सिजदा (प्रणाम) करने वालों को आशीर्वाद के रूप में मोरपंखी झाड़ू पीठ या सिर पर मार दिया करते। कुछ लोग नमाज़ पढ़ रहे थे।

अब्दुल्ला जान को मस्जिद के धार्मिक वातावरण ने प्रभावित किया। हौज के पानी से वजू किया। अन्दर जाकर उसने नमाज़ पढ़ी। उसने आज तक ख़ुदा से कभी भी कुछ नहीं माँगा था। आज भी उसने अपने लिए नहीं छंगी के लिए उस पाक परवरदिगार से भीख माँगी। उसने ख़ुदा से छंगी को मिलाने की कामना की। वह

कोमल भावनाओं से भर गया। नमाज़ पढ़कर जब वह बाहर आया तो उसका मन स्थिर हो चुका था। एक नया आत्मविश्वास जाग गया था। वह मोहल्लों को पार करते हुए बोरवाड़ी जा पहुँचा।

सड़कों पर फैली रात की गन्दगी को मेहतरों ने साफ़ कर दिया था। बोरवाड़ी के कोठों के दरवाज़े-खिड़कियाँ खुल गए थे। पनवाड़ियों में से कुछ ने अपनी दुकानें खोल ली थीं। ज़्यादातर दुकानें बन्द थीं। एकाध कोठे से सारंगी की लहर या तबले के ठेके की ठनक सुनाई दे जाती थी। रोमांस से सराबोर उस मुहल्ले की रात की रंगीनियाँ सुबह के उजाले में फीकी पड़ गई थीं। मुहल्ले में चहल-पहल नहीं के बराबर थी। बीच-बीच में दो-चार हसीनाएँ कोठों के बारजों में अपनी झलक दिखा जाती थीं। उनका सिंगार उजड़ चुका था। पुते हुए चेहरों की सफ़ेदी उड़ जाने से गालों की हड्डियाँ उभरी हुई दिख रही थीं। कमान-सी तीखी भौंहों के नीचे नाचने वाली चंचल आँखों का कजरा-सुरमा फैलकर पुँछ चुका था। आँखों के नीचे, आसपास फैले हलके स्याह घेरों ने उनकी दयनीय हालत को उजागर कर दिया। कन्धे पर नहाकर फैलाए हुए बालों की स्याह चमक फीकी पड़ चुकी थी। एक कोठे के छज्जे पर बैठी एक हसीना दूसरी के बालों में से जूँ बीन-बीनकर उन्हें अँगूठे के नाख़ून पर मार रही थी। दोनों के बाल पीठ पर फैले थे। बीच-बीच में वह तेल भी मलती जाती थी। सौन्दर्यशालिनियों के इस उजड़े सौन्दर्य को देखकर वह सिहर उठा। कृत्रिम सिंगार के पुँछ जाने पर औरत का उजड़ा रूप उसे कितना दयनीय बना सकता है, यह देखकर उसे ताज्जुब हुआ।

बोरवाड़ी के बाज़ार में दिन की बजाय साँझ के बाद ही ज़्यादा भीड़ रहा करती थी। दिन तो वैसे ही फीका रहता था। यदा-कदा मुहल्ले से निकलने वाले झेंपते-मुस्कराते, लजाते-शरमाते, नीची नज़रें किए, पर मन में कोठों की हसीनाओं को देखने की तीव्र लालसा लिये रहते थे। पर पकड़े जाने के डर से इच्छाओं को दबाए जल्दी-जल्दी क़दम बढ़ाकर निकल जाने की कोशिश करते थे। अब्दुल्ला के उस मुहल्ले में आने पर किसी को आश्चर्य नहीं हुआ क्योंकि सेनाओं के आ जाने से उनकी आमदरफ्त इस मुहल्ले में बढ़ गई थी। दूसरे, जब से उनके बाज़ार की गुलारा शाही महल में शहज़ादा ख़ुर्रम के पास पहुँची थी, तब से सिपाहियों का आना-जाना इधर और अधिक बढ़ गया था।

अब्दुल्ला ने एक हलकी-सी उत्तेजना महसूस की। उसकी साँस थोड़ी तेज़ हो गई। उसने पास के एक पानवाले से पूछा, ''क्यों भाईजान, आप बता सकते हैं कि याक़ूब मियाँ इधर कहाँ रहते हैं?''

पानवाला तहमद बाँधे और बंडी पहने हुए था। वह अपनी दुकान की साफ़-

सफ़ाई में मसरूफ था। चूने और कत्थे की कलसियों को घिस-माँजकर उसने चमका लिया था। अब पानों को कैंची से ख़ूबसूरत आकार में काट रहा था। पान के तख्ते पर छोटे-बड़े पान पड़े हुए थे। नीचे ही ज़मीन पर दो-तीन टोकरियों में भी पान थे। एक चारखाने वाले खोके में छालियों के छोटे-बड़े कटे टुकड़े, तम्बाकू, लौंग, इलायची और पान का दूसरा मसाला भरा हुआ था। सामने बड़ा-सा आईना और दुकान में दीवारों पर हसीन अदाओं वाली नाज़नीनों की तसवीरें टँगी हुई थीं। पानवाला बड़ी मस्ती से अपने काम में मशगूल था। अब्दुल्ला जान के सवाल पर उसने पलटकर देखा। सामने एक नौजवान मुग़ल सिपाही को घोड़े सहित देखकर वह एक लमहे के लिए अचकचा गया। फिर बड़े अदब से उसने जवाब दिया, "हुज़ूर ने सुबह-सुबह किस हरामी का नाम ले लिया। उस भड़वे को इस बोरवाड़ी में कौन नहीं जानता। इस वक़्त वह गाँजा पी रहा होगा। पर हुज़ूर को उस शैतान से क्या काम है?"

"कभी-कभी इनसान को शैतान से भी काम पड़ जाता है, दोस्त। एक ज़रूरी काम के सिलसिले में ही उससे मिलने हम आए हैं।" अब्दुल्ला ने बड़ी संजीदगी से कहा।

हैरान पानवाले ने कहा, "हुज़ूर! इसी सड़क पर नाक की सीध में चालीस-पचास क़दम चले जाइए। फिर दाईं ओर की गली में मुड़ जाइएगा। उस गली को बाड़ी की पोल कहते हैं। हुज़ूर, वहीं वह रहता है। किसी से भी पूछ लेंगे तो पता चल जाएगा।"

अब्दुल्ला जान अभी कुछ क़दम बढ़ा ही होगा कि एक आदमी पास के एक चबूतरे से उतरकर तेज़ी से उसके पास आया और उसे थामने की कोशिश करने लगा। इस क्रिया में वह कुछ दौड़ लिया। अब्दुल्ला झल्ला गया, "क्यों रोक रहे हो जी तुम हमें?"

"सरकार! इस पट्टी में जौहरा जान से बढ़िया कोठा और किसी का नहीं है। आप रुकिए मालिक : जौहराबाई के कोठे पर आपको हर तरह का आराम मिलेगा।" जौहरा जान के दलाल ने हाँफते-हाँफते अर्ज किया।

"मुझे फ़िलहाल किसी जुहरा-वुहरा के कोठे पर जाना नहीं है। मैं दूसरे ही काम से इधर आया हूँ। हटो!" दलाल की हिम्मत जवाब दे गई।

अब्दुल्ला आगे बढ़ गया। उनकी बातचीत से आकर्षित होकर आसपास के छज्जों पर कुछ हसीनाएँ निकल आईं। ताज्जुब, हँसी-व्यंग्य और मुस्कराहटों का मिला-जुला भाव उनकी नज़रों से झाँक रहा था।

उनमें से एक ने छेड़ा, "अरे बाबू भाई! हुज़ूर को क्यूँ तंग करते हो? हम ही कहाँ उनका इस्तकबाल करने के लिए इस वक़्त फालतू बैठी हैं? कबूतर कहीं न कहीं, किसी न किसी छतरी पर तो उतरेगा ही।"

अब्दुल्ला कान तक सुर्ख़ हो गया। उसे बहुत ग़ुस्सा आया। इच्छा हुई कि पलटकर देखे उस बदमाश तवायफ़ को जो सरे बाज़ार उसका मज़ाक़ उड़ाने की हिम्मत कर रही थी। पर उसने उलझना ठीक न समझा। अभी तो उसे याक़ूब ख़ाँ से निपटना था।

थोड़ी दूर चलने के बाद वह दाहिनी ओर की गली में मुड़ गया। बोरवाड़ी के जिस बाज़ार से वह आया था, वहाँ दुमंज़िले, तिमंज़िले पक्के मकान बने हुए थे, जबकि इस गली में कच्चे खपरैल के मकान थे। बदबूदार नालियाँ, बिलकुल घरों के सामने बह रही थीं। एकाध नाली में कचरा अड़ जाने से गन्दा पानी बहकर गली की धूल भरी सड़क पर आ गया था। कुछ बच्चे नंग-धड़ंग सिर्फ़ कमीज पहने धूल में ही खेल रहे थे। एक अजनबी को देखकर वे सहम गए। घरों के दरवाज़ों पर पैवन्द लगे टाट के परदे थे।

दिन का पहला पहर ख़त्म हो रहा था। ज़्यादातर घरों में खाना पकाने और सब्जियाँ बघारने के कामों में औरतें व्यस्त थीं। लहसुन, अदरक, प्याज और मिर्च-मसालों की गन्ध ने नाली की बदबू से मिलकर न जाने किस तरह की तीखी गन्ध का निर्माण किया था जो हवा में तैर रही थी। अब्दुल्ला ने रूमाल निकालकर नाक दबा ली। कुछ घरों के सामने चारपाइयाँ पड़ी थीं। इन चारपाइयों ने गली के रास्ते को रोक रखा था।

धूल और गन्दगी में अपने कपड़ों को बचाता हुआ वह आगे बढ़ा। सामने ही चारपाई पर एक स्थूल शरीर का बूढ़ा बैठा चिलम पी रहा था। चिलम के स्वाद और नशे की वजह से उसकी आँखें आधी बन्द थीं। अब्दुल्ला को लगा कि हो न हो यहीं आदमी याक़ूब ख़ाँ होना चाहिए। चारपाई के पास पहुँचकर उसने पूछा, ''क्यों बड़े मियाँ, क्या बाड़ी की पोल यही है?''

उस बूढ़े ने चिलम परे रख दी, अचकचाकर अब्दुल्ला की ओर देखा। सामने मुग़ल सिपाही को घोड़े समेत खड़ा देख उठने की कोशिश करते हुए बड़े अदब से बोला, ''हाँ हुज़ूर! आप सही जगह आए हैं। बाड़ी की पोल यही है।'' कराहते हुए ही उसने आगे कहा, ''सरकार! हम ग़रीबों के इस गन्दे मोहल्ले में आपको किससे काम है?'' कुछ बच्चे चारपाई के पास सिमट आए।

''आप खटिया पर ही तशरीफ़ रखिए, बड़े मियाँ। उठने की तकलीफ़ मत करिए। शायद आप बीमार हैं?''

''हाँ हुज़ूर! उमर के साथ बीमारियाँ भी जिस्म को लग जाती हैं।'' वह फिर कराहा, ''क्या करूँ सरकार! इन जोड़ों में हमेशा दर्द बना रहता है। वर्ना आपके इस ग़ुलाम से बोरवाड़ी तो क्या सारा बुरहानपुर थर्राता था।'' फिर थोड़ा परे सरकने की कोशिश करते हुए बोला, ''इस नाचीज़ के पास अब इस खाट पर पड़े रहने के सिवाय और कुछ नहीं है, सरकार। आइए, तशरीफ़ रखिए। हुक्म करिए। हुज़ूर को किससे काम है? मैं अभी उसे यहीं बुलाए देता हूँ।''

अब्दुल्ला खड़ा रहा।

"बड़े मियाँ, मैं याक़ूब ख़ाँ से मिलने आया हूँ।" थोड़े कड़े स्वर में अब्दुल्ला ने कहा।

बूढ़ा टकटकी लगाकर अब्दुल्ला को घूरने लगा। धीमे से बोला, "हुज़ूर, इस ख़ादिम को ही याक़ूब कहते हैं। फ़रमाइए, क्या हुक़्म है? मैं ख़ुद तो अब किसी काम को करने में लाचार हूँ। पर आपका हुक़्म मेरा कोई भी बन्दा बख़ुशी पूरा करने की कोशिश करेगा।"

अब्दुल्ला के सामने एक गला हुआ, थुलथुल शरीर पड़ा था जिसके सीने, गालों और बाँहों का मांस लटक आया था। उसके गले में काला गंडा अभी भी था। आँखों में सुरमा भी था और मुँह में तम्बाकू वाले पान की गिलौरियाँ भी। मगर बग़ल के बल्ले ढीले पड़ गए थे। दाँत टूट जाने के कारण मुँह पोपला हो गया था। पान की पीक बहुत रोकने पर भी ओठों के किनारे पर बहकर आ जाया करती थी। आधे से अधिक बाल सफ़ेद हो गए थे। बिच्छू के डंक के समान खड़ी रहने वाली उसकी पेचदार मूँछें चूहे की दुम-सी ढल गई थीं। मलमल का कुर्ता और चारखाने की तहमद कई दिनों से धुली न होने न होने से गन्दी थी। पान, तम्बाकू और गाँजे के दाग़ उन पर पड़े थे। गाँजे के नशे के कारण उसकी आँखों के डोरे लाल हो रहे थे। याक़ूब का यह रूप देखकर वह वितृष्णा से भर गया।

पर छंगी की याद आते ही ग़ुस्से से भर उठा। बिजली की तेज़ी से, तलवार म्यान से निकाल, उसकी नोक याक़ूब ख़ाँ की गरदन पर हलके से गड़ा दी। अब्दुल्ला साँप की मानिन्द फुफकारा, "मियाँ याक़ूब! मुझे फ़ौरन बतलाओ, तुमने भाऊसिंगपुरा की लड़की परवीन को किस कोठे पर बेचा है?"

अचानक तलवार की फाल वाली नोक के गरदन पर अड़ जाने से याक़ूब डर के मारे घबरा गया। उसकी घिग्घी बँध गई। 'गों-गों' करते हुए वह बोला, "ह...ह...जू...र...ह...ह...जू...र" पास खड़े बच्चे डरकर भाग खड़े हुए। सारा माहौल स्तब्ध रह गया। चिलम गली की धूल में गिर गई। अंगारे और राख-मिश्रित गाँजा धूल में मिल गया।

"हुज़ूर के बच्चे! जल्दी बतला, तूने उस मासूम को कहाँ रखा है? वर्ना सारे मुहल्ले और बोरवाड़ी को नेस्तनाबूद करा दूँगा।" अब्दुल्ला ने तलवार को थोड़ा और टोंचा। हलकी-सी खरोंच लग जाने से याक़ूब की गरदन से ख़ून के कतरे निकल आए।

बचने के लिए याक़ूब ने अपना हाथ तलवार को परे हटाने के लिए गले की ओर बढ़ाया। ख़ून से उसकी अँगुलियों की पोर भीग गईं। ख़ून को देखा तो वह रोने लगा, "हुज़ूर...सरकार...मुझे मुआफ़ करें। मुझे नहीं मालूम सरकार, कि आप किस परवीन के बारे में पूछ रहे हैं। हुज़ूर, मैंने पिछले कुछ सालों से यह धन्धा बन्द

कर रखा है।'' बड़े-बड़े आँसू उसके मोटे गालों पर बहने लगे। वह जानवर की तरह रोने लगा।

उस जैसे से आदमी को, बच्चों से ख़राब तरीके से रोते देख उसे घृणा हो आई। उसने धमकाया, ''याद करो मियाँ, याद करो। तुमने परवीन को—छंगी को कहाँ बेचा है? मैं तुम्हें यों ही छोड़ने वाला नहीं हूँ। जब तक तुम मुझे उसका पता नहीं दोगे, मैं तुम्हें छोड़ूँगा नहीं। हो सकता है, मैं तुम्हें क़ैद में पटककर सड़वा भी दूँ!''

''बताता हूँ, हुज़ूर, बताता हूँ। मुझे थोड़ा सोचने का वक़्त दीजिए, मेरे मालिक।'' उसके दोनों हाथ काँपने लगे थे। ''हुजूर, जरा अपनी इस तलबार को परे हटा लें। मुझे थोड़ा दम लेने दें, हुजूर। मैं अभी सोचकर बतलाता हूँ।'' दीनता से याक़ूब गिड़गिड़ाया।

अब्दुल्ला ने तलवार हटा ली।

याक़ूब ने छुटकारे की एक गहरी साँस ली। गली के सभी मकानों के दरवाज़े-खिड़कियाँ फटाफट बन्द हो गए। किसी की हिम्मत बाहर आकर उलझने की नहीं हुई। औरतों ने बच्चों को पकड़कर अपने-अपने घरों में बन्द कर लिया। कोई भी याक़ूब की मदद पर नहीं आया। गली सुनसान हो गई। सिर्फ़ याक़ूब और अब्दुल्ला ही रह गए। वैसे भी यह मुहल्ला सुनसान ही रहता था। याक़ूब ख़ाँ का लोगों से आए दिन झगड़ा, गाली-गलौज होता ही रहता था। इसलिए आज की घटना कोई नई न थी। फ़र्क़ सिर्फ़ इतना था कि इस बार याक़ूब ख़ाँ से एक सिपाही उलझा था। और सिपाही से सभी डरते थे।

अब्दुल्ला ने तलवार म्यान में रख ली और छुरी से खेलने लगा। याक़ूब की नज़रें छुरी से बँध गईं।

वह परे हटता हुआ बोला, ''मालिक, तशरीफ़ रखिए ना! कब तक खड़े रहेंगे? हुज़ूर के पाँव दर्द करने लगे होंगे।'' ख़ुशामद करते हुए वह खटिया पर अपने भैंसे-से शरीर को सिकोड़ने की कोशिश करने लगा।

अब्दुल्ला ने अपना बायाँ पाँव खाट पर रख दिया और छुरी याक़ूब की बग़ल मैं घुसाते हुए बोला, ''याक़ूब मियाँ, वक़्त ज़ाया मत करो। बैठने-बिठाने का तकल्लुफ़ रहने दो। मुझे जल्दी बताओ तुमने उसे किस कोठे पर बिठाया है?''

''ख़ुदा झूठ न बुलवाए हुज़ूर, मेरे इन नापाक हाथों से इतनी लड़कियाँ बोरवाड़ी के कोठों पर पहुँच चुकी हैं कि मुझे ख़ुद ही मालूम नहीं, आप किस लड़की की बात कर रहे हैं, मेरे मालिक! मुझे मेरे किए की सजा, ख़ुदा ने इसी जनम में दे दी, सरकार। मेरी ही लड़की अब बोरवाड़ी में है, हुज़ूर!'' उदासी और पछतावे से याक़ूब का चेहरा काला पड़ गया। उसने दोनों कान पकड़ लिये, तौबा करते हुए बोला, ''हुज़ूर! मैंने पिछले कुछ सालों से इस नापाक धन्धे से तौबा कर ली है। और एड़ियाँ रगड़-रगड़कर मौत का इन्तज़ार कर रहा हूँ।''

अब्दुल्ला सकते में आ गया। छुरी से खेलने वाला उसका हाथ स्थिर हो गया। उसने एक गहरी साँस ली, छुरी को बग़ल में वापस खोंस लिया।

''मेरे आका! नाली का कीड़ा नाली की गन्दगी से अपने को कैसे और कब तक बचा सकता है?'' अब्दुल्ला के दिल में करुणा और दया उपजाने के लिए वह घिघियाया, ''सरकार, मैं भूल गया था कि बोरवाड़ी का माहौल और मेरा पाप एक दिन मुझे ही खा जाएगा। मेरे ही घर को ले डूबेगा। अब मैं समझा हूँ, हुज़ूर, कि किसी की बहू-बेटी को कोठे पर बिठाने से उसके माँ-बाप, घरवालों, और उस लड़की को कितनी दिली तकलीफ़ और जिल्लत उठानी पड़ती होगी! वे कितनी शर्मिन्दगी उठाते होंगे! क्योंकि अब मेरी ही बेटी जो कोठे पर पहुँच गई है। फिर मैं तो इसी मोहल्ले की गन्दगी का कीड़ा हूँ। जब मैं इतनी तकलीफ़ महसूस कर रहा हूँ तो दूसरों का क्या हाल होगा?''

अब्दुल्ला की ख़ामोशी लौट आई। वह याक़ूब का बयान सुनता रहा। पर अचानक छंगी की याद आते ही उसका ग़म हरा हो गया। उसने तड़ककर कहा, ''देखो मियाँ, मैं तुम्हारा दुखड़ा सुनने यहाँ नहीं आया हूँ। तुम और तुम्हारी बेटी इसी लायक है। रंडियों के साथ ज़िन्दगी गुजारने वालों से शराफ़त की उम्मीद कैसे की जा सकती है? दूसरों की लड़कियों के जिस्म का सौदा करने वालों की बेटियाँ और कर ही क्या सकती हैं? तुम्हारी लड़की ने ठीक ही किया।'' अब्दुल्ला के लफ़्ज़ रूपी कीड़ों ने याक़ूब की भावनाओं की खाल उधेड़ दी। वह तिलमिला गया। पर क्या बोल सकता था? अब्दुल्ला ने धमकाया, ''तुम मेरे सवालों का ठीक जवाब दो वर्ना आज तुम्हारी जान की ख़ैर नहीं है, समझे?'' उसने फिर छुरी निकाल ली।

''गुस्ताखी माफ़, मेरे हुज़ूर! उस लड़की के बारे में मुझे कुछ इशारा करें ताकि मेरी याददाश्त ताज़ा हो जाए।'' गिड़गिड़ाते हुए याक़ूब ने खटिया पर रखे अब्दुल्ला के पाँव दोनों हाथों से पकड़ लिये।

उस गलीज के उसे छू लेने से वह सिहर उठा। उसका सारा जिस्म घिनघिना गया। उसने जल्दी से खटिया पर से अपना पाँव हटा लिया। बड़ी हिकारत से बोला, ''मियाँ, याद करो, आज से कुछ साल पहले तुम ताप्ती के उस पार के गाँव भाऊसिंगपुरा से एक लड़की लाए थे। नाम था उसका परवीन, पर उसके बाएँ हाथ में छै अँगुलियाँ होने से सभी उसे छंगी कहकर पुकारते थे। भाऊसिंगपुरा के मौलवी इलाहीबख्श ने उसे तुम्हारे लड़के के साथ शादी करने के बहाने साज़िश से बेचा था।''

याक़ूब सोचने लगा। दिमाग़ पर ज़ोर डालने से उसके कपाल पर कई बल पड़ गए। उसके इस सोच के दौरान अब्दुल्ला का दिल घबराता रहा। उसने ख़ुदा को याद किया, ताकि याक़ूब जल्द सोचकर उसे छंगी के बाबत सही-सही जानकारी दे दे।

थोड़ी देर बाद याक़ूब बोला, ''हाँ हुज़ूर! अब याद आ गया। उस सौदे में

पहले तो मुझे बड़ा फ़ायदा हुआ था पर बाद में गौहरबाई की ख़ूब गालियाँ खानी पड़ीं। उस सूअर मौलवी के बच्चे ने मुझे उस लड़की को, शादी के बहाने ले जाने के दो सौ रुपये दिये थे। मुझे कुछ अर्से बाद पता चला था कि मौलवी पहले उससे निकाह करने वाला था। बाद में उसने उसकी जवान अम्मा को घर में डाल लिया। वह तो हमसे भी ज़्यादा कमीना था, सरकार! हमारा तो धन्धा जगजाहिर है। पर उस पाक-साफ़ बनने वाले ने तो बड़ी साज़िशें कीं। लड़की को हमें बेचने के बाद सारी जायदाद जब उसने हड़प ली तो उस बेगम को भी मारपीट कर घर से निकाल बाहर किया।''

''मैं तुमसे ये सब क़िस्से सुनने नहीं आया हूँ। मुझे यह सब मालूम है। तुम जल्द बताओ, अब लड़की कहाँ है? किस कोठे पर तुमने उसे बेचा है? वर्ना...'' दाँत पीसते हुए उसने उस पर हमला करने की धमकी दी।

''बताता हूँ, हुज़ूर, बताता हूँ। अब तो दिन के उजाले की तरह सब कुछ मेरे दिमाग़ में साफ़ हो गया है। उस लड़की को मैंने गौहरबाई को बेचा था। अभी भी शायद वह वहीं है। पर लड़की बड़ी पत्थर निकली। दुनिया-जहान को अपनी आँखों और अँगुलियों पर नचाने वाली गौहरबाई को उसने रुला-रुला डाला। गौहरबाई ने उसे ऊँच-नीच समझाया, डराया-धमकाया पर वह पट्ठी टस से मस न हुई। बाहर से नाज़ुक दिखने वाली वह लड़की अन्दर से इतनी पत्थर होगी, किसी ने सोचा तक न था। काजल की उस कोठरी में भी, वह अपनी अस्मत बचाए रही। न उसने नाच सीखा न गाना, न नथनी उतरवाई। गौहरबाई ने मुझे हज़ारों गालियाँ दीं कि न जाने कौन-सा पत्थर मैंने उनके गले बाँध दिया। वे तो उसे फिर से औने-पौने बेचने को तैयार थीं। पर मैं ही कतराता रहा। अब आप जानें हुज़ूर, कि एक कोठे पर जब एक लड़की चलती नहीं तो दूसरे कोठेवालियाँ उसे अपने यहाँ बिठातीं? और फिर बोरवाड़ी में गौहर का कोठा कोई मामूली नहीं है, जनाब। वह बोरवाड़ी ही नहीं सारे बुरहानपुर की नाक है नाक!''

याक़ूब ख़ाँ की इस लम्बी-चौड़ी बतकही से अब्दुल्ला को बड़ी राहत महसूस हुई। पर उस नाज़ुक, डरपोक लड़की पर क्या-क्या ज़ुल्म उस कोठे पर ढाये गए होंगे, यह सोचकर वह कँपकँपा गया। वह बेचैन हो उठा। बड़ी उतावली से उसने पूछा, ''आख़िर वह लड़की फ़िलहाल है कहाँ?''

''वहीं सरकार, गौहरबाई के कोठे पर। और कहाँ हो सकती है!''

''और गौहरबाई का कोठा बोरवाड़ी में कहाँ पर है?''

'' हुज़ूर! वह बोरवाड़ी की ख़ास सड़क छोड़कर पास ही बाईं ओर की गली में है। सरकार! उसी कोठे की लड़की गुलारा तो इस समय शाही महल में है। वही तो शहज़ादा सलामत की ख़ास चहेती है। यह लड़की भी मैंने ही लाकर दी थी हुज़ूर।

'' हाँ, तो हुज़ूर, मैं ही गुलारा को लाया था। थोड़े ही दिनों में उसने नाच-गाने

में ऐसी महारत हासिल कर ली कि सारी बोरवाड़ी हाय-हाय कर उठी। उसे शाही महल में बुलवाया तो गौहर दौड़ी-दौड़ी मेरे पास आई थी। सच हुज़ूर! इसी गन्दी गली में। उस दिन भी मैं इसी खाट पर बैठा दम लगा रहा था। सारी गली इत्र की ख़ुशबू से भर उठी थी।

"मैं तो हड़बड़ा ही उठा था।

" 'अरे गौहरबाई, आप? इस नाचीज़ के घर, इस गन्दी गली में आने की जहमत क्यों उठाई?' मैं कभी ख़ुद को, कभी ख़ूबसूरत गौहर को, कभी आसपास की गन्दगी को देखता था। उस दिन लगा था कि मैं बड़ी ख़राब जगह रह रहा हूँ, जहाँ शरीफ़ों के आने पर शर्मिन्दगी उठानी पड़ती है। फिर गौहर से बोला था, 'मुझे ही हुक़्म कर देतीं तो सिर के बल दौड़ा-दौड़ा हाजिर हो जाता।'

"दो-तीन सिपाही, हसीन गौहर के पीछे अदब से खड़े थे।

" 'मियाँ याक़ूब! मैं तुम्हारा शुक्रिया अदा करने हाज़िर हुई हूँ। आज तुम्हारी ही बदौलत सारे बुरहानपुर में मेरी छोकरी ने मेरा नाम रोशन किया है। याक़ूब मियाँ, मैं किन लफ़्ज़ों में तुम्हारा शुक्रिया अदा करूँ?' ख़ुशी के मारे गौहर की बड़ी-बड़ी आँखों में आँसू की बूँदें झलमलाने लगी थीं।

" फिर हुज़ूर! गौहरबाई ने मेरी मुट्ठी मुहरों से भर दी। ख़ालिस सोने की जहाँगीरी मुहरें थीं वे, सरकार।" अपनी ही रौ में वह बोले जा रहा था।

अचानक उसके चेहरे के सामने छुरी चमक उठी। वह भय से सिकुड़ गया और घिघियाया, "अ...अ...अब और...क्या हो गया सरकार, मैं...ने तो आपको सभी कुछ सच-सच बतला दिया है हुज़ूर? अब तो मेरी जान बख़्शें, मेरे मालिक।"

"देख हरामजादे! अगर तेरी ख़बर में कहीं कोई गड़बड़ और ग़लती हुई तो तेरी बोटी-बोटी काटकर कुत्तों और चील-कौओं को न खिला दूँ तो मेरा नाम नहीं।" अब्दुल्ला ने धमकाया, बाद में छुरी वापस कमर में खोंस ली। वह जल्दी से मुड़ा और चल दिया। याक़ूब भयभीत नज़रों से अब्दुल्ला को देखता रह गया।

गली से मुख्य सड़क पर आया। सड़क पर आवाजाही कम हो गई थी। बोरवाड़ी के लोग अपने-अपने काम में व्यस्त थे। अब्दुल्ला की ओर ध्यान देने का किसी के पास समय न था। दिन का दूसरा पहर आधे से अधिक बीत चुका था। उसने चारों ओर देखा। कुछ दूर, बाईं ओर एक गली जाती दिखाई दी। कुछ क़दम चलने के बाद वह गली में मुड़ गया। थोड़ी ही दूर पर एक कोठे के दरवाज़े पर उसे दो सिपाही पहरा देते हुए दिखाई दिये। वह समझ गया कि यही कोठा गौहरबाई का है जहाँ उसके सपनों की शहजादी क़ैद है। उसके दिल की धड़कन अचानक तेज़ हो गई।

दरवाज़े से कुछ दूर वह घोड़े से उतर पड़ा। पास के एक खम्भे से उसने घोड़े को बाँध दिया। बड़े इत्मीनान से पहरेदारों के पास पहुँचा।

"क्यों, भाई ? क्या चाहते हो ? किससे मिलने आए हो ?" एक सिपाही ने टोका।

"कुछ नहीं, भाईजान! जरा गौहरबाई से मिलने आया हूँ। गौहरबाई का कोठा यही है ना ?" अब्दुल्ला ने पूछा।

"आप सही जगह आए हैं। पर अब यहाँ रखा ही क्या है ? चिड़िया तो उड़ गई। अब तो बुढ़िया ही इस कोठे के पिंजड़े में क़ैद है।" बड़े विनोद से दूसरा सिपाही बोला। फिर बड़ी संजीदगी से उसने कहा, "गौहर बेगम से मिलने के लिए आप क्या शाही महल से हुक़्मनामा लाए हैं ?"

"मैं उससे भी बड़े शाह का हुक़्मनामा लेकर आया हूँ, जनाब।" कहते हुए अब्दुल्ला ने अपने अँगरखे की जेब में रखी अँगूठी निकालकर उसके सामने कर दी।

नूरजहाँ बेगम की अँगूठी देखते ही दोनों सिपाही सकपका गए। सीधे खड़े होकर उन्होंने बड़े अदब से अब्दुल्ला को सलाम किया। बड़े मुलायम स्वर में कहा, "हुज़ूर के लिए अब किसी हुक़्मनामे की ज़रूरत नहीं। इस कोठे पर आप चाहे जब आ-जा सकते हैं। चलिए, तशरीफ़ ले चलिए।"

उनमें से एक बड़े अदब से आगे-आगे चलने लगा। दूसरा पहरे पर बाहर ही रह गया। अब्दुल्ला सिपाही के पीछे हो लिया।

वे सहन में जा पहुँचे। सहन के चारों ओर दीवार थी। और सहन के बाद कोठे की इमारत। सहन में ही पड़ी खटिया पर दो सिपाही बैठे-लेटे थे। अपने साथी के साथ किसी को आया देख एक ने पूछा, "किसे साथ लाए हो, किशनलाल ? क्या इन्हें भी यहाँ पहरे पर रखा गया है ?"

"नहीं भाई, नहीं, हुज़ूर को यहाँ कैसे रखा जा सकता है। भाई गनेशी, बादशाह सलामत के शाही हुक़्म से हुज़ूर गौहरबाई से किसी ज़रूरी काम से मिलने आए हैं।" किशन ने अब्दुल्ला को निहारते हुए गनेशी को बताया।

दोनों सिपाही फ़ौरन उठ खड़े हुए।

आँगन पार कर वे दोनों सीढ़ियाँ चढ़कर ऊपर सामने वाले खुले कमरे में पहुँचे। उसकी बग़ल से ही ऊपर के लिए एक चढ़ाव जाता था। ऊपर वाले कमरे का बारजा आगे सहन में था। बग़ल के चढ़ाव की सीढ़ियों के पास पहुँचकर किशन ने अब्दुल्ला से कहा, "हुज़ूर गुस्ताखी माफ़! आप थोड़ा ठहरें, मैं ऊपर जाकर बेगम साहिबा को ख़बर कर दूँ।"

"ठीक है, ठीक है। तुम उन्हें ख़बर दे आओ।" वह सोचने लगा कि शाही हरम में लड़की पहुँचा देने पर गौहरजान अब बेगम बन गई है।

किशन क़रीब-क़रीब दौड़ता हुआ सीढ़ियाँ चढ़ ऊपर चला गया।

नीचे का खुला कमरा, जहाँ वह खड़ा था,उ सका फ़र्श कच्चा होते हुए भी लिपा-पुता और साफ़ था। दीवारें सफ़ेद चूने से पुती चमक रही थीं। अन्दर के कमरे में जाने वाला दरवाज़ा बन्द था। यह खुला कमरा सहन से ऊँचाई पर था। दो-तीन सीढ़ियाँ चढ़कर ही इसमें आया जा सकता था। तभी किशनलाल ऊपर से हाँफता हुआ आया और बोला, "हुज़ूर! ऊपर तशरीफ़ ले जाइए। बेगम साहिबा आपसे मिल लेंगी।"

वह सीढ़ियों से हटकर एक ओर बड़े अदब से खड़ा हो गया। बड़ी शालीनता से अब्दुल्ला ऊपर चढ़ने लगा।

ऊपर पहुँचा तो सामने एक बहुत बड़ा सजा-सजाया कमरा था। फ़र्श पर बड़ी-सी दरी, गावतकिये थे और शानदार ईरानी क़ालीन बिछे हुए थे। दीवार से लगी तिपाइयाँ थीं।

"तशरीफ़ रखिए, सरकार! अम्मी अभी आती हैं।" एक सुरीले कंठ ने आदाब करते हुए उसका स्वागत किया।

अब्दुल्ला ने देखा, अन्दर जाने वाले दरवाज़े पर पड़े परदे को एक हाथ से पकड़े एक लड़की खड़ी है। रंग उसका काला है पर सिंगार की मदद से उसे हलका कर लिया है। सिर पर दुपट्टा। चंचल आँखें उसे घूर रही थीं।

अब्दुल्ला का दिल धड़कने लगा। कहीं छंगी ही तो सामने नहीं खड़ी है? वह तो इतनी ज़्यादा काली न थी। उसने सतर्कता से उसके बाएँ हाथ की हथेली देखी। उसमें छठी अँगुली न थी। दिल फिर भी धड़क रहा था। उसकी तीव्र इच्छा हुई कि इसी लड़की से छंगी की जानकारी ले। पर जब्त कर गया। लड़की उसे बैठने को कह, अन्दर चली गई।

वह जूतियाँ उतार, एक तिपाई पर बैठ गया। सामने वाली दीवार पर एक बहुत ही ख़ूबसूरत, नाज़ुक और दिलकश लड़की का चित्र टँगा हुआ था। छत पर थे झाड़फानूस और आलों में शमादान। झाड़फानूस से बची ख़ाली छत पर छोटी-छोटी गोल, लाल, हरे, नीले, सफ़ेद रंग की हंड़ियाएँ लटक रही थीं। एक कोने में तिपाई पर पानदान और पीकदानियाँ चमक रही थीं। ये चाँदी के थे। उन पर सुन्दर नक्काशी थी। एक ओर हुक्का चमक रहा था, जिसकी लम्बी नली और नैचे को उसी के साथ करीने से लपेट दिया गया था। दूसरी तिपाई पर एक तश्तरी में चाँदी की सुराही और छोटे-छोटे प्याले सजे थे। कमरा बहुत बड़ा था। शायद गीत, संगीत और नाच की महफ़िलें यहीं सजती थीं। एक कोने में हाथीदाँत की नक्काशी वाली सितार, सारंगी, तबले करीने से जमाए गए थे। कमरे की खिड़कियों पर मखमली झालरदार परदे पड़े थे। कमरे में हलका स्वप्निल अँधेरा तैर रहा था। परदे मखमली होने से हलका उजाला फूट रहा था। अँधेरे और उजाले का चित्ताकर्षक समन्वय उस कमरे में था।

सामने खुलने वाले दरवाज़े के आगे छज्जा था। छज्जे में कई खम्बे समान दूरी पर थे, और नीचे कमर तक की ऊँचाई का लकड़ी का जालीदार कठघरा था। खम्बों

के बीच की ख़ाली जगह पर भी ख़ूबसूरत परदे लटक रहे थे। इन परदों ने बारजे को ढक लिया था। सारे माहौल में एक सुरुचि और आभिजात्यपन था। उसकी चतुर और तेज़ आँखों ने एक ही नज़र में सारी चीज़ों का मुआइना कर लिया। तभी उसे परदे की सरसराहट हलके से सुनाई दी। परदा हटाकर गौहरबाई सामने खड़ी थी।

मध्यम ऊँचाई, भरी-पूरी देहयष्टि गौहरबाई की थी। रंग उनका कच्चे दूध के समान साफ़, गोरा और लुभावना था। नाक-नक्श तीखे थे। बड़ी-बड़ी कजराई आँखों में था एक अनजान आकर्षण और रसिकता। पैंतालीस के पार पहुँच जाने के बाद भी उनमें एक तरह का तीखा खिंचाव था। बालों में गहरा कालापन था और जूड़े में पिरोया गया था एक ख़ुशबूदार गजरा। मुँह में थीं पान की गिलौरियाँ। फिर भी उमर के असर को वे छिपा न सकीं। शरीर में स्थूलता आ गई थी। कमर के पास, आगे-पीछे का घेरा फैलकर पसर गया था। फिर भी कुल मिलाकर उनके व्यक्तित्व में एक गरिमा और ऊँचाई थी।

गौहरबाई से प्रभावित अब्दुल्ला जान अदब से उठ खड़ा हुआ।

"तशरीफ़ रखिए ना, क्यूँ उठ रहे हैं?" कहते हुए गौहरबाई ने कमरे में आकर तिपाई पर रखा पानदान और तश्तरी उठा ली। उससे थोड़ी दूर, गलीचे पर वह पालथी मारकर बैठ गईं। आदत के मुताबिक़ उन्होंने पानदान खोल लिया, मानो पान बनाने की तैयारी में हों।

"कहिए आपकी क्या ख़िदमत की जाए?" गौहरबाई की सवालिया नज़रों ने अब्दुल्ला से पूछा।

इस बीच अब्दुल्ला अदब से तिपाई पर बैठ चुका था।

अब्दुल्ला ने थोड़ा खखारकर अपना गला साफ़ किया और बोला, "देखिए! मैं यह जानना चाहता हूँ कि कुछ साल पहले याक़ूब मियाँ ने परवीन नाम की जिस लड़की को आपके पास बेचा था, वह कहाँ है? मैं उससे मिलना चाहता हूँ, मुझे उससे बहुत ज़रूरी काम है।"

"आपने भी किस मनहूस का नाम ले लिया? उस शैतान की ख़ाला (मौसी) की वजह से हमें कितना रुसवा (अपमानित) होना पड़ा। कितनी जहमत और मुसीबतें उठानी पड़ीं यह मैं ही जानती हूँ। अगर गुलारा को उससे दिली प्यार न होता तो मैं उस निगोड़ी को इस घर से कब की निकाल बाहर करती। उस नामुराद के कारण मुझे कई बार ज़िल्लत उठानी पड़ी।" गौहरबाई के शब्दों से नाराज़गी और कड़ुवाहट टपकी पड़ रही थी।

"ख़ैर, यह आपकी अपनी शिकायत हो सकती है, जिससे मुझे कुछ लेना-देना नहीं। मैं तो उससे अभी मिलना चाहता हूँ।" अब्दुल्ला ने भी ग़ुस्से का अनुभव किया। पर उसे दबाते हुए उसने परवीन से मिलने का उतावलापन दिखाया।

"पर आप हैं कौन? उसके क्या लगते हैं? क्यूँ मिलना चाहते हैं? आप शायद

यह भूल गए कि यह अब एक आम तवायफ़ का कोठा नहीं है। यह शहज़ादा हुज़ूर की चहेती गुलारा का घर है, और हम उसकी अम्मी हैं। और बिना शहज़ादा हुज़ूर के हुक़्मनामे के यहाँ किसी भी लड़की से मिलने तो क्या उसके बारे में जानकारी लेने का किसी को भी हक़ नहीं है।'' गौहरबाई एकदम भड़क गई थीं।

''देखिए, आपने उस लड़की को उसकी मर्जी के ख़िलाफ़ इस कोठे में बन्द कर रखा है, और जबर्दस्ती तवायफ़ बनाने पर तुली हैं। यह जुर्म सज़ा के लायक है।'' न जाने किस साहस से अब्दुल्ला गौहरबाई को धमकाने की हिमाक़त कर बैठा।

''मेरे ही घर में मेरा अपमान करने की हिम्मत आपको कैसे हो रही है? क्या तवायफ़ हो जाने से ही औरत की इज़्ज़त हमेशा के लिए ख़त्म हो जाती है? क्या वह सिर्फ़ मर्दों के दिल-बहलाव का खिलौना ही रहती है? बताइए? जवाब दीजिए?'' अब्दुल्ला के बर्ताव ने गौहर के दिल को इतनी करारी चोट पहुँचाई थी कि उसका गला भर्रा गया। दिल भर आया और अचानक उसके सुन्दर कपोल आँसुओं से भीग उठे।

अब्दुल्ला सिटपिटा उठा। इसकी तो उसने कल्पना भी न की थी। उसकी ज़ुबान बन्द हो गई। वह निरुत्तर था।

''मुझे इस सबसे क्या लेना-देना? मैं तो परवीन के लिए आया हूँ। और आपको बताना ही पड़ेगा कि वह कहाँ है? उसकी मर्ज़ी के ख़िलाफ़ आप लोगों ने उसे कहाँ बन्द कर रखा है?''

यद्यपि उसने बल देकर गौहरबाई से पूछ तो लिया था कि छंगी कहाँ है? पर उसका मन कह रहा था कि वह यहाँ तो है ही नहीं।

''आप यह सब पूछने वाले होते कौन हैं, मुझसे जवाब-तलब करने का आपको क्या हक़ है?'' गौहर तुनक गई।

''आप जिन शहज़ादा हुज़ूर के बलबूते की बातें इतनी देर से कर रही हैं, उनके पीछे जिनका ज़ोर है, मैं उन्हीं की तरफ़ से सारी जानकारी लेने आया हूँ। मेरे पास कुछ हक़ है तभी मैंने आपके कोठे पर आकर सीधे आपसे बातें करने की जुर्रत की है।'' और तब उसने अपने अँगरखे में से अँगूठी निकालकर गौहरबाई के सामने कर दी, और कहा, ''देख रही हैं आप इस अँगूठी को, यह अँगूठी बेगम नूरजहाँ की है जो उस शहंशाह जहाँगीर के दिलो-दिमाग़ पर राज करती है, जो सारे हिन्दोस्तान के मालिक हैं। और जिनके रहम पर ही शहज़ादा हुज़ूर का रसूख टिका हुआ है। मैं उन्हीं के ग़ुलाम की हैसियत से यह सारी जानकारी और हो सके तो उसे लेने भी आया हूँ।'' एक ही साँस में वह सब बोल गया।

आज सुबह से ही वह बार-बार झूठ पर झूठ बोलता चला आ रहा था। कोई शक नहीं कि अँगूठी नूरजहाँ की ही थी।

''बात ऐसी है हुज़ूर, कि परवीन बड़े मजे में है। उसे हमने यहाँ भी कोई तकलीफ़ नहीं होने दी। उसकी मर्ज़ी के ख़िलाफ़ कुछ भी नहीं किया था। इसी वजह

से इस काजल की कोठरी में भी उसे कोई दाग़ न लगा था। उसकी इज़्ज़त और अस्मत बेदाग़ है। वर्ना किसी कोठे पर आने के बाद भी अस्मत बचाए रखना कीचड़ में कमल जैसा है।'' मिश्री घुली आवाज़ में गौहर ने उत्तर दिया। एक कुशल कोठेवाली के समान, उसने फ़ौरन अपने चेहरे के भावों को बदल लिया। मग़रूरी और उच्चता की जगह ख़ुशामद, नम्रता, हँसी और मुस्कान ने ले ली। आँखें और चितवन नाचने लगीं।

अब्दुल्ला ताकता ही रह गया। ज़रूरत के अनुसार, थोड़ी ही देर में इनसान कितने रूप और भाव बदल सकता है, यह देखकर वह चकित रह गया।

गौहरबाई ने पानदान खोलकर सरौता निकाल लिया और छालियाँ काटकर, वह पान बनाने की तैयारी करते हुए मीठी ज़ुबान में बोली, ''देखिए ना, हुज़ूर! मैं भी कितनी भुलक्कड़ हूँ कि बात की गरमागरमी में पान देना ही भूल गई। आप परवीन की जरा भी चिन्ता न करें सरकार। वह शहज़ादा सलामत की चहेती की ख़ास सहेली है। दोनों में बड़ा लगाव और बहनापा है इसीलिए गुलारा उसे अपने साथ शाही महल ले गई है। आप उससे वहीं जाकर मिल सकते हैं, उसे यहाँ बुलवाना ठीक नहीं रहेगा।'' पान के बीड़ों को चाँदी की तश्तरी में अब्दुल्ला को पेश करते हुए उसने बात पूरी की। ''लीजिए! पान लेकर गला तर कीजिए। तम्बाकू भी पेश करूँ क्या?''

''नहीं, गौहरबाई। न मैं पान खाता हूँ न तम्बाकू। पर आपका मान रखने के लिए बीड़ा उठाए लेता हूँ।'' अब्दुल्ला ने सुन रखा था कि कोठे पर दिये गए बीड़ों को मना करने का मतलब कोठेवालियों का अपमान करना होता है। मगर वह वितृष्णा से भर उठा। पर लाचार था। बीड़ा लेने के पहले उसने प्रथा का पालन करते हुए पान की तश्तरी में कुछ मोहरें डालकर बीड़ा उठा लिया।

''इसकी तकलीफ़ क्यों कर रहे हैं सरकार?'' गौहर ने हलका-सा विरोध किया।

''जी नहीं, यह तो आपका हक़ है।'' उसने उठते हुए कहा और सीढ़ियों से उतरते उसने चेतावनी दी, ''देखिए गौहरबाई! आज मेरे और आपके बीच जो बातें हुई हैं, उसकी जानकारी किसी और को न मिले। वर्ना उसके जो अंजाम होंगे उन्हें भुगतने की तैयारी भी आपको कर रखनी होगी। शायद आप मेरा मतलब समझ गई होंगी?''

''हुज़ूर, बेफ़िक्र रहें। कोठों की चारदीवारी में हुए काम और बातें हमेशा यहीं दफ़न हो जाती हैं।'' उसने भी उठते हुए मुलायम स्वर में उत्तर दिया।

अब्दुल्ला जान नीचे उतर गया। मंज़िल अभी दूर ही न थी, बल्कि कठिनाइयों से भरी थी। इस बार खीर बड़ी टेढ़ी थी।

वह जब बोरवाड़ी से बाहर निकला तो उसका दिल भारी था। वह छंगी के जितने पास पहुँचने की कोशिश करता, वह उतनी ही दूर होती जा रही थी। उसे उम्मीद थी कि बोरवाड़ी पहुँचते ही उसे छंगी मिल जाएगी, पर अब उसे लगा कि छंगी को पाना इतना सरल नहीं है, जितना उसने सोचा था। इस बार छंगी एक बहुत बड़े किले में थी, जहाँ हाथ डालना बड़े कलेजे का काम था। शहज़ादे के हरम में घुसना, किसी चक्रव्यूह को भेदने जैसा ही था। वहाँ तो चिड़िया भी पर नहीं मार सकती थी, फिर इनसान की तो बिसात ही क्या ? लेकिन उसने निश्चय कर लिया, कि अपनी छंगी के लिए मौक़ा पड़ने पर वह शहज़ादे से भी टकराएगा। अपनी जान की बाजी लगा देगा।

तीसरा पहर आधे से अधिक बीत चुका था। उसने सबसे पहले गौहरबाई द्वारा दिया बीड़ा घृणा के साथ नाली में फेंक दिया और रूमाल से हाथ पोंछे। उसे ज़ोरों की भूख लग रही थी। उसे कमज़ोरी महसूस हुई। लालबाग़ जाने के बजाय वह चौक पहुँचा। धूप की तेज़ी की वजह से बाज़ार में चहल-पहल कम थी। कई दुकानदार आराम कर रहे थे, कुछ मक्खियाँ उड़ा रहे थे। अब्दुल्ला ने एक नानबाई की दुकान पर बैठकर पहले खाना खाया। तृप्त होने के बाद शाही महल चल दिया।

रास्ते-भर वह विचारों में खोया रहा। शाही हरम में सुन्दरियों का जमघट सदा लगा रहता है। उनके बीच में से छंगी को ढूँढ़ निकालना क्या आसान होगा ? फिर वहाँ सख़्त पहरा रहता है। शाही महल ख़ुद एक किले के समान था। ताप्ती से लगा होने के कारण नदी उसके चरण धोती थी। महल उस ओर से पूरी तरह से आरक्षित था। महल का मुँह शहर बुरहानपुर की ओर था। उसके बाईं ओर का रास्ता शहर से ताप्ती की ओर जाता था, और ताजी को पार कर आगे निकल जाता था। इन बुर्जियों पर तोपें और हथियारबन्द सिपाही चौबीस घंटे पहरे पर मुस्तैद रहते थे। बुर्जियाँ इतनी ऊँची थीं कि पहरेदार सिपाही चारों ओर काफ़ी दूर तक निगाह रख सकते थे।

तिमंज़िले इस महल के कई कमरे नीचे थे। नीचे की दूसरी मंज़िल पर हरम था। ताप्ती से लगा होने के कारण महल गरमी में ठंडा रहता था। शाही हमाम और दीवाने-आम और दीवाने-खास, तथा अन्य कमरे ऊपर की मंज़िल पर ही थे। महल की ज़्यादातर खिड़कियाँ ताप्ती की ओर खुलती थीं, जहाँ से उसकी सुन्दरता का नज़ारा दिखाई देता था।

अब्दुल्ला जान ने शाही महल का नक्शा समझने का फ़ैसला कर लिया। पहले उसने ताप्ती के ओर के भाग और उस ओर की बुर्जियों का मुआइना किया। उधर से हरमसरा की ओर जाने की कोई गुंजाइश नहीं थी। फिर चोर समझकर पकड़ लिये जाने का अन्देशा था। वह लौटकर मकान के सामने आया। अपने घोड़े का इन्तज़ाम कर महल के परकोटे में दाखिल हुआ। वह भीड़ के साथ घुल-मिल गया, और बड़ी बारीक़ी से सारे इलाके का मुआइना करने लगा।

शाही महल और परकोटे के बीच एक बहुत बड़ा मैदान छूटा हुआ था। परकोटे के बाहर भी एक बड़ा मैदान था, जहाँ शाही अस्तबल था। हाथी, घोड़े, तोपखाना और हथियारों को रखने का इन्तज़ाम था। परकोटे के बाहर और भीतर के मैदान में छोलदारियों और तम्बुओं का शहर बस गया था। कुछ तम्बुओं में मुंशी, मुंसिफ़ और मुदर्रिस अपने-अपने काम में लगे हुए थे। शहर और आसपास के गाँवों-कस्बों के फ़रियादियों के मुक़दमे, फ़रियादें निपटाई जा रही थीं। दक्खन की लड़ाई की ख़बरों पर काम हो रहा था। ख़ास-ख़ास ख़बरें और मुक़दमे के मामले ही शहज़ादे को पेश किए जाते थे। अक्सर वे हरम में ही क़ैद रहते थे। बाहर कभी-कभी ही निकलते थे। कोई भी ख़बर शहज़ादे के हुक़्म के बिना बादशाह को नहीं भेजी जाती थी।

शहज़ादा ख़ुर्रम कई दिनों से दरबार-ए-आम में नहीं आ रहे थे। उन्हें गुलारा से फ़ुर्सत नहीं मिल रही थी। कभी-कभी ही वे दीवान-ए-ख़ास में आते थे। मगर वहाँ भी वे अधिक देर नहीं टिकते थे। सदा ही जल्द से जल्द हरम में जाने के लिए उतावले रहते थे। प्यार नया-नया था इसलिए उनका ज़्यादा वक़्त नाच-गानों की महफ़िल और रास-रंग में ही गुज़रा करता था। सैर-सपाटे और शिकार का इन्तज़ाम करते-करते नौकर-चाकर थक रहे थे। दबी ज़ुबान से ये चर्चाएँ चारों ओर चल रही थीं। लोग एक रक्कासा की तक़दीर पर रश्क कर रहे थे।

कई अमीर-उमरा शहज़ादे से मिलना चाहते थे। फ़िलहाल सभी से मेल-मुलाक़ात उन्होंने बन्द कर रखी थी। पास की एक छोलदारी से अब्दुल्ला को सुनाई दिया, एक अमीर पूछ रहा था, ''क्यूँ मियाँ, शहज़ादा हुज़ूर से कब मुलाक़ात हो सकेगी? हम आज दो दिन से चक्कर काट रहे हैं?''

मुसाहिब ने मुस्कराते हुए जवाब दिया, ''हमें ख़ुद ही नहीं मालूम हुज़ूर, कि सरकार कब दीवाने-आम या दीवाने-ख़ास में तशरीफ़ लाएँगे। आप अपना पता-ठिकाना, नाम दे जाइए, शहज़ादे हुज़ूर का हुक़्म मिलने पर आपको फ़ौरन बुलवा लिया जाएगा।''

अब्दुल्ला के कान खड़े हो गए, वह ठिठककर छोलदारी के परदे से चिपक गया। तभी उसे एक छेद दिखाई दिया, उसने उत्सुकता से अन्दर झाँका। ज़मीन पर दरी बिछी थी जिस पर एक तख़्त था। तख़्त पर सफ़ेद चादर गादी पर फैली थी। वहाँ एक मुंसिफ़ बैठा था। सिर पर दोपल्ली टोपी और कान में उसके कलम घुसी हुई थी। सामने एक पेटी थी जिस पर दवात रखी थी और काग़ज़ात बिखरे पड़े थे। अमीर की पीठ अब्दुल्ला की ओर थी। उसी के पास एक दूसरा आदमी भी खड़ा हुआ था।

''सरकार! मैं गोलकुंडा से आ रहा हूँ। सुना है, शहज़ादा सलामत को हीरे-जवाहरात का बड़ा शौक़ है। मैं कुछ नायाब हीरे सरकार के लिए लाया हूँ। अगर

आप मेरी इल्तजा शहज़ादा हुज़ूर तक पहुँचा दें तो मैं आपका बहुत शुक्रगुज़ार होऊँगा। मुझसे आपकी जो भी ख़िदमत होगी, कर दूँगा।'' अमीर के पास खड़े उस व्यापारी ने मुंसिफ़ से नम्रता से इल्तजा की। वह बड़े भड़कीले कपड़े पहने था। अँगुलियों में दो-तीन अँगूठियाँ और गले में एक हीरे लगी सोने की जंजीर थी।

मुंसिफ़ चौकन्ना हो गया। उसने बड़ी चतुराई से उस अमीर से कहा, ''आप चलिए, हुज़ूर! शहज़ादा सलामत के आते ही मैं आपके बारे में ख़बर दूँगा। आप अपना वक़्त खोटा न करें।'' फिर उसने काग़ज़ का एक टुकड़ा और कलम उनकी ओर बढ़ाते हुए कहा, ''आप अपना नाम, पता और मुलाक़ात का मक़सद लिख दीजिए।'' काग़ज़-कलम उसने उस अमीर को थमा दिये और व्यापारी को चुप रहने का इशारा किया।

अमीर ने काग़ज़ पर सब कुछ लिखकर उसे मुंसिफ़ को वापस कर दिया। मुंसिफ़ ने काग़ज़ लेते हुए कहा, ''शुक्रिया हुज़ूर! अब आप बेफ़िक्र होकर तशरीफ़ ले जाइए। शहज़ादे के आते ही आपका पैग़ाम उनके हुज़ूर में यह ताबेदार पहुँचा देगा।''

अमीर बाहर जाने के लिए पलटा। उसे बाहर की ओर आता देख अब्दुल्ला तम्बू की बग़ल में हो गया। उस ओर सुनसान था। आसपास कई तम्बू होने से वह सुरक्षित भी था। तक़दीर से इस ओर के कपड़े में एक जालीदार खिड़की तम्बू में बनी थी जिस पर परदा पड़ा था। चारों ओर सावधानी से देखकर उसने खिड़की के परदे को थोड़ा-सा हटाकर अन्दर फिर झाँका।

मुंसिफ़ बाहर जाते अमीर की पीठ देख रहा था। उसके छोलदारी से बाहर निकलते ही उसने व्यापारी से पूछा, ''हाँ! तो अब बताइए, ख़ान साहेब, आपकी क्या ख़िदमत की जाए?''

उस व्यापारी ने धीरे से एक थैली मुंसिफ़ की ओर बढ़ा दी। व्यस्तता दिखाते हुए मुंसिफ़ ने वह थैली अपनी पेटी में डाल ली और दाँत निपोरते हुए वह बोला, ''इसकी क्या ज़रूरत थी, मियाँ। शहज़ादा हुज़ूर मिल लेंगे। आप अपना नाम तो बताइए।''

''ऐसी कोई बात नहीं है। वह तो आपकी दस्तूरी है, हक़ है। मेरा नाम महमूद रिज़वी है। गोलकुंडा में अपना जवाहरात का धन्धा है। मैं तो बादशाह सलामत से मिलने आगरे जा रहा था। तभी पता चला कि शहज़ादा हुज़ूर बुरहानपुर में कयाम कर रहे हैं। शहंशाह की सवारी भी उज्जैन तक आ ही गई है। सो सोचा, पहले शहज़ादा साहेब से ही मिल लूँ। कुछ नायाब-बेशक़ीमती चीज़ें लाया हूँ, और मैं यहाँ बीवी की सराय में ठहरा हूँ। जब हुक़्म करेंगे, हाज़िर हो जाऊँगा।''

अन्दर के इस सारे क्रिया-कलाप को अब्दुल्ला बड़े ग़ौर से देखता-सुनता रहा। सत्ता के गलियारों में घूमते रहने से वह भ्रष्ट तरीकों के कई नज़ारे देख चुका था। अतः उसने इस पर आश्चर्य करना छोड़ दिया था।

मुंसिफ़ ने जवाब दिया, ''रिज़वी साहेब, आप जरा ठहरें। शहज़ादा हुज़ूर अपनी चहेती बेगम और उनकी हमजोलियों के साथ शिकार के लिए, सुबह से असीर के जंगलात की तरफ़ गए हैं। अब आने ही वाले हैं। किसी भी पल आ सकते हैं। आते ही आपके बारे में अर्ज कर दूँगा। आप निश्चित जानिए कि शहज़ादा साहेब आपसे ज़रूर आज ही मिलेंगे। आप अपना बढ़िया माल तैयार रखिए।'' फिर वह धीमे से फुसफुसाया, ''और हम ग़रीबों का भी ख़याल रखिएगा।''

''अरे, आप चिन्ता न करें मुंसिफ़ साहेब, अगर सौदा पट गया तो आपको भी ऐसी बढ़िया चीज़ देकर जाऊँगा कि आप भी इस ग़ुलाम को ता-ज़िन्दगी याद रखेंगे।'' उस बनिये ने पासा फेंका।

''लीजिए, पान लीजिए।'' मुंसिफ़ ने पेटी में से पानदान निकालकर रिज़वी के सामने बढ़ा दिया। और बोला, ''आप अपना सामान मँगवाकर आसपास ही ठहरिए। शहज़ादा साहब के तशरीफ़ लाते ही आपको सबसे पहले उनके सामने पेश करने की क़ोशिश करूँगा। और मियाँ, समझो कि सौदा पक्का है। आजकल वे गुलारा बेगम की ख़ूबसूरती और घुँघरुओं की गिरफ़्त में हैं। अयहय! क्या तक़दीर पाई है गुलारा बेगम ने भी! कहाँ कोठों पर लोगों का दिल बहलाती थी और अब कहाँ पहुँच गई। शाही महल में। सच रिज़वी साहेब, आजकल शहज़ादा साहेब उन्हें ख़ुश करने के लिए सब कुछ लुटाने को तैयार हैं। सो समझो मियाँ, कि तुम्हारा मामला तो पक्का ही है। चाहे वे और किसी से न मिलें पर तुम्हारी मुलाक़ात तो हुई समझो।'' मुंसिफ़ मीठी जुबान में बड़े लटके-झटके के साथ बोल रहा था।

रिज़वी ने मुंसिफ़ की दोनों हथेलियाँ थामकर उन्हें चूमते हुए कृतज्ञता से कहा, ''बस सरकार! हमें तो आपका ही भरोसा है। गुलारा बेगम हमारी नायाब चीज़ों से ख़ुश न हो जाएँ तो हमारा भी नाम रिज़वी नहीं! फिर गोलकुंडा के हीरों की शोहरत तो सारे हिन्दोस्तान में है, हुज़ूर।''

''अरे हाँ, भाई। एक बात मुझे अच्छी याद आई। यदि मुकम्मिल तौर पर सौदा पक्का करना है तो मेरी एक राय मानो। गुलारा बेगम के साथ उनकी एक मुँहबोली बड़ी बहन भी है। उसे वे परवीन आपा कहती हैं।'' मुंसिफ़ बड़ी भेदजनक बात कर रहा था।

परवीन का नाम सुनते ही अब्दुल्ला चौकस हो गया। उसका सारा शरीर कान बन गया।

मुंसिफ़ कह रहा था, ''उनके बाएँ हाथ में छै अँगुलियाँ हैं। ख़ुद शहज़ादा साहब भी उन्हें आपा कहते हैं। हरम में वे ही गुलारा की सरपरस्त हैं। वैसे उमर तो उनकी कोई ज़्यादा नहीं है। वे भी बोरवाड़ी के उसी कोठे से आई हैं, जहाँ से गुलारा बेगम आई हैं। पर सच कहूँ मियाँ, इस शाही हरम में उनका बड़ा दबदबा है।'' मुंसिफ़ फिर

धीरे से फुसफुसाया, ''यदि परवीन आपा ख़ुश हो जाएँ तो पौ बारह हैं। सौदा पक्का हुआ ही समझो।''

''हुज़ूर मुंसिफ़ साहेब! आप सौदे को पक्का करने के लिए जो कुछ भी करेंगे, मुझे मंज़ूर है। मैं तो आपका ग़ुलाम हूँ।'' रिज़वी की ज़ुबान में भी मिठास थी।

अब्दुल्ला ने देखा कि रिज़वी मध्यम ऊँचाई का था। उमर उसकी चालीस के आसपास होगी, तराशी हुई दाढ़ी ठुड्डी की रौनक बढ़ा रही थी। दाढ़ी की एक पतली पट्टी मूँछों से मिलती हुई कलमों से जुड़कर साफे में खो गई थी। उसकी आँखों से एक चुस्त-चालाक व्यापारी का काइयाँपन झाँक रहा था।

''तब ठीक है। मैं अभी से आपके लिए गोटियाँ बिठाता हूँ। और हाँ मियाँ, आप सौदे के लिए इधर-उधर जो ख़र्च करेंगे, उसे शहज़ादे के लिए ख़रीदी जाने वाली रकम में जोड़ देना। क़ीमत बड़ा देना। हम तो आपका भी नुकसान नहीं होने देना चाहते।'' मुंसिफ़ ने बड़े राजदारी में कहा।

''हुज़ूर! वह तो करना ही पड़ेगा। तेल तिल में से ही निकलेगा रेत में से तो नहीं? कोई भी बनिया घाटे का सौदा कभी नहीं करता हुज़ूर। और फिर आपका हाथ जब हमारे सिर पर है तो घाटा काहे का! शाहों के लिए दो-चार हज़ार इधर-उधर तो मामूली बात है।'' रिज़वी ने दीनता बताई।

''तो फिर आप अपनी रक़में यहाँ लाने का इन्तज़ाम करिए ताकि शहज़ादे का बुलावा आते ही आपको उनके हुज़ूर में फ़ौरन पेश किया जा सके।'' मुंसिफ़ बड़े आत्मविश्वास से बोल रहा था।

''ठीक है मालिक! मैं अभी हीरे-जवाहरात मँगवाता हूँ। मेरे आदमी महल के आसपास ही रहेंगे। अगर काम आज न हो सके तो कल ज़रूर ही करा दीजिएगा।'' रिज़वी ने सुझाया।

''अरे, काम आज कैसे नहीं होगा? फिर हम यहाँ बैठे काहे के लिए हैं? शहज़ादे के आते ही आज रात तक आपका काम पक्का होगा ही।'' मुंसिफ़ ने रिज़वी को आश्वस्त किया।

''ठीक है, मैं तैयारी करता हूँ।'' रिज़वी सामान लाने के लिए छोलदारी के बाहर तेज़ी से चल दिया।

गौहरबाई की जानकारी सही थी। उसकी मुलाक़ात छंगी से नहीं हो रही थी, पर उसका पता-ठिकाना और हैसियत की ख़बर मिल गई थी। तक़दीर ने भाऊसिंगपुरा गाँव के एक अदना किसान की बेटी को कहाँ से कहाँ पहुँचा दिया। गाँव की धूल में, गोबर सने हाथों से, फूस से बालों को लिये घूमने वाली शाही हरम में दबदबे वाली महिला बन बैठी थी। शहज़ादा उसकी इज़्ज़त करता था, और शाही सोहबत का सुख उसे मिल रहा था।

किसी की निगाह में आने से पहले वह वहाँ से हट गया। और जगहों का

मुआइना करने के लिए चल पड़ा। तम्बुओं के उस मुहल्ले और शाही महल के बीच एक शानदार बाग़ लगा हुआ था। बाग़ और तम्बुओं के बीच ख़ासी जगह छूटी हुई थी। शाही बाग़ में रंग-बिरंगे फूलों और फलों के पेड़ थे। फौवारे चल रहे थे। हरी घास का सुन्दर गलीचा-सा बिछा था। रविशें दिलकश थीं।

लोगों के आने-जाने, और फौजी हलचल के बाद भी बाग़ और महल में शान्ति थी। ख़ास-ख़ास ठिकानों पर सिपाही पहरे पर मुस्तैद थे। हथियारबन्द टुकड़ियाँ गश्त लगा रही थीं। यह सारी शान-शौकत लोगों में डर और इज़्ज़त पैदा करने के लिए थी।

अब्दुल्ला जान के घूमने-फिरने पर किसी ने ख़ास ध्यान नहीं दिया। बिना रोक-टोक के वह जहाँ तक जा सकता था, चला गया। जब वह बाग़ के क़रीब पहुँचा तो एक गठीले बदन के राजपूत पहरेदार ने टोका। शाही हुक़्म से हरम के कुछ हिस्से राजपूतों की रक्षा में थे। राजपूतों की वफ़ादारी सन्देह से परे थी।

अपने भाले से अब्दुल्ला को आगे बढ़ने से रोकते हुए उसने कहा, ''आप उधर किधर जा रहे हैं, श्रीमान्? बिना शाही परवाने के उधर बाग़ के आगे जाना मना है। सिपाही होने के नाते यह नियम-क़ायदा तो आपको मालूम ही होगा?''

''आप बजा फ़रमा रहे हैं, ठाकुर साहब। मैं तो इधर ऐसे ही निकल आया था। शायद कुछ दिनों बाद मुझे भी इधर ही रखा जाएगा। सोचा कि चलूँ पहले से ही सब कुछ देख-दाख लूँ, किधर क्या करना पड़ेगा।'' अब्दुल्ला ने नरमी से जवाब दिया। उसे मालूम था कि राजपूत के सम्मान को जरा भी ठेस लगते ही तलवारें खिंच सकती हैं।

उसने इसी बीच उड़ती नज़र से देख लिया कि बाग़ के परले सिरे से शुरू होने वाले शाही महल के कमानीदार रास्ते पर जालियाँ लगी हैं। सिर्फ़ दो कमानीदार रास्ते बन्द हैं। जालीदार दरवाज़ों की कतारों पर रेशमी परदे पड़े हैं।

''ठीक है, जब आपका इधर पहरा लगेगा तभी आपको सब समझा दिया जाएगा।'' राजपूत उसके पास आकर खड़ा हो गया था। फिर न जाने उसने क्या सोचकर पूछा, ''आप किस सिपहसालार की टुकड़ी में काम करते हैं?''

''मैं सिपहसालार इनायत ख़ाँ साहेब की कमान में हूँ।''

''अच्छा, तो आप उस ख़ुशमिज़ाज, रईसदिल इनायत ख़ाँ की कमान में हैं?'' और वह हँसने लगा, ''तब तो आपका बड़ा मनोरंजन होता होगा।''

''हाँ, आप ठीक कह रहे हैं।'' अब्दुल्ला ने ख़ुशामद की। ''पर वे दिल के बड़े साफ़ हैं। अरे हाँ, ठाकुर साहेब, ऊपर के कमरों में ही शहज़ादा सलामत दरबार करते होंगे?''

''हाँ भई, ऊपरी हिस्से में ही वे कभी-कभी दरबार करते हैं। पर आजकल वे अक्सर नीचे के दुतल्ले पर ही अपने हरम में व्यस्त रहते हैं।''

तुतुत्...तुतुत्...तुतुतथ्...तुरही बजने लगी। दूर की एक बुर्जी पर खड़ा सिपाही तुरही बजाने लगा। तुरही के नीचे फैला सलमे-सितारों वाला हरा कपड़ा हवा में फहरा रहा था।

तभी ढब...ढब...दब...ढमाक की आवाज़ के साथ नगाड़े पर भी चोट पड़ने लगी। भगदड़ मच गई। वह समझ गया कि शहज़ादे और उनके हरम की वापसी हो रही है।

"चलो श्रीमान्, जल्दी किसी सुरक्षित स्थान के लिए रवाना हो जाओ। युवराज अपने महल की बेगमों के साथ शिकार खेलकर वापस आ रहे हैं। आप शीघ्र चल दीजिए।"

अब्दुल्ला फ़ौरन रवाना हो गया। तम्बुओं की आड़ लेता हुआ वह बाहर निकल आया। हर कोई सिर छिपाने की जगह ढूँढ़ रहा था।

शाही झंडे लिये हुए घुड़सवारों की एक टुकड़ी पहले आई। उसके फ़ौरन बाद अंगरक्षक घुड़सवारों का एक दस्ता चिल्लाते हुए आया, "हटो-हटो।"

"भागो-भागो!"

"होशियार!"

"रास्ता ख़ाली करो!"

"नज़रे-रू-ब-रू!"

"शहज़ादा हुज़ूर की सवारी आ रही है।'''

"चलो भागो!"

अंगरक्षकों की यह टोली लोगों को भगाने लगी। घोड़ों की टापों से उठी धूल आसमान पर छा गई। तलवारें, ढालें, बर्फ़ और भाले सूरज की किरणों में चमचमा रहे थे, और कोड़े हवा में लहरा रहे थे। लोग जानवरों के समान चमड़ी बचाने के लिए इधर-उधर दौड़-भाग करने लगे। पैदल सैनिक बग़ीचे और उसके आगे महल के दरवाज़े तक कतारों में फैल गए। उन्होंने रास्ते के दोनों ओर सुरक्षात्मक कतारें बना लीं। वे सिर नीचा किए खड़े हो गए।

अब्दुल्ला एक तम्बू में घुस गया। तक़दीर से वह ख़ाली था। उसने तम्बू की खिड़की का परदा लगा लिया और उसे थोड़ा ऊपर कर बाहर देखने लगा। शाह ख़ुर्रम घोड़े पर सवार चला आ रहा था। उसके सिर पर पेचदार पगड़ी थी जिसके चारों ओर ख़ूबसूरत मणियों की माला लिपटी हुई थी। मोती धूप में चमक रहे थे। दाढ़ी और मूँछें सुन्दर तरीके से तराशी हुई थीं। गोरे चेहरे पर सुतवाँ नाक, और बड़ी-बड़ी आँखें थीं जिनसे रौब टपका पड़ रहा था। सुन्दर पतले ओठ पान की लाली के कारण अधिक लाल हो रहे थे। ललाट पर पसीने की नन्ही-नन्ही बूँदें मोतियों सी चमक रही थीं। गले में पड़ा कंठा, हाथों की अँगूठियों के हीरे और कानों में बुंदे झलमला रहे थे। कमर में जड़ाऊ तलवार और कटार बँधी थीं। पाँव में हीरे-मोती

टँकी सलमे-सितारों वाली बढ़िया मखमली जूतियाँ रकाब में फँसी थीं। उनका सफ़ेद बुर्राक घोड़ा बिजली की गति-सा चंचल था।

शहज़ादा ख़ुर्रम के ठीक बग़ल में उदयपुर के कुँवर करणसिंह थे। राजपूती आन-बान की पगड़ी, गोरा रंग, बड़ी-बड़ी दीर्घ काली आँखें और सफाचट दाढ़ी के ऊपर के ओठों पर तलवार-सी पतली मूँछें थीं। उनका सुन्दर चेहरा भी पसीने से तर-बतर था। चौड़ी छाती पर हीरों का हार चमक रहा था। वे नंगी तलवार लिये ख़ुर्रम के साथ चौकस थे। आगे-पीछे के सिपाही चाक-चौबन्द थे।

पीछे आ रहे हाथी की झूल पर सलमे-सितारों का सुन्दर काम था। उसके पीछे एक और हाथी था। हाथियों के गले में पड़ी घंटियाँ टुनटुना रही थीं। वे दोनों तेज़ी के साथ पर मस्ती में चल रहे थे। पहले वाले हाथी पर चाँदी का हौदा था जिसके चारों ओर ख़ूबसूरत परदे लटक रहे थे। उस पर दो सुन्दरियाँ बैठी थीं जिनमें से एक अत्यन्त सुन्दर थी। पारदर्शी परदे से उसकी ख़ूबसूरती फूटी पड़ रही थी। उसकी चंचल चितवन यद्यपि नीची थी, पर उसमें प्रसन्नता का सागर हिलोरें ले रहा था। शानदार और भड़कीले कपड़े उसके सौन्दर्य में वृद्धि कर रहे थे। उसी के पास एक अधिक वय की अन्य सुन्दरी थोड़ा अन्तर देकर बैठी थी।

अब्दुल्ला जान का दिल धड़क उठा। शायद गुलारा और छंगी दोनों ही पहले वाले हाथी पर सवार हैं। जबकि अन्य दासियाँ-सहेलियाँ दूसरे हाथी पर हैं। दूर होने के कारण उनके चेहरे साफ़ नहीं दिखाई दे रहे थे। वह हलके से काँपने लगा। तभी उसने देखा कि शहज़ादा ख़ुर्रम और कुँवर करणसिंह बग़ीचे से कुछ दूर अपने घोड़ों से उतर पड़े। दौड़कर नौकरों ने लगामें थाम लीं। गुलारा के आने के इन्तज़ार में कुँवर करणसिंह के साथ टहलते हुए वे बतियाने लगे। कभी-कभी बड़े प्यार से वे कुँवर के कन्धे पर हाथ रख देते। वे बड़े ही ख़ूबसूरत लग रहे थे।

तभी नौकरों ने लम्बी-लम्बी चादरें तानकर परदा कर दिया। हरम की जनाना सवारी महल में जाने के लिए निकलने वाली थी। कुँवर करणसिंह परे हट गया। तभी हाथी उन पर्दों के पास आकर रुक गए। हँसती-खिलखिलाती, चुहल करती गुलारा और उसकी सहेलियाँ परदे के बीच से शाही महल में दाखिल होने लगीं। ख़ुर्रम भी उनके साथ हो लिया।

पल-भर में ही सब घट गया। हरमवालियों के चले जाते ही परदे खींच लिए गए। सिपाही अपने-अपने ठिकानों पर मुस्तैद हो गए। पहले जैसी चहल-पहल लौट आई। बाग़ के सामने की भीड़ छँट गई थी। ख़ामोशी छा गई।

मौक़ा देखकर अब्दुल्ला तम्बू से बाहर आया। वह कुछ क्षणों तक ख़ामोश खड़ा रहा। फिर एक गहरी साँस लेकर चल दिया। छंगी से मिलने के लिए उसका मन छटपटा रहा था, पर लाचार था। वह अपने डेरे के लिए रवाना हो गया।

आज का दिन उसके लिए बड़ा भाग्यशाली सिद्ध हुआ था। छंगी की एक झलक उसने दूर से देख ली। फ़िलहाल यही काफ़ी था।

सूरज की तेज़ी ख़त्म हो चुकी थी। हलकी-सी रोशनी लिये वह लालबाग़ के अन्तरिक्ष में डूबने की तैयारी कर रहा था। आकाश में छिटके हुए कपासी बादलों के कंगूरों को सूरज के प्रतिबिम्बों ने सुनहरे रंग से नहला दिया था। आकाश की नीली झील में फैले बादलों के ये टुकड़े बड़े आकर्षक लग रहे थे। पंछियों के झुंड कलरव करते हुए अपने-अपने नीड़ों को लौटने लगे थे। कौओं का झुंड अपना अलग गोल बनाए उड़ा जा रहा था। मौसम बड़ा सुहावना था। हवा के ठंडे झोंके उसे नहला रहे थे। आज उसका मन कई दिनों के बाद ख़ुशी से भर उठा।

अपने डेरे पर अब्दुल्ला जान पहुँचा तो साँझ के साये रात के अँधेरे में बदल चुके थे। सिपहसालार इनायत ख़ाँ चिन्तित पीछे हाथ बाँधे उसके तम्बू के सामने टहल रहा था। अब्दुल्ला को देखते ही उसकी बाँछें खिल गईं। हँसते हुए उसने पूछा, ''मियाँ, बड़ी देर से हम तुम्हारा इन्तज़ार कर रहे थे। शाम तक लौटने का तुमने वादा किया था। जब साँझ बीत गई तो हमें तुम्हारी फ़िक्र होने लगी कि कहाँ फँस गए।''

अब्दुल्ला सोचने लगा कि इस दुनिया में ऐसे लोग भी होते हैं, जो अपने सगों से अधिक प्यार लुटाने के लिए तैयार रहते हैं। वह अभिभूत हो उठा।

''कुछ नहीं, चचा! चौक में काम निपटाकर मैं शाही महल निकल गया था। आपकी ख़बर ठीक है। गुलारा का सितारा इस समय बुलन्दी पर है। शहज़ादा हरमवालियों को लेकर शिकार पर गए थे। अभी थोड़ी देर पहले लौटे हैं।'' अब्दुल्ला ने दिन-भर की सफ़ाई पेश की।

बातें करते हुए वे तम्बू में चले गए। शमादान की मोमबत्ती जलाकर अब्दुल्ला ने उजाला कर दिया। इनयात ख़ाँ ने ग़ौर से अब्दुल्ला के चेहरे को पढ़ने की कोशिश की। अब्दुल्ला थका हुआ ज़रूर था पर मानसिक रूप से परेशान न था। उसके चेहरे पर एक ताज़गी और उत्फुल्लता थी। यह देखकर इनायत ख़ाँ ने छुटकारे की साँस ली।

तभी अब्दुल्ला ने कहा, ''चचा मियाँ! मुझे आपसे और भी बातें करनी हैं। क्या आपके पास वक़्त है?''

''देखो मियाँ! पहले तुम बावर्चीखाने जाकर ताज़ा खाना खा तरोताज़ा हो लो। बाक़ी बातें बाद में होंगी। मैं तुम्हारा इन्तज़ार करूँगा। मेरे पास तुम्हारे लिए वक़्त ही वक़्त है।''

अब्दुल्ला जान इनायत ख़ाँ के पितृ-तुल्य स्नेह को देखकर गद्गद हो गया।

उनकी हथेली धीरे से दबा, अपने प्यार का इज़हार करते हुए खाना खाने के लिए वह बावर्चीखाने चल दिया।

इनायत ख़ाँ बिस्तर पर आधा लेट गया। वह विचार-मग्न हो गया। खाने से निपट, पूरी तृप्ति के साथ, अब्दुल्ला जब आया तो उसने अपनी सारी ज़िन्दगी को इनयात ख़ाँ के सामने खोलकर रख देने का फ़ैसला कर लिया। उसका जीवन अब एक मोड़ पर आ गया था जिसमें इनायत ख़ाँ जैसे किसी बुज़ुर्ग की राय लेना ज़रूरी था। अब मामला शहज़ादा ख़ुर्रम के हरम से सम्बन्धित था। एक छोटी-सी ग़लती उसके और छंगी के लिए मुसीबत का कारण बन सकती थी। इसलिए सावधानी बरतना ज़रूरी था। सही फ़ैसला करते ही वह हलकापन महसूस करने लगा।

तम्बू में जब वह पहुँचा तो अधलेटे इनायत ख़ाँ को इन्तज़ार करते हुए पाया। अब्दुल्ला को आया देख, उसने उठने की कोशिश की। अब्दुल्ला ने रोक दिया, ''चचा मियाँ, आप आराम से लेटे रहिए, हम ऐसे ही बातें करेंगे।''

उसने तम्बू का परदा गिराने के पहले बाहर का एक चक्कर लगाकर देख लिया कि कोई उनकी बातें सुनने की कोशिश तो नहीं कर रहा है। फिर परदा गिराकर अन्दर आ गया और इयानत ख़ाँ के बिलकुल पास आ बैठा।

''हाँ तो बेटा, बतलाओ तुम क्या कहना चाहते थे?'' इनायत ख़ाँ ने बात का धागा पकड़ा।

खखारकर अब्दुल्ला ने पहले अपना गला साफ़ किया फिर धीरे से बोला, ''बात ये है चचा मियाँ, कि आज अपनी ज़िन्दगी के सारे पहलुओं के बारे में बतलाना चाहता हूँ। उस दिन अपने रिश्तेदारों से मिलकर आने के बाद मैं जो बीमार पड़ गया था, उसकी वजह यह थी कि मैं इधर के इलाके का ही रहने वाला हूँ...।'' और उसने अपनी पिछली ज़िन्दगी की कहानी इनायत ख़ाँ के सामने किताब के पन्नों की तरह खोलकर रख दी।

चार घड़ी से अधिक गुज़र जाने के बाद अब्दुल्ला की कहानी ख़त्म हुई। अब्दुल्ला के जीवन का राज़ सुनते वक़्त इनायत ख़ाँ के चेहरे पर एक रंग आता था और दूसरा जाता था। बड़ी संजीदगी से वह सुनता रहा। बीच में ज़रूर पानदान से दो-तीन बार गिलौरियाँ निकालकर उसने खाईं। सब कुछ सुन लेने के बाद उसने एक ठंडी साँस ली, और कुछ देर बुत की तरह बैठा रहा।

शमादान की शमा गल-गलकर पिघल रही थी।

थोड़ी देर के बाद उसने कहा, ''बेटा, इनसान की ज़िन्दगी कभी-कभी अजीबो-ग़रीब वाक़ियात से भर जाती है, जिनके बारे में कोई सोच भी नहीं सकता। मेरी और तुम्हारी ज़िन्दगी वैसी ही है।'' वह थोड़ी देर चुप रहा, फिर उसने बात का सिरा पकड़ते हुए कहा, ''आज रात तुम आराम करो। अब किसी बात की चिन्ता की ज़रूरत नहीं। छंगी का पता चल ही गया है, इसलिए अब उस तरफ़ से तो हम

बेफ़िक्र हो ही गए हैं। पर भले आदमी, आज बोरवाड़ी जाकर याक़ूब से मिलने के पहले मुझे या किसी भरोसे के आदमी को साथ तो ले लेना था। अगर झगड़ा-वगड़ा हो जाता तो?''

''वैसे उस बुड्ढे भैंसे की हिम्मत मुझसे उलझने की नहीं हुई। वह कुछ करता, उसके पहले मैंने ही उसकी गरदन पर तलवार अड़ा दी। उसके बाद तो वह ऐसा बदहवास हुआ कि कुछ करने की गुंजाइश ही न थी। ख़ैर! अब वह क़िस्सा तो निपट गया। अब राय दीजिए कि आगे क्या करूँ?''

''वह मैं रात में सोचकर कल तुम्हें बतलाऊँगा। रात काफ़ी बीत चुकी है। कमज़ोरी के बावजूद आज तुमने दिन-भर भागदौड़ ख़ूब की है, इसलिए तुम थोड़ा आराम कर लो ताकि अगली कार्यवाही के लिए तरोताज़ा हो सको। अब कल ही आगे के काम का मंसूबा बनाएँगे।'' इनायत ख़ाँ उठ खड़ा हुआ। उसने बड़ी मुहब्बत से अबू का हाथ दबाया और मुस्कराकर कहा, ''अच्छा, अब मैं चलूँ।''

''जी, अच्छा।''

इनायत ख़ाँ के तम्बू के बाहर जाने के लिए उसने परदा हटाया। वह आधा बाहर निकल चुका था, पर कुछ याद आते ही उसने पलटकर अबू से कहा, ''देखो भाई अब्दुल्ला! जब तक हम कल तुमसे आगे की कार्यवाही की बाबत सारी बातें न कर लें, तुम ख़ुद कुछ मत कर बैठना वर्ना तुम्हारी जल्दबाजी कहीं खेल न बिगाड़ दे। अब मामला शहज़ादे और उसके हरम से ताल्लुक रखता है। वर्ना तुम जानो कि छंगी बीबी हाथ आते-आते छूट न जाए।''

''आप ठीक फ़रमा रहे हैं, चाचाजान! मैं आपके हुक़्म के बिना एक क़दम न उठाऊँगा। आप बेफ़िक्र रहें।'' अब्दुल्ला ने वायदा किया।

''ठीक है! तो अब मैं चलता हूँ। सुबह मिलूँगा। तब तक के लिए ख़ुदा हाफिज!'' इतना कहकर इनायत ख़ाँ परदा गिराकर अँधेरे में खो गया।

सोने के पहले अब्दुल्ला बाहर आया। मन्द-मन्द बहने वाली हवा के झोंकों ने उसका स्वागत किया। चारों ओर सन्नाटा था। आकाश में चाँद का कहीं पता न था। पर अनगिनत जुगनुओं की तरह तारे टिमटिमा रहे थे। चाँद के न होने से रात की कालिमा गहरा आई थी। तारों का मद्धम उजाला उसे दूर करने की असफल कोशिश कर रहा था। पेड़ और पत्तियाँ भी सो गए थे। मन्द हवा के झोंके कभी-कभी पत्तियों को प्यार से सहला जाते थे। ऐसा लगता था मानो किसी बच्चे के बालों को हलके से सहलाकर हवा चुपके से बही जा रही थी, ताकि उसकी नींद न उचट जाए। बीच-बीच में, अस्तबल में बँधे घोड़ों की हिनहिनाहट रात की ख़ामोशी को तोड़ने की कोशिश करती थी।

अबू ने एक सरकारी निगाह से आसपास के माहौल को देख लिया। तम्बुओं और छोलदारियों के उस शहर में सोता पड़ गया था। भूत के सायों की तरह पहरेदार

घूम रहे थे। उसने ताज़ा हवा के एक झोंके को साँस खींचकर पी जाने की कोशिश की। ताज़ा हवा ने उसके दिमाग़ को हलका कर दिया। अन्दर आकर उसने सुराही से पानी पिया और बिस्तर पर जा पड़ा। मन पर पड़ा सतपुड़ा-सा बोझ उतर गया था। अब उसने अपनी तक़दीर के घोड़े की लगाम इनायत ख़ाँ के अनुभवी हाथों में थमा दी थी। उसकी पलकें भारी हो गईं। उन्हें बन्द करने के पहले उसने शमादान की ओर देखा। वह उसे बुझा देना चाहता था, पर बिस्तरे का मुलायमपन, उसकी गरमाहट और नींद की नशीली खुमारी उसे इजाज़त नहीं दे रहे थे। शमा की आख़िरी लौ न जाने कब टिमटिमाकर बुझ गई, उसे याद नहीं, उसके अवसान के समय वह मीठे सपनों और नींद की गहरी घाटियों में उतर चुका था।

उस दिन गुलारा ने ख़ुर्रम को चौंका देने का निश्चय कर लिया। उसने शहज़ादे के सामने प्रस्ताव रखा, ''मेरे मालिक! ताप्ती और महल से भी ज़्यादा ख़ूबसूरत एक और जगह है। वह बुरहानपुर में कश्मीर की वादी है। अगर शहज़ादे हुज़ूर हुक़्म दें तो पूनम की रात हम उस जगह एक ऐसा मुजरा हुज़ूर की ख़िदमत में पेश करें कि आप भी ज़िन्दगी भर याद रखें।''

ख़ुर्रम आश्चर्यचकित हो उठा, ''क्या बुरहानपुर के पास कश्मीर की वादियों से भी टक्कर लेने वाली जगह है गुलु? हमें तो किसी ने इस बाबत बतलाया ही नहीं।''

''हाँ हुज़ूर है, यहाँ से थोड़ी दूर करारा नाम का एक गाँव है। वहाँ उतावली नदी पर बनी दीवार और सफील ने उसकी ख़ूबसूरती को दोबाला कर रखा है। बाँध से गिरने वाला झरने का पानी...। सच शहज़ादा हुज़ूर! वहाँ की ख़ूबसूरती बयान के बाहर है। आप वहाँ हमारा नाच देखेंगे तो दंग रह जाएँगे।'' गुलारा मचल-मचल गई।

ख़ुर्रम के हुक़्म पर करारा में नाच-गाने की महफिल सज गई। सफील पर पहले एक लम्बी दरी, उस पर शानदार गादी और नरम ईरानी कालीन बिछाया गया। गावतकिये करीने से सजाए गए। गावतकिये के सहारे अधलेटा ख़ुर्रम बढ़िया सुगन्धित अंगूरी शराब की चुस्कियाँ चाँदी-सोने के गंगा-जमनी प्यालों से ले रहा था। नदी के चारों ओर बड़े-बड़े पर्दों का इन्तज़ाम था। हथियारबन्द सिपाही पहरों पर मुस्तैद थे।

उतावली के आसपास के पेड़ भी अदब से खड़े हुए थे। बयार बहुत हलकी, ठंडी और नशीली थी। उन पेड़ों के साये, उनके तनों के पास ही बिखरकर लोट रहे थे। आसमान में दसवीं के चाँद का छोटा गोला, किसी मस्तानी हसीना के समान मंथर गति से चल रहा था। इक्का-दुक्का तारे भी वातायन की खिड़की से धरती के एक ख़ूबसूरत नज़ारे को झाँक रहे थे। जंगली फूलों की ख़ुशबू बयार के साथ बहकर माहौल को ज़्यादा मदमस्त बना रही थी। प्यालों व सुराही की अंगूरी, तो तश्तरियों में सजे सेब, अंगूर के साथ ही चाँदी की थाली में गिलौरियाँ भी सजी थीं। पास ही

अम्बरी तम्बाकू का हलका-सा धुआँ उड़ाता ख़ूबसूरत हुक्का था। उसका नैचा शहज़ादे के क़दमों में लोट रहा था। चाँदनी सभी को नहला रही थी।

दूर पृष्ठभूमि में छिपे साज़िन्दों द्वारा छेड़ी स्वर-लहरी रस घोल रही थी। बीच-बीच में आसमान की पहाड़ियों के साथ चाँद लुका-छिपी खेल लेता था। सारा माहौल रस से सराबोर था। दीवार से जलप्रपात बनकर उतावली झर रही थी। उसका यह झरना किसी संगीत की स्वरधारा से कम न था। जिस सफील पर शहज़ादा अधलेटा था, उसके नीचे से भी कल...कल...कल...कल...करती उतावली मचलती, उफनती हलके शोर के साथ बही जा रही थी।

छम...छम...छम...छूम...छूम...छम...अपने घुँघरुओं को छमछमाती एक कंचन-सी काया ऐसे आ रही थी मानो हंसिनी जल में तैरती चली आ रही हो। ख़यालों में खोये शहज़ादे के सामने बिछे कालीन पर एक मयूरी आ खड़ी हुई। उसने पलकें झुका, गरदन को थोड़ा-सा मोड़ दे, धीरे से कहा, ''आदाब!'' एक पल के लिए ख़ुर्रम को भरोसा नहीं हुआ कि उसकी गुलारा ही सामने मयूरी बनी खड़ी है।

बढ़िया बुरहानपुरी साड़ी को गुलारा ने खानदेशी लांग शैली में पहन रखा है, जिसके कारण मरमरी गोरी मांसल पिंडलियाँ अनावृत हो गई हैं। कमर में फैला हुआ था मोरपंखों का पंखा। नितम्बों के उभार के कारण उसे एक नया फैलाव मिला था। मयूरी-सी सुराहीदार गरदन मोतियों की लड़ों से दमक रही थी। चिबुक पर था एक गहरा तिल-बिन्दु। कजरारे काले हरिण नयन और बिम्बाधर से लाल ओठ मुस्करा रहे थे। सिर के काले बालों के जूड़े पर टिका हुआ था एक छोटा-सा मयूरपंखी मुकुट।

अखूट सौन्दर्य की उस मूर्तिमन्त गुलारा को देख ख़ुर्रम स्तब्ध रह गया। अस्फुट स्वरों में वह सिर्फ़ इतना ही बोल पाया, ''गुलु...गुलारा...तुम? यह क्या तुम्हीं हो?'' चतुर सुजान गुलारा शहज़ादे के घायल दिल की तड़पन पहचान गई।

साज़िन्दों की स्वर-लहरी, कोमल से तीव्रतर होती चली गई। साज़िन्दों की उस स्वर-तरंग पर गुलारा के घुँघरू थिरक उठे। मयूरी नाच उठी। रात कब पल-पल भीगती, बीतती चली गई, ख़ुर्रम को पता ही न चल पाया। सारे समय शहज़ादे को लगता रहा कि उसके सामने गुलारा नहीं कोई मयूरी ही थिरक रही है। गुलारा के मयूर नृत्य ने उसे भाव-विभोर कर दिया। सम पर जब घुँघरू थमे, तो दौड़कर उसने गुलारा को मसनद पर खींच लिया, तारीफ़ के लिए उसके पास लफ़्ज़ न थे।

थोड़ी देर बाद ख़ुर्रम के बैन फूटे, ''ओह गुलारा! तुम इतनी बड़ी अदाकारा हो, यह हमें अभी ही मालूम पड़ा। अभी तक तो हम तुम्हें एक मामूली नाचने वाली तवायफ़ ही समझते थे। पर तुम तो एक ऊँचे दर्जे की फ़नकार हो। माँगो, तुम क्या माँगती हो? नहीं-नहीं ठहरो...आज हम तुम्हें 'गुलारा महल' का ख़िताब अता करते हैं। आज से तुम एक आम तवायफ़ नहीं रहीं। अब तुम हमारे हरम की रौनक हो। आज से तुम बेगम गुलारा महल कहलाओगी। तुम्हारे इस करारा गाँव का नाम तुम्हारे

नाम पर 'महल गुलारा' होगा। पर सच गुलारा, हमारा दिल अभी भी नहीं भरा है। बोलो, तुम्हें और क्या चाहिए?'' बेताब ख़ुर्रम अपने प्यार को बाँध पाने में ख़ुद को असमर्थ पा रहा था।

''मेरे सरताज! आपने इस नाचीज़ को जो इज़्ज़त बख्शी है, उसके फन की जो क़द्र और हौसला-अफ़ज़ाई की है, उसके लिए हमारे पास शुक्रिया अदा करने के लिए लफ़्ज़ नहीं हैं।'' सुदीर्घ नयनी गुलारा का दृष्टिपथ धुँधला हो गया। उसने अपने को सँभाल लिया और धीरे से कहा, ''...फिर भी...।'' उस एक क्षण में ही एक कल्पना उसके मन में कौंध गई।

गुलारा की चुप्पी ने ख़ुर्रम को और बेचैन कर दिया। उसने बेताबी से गुलारा का हाथ पकड़ लिया, ''बोलो गुलारा महल, तुम और क्या चाहती हो? हम तुम्हें और क्या दे सकते हैं? जो भी माँगोगी, तुम्हें मिलेगा। हमारी जान भी हाज़िर है।''

''हुज़ूर! यह करारा गाँव मेरा अपना है। हम उतावली के इन्हीं किनारों और धूल-रेत में खेल-पलकर बड़े हुए हैं। यहाँ का कण-कण, हवा और फिजाँ हमारी साँस-साँस और रोम-रोम में समाई हुई है।'' लजाते हुए गुलारा ने कहा, ''पर तक़दीर ने हमें यहाँ से उठाकर बोरवाड़ी के कोठे पर पहुँचा दिया। फिर भी इस गाँव से, इस उतावली से हमारा लगाव ख़त्म नहीं हो सका है। इसीलिए हुज़ूर, हम चाहते हैं...चाहते हैं...।'' गुलारा अटक गई। उसे डर लगा, कहीं शहज़ादा उसकी इच्छा को टाल न जाए? कहीं हँसी में न उड़ा दे। इनकार की एक झिझक ने उसकी ज़ुबान बन्द कर दी। पर उसकी इस अदा ने शहज़ादे को और अधिक बेताब कर दिया।

''हाँ-हाँ। बोलो, और क्या चाहती हो? रुक क्यों गईं? अपने इस गाँव के लिए, इस हसीन उतावली के लिए तुम्हें क्या चाहिए? हुक़्म करो?''

''हुज़ूर! जिस सफील पर आप मसनद लगाए बैठे हैं, उसने और पीछे से झरने के रूप में गिर रही उतावली ने इस जगह को ख़ूबसूरत तो बनाया ही है पर...अगर इस उतावली के दोनों ओर मेरे और आपके नाम की दो बारादरियाँ बन जाएँ...जिन्हें यह सफील जोड़ दे तो यहाँ का नज़ारा कितना हसीन और दिलकश हो उठेगा।'' गुलारा झिझकते, झेंपते बोल गई।

सारी कल्पना ख़ुर्रम के सामने साकार हो उठी। वह ख़ुशी से चिल्लाया, ''वाह गुलारा, वाह! क्या कहने तुम्हारी फ़रमाइश के! तुमने अपने लिए कुछ न माँगते हुए इस उतावली और अपने गाँव की ख़ूबसूरती के लिए सभी कुछ तो माँग लिया। हमें तुम्हारी बात सौ फ़ीसदी मंज़ूर है। हम तुम्हारे लिए ऐसी शानदार बारादरियाँ बनवाएँगे कि आनेवाली पीढ़ियाँ बुरहानपुर आने पर यहाँ ज़रूर आएँगी। ये बारादरियाँ तुम्हारी-हमारी मुहब्बत का ज़िन्दा सुबूत होंगी।''

जब तक बारादरियाँ बनती रहीं, गुलारा और ख़ुर्रम करारा गाँव जाते रहे।

अब्दुल्ला जान सुबह देर तक सोया पड़ा रहा। इनायत ख़ाँ उसके तम्बू में जिस समय आया, उस समय भी अब्दुल्ला घोड़े बेचकर सो रहा था। बेफ़िक्र सोये अब्दुल्ला को थोड़ी देर तक इनायत ख़ाँ बड़े प्यार से देखता रहा। फिर धीरे से झुककर उसने अब्दुल्ला को हिलाते हुए कहा, "अबू मियाँ! उठिए, दिन काफ़ी चढ़ आया है।"

अब्दुल्ला कुनमुनाया और पाँव सिकोड़कर पड़ा रहा।

इनायत ख़ाँ कुछ देर पास ही बैठा रहा। थोड़ी देर बाद उसने अबू को झकझोरा, "अरे भई, उठो भी! और कितनी देर तक बिस्तर में पड़े रहोगे? दिन तीन-चार घड़ी चढ़ आया है। उठोगे नहीं क्या?"

आँखें मलते हुए अब्दुल्ला उठ खड़ा हुआ। उसने एक-दो उबासियाँ लीं, और बोला, "चाचा, आपने मुझे अबू कहकर बुलाया? आज मैं बेहद ख़ुश हूँ कि मेरा भी कोई सरपरस्त है। फिर आप जैसे मुहब्बती इनसान को अपने बुज़ुर्ग के रूप में पाकर मेरा दिल ख़ुशी से फूल उठा है। आज का दिन मेरे लिए कितना ख़ुशनसीब है कि मैंने आपको पाया। कल रात आपको अपनी चिन्ताएँ सौंप देने की वजह से ही तो मैं आराम की नींद सो पाया।"

"हाँ, अबू मियाँ! आप बड़े चालाक हैं। आप तो अपनी परेशानियाँ मुझे सौंपकर आराम से सोए रहे। पर मेरी नींद आपने और आपकी चिन्ताओं ने हराम कर दी। मैं सारी रात अच्छी तरह से सो न सका।" ख़ुशमिज़ाज इनायत गम्भीर था।

"हाँ चचा, आपने बजा फ़रमाया। परेशानियों में इतनी ताक़त होती है कि वे बड़े-से-बड़े शाहों की नींद हराम कर सकती हैं। हाँ, चचा मियाँ, आप मुझे अबू के नाम से ही पुकारा करें।"

"ठीक है, यार! अब ज़्यादा बातें न बनाओ। जल्दी से नहाने वगैरह से फ़ारिग़ होकर आओ तो आगे की बातें होंगी, तब तक मैं बैठा हूँ।"

अबू निपटने चला गया। जब वह वापस आया तो उसने इनायत ख़ाँ को सोच में पाया। सदैव हलका-फुलका मज़ाक़ करने वाला, मनमौजी, रंगीन तबीयत और ज़िन्दगी को रसमय समझने वाला उसकी समस्या को लेकर पिछली रात से बड़ा गम्भीर हो उठा था। इनायत ख़ाँ की यह हालत देख एक बार तो अबू को दुख भी हुआ कि उसने एक मनमौजी इनसान को बेकार ही अपनी परेशानियों में उलझा लिया। उसने बड़े पछतावे से कहा, "चाचा, मैंने बेकार ही आपको अपने चक्कर में डाल दिया। मुझे माफ़ करें।"

"अब तुम भी क्या बेवकूफों वाली बात कर रहे हो, अबू मियाँ! तुम्हारी मुसीबत क्या मेरी नहीं है? छोड़ो इन फ़ालतू बातों को। आओ बैठो।" हाथ पकड़कर उन्होंने उसे अपने पास ही खींच लिया।

इनायत ख़ाँ पाँव मोड़कर बैठ गया। एक तकिया उसने क़रीब खींच, उस पर

उसने अपनी बाईं कुहनी टिका दी। फिर संजीदगी से बोला, "देखो भई! ये औरतों का मामला बड़ा नाजुक और उलझन-भरा होता है। फिर कोठे और शाही हरम में रहने वाली का मुआमला तो और भी पेचीदा है। तुम इस मामले में हाथ डालने से पहले अच्छी तरह से नतीजे पर भी ग़ौर कर लो। तब ही आगे क़दम उठाने की मैं तुम्हें राय दूँगा।"

"आप सही फ़रमा रहे हैं चचा। पर अब मेरी ज़िन्दगी में छंगी के सिवाय और रह ही क्या गया है? अपने सगे तो मुझे दग़ा दे गए। फिर उस बेचारी ने भी अपनी ज़िन्दगी में क्या सुख देखा है? मेरा ख़याल है, उसने जब से होश सँभाला, तभी से उसकी मुसीबतें शुरू हो गईं। इसीलिए उसे इस जहन्नुम (नरक) से छुड़ाने की कोशिश करने में क्या हर्ज है? उसके लिए मैं अपनी जान की बाजी भी लगाने को तैयार हूँ।" अबू ने भी उतनी ही गम्भीरता से जवाब दिया।

"एक बात और सोच लो, अबू। औरत का किरदार (चरित्र) और दिल बड़ा पेचीदा होता है। वह कब कहाँ क्या कर बैठे, कुछ कहा नहीं जा सकता। मैंने तवायफ़ को सती जैसा और ब्याहता को तवायफ़ जैसा बर्ताव करते देखा है, मियाँ! और कोठेवाली को कोठे पर ही बनी रहते देख चुका हूँ। फिर वेश्यालय में रही हुई लड़की तो वैसे भी तेज़-तर्रार और चालू होती है।" इनायत ख़ाँ वस्तुस्थिति का निष्पक्ष विश्लेषण करते हुए अबू को ऊँच-नीच समझाने की कोशिश कर रहा था।

उसका यह आक्षेप सुनते ही अबू का चेहरा पीला पड़ गया। उसकी सारी ख़ुशी हवा हो गई। इनायत ख़ाँ ने इसे भाँप लिया। बात को नया मोड़ देते हुए जल्दी से कहा, "मेरा मतलब यह नहीं है बरखुरदार, कि छंगी बीबी पर भी कोठे का रंग चढ़ ही गया होगा। पर काजल की कोठरी में कितना ही सयाना आदमी जाए, एकाध रेखा तो लग ही सकती है। फिर भी जैसी ख़बरें तुम लाए हो, उससे तो हिम्मत बँधती है। मगर एक बात तुम सोच लो, कोठे और हरम में रही लड़की के साथ तुम घर बसा सकोगे? समाज और लोग तुम्हारा जीना मुहाल कर देंगे।" इनायत की हर बात में चेतावनी और पुचकार मिले-जुले थे।

"मैं किसी की परवाह नहीं करता, चचा! कुनबे और लोगों ने मुझे वैसे भी क्या दिया है, जो मैं उनकी परवाह करूँ। फिर छंगी अपनी मरजी से तो कोठे नहीं चढ़ी थी। मैं उसे लेकर अपने गाँव भाऊसिंगपुरा भी जाने से रहा। वहाँ अब धरा ही क्या है? वहाँ हमें पहचानेगा भी कौन? अपने वाले तो सभी कुछ बेच-बाचकर निकल ही गए हैं। कहीं और निकल जाऊँगा। नए सिरे से ज़िन्दगी शुरू करूँगा।" सपनों में खोया अबू यह मानकर सबकुछ बोल रहा था मानो छंगी की मंजूरी उसके पास थी।

"एक बात और ध्यान में रखनी पड़ेगी अबू! कोठे और हरम में एक शानदार और आरामदायक ज़िन्दगी जीने के बाद वह क्या तुम्हारे साथ ग़रीबी में रह सकेगी?"

इनायत ख़ाँ का अनुभव सारे व्यावहारिक पहलू उसके सामने रख रहा था, जिन पर अबू ने जोश में सोचा तक न था।

अबू सोच में पड़ गया। थोड़ी देर बाद उसने गम्भीर नज़रों से जब अपने चाचा की ओर देखा तो वह पहलू बदल चुका था। इनायत ख़ाँ ने पालथी मार ली थी, अब तकिया उसकी गोद में चढ़ बैठा था। दोनों की गम्भीरता के कारण तम्बू का माहौल बोझिल हो गया। अबू ने रास्ता निकालते हुए कहा, "चाचा, बाद की बातों पर अभी से दिमाग़ खपाने में मैं कोई फ़ायदा नहीं देखता। फ़िलहाल तो मेरा मक़सद छंगी से मिलना है। मिलकर उसे बतलाना है कि मैं ज़िन्दा और सही-सलामत हूँ। आगे की कार्यवाही तो उससे मिलने के बाद ही करेंगे।"

"यह बात तुमने क़ायदे और अक्ल की की है। फिर भी मैंने सभी पहलुओं पर नज़र दौड़ाना ठीक समझा। मैं चाहता हूँ कि पहले तुम अपनी तरफ़ से पक्के हो लो तभी आगे क़दम उठाया जाए।"

"मैं तो अपनी तरफ़ से पक्का और मजबूत हूँ, आप बेफ़िक्र रहें।"

"तब ठीक है। हाँ, तो अबू मियाँ। अपना अब सबसे पहला क़दम तुम्हें शाही हरम में बैठाने का है।" इनायत ख़ाँ सोचते हुए दाहिनी अँगुली से अपनी पेशानी को खटखटाने लगा। मानो दिमाग़ में सोये विचारों को जगा रहा हो।

अबू ने जवाब नहीं दिया। पास पड़ा दूसरा तकिया खींच लिया और उसके सहारे उठंग बैठ गया।

कुछ देर उनके बीच ख़ामोशी बहती रही।

"सुनो मियाँ! शहज़ादे के ख़ास महल में जिन सिपाहियों को भेजा जाता है, उनके साथ तुम्हें कर दिया जाए और तुम्हें दो-चार दिन, हफ़्ता-पन्द्रह दिन शहज़ादे की ख़िदमत में रखवा दें तभी काम बन सकता है।" इनायत ख़ाँ सोच-सोचकर, अटकते-अटकते रास्ता सुझाने लगा।

"चचा! अब आपसे परदा क्या रखूँ? आपको एक राज़ और बता ही दूँ। शायद उससे कोई मदद मिल जाए।" कहते हुए तकिये को एक ओर रख वह उठ खड़ा हुआ और अँगरखे में रखी अँगूठी निकाल लाया। अँगूठी उसने बड़े उत्साह के साथ इनायत ख़ाँ के सामने कर दी।

अँगूठी को देखते ही इनायत ख़ाँ एकदम आश्चर्यचकित होकर उछल पड़ा। मानो उसने अंगारा या साँप की मणि देख ली हो। हड़बड़ाहट में खड़े होने से गोद में रखा तकिया दूर जा गिरा। डर, ताज्जुब, मज़ाक़ के मिश्रित भाव उसके चेहरे से झाँकने लगे। इस प्रतिक्रिया को देखकर अबू सकते में आ गया। तभी उसे सुनाई दिया।

"मियाँ! तुम तो बड़े छुपे रुस्तम निकले। तुम तो बेगम नूरजहाँ हुज़ूर के ख़ास आदमी हो। अब तो मुझे भी तुम्हें कोर्निश करनी पड़ेगी।" कहते हुए झुककर इनायत ख़ाँ ने तीन बार सलाम किया।

अबू हतप्रभ रह गया। ''चचा...चचा...मियाँ आप ये क्या कर रहे हैं?'' कहते हुए अबू ने खड़े होकर इनायत ख़ाँ का हाथ पकड़ लिया।

''नहीं मियाँ, नहीं। यह तो तुम्हारा हक़ है।'' इनायत ख़ाँ शरारत से मुस्करा रहा था।

''चचा, आप मेरे चाचा हैं, मेरे बुज़ुर्गवार! ख़ुदा के लिए मुझे गुनहगार न करें।'' अबू उदास हो गया। आज उसे लगा कि किसी बड़ी हस्ती का ख़ासमख़ास बनना भी परेशानी का कारण बन सकता है।

''मैं सारी बातें आपको तफ़सील से बतलाता हूँ।'' कहते हुए अबू ने इनायत ख़ाँ को बड़ी इज़्ज़त के साथ गादी पर बैठा लिया। तकिया लाकर उसने उनकी गोद में रख दिया। इनायत ख़ाँ एकटक देखने लगा।

अबू ख़ुद खड़ा होकर तम्बू के बाहर निकल गया। बड़ी सावधानी से उसने मुआइना किया। धूप में तेज़ी आ गई थी। सारे पेड़-पौधे धूप में नहा रहे थे। एकाध पक्षी ही इधर-उधर फुदक रहा था। अन्य सिपाही, अपने-अपने कामों में लगे थे। उनकी ओर ध्यान देने का किसी को वक़्त न था। अन्दर आकर उसने तम्बू का परदा खींच लिया। थोड़ा अँधेरा हो गया। फिर वह इनायत ख़ाँ के पास आकर बड़े अदब से बैठ गया। सिपहसालार उसकी सारी कार्यवाही को ताज्जुब से देखता रहा।

सारी सावधानी बरत लेने के बाद बड़ी ममता से अबू इनायत ख़ाँ का हाथ अपने हाथ में लेने के बाद बोला, ''चचा! मुझे कुछ दिनों से आसफ़ ख़ाँ साहेब के हुज़ूर में काम करने का मौक़ा मिला है। वे मेरे काम, फुर्ती, बातचीत, वफ़ादारी और सावधानी से इतने ख़ुश हुए कि उन्होंने मुझे अपना ख़ास आदमी बना लिया। उन्होंने ही मुझको जासूसी करना सिखाया। शहज़ादा हुज़ूर की कमान में जब मुग़ल फौजें दक्खन के लिए रवाना होने लगीं तो उन्होंने मुझे एक दिन बुलवाया।

''देखो मियाँ अब्दुल्ला! अब तुम्हारा इधर कोई ख़ास काम नहीं है। मैं तुम्हें शहज़ादा ख़ुर्रम की फौज के साथ भिजवाने का इन्तज़ाम कर रहा हूँ। तुम शहज़ादे की सारी कार्यवाहियों और हरकतों पर कड़ी नज़र रखना। वैसे मेरे और भी आदमी शाही खेमे के साथ जा रहे हैं, जिनके बारे में तुम्हें अभी जानकारी नहीं दूँगा, न उसकी ज़रूरत है। तुम अच्छी तरह से जानते हो कि जासूसी का यह क़ायदा है कि एक हाथ के काम की जानकारी दूसरे को नहीं होनी चाहिए। कोई अनहोनी बात तुम्हें दिखाई दे तो सीधे मुझे आकर बतलाना।'' आसफ़ ख़ाँ ने हिदायत दी। वह थोड़ी देर चुप रहा।

आगरा के लाल किले के जहाँगीरी महल का यह कमरा सुन्दर तरीके से सज़ा हुआ था। फ़र्श पर मोटा ईरानी कालीन होने से चहलकदमी की आवाज़ नहीं सुनाई देती थी। दरवाज़ों और खिड़कियों पर दो प्रकार के परदे टँगे थे। उजाले और हवा के लिए मलमली कपड़ों के परदों पर सलमा-सितारों की कढ़ाई की हुई थी। साथ ही मखमली परदे भी थे जिन पर कारचोबी का काम किया हुआ था। कमरे की छत

पर सुन्दर बेशक़ीमती झाड़-फानूस और शमादान लटक रहे थे। ख़्वाजासरा कमरे से लगे बरामदे में नंगी तलवारें लिये मुस्तैदी से टहल रहे थे। वे कमरे में होने वाली बातचीत के दायरों से दूर थे, पर इतने पास ज़रूर थे कि आवाज़ मिलते ही हिफ़ाजत के लिए दौड़ पड़ें।

आसफ़ ख़ाँ बड़ा चतुर कूटनीतिज्ञ था। मुग़ल घराने और दरबार की राजनीति पर उसकी चौकस निगाह थी। वह मानता था कि राजनीति में किसी भी रिश्ते या आदमी का भरोसा मत करो। न ही अपने दिल की बात किसी के सामने खोलो। वह बड़ा घुटा हुआ था। रिश्तों और भावनाओं की उसके लिए कोई क़ीमत न थी। अपने स्वार्थों की पूर्ति के लिए वह बड़े ठंडे दिलो-दिमाग़ से योजनाएँ बनाता और उन्हें पूरा करता था। उसने ख़ास-ख़ास जगहों और व्यक्तियों पर अपने वफ़ादार आदमियों को निगरानी के लिए रख छोड़ा था। शहज़ादा ख़ुर्रम उसका चहेता दामाद था। अपनी प्यारी नाज़नीन बेटी आर्जूमन्द बानू को उसने ख़ुर्रम से ब्याहा था।

अपने आका आसफ़ ख़ाँ की हर चाल से अब्दुल्ला जान वाक़िफ़ था। एक वफ़ादार ग़ुलाम की तरह वह सिर झुकाए सुनता रहा।

चहलक़दमी करते-करते आसफ़ ख़ाँ रुक गया। उसने बड़े सधे हुए लफ़्ज़ों में धीरे-धीरे कहा, "तुम जानते हो, अब्दुल्ला, कि शहज़ादा ख़ुर्रम हमारे दामाद हैं परन्तु सियासत के खेल में नादान हैं। और हम नहीं चाहते कि उनकी इस नादानी का फ़ायदा दूसरे लोग, मेरा मतलब है, दूसरे शहज़ादे और उनके साथी उठाएँ। इसीलिए हम तुम्हें ख़ासकर उन पर निगरानी के लिए भेज रहे हैं। हम तुम्हें एक बड़ी इज़्ज़त बख़्श रहे हैं। समझे तुम?"

अब्दुल्ला अभिभूत हो उठा। उसने अपने मालिक को देखा। कृतज्ञता उनमें से झर रही थी। सिर झुकाकर उसने बड़े अदब से तीन बार सलाम किया। आसफ़ ख़ाँ ख़ुश हो गया। तभी उसे सुनाई दिया :

"तुम्हारा काम बड़ा कठिन है, अब्दुल्ला। पर हमें तुम्हारी योग्यता में विश्वास है। तुम्हें शहज़ादे से दूर रहकर भी उन पर निगाह रखनी है। फौज और अवाम में उनके कामों, रहन-सहन और बर्ताव का क्या असर होता है, उसका लेखा-जोखा लेना है। अगर कभी कोई ग़लत क़दम वे उठाएँ तो सीधे हमें ख़बर करना। समझे?" आसफ़ ख़ाँ ने अचानक पास आकर उसके कन्धे पर अपना हाथ रख दिया। उस महान हस्ती से इस मेहरबानी की अब्दुल्ला ने उम्मीद न की थी। वह कृतज्ञता से दोहरा हो गया। गुलाब की भीनी ख़ुशबू ने उसे अपने में समेट लिया।

उसकी पीठ थपथपाते हुए बड़े प्यार से आसफ़ ख़ाँ ने धमकी दी, "देखो, अब्दुल्ला! मैं तुम्हें एक चेतावनी दिये देता हूँ। अगर तुमने सही-सही ख़बरें मुझे वक़्त पर न दीं और किसी दूसरे से मुझे उनका पता चला तो उसका अंजाम तुम्हारे हक़ में अच्छा न होगा।"

एक चालाक लोमड़ी के समान वह प्यार और धमकी का नाटक अब्दुल्ला से खेल रहा था। वह अच्छी तरह से जानता था कि छोटे, नाचीज़ लोगों को प्यार से विश्वास में ले लिया जाए तो वे न केवल आभार से दब जाते हैं, बल्कि शाबाशी और इनाम पाने के लिए अपनी जान की बाजी लगाकर भी पूरी ईमानदारी से काम अंजाम देते हैं।

तभी एक शानदार बेशक़ीमती अँगूठी अब्दुल्ला के सामने कर दी गई। वह सकपका गया।

''लो, यह अँगूठी सँभालो। यह हमारी प्यारी बहन बेगम नूरजहाँ की अँगूठी है। ज़रूरत पड़ने पर तुम इसका इस्तेमाल कर सकते हो। इस अँगूठी की अहमियत और असर तुम जानते ही हो। शहंशाह जहाँगीर से भी ज़्यादा इसका असर है। इसलिए ख़याल रहे इसका ग़लत इस्तेमाल न हो। हम तुम पर बहुत बड़ा भरोसा कर इसे तुम्हें सौंप रहे हैं। उम्मीद है, तुम दग़ा न करोगे।'' बात ख़त्म करते-करते आसफ़ ख़ाँ की ज़ुबान शहद बन गई थी।

''हुज़ूर! आप निश्चिन्त रहें। यह ग़ुलाम अपनी जान दे देगा पर आपके विश्वास के साथ धोखा न करेगा।'' बहुत ही आभारी स्वर में अब्दुल्ला ने जवाब दिया। झुककर बड़े अदब से उसने अँगूठी ले ली। उसे अपने मस्तक से छुलाकर सावधानी के साथ अपने अँगरखे की जेब में रख लिया।

''ठीक है! अब जा सकते हो। हमने मुंशी हशमत ख़ान से कह रखा है कि तुम्हें ख़र्च के लिए अलग से रकम दे दे। तुम्हें कभी भी रुपयों की कमी नहीं होने दी जाएगी। फ़िलहाल तुम शाही सेना के साथ एक अदना सिपाही की तरह ही सफ़र करना।'' आसफ़ ख़ाँ ने अब्दुल्ला की हिम्मत बढ़ाने के लिए उसकी पीठ थपथपा दी।

''बेहतर हुज़ूर!'' अब्दुल्ला ने सच्चे दिल से ज़मीन तक झुककर फर्शी सलाम किया।

वह जिस वक़्त आसफ़ ख़ाँ के कमरे से बाहर आया, प्रफुल्लित था। हौसले से वह छलका पड़ रहा था। शाही ख़ानदान की एक बड़ी हस्ती ने उसे बेगम नूरजहाँ की अँगूठी देकर उस पर जो विश्वास किया था, इससे वह गर्व से फूल उठा। उसके पाँव धरती पर टिक नहीं रहे थे। हवा में उड़ा फिर रहा था वह।

इनायत ख़ाँ कुछ न बोला। चुप-चुप सारा क़िस्सा सुनता रहा। कुछ देर की चुप्पी के बाद कहा, ''अबू मियाँ! हुज़ूर आसफ़ ख़ाँ ने ठीक ही फ़रमाया है। इस अँगूठी का तो तुम बहुत ही सँभलकर इस्तेमाल करना। पहले हमें अपने ही बलबूते पर काम करना है। वैसे तो तुम इस अँगूठी के बल पर

अभी शाही हरम में दाखिल हो सकते हो। पर सबकी निगाहों में आ जाओगे। इसलिए वक़्त-ज़रूरत ही इसका इस्तेमाल किया जाए तो ठीक रहेगा।''

थोड़ी देर वह रुका।

''एक बार मैं फिर तुम्हें चेतावनी देता हूँ, मियाँ! छंगी बीबी से मिलने या उसके साथ आने पर हो सकता है कि तुम्हें बाद में कई मुसीबतों का सामना करना पड़े। ख़ूब सोच लो इस बारे में। वर्ना अभी भी कुछ नहीं बिगड़ा है। अपना क़दम अपने पास ही है। उसे आगे बढ़ाने के पहले हम रोक सकते हैं।'' इनायत ने चेताया।

''आप क्यूँ बार-बार मेरा इम्तहान ले रहे हैं चचा? क्या आपको मुझ पर अभी भी शक है?'' अबू तड़प उठा।

''भाई! मैंने दुनिया के कई रंग देखे हैं। अपने वालों के ही कई चेहरे देख चुका हूँ। तुम्हें अभी इतना तजुर्बा नहीं है। दुनिया के खेलों का एक हिस्सा भी तुमने नहीं देखा है। तुम्हारी उमर मेरे से आधी है। इसीलिए तुम आने वाली मुसीबतों के बारे में सोच भी नहीं सकते। मैं तुम्हें अपनी ज़िन्दगी की एक झलक दिखा दूँ तभी तुम समझ पाओगे कि तुम्हारे आगे किन मुसीबतों का पहाड़ खड़ा है।'' इनायत ख़ाँ की ख़ुद की ज़िन्दगी की किताब के पन्ने खुलने लगे।

अबू उत्सुक हो उठा ज़िन्दगी के एक नए पहलू की जानकारी के लिए। हर इनसान के साथ एक कहानी जुड़ी है।

''मियाँ अबू मैंने भी कई उतार-चढ़ाव देखे हैं। मगर कभी हिम्मत न हारी। अपना दुखड़ा किसी के आगे रोने का मतलब अपनी जाँघ उघाड़ने जैसा ही है। जब तक मेरा दिल किसी से नहीं मिलता, मैं उसे नहीं खोलता। न जाने क्यूँ ख़ुदा ने तुम्हारे लिए मेरे दिल में एक विश्वास पैदा किया इसीलिए मैं तुम्हारे नज़दीक आया।

''मेरे दोस्त! बाज वक़्त ऐसा भी होता है कि हम ज़िन्दगी-भर किसी के बहुत पास और साथ रहते हैं, पर एक-दूसरे को समझ नहीं पाते। कभी-कभी अपनी बीवी के साथ भी ऐसा हो सकता है। और कभी ऐसा भी होता है कि हम किसी के साथ कुछ घड़ी के लिए मिल बैठते हैं और एक-दूसरे के होकर रह जाते हैं। तुम्हारे मामले में मेरे साथ ऐसा ही हुआ है।

''अबू मियाँ! आज मेरा अपना बेटा ज़िन्दा होता तो शायद तुम्हारे इतना ही होता।'' इनायत ख़ाँ ने एक लम्बी साँस ली। उसका चेहरा एक दार्शनिक जैसा दिखाई देने लगा।

''मियाँ! औलाद, बीवी और पैसे की ज़रूरत आदमी को बुढ़ापे में ज़्यादा पड़ती है। उस वक़्त वह इनकी कमी सबसे ज़्यादा महसूस करता है। औलाद से ज़्यादा, अपने ख़ाविन्द का दर्द एक अच्छी बीवी समझती है। और तक़दीर का खेल देखो कि न मेरे बीवी रही न बेटा।'' इनायत ख़ाँ के शब्दों से उदासी से भरा दर्द झर रहा था।

अबू गुमसुम बैठा रहा। उसकी तीव्र इच्छा उसे सान्त्वना देने की हुई पर मानो शब्दों का टोटा पड़ गया था। वह इनायत चाचा की कहानी सुनने को तैयार था।

''भाई मियाँ! ज़िन्दगी की सच्चाइयाँ कहानी-क़िस्सों से भी ज़्यादा अजीब होती हैं। हम जैसे दिखाई देते हैं, अक्सर वैसे होते बहुत कम हैं। अब मुझे ही लो, लोग मुझे एक दिलफेंक, औरत-पसन्द आशिक समझते हैं, मगर मेरी रसिकता, हँसी-ख़ुशी और रंगीनी के पीछे दर्द का समन्दर ठाठें मार रहा है, इसकी जानकारी क्या सबको दी जा सकती है? लोग अपनी हँसी-ख़ुशी में तो हिस्सा बँटाने के लिए सदा तैयार रहते हैं, पर ग़म में शामिल होने वाले बिरले ही होते हैं।'' इनायत ख़ाँ आज अपने सभी घाव, उनसे रिसने वाली टीस का एहसास अबू को कराना चाहता था। कई सालों से उसके दिल पर जो बोझ था, वह उसे उतार फेंकने के लिए तैयार था।

अबू की चुप्पी वापस लौट आई। इनायत ख़ाँ की पीड़ा ने उसे हिला दिया। सहानुभूति के लिए उसके पास लफ़्ज़ नहीं थे। भावनाओं का अतिरेक उसे सदैव अवाक् कर देता था। पर अन्तस् की भावनाएँ सदा उसके चेहरे पर उभर आती थीं। एक अव्यक्त पीड़ा की काली बदली ने उसके चेहरे को ढक लिया। आदत के मुताबिक़ उसने धीरे से इनायत ख़ाँ की हथेली थाम ली, उसे कोमलता से सहलाने लगा।

कुछ पल वे चुप रहे। भावनाओं की ऊष्मा का उन्हें अनुभव हुआ।

चुप्पी इनायत ने ही तोड़ी।

''अबू, तुम्हारे साथ तो दगाबाजी करने वाला तुम्हारा सौतेला भाई था। उससे इससे ज़्यादा की क्या उम्मीद की जा सकती थी? अगर वह ऐसा न करता तो शायद ताज्जुब की बात होती। और छंगी बीबी के साथ इलाहीबख्श का सलूक भी समझ में आता है। ख़ुदा का शुक्र मानो मियाँ, कि इलाहीबख्श ने छंगी बीबी को भी अपने घर में नहीं डाल लिया। वर्ना वह छंगी और उसकी माँ दोनों को अपनी घरवालियाँ बना लेता तो कितनी अजीब हालत पैदा हो जाती? आज तुम किस सहारे उठते-बैठते?

तसवीर के इस पहलू की अबू ने कल्पना भी न की थी। उसका सारा बदन कँपकँपा गया। पर चुप ही बैठा रहा।

''लेकिन मेरे साथ तो मेरे संगों ने जो कुछ किया, उसे सुनकर तुम थर्रा उठोगे भाई।'' इनायत ने बात आगे बढ़ाई।

''हमारे दादा मरहूम ख़ान बिस्मिल्ला साहेब और अब्बा हुजूर विलायत ख़ाँ साहेब बादशाह हुजूर अकबर के जमाने में अफगानिस्तान से हिन्दोस्तान आए थे। उनकी बहादुरी, चुस्ती और कारनामों से ख़ुश होकर बादशाह ने उन्हें दो हज़ारी मनसब और आगरे के पास जागीर दी थी। हमारा खाने-खाना आगरे में ही बस गया।

मेरे अब्बा का निकाह भी दो हज़ारी मनसबदार सुलेमान खाँ के यहाँ हुआ। मनसबदार सुलेमान ख़ाँ की दो ही लड़कियाँ थीं। एक हमारी अम्मी शहनाज़ बेगम और दूसरी उनकी छोटी बहन सलमा! ख़ुदा की नाराज़ी ऐसी हुई कि राजपूताने में शाही सेना की तरफ़ से लड़ते हुए हमारे दादा और नाना अल्लाह को प्यारे हो गए। उधर नानाजी की मौत का सदमा नानी माँ को ऐसा लगा कि वे भी एक छोटी-सी बीमारी में चल बसीं। घर और ससुराल की सारी जवाबदारी अब्बा हुज़ूर पर आ पड़ी।

"थोड़े दिनों तक तो सलमा मौसी अपने ही घर रहीं। अब्बा को दोनों घरों के लिए भागदौड़ करने में बड़ी परेशानी उठानी पड़ती थी। उन्हें कभी शाही काम से बाहर भी जाना पड़ता था। इसीलिए दोनों घरों को सँभालने में अब्बा को बड़ी भागदौड़ और तकलीफ़ उठानी पड़ती थी। अम्मा इस बात को समझती थीं। इसलिए उन्हीं के कहने पर अब्बा सलमा ख़ाला को घर ले आए। मगर अम्मा को क्या मालूम था कि उनकी बहन सलमा ही उनके लिए मुसीबत बन जाएगी।

"अब्बा जरा रसिक तबीयत के थे। हँसी-मज़ाक़, इत्र, तेल-फुलेल, भड़कीले कपड़े और लज़ीज़ खाना उन्हें पसन्द था। शेरो-शायरी उन्हें पसन्द थी। ख़ुद भी शेर और हिन्दी में कविताएँ पढ़ और कह लिया करते थे। साहित्य उनका शौक़ था। मियाँ, ये इश्कमिज़ाजी मुझे अपने अब्बा से ही विरासत में मिली है। वे हमेशा सलमा ख़ाला से साली होने के नाते छेड़छाड़ किया करते थे। सलमा मौसी को भी उनकी ये चुहलबाजी शायद अच्छी ही लगती थी। उन दिनों मेरा बचपना था। पर उन दिनों की धुँधली यादें अभी भी हमारे दिमाग़ पर छाई हुई हैं। मैं इस सबका मतलब नहीं समझता था।"

"क्यों हमेशा सलमा के पीछे पड़े रहते हो? अब वो कोई बच्ची थोड़े ही है जो आप उससे छेड़छाड़ करते रहते हो। कहीं आपके हँसी-मज़ाक़ का कुछ ग़लत-सलत असर उस पर पड़ गया तो?" शहनाज़ विलायत ख़ाँ पर झल्लाईं।

"अमाँ अब तुम भी बातों को कहाँ से कहाँ ले उड़ती हो? अरे भाई, वो हमारी हसीन साली है। और तुम जानो कि साली आधी घरवाली होती ही है। समझीं या नहीं तुम?" विलायत ख़ाँ ने बड़ी रसिकता से जवाब दिया।

"आपको शरम आनी चाहिए जो उसके बारे में ऐसी बातें सोचते हैं। लगता है, आपकी नीयत सलमा को लेकर ख़राब है। मैंने कई बार आपसे कहा कि लड़की के साथ ऐसी-वैसी हरकतें न किया करें। पर आप हैं कि मानते ही नहीं। कभी मज़ाक़ के बहाने उसकी चोटी खींचेंगे, सिर-पीठ पर हाथ फिराएँगे। यह सब क्या आपको जेबा (शोभा) देता है?" शहनाज़ तल्खी से बोली।

"मुझ पर तोहमत लगाते हुए तुम्हें शरम आनी चाहिए!" विलायत ख़ाँ सच्चाई की कड़ुवाहट से भड़क उठा, और दबी ज़ुबान से दोनों के बीच झगड़ा शुरू हो गया।

वे समझते थे कि सलमा को कुछ मालूम नहीं पड़ रहा है। मगर स्त्रियोचित सजगता के कारण वह सब कुछ समझ रही थी। अपनी वजह से उन्हें लड़ता देख वह लाज और पीड़ा से त्रसित हो उठती। इच्छा होती कि ज़मीन फट जाए तो उसमें वह अपनी लाज के साथ समा जाए। घर छोड़कर भाग जाने को जी चाहता। पर लाचार थी।

सलमा को अपने दूल्हा भाई की छेड़छाड़ अच्छी भी लगती थी, और बुरी भी। बड़े दुलार से उसके भरे-भरे गालों में जब वे चुटकी काटते तो वह दुहरी हो जाती। उसके नन्हे-मुन्ने दिल की धड़कन दुगुनी हो उठती। उसके दिल को यह बुरा लगता था, वहीं उसके शरीर को अच्छा भी लगता था। शरम के कारण कुछ बोल नहीं पाती थी। अपनी आपा (बड़ी बहन) और जीजा जी के झगड़े के वक़्त नन्हे इनायत को गोद में उठा वह कमरे में भाग जाती। नन्हा इनू ही उसका साथी और सहारा था।

धीरे-धीरे अनजाने में ही विलायत ख़ाँ और सलमा एक-दूसरे के नज़दीक आते चले गए। न चाहते हुए भी सलमा एक अनजाने खिंचाव से अपने जीजा की ओर खिंचती चली गई। उसका मन अनेक बार इस आकर्षण को अस्वीकारता था। उसे अनैतिक और ग़लत भी समझता था। पर वह उससे अपने को बँधा हुआ पाता था। वह इसे साली-जीजा का अनिवार्य रूमानी बन्धन मानकर स्वीकार कर रही थी। और उत्तेजना के क्षण में वह इनायत को कसकर अपने धड़कते सीने से लगाकर उसके कोमल गालों को चूम-चूमकर लाल कर देती। आलिंगन में घुटते दम से घबराया इनू छूटने के लिए छटपटा-छटपटा उठता। एक रंगीन रेशमी बन्धन ने सलमा को अपने रसिक जीजा से बाँध दिया।

वैसे भी विलायत एक आकर्षक व्यक्तित्व का धनी था। गठा हुआ गोरा शरीर, आँखों से झरती रसिकता और पतली मूँछें। कट्टरता का अभाव था उसमें। वह रोज़ दाढ़ी बनाता था। अकबरी दरबार का उस पर प्रभाव जो था। उस समय के प्रसिद्ध और उठते हुए शायरों तथा संगीतकारों की महफ़िलों में वह अक्सर जाया करता था। शेरो-शायरी और गीत-संगीत का वह शौक़ीन था। अब्दुर्रहीम ख़ानख़ाना उर्फ रहीम अब्दुर फजल, फैजी हीर, बीरबल और अन्य कई कवियों तथा शायरों की महफ़िलों में वह उठता-बैठता था। उसे रहीम की सोहबत अधिक पसन्द थी। शीघ्र ही उनसे उसकी अच्छी पटने लगी। रहीम अक्सर हिन्दी में कविताएँ किया करते थे। वे बड़े दोस्तनवाज़ और उदार थे। विलायत ख़ाँ का उनकी ड्योढ़ी पर अक्सर आना-जाना रहता था।

जिस दिन भी रहीम के यहाँ शेरो-शायरी और कविता की महफ़िल जमती,

विलायत उस दिन देर रात गए घर लौटता। वह पाता कि उसकी प्यारी बेगम खर्राटे भर रही है, और उस समय उसका इन्तज़ार करते हुए सलमा कुछ पढ़ रही है।

"आज बड़ी देर कर दी दूल्हा भाई आपने?"

"अरे सल्लो! तुझे क्या बतलाऊँ। आज लखनऊ से एक सितारिया आया था। क्या ग़ज़ब का फ़नकार था वो! उसने आज रहीम साहब की बैठक में जो रस बरसाया, उससे तो आनन्द ही आ गया। और तबलानवाज़ महबूब अली ने जो संगत की तो क्या कहूँ, कुछ कहते नहीं बनता। दरियादिल रहीम साहब ने मुहरों से दोनों की झोली भर दी। वे सच्चे क़द्रदां हैं लेखकों, शायरों, कवियों और कलाकारों के। फिर शायरी और कविता का दौर चला। देख, आज मैंने भी एक चीज़ सुनाई थी। सभी ने बड़ी दाद दी। रहीम साहब तो झूम उठे थे। उन्होंने बड़ी देर तक मेरी पीठ थपथपाई। सुनेगी तू?" उत्साह से विलायत छलका पड़ रहा था।

"हाँ-हाँ, ज़रूर सुनाइए।" संगीत और साहित्य से लगाव रखने वाली सलमा ने विलायत ख़ाँ का हौसला बढ़ाने के लिए बड़ी भावप्रवण नज़रों से मनुहार की।

सलमा और शहनाज़ के अब्बा सुलेमान ख़ाँ ख़ुद एक पढ़े-लिखे समझदार इनसान थे। अपनी बेगम के विरोध के बावजूद लड़कियों की पढ़ाई का इन्तज़ाम उन्होंने किया। मौलवी साहब रोज़ पढ़ाने आते। शहनाज़ का मन शुरू से ही पढ़ाई-लिखाई में नहीं लगता था। उसे तो अपनी माँ के साथ चौके-चूल्हे में हाथ बँटाना ज़्यादा अच्छा लगता। जबकि सलमा को पढ़ना-लिखना, कविता, शेरो-शायरी अच्छे लगते। उस समय की अनेक पुस्तकें उसने पढ़ डालीं। रहीम के दीवान की वह प्रशंसक थी। वह अपने जीजा भाई के काव्य-प्रेम को पसन्द करती, उन्हें बढ़ावा देना उचित मानती।

तभी उन दोनों को शहनाज़ की चीख़ सुनाई दी, "हाँ-हाँ, अब महफ़िल घर में ही सजा लो। एक तो आधी रात में आकर सब की नींद ख़राब कर रहे हो। न जाने कहाँ के निठल्लों की सोहबत पकड़ रखी है। घर आकर चुपचाप सो जाने के बजाय सारे मुहल्ले को सिर पर उठा रहे हो। यह भी कोई वक़्त है गाने-बजाने का? और सलमा, तुझे भी अक्ल नहीं है जो उन्हें बढ़ावा दे रही है? चल जा सो अपने कमरे में।" शहनाज़ भड़क उठी।

शहनाज़ की झल्लाहट ने विलायत ख़ाँ के शायर दिल पर घड़ों पानी डाल दिया। वह भीगी बिल्ली बन भिनभिनाया, "ठीक है, ठीक है भागवान! अब चुपचाप सो जा! मुझे क्या मालूम था कि तेरी नींद ख़राब हो जाएगी? मुझे मुआफ़ कर।"

सलमा, न जाने कब की चुपचाप खिसक ली। चारपाई पर गिरकर वह करवटें बदल रही थी। पास मीठी नींद में बेख़बर सोये इनू को उसने अपने पास खींचकर सीने से चिपटा लिया। थोड़ा कुनमुनाकर वह फिर सो गया।

वैसे भी शहनाज़ को इन सब बातों में रुचि न थी। एक बच्चे को जन्म देने के बाद उसका शरीर फूलकर पसर गया था। वह बहुत स्थूल हो गई थी। और स्थूलता ने उसमें आलस्य भर दिया। वह एक घरेलू क़िस्म की औरत थी, जिसका संसार चौके-चूल्हे, कपड़ों-जेवरों और अड़ोसी-पड़ोसियों के शादी-ब्याह और तलाक तक ही सीमित था। पारिवारिक तथा सामाजिक अफ़वाहों में रुचि लेना उसका शग़ल बन गया था। उसकी अपनी कोई महत्त्वाकांक्षा न थी। वह अपने आप में ही मगन रहती थी। ज़िन्दगी की रसपूर्ण बातों के प्रति वह उदासीन थी। यहाँ तक कि अपने शौहर के कामों में भी उसे कोई रुचि न थी। उसकी इस उदासीनता और जली-कटी सुनाने की आदत से विलायत कुढ़ जाता। उसका भावुक कवि-हृदय तिलमिला उठता। पर लाचार था। शहनाज़ घरेलू क़िस्म की एक अति साधारण औरत थी।

जब विलायत की भावनाओं ने एक ओर रोक पाई तो दूसरी ओर बह निकलना स्वाभाविक ही था। यह बहाव विलायत ने सलमा में पा लिया। रुचियों की समानता ने जहाँ उन्हें निकटतम ला दिया, वहीं अवरुचियों की असमानता ने शहनाज़ और विलायत के दिलों की खाई को चौड़ा कर दिया।

शहनाज़ घरेलू औरत होते हुए भी तर्कबाज थी। उसने जल्द विलायत और सलमा के आपसी लगाव को भाँप लिया। ईश्वर ने हर नारी को एक छठी इन्द्रिय दी है, जिसके सहारे वह स्त्री-पुरुष के आपसी आकर्षण को पकड़ लेती है। शहनाज़ इसका अपवाद न थी। मगर लाचार थी। एक ओर थी सगी बहन और दूसरी ओर था ख़ाविन्द।

उस दिन विलायत ख़ाँ दरबार से लौटा तो खाना खिलाते वक़्त पंखा झलते-झलते शहनाज़ ने कहा, "मैं कहूँ, आप भी बड़े बेफ़िक्रे हैं। ऐसा कब तक चलेगा?"

"क्यूँ! क्या बात हो गई? तुम आख़िर कहना क्या चाहती हो?"

"अब इसे आपकी बेफ़िक्री ही न कहूँ तो और क्या कहूँ? शेरो-शायरी और वह मुई कविता-फविता आपको अपनी घरेलू ज़िम्मेदारियों की तरफ़ ध्यान देने की कभी फ़ुर्सत देती है?" शहनाज़ ने ताना मारा।

चुपके से न जाने कब सलमा उनके पीछे आकर खड़ी हो गई थी। अपनी बहन के व्यंग्य और तानों का असर उसने भाँप लिया। विलायत के लिए खाना ज़हर हो गया था। हाथ का कौर हाथ में ही रह गया था। उसकी इच्छा हुई कि थाली को लात मारकर उठ खड़ा हो। पर उसके ख़ून की शराफ़त ने उसे जब्त करना सिखा दिया था।

अपने भावुक जीजा के अन्तर्द्वन्द्व को सलमा ताड़ गई। वातावरण को हलका करने के लिए वह जल्दी से बोल पड़ी, "आपा! आप भी ख़ूब हैं। जीजा भाई को खाना तो ठीक से खा लेने दें। बाक़ी बातें बाद में होती रहेंगी।"

"अरी चल! बड़ी मुझे सिखाने आई है। इनका इतना दर्द है तो ले तू ही बैठ और खिला अपने हाथ से। मैं जाती हूँ।" शहनाज़ ने दमित क्रोध से फुफकारते हुए उठने का नाटक किया।

"मेरा यह मतलब थोड़े ही था, आपाजान।" सलमा रुआँसी हो गई।

विलायत ख़ाँ का चेहरा विवर्ण हो उठा। बड़ी मुश्किल से वह खाना निगल रहा था।

"तब भाग तू यहाँ से, और इनू को सँभाल। हम मियाँ-बीवी को कुछ तो ज़रूरी बातें करने दे।" शहनाज़ ने जलकर कहा।

सलमा भीगी बिल्ली की तरह भाग खड़ी हुई।

बड़ी मुश्किल से, अपने को जब्त कर विलायत ने पूछा, "आख़िर तुम कहना क्या चाहती हो? मैंने कौन-सी ज़िम्मेदारी पूरी नहीं की? पहेलियाँ क्यूँ बुझा रही हो? जो कहना हो, साफ़-साफ़ क्यों नहीं कहतीं?

"तुम्हें सलमा का भी कुछ ख़याल है?" शहनाज़ ने दबे हुए ग़ुस्से के साथ कहा।

"क्यूँ? सलमा को क्या हुआ? क्या तकलीफ़ है उसे? मैंने कब उसका ख़याल नहीं रखा? किसी चीज़ की ज़रूरत होती है तो वह मुझे कहती नहीं? बोलो, क्या चाहिए? शाम के पहले हाज़िर न कर दूँ तो मेरा नाम नहीं!"

"हाय रे मेरा भाग! न जाने कब आपको अक्ल आएगी! शेरो-शायरी की दुनिया में ही घूमते रहोगे कि घर की तरफ़ भी कुछ ध्यान दोगे? आपकी इन्हीं लंतरानियों की वजह से मेरी रातों की नींद उड़ गई है!"

"क्यूँ? तुम्हारी नींद को और क्या हो गया? शरीर में कहीं कुछ दरद-वरद तो नहीं है? कहो तो अभी हकीम साहब को बुलवा दूँ?" विलायत परेशान हो गया।

"जिसकी इतनी बड़ी जवान-जहान कुँवारी बहन छाती पर बैठी हो, कोई दूसरा करने वाला न हो तो क्या बड़ी बहन आराम की नींद सो सकती है भला? आप ही बतलाइए?" अपनी बड़ी-बड़ी, सवालिया नज़रें उसने विलायत के मुख पर गड़ा दीं।

"हाँ भाई! ये तो तुम ठीक कहती हो।" भोलेपन से विलायत बोला। बातों की रौ में उसका ग़ुस्सा हवा हो गया।

"अब आप ही बतलाइए, आपने अपनी बहन के हाथ बड़ी जल्दी पीले कर दिये थे और मेरी सल्लो के बारे में आप इतने बेफ़िकर हैं मानो उसे ब्याहना ही नहीं है। अगर आज अब्बा होते तो क्या मुझे आपकी ख़ुशामद करनी पड़ती?" शहनाज़ भावुक हो उठी। उसकी आँखें भर आईं। उसने बात को ऐसा घुमाव दिया कि विलायत लाचार हो उठा। उसे अपने बचाव पर आना पड़ा।

"अरे भाई, अजी सुनो तो! अब सँभालो भी अपने आपको। तुम बजा फ़रमा

रही हो। यह मेरी ग़लती है। मैंने अभी तक ध्यान ही नहीं दिया था। अब मैं जल्दी ही कोई अच्छा-सा लड़का देख सल्लो को ज़रूर निपटा दूँगा। तुम निशाख़ातिर रहो।'' जल्दी-जल्दी बचा खाना निगलकर हाथ धो विलायत बैठक में चला गया।

शहनाज़ को लग रहा था कि विलायत जानबूझकर लड़का ढूँढ़ने में हीले-हवाले कर रहा है। उस दिन के बाद से वह न केवल लड़का ढूँढ़ने के लिए विलायत ख़ाँ के पीछे पड़ गई बल्कि उनकी चौकसी करने लगी। शक का जो विषवृक्ष शहनाज़ के मन में फल-फूल रहा था, उसने उसकी और घर की शान्ति छीन ली। सारे माहौल में ज़हर घोल दिया। जहाँ तक होता, वह सलमा को विलायत के सामने पड़ने से रोकने की कोशिश करती। विलायत यह सब समझता था। पर लाचार था। सलमा भी समझ गई कि उसकी बड़ी बहन उस पर शक करती है। इसलिए वह ख़ुद अपने जीजा से बचती थी। सामना हो जाने पर वे कतरा जाते। बोलचाल कम हो गई। एक अनजान तनाव का उन तीनों के बीच निर्माण हो गया। ख़ासकर भावुक विलायत अपने ही घर में घुटन का अनुभव करने लगा। वह अक्सर घर के बाहर रहने लगा। रात देर से लौटने लगा।

''आजकल आप घर से ज़्यादा बाहर क्यूँ रहने लगे हैं ? क्या मैं अब अच्छी नहीं लगती ?'' शहनाज़ ने एक दिन फिर झटका मारा।

''अरे, भई ! अब तुम्हारे कहने पर ही तो मैं सलमा के लिए लड़का ढूँढ़ने में लगा हूँ। जब तक भागदौड़ न करूँगा, क्या लड़का घर बैठे आ जाएगा ?'' हड़बड़ाते हुए विलायत ने सफ़ाई देने की कोशिश की।

एक ही छत के नीचे तीनों अजनबी बनकर रह रहे थे। तभी एक हादसा हो गया। मर्दानी ड्योढ़ी के बाद के दो-तीन कमरों के पीछे खुला सहन था। सहन के आख़िर में बावर्चीखाना और ऊपर दो-तीन कमरे और बने हुए थे। उनमें घर का सामान रखा था। शहनाज़ किसी काम से ऊपर गई थी। सलमा इनू के साथ बाहर के कमरे में खेल रही थी। तभी शहनाज़ को लगा कि विलायत ख़ाँ न जाने कब वापस लौट आया है और सलमा से गुपचुप कुछ खिचड़ी पक रही है। वह जल्दी से नीचे उतरने के लिए सीढ़ियों की ओर दौड़ी। एक तो उसका स्थूल शरीर, दूसरे हड़बड़ाहट। तेज़ी में दो-तीन सीढ़ियाँ उतरते ही उसके गरारे का पायँचा पाँव में फँस गया और वह सीढ़ियाँ से नीचे।

धड़...धड़ाम...धप्प, किसी चीज़ के गिरने की आवाज़ सुन, सलमा इनू को छोड़ एकदम पीछे की ओर दौड़ी। उसी के पीछे विलायत ख़ाँ भी लपका। सीढ़ियों के नीचे शहनाज़ पड़ी हुई थी। अपने कपड़ों को समेट वह कराहते हुए उठने की कोशिश करने लगी। एक के बाद एक सलमा और विलायत को आते देख वह कुढ़ गई। कराहते हुए हिकारत से उसने विलायत ख़ाँ से पूछा, ''आपको...उफ़...कितनी ...हाय...देर...हुई ?''

उसके शक के ज़हर ने विलायत ख़ाँ को तिलमिला दिया। फिर भी अपने रोष को जब्त करते हुए वह बोला, ''अरी भागवान! मेरे को क्या रोती है? तुझे ऐसी क्या जल्दी पड़ी थी जो ऊपर से उतरने के लिए दौड़ पड़ी?'' एक ओर से उठाने के लिए विलायत ने सहारा देने की कोशिश की, दूसरी ओर से मदद के लिए सलमा शहनाज़ के पीछे आ गई।

घायल जली-भुनी शहनाज़ विलायत ख़ाँ के हाथ झटकते हुए कहा, ''छोड़ दीजिए मुझे। हाथ न लगाइए। उफ़...मुझे हुआ क्या है...आह...दूर हटिए...। मैं खुद... उठ...जाऊँगी।'' उसने उठने की कोशिश की।

पिटे हुए अपमानित बच्चे की तरह विलायत दूर हट गया। सलमा की हिम्मत, अपनी बड़ी बहन को हाथ लगाने की नहीं हुई। उनके चेहरे अपमान से विवर्ण हो गए।

कराहते हुए, शहनाज़ ने अकेले ही उठने कोशिश की। दाहिने घुटने का सहारा ले, वह उठ खड़ी हुई। पर ज्यों ही उसने चलने के लिए अपना बायाँ पाँव आगे बढ़ाया ही था कि वह, ''आ...ह...य...।'' चीख़कर फिर से भहराकर गिर पड़ी।

''अम्मी...ई...!'' चिल्लाते हुए इनू अपनी माँ के पास दौड़ा। वह न जाने कब आकर खड़ा हो गया था। सब कुछ टकटकी लगाकर देख रहा था। अम्मी को चीख़कर गिरते हुए देख रोते हुए वह भी उसकी ओर दौड़ पड़ा। सलमा और विलायत भी दौड़े।

शहनाज़ बेहोश पड़ी थी, सलमा भयभीत हो गई। हलके-हलके भय की उत्तेजना से काँपने लगी। विलायत ने जल्दी से फूल के समान शहनाज़ को उठा लिया। अन्दर लाकर बिस्तरे पर सुला दिया।

''देखो सलमा! तुम अपनी आपा.और इनू को सँभालो। मैं अभी हकीम साहब को लेकर आया।'' विलायत बाहर की ओर जाने लगा।

''मुझे बड़ा डर लग रहा है दूल्हा भाई।'' सलमा ने अपनी घबराहट उजागर कर दी। इनू उसके सीने से चिपटा रो रहा था।

''बड़ी कमज़ोर लड़की हो! यह वक़्त हिम्मत रखने का है या घबड़ाने का?'' उसकी पीठ थपथपा, ढाढ़स बँधा विलायत तेज़ी से बाहर चला गया।

थोड़ी देर बाद जब हकीम को लेकर लौटा तो शहनाज़ बेहोश थी। हकीम ने शहनाज़ की जाँच की और दवा-पानी की मदद से उसे होश में ले आए।

कराहते हुए शहनाज़ ने आँखें खोलीं। सलमा सिर पर पल्ला लिये सिरहाने खड़ी थी। सहमा इनू उससे सटा खड़ा था। पायताने की ओर से चिन्तित विलायत ख़ाँ निहार रहा था। एक अजनबी मौलाना-सा हकीम उसकी जाँच गम्भीर मुद्रा में कर रहा था। आदत के मुताबिक़ शहनाज़ ने परदा करने के लिए अपने दुपट्टे से अपने सिर और सीने को ढकने की कोशिश की।

''ठहरो दुल्हन! परदे की चिन्ता मत करो। वैसे भी बीमार के लिए परदा ज़रूरी नहीं रहता। फिर मैं तो तुम्हारे अब्बा के समान हूँ। मुझ हकीम से कैसे परदा?'' हकीम साहब ने दाढ़ी हाथ फेरते हुए समझाया।

हकीम ने सिर और हाथों को घुमाकर जाँचा। शहनाज़ अपने सुन्दर सफ़ेद दाँतों से ओठों को दबा दर्द को सहन करने की कोशिश कर रही थी। मगर दर्द की लहरें थीं कि उसकी सहन शक्ति के किले को ढहाने में लगी हुई थीं। लाख चाहते हुए भी बीच-बीच में दबी हुई कराहट उसके ओठों से फूट पड़ती थी। पीड़ा की अधिकता से उसका ख़ूबसूरत गोरा चेहरा मुरझा जाता था।

तभी हकीम साहब ने अपने दोनों हाथों से पहले उसके दाएँ और बाद में ज्यों ही उसकी बाएँ पाँव को ठोंककर दर्द के स्थान को टटोलने की कोशिश की, ''...आ...ह...ऊ...'' कहते हुए उसकी एक दबी चीख़ निकल पड़ी। शहनाज़ के रसीले पतले ओठ विकृत हो गए। उसकी बन्द आँखों से आँसू छलछला पड़े।

''बस, बेटी, बस! मैं समझ गया। तुम्हारे बाएँ पाँव ने ही चोट खाई है। ज़रा हिम्मत कर बायाँ पाँव ऊपर उठाने की कोशिश करो...हाँ...बहुत अच्छे...थोड़ा और...ब...स...।'' हकीम पाँव को ऊपर-नीचे, दाएँ-बाएँ कर चोट की स्थिति भाँपने की कोशिश कर रहा था।

उनकी इस क्रिया ने शहनाज़ की जान ही निकाल ली। न चाहते हुए भी वह चीख़ पड़ी, ''उफ़...सल्लो...मेरा यह पाँव तो हरकत भी नहीं करता है...रे।'' वह इतना सब कैसे क्या बोल गई, ख़ुदा ही जानता था।

शहनाज़ की पीड़ा ने सलमा के भी आँसू ला दिये। और शहनाज़? उसके आँसू तो बाँध तोड़ी नदी के समान बह निकले।

सारी जाँच कर लेने के बाद हकीम इशारे से विलायत को लेकर बैठक में चले गए। उन्होंने उसके कन्धे पर हाथ रखकर बड़ी गम्भीरता से कहा, ''बरखुरदार! दुल्हन के बाएँ पाँव की हड्डी चटक गई है। इलाज ज़रा लम्बा चलेगा। काफ़ी दिनों तक उन्हें बिस्तर पर ही पड़ा रहना पड़ेगा। आप लोगों को बड़ी होशियारी और धीरज के साथ तीमारदारी करनी पड़ेगी। आप मेरे साथ चलें, मैं फ़िलहाल दर्द कम करने और सोने की दवाई दिये देता हूँ। पहले दर्द कम हो जाए और दुल्हन सो ले तो थोड़ा आराम उन्हें मिलेगा।''

विलायत जब दवाई लेकर लौटा तो शहनाज़ को मछली की तरह तड़पता पाया। सलमा पास ही तिपाई पर बैठी थी। अपने जीजा को आया देख वह उठकर अन्दर चली गई।

एकान्त होते ही शहनाज़ ने कराहते हुए विलायत ख़ाँ से कहा, ''न हो तो आप नाहिदा बाजी को बुलवा लीजिए। उफ़! घर के काम में मदद ही मिलेगी। हाय, अल्ला! मैं मर जाऊँ।'' बीच-बीच में दर्द की तड़प के फैलाव से वह बेचैन हो

उठती थी। दर्द ने उसके आकर्षक चेहरे को विकृत कर दिया था। शरीर बुख़ार से तपने लगा। कभी आँसू भरे गालों पर लुढ़क पड़ते थे।

विलायत ने इसी बीच दवा की पुड़िया उसे पानी के साथ खिला दी।

"आह! अकेली सल्लो क्या-क्या करेगी? इनू को या मुझको या गिरस्ती, किस-किस को सँभालेगी...हाय...ख़ुदा... ।"

"मैं एकाध नौकर-नौकरानी का और इन्तज़ाम किए देता हूँ। तुम अपनी फ़िकर करो। घर-गिरस्ती की चिन्ता मत करो। हम लोग सब सँभाल लेंगे। फिर तुम जानती हो कि नाहिदा की उसके घर में वैसे भी नहीं पटती। अगर एक बार उसे बुला लिया तो हो सकता है वे लोग उसे फिर वापस बुलवाने का नाम ही न लें। दूल्हा भाई शौकत मियाँ तो चाहते ही हैं कि यह बला यहाँ से टले तो वे अपनी अय्याशी का नाटक खुलकर खेल सकें।" विलायत ने बड़ी संजीदगी से समझाने की कोशिश की। शहनाज़ की हथेली को बड़े प्यार से वह सहलाने लगा।

शहनाज़ तड़फड़ा गई। एक पल के लिए भी वह सलमा और विलायत को अकेले छोड़ना नहीं चाहती थी। शक का कीड़ा उसे कुरेद-कुरेद कर बेचैन कर रहा था। उसकी तीव्र इच्छा हुई कि 'तुम्हें सलमा के साथ खुलकर खेलने का मौक़ा मिले' कहकर चोट करे। पर जब्त कर गई। फिर भी उसने कहा, "नहीं-नहीं! नौकर-नौकरानियाँ क्या घर का उतना ख़याल रखेंगे? फिर हम कहाँ नाहिदा बाजी को ज़िन्दगी-भर के लिए बुलवा रहे हैं? मैं जैसे ही अच्छी हुई उन्हें फ़ौरन विदा कर दूँगी।...आ.. आ...ई। आप ख़ुद आज अभी ही चले जाइए और उन्हें कल सुबह या दोपहर तक ले आइए।"

बात करते-करते दवाई के प्रभाव से वह सो गई।

विलायत कुढ़ गया। उसने बीमार शहनाज़ का दिल दुखाना ठीक नहीं समझा। सलमा को दवाई आदि समझाकर अपनी बहन नाहिदा को लेने अलीगढ़ चल दिया।

नाहिदा अलीगढ़ में शौकत अली को ब्याही थी। जिस समय नाहिदा का निकाह शौकत अली से हुआ, उसकी हैसियत बहुत मामूली थी। वह और उसका बड़ा भाई हुसैन अली दोनों को मिलाकर पाँच सौ का मनसब और दो गाँवों की जागीर मिली हुई थी। उस समय नाहिदा का भाई दो हज़ारी मनसबदार था। उसके पास दस गाँवों की एक बड़ी ज़मींदारी थी। मुग़ल दरबार के प्रसिद्ध व्यक्तियों, साहित्यकारों और अमीर-उमरा के बीच उसका उठना-बैठना था। नाहिदा को अपने मैके का बड़ा घमंड था। साथ ही ख़ुदा ने उसे एक हसीन और आकर्षक जिस्म दिया था। गेहुँआ पर खुलता रंग, पतली तीखी नाक, जिस पर तुनकमिज़ाजी सदा बैठी रहती थी, लम्बी-सी काली बरौनियों के

नीचे दर्प प्रकट करती हुई बड़ी-बड़ी आँखें। बड़े घर की बेटी होने से वह सदैव उच्चता की भावना से पीड़ित रहती थी। अपने घमंड और ख़ूबसूरती के सामने किसी को कुछ नहीं समझती थी। यहाँ तक कि वह अपने ख़ाविन्द शौकत अली पर भी हावी होने की कोशिश करती थी। उसके इस प्रयत्न ने शौकत को भड़का दिया। घर में शहनाज़ का सिक्का ही चलता था। नौकर-चाकर, दास-दासियाँ उससे डरते थे।

शौकत अली का बड़ा भाई हुसैन अली महत्त्वाकांक्षी, दुस्साहसी, काबिल और बहादुर था। विलायत ख़ाँ अच्छी तरह से जानता था कि अपनी तलवार के बल पर दोनों भाई बहुत आगे बढ़ेंगे। हुसैन अली अपने छोटे भाई को बहुत प्यार करता था। थोड़े ही समय में हुसैन अली के कारण दोनों अली भाइयों ने अपनी काबिलियत की धाक बिठा दी। तरक्की करते-करते तीन हज़ारी मनसबदार का पद हासिल कर लिया। उन्हें अलीगढ़ के सूबे में तेईस गाँवों की जागीर मिली। मगर इसकी क़ीमत हुसैन अली को अपनी जान से चुकानी पड़ी। वह कंदहार की लड़ाई में न केवल ख़ुद मारा गया बल्कि उसकी बेगम भी मारी गई। लड़ाकू अफगानों ने एक रात अचानक ही उसके तम्बू पर हमला कर उसे लूट लिया और उनकी हत्या कर दी। पर एक अच्छी बड़ी जागीर और मनसब अपने भाई को वह दिला गया। उसका लड़का शकील और भाई शौकत अली इस जागीर के वारिस थे।

ज्यों-ज्यों धन-दौलत और रुतबे में वृद्धि होती गई, शौकत अली के बर्ताव और स्वभाव में परिवर्तन आता चला गया। पैसे की अधिकता और पद की धाक ने उसे बिगाड़ दिया। अपनी बेगम से न पटने से उसका दाम्पत्य जीवन सुखी न था। इसलिए शौकत अली सुख और विलास की खोज में भटक गया। उसने दो हसीन रखैलें अलग से रख लीं। फलस्वरूप मियाँ-बीवी के सम्बन्ध और अधिक बिगड़ गए। बिफरी शेरनी बन नाहिदा मौक़ा पाते ही सदा जली-कटी सुनाने लगती। शौकत ने हरम में जाना ही बन्द कर दिया। और तब बाहर मर्दाने में ही वह नाच-गाने और पीने-पिलाने की महफ़िलें सजाने लगा। मौज-मस्ती और अय्याशी में उसके दिन बीतने लगे। शराब, जुआ, शिकार और तीतर-बटेरबाजी उसकी आदत बन गई। अनेक दलाल, शराबी, जुआरी और कामुक लोग अब उसे घेरे रहते थे, और नाहिदा कुचली नागिन की तरह जनानखाने में बल खाया करती। अपने शौहर की रुखाई से वह और बिफ़र गई। दोनों को मिलाने, उनमें समझौता कराने के बजाय कुछ लोगों, रिश्तेदारों ने उनके बीच की खाई को, अपने स्वार्थों की सिद्धि के लिए और चौड़ा किया। अपने ख़ाविन्द को जलाने और अपमानित करने का कोई भी मौक़ा वह नहीं छोड़ती था। उसने पान और तम्बाकू खाना शुरू कर दिया। कभी-कभी वह थोड़ी-सी पीने भी लगी। पीने के बजाय वह पीने का नाटक और उसका प्रचार बहुत अधिक करती थी, ताकि शौकत तड़प जाए। दोनों मियाँ-बीवी

के बीच एक-दूसरे को नीचा दिखाने की होड़-सी लग गई। इस होड़ में उन्होंने तबाही का रास्ता पकड़ लिया।

तभी नाहिदा की ज़िन्दगी ने एक मोड़ लिया। अपना दिल बहलाने के लिए वह अपने किशोर भतीजे शकील को अपने से हिलगाए रहती थी। शकील के चेहरे से आकर्षक भोलापन टपकता था। उमर उसकी अठारह-उन्नीस के आसपास थी। साँवला होने पर भी उसका रंग कच्चे दूध की तरह उजला था। बाल घुँघराले और गाल भरे हुए थे। ख़ानदान का इकलौता लड़का होने से बचपन से ही शकील बड़े लाड़-प्यार में पला था। माँ का वह लाड़ला था। बाप हुसैन अली को, ख़ानदान को ऊँचा दिखाने के चक्कर में, अपने बेटे की ओर ध्यान देने का वक़्त ही न मिला। उसने अपने भाई और बेटे के लिए सारी सहूलियतें और लाड़-प्यार जुटा दिये। उसकी उदासीनता और माँ के अत्यधिक लाड़ ने शकील को ग़लत रास्ते पर डाल दिया। शौकत अली ने भी अपने भाई और भाभी की मुहब्बत के अभाव को पूरा करने के लिए अपने भतीजे के वास्ते मौज-शौक़ के सभी सामान जुटा दिये। इस सबने शकील को एक बिगड़ैल लड़का बना दिया।

फिर अपने चाचा शौकत अली की अय्याशी के जिस माहौल में वह जी रहा था, उसका असर उस पर पड़ना लाजिमी (अनिवार्य) था। इस उमर के लड़कों की समझ में न आने वाली बहुत-सी बातें वह उमर से पहले ही समझने लगा था। तब वह जानबूझकर घर की जवान नौकरानियों और बाँदियों से छेड़छाड़ करने लगा। उनकी चोटी खींचना, खुली कमर को गुदगुदाना, जहाँ वे हाथ-मुँह धोती या नहाती थीं, वहाँ जाकर खड़े हो जाना, उन पर फ़िक़रे कसना उसके लिए साधारण बात हो गई। नौकरानियों के शिकायत करने पर नाहिदा इसे शकील की किशोर चपलता मान उस पर हँसती थी। रस ले-लेकर उन सबका मज़ाक़ उड़ाती। उन्हें नज़रअन्दाज़ करने की कोशिश करती। मगर ज़्यादा दबाव डाले जाने पर उलटे उन्हें ही डाँट देती। इसने शकील को अधिक दुस्साहसी बना दिया। उसे अपनी चाची और सभी से शह जो मिल रही थी।

इस शह का एक और नतीजा हुआ। वह अपनी चाची की ख़ूबसूरती की दिल ही दिल पूजा करने लगा। उनके तीखे तेवर, गर्वोन्मत्त चेहरा और कटावदार जिस्म उसे बहुत पसन्द था। उसे ऐसा लगता था मानो नाहिदा चाची के गठीले बदन के उभारों में शराब भर दी गई हो। वह उनके मोहक आकर्षण से बँधा हुआ था। एक नवचकोर के समान वह मोहित नज़रों से उन्हें देखा करता। फिर उसने सधे तरीके से अपनी आज़ादी का सावधानीपूर्वक उपयोग करना शुरू कर दिया। बड़े लाड़ से वह उनकी गोद में घुसकर सो जाने का नाटक करता। कभी झगड़ा कर उनके गोरे गालों में चिकोटी काट उन्हें और लाल कर देता। अपनी चाची की पीठ पर झूम-झूम जाना तो उसका एक शग़ल ही था। जवान नारी-शरीर से कस्तूरी मृगी-सी उठने वाली मादक-मदिर

ख़ुशबू उसे मस्त कर देती। चाची जिस दिन सुगन्धित उबटन से सिर से नहा कपड़े बदलने और सिंगार के लिए अपने कमरे में आतीं, शकील उस दिन बौरा-बौरा जाता।

वह चील की तरह, रात-दिन उन्हीं के आसपास मँडराया करता।

किसी को मुँह न लगाने वाली नाहिदा ने पहले शकील की इस मोहनिष्ठा को नादान बालक का खेल और लड़कपन समझा। उसने इस ओर बिलकुल ध्यान नहीं दिया। वह शकील की चंचलता और चुलबुलेपन पर हँसती। ख़ुद उसे गुदगुदाती और उसके हद से आगे बढ़ जाने पर "मारूँगी हाँ" कहकर मुस्कराती रसीली निगाहों से तरेरकर तकती थी। मानो उसे छेड़छाड़ के लिए बढ़ावा दे रही हो। तब हँसते-मचलते हुए शकील और ज़्यादा शैतानी पर उतर आता। नाहिदा ने उसे जो आज़ादी दी, उसका वह पूरा-पूरा फ़ायदा उठाने लगा। साथ ही अपनी हसीन चाची को मर्दानी बैठक की, चाचा शौकत अली की रंगरेलियों की कहानियाँ भी नमक-मिर्च लगाकर, नकल के साथ सुनाने लगा। वह चाचा-चाची के बीच की खाई को अधिक चौड़ा करने की कोशिश करने लगा। अपने मियाँ की अय्याशी के क़िस्से सुनकर उस अभिमानिनी की आँखें घृणा और द्वेष से चमकने लगतीं, मुट्ठियाँ बँध जाती थीं और नथुने फड़कने लगते। वह कुरेद-कुरेदकर विस्तार से सारी बातें शकील से पूछती। वह उसे बार-बार मर्दाने में भेजती, ताकि अपने ख़ाविन्द की पल-पल की ख़बरें उसे मिल सकें।

शकील का अभिनय उसे आनन्दित कर देता। ख़ाविन्द की मुहब्बत से वंचित उस गर्वीली को भी चुहलबाजी में मज़ा आने लगा। दूसरों के सामने उद्धत-घमंडी की सूरत लेकर घूमने वाली नाहिदा अपने कमरे में बछेड़ी बनकर उस लड़के के साथ खिलवाड़ और धींगामुश्ती करने से न चूकती। पर यह सब कुछ उसके कमरे तक ही सीमित था। धीरे-धीरे उसने अपने को उस छोकरे के मोहजाल में गहरे तक फँसते पाया। आख़िर में हालत उस जगह पहुँच गई, जहाँ से लौटना उनके लिए असम्भव नहीं तो कठिन अवश्य हो गया।

उस दिन भी वह बैठक में चल रही शौकत चाचा की महफ़िल का वर्णन अभिनय के साथ पेश कर रहा था। पहले बड़े नाज़ो-अन्दाज़ के साथ उसने नाचने वाली का नख़रा और अदाएँ पेश की। फिर अपने चाचा के उस पर मर मिटने के हाव-भाव दिखलाए। मुसाहिबों की ख़ुशामद-भरी जी-हुज़ूरी दिखाई। उसके नाटक से नाहिदा दोहरी हो गई। ऐसे में उसके सिर और सीने पर पड़ा पल्ला पूरी तरह से खिसक गया। तब तीर की तरह तने हुए उसके वक्ष का उभार सामने आ गया। गादी पर लोट जाने से, पाँवों की पिंडलियों की गोरी मछलियाँ अनावृत हो गईं। शकील अपना वर्णन और अभिनय भूलकर मुग्ध भाव से नाहिदा की शारीरिक ख़ूबसूरती का भूखे भौंरों की तरह पान करने लगा। तभी नाहिदा ने उसे बड़े मनोविनोद के साथ छेड़ा, "क्या देख रहे हो?"

"ओह, चाची! तुम कितनी हसीन हो।" कहते हुए उसने दौड़कर नाहिदा के हँसी से तमतमाए चेहरे को अपने हाथ में लेकर, एक गहरा चुम्बन उसके रसीले लाल ओठों पर जड़ दिया।

एक पल के लिए नाहिदा तड़प गई। उसने शकील को परे ढकेल दिया। शकील गावतकिये पर गिर पड़ा। पीछे हाथ टिकाकर उसने सँभलने की कोशिश की। वह भी सकते में आ गया।

"एक दूँगी बदमाश को, हाँ।" कहते हुए मुट्ठी बाँध, नाहिदा ने तरेरकर शकील को देखा। लेकिन शकील की आँखों से टपकने वाले भोलेपन ने उसे पिघला दिया। और तब उसकी नज़रों में रसीला गुस्सा और ओठों पर निमंत्रण की तिर्यक मुस्कान फैल गई।

"तुम मुझे मार भी डालो, चाची! पर मैं यह तो ज़रूर-ज़रूर ही कहूँगा कि तुम बहोत-बहोत हसीन हो।" कहते हुए चतुर खिलाड़ी की तरह शकील दौड़कर नाहिदा से फिर लिपट गया। उसके बाद भावनाओं के उद्वेग में वे दोनों ऐसे बहे कि उन्हें फिर कभी कोई कूल-किनारा न मिला।

जो निकटता और रिश्ते खेल-खेल में कायम हुए थे, वे अब अनैतिक सम्बन्धों के अँधेरों में खो गए। जिन सम्बन्धों की उनके बीच कल्पना नहीं की जा सकती थी, वे ही जाने-अनजाने में कायम हो गए। तब सारी दुनिया से उन्होंने दुराव-छिपाव शुरू कर दिया। अनुभवी नाहिदा ने अपने बाहरी प्रभाव को वैसे ही बनाए रखने के लिए और अधिक मगरूरी का मुखौटा ओढ़ लिया। और शकील—वह तो पूरी तरह से एक पालतू कुत्ते की तरह नाहिदा के आसपास घूमने लगा।

जिस समय विलायत नाहिदा और शकील को लेकर अपने घर आगरा पहुँचा, हालात बदल चुके थे। घर में मुर्दनी छाई थी। बुख़ार ने शहनाज़ का साथ नहीं छोड़ा था। हाँ, उसकी टाँग का दर्द ज़रूर कम हो गया था। अपनी भाभीजान से मिलने के बाद बड़े प्रेम से नाहिदा सलमा से गले मिली। सलमा ने बड़े अदब के साथ उसका स्वागत किया। फिर उसे पिछवाड़े के आँगन में ऊपर का कमरा रहने के लिए दे दिया गया। सलमा अलग से एक कमरा शकील को भी दे देना चाहती थी मगर नाहिदा ने मना कर दिया कि "वह तो बच्चा है। अकेले में रात को कहीं डर-डरा न जाए। इसलिए वह मेरे साथ ही रह लेगा।" तब उसके लिए नाहिदा वाले कमरे में ही दो बिस्तर लगा दिये गए।

विलायत सब कुछ छोड़-छाड़कर शहनाज़ की देखभाल में लग गया। यद्यपि दोनों के दिलों में एक-दूसरे के लिए ढेर सारी शिकवा-शिकायतें थीं, पर ज़िन्दगी के दस-बारह साल एक साथ गुजारने के कारण विलायत ख़ाँ के दिल में शहनाज़

के लिए एक मोह-भावना जाग उठी थी। भावुक शायर, शहनाज़ से अपने को बँधा पाता था। विवाहित ज़िन्दगी के शुरू के सालों में जो सुख उसने उसे दिया था उसे वह कैसे नकार सकता था। तहे दिल से वह अपनी बेगम की सेवा-टहल करने लगा। बीच-बीच में नाहिदा भी उसका हाथ बँटाती। और चौका-चूल्हा की ज़िम्मेदारी सलमा के कन्धों पर पड़ी। वह अपनी आपा से दूर ही रहती थी।

शुरू में तो नाहिदा का रुख़ सलमा के प्रति बड़े सहयोग और दोस्ती का था। पर जब एक दिन ज़रूरी काम से विलायत ख़ाँ बाहर गया तो नाहिदा को शहनाज़ के पास छोड़ गया। उस दोपहरी का फ़ायदा शहनाज़ ने उठाया। दोनों ने अपने दुखड़े एक-दूसरे के सामने रोये। बातों की रौ मैं जो न कहना चाहिए, वह भी शहनाज़ ने नाहिदा से कह दिया। उसने विलायत ख़ाँ और सलमा को लेकर अपने शक के ज़हर को नाहिदा पर उगल दिया। फलस्वरूप उस दिन से नाहिदा की नज़रों में, अपने भाई और सलमा को लेकर सन्देह की छाया डल गई। इस सबके लिए, अपने मासूम भाई के बजाय वह सलमा को ही कसूरवार मानने लगी।

गले तक कीचड़ में उतरा आदमी किस प्रकार दूसरों से नैतिकता की उम्मीद करता है, नाहिदा इसका उदाहरण थी। उस दिन से सलमा के साथ वह बेरुख़ी से पेश आने लगी। पर नाटक करने में चतुर उस औरत का बर्ताव, अपने भाई के सामने, बदल जाता था। विलायत ख़ाँ के सामने वह बड़ी मुलायमियत और मुहब्बत से सलमा से पेश आती थी। "बेचारी! बड़ी जहीन और मेहनती है मेरी सलमा," कहकर बेइन्तहा प्यार जतलाती थी। मगर भाई के बाहर जाते ही वह कठोर हो उठती।

नाहिदा के दो चेहरों को देखकर सलमा दंग रह गई। पर इस सब की जड़ में अपनी सगी बहन को पाकर वह चुपकर गई। जब अपना सिक्का ही खोटा हो तो शिकायत किससे की जा सकती है? उसने भी बेरुख़ी दिखाने की कोशिश की। चुपचाप सिर झुकाए जानवर की तरह वह काम में जुटी रहती। घर में जो भी एक-दो नौकर थे, उनकी मदद ले लेती। उसे सबसे ज़्यादा तकलीफ़ शकील से हो गई। नारी शरीर से मिलने वाले सुख की चाट उसे लग गई थी। इसलिए सलमा के शारीरिक आकर्षण ने उसे शीघ्र ही अपनी ओर खींच लिया। सलमा ने भाव-प्रवण चेहरा और आँखें पाई थीं। ख़ूबसूरत बरौनियाँ और गदराई-सी उसकी देहयष्टि थी। उसी उमर में शकील नारी शरीर के सौन्दर्य का पारखी हो गया था। वह सदा ललचाई निगाहों से सलमा को देखा करता। विलायत की उपस्थिति, सलमा की गम्भीरता और पराए घर के डर के कारण कोई दुस्साहस करने की उसकी हिम्मत न होती थी। पर सलमा के लिए अपने मोह को, कई प्रकार से, वह सावधानीपूर्वक जता देता। सलमा से कोई भी चीज़ लेते वक़्त उसकी अँगुलियों को छू देना, कामुक नज़रों से उसके शारीरिक उभारों को भेदना उसकी आदत बन गई थी। सलमा की

सजगता और शकील की हरकतों ने उसे उसकी कामुकता का आभास करा दिया। वह और चौकस हो गई। इनू को अपने पास अधिक से अधिक रखने लगी। अपनी बेगम की बीमारी से विलायत इतना चिन्तित और परेशान था कि उसे घर की तरफ़ ध्यान देने का मौक़ा ही नहीं मिलता था। फिर बारीक़ी से कौन मर्द घर की बातों को देखता है ?

हकीम हर दूसरे-तीसरे दिन आकर शहनाज़ का हालचाल पूछ जाते थे। ज़रूरत के मुताबिक़ वे दवाई की मात्रा कम-ज़्यादा कर देते। उसके पाँव पर पट्टियाँ और पट्टियाँ बाँध दी गईं ताकि हरकत कम हो और दर्द न बढ़े। मगर हकीम शहनाज़ के बुख़ार पर काबू नहीं पा सके। बुख़ार कम-ज़्यादा होता रहता। इसने हकीम को चिन्तित कर रखा था। लेकिन उन्होंने अपनी चिन्ता किसी पर जाहिर नहीं होने दी।

तभी एक रात शहनाज़ कराह उठी। उसने नाहिदा को आवाज़ दी, ''नाहिदा... आपा...उफ़...नाहिदा आपा...ओह!''

विलायत पास ही सतर्क सोया हुआ था। वह इतना सावधान रहता था कि अपनी बेगम की थोड़ी-सी भी आहट पर उठ बैठता। शहनाज़ की कराहट सुनते ही वह फ़ौरन उठ खड़ा हुआ।

''क्यों-क्यों ? क्या हुआ ? कुछ पानी-वानी लाऊँ ?'' उसने चिन्तित स्वर में पूछा।

''आप जरा नाहिदा आपा को आवाज़ दे दीजिए। मुझे बड़ी तकलीफ़ हो रही, है। जाइए, जल्द बुलाइए।'' शहनाज़ कराहते हुए बोली।

''क्या पाँव का दर्द फिर उभर आया ?'' विलायत ने शहनाज़ के सिर पर बड़े प्यार से हाथ फेरा। उसका शरीर तवे-सा गरम हो रहा था।

''उफ़! तुम्हें तो तेज़ बुख़ार है। क्या हकीम साहब को लाऊँ ?'' शहनाज़ की तकलीफ़ ने उसे बेचैन कर दिया।

''देखिए, मुझे परेशान न करिए। मैं जो कह रही हूँ, वही पहले कीजिए। हाय...नाहिदा आपा!'' शमादान के उजाले में शहनाज़ का चेहरा पीड़ा की बदली से घिरा दिखाई दिया। उस पर दर्द की काली छाया घिर आई थी।

जिस समय विलायत नाहिदा को लेकर आया, शहनाज मछली-सी तड़प रही थी। सलमा भी अपनी बहन के कमरे में आ पहुँची। थोड़ी देर तक नाहिदा और शहनाज़ में गुपचुप बातें हुईं। फिर उन औरतों ने मिलकर उसे कमरे के बाहर कर दिया। दरवाज़े बन्द किए। कमरे के बाहर वह बेचैनी से चक्कर काटने लगा। घर में कोई भी अनुभवी बुजुर्ग मर्द न था जिससे वह अपनी परेशानी बँटा लेता। घुट रही भावनाओं को उनके सामने रख देता। उसका बेटा इनायत अभी नादान बालक था और शकील को भी वह बच्चा ही मानता था। दोनों ही अपने बिस्तरों की नरमाई में घोड़े बेचकर सो रहे थे। अकेलेपन की ये घड़ियाँ उसे खाए जा रही थीं। कितना वक़्त निकल गया, उसे याद नहीं।

तभी नाहिदा बाहर आई और कहा, "भाईजान! जरा भागकर किसी दाई को तो बुला लाइए। भाभीजान की हालत बिगड़ती जा रही है। ख़ून ज़्यादा बह रहा है।"

"क्यों? यह कब हुआ? शहनाज़ ने तो मुझसे कभी कुछ नहीं कहा?" विलायत चकरा गया।

"गड़बड़ तुम करते हो और पूछते मुझसे हो?" संकट की उस घड़ी में भी नाहिदा मज़ाक़ करने से नहीं चूकी। उसकी चिन्तित नज़रों से शरारत झाँकने लगी। ओठों पर बरबस मुस्कान खिंच गई।

विलायत हैरान-हैरान था। औरतों के दिलों में न जाने क्या-क्या राज दफ़न रहते हैं। तभी उसे सुनाई दिया, नाहिदा कह रही थी, "अभी दूसरा महीना ही तो ख़त्म हुआ था कि यह हादसा हो गया।" इस बार नाहिदा चिन्तित थी। "ख़ैर! अब आप फालतू बातों में वक़्त बरबाद न करिए। जल्दी दौड़कर किसी अच्छी दाई को बुला लाइए। भाभीजान की हालत सच में ही चिन्ताजनक है!"

रात आधी से ज़्यादा भीग रही थी। रास्ते-भर घबराहट में अपनी बेगम शहनाज़ की सलामती के लिए वह ख़ुदा को मनाता रहा, और जगाकर दाई को लाया। बन्द कमरे में गरम पानी, तौलिया और न जाने क्या-क्या गया उसे याद नहीं। कमरे के बाहर उसका जी पिंजरे में बन्द पंछी की तरह फड़फड़ाता रहा। पर वह लाचार था। तभी नाहिदा ने बाहर आकर उसे बतलाया कि तेज़ बुख़ार और अधिक ख़ून चले जाने से शहनाज़ भाभी का बचना मुश्किल दिखाई दे रहा है। मानो सपने में वह मौत के आने की सरसराहट सुन रहा था। जब नाहिदा उसे पकड़कर कमरे में ले गई तो शमा के उजाले में उसने शहनाज़ के सफ़ेद चेहरे पर मौत की काली चमगादड़ को मँडराते देखा। उसकी साँस धीरे-धीरे, रुक-रुककर चल रही थी। नज़रों से वह अपनों के चेहरों को पकड़ने की कोशिश कर रही थी। उसकी हथेली की मुट्ठियाँ किसी चीज़ को थामना चाहती थीं। शमा का उजाला मौत के अँधेरे से लड़ने को कोशिश कर रहा था।

एक क्षण के लिए तो वह गूँगा हो गया। एक ओर खड़ी सलमा मुँह में दुपट्टा दिए रुलाई को रोकने की कोशिश कर रही थी। पर आँसू थे कि पलकों को ठेलकर उमड़े आ रहे थे। तभी वह इनू को भी जगाकर ले आया गया। निंदियाया बच्चा पहले तो कुछ समझा नहीं पर बाद में जब उसने अपनी सलमा मौसी को रोते देखा तो वह भी रोने लगा। नाहिदा का सुन्दर चेहरा भी काला पड़ गया। दाई एक ओर हतबुद्धि खड़ी थी।

तभी विलायत को लगा कि उसे कुछ न कुछ करना चाहिए। उसने सूखी जुबान से कहा, "नाहिदा, मैं अभी हकीम साहब को लेकर आता हूँ।"

"हुज़ूर! काफ़ी देर हो चुकी है। बुख़ार की तेज़ी और पाँव के दर्द ने बेगम

साहिबा की हालत ज़्यादा ख़राब कर रखी है, वर्ना मैं अकेली ही उन्हें सँभाल लेती। आप आख़िरी वक़्त उन्हें छोड़कर न जाइए।''

नाहिदा ने अपने भाई के पास पहुँचकर उनका हाथ अपने हाथ में ले लिया। मानो वह उन्हें दिलासा और हिम्मत बँधाना चाहती थी। पर अपनी बेगम को अपने सामने मौत के मुँह में जाते देखकर विलायत अन्दर ही अन्दर घुट गया। उसे एक तरह की घबराहट होने लगी। हलके-हलके वह काँपने लगा। उसे अपना गला घुटता-सा लगा। उसे लगा कि वह एक तहखाने में बन्द है और साँस है कि उखड़ रही है।

हर तरह की विदाई दुखदायी होती है। अस्थायी जुदाई में पुनर्मिलन की आशा की उज्ज्वल किरणें छिपी होती हैं जबकि मौत से उत्पन्न होने वाला स्थायी अलगाव, असह्य वेदना और त्रासदायी कालिमा लिये होता है। चिरस्थायी विलगाव के उस क्षण में शहनाज़ के सद्गुण और उसकी अच्छाइयाँ साकार हो उठीं। पर वह लाचार था, चाहकर और जान देकर भी वह अपनी शहनाज़ को बचा न सकता था। मौत के सामने महाबली को भी हारना पड़ता है, इस सत्य का अचानक उसे भान हुआ। उसके सामने ही उसकी शहनाज़ की रूह मौत की अँधेरी घाटियों की भूलभुलैया में भटकती चली जा रही थी और वह असहाय था। तभी शहनाज़ की आँखें पथरा गईं, साँस उखड़ गई और उसकी गरदन एक ओर लुढ़क गई।

''हाय, भाभीजान!'' कहते हुए नाहिदा शहनाज़ के निर्जीव शरीर पर पछाड़ खाकर गिर पड़ी।

सलमा अत्यन्त भयभीत हो उठी। उसके गले की चीख़ को मानो किसी ने मरोड़कर उसे अबोला कर दिया। घबराहट में कुछ न सूझने पर उसने आदत के मुताबिक़ इनायत को खींचकर अपने सीने से चिपटा लिया। दाई चुपचाप कमरे के बाहर चली गई। विलायत का चेहरा दर्द से विकृत हो गया। उसने एक गहरी साँस खींची ताकि शरीर के अन्दर फड़फड़ाने वाले पंछी को कुछ राहत मिले। उसकी घुटन कुछ कम हो सके। मगर वह अच्छी तरह से जानता था कि हिम्मत और इम्तहान की घड़ी उसकी ज़िन्दगी में अब आई है। नाहिदा को एक ओर हटाकर उसने शहनाज़ को सिर से पाँव तक एक चादर से ढक दिया। वह पाँव मोड़कर उसके पलंग के पास बैठ, उसकी आत्मा की शान्ति के लिए फ़ातिहा पढ़ने लगा। फ़ातिहा की समाप्ति के साथ ही वह एक काली सुबह का इन्तज़ार करने लगा।

कब्रिस्तान में शहनाज़ को दफ़नाकर विलायत जब घर लौटा तो बिलकुल बदल गया था। उसे लगा कि वह चूक गया है। श्मशान का वैराग्य उस पर हावी हो चुका था। मौत के साक्षात्कार ने उसे

अन्दर तक हिला दिया। ऐसा नहीं कि उसने मौत देखी न थी। उसके अब्बा और ससुर उसके सामने ही मरे थे। मगर उन्होंने एक बहादुर के समान मैदाने-जंग में मौत को गले लगाया था। उनकी शहादत की बादशाह अकबर ने तारीफ़ की थी। फिर वे लोग घर से दूर राजस्थान के मोर्चे पर मारे गए थे। इसलिए मौत की विभीषिका ने उसे इतना अधिक प्रभावित नहीं किया था। इसके विपरीत उसने अपने को गौरवान्वित अनुभव किया था। मगर शहनाज़ को उसने तिल-तिल कर घुटते-मरते देखा था। उसके भावुक दिल को गहरा सदमा लगा। संसार की निस्सारता उसके सामने उजागर हो गई। घृणा-प्यार, ईर्ष्या-द्वेष, दुश्मनी-दोस्ती, सभी रिश्ते-नाते उसे झूठे और बेकार लगने लगे।

कविता और शेरो-शायरी छूट गई। अब वह घर से ग़ायब रहने लगा। साहित्यकारों, संगीतज्ञों की महफ़िलों में जाना उसने कम कर दिया। यहाँ तक कि वह अपने सरपरस्त रहीम साहब की महफ़िलों और सोहबत से भी दूर-दूर रहने की कोशिश करने लगा। अब विलायत पीर-फकीर तथा साधु-सन्तों के तकियों और आश्रमों के चक्कर अधिक लगाने लगा। उन्हीं की सोहबत में ज़्यादा से ज़्यादा उठने-बैठने लगा। अक्सर वह फतहपुरसीकरी चला जाता था, जहाँ उस समय के प्रसिद्ध सन्त शेख़ सलीम चिश्ती की दरगाह थी वहीं वह अपना ज़्यादा वक़्त गुजारता।

विलायत के इस वैराग्य का किसी पर असर नहीं पड़ा। शहनाज़ की शवयात्रा में अब्दुर्रहीम ख़ानख़ाना और अन्य कलाकार-साहित्यकार मित्र न केवल शामिल हुए, बल्कि बाद में भी मातमपुर्सी करने आए। रहीम ने उसे ढाढ़स बँधाने की कोशिश की। और भी कई लोग आए थे। आया नहीं तो उसका बहनोई शौकत अली। न ही उसने कोई सहानुभूति का सन्देश भेजा। शौकत अली के व्यवहार से विलायत के दिल में गहरी गाँठ पड़ गई। कुछ दिनों तक उसके शोक में शरीक होने के बाद हर कोई अपने-अपने में मगन हो गया और शहनाज़ की हानि उठाने वाला वह अकेला रह गया। उसकी तो दुनिया उजड़ चुकी थी, पर दुनिया पर कोई असर नहीं पड़ा था।

घर उसे खाने दौड़ता। शहनाज़ के कारण घर में बड़ी चहल-पहल रहती थी। घर में मगन रहने वाली उस औरत से घर घर था। उसने अपने घर को बड़े क़रीने से सजाया था। अब हर चीज़ उसे शहनाज़ की याद दिलाती। विलायत को उम्मीद न थी कि इतनी जल्दी शहनाज़ उसे छोड़ जाएगी। अब वह ख़ुद को शहनाज़ के प्रति अपराधी महसूस करने लगा, यहाँ तक कि वह ख़ुद को उसकी मौत के लिए ज़िम्मेदार मानने लगा। ख़ासकर सलमा और उसके भावनात्मक सम्बन्धों को लेकर जो तनाव उसके और शहनाज़ के बीच पैदा हो गया था, उसकी अनुभूति ने उसे ज़्यादा परेशान कर दिया। यह अपराध भावना उसे हमेशा कचोटती रहती। इसलिए वह घर से ही नहीं, सलमा से भी दूर-दूर भागता रहता। विलायत एक भावनात्मक

अन्तर्द्वन्द्व की ज़िन्दगी जीने लगा जिससे छुटकारा पाने के लिए ही उसने वैराग्य अपनाने की कोशिश कर डाली।

सारे घर में मुर्दनी छाई रहती। सलमा अक्सर चुप रहती। इनू में उसने अपने को समेट लिया। वह यह महसूस कर रही थी कि बड़ी बहन के चले जाने के बाद से दूल्हा भाई उससे अधिक खिंचे रहने लगे थे। वह भी अपने तई उनसे दूर रहने की कोशिश करती। इनू से बचा हुआ समय वह चौके-चूल्हे या भंडार घर में लगाने लगी। घर की सारी ज़िम्मेदारी उसने अपने पर ओढ़ ली।

नाहिदा, उसकी तो दुनिया ही अलग थी। अपने शकील को लेकर उसने अपने कमरे की चारदीवारी में अपनी मौज-मस्ती फिर से शुरू कर दी। वे दोनों एक-दूसरे में मगन थे। मगर कमरे से बाहर निकलने पर नाहिदा, बदस्तूर अपना रुआब सलमा ही नहीं, बल्कि अपने भाई विलायत पर भी ग़ालिब करती। शहनाज़ के बाद वह घर की मालकिन बन बैठी। न ही उसने अलीगढ़ जाने की इच्छा जाहिर की, न ही विलायत ने उसे ससुराल भेजने की पेशकश की। वह सलमा के साथ अकेले रहने की कल्पना से ही सिहर उठता। नाहिदा एक आड़ के रूप में उस घर के लिए अनिवार्य सी हो गई।

वैसे तो विलायत सलमा से सदा दूर ही रहने की कोशिश करता था। यदि ख़ुदा न खास्ता उन दोनों का सामना हो भी जाता तो वह घबरा उठता। उसे ऐसा लगता मानो शहनाज़ का मुर्दा उन दोनों के बीच क़ब्र से उठकर आ खड़ा हुआ है। तब वह भाग खड़ा होता। फिर दो-चार दिन तक उसका ग़ायब रहना, एक मामूली-सी बात थी। नाहिदा के कमरे को छोड़कर सारे घर का माहौल बोझिल हो उठा था। एक मनहूसियत-सी छा गई थी।

सम्बन्धों को लेकर चीज़ों को देखने का नज़रिया हमेशा बदल जाता है। सलमा-विलायत इसका उदाहरण थे। जिस समय शहनाज़ अपने विलायत को दोषी समझती थी, उस समय नाहिदा अपने भाई के दुख-दर्द के लिए सलमा को ज़िम्मेदार मानती थी। उसके शक को विलायत के मौजूदा बर्ताव ने पक्का कर दिया। शहनाज़ के गुज़र जाने के बाद से जो ज़िन्दगी विलायत जी रहा था, उसने नाहिदा की नज़रों में उसे बेकसूर साबित कर दिया।

नाहिदा ने एक नई चाल खेली। अपने भाई के वैरागी मन को फिर से बाँधने के लिए उतावली हो उठी। पर वह इतने सीधे तरीके से सब कुछ करने वाली न थी। अपने भाई व सलमा के सम्बन्धों की गहराई को टटोलने के लिए उसने एक दिन दाँव फेंका।

हलकी-सी गरमी पड़ रही थी। विलायत चार दिन बाद फतहपुरसीकरी से वापस लौटा तो पसीने-पसीने हो रहा था। तखत पर बैठने के बाद वह पंखा झलने लगा। तभी नाहिदा उसके पास आकर बैठ गई। चाँदी का पानदान अपने भाई की

ओर बढ़ाते हुए धीरे से बोली, ''भाईजान, शहनाज़ भाभी के चले जाने से घर खाने को दौड़ता है। इनू अभी छोटा है। उसे सँभालने के लिए किसी का होना ज़रूरी है।''

पानदान को विलायत ख़ाँ ने परे हटा दिया। पान खाना उसने शहनाज़ के चले जाने के बाद से बन्द कर दिया था। वैसे भी वह कभी-कभी ही पान खाता था। चकित निगाहों से अपनी बहन की ओर देखते हुए बोला, ''क्यों, क्या इनू को सँभालने में सलमा को कोई दिक़्क़त हो रही है?''

''नहीं, ऐसी बात नहीं है। सलमा तो बड़ी अच्छी लड़की है। वह तो मानो इनू की माँ ही है। शहनाज़ भाभी के वक़्त से वह ही तो उसे सँभाल रही है। पर मेरी इल्तिजा है कि अब आप गृहस्थी की तरफ़ भी ध्यान दें। अभी आपकी उम्र ही क्या है? आप इजाज़त दें तो किसी ख़ानदानी लड़की के लिए बात चलाएँ? आख़िर मैं या सलमा घर को कब तक सँभालेंगे? फिर सलमा को भी तो आपको निपटाना है? शहनाज़ भाभी की कितनी साध थी, सलमा को दुल्हन के रूप में देखने की?''

विलायत पहले तो अचकचाया। फिर विचारमग्न हो गया। सलमा अभी एक बड़े अनुत्तरित सवाल के रूप में उसके सामने खड़ी थी। जिन चीज़ों से वह भाग रहा था, वे ही फिर उसे घेर रही थीं। वह घबरा गया। सलमा और शादी की बात चलाकर नाहिदा फिर उसे परेशानी में डाल रही है। अज्ञात का भय इनसान को विमूढ़ कर देता है। वह सिहर उठा। बचाने के लिए उसने कहा, ''एक तरीके से तुम ठीक हो सकती हो नाहिदा। मगर सोचो तो सही, क्या आने वाली इनू और तुमको वही प्यार-इज़्ज़त दे सकेगी जो तुम्हारी भाभी से तुम्हें मिला? फिर कहीं सौतेली माँ की वजह से इनू ज़्यादा परेशानी में न पड़ जाए, और तुम्हीं मुझसे शिकवा-शिकायत न करने लगो?''

बचने के लिए मानो विलायत गली निकाल रहा था। पर नाहिदा उलटा ही समझी। वह समझी कि भाईजान का दिल सलमा में ही अटका हुआ है। घुमा-फिराकर, सलमा से शादी करने का प्रस्ताव वे उससे रखवाना चाहते हैं। जलन की आग सुलग उठी। पर लाचार थी। कारण विलायत ख़ाँ उससे उमर में बड़ा और इस घर का मालिक था। शौकत अली के बर्ताव की वजह से अलीगढ़ का रास्ता हमेशा के वास्ते बन्द हो गया था। दूसरे, शकील से बँध जाने के बाद वहाँ जाना वैसे भी सुरक्षित न था। इसलिए दूसरे इन्तज़ाम तक उसे और शकील को यहीं पड़ा रहना था। फिर भी, सलमा को भाभी के रूप में सोचकर वह जल उठी। उसने सारे पत्ते एक ही झटके में खोल दिये, ''तो फिर ऐसा करिए न भाईजान कि और कहीं इधर-उधर की लड़की ढूँढ़ने के बजाय सलमा से ही रिश्ता तय कर लें तो क्या हर्ज है?''

यद्यपि अपने स्वर को बड़ा मुलायम बनाए रखने की कोशिश नाहिदा ने की थी, पर अनजाने में ही उसकी बात में एक तिक्त ज़हर घुल गया था। विलायत ने तुरन्त पकड़ लिया। उसे लगा, शहनाज़ मरी नहीं है, नाहिदा के रूप में वह फिर से ज़िन्दा हो उठी है। शक की नागिन ने नाहिदा को भी डस लिया है। वह अपनी बहन

की मूर्खता पर दुखी हो या हँसे ? उसे कुछ समझ न आया। उसे लगा कि शहनाज़ का भूत शायद इस जनम में उसका पीछा न छोड़ेगा। वह घबरा गया, अचानक उठ खड़ा हुआ।

''देखो नाहिदा! मैं अभी थोड़ी देर में आया। तुम मेरा खाने पर इन्तज़ार मत करना।'' ऐसे कई खाने उसने छोड़ दिये थे। धुन में वह पंखा लिये बाहर चल दिया।

विलायत की इस अचानक कार्यवाही से नाहिदा हड़बड़ा गई। वह कुछ कहे-समझे तब तक उसके भाईजान जा चुके थे।

घर के बाहर पहुँचने पर जब उसे हाथ के पंखे का ख़याल आया तो एक बार उसकी इच्छा हुई कि उसे वापस घर में डाल आए। फिर कुछ सोचकर उसने उसे बग़ल की नाली में फेंक दिया, और निरुद्देश्य सामने के रास्ते पर बढ़ लिया। सूरज पच्छिम में डूब रहा था। उसकी चमक ख़त्म हो गई थी। पर उसकी लाली दिगंत में फैल रही थी। पक्षियों की चहचहाट से आसमान गूँज रहा था। कपासी बादलों के बीच से झाँक रहा नीले आकाश का एक टुकड़ा ऐसा लग रहा था मानो बर्फ़ के रेगिस्तान के बीच नीली झील हो। उसका शायर दिल मुग्ध हो उठा। रास्ते में वैरागियों का एक दल मिल गया। वह उनके साथ हो लिया। इकतारे पर भजन गाते, वे आगे बढ़ लिए।

''बरखुरदार! उस दिन का दिन कि आज का! अब्बाजान का पता हमें अब तक न चला। ख़ुदा उनकी रूह को जन्नत बख्शे। नाहिदा बुआ की बातें उन्हें ऐसी चुभीं कि उन्होंने घर की ओर रुख़ ही नहीं किया। इन सबका तो मुझे बहुत बाद में सलमा मौसी से पता चला था।'' एक गहरी ठंडी साँस इनायत ने खींची।

बर्फ़ की तरह अब्दुल्ला जान जम गया था।

''मेरे मुक़ाबले तो तुम फिर भी क़िस्मत वाले हो। तुम्हें तो सिर्फ़ माँ की मुहब्बत नसीब न हुई। तुम्हें अपने अब्बा का प्यार तो मिला। मुझ अभागे को तो दोनों नसीब न हुए।'' इनायत का गला भर आया। भावना में बहने वाला आदमी अक्सर सच बोलता है और इतनी देर से इनायत बिना लाग-लपेट के अपनी ज़िन्दगी की सच्चाई खोल रहा था। उसके भावातिरेक ने अब्दुल्ला जान को भी विगलित कर दिया। वे चुप बैठे रहे।

बड़ी देर बाद अब्दुल्ला ने पूछा, ''उसके बाद क्या हुआ चचा मियाँ ?''

''उसके बाद जो मेरे साथ बीती, उसके बारे में अब तुम्हें क्या बतलाऊँ!'' इनायत की आवाज़ से दर्द-मिली उदासी झरने लगी।

बीस-पच्चीस दिन से अधिक बीत गए और विलायत ख़ाँ जब घर न लौटा तो दोनों औरतें सनाका खा गईं। पहले आठ-दस दिनों तक उन्होंने विलायत ख़ाँ की ग़ैरहाज़िरी का ख़याल नहीं किया। उसका इतने दिनों तक बाहर रहना उनके लिए एक मामूली बात थी। वे जानती थीं कि वह फतहपुरसीकरी, किसी पीर-फकीर या साधु-सन्तों की संगति में उनके आश्रम में दिन गुज़ार रहा होगा। मगर जब कई दिनों तक वह नहीं आया तो वे दोनों घबरा उठीं। विलायत ख़ाँ की खोजबीन शुरू हुई। चारों ओर आदमी दौड़ाए गए। पर वह कहीं न मिला। महीने भर से अधिक बीत गया, न तो विलायत ख़ाँ लौटा, न ही उसका कुछ अता-पता चला। तब सलमा की राय पर नाहिदा ने शकील को रहीम साहब के पास भेजा। ख़ानख़ाना पहले तो ताज्जुब में पड़ गए। विलायत ख़ाँ ने शहनाज़ की मौत के बाद रहीम साहब के यहाँ आना-जाना कम कर दिया था, और बाद में बन्द ही कर दिया। ख़ानख़ाना ने इसलिए ध्यान नहीं दिया कि वे समझे कि विलायत ख़ाँ अपनी बीवी का शोक मना रहा है। वक़्त दवाई का काम कर उसके ग़म को कम कर देगा। पीर-फकीर और साधु-सन्तों की सोहबत में समय बिताने की उन्हें जानकारी मिल गई थी। पर वे वक़्त का इन्तज़ार कर रहे थे। तभी उन्हें शकील से विलायत ख़ाँ के लम्बे समय से ग़ायब रहने की ख़बर मिली। वे थोड़े चिन्तित हो गए। चारों ओर सवार दौड़ाकर उन्होंने भी विलायत ख़ाँ की खोज-ख़बर ली। पर कहीं भी उसका पता न चला। हाँ, इतनी ही अफ़वाह सुनाई दी कि वैरागियों के एक दल के साथ कुछ लोगों ने उसे मथुरा की तरफ़ जाते देखा था। मथुरा के सूबेदार को ख़बर भेजकर वहाँ के सभी अखाड़ों, आश्रमों और पीर-फकीरों के तकियों पर भी ढुँढ़वाया गया। लेकिन कुछ पता न चला। सभी निराश हो गए। यदि जानबूझकर कोई दुनिया की इस भीड़ में खो जाना चाहे तो उसे पाना बहुत मुश्किल है। विलायत ख़ाँ को न मिलना था सो वह नहीं ही मिला।

विलायत ख़ाँ के घर छोड़कर चले जाने का सबसे बड़ा सदमा सलमा को पहुँचा। एक साल के भीतर ही उसने अपनी बहन और बहनोई दोनों को खो दिया। अब वह इस घर में अपने को बाहरी समझने लगी। नाहिदा थोड़े दिनों तक तो अपने भाई के लिए चिन्तित रही, फिर वह अपने शकील को लेकर व्यस्त हो गई। विलायत ख़ाँ रूपी अंकुश के हट जाने से दोनों स्वच्छन्द होते चले गए। शकील ने मकान-मालिक बनने की हिमाकत कर डाली। अब वही सब कुछ सँभालने लगा। सिर्फ़ इनू के कारण सलमा उस घर से बँधी थी। वह और अधिक इनू से बँध गई।

स्त्री-देह के लिए शकील हमेशा एक खिंचाव महसूस करता था। पहली मुलाक़ात के बाद से ही वह सलमा की आकर्षक देहयष्टि से प्रभावित था। उसके साथ हँसी-मज़ाक़ के बहाने छेड़छाड़ की कोशिश भी की। बात करते वक़्त वह सलमा के शरीर को छूने की कोशिश करता। सलमा को ऐसा लगा मानो उसके स्पर्श से एक तरह

की वासना झरती थी। पर सलमा ने उसे कभी भी बढ़ावा नहीं दिया। शकील का छिछोरापन उसे नापसन्द था। उसने एक गहरी गम्भीरता ओढ़ ली। मगर उसका सजग मन शकील की कामुक नज़रों की चुभन अपने शारीरिक उभारों पर सदैव फिसलते हुए अनुभव करता था। यदि कभी आमना-सामना हो जाने पर बात करने का मौक़ा आता भी तो वह इतनी गहरी नज़रों से, बिना बोले देखती कि शकील घबरा उठता था। तब वह खिसक लेता। सलमा की रुख़ाई ने शकील को उसकी ओर और अधिक आकर्षित किया। सहज में मिलने वाली चीज़ का महत्त्व एवं आकर्षण जल्द ही ख़त्म हो जाता है। मन सदा अप्राप्य के लिए लालायित रहता है। इसलिए सलमा ज्यों-ज्यों उससे दूर रहने की कोशिश करती, उसे पाने के लिए शकील उतना ही अधिक छटपटाता।

सारे हालात सलमा के विरुद्ध होते चले जा रहे थे। इसलिए उसने ख़ुद को और अधिक समेटने की कोशिश की। वह स्वकेन्द्रित होती चली गई। ज़्यादातर वह कामों में व्यस्त रहने लगी। विलायत के चले जाने से कई नौकर भाग गए। एकाध नौकर और महरी रह गए थे। वे दोनों भी समय-समय पर आते थे। नौकरों के चले जाने से घर और सुनसान हो गया। घरेलू कामों से बचा समय सलमा अपने कमरे में इनू के साथ बिताती थी। वह अक्सर कुछ न कुछ पढ़ती रहती थी। कुरान उसकी संगिनी बन गई थी। इनू कभी-कभी खेलने बाहर भाग जाता था। एक दिन दोपहर में थक जाने से वह अपने कमरे में पलंग पर लेटी कमर सीधी कर रही थी, तभी इनू दौड़ा-दौड़ा आया। तेज़ी से भागकर आने से उसके गाल लाल हो रहे थे। वह सीधे एकदम सलमा के पलंग पर चढ़ गया।

''क्यों रे? कहाँ से आ रहा है?'' सलमा ने अपने पास खींचकर पूछा, ''चल ज़रा आराम कर ले।'' उसे उसने अपनी बग़ल में जबर्दस्ती लिटा लिया।

इनू तुरन्त उठ बैठा और बोला, ''मौसी-मौसी, तुम्हें एक बात बतलाऊँ?'' सलमा की सवालिया निगाहें उसे घूरने लगीं।

''शकील भाई साहब बुआ की गरदन में हाथ डाले हुए हैं।'' बिना समझे इनू सब कुछ कह गया।

सलमा सकते में आ गई। जिस सत्य का उद्घाटन अनजाने में इनू के भोलेपन ने किया, उसने सलमा को हतप्रभ कर दिया। कुछ बोल न सकी।

''सच ख़ाला! मैंने बन्द दरवाज़े की फाँक में से अभी-अभी देखा है। कहीं वो बुआ की गरदन न दबा दे। बड़ा बदमाश है वह। आपके बारे में भी गन्दी-गन्दी बातें मुझसे करता रहता है।'' इनू का बचपन सभी कुछ उगल रहा था। लज्जा से सलमा का चेहरा लाल हो गया। वह पत्थर की मूर्ति बन गई। कुछ न समझ पड़ने पर वह उठ बैठी, और तभी तड़ाक से एक थप्पड़ इनू के कोमल गालों पर उसने जड़ दिया।

''बदमाश कहीं का! तू उसके कमरे की तरफ़ क्यों गया, बता तो?'' सलमा का दबा ग़ुस्सा चाँटा बनकर फूट पड़ा। उसके पतले नथुने फड़क उठे। इनू दंग रह गया। उसकी चकित आँखों से आँसू उमड़कर बह चले।

उन आँसुओं ने सलमा को झकझोर दिया। इनू को खींचकर उसने अपने सीने से लगा लिया। इस सबमें उस बच्चे की ग़लती कहाँ है? उसे कुछ समझ न पड़ा कि वह क्या करे? उनके बीच इस प्रकार के सम्बन्धों के बारे में वह सोच न सकती थी। अवसाद के कारण वह रो पड़ी। कई दिनों से घुमड़ रही घुटन की बदली बरस गई। अपनी सलमा मौसी को रोते देख, इनू डर गया। उसे लगा कि उसने ज़रूर ही कोई बहुत बुरी और गन्दी बात कर डाली है।

''ख़ाला! अब मैं उधर कभी...कभी नहीं जाऊँगा। आपसे वादा करता हूँ।'' गालों पर बहते हुए सलमा के आँसुओं को वह अपने छोटे हाथों से पोंछने लगा।

''मेरे भैया! मेरे बेटे! हमें गन्दे लोगों के साथ नहीं रहना चाहिए।'' कुछ समझ न आने पर भी वह कुछ न कुछ बोल रही थी। इस बालक को वह कैसे-क्या समझाए? शब्द थे कि मिल नहीं रहे थे। उसे डर लग रहा था कि अपने लड़कपन में वह ये बातें कहीं और न उगल दे। उसने सावधानी से इनू को समझाया, ''बेटे! ऐसी बातें और किसी के सामने न करना, नहीं तो सभी तुझे गन्दा बच्चा कहेंगे।''

इनू ने गरदन हिलाकर वायदा किया।

उस दिन से सलमा अधिक चौकन्नी हो गई। वह शकील की तरफ़ से अधिक सावधान हो गई। वह शकील से कतराने लगी। नई सलमा ने अपनी जान में शकील को किसी तरह का बढ़ावा नहीं दिया, मगर शकील उसे पाने या नीचा दिखाने के लिए बेचैन था। वह मौक़े की तलाश में था।

दो दिन से नाहिदा की तबीयत नरम-गरम थी। वह अपने कमरे से नीचे नहीं उतरी थी। शकील बाहर गया हुआ था। इनू भी मुहल्ले के अपने साथियों में खेलने चला गया था। घर सुनसान था। नौकर-नौकरानी भी न थे। सलमा अपने कमरे में बैठी पढ़ रही थी। तभी उसे लगा कि पीछे से आकर उसे किसी ने पकड़ लिया और अपनी ओर खींचने की कोशिश करने लगा। पहले तो वह इस अचानक की पकड़ को समझ न पाई। उसे लगा कि शायद इनू पीछे से आकर उस पर झूलने की कोशिश कर रहा है। पर जब सशक्त और बलवान बाँहों ने उसे घेरने की कोशिश की तो वह घबरा गई। ज़ोर लगाकर उठ खड़ी हुई। उन बाँहों के घेरों को तोड़, उसने पलटकर जब देखा तो सामने शकील खड़ा था। वासना की आग की लपट उसकी निगाहों से निकल रही थी। वह एक भूखा जानवर सा दिखाई दे रहा था। उसे सामने पाकर, अपने को असहाय-अकेला देख वह बुरी तरह से घबड़ा गई और थर-थर काँपने लगी। वह इसके लिए तैयार न थी। और असुरक्षा के एक क्षण में ही उसने हमला कर दिया। अपनी अस्मत की रक्षा का सवाल उसके लिए महत्त्वपूर्ण हो गया। तभी

शकील बाज की मानिन्द उस पर झपटा। भयभीत कबूतरी की तरह सलमा पीछे खिसकने लगी।

''ये आप क्या कर रहे हैं? आपको शर्म आनी चाहिए मेरे साथ इस तरह की बदतमीजी करते हुए। सुनिए! मेहरबानी करके आप चले जाइए, मेरा कमरा छोड़ दीजिए। ख़ुदा के लिए आप चले जाइए। मैं आपसे हाथ जोड़ती हूँ।'' गिड़गिड़ाते हुए वह पीछे हटती जा रही थी। हड़बड़ाहट में उसका दुपट्टा गिर गया। और उसके सीने का कुँवारा उभार तनकर सामने आ गया। मानो वह शकील को आमंत्रित कर रहा हो। सलमा के उद्दाम यौवन के ज्वार ने शकील को पागल बना दिया।

''उफ़! सलमा रानी! इनकार न करो। मैं तुम्हें बेइन्तहा प्यार करने लगा हूँ।'' तुम्हारे बिना मैं ज़िन्दा नहीं रह सकता। शकील सन्निपात के मरीज की तरह बड़बड़ा रहा था। वासना ने उसके विवेक को हर लिया था। वह उसकी ओर फिर लपका।

पीछे सरकते-सरकते सलमा दीवार से जा लगी। अब भागने की कहीं कोई गुंजाइश न थी। तभी शकील उसे पकड़ने के लिए तेज़ी से पहुँच गया। सलमा ने अपने को बचाने की आख़िरी कोशिश में सारी हिम्मत बटोरकर ज़ोर का एक तमाचा न केवल शकील के गाल पर जड़ दिया, बल्कि दोनों हाथों से धक्का देकर उसे परे भी ढकेला। अँगुलियों के निशान उसके गाल पर उभर आए, और वह लाल हो गया। अस्मत और अस्तित्व की रक्षा की भावना ने उसकी सोई बहादुरी को जगा दिया।

चाँटा पड़ते ही शकील एक पल के लिए थम गया। पर दूसरे ही पल वह ग़ुस्से और कामुकता से पगला गया। ''सूअर की बच्ची,'' कहते हुए वह झपटा।

''खा...ला...'' कहते हुए तभी इनू भी अपनी मौसी की ओर दौड़ा। बाहर से खेलकर वह अन्दर आया था। आदत के मुताबिक़ वह सलमा के कमरे में ही आया। पर वह वहाँ का दृश्य देखकर वह डर गया। फिर शकील को अपनी मौसी की ओर लपकता देख वह भी सलमा की ओर दौड़ा।

इनू की आवाज़ ने शकील के पाँव जकड़ लिये। फ़ौरन पलटकर वह भीतर की ओर भाग लिया।

इनू दौड़कर सलमा से लिपट गया। थोड़ी देर तो सलमा हतबुद्धि खड़ी रही, फिर उसने अपने रक्षक इनू को उठाकर अपने से चिपटा लिया। उसकी रुलाई फूट पड़ी। उसकी हिम्मत का किला ढह गया, और स्त्रियोचित कमज़ोरी उभर आई। वह सुबकने लगी। बिना कुछ समझे इनू भी रोने लगा। वह इनू को ले पलंग पर जा बैठी और समझा-बुझाकर उसे चुप कराया। उसका दिमाग़ ख़ाली हो गया था। अपने भविष्य का रास्ता उसे एक अँधेरी घुमावदार सुरंग में जाता दिखाई दिया। उसे कुछ समझ न आ रहा था कि क्या करे? इस घर में शकील के साथ रहना अब मुश्किल था। यहाँ रहकर वह कब तक अपने को बचा पाएगी? क्या नाहिदा आपा को जाकर

शिकायत करे? पर उन दोनों के सम्बन्धों की जानकारी के बाद क्या यह सम्भव होगा? क्या वे उसकी बात का भरोसा करेंगी।

तभी आँधी की तरह नाहिदा कमरे में आ धमकी। उसके बाल बिखरे और कपड़े अस्तव्यस्त थे। ग़ुस्से में वह तमतमा रही थी।

उसके पीछे ही शकील था। शेरनी की तरह बिफरते हुए नाहिदा ने जवाब-तलब किया, ''शकील पर हाथ उठाने की जुर्रत और हिम्मत कैसे हो गई सलमा?''

वह कुछ बोले, इसके पहले ही नाहिदा ने दूसरा वार किया, ''कमीनी! पहले तूने मेरे भाई पर डोरे डाले। अपनी ख़ुद की बहन की ज़िन्दगी और घर बरबाद किया। और अब इस लड़के तो तबाह करना चाहती है? एक तो उसे अपने कमरे में बुलाकर उसे बहकाना चाहा और उसके मना करने पर तेरी यह मजाल कि उससे मार-पिटाई करे?''

इस बेबुनियाद आरोप ने सलमा को अवाक् कर दिया। वेदना से वह पीली पड़ गई।

व्यंग्य और कुटिलता से भरी मुस्कान शकील के ओठों पर खेल रही थी। नीचता के जिस स्तर पर वह उतर आया था और नाहिदा को भी उतार लाया था, उसे देखकर वह दंग रह गई। और नाहिदा ने उससे बिना पूछताछ किए जो गन्दा आरोप लगाया, सुनकर वह काँप उठी।

अपनी बुआ को अपनी मौसी से लड़ता देख इनू भयभीत हो गया। वह सलमा के पीछे छिपकर टुकुर-टुकुर उन दोनों और शकील को बारी-बारी से देखने लगा। डर उसकी भोली आँखों से झाँक रहा था। वह कुछ भी समझ न पाया। न समझते हुए भी हालात की गम्भीरता उस पर हावी हो गई।

''अब चुप क्यों है, बोल? क्या तेरी ज़ुबान को लकवा मार गया है? वो तो अच्छा हुआ जो शहनाज़ भाभी ने मुझे तेरे लक्षणों के बारे में इशारा कर दिया था। वर्ना मैं तो तुझे बड़ी सीधी समझती थी। तेरे तो पेट में भी दाँत हैं। जो अपने बहनोई पर निगाह डाल सकती है, वह शकील को कैसे छोड़ेगी। इस बात पर तो मैंने अपने भोलेपन में ध्यान ही नहीं दिया था। बड़ी मर्दमार बनने चली है। अरी बेशरम! डाकिन भी अपना घर छोड़ देती है। पर तू तो उससे भी गिरी हुई निकली। क्या घर में ही आग लगाएगी? क्या हमें पूरी तरह से मिटाना तूने तय कर लिया है?'' एक पल के लिए साँस लेने नाहिदा रुकी और फिर ग़ुस्से में हाथ नचा-नचाकर चीख़ी, ''शकील की ओर देखा भी तो पुतलियाँ निकलवा दूँगी। सौ जूते मार, चोटी पकड़, घर से न निकाल दूँ तो मैं भी पठान की बेटी नहीं!'' एक ही साँस में वह बोलने-न बोलने लायक सब कुछ बोल गई।

सलमा स्तब्ध रह गई। और उससे जब न सुना गया तो उसने दोनों कान बन्द कर लिए। उसकी सगी बहन मरते-मरते उसे रुस्वा कर जाएगी, ऐसा तो सलमा ने

सोचा भी न था। मरने के बाद भी जो दुश्मनी शहनाज़ ने उससे निकाली थी, उसकी शिकायत वह किससे करे? उसकी मौत पर वह शोक मनाना जारी रखे या अब ख़ुशी मनाए, कुछ समझ न पड़ा।

नागिन-सी ज़हर बुझी फुफकार छोड़कर शकील को ठेलते हुए अपने साथ लेकर नाहिदा चली गई।

एक घड़ी में जो कांड घट गया, उसने सलमा को संज्ञाशून्य कर दिया। कमरे की हवा बोझिल हो गई, और साँस लेने में मानो उसे तकलीफ़ होने लगी। साफ़ हवा के लिए उसके प्राण फड़फड़ाने लगे। मर्मान्तक पीड़ा ने सलमा को बेचैन कर दिया। अपने माँ-बाप की कमी आज उसे बुरी तरह अखर गई। उसे लगा, आज वे दूसरी बार फिर से मर गए हैं। पर परिस्थितियों ने उसे लाचार कर दिया। इस भरी दुनिया में, इस क़ैदखाने के अलावा उसका और कहीं ठौर-ठिकाना न था। यदि नाहिदा ने इनू को भी उससे छीन लिया तो वह यहाँ कैसे रहेगी? इस विचार ने उसे सिहरा दिया। तब उसने इनू को अपने से कसकर चिपटा लिया।

न जाने कब दुपहरी साँझ में और साँझ रात में ढल गई। इसका होश सलमा को न रहा। उसकी भूख-प्यास सभी कुछ मर गए। जब संज्ञा लौटी तो उसने संसार से लड़ने का निश्चय कर लिया। वह उठने लगी तो उसने देखा कि इनू न जाने कब रोते-रोते उसकी गोद में सो गया है। उसे पलंग पर सुलाकर वह उठ खड़ी हुई। उसने कपड़े बदलकर सिर पर बुर्का डाल लिया। बाहर निकलने के पहले आँगन में जाकर आकाश की ओर देखा। तारे टिमटिमा रहे थे। पर आठवीं के चाँद की रोशनी गगन में फैलकर तारों की उजास से होड़ ही नहीं ले रही थी बल्कि उसे मात देने की कोशिश भी कर रही थी। उसने अन्दाज़ लगाया कि रात का अभी पहला पहर ही चल रहा है। सारे घर में अँधेरे का राज था। सिर्फ़ नाहिदा के कमरे के टिके किवाड़ों से शमादान की रोशनी छनकर आ रही थी। उसने अपने कमरे में आकर इनू को उठा लिया। अपने कन्धे पर डाल बाहर चल दी। जिस लड़की ने चारदीवारी की देहरी नहीं लाँघी थी, हालात ने उसे दुनिया से लड़ने के लिए मैदान में उतार दिया।

अचानक नाहिदा की नींद खुल गई। शकील पास ही सोया पड़ा था। ताक में रखी शमा गलकर आधी हो गई थी। बिस्तर पर पड़े-पड़े ही उसने आहट लेने की कोशिश की। कहीं कोई हलचल न थी। वह पानी पीने के बहाने उठी, बाहर आई। सारा मकान अँधेरे में डूबा हुआ था, आँगन के बीच वाले हिस्से में चाँदनी का उजाला फैला हुआ था। दबे पाँव नीचे उतरकर वह सलमा के कमरे के पास पहुँची। दरवाज़ा खुला पड़ा था। उसने अपने शरीर को दरवाज़े की आड़ में छिपाकर धीरे से अन्दर देखा। कमरा अँधेरे में खोया हुआ था।

कहीं कोई आवाज़ न थी। यहाँ तक कि सोये हुओं की हलकी आवाज़ भी नहीं सुनाई दे रही थी। कुछ भी उसकी समझ में नहीं आया। वह कमरे में चली गई। हौले से बिस्तरे पर हाथ फेरा। विधवा की माँग की तरह वह सूना पड़ा था। तेज़ी से उसने सारा बिस्तर टटोल डाला। कोई न था।

थोड़ी देर के लिए नाहिदा परेशान हो उठी। दौड़कर बाहर के सहन में आई। वहाँ भी कोई न था। दौड़कर ऊपर गई और शमादान ले आई। सारा घर छान मारा। सलमा और इनू कहीं नहीं थे। बाहर का दरवाज़ा उढ़का हुआ था। उसे अच्छी तरह से बन्द कर वह फिर सलमा के कमरे में आई। एक बार फिर सारा कमरा देख डाला। यहाँ तक कि पलंग के नीचे भी झाँक लिया। पर वह न थी। प्रेतनी की तरह नाहिदा सुनसान कमरे में घूम रही थी। अबे उसे अपनी ही परछाईं से डर लगने लगा।

नाहिदा सनाका खा गई। थोड़ी देर, चिन्तामग्न, सलमा के बिस्तर पर बैठ रही। उसे यह उम्मीद न थी कि सलमा एकदम चल देगी। आख़िर वह जाएगी कहाँ, उसने दिमाग़ पर ज़ोर दिया। पर कुछ समझ न आया। वह गई तो गई, इनू को भी ले गई। इनू के चले जाने का उसे सबसे ज़्यादा ग़म था। अब वह किसकी राय ले? उठकर सभी कमरों को अच्छी तरह से बन्द कर वह अपने कमरे में आई। शकील औंधा पड़ा बेख़बर सो रहा था।

"ऐ शकील, उठ तो! देख तो।" वह उसे झकझोरने लगी।

"अ...आ...ऊ..." कहकर शकील ने करवट बदल ली।

"अरे भाई, उठो भी। देखो तो, सलमा क्या कर बैठी।" नाहिदा की घबराहट फूट पड़ी।

"अब और क्या कर डाला उस शैतान की ख़ाला ने?" आँखें मिचमिचाते शकील उठ बैठा।

"सलमा घर छोड़कर चली गई!"

"चलो, अच्छा हुआ, दफ़ा हुई। वर्ना तुम्हें-हमें कभी न कभी उसे निकालना ही पड़ता।" शकील ने अपनी कड़ुवाहट उगल दी।

"पर वह इनू को जो ले गई है!" नाहिदा सच में चिन्तित थी।

"अरे क्यों मरी जा रही हो? एकाध दिन भटक-भटकाकर लौट आएगी। कौन उसके लिए पलक-पाँवड़े बिछाये बैठा है? भूखों मरेगी तो आप आएगी। नहीं तो कोई कोठा आबाद करेगी। चलो, चिन्ता फेंको और सोओ। क्यों नींद ख़राब कर रही हो? अब जरा बेफ़िक्र होकर ज़िन्दगी का मज़ा लूटेंगे।" शकील ने उठकर शमा को फूँक मारकर बुझा दिया और हाथ पकड़कर बिस्तर पर नाहिदा को खींच लिया। दोनों अँधेरे में खो गए।

सुबह जब देर से नाहिदा उठी तो एक टुकड़ा धूप आँगन में फैल चुकी थी। चारों ओर शान्ति का साम्राज्य था। सूने रसोईघर का चूल्हा राख में डूबा हुआ था। कमरों

में सन्नाटा बिखरा था। खाना बनाने वाली नौकरानी भी शायद नहीं आई थी या आवाज़ लगाकर लौट गई थी। सारे घर की भाँय-भाँय ने उसे विचलित कर दिया। मरती हुई उसकी आत्मा एक पल के लिए कचोट उठी। तभी उबासियाँ लेता हुआ शकील नीचे आया।

सोच में बैठी नाहिदा को देख बोला, ''दिखता है, वह भूतनी अभी भी तुम्हारे दिलो-दिमाग़ पर छाई है! अच्छा हुआ बला टली! अब कब तक उसका सोग मनाओगी? अब तो जरा आज़ादी से रहने का मौक़ा मिला है। अलीगढ़ में शौकत चाचा की तलवार सिर पर लटका करती थी और यहाँ वह हरामजादी हमारी चौकीदार बनी थी। अब हम यहीं बड़े इत्मीनान से रहेंगे। हमारा भला इसी में है कि वह बदमाश वापस न आए।'' सलमा के जाने से वह मानो राहत महसूस कर रहा था।

''मुझे तो इनू की फिकर है। बच्चा कैसे दौड़-दौड़कर मेरे पास आया करता था। बड़ी मुहब्बत से मेरे गले लिपट आता था। सलमा के जाने का ग़म नहीं। वह भाड़ में जाए, मरे। पर मेरे भाई के बच्चे को क्यों ले उड़ी?'' अचानक, नाहिदा को एहसास हुआ कि सलमा का टल जाना उसके हक़ में अच्छा ही हुआ वर्ना शकील, कहीं उसमें उलझ जाता तो उसकी क्या हालत होती? उसने एक राहत की साँस ली। पर इनू के जाने का उसे सचमुच ग़म था। वह उससे स्नेह करने लगी थी। बालक घर भर में भागता फिरता था। सलमा के कमरे से नाहिदा के कमरे तक दौड़ लगाया करता। उसके कारण आसपास के बच्चों की भीड़ घर में लग जाती थी। उनके शोर से घर चिड़ियों की चहचहाहट-सा गुलज़ार रहता था। फिर इनू उसके भाई का बेटा और इस घर का वारिस था। इसीलिए उसके चले जाने पर नाहिदा का दुखी होना स्वाभाविक था।

शकील चुप्पी लगा गया।

थोड़े दिनों तक नाहिदा को इनू व कभी-कभी सलमा की कमी भी खली, पर ज्यों-ज्यों समय बीतता चला गया, वह शकील में मशगूल होती चली गई। अब वे निरंकुश ज़िन्दगी जीने लगे। शौकत अली ने न तो नाहिदा को, न ही आपने भतीजे को बुलाने की परवाह की। न ही वे उधर गए। शौकत को तो यह भी मालूम न पड़ा कि उसका साला विलायत कहीं निकल गया है। वह अपनी ही दुनिया में मस्त था। इधर ये अपनी रंगरेलियों में डूब गए। विवेक के मर जाने के बाद बेशर्मी हावी हो गई थी।

जब सलमा सड़क पर पहुँची तो भीड़-भाड़ देखकर ठिठक गई। घर से बाहर निकलने का उसे कम ही मौक़ा मिलता था। निकली भी थी तो पर्देदार पालकी या डोली में अपनी आपा के साथ। पैदल अकेले चलने का मौक़ा

कभी नहीं आया। आज हालात दूसरे थे। लोगों की आवाजाही कम नहीं हुई थी। ज़्यादातर लोग दिन का काम निपटाकर घर जाने की जल्दी में थे। चहल-पहल और हलके शोर ने इनू की नींद तोड़ दी। सलमा मौसी के साथ अपने को सड़क पर पाकर वह चकित हो गया, और गोद से उतर पड़ा।

''हम कहाँ जा रहे हैं, ख़ाला?'' उसके बाल-सुलभ सवाल ने सलमा की चुप्पी तोड़ी।''

''तू चुपचाप मेरे साथ चल। रास्ते में फालतू बातें नहीं करनी चाहिए।'' सलमा की बात करने की इच्छा न थी। उँगली पकड़ इनू को साथ लिए वह चल दी। जहाँ वह जाना चाहती थी, वह ठिकाना उसे मालूम न था। पर हिम्मत कर वह एक ओर चल दी और जब तिराहे पर पहुँची तो उसकी समझ में न आया कि वह कौन-सा रास्ता पकड़े। अनिर्णय के असमंजस में पड़ गई।

''कहाँ जाना है बेटी? क्या रास्ता भूल गईं?'' एक आवाज़ ने उसे परेशानी में देख पूछ लिया।

बुर्के की झिल्ली में से सलमा ने एक बूढ़े राजपूत सिपाही को देखा। सिर पर त्रिपुंड लगा हुआ था। उमर उसकी साठ के आसपास थी। राजपूत की मिठास ने उसमें विश्वास जगा दिया।

''बाबा! मैं ख़ानख़ाना अब्दुर्रहीम साहब की ड्योढ़ी पर जाना चाहती हूँ। पर रास्ता भूल रही हूँ।''

''बेटी, अकेले घर से नहीं निकला करते। ज़माना बड़ा ख़राब है। इस बच्चे के बजाय किसी बड़े को या नौकर को साथ लेकर निकलना था। ख़ैर! आओ मेरे साथ मैं रहीम साहब के दौलतखाने को जानता हूँ। चलो तुम्हें पहुँचाये देता हूँ। वे बड़े ग़रीबनवाज और रहमदिल इनसान हैं। तुम्हारी ज़रूरी मदद कर देंगे।'' बातें करता हुआ वह बाईं ओर के रास्ते पर बढ़ लिया।

सलमा इनू को लिए उसके पीछे चल दी। दिल में फिर भी धुकधुकी थी। सड़क के दोनों ओर कई तरह की दुकानें थीं। वे बाज़ार के बीच में चल रहे थे। लोग सौदा-सुलफ ख़रीद रहे थे। बाज़ार में काफ़ी शोर-शराबा था। घोड़ों पर अमीर-उमरा और बड़े लोग आ-जा रहे थे। मुसलमान औरतें बुर्के-पर्दे में और हिन्दू औरतें सिर पर चादर का घूँघट लिए जल्दी-जल्दी आ-जा रही थीं। सारा हल्ला-गुल्ला ज़िन्दगी का प्रतिनिधित्व कर रहा था। वह बिना किसी ओर ध्यान दिये राजपूत बाबा के पीछे चलती रही। तभी सड़क एक गली में मुड़ गई। गली सुनसान थी। वह बड़ी परेशान हो उठी। यद्यपि उसे पूरी तरह से राजपूत सिपाही पर विश्वास नहीं था, फिर भी किसी न किसी पर विश्वास तो करना ही पड़ता। इतना होते हुए भी वह सावधान थी, और काफ़ी अन्तर देकर चल रही थी, ताकि ख़तरा महसूस होने पर वह जल्द से जल्द इधर-उधर हो सके।

गली एक छोटे से मैदान में खो गई। मैदान के बरगद के नीचे दो हाथी झूम रहे थे। सामने हवेली का बड़ा दरवाज़ा था जहाँ दरबान पहरे पर थे। दरवाज़े के ऊपर के बारजे में चोबदार और नगाड़ा-तुरही वालों की जगह थी। ऊपर झंडा-निशान फहरा रहे थे। कई लोग आ-जा रहे थे। वह एक महल ही था। जल रही मशालों और शमादानों के उजाले में महल जगमगा रहा था।

''क्यों ठाकुर दादा, क्या बात है? सब ख़ैरियत तो है?'' पहरे पर खड़े एक सिपाही ने पूछा।

''भाई रामदीन, ये बहन हुज़ूर ख़ानख़ाना साहेब से मिलना चाहती हैं। इन्हें जरा अन्दर ले जाओ।''

''दादा, मालिक तो हैं नहीं। बादशाह सलामत से मिलने दरबार पधारे हैं।''

सलमा का दिल बुझ गया।

''अरे भाई, ऐसा करो, इन्हें जनानी ड्योढ़ी में छोड़ आओ। हुज़ूर जब आएँगे तो मिल लेंगी।'' राजपूत ने रास्ता सुझाया।

''आओ बहन, साथ आओ।'' रामदीन ने सलमा को अपने साथ चलने का इशारा किया।

''जाओ बेटी, इनके साथ चली जाओ। तुम सही जगह आ गई हो। बेगम साहिबा को भी आदाब कर लेना और उन्हीं के ज़रिए ख़ानख़ाना हुज़ूर से बात करना। ईश्वर ने चाहा तो तुम्हारी मुसीबतें हल हो जाएँगी।'' बड़े स्नेह से राजपूत हिम्मत बँधा रहा था।

कई दिनों बाद इतने प्यार से मिले व्यवहार ने सलमा को अभिभूत कर दिया। उसका गला भर आया। आँखें छलछला आईं।

''मैं आपकी बड़ी शुक्रगुजार हूँ बाबा।'' भरे गले से उसने आभार प्रकट किया।

''ऐसी भी क्या बात है बेटी! मुसीबत में यदि एक इनसान दूसरे की मदद न करे तो फिर मानवता कैसी? और फिर मैंने तुम्हारे लिए किया ही क्या है? ख़ाली ख़ानख़ाना साहेब की हवेली ही तो दिखाई है। अब जाओ, अन्दर जाओ।'' राजपूत की वाणी से स्नेह टपक रहा था।

सलमा इनू को लेकर अन्दर चल दी।

अन्दर सहन के तीन ओर बरामदे और उनके पीछे कमरे थे। तीनों बरामदे जहाँ मिलते थे वहाँ एक बड़ा-सा दरवाज़ा था। वह जनानखाने में जाता था। बाहरी बरामदों से लगे कमरों पर रेशमी परदे पड़े हुए थे! दो बरामदों में बैठे मुंशी और कारिन्दे लिखा-पढ़ी में लगे थे। आँगन, बरामदे और कुछ कमरे शमादानों के उजाले में चमक रहे थे।

जनानखाने को जाने वाले दरवाज़े के बाहर नंगी तलवारें लिये तातारी सिपाही खड़े थे। रामदीन के कहने पर वे सलमा तथा इनू को जनानखाने की बाँदी को सौंप

आए। दरवाज़े के अन्दर भी एक बड़ा आँगन था। बीच आँगन में एक बड़ा ही ख़ूबसूरत बाग़ था, जिसमें रंग-बिरंगे फूलों और सुस्वादु फलों के पेड़-पौधे थे। शानदार रविशें थीं। बीच में फव्वारा चल रहा था। बाग़ीचे में भी प्रकाश की व्यवस्था की गई थी। उस चित्ताकर्षक नज़ारे और वहाँ के सौन्दर्य ने सलमा का दिल हलका कर दिया। इस आँगन के चारों ओर भी बरामदा था। बरामदों से लगे कमरे थे। बरामदों पर पर्देदार चिकें टँगी थीं। कहीं-कहीं मखमली परदे टँगे हुए थे। बाँदी उसे जनाने महल में ले गई।

जिस कमरे में बाँदी उसे बैठा गई, वहाँ की ज़मीन पर छापी हुई जाजम बिछी थी। जाजम के एक कोने पर, जो दो ओर की दीवारों से मिलता था, एक मोटा गद्दा और गद्दे पर ईरानी कालीन बिछा था। दीवारों की ताक में खिलौने सजे थे। दो ताकों में करीने से पुस्तकें सजी थीं। कमरे के एक अन्य कोने में दीवार से सटा तख़्त पड़ा हुआ था, जिस पर गद्दा और कालीन बिछे थे। गद्दों पर गावतकिये लगे थे। दीवारों पर कलाकृतियाँ थी। छत से झाड़-फानूस लटक रहे थे, जिनमें मोमबत्तियाँ जल रही थीं। दरवाज़ों और खिड़कियों पर कढ़े हुए परदे थे। कमरे की सुरुचिपूर्ण सज्जा कलात्मक और साहित्यिक रुचि के अनुरूप थी। सलमा ने बुर्का उतार लिया था। अगरबत्ती की भीनी-भीनी सुगन्ध से कमरा महक रहा था। इसी प्रकार की ज़िन्दगी की इच्छा उसने भी की थी, पर कुछ भी सम्भव न हो सका था। चिन्तामग्न वह बैठी रही।

तभी सामने के दरवाज़े का परदा हटाकर एक महिला ने प्रवेश किया। रंग उनका गोरा था। मुँह पान से भरा हुआ था। वे हलका-सा सिंगार किए थीं। कपड़ों से भीनी-सी सुगन्ध फूट रही थी। आँखें साधारण पर सुरमे से रची थीं। हथेलियाँ मेहँदी से लाल थीं। अँगलियों में हीरे की अँगूठियाँ, गले में पन्ने का हार, नाक में लौंग तथा कानों में सोने की बालियाँ थीं। उनके मुख पर एक तेज़ और प्रौढ़ गरिमा थी जिसने सलमा को प्रभावित किया। वह बड़े अदब से हाथ में बुर्का लिये उठ खड़ी हुई। वह समझ गई कि वे बेगम साहिबा हैं। उनके पीछे एक बाँदी हाथ बाँधे, सिर नीचा किए खड़ी हो गई। सलमा ने झुककर आदाब किया और इनू को भी ऐसा ही करने के लिए इशारा किया।

बेगम साहिबा ने बैठते हुए कहा, "बैठो बेटी, बैठो। आप कौन हैं?" उनके बैठते ही बाँधी ने गोल तकिया उनके पीछे लगा, दिया। बेगम की वाणी में मिठास थी।

"ये—ये इनू है। विलायत ख़ाँ साहब का बेटा।" हड़बड़ाई सलमा कुछ भी बोल गई।

"आप खड़ी क्यूँ हैं? बैठ क्यूँ नहीं जातीं?"

सलमा बड़े अदब से कुछ दूरी पर इनू के साथ बैठ गई।

"अच्छा तो ये विलायत ख़ाँ साहेब के साहेबज़ादे हैं? बड़ा ही ख़ूबसूरत बच्चा

है। ख़ाँ साहब का कुछ पता चला या नहीं? उफ! कितने संजीदा और शरीफ़ इनसान थे। न जाने क्या सूझा जो फ़क़ीरी बाना पहन लिया?'' बेगम बड़ी हमदर्दी से बात कर रही थीं।

बाँदी हाथ बाँधे पीछे खड़ी रही।

''अच्छा, तो आप...।'' बेगम ने संशय के साथ अगला सवाल उछाला।

''जी...जी...म...मैं इस इनू की ख़ाला हूँ।'' सलमा अटकी जा रही थी।

''वल्लाह! क्या बात है! तो आप ही ख़ान साहेब की हसीन और पढ़ी-लिखी साली साहिबा हैं? अरे भई, ख़ान साहेब हमेशा हमारे इनके सामने आपकी पढ़ाई-लिखाई और समझदारी की तारीफ़ किया करते थे।'' बेगम की तारीफ़ ने सलमा को शरमा दिया।

सलमा अब क्या जवाब दे? तो उसकी चर्चा दूल्हा भाई ने पहले ही यहाँ कर डाली थी। उसके गालों की लाली लज्जा से दुगुनी हो गई।

''कहो, बेटी, क्या तकलीफ़ है आपको?'' बड़े प्यार से सलमा को विश्वास में लेते हुए बेगम ने पूछा।

ख़ानदान की इज़्ज़त को बचाए रखना भी कितनी बड़ी ज़िम्मेदारी होती है इसका एहसास सलमा को तभी हुआ। वर्ना जब क्रोध में वह घर से निकली थी तो सभी कुछ रहीम साहब से कह देना चाहती थी। पर अब जब मौक़ा आया तो वह गूँगी हो गई। अब कुछ न कुछ तो कहना ही था। संशय की निगाह से उसने बाँदी को देखा।

चतुर बेगम सब कुछ समझ गईं।

''देखो गुलनार! तुम फ़िलहाल बावर्चीखाने में जाकर खाने का इन्तज़ाम देखो। हमें ज़रूरत पड़ेगी तब तुम्हें बुलवा लेंगे।'' बेगम ने पलटकर गुलनार को हुक़्म दिया।

''बेहतर हुज़ूर।'' गुलनार सिर झुकाकर उलटे पाँव चली गई। जाते वक़्त दरवाज़ा टेकती गई।

''हाँ बेटी, अब कहो, आपको क्या परेशानी है?'' बेगम ने उसके पास आकर उसकी पीठ पर बड़ी ममता से हाथ फेरते हुए पूछा।

दोपहर बाद की घटनाओं ने सलमा को इतना विचलित कर दिया था कि वर्षों बाद 'बेटी' शब्द सुनते ही वह विगलित हो उठी। बड़ी देर से रुकी उसकी रुलाई फूट पड़ी। वह क्रन्दन कर उठी। इनू चुप बैठा रहा। अचानक उसे रोता देख बेगम पहले तो थोड़ी चिन्तित हुईं, पर वे सँभल गईं। समझ गईं कि लड़की को किसी बात से गहरी ठेस लगी है। वे उसकी पीठ पर हाथ फिराकर प्यार जताती रहीं। इस स्नेह-प्रदर्शन ने सलमा को और तोड़ दिया। वह दिल भरकर रो ली। उसके मन में जो उमड़ रहा था, वह आँसुओं के रूप में गल गया। जब ज्वार थमा तो उसने अपना सिर उनकी गोद में रख दिया।

बेगम अविचल बैठी रहीं। जब उन्हें विश्वास हो गया कि सलमा के दिल का गुबार निकल चुका है तो वे उठकर अन्दर गईं और नक्काशीदार चाँदी के गिलास में सुगन्धित पानी ले आईं। बड़े प्यार से उन्होंने गिलास उसे थमा दिया और पीठ पर हाथ फेरती रहीं। अपने दुपट्टे से आँखें पोंछ सलमा पानी पीने के बाद सँभली।

कुछ देर दोनों चुप बैठी रहीं।

"हाँ तो बेटी, बताओ तुम्हें क्या तकलीफ़ है?" सलमा के आँसुओं के साथ ही औपचारिकता भी बह गई। बेगम अपने को उसके अत्यन्त निकट समझने लगीं।

सलमा की शराफ़त फिर आड़े आ गई। शकील और नाहिदा के सम्बन्धों की बात को दबाकर उसने सभी कुछ कह दिया। मात्र इतनी शिकायत की कि नाहिदा ने उससे पूछताछ कर सच जानने के बजाय उलटे अपने भतीजे का पक्ष ले उसे अपमानित किया। इन हालात में उसका उस घर में रहना अब मुश्किल है। अब वह उनकी शरण में है, इल्तिजा करती है कि ख़ानख़ाना साहेब उसका कोई इन्तज़ाम करने की मेहरबानी करें ताकि वह अपनी अस्मत बचा सके। उनके लिए यह कोई बड़ी बात नहीं है।

"ठीक है, बेटी, तुम यहीं ठहरो। तुम्हारा दुख-दर्द मैं समझती हूँ। एक औरत दूसरी का दर्द न समझेगी तो और कौन समझेगा? तुम बेफ़िक्र रहो, उनके आते ही मैं बात कर लूँगी और एकाध दिन में वे तुम्हारा ज़रूर इन्तज़ाम कर देंगे। उन्हें आ जाने दो।" बेगम ने आश्वासन दिया।

गुलनार को बुलवाकर उन्होंने सलमा और इनू के रहने का इन्तज़ाम करा दिया।

ख़ानख़ाना रात के दूसरे पहर में दरबार से लौटे। बेगम ने उन्हें सलमा की सारी जानकारी दे दी। वे अवाक् रह गए। फिर गहरी साँस लेकर उन्होंने कहा, "बेगम! हमें उम्मीद न थी कि विलायत ख़ाँ इस तरह की बेवकूफी कर जाएँगे! ख़ैर, तुम उसे समझा दो कि हम उसका और विलायत ख़ाँ के बच्चे का इन्तज़ाम कर देंगे। फ़िलहाल उन्हें यहीं रखो। हम तुमसे इसलिए ख़ुश हैं कि तुमने एक बेसहारा को आसरा दिया।"

"आपके साथ रहते-रहते क्या मैं इतना भी नहीं सीख पाऊँगी?" बेगम ने विनोद से उत्तर दिया।

ख़ानख़ाना की हवेली पर गरजमन्द, ज़रूरतमन्द, लेखक, कवि, शायर, ग़रीब-गुरबे, विद्यार्थी और विधवाएँ आते ही रहते थे। वक़्त-बेवक़्त उनके खानपान, रुपये-पैसे से मदद और इन्तज़ाम की ज़िम्मेदारी बेगम के कन्धों पर ही थी। उनके लिए यह कोई नई बात न थी। उनके इसी सहयोग और गुण पर रहीम ख़ुश थे। दो दिनों में ही सलमा और इनू की पढ़ाई का इन्तज़ाम हो गया। हर आठ-दस दिन में ख़ानख़ाना बेगम के ज़रिए उनकी खोज-ख़बर ले लिया करते थे। वे दोस्ती का नमक अदा कर रहे थे।

"भाई मेरे! मैं आज जो कुछ हूँ, अपनी सलमा ख़ाला के त्याग-तपस्या और ख़ानख़ाना की मेहरबानियों की वजह से ही हूँ। वे न केवल मेरे सरपरस्त बने रहे, बल्कि उन्होंने मुझे अब्बा-सा प्यार भी दिया। उनकी बेगम साहिबा भी मुझसे बेहद मुहब्बत करती हैं। आज भी उनका प्रेम मुझ पर वैसा ही है। मुझे हर तरह की मदद देने को वे तैयार रहते हैं। मेरी सिपहसालारी और जागीर के लिए भी उन्होंने ख़ुद बादशाह हुजूर से सिफ़ारिश की थी।" इनायत ख़ाँ की वाणी में कृतज्ञता भरी थी।

अब्दुल्ला सुनता रहा।

"अबू मियाँ! ज़िन्दगी सीधी-सरल लकीर-सी कभी नहीं चलती। जिस ख़ाला ने मुझ पर अपनी जान छिड़क दी, सारी जवानी कुँवारी रहकर गुज़ार दी, उसी ने आगे चलकर मेरे साथ जो बर्ताव किया उसे देखकर मैं दंग रह गया। एक सवाल न हल हो सकने वाली पहेली बनकर वे मेरे सामने खड़ी हो गईं। अपने बच्चे के लिए सभी कुछ न्योछावर कर सकने वाला कभी ऐसा भी कर सकता है, सोच-सोचकर मैं आज भी हैरान रह जाता हूँ। जवाब न मिलने पर फिर से उस गुत्थी को सुलझाने में उलझ जाता हूँ।" इनायत ख़ाँ उदास हो गया।

"क्यों? ख़ाला ने ऐसा क्या कर दिया?" बड़ी देर बाद अब्दुल्ला की बोली फूटी।

"मियाँ, पूछो क्या नहीं किया। मेरी सारी घर-गिरस्ती बरबाद कर दी। ख़ाला ने, जो माँ से भी ज़्यादा बढ़कर है, सिर्फ़ कोख में रखकर जन्म ही नहीं दिया, दी भरपूर मुहब्बत और जिसने पैदा किया, उससे प्यार नहीं मिला। उसने तो पैदा करने के थोड़े दिनों बाद ही मुझे अपनी बहन की गोद में डाल दिया था। उस बहन ने मुझ पर अपना सभी कुछ लुटा दिया। पर उसी ने बाद में जो सलूक मेरे साथ किया, उससे कभी-कभी मुझे लगता है कि ख़ाला ने, मेरे ख़ानदान की बेइंसाफ़ी का बदला कहीं मुझसे तो नहीं वसूला? आज भी मैं इसे समझ नहीं सका हूँ।" इनायत ख़ाँ ग़मगीन हो गया।

"क्यों सलमा ख़ाला ने आपके साथ ऐसा सलूक क्या कर डाला? वे तो आप पर जान छिड़कती थीं?" अब्दुल्ला भी चक्कर में पड़ गया।

समय की चिड़िया जाने कब कड़वे-मीठे अनुभवों को अपने परों में समेटकर उड़ जाती है। इसका पता जब चलता है तब तक बच्चे जवान हो चुकते हैं। बिताया हुआ सुख-दुख यादों का इतिहास बनकर बच रहता है। सलमा अपने इनू को देखती ही रह जाती थी। कल तक जो बच्चा उसका आँचल पकड़कर उसके पीछे सहमा-सा चला करता था, वही अब उसका सरपरस्त बन

गया। अपने को वह अपनी सलमा ख़ाला का संरक्षक मानने लगा। पठान के बेटे ने एक शानदार और सुगठित डील-डौल अपने माँ-बाप से पाया था। उसका व्यक्तित्व निखर आया था। समय के अनुरूप उसने छोटी-सी दाढ़ी रख ली थी जिसे वह समय-समय पर तराश लिया करता था। तलवारनुमा पतली मूँछें दाढ़ी से उसके चिबुक पर संगम कर लेती थीं। कभी-कभी सलमा को वह विलायत ख़ाँ का भ्रम देता, तो कभी उसकी शक्ल में मरहूम शहनाज़ की झलक दिखाई दे जाती थी। पर एक बात तय थी, जहाँ वह अपने बाप के समान नाच-गाने, गीत-संगीत, शेरो-शायरी और साहित्य में रुचि रखता था वहीं अपनी माँ, शहनाज़ के समान घर के लिए भी उसमें तीखा लगाव था। माँ-बाप की विपरीत रुचियों का वह मिला-जुला ज्वलंत विरोधाभास था। हर नौजवान के समान उसकी जवानी सपने सँजोने लगी थी। आसमान से सितारे तोड़ लाने और किसी से भी टकराने की हिम्मत वह रखने लगा था।

और सलमा! उसकी जवानी ढलान पर थी। बालों की लटों पर बर्फ़ानी सफ़ेदी छाने लगी थी। उसकी जिन रुचियों ने विलायत को और जवानी के उभार ने शकील को पगला दिया था, वह न जाने कहाँ खोता चला जा रहा था। उसके कच्चे कुँवारेपन के कटाव शरीर की स्थूलता में खो गए। वह अपनी बड़ी बहन शहनाज़ के समान स्थूल और मोटी तो नहीं हुई, पर कमर के आसपास का घेरा अवश्य ही फैल गया था। गालों में मांस भर आया था और हाथों की कोमलता और नज़ाकत पर भी गोश्त चढ़ गया था। मगर उसकी निगाहों का गहरापन वैसा ही था, तीखा और भेदक।

उमर के चढ़ाव के साथ वह इनू से अधिक बँधती चली जा रही थी। उस पर अधिक आधारित हो उठी थी। कंजूस के धन की तरह वह उसे अपने, सिर्फ़ अपने लिए सँभाले रखना चाहती थी। वही उसका सहारा और पूँजी था। सिपहसालार इनायत ख़ाँ को वह अभी भी अपना नन्हा इनू समझती थी। जबकि इनायत ख़ाँ की अपनी दुनिया बस गई थी। मुग़ल अमीर-उमरा के नौजवान बेटों की सोहबत में वह उठता-बैठता था। शिकार, नाच-गानों, शेरो-शायरी की उनकी महफ़िलें हँसी-कहकहों और ठहाकों से गूँजा करती थीं। गाहे-बगाहे दोस्तों के दबाव में आकर वह एकाध जाम भी पी लेता था। पर शराब उसे कभी जमी नहीं। उसके दिन सोने के और रातें चाँदी की थीं। जिस दिन कोई महफिल सजती, उस रात इनायत ख़ाँ देर से घर लौटता।

बेचैन सलमा उस पर नाराज़ हो उठती, ''देख इनू, तू समय पर घर लौट आया कर।''

''मेरी अच्छी ख़ाला, मैं कोई अब बच्चा तो हूँ नहीं जो खो जाऊँगा। मुझे हज़ार काम रहते हैं। बादशाह हुजूर के दरबार में हाजिरी लगानी पड़ती है। ख़ानख़ाना साहेब के यहाँ भी कभी-कभी जाना पड़ता है। फौजी कामों की देखभाल करनी पड़ती है।

फिर अपनी जागीर का हिसाब-किताब। कितना-कितना काम रहता है मुझे मासी माँ!'' इनायत ख़ाँ बड़े अभिमान के साथ अपनी व्यस्तता का दुखड़ा सुनाने लगा।

''अरे हाँ! एक तू ही तो है सारे मुग़ल दरबार को सँभालने वाला। बड़ा आया कामकाजी।'' सलमा ने टोका, फिर धीरे से पूछा, ''तूने मुझे वो क्या कहा था रे इनू अभी?''

''क्या मासी माँ?'' इनू ने शरारत से पूछा।

''मैं तेरी माँ कब से बन गई रे?'' अन्दर से सलमा का मन तृप्ति से लबालब भर गया, मानो चातकी को स्वाति की बूँद मिल गई हो। फिर भी वह बार-बार इस शब्द को पीना चाहती थी।

''तुम क्या मेरी अम्मी नहीं हो, बोलो तो?'' इनू सलमा के दोनों कन्धे पकड़कर हलके से झकझोरने लगा। ''मेरे प्रति तुमने क्या माँ-बाप दोनों का हक़ अदा नहीं किया? एक तो ख़ुदा को प्यारी हो गई और अब्बा आज तक न जाने कहाँ ग़ायब हैं। शायद ज़िन्दा भी हैं या क्या जानें!''

सलमा ने तुरन्त इनू के मुख पर अपनी कोमल हथेली रख दी, ''चुप! ऐसी गन्दी बात नहीं सोचते! वे जहाँ भी रहें, ख़ुदा उन्हें सलामत रखे।''

''अच्छा ख़ाला अम्मी, अगर तुम न होतीं तो मेरा क्या होता?'' इनू उदास हो गया।

''अरे सबका ख़ुदा है रे। शायद तेरे लिए ही पहले से सोचकर मुझे इस दुनिया में उन्होंने भेज दिया। चल अब खाना खा ले, ठंडा हो रहा है।''

साथ चल रहा इनू सलमा से ऊँचा था। शहनाज़ की झलक उसकी शक्ल से झाँके जाने के कारण ऐसा लगता मानो सलमा का छोटा भाई उसके साथ चल रहा हो।

बड़े लाड़ से खाना खिलाते हुए सलमा ने कहा, ''देखो इनू! अब न तो तू मेरे से सँभलता, न घर का काम-काज। कई अच्छे-अच्छे रिश्ते तेरे लिए आ रहे हैं। सोचती हूँ, कहीं न कहीं 'हाँ' कह दूँ। तभी तेरा पाँव घर में बँधेगा। अब इसमें ज़ंजीर डालना ज़रूरी हो गया है। तब देखूँगी, कितने काम निपटाता है तू।'' सलमा ने उसके गाल पर चिकोटी काट ली।

''भई! आख़िर काम तो काम ही रहेगा। न होगा, घर में रहकर मैं पूरा करूँगा।'' इनू शैतानी से मुस्कराया।

''और अभी क्या तकलीफ़ है जनाब को घर में काम निपटाने में?'' सलमा ने ग़ुस्सा दिखाया।

''अभी यह तकलीफ़ है ख़ाला अम्मी, कि तुम मुझे काम करने कहाँ देती हो?''

''बेटा इनू, तू थक गया होगा। कुछ रोज़ ज़रा आराम कर ले। न हो एकाध मुंशी रख ले। काम वैसे ही बढ़ रहा है।''

"मैं कहीं काम निपटा सकता हूँ, ऐसे में?" इनू इतराया।

"ओह! ख़ुदा समझे तुझे। ज़बान ही पकड़ लेता है। ख़ैर, अब तेरे पाँव जल्दी बाँधने पड़ेंगे तभी मेरा अकेलापन दूर होगा।"

"देखना ख़ाला अम्मी! मुझे बाँधते-बाँधते कहीं तुम परेशान न हो जाओ, सोच लेना जरा।" मज़ाक़ में मानो कोई भविष्यवाणी इनू कर रहा हो।

"अरे हाँ रे, बड़ा आया मेरी परेशानी की चिन्ता करने वाला। दुल्हनें परेशान ही तो करती हैं जैसे। इतना ही मेरा ख़याल है तो फिर वक़्त पर घर क्यों नहीं आ जाता? घर में अकेलेपन की आग से जलने के लिए मुझे छोड़ देर-देर तक बाहर क्यों रहता है? कम से कम दुल्हन के आ जाने पर मुझे यह दुख तो नहीं रहेगा। अरे ये रोटी और घी क्यों छोड़े जा रहा है अब?" सलमा ने टोक दिया।

हाथ धोते-धोते इनू बोला, "अब तुम परोसती ही जाती हो बिना पूछे। पेट को जितना लगेगा, उतना ही तो खा पाऊँगा?"

"तू खाता ही क्या है रे? अरे खाएगा-पीएगा नहीं तो काम कैसे करेगा? जंग में लड़ेगा कैसे?" सलमा दुखी हो गई।

"अरे, हाँ मासी, मैं यह बताना तो भूल ही गया। कल मक़बूल की शादी है। बारात में तो जाना ही पड़ेगा। अहमदपुर के अमीर की लड़की है। वह मान नहीं रहा है।"

"कितने दिनों के लिए जाएगा? फिर मेरा भी कुछ सोचा है?"

"तुम्हारी वजह से ही तो मना कर रहा था। पर दोस्त लोग मानें तब ना। जाना ही पड़ेगा। न होगा तो निकाह के फ़ौरन बाद ही, रात में लौट आऊँगा।"

"ठीक है बेटा! जल्द से जल्द आ जाना।"

बारात की धूमधाम, निकाह और खाने के बाद तवायफ़ का जब नाच शुरू हुआ तो मौक़ा पाकर इनायत खिसक लिया। वह जानता था कि नाच के साथ ही पीना-पिलाना शुरू होगा जो रात गए तक चलेगा। तब उसका महफ़िल से निकलना दूभर हो जाएगा। वैसे भी रात भीग रही थी। रात का दूसरा पहर ख़त्म होने में थोड़ा ही वक़्त रह गया था। चुपके से वह चल दिया। दूरी के बढ़ने के साथ ही शादी का सारा शोर-शराबा दूर होता चला जा रहा था। गाँव पीछे छूट गया। सड़क आगे के जंगल में इस तरह खोती चली गई जैसे माँग बालों में खो जाती है। पेड़ों की सघनता के कारण कभी-कभी चाँदनी पेड़ों और पत्तों को छेद पाने में असफल हो रही थी। ऊपर चाँद आकाश की नीली झील में तैर रहा था। कभी-कभी बादलों का झुंड हवा की सवारी किए जब तेज़ी से निकल जाता था तो ऐसा लगता था मानो चाँद भागा चला जा रहा हो। इक्के-दुक्के तारे भी दिखाई दे रहे थे। पर

उनकी आभा को आकाशपति ने फीका कर रखा था। जंगली पेड़ों पर फैली रात की काली चादर को भेदकर चाँदनी उसकी राह को उजागर कर रही थी। हवा मन्द-मन्द बह रही थी। रास्ते के पेड़ों के पीछे का जंगल सघन था। पूरी चाँदनी होने के बावजूद उसके चरणों में पसरी रात अधिक गहरी लगती थी। उस वन से सियार या किसी जंगली जानवर की आवाज़ रात के सन्नाटे को तोड़ जाती थी। अपने चेहरे पर इनायत को जंगली गन्ध से मिली हवा के थपेड़े अच्छे लग रहे थे।

आसपास के माहौल का जायज़ा लेते, गुनगुनाते इनायत बड़ी मस्ती में चला जा रहा था। घोड़े की रास उसने ढीली छोड़ दी। सधा-सिखाया घोड़ा दुलकी चाल से आराम से घर की ओर बढ़ रहा था। तभी अचानक उसे लगा कि आगे कुछ दूरी पर, सड़क के एक ओर कोई पड़ा हुआ है। इनायत सतर्क हो गया। उसने लगाम खींच के घोड़े को अपने काबू में ले लिया। उसका हाथ आदत के मुताबिक़ तलवार की मूठ पर चला गया ताकि मौक़ा पड़ने पर उसे फ़ौरन निकाल सके। यद्यपि चाँदनी की उजास में सड़क पर पड़ी चीज़ साफ़ नहीं दिखाई दे रही थी पर उसका आभास हो रहा था। वह सतर्कतापूर्वक आगे बढ़ने लगा। जब पास पहुँचा तो दो लाशों और दूर एक गठरी को पड़ा पाया। सड़क पर ख़ून फैला था। सड़क के एक ओर एक बैलगाड़ी उलटी पड़ी थी। घास के पूले आसपास बिखरे थे। इनायत ख़ाँ ने तलवार निकालकर बड़ी सावधानी से घोड़े पर बैठे-बैठे ही उन लाशों के कपड़ों को उलट-पुलटकर भाँपने की कोशिश की कि उनमें से कोई ज़िन्दा भी है क्या? फिर घोड़े से उतरकर उन्हें हाथ से टटोला। एक की गरदन आधी से अधिक कटी हुई थी और दूसरे की छाती में छुरा भोंका हुआ था। दोनों के प्राणपखेरू उड़ चुके थे।

बड़ी सावधानी से इनायत ने आसपास की सारी स्थिति का जायज़ा लिया। सड़क पर ख़ून फैला हुआ था। मरे हुओं की उमर तीस और पैंतालीस के बीच थी। सामान नहीं के बराबर था। उसने अन्दाज़ा लगाया कि शायद दो-तीन घड़ी पहले ही झगड़ा हुआ है। मामला शायद डाकेजनी का है। रोकने पर डाकुओं ने हत्याकांड कर दिया। तभी उसे दूर पड़ी गठरी हिलती-सी दिखाई दी। वह सन्न रह गया। उसे लगा कि क्या कोई मुर्दा फिर जी उठा? बड़े चौकन्नेपन के साथ वह आगे बढ़ा। पहले उसने उस गठरी को अपनी तलवार से छुआ। सिवाय हिलने-डुलने के उसे उस गठरी में कुछ भी नहीं दिखाई दिया। हिल-डुलकर ही वह गठरी अपने ज़िन्दा होने का सुबूत दे रही थी।

इनायत ख़ाँ सतर्क खड़ा रहा। चौकस निगाहों से उसने अपने चारों ओर देखा। सब कुछ सुनसान था। एक काली बदली ने चाँद को ढक लिया था पर किरणें थीं कि बदली के चारों ओर से फूटकर उजाले को ज़िन्दा रखे थीं। कुछ समय तक आहट लेने के बाद उसने झुककर गठरी को सीधा किया। सिर से पैर तक लिपटी चादर में शायद कोई औरत थी। सिर की ओर की चादर का भाग ख़ून से सना था,

जो सूखकर जम गया था। इनायत ने झुककर चादर हटाई। सामने एक लड़की नीम-बेहोशी की हालत में पड़ी थी। उमर उसकी बीसेक के आसपास थी। इनायत ने आसपास देखा, कहीं कुछ दिखाई न दिया। तब वह बैलगाड़ी के पास आया। गाड़ी में एक दरी व चादर पड़ी थी। उसे उठा लाया और एक ओर बिछा दी। फूल-सी लड़की को उठाकर उस पर सुला दिया। गाड़ी के पास ही उसे एक औंधा पड़ा लोटा मिल गया। थोड़ी दूर पर एक छोटी नदी बह रही थी। बारात के साथ जब दिन में वह इधर से गुज़रा था, तो उसे इस नदी की जानकारी हुई थी। उस लोटे में इनायत पानी भर लाया। उसने लड़की के घाव को धो डाला और मुँह पर छींटे मार, होश में लाने की कोशिश करने लगा। लड़की का सिर उसने अपनी गोद में रख लिया।

"आ...ह...ऊँ...उँ..." कराहते हुए लड़की ने करवट बदली, सिर पर हाथ फिराया और आँखें खोल दीं। सामने एक आदमी को तलवार लिये देख डर गई और चीख़ मारकर फिर बेहोश हो गई। इनायत ख़ाँ समझ गया कि उसे भी उस लड़की ने कोई बदमाश मान लिया है। वह असमंजस में पड़ गया। क्या उसे रास्ते में ही, लाशों के पास मरने के लिए छोड़ जाए? उसकी इनसानियत इसके लिए तैयार नहीं थी। उसने तय किया कि होश में लाने के बजाय उसे इसी हालत में उठाकर घर ले जाया जाए। वारदात की जगह अधिक समय तक ठहरना खतरे से ख़ाली न था। घर ले जाकर दवा-दारू के बाद जब लड़की स्वस्थ हो जाएगी तो उसे उसके घर पहुँचा दिया जाएगा। निर्णय लेते ही उसने कमर में हाथ डालकर उसे उठा लिया और अपने घोड़े पर बड़े हौले से डाल चल दिया।

दो घड़ी में ही, बिना रुके घर जा पहुँचा। सलमा ने इनायत के साथ एक लड़की को देखा तो हैरान रह गई।

"इनू... ?" सलमा की सवालिया निगाहें उसे घूर रही थीं।

"ख़ाला, तुम अन्दर चलो। एक बिस्तर अलग से अपने कमरे में लगा दो। मैं सब कुछ तुम्हें अभी बतलाता हूँ।" इनू ने उस बेहोश लड़की को गोद में उठा लिया और कमरे में ले गया। सलमा ने झटपट एक बिस्तर लगा दिया। उस पर उसे सुला दिया गया। सलमा की सशंक निगाहें अभी भी सवाल कर रही थीं। इनू ने सब कुछ बतला दिया। सलमा ने गरम पानी से घाव को साफ़ कर मरहम-पट्टी कर दी। लड़की होश में आई। एक औरत को देखकर उसे ढाढ़स बँधा। सलमा ने उसे गरम दूध पीने को दिया और सुला दिया।

सुबह वह लड़की पूरी तरह से होश में आ गई। कमरे में सलमा के कपड़े, गरारे, शलवार-कुर्तियाँ अलगनी पर टँगी थीं। वह सभीत उठ बैठी। तभी सलमा ने कमरे में आकर कहा, "उठो मत बेटी! एक-दो दिन अभी आराम कर लो। तुम जल्द अच्छी हो जाओगी। अब चिन्ता की कोई बात नहीं है। हाँ! तुम्हारा नाम क्या है, बेटी?"

"जी! हमीदा।"

"लो, गरम दूध पी लो।"

हमीदा ने सिर पर हाथ फेरा। वहाँ पट्टी बँधी हुई थी। पर वहाँ अभी भी दर्द था। वह कमज़ोरी अनुभव कर रही थी। अभी भी घबराहट लेकिन उसे भूख लग आई थी। उसने मुँह-हाथ धोकर दूध पी लिया। थोड़ी देर बाद उसने सकुचाकर पूछा, "जी...म...मैं...कहाँ हूँ?"

"बेटी, यह मकान सिपहसालार इनायत ख़ाँ का है! मैं उसकी ख़ाला हूँ। कल अहमदपुर से आते वक़्त उसने तुम्हें रास्ते में बेहोश पड़ा पाया। उस जंगल में शायद तुम्हारे घर के लोगों के साथ राहजनी हो गई थी। तुम्हारे दोनों साथी मारे गए हैं। तुम जरा चलने-फिरने लायक हो जाओ तो तुम्हें तुम्हारे घर भिजवाने का इन्तज़ाम कर देंगे।" सलमा ने समझाया।

सलमा की मौजूदगी से हमीदा की हिम्मत बढ़ गई। उसे लगा कि एक शरीफ़ घर में उसे पनाह मिली है। वह थोड़ी बेफ़िक्र हुई। अपने घर के लोगों की हत्या की ख़बर ने उसे दुख के सागर में डुबो दिया। वह ग़मगीन हो उठी। पर इन अजनबियों को क्या कहें? उसे हलका-सा बुख़ार हो आया था। अस्वस्थता, घाव की पीड़ा और मानसिक तनाव ने उसे तोड़ दिया। बह बिस्तर पर फिर से लेट गई। घरेलू वातावरण ने उसे थोड़ी-सी राहत दी थी। वह सो गई। सलमा ने भी उसे आराम करने देना मुनासिब समझा। वह उसे चादर उढ़ाकर काम-काज सँभालने चली गई। हमीदा के आ जाने से इनायत अक्सर बाहर ही रहने लगा।

दो दिन में हमीदा व्यवस्थित हुई। पर उसका न तो घाव भरा था, न ही बुख़ार उतरा था। फिर भी उससे बात करने पर सलमा को पता चला कि हमीदा सूरजगढ़ की रहने वाली है। वहीं उसके अब्बा खेती-किसानी करते हैं। उसका निकाह पाँच साल की उमर में ही कर दिया गया था। बचपन में ही उसका बालक ख़ाविन्द एक बीमारी में जब मर गया तो अभागन मानकर उसकी ससुराल वालों ने उसे बुलाना उचित न समझा। इसी बीच उसकी माँ भी मर चुकी थी, और अब्बा ने दूसरी शादी कर ली। दूसरी माँ से भी दो-तीन बच्चे हैं। अब्बा भी उनमें मगन रहे। उसकी ओर किसी ने भी ध्यान देना उचित न समझा। अभागी माँ ने दुरदुराया ही। अब्बा कभी-कभी ही उसकी पीठ पर प्यार से हाथ फेरते थे। उसकी हालत अपने ही घर में नौकरानी से भी बदतर थी। घर में चाचा भी थे। उन्होंने शादी नहीं की। वे खेत-खलिहान और गाँव के कामों में ही मगन रहे। दो दिन पहले वे लोग हाट करने गए थे। काम की अधिकता की वजह से घर से उसका निकलना कम ही होता था। उस दिन ज़िद कर वह अब्बा व चाचा के साथ हाट के लिए निकल पड़ी थी। घर लौटने में रात हो गई। तभी कुछ बदमाशों ने, जो चेहरों पर ढाटा बाँधे थे, गाड़ी पर हमला कर दिया। बैल भाग खड़े हुए। पर डाकुओं ने पीछा न छोड़ा। भागदौड़ व हमले में

गाड़ी उलट गई। वह दूर जा गिरी। पत्थर से सिर टकरा जाने से वह बेहोश हो गई। बेहोश होने के पहले उसने अपने अब्बा और चाचा की चीख़ें ज़रूर सुनी थीं। फिर होश नहीं आया। जब किसी ने उसके चेहरे पर पानी के छींटे मारकर होश में लाने की कोशिश की तो घोड़े व नंगी तलवार को उसके साथ देख वह डर गई। भय के मारे फिर बेहोश हो गई। दूसरी बार जब होश में आई तो ख़ुद को इस घर में पाया।

हमीदा की कहानी ने सलमा को दुखी कर दिया। हमीदा के घाव, बुख़ार एवं कमज़ोरी को देखते हुए वह उसे जाने को भी नहीं कह सकती थी। घाव के कारण हमीदा को सिरदर्द रहने लगा था। सलमा की राय पर इनायत हकीम को ले आया। उन्होंने अच्छी तरह से जाँच कर दवा वगैरह दे दी। घाव को धोकर उसकी नए सिरे से मरहम-पट्टी की और मरीज को पन्द्रह-बीस दिन आराम करने की राय दी। इनायत ख़ाँ ने हमीदा की देखभाल के लिए अच्छी भागदौड़ की। दूध और फल वगैरह का अलग से इन्तज़ाम कर दिया। उसने अनुभव किया कि एक बीमार के आ जाने से घर का काम बढ़ गया है। इसलिए उसने एक नौकरानी भी रख ली। हमीदा की करुण-कथा ने इनायत की अनजानी दया को जगा दिया।

सलमा इनू की व्यस्तता देख रही थी। वह बोली तो कुछ नहीं पर उसे अखर गया। इनू ने, जो उससे बिना पूछे कभी कुछ न करता था, इस बार पूछना तो दूर सलाह लेना भी ठीक न समझा। और जब एकाध बार इनायत ने पूछा, ''ख़ाला! वे जो आई हैं, मेरा मतलब है बीमार हैं, वक़्त पर दूध-फल-दवाई वगैरह लेती रहती हैं ना?'' तो सलमा कट गई। उसने व्यंग्य से कहा, ''इनू! तुझे क्या भरोसा नहीं कि उसे ये सब चीज़ें दी जा रही हैं?''

इनायत हतप्रभ हो गया। उसने तो सहज ही पूछा था। ख़ाला ने कुछ का कुछ समझ लिया। उस दिन से सलमा के दिल में दरार पड़ गई। वह धीरे-धीरे बढ़ती ही जा रही थी। हमीदा के लिए दिखाई जाने वाली इनू की हर सहानुभूति सलमा को अखर जाती।

तभी एक दिन सलमा ने इनू को टोका, ''अरे इनू? क्यों न हम इस लड़की के घरवालों को उसके यहाँ होने की ख़बर कर दें?''

''क्या फ़ायदा होगा ख़ाला? तुम्हें तो उसने सब कुछ बतला ही दिया है। उसके बाप और चाचा की हत्या के बाद क्या उसकी सौतेली माँ उस अभागी को अपने पास रखना पसन्द करेगी? अभागी, कलंकी, कलमुँही आदि न जाने क्या-क्या कहकर उसका जीना मुहाल कर देगी।'' इनायत ने समझाने की कोशिश की।

एक ठंडे ग़ुस्से से सलमा भर उठी। अधिक कुछ न बोली पर इतना ज़रूर फुफकारा, ''तो क्या फिर उसे यहीं रखने का इरादा है?''

''नहीं ख़ाला, ऐसी तो कोई बात नहीं है। अभी उस बारे में कुछ सोचा नहीं है। ज़रा वे अच्छी तो हो लें, फिर से बात कर कुछ इन्तज़ाम कर देंगे।'' तभी इनू को

लगा कि सलमा ख़ाला की पीठ के पीछे दरवाज़े की आड़ में खड़ा साया अँधेरे में सरक गया है। वह समझ गया पर बोला कुछ नहीं। मानो उसने कुछ देखा ही नहीं।

"ठीक है भाई! तुम लोग जैसा भी जो चाहो करो।" धम-धम करती सलमा बावर्चीखाने में चली गई। इनू उसके ग़ुस्से का कारण समझ नहीं पाया। बात बढ़ाना उसने ठीक न समझा।

उस रात इनायत ने जंगल में, सड़क पर, बेहोश पड़ी हमीदा को गोद में उठाकर घोड़े पर डाल लिया था, और अपने साथ घर लाया था। उस सारे समय के साथ ने, हमीदा के यौवन की सुरभि ने, अनजाने में ही उसे मस्त कर लिया था। वह उसे समझ नहीं पाया था। पर एक अव्यक्त आकर्षण वह अनुभव करता था। दोनों के बीच बात कभी नहीं हुई। हमीदा उससे परदा ही करती थी। भयभीत हिरणी-सी वह अलग-थलग रहती। किसी को भी शिकायत का मौक़ा न देना चाहती थी। पर इनू सदा उसकी मौजूदगी का एहसास लिये रहता था। घर में उसकी मौजूदगी और उस मृगी के अंगों से फूटने वाली सुगन्ध से वह पीड़ित हो गया। उसकी ज़िन्दगी की करुण कथा ने, उसके प्रति और अधिक सदय बना दिया। एक अदृश्य बन्धन से वह अपने को बँधा पाता था।

एक दिन दोपहर में जब वह घर लौटा तो सलमा ख़ाला घर में न थी। दरवाज़ा खोला हमीदा ने। नीचा सिर किए दरवाज़ा खोलने के बाद वह अन्दर चली गई। दरवाज़ा टिकाकर इनू भी अन्दर आया। एकाएक हमीदा को सामने पाकर मन धड़-धड़ करने लगा। अपने को उसके साथ अकेला देख वह ठिठक गया।

"ख़ाला कहाँ गई है?" उसने अटकते-अटकते पूछा।

हमीदा का कंठ बड़ी देर बाद फूटा, "जी, पड़ोस में बैठने जाने को कहकर गई हैं।

इनू को उसकी बोली में कोयल की सी मिठास लगी।

"तो फिर मैं जाता हूँ। बाद में आ जाऊँगा।" इनू ने बाहर जाने के लिए पीठ फेरी।

"सुनिए!"

इनू की पीठ को सुनाई दिया। उसके पाँव ज़मीन से चिपक गए। पीठ फेरे बिना ही उसने पूछा, "कहिए?"

चुप्पी थोड़ी देर तक दोनों के बीच तैरती रही।

"बोलिए, क्या तकलीफ़ है?" पीठ फेरे बिना ही इनू ने बड़े मुलायम स्वर में पूछा।

"क्या मैं इतनी बुरी हूँ कि देखना भी आपको नापसन्द है?" हमीदा की वाणी से एक घायल अभिमान फूटा पड़ रहा था।

"जी...ई...जी...न...नहीं...जी...ऐसी तो कोई बात नहीं है।" इनू पलटकर

खड़ा हो गया। आज उसने दूसरी बार--नहीं पहली बार अच्छी तरह से, नज़र भर हमीदा को देखा। सामने एक मध्यम ऊँचाई की लड़की खड़ी थी। इस घर में अच्छा खाना, दूध-फल, ख़ासकर शान्त ज़िन्दगी बिताने का मौक़ा मिलने से गत महीने भर में हमीदा के अंगों में निखार आ गया था। भौंहें उसकी छोटी पर सुन्दर थीं, और आँखों में थी एक अव्यक्त करुण दया। नाक नुकीली पर छोटी थी। ओठों के ऊपर नथुने थोड़े फैले हुए थे। रंग साँवला होते हुए भी खुलता-सा था। कानों के लवे सुन्दर थे। ओठ न अधिक मोटे थे न पतले। अभाग्य और भोगे हुए दर्द की पीड़ा की अनुभूति ने उसके व्यक्तित्व में एक विशेष आकर्षण पैदा कर दिया था। सिर झुकाए खड़ी हमीदा एक दीप-शिखा की लौ-सी अपनी आभा फैला रही थी।

"आपने उस रात मुझे क्यों बचाया? बोलिए तो? मर जाने देते।" हमीदा का दर्द झरने लगा।

इनू अचकचा गया। जवाब न दे सका।

"आप ख़ाला से जान ही गए हैं कि मेरी ससुराल के दरवाज़े तो पहले से ही मेरे लिए बन्द हैं। अब्बा-चाचा की मौत और इतने दिनों तक आपके घर रहने के बाद भला कौन अब मुझे अपने घर में घुसने देगा? मेरी बात पर कौन यक़ीन करेगा? अब्बा के न रहने से क्या मेरी सौतेली अम्मी मुझे घर में घुसने देगी? जब आप मुझे सड़क पर खड़ा कर देंगे तो क्या मुझे फिर से मौत का दरवाज़ा न खटखटाना पड़ेगा?" हमीदा टूट गई। उसकी करुणाजनक रुलाई ने इनू को हिला दिया। मुँह में दुपट्टा देकर, अपने रुदन का अन्दर ही अन्दर गला घोंट देना चाहती थी। उसका शरीर हलके-हलके काँप रहा था।

अब इनू क्या बोले? एक कड़वी सच्चाई को हमीदा ने नंगा कर दिया था। इनू की इच्छा हुई कि हमीदा के सिर को अपने कन्धे पर ले उसकी पीठ को सहला दे ताकि उसके दुख का वेग कम हो जाए। पर हिम्मत न पड़ी।

दोनों कुछ देर चुप रहे।

"आप चिन्ता न करें।" बड़ी देर बाद इनू बोला, "जिसने जान दी है, वह जहान भी देगा। आप इसे अपना घर समझकर ही रहिये। मैं आपके लिए कुछ न कुछ करूँगा ही।"

"एक ही इल्तिजा है। नौकरानी, बाँदी समझकर ही रख लीजिएगा। सब कुछ कर लूँगी, शिकायत का मौक़ा नहीं दूँगी।" हमीदा की आवाज़ भीगी हुई थी। अभी भी वह मुँह के पास हाथ में दुपट्टा लिये हुए थी।

"आप चिन्ता न करें। ख़ुदा ने चाहा तो सब ठीक हो जाएगा।" इनायत कुछ टटोल रहा था। उसने आगे कहा, "अच्छा, अब मैं चलता हूँ। मेरे आने की जानकारी ख़ाला को न हो। आप इसे अपना ही घर समझकर आराम से रहें।" वह जल्दी से गली में जा पहुँचा।

उस दिन के बाद से एक अव्यक्त सम्मोहन से दोनों बँध गए। बिना बात किए भी वह मजबूत होता चला गया। अपनी सारी चिन्ता और परेशानी इनायत को सौंपकर हमीदा बेफ़िक्र हो गई।

कई दिन बीत जाने पर भी जब हमीदा ने इस घर से टलने का नाम न लिया और न ही इनू ने कुछ हलचल की तो सलमा का माथा ठनकने लगा। शंका का साँप कुंडली मारकर बैठ गया। उसके दिल में फन फैलाने लगा। धीरे-धीरे हमीदा घर के सभी कामों की देखभाल करने, उन्हें सँभालने लगी थी। मानो वह सलमा को उसके सभी अधिकार क्षेत्रों से अपदस्थ करने पर तुली थी। सलमा को लगा कि शायद इनू की मौन स्वीकृति है। बावर्चीखाना उसने सँभाल ही लिया था। घर के ऊपरी काम के लिए जो नौकर व बर्तन-कपड़े वाली थी, वे भी हमीदा से ही पूछकर काम करते थे। सलमा को लगा मानो उन दोनों के बीच उसके ख़िलाफ़ साजिश चल रही है। वह तिलमिला गई। उसने इनू को घेरकर सामना करने का फ़ैसला कर लिया।

तब सलमा ने एक दिन इनू को बैठक में जा पकड़ा। ख़ाला को देखते ही इनू व्यस्त हो उठा, मानो जल्दी ही कहीं बाहर किसी काम से जाना है, जो अचानक ही उसे अभी ही याद आ गया। उस समय हमीदा अन्दर जनानखाने में काम कर रही थी। सलमा ने पूछा, ''क्यों रे इनू, तूने फिर क्या तय किया?''

''किस बात के बारे में ख़ाला?''

''अरे वही! इस लड़की हमीदा के बारे में? तूने कुछ सोचा भी है, कब तक पड़ी रहेगी वह? दो-तीन महीने से तो ऊपर होने को आए। उसे अपने घर नहीं जाना है क्या? वो महारानी तो ऐसे जमकर बैठी है कि हिलने का नाम ही नहीं ले रही है।'' एक कड़ुवाहट थी कि उफन रही थी।

इनू दबी जुबान में बोला, ''ख़ाला...देखो...ख़ाला, बात ऐसी है अब...देखो ख़ाला आख़िर बेचारी जाएगी कहाँ? इस भरी दुनिया में उसका कौन है? और फिर दो रोटी और दो जोड़ी कपड़ों के सिवाय उसे चाहिए भी क्या? उसने घर का सारा काम तो सँभाल लिया है। उसके यहाँ रहने से तुम्हारा काम हलका होगा। तुम्हें भी साथ मिल गया है। अगर बुरा न मानो तो पड़ी रहने दो उसे यहाँ।'' इनू की ख़ुशामद-भरी समझाहट से सलमा के गाल तक जल उठे। अब वह अपने को रोक न सकी।

''ये घर क्या यतीमखाना है कि चाहे जिसे पड़ा रहने दें? लोग क्या कहेंगे? ख़ैर, एक बार इस पर भी ध्यान न दिया जाए क्योंकि आज तो मैं हूँ, सब समझ-बूझकर गुजारा कर लूँगी, पर कल को क्या होगा जब तेरी दुल्हन आएगी? क्या वो भी उसे ऐसे ही निभा लेने को तैयार हो जाएगी? एक जवान-जहान लड़की की इस घर में मौजूदगी को क्या वह ऐसे ही कबूल लेगी? मुहल्ले-समाज में अभी भी क्या कम बातें हो रही हैं? कोई हमारे मुँह पर बोलता नहीं तो क्या? पीठ पीछे तो नमक-

मिर्च लगाकर सभी बातें करते हैं। कुछ सोचा भी है तूने ? उसकी इस घर में हैसियत कौन-सी है और रहेगी ?'' सलमा भड़क उठी। एक ही साँस में सब कुछ उगल गई। फिर वह अचानक डर गई। अभी तक बच्चे को उसने कभी आड़े हाथ नहीं लिया था। लाड़-प्यार ही उसे दिया। अब वह एक गबरू जवान हो गया है। बच्चा नहीं रहा। कहीं बुरा न मान जाए। इसलिए अपनी बात के असर को हलका करने के लिए बढ़े स्वर को उसने उतार लिया! वह समझाने लगी, ''बचपना न कर। उसे उसके घर वालों के सुपुर्द कर आ। अपने हाल पर छोड़ दे उसे। दुनिया भर के लोगों का ठेका कुछ हमने थोड़े ही ले रखा है! समझा तू ?''

इनायत ख़ाँ कुछ न बोला। विचारमग्न खड़ा रहा।

''क्या सोच रहा है रे तू ? इसमें सोचने-विचारने जैसा क्या है रे ?'' सलमा ने बड़े मुलायम स्वर में पूछा।

''ख़ाला! मैं शादी करूँगा।'' कुछ देर बाद इनू बोल पड़ा।

''किससे ?'' सलमा चकित हो गई।

''हमीदा से।'' एक निश्चय इनू के चेहरे से झाँकने लगा।

''हमीदा से ? तेरा दिमाग़ तो ठीक है ना ? जाने किस नाबदान से तू उसे उठा लाया है ? न बाप का पता न माँ का, न ख़ानदान का। अब...अब तू उसे अपनी दुल्हन, इस घर की बहू बनाना चाहता है ? जो अपने भरतार और बाप-चाचा को खा गई, तुझे कैसे छोड़ेगी ? उसका कहीं ठौर है न ठिकाना। कुछ अकल भी है तुझे ? दुनिया-समाज क्या कहेगा ?'' सलमा को क्रोध तो बहुत आया। पर उसका अनुभव कह रहा था कि बहके हुए छोकरे को प्यार से समझाना ही ठीक रहेगा।

''देख बेटे! हर नौजवान जोश में कुछ नया कर दिखाना चाहता है। पर बाद में पछताना पड़ता है। तब बहुत देर हो जाती है। अभी तुम्हें ज़िन्दगी का अनुभव ही क्या है ? फिर वह बेवा है। मैं तेरे लिए कोई अच्छी ख़ानदानी लड़की पसन्द करूँगी। फ़ालतू बातों के लिए ज़िद नहीं करते।'' सलमा ऊँच-नीच समझाने लगी।

''बेवा है तो क्या हुआ ? क्या पैगम्बर साहब ने बेवा खदीजा बी से निकाह नहीं किया था ? जन्नत आशियानी बादशाह अकबर ने बैरमखान की बेवा और हुज़ूर ख़ानख़ाना की अम्मी सलीमा बेगम से क्या शादी नहीं की ? क्या बादशाह हुज़ूर जहाँगीर ने विधवा नूरजहाँ बेगम को नहीं ब्याहा ?'' इनायत बहस पर उतर आया।

''अब तुझे कैसे समझाऊँ रे पगले! वे लोग बहुत बड़े हैं। दुनिया के रहनुमा शाहों के शाह हैं वे। उन्हें सब कुछ जेबी (शोभा) देता है। हम लोग ठहरे ग़रीब आदमी। क्या दुनिया-समाज हमें बख्शेगा ?'' सलमा ख़ुद अपने तर्कों के खोखलेपन को जानती थी। पर उसका मन हमीदा को किसी तरह से दुल्हन स्वीकार करने को तैयार न था।

जैसा हम सोचते हैं और करना चाहते हैं, अक्सर वैसा होता नहीं। जिसकी हम

चाहना नहीं करते वह जब घट जाता है तो उससे समझौता करना हमारे लिए मुश्किल हो जाता है। सलमा चाहती थी कि उसके दूल्हा भाई विलायत ख़ाँ और बहन शहनाज़ के बीच रुचियों का जो विरोधाभास था, जिसकी वजह से उनके दाम्पत्य जीवन में कड़वाहट भर गई थी, उसका सामना इनू को न करना पड़े। वह अपने इनू के लिए ऐसी दुल्हनिया लाना चाहती थी जो उसकी पूरक हो। अब इस मूरख को वह कैसे यह सब कुछ समझाये? अपने बुज़ुर्गों की ज़िन्दगी के छेदों को बच्चों के सामने कैसे उजागर किया जा सकता है? शहनाज़-विलायत की कमज़ोरियों को इनू के सामने उघाड़कर क्या वह अपनी लाज को इस बच्चे के सामने खोले? नहीं-नहीं, ऐसा वह कैसे कर सकती है? वह सिहर उठी। इसके लिए वह कतई तैयार न थी। दूसरे, सलमा अपनी अतृप्त आकांक्षा तथा सपनों को इनू और उसकी दुल्हनिया के माध्यम से जीना चाहती थी। शायद इनू इसका कोई भी मौक़ा उसे देने को तैयार न था।

इनू सब कुछ सुनता रहा। एक दृढ़ता उसके चेहरे पर साफ़ तौर पर उभरी चली आ रही थी।

सलमा शहद घुली वाणी में ज़िद्दी इनू को समझाने लगी। उसने डाँटने और समझाने की नीति अपनाई। बड़े मुलायम स्वर में कहने लगी, ''बेटा! शादी-ब्याह बराबरी के ख़ानदानों में किया जाता है। हमीदा के ख़ानदान का पता नहीं है। न ही जात का कि वह पठान है कि शेख़-सैयद या मामूली किसान की बेटी। हमारा ख़ानदान कितना ऊँचा है, इसकी जानकारी भी क्या अब तुम्हें देनी पड़ेगी?''

''ख़ानदान-ख़ानदान की क्या रट लगा रही हैं आप? हाँ! नाहिदा बुआ ने जो नाम अपने ख़ानदान का रोशन किया है, उसकी जितनी तारीफ़ की जाए, कम है।'' वर्षों से अनपचे ज़हर को इनू ने उगल दिया।

सलमा अवाक् रह गई। नाहिदा इतने सालों से, उन दोनों के बीच एक लक्ष्मण-रेखा-सी थी, जिसे लाँघने की हिम्मत उन्होंने कभी न की थी। उसकी चर्चा तक निषिद्ध थी। आज जब इनू ने उस लक्ष्मण-रेखा को लाँघकर, कलंक-कथा को उघाड़ ही दिया, तो वह निरुत्तर हो गई। उसने हथियार डाल दिये। पर डूबने के पहले उसने एक बार फिर हारे मन से हाथ-पाँव मारने का साहस किया।

''निकाह कहाँ से होगा? दुल्हन की डोली कहाँ से उठेगी? उसकी तरफ़ से सब कुछ कौन करेगा?'' उसने जानना चाहा।

''क्यों? मौलवी साहब को घर बुला लाऊँगा। वे यहीं निकाह पढ़वा देंगे। फिर वैसे भी धूम-धड़ाका मुझे नापसन्द है। शादी जितनी सादगी से हो उतना अच्छा।'' इनू को सब कुछ बड़ा सरल और साफ़ लग रहा था।

''वाह, ये भी कोई शादी हुई? न बाजा, न बारात, न गाना-बजाना, न मेहँदी की रस्म, न सेहराबन्दी न दहेज-मेहर की रस्म? इनके बिना भी कोई शादी शादी

कहलाती है भला?" शादी की रंगीन रस्मों और चुहल में डूबी सलमा की कल्पना ने विरोध किया।

"इस धूम-धड़ाके की कोई ज़रूरत नहीं। बेकार की फ़िज़ूलखर्ची से क्या मतलब? मैं सीधी-सादी शादी पसन्द करता हूँ। अगर आप चाहती हैं कि मैं शादी करूँ तो जैसा मैं कह रहा हूँ, वह आपको मंज़ूर हो तो ठीक, वर्ना मैं क्वाँरा रहना ही पसन्द करूँगा। और हमीदा यहीं इसी घर में ऐसे ही रहेगी। वर्ना...।" आगे के शब्द वह चबा गया। उसके हर लफ़्ज़ से निश्चय टपक रहा था। हमीदा का करुण मुख उसे एक दृढ़ता प्रदान कर रहा था।

इस विद्रोह के ख़िलाफ़ अब सलमा क्या क़दम उठाए? उसे कुछ भी सूझ न रहा था। अपने सभी तर्कों को उसने खोखला पाया। फिर भी इतनी जल्दी वह हार मानने को तैयार न थी।

"जिससे तू शादी करना चाहता है, उसकी भी रज़ामन्दी है?" अपने आख़िरी हथियार से सलमा ने वार किया।

इनायत ने इस बारे में तो सोचा ही नहीं था। वह असमंजस में पड़ गया। उसे दुविधा में पाकर आशा की एक क्षीण किरण सलमा की पकड़ में आई। अब सब हमीदा पर निर्भर करता था। सलमा को यह उम्मीद थी कि वह इनकार कर देगी। शायद इनू उसे ही हमीदा की मंजूरी पाने के लिए कहेगा। तब उसे हमीदा को डराने, ऊँच-नीच समझाने का मौक़ा मिल जाएगा। मगर इनू सलमा को कोई मौक़ा देना नहीं चाहता था। गरम लोहे पर उसने तुरन्त चोट करना ठीक समझा।

हमीदा रसोई में काम कर रही थी। जब भनभनाहट, बीच-बीच में सलमा-इनू के ज़ोर से बोलने पर हवा में तैरते बातचीत के कतरे उसके कानों से आकर टकराने लगे, वह चौकन्नी हो उठी। पाँव दबाकर चुपके से दरवाज़े पर पड़े परदे के पीछे आ खड़ी हुई। बाहर साया न दिखाई दे जाए इसलिए सावधानी से उसने किवाड़ के पल्ले को हौले से सरकाकर आड़ ले ली। उसी की बात चल रही थी, वह झट समझ गई। हर बात के साथ उसका दिल मुँह को आ जाता। इनू के सहानुभूतिपूर्ण रुख़ ने उसे बड़ी राहत दी। सलमा ख़ाला का विरोध उसे चीर-चीर देता। जब मामला उस पर छोड़े जाने की भनक उसे मिली तो वह फ़ौरन अन्दर चल दी, और चावल की थाली बीनने को उठा ली। वह ऐसी बन गई मानो बाहरी संसार की किसी हलचल की उसे कोई ख़बर ही न हो।

तभी इनू आँधी की तरह अन्दर आया। हमीदा को थाली में सिर गड़ाए चावल बीनते देख ठिठक गया। उसकी ज़ुबान तालू से चिपक गई। गले में उसे खुश्की लगी। "अ...ह...ख...ख..." वह खखारा, फिर अचानक उसके बोल फूटे, "देखिए... सुनिए...!"

हमीदा ने सिर उठाकर देखा। सामने खड़ा इनू बड़ी आशा भरी नज़रों से उसे

तक रहा था। हमीदा का दिल भर आया। सिर नीचा किए वह उठ खड़ी हुई। दुपट्टे को ठीक से सिर और सीने पर खींचकर उसने फैलाया। फिर चावल की थाली ले अन्दर जाने के लिए मुड़ी।

"स...सुनिए...म...मैं...आपसे कुछ अर्ज करना चाहता हूँ।"

हमीदा चुप खड़ी रही।

"देखिए...हमीदा...जी हालात बड़े नाज़ुक होते जा रहे हैं। हमें यानी कि मुझे और आपको कोई रास्ता खोजना पड़ेगा। वह भी जल्दी...बहुत जल्दी।" हाथों को हिलाकर वह अपनी बातों और मुद्दों को ज़ोर देकर समझाना चाहता था। वह रुका। "देखो भाई, हमें जल्द ही, मेरा मतलब है, आज ही...ना...ना अभी ही, कुछ न कुछ फ़ैसला करना है। आप अच्छी तरह से समझ तो रही हैं न? आपके यहाँ रहने का, सारी परेशानियों से निजात (छुटकारा) पाने का, अब एक रास्ता रह गया है। क्या आप...अब कैसे बतलाऊँ...ठीक है, ठीक है।" बीच में वह मानो अपने से बात कर रहा था। ऐसी रौ में ही वह बोल गया, "हाँ, तो मैं कह रहा था कि अब मेरे और ख़ासकर आपके सामने एक ही रास्ता रह गया है। और म...मैंने...आपसे...निकाह करना तय किया है। आपकी क्या राय है?" एकदम सब कुछ वह बोल गया।

दोनों के बीच की हवा भावनात्मक तनाव से बोझिल हो उठी। हमीदा चुप थी पर विकल थी। ज़िन्दगी के एक ऐसे दोराहे पर वह आ खड़ी हुई थी कि अब कोई न कोई निश्चय करना उसके लिए ज़रूरी हो गया। तक़दीर ने अचानक जो किनारा उसे पकड़ा दिया, उसे छोड़कर वह फिर मझधार में थपेड़े खाना नहीं चाहती थी। पर नारी सुलभ लज्जा ने उसकी जुबान पकड़ रखी थी। उसकी चुप्पी ने इनू को अकुला दिया। चुप्पी का हर क्षण उसके लिए भारी पड़ता जा रहा था।

"आपकी चुप्पी को मैं इनकार समझूँ या इक़रार? मैं कोई भी चीज़ आप पर ज़बर्दस्ती थोपना नहीं चाहता। आप जो भी कहेंगी, जो भी चाहेंगी वही होगा।" एक दयनीय व्याकुलता इनू के चेहरे पर थी।

हमीदा कुछ देर सिर नीचा किए खड़ी रही। फिर उसने अचानक नज़रें उठाकर इनू को देखा। इनायत के चेहरे पर फैली चिन्ता, परेशानी, अकुलाहट और तनाव के मिले-जुले भाव ने उसके दिल में कई दरारें कर दीं। यह इनसान उसके भले के लिए कितना कुछ करने को तैयार है। यहाँ तक कि अपनी माँ से भी बढ़कर ख़ाला से लड़ने को वह तैयार हो उठा है। वह उस पर कितना बड़ा विश्वास कर बैठा है। उसे तोड़ देना ठीक होगा? वह करुणा से भर गई। बड़ी मुश्किल से फँसे गले को साफ़ कर वह सिर्फ़ इतना ही बोल पाई, "आप जैसे भी ठीक समझें।" इतना कहकर उसने रसोई में जाने के लिए जल्दी से पाँव उठाए।

तभी इनायत ने टोका, "एक बात और सुन लीजिए। यह मेरी इल्तिजा है; विनती है। अगर ख़ाला कभी कुछ ऊँच-नीच कह बैठें तो भी ख़ुदा के लिए उस पर

ध्यान नहीं दीजिएगा। मैं सब ठीक कर लूँगा। मैं सब सँभाल लूँगा।'' वह ख़ुशी-ख़ुशी आश्वासन देने लगा।

हमीदा की मंजूरी से वह खिल उठा। अब यहाँ रुककर उसको परेशानी में डालने से कोई फ़ायदा नहीं; यह ख़ुशख़बरी ख़ाला को सुनाने तेज़ी से बाहर चल दिया। अपने कमरे में पलंग के पैताने पर बैठी सलमा का मुख चिन्ता के सघन बादलों से सँवला गया था। वह समझ नहीं पाई कि इतनी सावधानी से चौकीदारी करने के बाद भी इनू कब और कैसे हमीदा से बँध गया? सारी घटनाओं को उसने अपने दिमाग़ में दुहराया। कहीं कोई छेद पकड़ में नहीं आया। वह समझ गई कि हसीन नवयुवती और नागिन के काटे का मन्तर नहीं। उसका प्रभाव इनू के सिर पर चढ़कर बोल रहा है। उसे नचा रहा है। ग़लती तो उसकी अपनी ही थी; वह इनू को अभी कल तक अपने आँचल से बँधा रहने वाला बच्चा समझ रही थी। अगर उसकी जवानी के उबाल को वह वक़्त पर शादी की पाल से रोक देती तो आज उसे यह दुर्दिन न देखना पड़ता। जब प्रसन्नवदन हँसते हुए इनू ने उसे हमीदा की मंजूरी की बात बतलाई तो वह जल उठी। उसका मुँह विवर्ण हो गया। वह कुछ नहीं बोली। पर उसे लगा कि घर में एक कमी अभी-अभी हो गई है। और विलायत एक बार फिर उसे मझधार में छोड़कर भाग खड़ा हुआ है।

सलमा ख़ाला की नाराज़ी से इनायत परिचित था। परन्तु उसे उम्मीद थी कि बड़े-बड़े घाव भरने वाला वक़्त, समय आने पर सब कुछ ठीक कर देगा। सलमा ने असहयोगात्मक तटस्थता का रुख़ अपना लिया। उसके ठंडे ग़ुस्से को उसके व्यवहार से समझा जा सकता था। उत्साह तथा कुछ नया कर गुज़रने के उतावलेपन में उसने ध्यान नहीं दिया। ख़ाला को अधिक नाराज़ न करने की धुन में, इनू ने उससे बिना पूछे शादी की सब तैयारी कर डाली। इसमें उसे अपने नौजवान दोस्तों की पूरी मदद मिली। वे एक नई बात कर गुज़रने के जोश में थे। अपने बुजुर्गों और समाज के सामने एक नया आदर्श वे पेश करना चाहते थे। इस धुन में वे सलमा को भूलते चले गए। इसने उसे और नाराज़ कर दिया। नादान इनू के विद्रोह के लिए वह हमीदा को दोषी मानती थी।

घर के बजाय किसी मस्जिद में हमीदा के साथ इनू ने निकाह पढ़वाना ठीक समझा। उसके दोस्तों ने सारा इन्तज़ाम फटाफट कर दिया। जब पेश इमाम ने शादी की रस्म अदा की तो उस समय इनायत के दो-चार ख़ास दोस्त मस्जिद में हाज़िर थे। रस्म के बाद उन्होंने दूल्हा-दुल्हन को हार-फूल और मुबारकबाद से लाद दिया। इनायत के अज़ीज़ दोस्त रहमान ने एक शानदार दावत दी। दावत के बाद जब वे घर लौटे तो सलमा उदास बैठी थी। उसे यह शादी, शादी के बजाय मातम और

बरबादी अधिक लगी। पर कुछ भी करने में वह लाचार थी। उसे लगा अगर इनू उसका अपना बेटा होता तो क्या उससे ऐसा सलूक करता? उसे आज अपने कुँवारे रहने का दुख हुआ। अब किससे क्या शिकवा-शिकायत करे? जिस लड़के के लिए उसने अपनी भरी जवानी बेवा की तरह काट दी, बरबाद कर दी उसी ने उससे धोखा किया। उसका मन फट गया।

"ख़ाला! हमें अपना आशीर्वाद और दुआ नहीं दोगी?" इनू हमीदा के साथ सलमा के चरणों में प्रणाम करने झुक गया।

हड़बड़ाकर सलमा उठ खड़ी हुई। उसने उन्हें सीने से लगा लिया। एकबारगी उसका दिल भर आया। मगर हमीदा को देखते ही उसके अन्दर की नागिन बल खाकर फूत्कार कर उठी। उसने घर की चाबियों का गुच्छा हमीदा को थमाते हुए कहा, "लो दुल्हन! अब इनू के साथ ही इस घर को भी तुम्हीं सँभालो। मुझे छुट्टी मिले।"

"ये क्या ख़ाला...?" इनायत का सवाल सलमा को एक औपचारिकता लगा।

"हाँ इनू! आगे-पीछे भी तो सब कुछ इसी को सँभालना है। फिर क्यों न अभी से इसे समझाया जाए? वैसे भी इसे पहले से ही बहुत कुछ मालूम है।" सलमा के व्यंग्य में घुली कड़वाहट उस नए जोड़े से छिपी न रह सकी। इनू कुछ न बोला और हमीदा के तो बोलने का सवाल ही नहीं था।

घर का सब कुछ देख-दाखकर हमीदा और इनू जब अपने कमरे में सोने चले गए तो सलमा का जी धक् से रह गया। बरसों में पहली बार इनू उसके पास नहीं था। विचारों के अँधेरे उसे परेशान करने लगे। उसका जी घबराने लगा। उसे लगा कि उसका सिर चकरा रहा है। पेट में हलकी-सी मरोड़ महसूस हुई। वह अब न लेट सकती थी, न बैठ सकती थी। बिस्तर पर उसने कई करवटें बदलीं। फिर घबराहट के मारे उठ खड़ी हुई। दिमाग़ी परेशानी तथा जिस्मानी दर्द से छुटकारा पाने के विचार से वह टहलने लगी। जब उसे इससे चैन न मिला तो ताज़ा हवा के लिए, वह खिड़की के पास जा खड़ी हुई। उसने परदा थोड़ा-सा खोल लिया। ताज़ा हवा के एक झोंके ने उसके चेहरे को नहला दिया।

दिन-भर की भागदौड़ और मेहनत, घृणा-प्यार और ईर्ष्या-द्वेष से राहत पाकर लोग रात की काली चादर ओढ़ सो रहे थे। केवल सलमा की आँखों की नींद उड़ी हुई थी। दिल और दिमाग़ बुरी तरह से बेचैन थे। भीतर जाकर उसने पानी पिया और अपने कमरे में आते वक़्त वह इनू के कमरे के सामने दो पल दबे पाँव खड़ी हो गई। अन्दर से आ रही मिली-जुली हँसी की लहरों ने उसे बेचैन कर दिया। उसकी साँस तेज़ हो गई। उसे लगा कि वह उखड़ जाएगी। भागकर वह अपने कमरे में आ गई। उसे लगा उसका पेट बड़ी मरोड़ें ले रहा है। सिर को कोई घन से पीट रहा है। इस दर्द को सहन करना अब उसके बस की बात नहीं रह गई। वह बिस्तर पर फिर से जा लेटी ताकि नींद आ जाए, उसे कुछ राहत मिले। पर उसकी विकलता और दर्द

बढ़ते चले गए। कभी वह उठ बैठती, फिर लेट जाती, मगर सोना-लेटना उसके लिए दूभर हो गया। साँस लेने में उसे तकलीफ़ होने लगी। वह लम्बी-लम्बी साँस खींचने लगी। पर कहीं कुछ राहत न थी।

तभी वह उठी और दौड़ पड़ी। उसने अपने को इनू के सोने के कमरे का दरवाज़ा पीटते हुए पाया। जब निंदियाये इनू ने दरवाज़ा खोला तो अपनी ख़ाला को बदहवास पाया। बाल बिखरे थे, सिर का दुपट्टा सरककर कन्धों पर आ गिरा था, जिसका एक छोर पीठ पर और दूसरा घुटनों के नीचे लटक रहा था। उनका ख़ूबसूरत चेहरा ज़र्द था और साँस बड़ी तेज़ी से चल रही थी, और लाल डोरे वाली नज़रों से वह घूर रही थी। एक हाथ से पेट पकड़े थी। अपनी उमर से अधिक बूढ़ी लगने लगी थी।

''क्या हुआ ख़ाला? सब ख़ैरियत तो है?'' इनू घबरा गया।

''अरे इनू! देख तो रे! आज तो मेरा पेट बहुत ही मरोड़ें खा रहा है। सिर में भी दर्द है। मैंने दर्द झेलने की बड़ी कोशिश की, जब सहन न हुआ तो तुझे तकलीफ़ देनी पड़ी रे!'' वह लड़खड़ाते हुए चलने लगी।

''मैं अभी देखता हूँ। आप घबराइए मत। सब ठीक हुआ जाता है।'' सान्त्वना देते हुए इनायत लपककर सलमा को सहारा दे अपने कमरे में ले आया, और आहिस्ता से बिस्तर पर लिटा दिया।

''हमीदा, सेंक और मालिश के लिए थोड़ा तेल कड़कड़ा लाओ।'' अलसायी हमीदा रसोई की ओर चल दी। वह अभी दरवाज़े तक पहुँची होगी कि फिर सुनाई दिया, ''और देखो, थोड़ी अजवायन की फंकी भी तैयार कर लेना।''

जवाब दिये बिना हमीदा अन्दर चली गई।

कमरे में विलास की गन्ध तैर रही थी। उसने सलमा को और अधिक बेचैन कर दिया। वह मछली की तरह तड़पने लगी। ख़ाला की तड़प देखकर इनू परेशान हो गया।

''ख़ा...ख़ाला...थोड़ी हिम्मत रखिए। अभी सब ठीक हुआ जाता है।'' इनू सलमा को हिम्मत बँधाने की कोशिश करने लगा।

''आह...ऊ...हू...आं...आं...।'' सलमा काँख-कूँख रही थी।

''देखो ख़ाला। मैं अभी गरम पानी लेकर आया, सेंक करने पर आराम मिलेगा।'' इनू ने उठते हुए कहा।

''ना...ना...बेटे...तू मुझे अकेले छोड़कर कहीं न जा। अकेले में मुझे डर लगता है।'' सलमा ने इनू का हाथ पकड़ लिया। उसके जाने की सोच से वह सिहर उठी। थोड़ी देर के लिए वह अपना दर्द भूल गई।

''ठीक है, ठीक है! आप थोड़ा सँभलिए तो। हमीदा अभी आई जाती है।'' तभी हमीदा गरम पानी, तेल और अजवायन की फंकी ले आई। फंकी खा, पानी पीकर

सलमा लेट गई! इनू सेंक करने लगा। थोड़ा-सा तेल हमीदा ने सिर पर मल दिया। वह बड़े अदब से सिर की मालिश हलके से कर रही थी। सलमा ने इनू का एक हाथ थाम लिया। धीरे-धीरे उसकी कराह कम होती चली गई। वह नींद की गोद में लुढ़क गई। नींद और प्यार की खुमारी हमीदा-इनू की आँखों में भी उतर आई। मगर वे लाचार थे। एक-दूसरे को हसरत भरी निगाहों से देख-देख, मन मसोसकर रह जाते थे। एकाध बार इनू ने उठने की कोशिश की तो सलमा ने कुनमुनाकर कराहते हुए उसका हाथ पकड़ लिया। हारकर सारी रात उन दोनों ने, अपनी आँखों में, शमा को ग़लता देख, गुज़ार दी।

उस दिन के बाद से सलमा कभी चंगी न हो सकी। कई हकीम और वैद्य उसे देख गए। दवाएँ बदली गईं, सलमा की बीमारी को कोई नहीं समझ पाया। पीर-फ़क़ीर की दरगाह की ज़ियारत कराई गई, झाड़-फूँक भी हुई मगर कुछ फ़ायदा न हुआ। सलमा की बीमारी को सिर्फ़ एक इनसान समझता था, वह थी हमीदा, पर उसने चुप्पी साध ली।

सलमा की हालत साँझ के बाद अक्सर ख़राब हो जाती थी। वह बड़ी बेचैनी महसूस करती। उसे एक पल चैन नहीं आता। अकेलेपन से उसका जी घबराता। रात के अँधेरे, डरावनी शक्ल लेकर उसे भयभीत किया करते। साँस उखड़ी-उखड़ी-सी लगती और नींद उड़ जाती। अपने कमरे में अकेले तो वह सो ही नहीं सकती थी। तब झख मारकर इनू को उसे अपने कमरे में ले आना पड़ता। और उन दोनों की सारी रात सलमा ख़ाला को सँभालते ही बीतती थी।

"भाईजान! मैं बाद में उनकी बीमारी को समझ पाया। तब तक बहुत देर हो चुकी थी। मैं अपनी हमीदा को खो चुका था।'' इनू ने बड़ी पिघली आवाज़ में कहा।

"क्यों, क्या बीमारी थी ख़ाला को? कहीं कोई हवा वगैरह तो नहीं लग गई थी? कोई पीर-जिन्नात तो नहीं था? हमीदा चाची से उनकी बीमारी का क्या ताल्लुक़?'' परेशान अबू ने जानना चाहा।

"वह हम-तुम नहीं समझ सकेंगे अबू। यह जो इनसान है ना, यह बड़ा अजीबोग़रीब प्राणी है। न जाने, अनजाने में वह कब क्या कर बैठता है, कभी-कभी वह ख़ुद ही नहीं समझ पाता। एक को तो प्यार करता है, पर उसी से सम्बन्धित दूसरे से नफ़रत और जलन पालने लगता है।'' इनायत ने लम्बी साँस ली। थोड़ी देर वह रुका और बात का धागा फिर से पकड़ते हुए कहने लगा, "यह सब तुम्हारे बस की बात नहीं है, भाई। यह तो तुम तब समझोगे जब उमर के साथ तजुर्बा भी मिलेगा। हाँ, पहले मैं भी यही समझता था कि जब बीमारी हकीम-वैद्य की पकड़

में नहीं आ रही है, लाइलाज होती जा रही है, तो कहीं ख़ाला को भूत-प्रेत तो नहीं ले बैठा। मैंने कई गुनियों, ओझाओं और पीरो-मुर्शद को दिखाया भी। झाड़-फूँक भी की, पर सब बेकार।''

बात करते-करते इनायत ख़ाँ के चेहरे पर उदासी की बदली घिर आई।

''आख़िर उन्हें बीमारी क्या थी?'' अबू ने हैरानी से पूछा।

''अबू मियाँ, बीमारियाँ भी दो तरह की होती हैं। एक जिस्मानी और दूसरी दिमाग़ी। जिस्मानी बीमारी को तो देर-सवेर अच्छा किया जा सकता है। मगर दिमाग़ी बीमारी तो तभी ठीक हो सकती है, जब मरीज़ चाहे। और ख़ाला, वे तो दिमाग़ी बीमार थीं। हमीदा की मौत के बाद ही उस सारे राज़ को मैं समझ सका था।'' एक दार्शनिक की मानिन्द इनायत ख़ाँ अपनी ज़िन्दगी की कहानी का विश्लेषण कर रहा था।

अबू दंग रह गया। उसे समझ न आया कि ख़ाला की बीमारी और हमीदा चाची के मौत के बीच क्या सम्बन्ध था?

सलमा की बीमारी ने इनायत और हमीदा को परेशान-परेशान कर दिया। तीनों एक तनाव में जी रहे थे। पैसा भी काफ़ी ख़र्च हो रहा था, फिर भी फ़ायदा कुछ नहीं मिल रहा था। सलमा दिन में अक्सर ठीक ही रहती थी। वह सो भी लिया करती थी। काम-धन्धे के सिलसिले में इनू दिन में घर के बाहर रहता था। पर उसका दिल घर में ही हमीदा के आसपास मँडराता। एक व्याकुलता वह सदा अनुभव करता। शाम को जब हारा-थका घर लौटता तो हमीदा से उसका पहला सवाल होता, ''क्यों, सब ठीक तो है? ख़ाला कैसी हैं? उन्होंने तुम्हें ज़्यादा परेशान तो नहीं किया?'' पर हमीदा को निराश और बेचैन देखकर वह अकुला उठता। सलमा ख़ाला उसे देखते ही जिस बेचैनी का इजहार करती, उसे देख इनायत घर आने के लिए पछताता। हमीदा का करुण चेहरा उसे मथ डालता। उसकी मुसीबत को बँटाने के लिए वह अपने को तैयार करने लगता। उसका चित्त सदा विचलित रहता। कभी-कभी ऐसा लगता कि हमीदा से शादी कर उसने उस मासूम जान को एक नई मुसीबत में डाल दिया। पर अब उससे छुटकारा जो नहीं था। एकाध बार उसने हमीदा से जानने की कोशिश भी की कि कहीं उसकी गैरहाज़िरी में ख़ाला उससे बुरा व्यवहार तो नहीं करतीं? परन्तु हमीदा उदास नज़रों से जवाब टाल जाती। कभी-कभी इनू की इच्छा होती कि हमीदा को लेकर कहीं चल दे। मगर सलमा ख़ाला के प्यार एवं स्नेह की बात सोचकर रह जाता। अब वह न तो उन्हें छोड़ सकता था, न हमीदा को। एक अजीब-सी उलझन में वह उलझ गया था।

जब तक इनू घर में रहता, सलमा हमीदा और इनू के आसपास मँडराया करती

थी। और जब यह सम्भव न हो पाता तो किसी न किसी बहाने वह हमीदा या इनू को अपने पास बिठाए रखने की जी-तोड़ कोशिश करती। उन दोनों के अकेले में मिलन की कल्पना से ही वह घबरा जाती। अगर इनू कुछ कहने या टालने की कोशिश करता तो वह रोनी सूरत बनाकर बड़बड़ाने लगती, "यही दिन देखने के लिए तो दुनिया-जहान से लड़कर तुझे बड़ा किया। आज मेरा भी घर-संसार होता तो क्या मेरे बेटे-बहू इस तरह से बेक़द्री करते?" और रो उठती। तब इनायत घबरा जाता, "अच्छा-अच्छा ख़ाला, तुम्हारा जो जी चाहे करो। मैंने कब मना किया है आपको किसी काम के लिए? तकलीफ़ हो तो किसी हकीम या वैद्य को बुला लाऊँ?" वह ख़ुशामद करने लगता। पर वह सलमा और उसकी बीमारी को कैसे समझ सकता था? उसका निदान न उसके पास था न किसी हकीम-वैद्य या ओझा के।

वही सलमा इनायत के बाहर चले जाने पर भली-चंगी हो जाती। घर भर में घूमती, पेट भर खाती और हर चीज़ का बारीक़ी से मुआयना करती। कहीं भी, कुछ इधर-उधर दिखाई दे जाने पर हमीदा को सैकड़ों जली-कटी सुना देती। उसने हमीदा की जान साँसत में डाल रखी थी। मगर इनू के सामने उसी सलमा की ज़ुबान में मिठास घुल जाती। हमीदा ख़ाला का दोहरा रूप देख हैरान-हैरान रह जाती। सारे रास्ते मानो उसके लिए बन्द हो गए थे। वह एक ऐसी भूलभुलैया में फँस गई थी जहाँ से निकलना उसके लिए मुश्किल हो गया था। उसके प्राण फड़फड़ाया करते थे। वह इनू की वजह से बेबस और लाचार थी। मगर ऐसी ज़िन्दगी कब तक जी जा सकती थी? कब तक? वे तीनों एक दुश्चक्र में फँस गए थे।

उस साँझ जब इनू घर लौटा तो उसने सब कुछ सुनसान पाया।

"ख़ाला...ख़ाला जी...सुनती हो?" कहते हुए वह अन्दर तक चला गया। किसी को भी किसी कमरे में नहीं पाया। कोई न था। ख़ाला का कमरा ख़ाली था, हमीदा का भी कहीं पता न था। वह हैरान रह गया। ग़ज़ब की औरतें हैं! सारा घर सुनसान छोड़कर न जाने कहाँ चली गईं। कोई चोर-उचक्का घुस आता तो सारा सामान आराम से पार कर सकता था। वह अन्दर के किवाड़ों को अच्छी तरह से बन्द कर बाहर बैठक में आ बैठा। साँझ रात में ढलने लगी। उसने उठकर शमादान जलाया।

थोड़ी देर बाद सलमा आई।

"ख़ाला! आप कहाँ चली गई थीं? घर सारा खुला पड़ा था। और...और...वो... वो...आपकी दुल्हन कहाँ है?"

"मैं क्या जानूँ भाई, तेरी घरवाली के बारे में। वो तो बड़ी मुँहफट है। दोपहर मैंने उसे थोड़ा समझाया कि दुल्हन घर की तरफ़ जरा ध्यान दिया करो। दो-तीन दिन से रसोई में आटा-दाल खुले पड़े रहते थे। चूहे और जिनावर चीज़-बस्त ख़राब कर देते थे। खाना बच जाने पर वह पिछवाड़े फेंक दिया करती थी। मेरे टोकने पर, भई, वह तो मेरे पीछे पंजे झाड़कर ऐसी पड़ी कि क्या बताऊँ! मेरे तो कान के कीड़े तक

झाड़ दिये। तब मैं ही हार मान पड़ोस में चली गई।'' रोष में सलमा ने जवाब दिया।

''आख़िर वो गई कहाँ?'' इनू अन्दर ही अन्दर उबलने लगा।

''अब मैं क्या जानूँ? मुझे तो पहले ही उसके लच्छनों पर शक था। न जाने कहाँ के नाबदान से तुम उसे उठा लाये बेटा। न ख़ानदान का पता, न माँ-बाप का। मैंने तो पहले ही कहा था। पर कोई मेरी सुने तब ना। मुआ यह भी कोई इतनी देर तक घर को खुला छोड़ घूमते रहने का वक़्त है? न घर की चिन्ता, न घर वाले की?'' बड़बड़ाते हुए सलमा दीया-बाती करने के लिए अन्दर चली गई। उसकी बड़बड़ाहट ने आग में घी का काम किया।

जड़वत् इनायत काफ़ी देर तक बैठा रहा। ग़ुस्से में वह हमीदा पर उबला जा रहा था। अजीब औरत है, न जाने कब से घर से ग़ायब है। उसका अभिमान उसे अड़ोस-पड़ोस में उसकी खोज-ख़बर लेने से रोक रहा था। काफ़ी वक़्त बीत जाने पर भी जब वह नहीं लौटी तो वह चिन्तित हो उठा। अड़ोस-पड़ोस में पुछवाया गया। कहीं भी उसका पता न चला। सारी रात उसने बेचैनी, ग़ुस्से और चिन्ता में आँखों में ही काट दी। दूसरे दिन भी हमीदा का कहीं पता न चला। सारा मोहल्ला उसने छान मारा। दूसरे दिन तो वह चिड़चिड़ा गया। मगर लाचार था। तीसरे दिन पड़ोस के कुएँ से एक फूली लाश निकली। वह हमीदा की थी। मछलियों से कुतरे उसके जिस्म को देखकर उसे भारी धक्का लगा। इस बाबत तो उसने सोचा भी न था। जिस हमीदा के लिए उसने अपनी ख़ाला और समाज के विरोध की परवाह न की, उसका करुणाजनक अन्त उसे हिला गया। अब क्या हो सकता था?

एक दिन जब वह अपनी पेटी ठीक कर रहा था तो एक तुड़ा-मुड़ा काग़ज़ का टुकड़ा निकल आया जिसमें बच्चों जैसी लिखावट में लिखा था, ''शायद सुख मेरे नसीब में नहीं है। वर्ना आपका प्यार पा कोई भी निहाल हो उठती। मैंने बहुत कोशिश की मगर ख़ाला जी को ख़ुश न कर सकी। इसलिए मैंने उनके रास्ते से हट जाना बेहतर समझा। आप मुझे माफ़ करना। आख़िरी इल्तिजा है कि उनसे कुछ न कहना। शायद ग़लती मेरी ही थी जो मैंने शादी के लिए आपको रज़ामन्दी दी।'' यह सब पढ़कर इनायत पत्थर बन गया। सलमा ख़ाला का यह रूप हमीदा के नज़रिए से देखकर वह दंग रह गया। सारी चीज़ें दिन के उजाले की तरह साफ़ हो गईं। पर अब क्या किया जा सकता था?

''अबू, कभी-कभी मुझे ऐसा लगता है कि औरत ही औरत की सबसे बड़ी दुश्मन होती है। और जानबूझकर वह दूसरी औरत के लिए जहन्नुम का निर्माण कर देती है। सलमा ख़ाला, जो मुझे बेहद प्यार करती थीं, वह हमीदा से पटरी न बैठा सकीं। और शायद मेरी गैरहाज़िरी में उन्होंने उस

मासूम जान का जीना मुहाल कर रखा था।'' इनायत ख़ाँ का गला भर आया।

अबू क्या जवाब देता? कुछ देर बाद उसने पूछा, ''सलमा...ख़ा...ला...?''

एक गहरी साँस लेते हुए इनायत ने कहा, ''सलमा ख़ाला? हाँ, वे कुछ बोलीं नहीं। पर हमीदा की मौत के बारे में उन्होंने तटस्थता ही दिखाई। उन्होंने दूसरी शादी के लिए मुझ पर बहुत ज़ोर डाला। पर मेरा दिल तो हमीदा के साथ दफ़न हो गया था।'' वह थोड़ी देर रुका, फिर जैसे कोई भूली बात याद हो आई, सो बोला, ''और सलमा ख़ाला! वो बुढ़िया अभी ज़िन्दा है। नागिन की तरह फन फैलाए कुंडली मारकर मेरे घर, जायदाद और जागीर को अवेरती फिर रही है। जब भी घर जाता हूँ पीछे पड़ जाती है, 'बेटा इनू, तू शादी कर ले ताकि ख़ानदान बच जाए। ख़ानदान का नाम चले। वर्ना इस घर-जायदाद को मरे दूसरे खा जाएँगे। अपने पसन्द की ही कोई औरत ले आ।' हमीदा की दुखभरी मौत के बाद मेरा दिल दूसरी शादी के लिए भला कैसे तैयार हो सकता था, अबू मियाँ?''

''आपकी उमर क्या है अभी?''

''ये ही कोई चालीस में चल रहा हूँ।''

''फिर तो आपकी उमर कोई ज़्यादा नहीं है चचा। कुछ लोग तो इस उमर में पहली शादी करते हैं। फिर एक के होते दो-तीन शादियाँ करना तो आम रिवाज है। पर आप...अपनी उमर से ज़्यादा ज़रूर दिखाई देते हैं।''

''हाँ, अबू भाई। ज़िन्दगी की ठोकरों और दुख-दर्दों ने जल्दी ही बुढ़ा दिया है। सोचता हूँ अबू, क्या कुछ लोग मेरी हमीदा की तरह ज़िन्दगी भर तकलीफ़ उठाने के लिए ही पैदा होते हैं? एक टुकड़ा सुख की चाँदनी भी क्या उनके नसीब में नहीं होती? बताओ तो भला? मेरी हमीदा को ही यह सब क्यों भोगना पड़ा?'' इनायत ख़ाँ भाव-विह्वल हो उठा। उसका गला फँस गया। अब अब्दुल्ला इसका क्या जवाब दे? उसकी छंगी और वह ख़ुद, दोनों यही सब तो भोग रहे हैं। दोनों चुप बैठे रहे। भावनाओं के उद्रेक ने उन्हें आलोड़ित कर दिया।

थोड़ी देर बाद इनायत ख़ाँ उठ खड़ा हुआ। ''अच्छा अबू भाई, अब मैं चलूँ। ख़ुदा ने चाहा तो कल तलक शाही महल पर पहरे के लिए जाने वाली गारद में तुम्हें शामिल करा दूँगा ताकि छंगी बीबी से मुलाक़ात का तुम्हारा सिलसिला जम सके।''

अबू भी उठ खड़ा हुआ। उसकी पीठ बड़े स्नेह से थपथपाते हुए इनायत तम्बू के बाहर हो गया।

दूसरे दिन इनायत ख़ाँ अबू से मिलने ही नहीं ख़ुशख़बरी देने आया।

''चलो मियाँ! तैयारी कर लो। मैंने सब मामला जमा दिया है। परसों सिपाहियों की जो गारद शाही महल जा रही है, तुम उसके साथ सुबह चले जाना। हमने ठाकुर दरियावसिंह से बात कर ली है। तुम्हें शहज़ादा सलामत के हुज़ूर में तैनात कर दिया जाएगा। लो अब तो ख़ुश?'' इनायत बड़ी मुहब्बत से अबू की पीठ थपथपाने लगा।

"मैं आपका बड़ा शुक्रगुजार हूँ, चचा मियाँ।"

अबू के दो दिन बड़ी बेचैनी में कटे। उसे लग रहा था, वक़्त का सूरज चींटी की चाल से चल रहा है। वह इस बीच दो-तीन बार शहर और महल के चक्कर लगा आया। छंगी से मिलने पर वह क्या कैसे कुछ कहेगा, इस बारे में भी दो-तीन बार बातें दिल-ही-दिल में दुहरा लीं।

तभी चौक बाज़ार उसे गुलारा और ख़ुर्रम के प्यार के किस्सों से गरम दिखाई दिया। उसे पता चला कि गुलारा के इश्क की ख़ातिर शहज़ादा ने करारा गाँव का नाम बदलकर महल-गुलारा कर दिया है। तवायफ़ की बेटी को गुलारा-महल का ख़िताब देकर अपनी बेगम का दर्जा दे दिया है। बात यहीं पर नहीं रुकी है, शहज़ादे ने अपनी और गुलारा की मुहब्बत को अमर करने के लिए उतावली के दोनों किनारों पर एक-एक बारादरी बनाने का भी हुक़्म दिया है।

अबू बेचैन हो उठा। उसके अन्दर का जासूस जाग उठा। उसका फ़र्ज़ उसे कह रहा था कि वह सारी ख़बरें इकट्ठी कर पहले उनकी तस्दीक़ कर पाए। और फिर उन्हें अपने मालिक आसफ़ ख़ाँ के पास पहुँचाए। वह करारा का चक्कर लगा आया। सच ही वहाँ उतावली के किनारे बारादरियों के काम की शुरुआत हो रही थी। राज-मजूर नाप-जोख में लगे थे। नक्शे बनाए जा रहे थे। बेगम साहिबा तथा शहज़ादा हुज़ूर की मंजूरी के लिए, कि नींव कहाँ खोदी जाए, कारीगरों में सलाह-मशविरा चल रहा था। कारीगरों से बात करने पर अबू को पता चला कि हुज़ूर बेगम साहिबा और शहज़ादा क़रीब-क़रीब रोज़ ही इधर मुआयना करने आते हैं, सिर्फ़ वे ही दो आते हैं, एकाध बार कोई बाँदी भी आती है।

इसी समय अबू को पता चला कि शाही दरबार और हरम मांडू पहुँच गया है। बादशाह मालवा के उस इलाके की सैर, शिकार में मशगूल हैं। आसफ़ ख़ाँ भी अपने हरम के साथ मांडू पहुँच गए हैं। उसका फ़र्ज़ उसे फ़ौरन मांडू के लिए रवाना होने की राय दे रहा था। मगर दिल छंगी से मिलने को बेताब था। उसे डर था कि अगर वह मांडू चला गया और आसफ़ ख़ाँ ने उसे और किसी काम पर लगा दिया तो हाथ आई छंगी से, वह शायद फिर सदा के लिए बिछड़ जाए। इसलिए उसने आसफ़ ख़ाँ की नाराज़गी का जोखिम उठाकर भी, पहले छंगी से मिलने का तय किया। वह चाहता था कि छंगी को कम-से-कम इतना तो पता चल जाए कि वह मरा नहीं, ज़िन्दा है। उससे बात करने और आने की योजना बना लेने के बाद ही उसने मांडू जाना तय किया।

वह दिन बड़ा सुहावना और चमकीला था। जल्दी तैयार होकर अबू ठाकुर दरियावसिंह की टुकड़ी के साथ तैनाती के लिए महलसरा जा पहुँचा। वह शहज़ादा हुज़ूर के पास ही तैनात हुआ। आजकल शहज़ादा ख़ुर्रम हरमसरा से लगे कमरे में ही शाही काम-काज निपटाते ये। उसी कमरे से लगा हुआ एक गलियारा था जो

हरमसरा में जाता था। दो दिन तक अबू चुपचाप अपने काम पर मुस्तैद रहा। कभी जल्दी, कभी बिना काम निपटाये, उसे दूसरे दिन पर टालकर ख़ुर्रम गुलारा के साथ करारा गाँव के लिए रवाना हो जाता। अबू को कोई भी मौक़ा हरम की तरफ़ जाने का नहीं मिला। न ही उधर से कोई झलक उसे दिखाई दी।

तीसरे दिन अचानक एक मौक़ा उसके हाथ आया। दो सिपहसालार शहज़ादे से जंग के मोर्चे की चर्चा कर चले गए। उनमें से एक दक्खन से हाल ही में लौटा था। वह मोर्चे की ताज़ा ख़बरें और महाबत ख़ान की तरफ़ से फलों की एक टोकरी और कपड़ों का एक गट्ठर शहज़ादे को भेंट करने लाया था। उनके चले जाने के बाद विचारमग्न ख़ुर्रम कुछ क्षणों तक हुक्का गुड़गुड़ाता रहा। अम्बरी तम्बाकू की ख़ुशबू सारे कमरे में फैल गई। अबू बड़े अदब से सिर नीचा किए और हाथ बाँधे खड़ा था। शहज़ादे के सामने कालीन पर दक्खन से आये फलों की टोकरी, कपड़ों की गठरी और एक ख़त पड़ा हुआ था। काफ़ी देर तक हुक्का गुड़गुड़ा लेने के बाद ख़ुर्रम की निगाह उन पर पड़ी तो जैसे उसे कोई भूली बात याद आ गई। उसने ताली बजाकर आवाज़ दी, ''अरे कोई है?''

अबू ने आसपास देखा, उसके अलावा वहाँ और कोई न था। वह फ़ौरन ख़ुर्रम के पास जा पहुँचा। उसने बड़े अदब से झुककर कोर्निश बजाई और धीरे से कहा, ''हुज़ूर!''

ख़ुर्रम ने उसे बिना देखे ही कहा, ''यह सामान अन्दर हरमसरा में पहुँचा दो। परवीन आपा को ख़बर कर देना कि हम भी महल-गुलारा गाँव जा रहे हैं, बेगम साहिबा के पास। वापस आने में देर हो सकती है।'' ख़ुर्रम ने सामान के पास पड़ा ख़त उठा लिया और उसे पढ़ने लगा। फिर वह उठ खड़ा हुआ और बाहर चल दिया।

अबू ने धड़कते दिल से सामान उठाया और गलियारे में चल दिया। उसके दिल की धड़कन दुगुनी हो गई। क़दम लड़खड़ाने लगे। बिना पीये ही उस पर नशा चढ़ रहा था। चारों ओर रँगे परदे, ताप्ती से आ रही ठंडी बयार के हलके झोंकों में लहरा रहे थे। गलियारा सुनसान था। शाही हरम में अकसर महिला ख्वाजासरा या बाँदियाँ रहती हैं। पर आज तो कहीं कोई नहीं था। एक क्षण के लिए उसे आश्चर्य भी हुआ। वह हलके क़दम आगे बढ़ता रहा। शाही नियम-क़ायदों की उसे पूरी जानकारी थी। हरम में कोई आदमी तो क्या चिड़िया भी पर नहीं मार सकती थी। उसकी छंगी कितनी पास थी फिर भी कितनी दूर! गलियारा सामने के एक कमरे में जाकर गुम हो गया। दरवाज़े पर भी परदा लटक रहा था। चारों ओर ख़ामोशी थी।

कुछ पल वह चुप खड़ा रहा ताकि उधर से निकलने वाली कोई बाँदी उसे देखकर पूछ ले। पर जब कहीं कुछ न दिखाई दिया तो उसने धीरे से दरवाज़े पर अपनी हथेली से खटखट की। तभी एक सुरीली आवाज़ आई, ''कौन?'' पायल और चूड़ियों की मधुर खनक के साथ सुगन्ध का एक झोंका परदे के पास चला

आया। परदे की सरसराहट हुई, वह थोड़ा-सा खुला और कोई आ खड़ा हुआ।

अबू सिर झुकाए खड़ा रहा। सिर उठाकर हरम की गरिमामयी नाज़नीनों को देखना बेअदबी होती। हरम में पहुँच जाने के बाद तो तवायफ़ की बेटियों को भी वही इज़्ज़त मिल जाती है। उसके दोनों हाथ सामान में उलझे हुए थे। पर उसकी झुकी तेज़ निगाहों ने देख लिया कि लटके हुए, चूड़ियों भरे, मेहँदी से रचे बाएँ हाथ में छै अँगुलियाँ हैं। दायाँ हाथ परदा थामे है। उसके दिल की धड़कन तेज़ हो गई। दिमाग़ तेज़ी से काम करने लगा। वह समझ गया कि अगर इस मौक़े को खो दिया तो फिर न जाने कितने दिन और कब तक इस घड़ी का इन्तज़ार करना पड़े। फिर वह घड़ी आए भी या न भी आए। उसने फ़ौरन सिर उठाकर देखा, सामने एक गर्वीली युवती खड़ी थी। सिंगार के कारण उसका साँवला चेहरा अधिक सुन्दर और मोहक हो उठा था। लाल गरारा और सलमे-सितारों वाली कुर्ती वह पहने थी। दुपट्टा सरककर कन्धों पर आ टिका था। नाक की लौंग का हीरा और कानों के बुन्दे दमक रहे थे।

एक अदना सिपाही को हरम के इतने पास आया देख वह नाराज़ हो उठी। उसे बदतमीजी और बेअदबी से घूरते देख उसकी भौंहें चढ़ गईं। वह डाँटने लगी, ''बदतमीजों की तरह क्या देख रहे हो? तुम्हारी हिम्मत हरम के इस हिस्से में, यहाँ तक आने की कैसे हो गई? अरे कोई... ?''

अबू समझ गया कि अब एक पल की भी देरी उसने की तो मामला हाथ से बाहर हो जाएगा। उसने बड़े संयत पर धीरे स्वर में कहा, ''छंगी!''

इस एक शब्द ने उस युवती पर बिजली का-सा असर किया। उसकी चीख़ गले के अन्दर ही दबी रह गई, उसका ग़ुस्सा एकदम ठंडा पड़ गया। हैरानी से उसके चेहरे पर बल पड़ गए। इस नाम से तो उसे इधर कोई नहीं जानता, न ही कोई पुकारने वाला अब रह गया है। अपनी पिछली ज़िन्दगी तो वह भाऊसिंगपुरा में ही दफ़ना आई थी। फिर आज यह कौन उस पुरानी ज़िन्दगी पर जमी राख को उड़ाने आ गया है? उसने देखा, उसके सामने एक दरम्यानी ऊँचाई का नौजवान खड़ा है। काली-पतली मूँछें, चौड़ी छाती, सिर पर मुग़लाई पगड़ी, दाएँ हाथ की माध्यमिका अँगुली में सोने की अँगूठी, दाढ़ी सफाचट है। कुल मिलाकर वह आकर्षक व्यक्तित्व का ही धनी उसे लगा। एक हाथ में टोकरी और दूसरे में गठरी लिये बड़ी उम्मीद से वह उसे निहार रहा है।

''मुझे पहचाना नहीं? मैं हूँ अबू।''

छंगी चौंक पड़ी। इन हालात में, इस तरह उसने अबू से मिलने की उम्मीद भी नहीं की थी। वह तो समझती थी कि इस भरी दुनिया में वह लड़का, उसके लड़कपन का साथी न जाने कहाँ खो गया होगा? पर आज उस किशोर की जगह पर एक ख़ूबसूरत आकर्षक नौजवान को खड़ा देख वह दंग रह गई। परन्तु साथ ही उसने

इन कुछ सालों में जो दिमाग़ी तनाव, दुख और परेशानियाँ अकेले झेली थीं, अबू को, अपने मीत को देखकर, वे सभी एक साथ ठेल-ठालकर, बरसने वाली बदली की तरह घुमड़ आईं। भावनाओं के ज्वार ने उसकी नज़रों को धुँधला दिया। यही हालत अबू की थी।

वे एक-दूसरे से बहुत कुछ कहना, सुनना, पूछना चाहते थे। दो दिन से अबू जो तैयारी कर रहा था, वक़्त आने पर वह सब भूल गया। सिर्फ़ चेहरों की रंगत उनकी भावनाओं को प्रकट कर रही थी। चारों ओर ख़ामोशी थी। सिर्फ़ महल से लगकर बहने वाली ताप्ती का हलका शोर ही छनकर आ रहा था।

वे इतने अधिक भावुक हो उठे कि काफ़ी देर तक गूँगे बने रहे। न जाने कितने पल बीत गए। बिना बोले भी मानो उन्होंने एक-दूसरे से बहुत कुछ कह दिया। उन दोनों का भावनात्मक उद्वेलन धीरे से आँसुओं के रूप में गलकर बह निकला। तभी वे सँभल गए। गौहरबाई के कोठे की शिक्षा जहाँ छंगी के काम आई, वहीं जासूस की सतर्कता ने अबू को सावधान कर दिया। छंगी ने जल्दी से सामान लेकर अन्दर रख दिया। फिर अबू को अपने पीछे आने का इशारा किया। एक बार अबू ने सुनसान गलियारे को देखा और फिर हिम्मत के साथ छंगी के पीछे चल दिया।

तक़दीर से इन दिनों कुछ बाँदियाँ गुलारा के साथ करारा गाँव चली जाया करती थीं। अन्य बावर्चीखाने और दूसरे कामों में जुटी थीं। इसका फ़ायदा छंगी ने उठाया। गत कुछ महीनों से शाही महल में रहने से वह महल के हर कमरे और रास्तों से वाक़िफ़ थी। यहाँ तक कि उसे कुछ चोर रास्तों का भी पता था। वह सावधानी से अबू को महल के हरम से लगे जनाने नज़र बाग़ में ले गई। वह हरिण बाग़ के नाम से जाना जाता था।

बाग़ में बड़ी शान्ति थी। बाग़ के एक कोने में बाँस-बल्लियों का एक घर बना हुआ था। यह घर फूलों की बेलों से चारों ओर से ढका था इसलिए वह सुरक्षित था। बाग़ से ही एक गुप्त रास्ता ताप्ती के किनारे पर निकलता था। इसकी जानकारी छंगी को थी। इसीलिए वह अबू को बाग़ में ले आई ताकि मौक़ा पड़ने पर उसे बाहर निकाला जा सके।

बाग़ के उस एकान्त घर में पहुँचने के बाद दोनों फिर भावुक हो उठे। छंगी की काजल-काली आँखें झरने लगी। उस निःशब्द रुलाई के कारण उसका सारा शरीर हलके-हलके काँपने लगा। दिल फाड़ देने वाली उसकी रुलाई ने अबू को विगलित कर दिया। उसकी आँखें भी पनिया आईं। सान्त्वना के लिए वह छंगी की पीठ पर स्नेह से हाथ फिराने लगा। सारे घाव फिर हरे हो गए। अबू के प्यार की गरमी से प्रभावित छंगी ने अपना सिर उसके कन्धे पर टिका दिया। जब से उस होश सँभाला था, तब से पहली बार आज किसी ने इतनी ममता से उसकी पीठ पर हाथ फेरा था। इतने दिनों से संचित मन में घुमड़ और घुट रहा उसका दुख आवेग के साथ फूट निकला।

रुदन का आवेग कुछ कम हुआ तो छंगी ने पूछा, "तुम इतने दिन कहाँ थे अबू भला बतलाओ तो! क्या हम सबकी कभी भी तुम्हें याद नहीं आई? अपना भाऊसिंगपुरा, अपनी यह ताप्ती, यहाँ के ये जंगल-पहाड़, इन सभी को तुम इस तरह कैसे भूले रहे?" एक शिकायत, एक करुणा, छंगी की सवालिया नज़रों से झाँक रही थी।

अब अबू छंगी के सवालों का क्या जवाब दे? क्या वह अपनी मर्ज़ी से इन सब को छोड़कर गया था? जहाँ भी वह रहा, क्या छंगी, भाऊसिंगपुरा, इस ताप्ती और यहाँ के सब कुछ को वह भूल सका? क्या वह इन्हें अपने सीने से चिपटाए हुए नहीं था? रातों के सन्नाटों में वह इन सबके लिए कितना-कितना रोया है।

"अब तुम्हें क्या समझाऊँ मेरी अच्छी छंगी कि मैं तुम लोगों के लिए कितना तड़पा हूँ? फिर क्या मैं आज़ाद था? मेरी हालत तो तुमसे भी ज़्यादा बदतर थी। मैं तो एक जानवर की तरह एक से दूसरे हाथ में बिकता रहा। और रात के सूनेपन में मैं सदा तुम्हारे लिए, भाऊसिंगपुरा के लिए और इस ताप्ती के लिए सपनों में भी रोता रहा। जब मुझे बुरहानपुर आने का मौक़ा मिला तो मैं सबसे पहले भाऊसिंगपुरा ही गया। सभी अपनों से मिलने के लिए। तुमसे मिलने के लिए। पर मैंने वहाँ जो कुछ देखा-सुना, उससे मेरा दिल टूट गया। मेरा नाम रटते-रटते अब्बा की मौत, सलामत भाई की ख़ुदगर्ज़ी, उनका सब कुछ बेच-बाचकर भाभीजान के साथ दक्खन निकल जाना, इलाही का हरामीपन और ख़ासकर तुम्हारी अम्मी का अपनी हवस को पूरा करने के लिए तुम पर किए गए ज़ुल्मों ने मेरे रोंगटे खड़े कर दिये।

"जानती हो छंगी, पंडित चाचा, मेरा मतलब है दीनानाथजी जब तक अब्बा और तुम्हारी कहानी सुनाते रहे, मैं उन पलों में न जाने कितनी बार मरा हूँ और मर-मरकर जीया हूँ। अपने उस दुख का मैं कैसे बयान करूँ? आज भी अगर मैं तुम्हारी यह छठी उँगली न देख पाता तो इस हरम की सुन्दरियों में से तुम्हें निकालना मेरे लिए शायद उतना ही मुश्किल होता जितना समन्दर में से मोती खोज लाना। मैं तो तुम्हारी इस छटंगी का बड़ा शुक्रगुजार हूँ।" उसने छंगी की कोमल हथेली अपने हाथों में लेकर उस छठी उँगली को चूम लिया।

"और तुम थीं कि बचपन से ही इस छठी से नाराज़ रहा करती थीं। आज यह न होती तो क्या हम मिल सकते थे? इतने सालों के बाद एक-दूसरे को पहचान सकते थे? देखो ना, अब तुम कितनी ख़ूबसूरत और दिलकश हो गई हो। ताप्ती किनारे, धूल-गोबर भरे गाँव में, बालों का पूला सिर पर लिये गन्दे कपड़ों में घूमने-फिरने वाली छंगी को आज की हसीना के रूप में देखकर क्या मैं पहचान सकता था, बताओ तो भला?" अबू की बालपन की शैतानी फिर उभर आई। किसी भी उमर में बच्चा बनना कितना अच्छा लगता है, इस बात का उसे अभी-अभी एहसास हुआ।

"फिर...। अपने बचपन की आदतों से बाज नहीं आओगे? लड़ने और छेड़ने की आदत अभी भी नहीं गई तुम्हारी? और क्या तुम नहीं बदले हो? भला बिना नहाए, धूल चढ़े गन्दे बदन, फटे पैजामे के साथ नदी-जंगल एक करने वाले को, एक ख़ूबसूरत नौजवान में बदल जाने पर क्या मैं पहचान सकती थी? सच तो यह है अबू, कि मेरी इस छठी उँगली की बिना पर छंगी नाम से पुकारने और अपना नाम अबू बतलाने...। सच अबू, अपने बचपन की इन्हीं बातों ने हमें एक-दूसरे को पहचानने में मदद दी। नहीं तो भला मैं भी तुम्हें क्या पहचान पाती? यहाँ मुझे छंगी नाम से कोई नहीं जानता। मैं तो यहाँ गुलारा और शहज़ादा सलामत की परवीन आपा हूँ।" गर्व छंगी की बातों से छलकने लगा।

"अच्छा, आपा जी! हमारा भी आदाब कबूल करिए।" अबू मज़ाक़ पर उतर आया।

"अरे हाँ अबू! अच्छा बताओ तो भला, तुम्हें कैसे पता चला कि मैं यहाँ गुलारा के साथ शाही महल में हूँ?"

तब अबू ने सारी कहानी सुना दी। छंगी बड़े ध्यान से सब सुनती रही। उसे खोज निकालने में जिन परेशानियों का सामना अबू को करना पड़ा, उसे सुनकर छंगी के चेहरे पर पर एक रंगत आती थी और दूसरी जाती थी।

"भाऊसिंगपुरा में तुम अम्मी से मिले थे?" झिझकते हुए छंगी ने पूछा और लज्जा से पलकें झुका लीं। वह मानो अम्मी की शरम को धो रही थी। उसका चेहरा लाल हो उठा।

"चाची! उफ़! तुम अभी तक उन्हें नहीं भूलीं? माँ होकर अपनी हवस के लिए उन्होंने तुम्हें कहाँ से कहाँ ला पटका? फिर भी तुम उन्हें याद करती हो? सलामत भाई का सलूक तो समझ में आता है, जिन्होंने जायदाद की ख़ातिर मुझे सौतेला जान बेच दिया। पर चाची? क्या कहूँ उन्हें? क्या एक सगी माँ से इस सब की उम्मीद की जा सकती है?" अबू ग़ुस्से में तमतमा गया।

छंगी कुछ देर चुप रही, फिर धीरे से बोली, "तुम यह क्यों भूल जाते हो अबू, कि वो मेरी माँ है? औरत-मर्द के रिश्तों के हर मामले में हमेशा क्या औरत ही कसूरवार रहती है? आदमी की क्या कोई ज़िम्मेदारी नहीं होती? उसका क्या कोई कसूर नहीं होता?"

छंगी के इस सवाल पर अब अबू क्या बोले? वह कुछ देर चुप रहा फिर धीरे से बोला, "यही तो ग़म है छंगी, कि वह तुम्हारी माँ है वर्ना...। ख़ैर, वह अब भाऊसिंगपुरा में नहीं है! इलाही सब कुछ बेच-बाचकर कहीं चल दिया है। चाची को उसने पहले ही घर से निकाल दिया था। तुम्हारे और मेरे घर अब खँडहर हो गए हैं।"

"ओ...माँ...!" छंगी विह्वल हो उठी। अबू ने उसे रोने दिया। पर छंगी के दुख ने उसे कातर कर दिया। दिलासा देने के लिए उसने छंगी का सिर अपने कन्धे पर

टिका लिया और सहलाने लगा। जब आवेग कम हुआ तो थोड़ी देर ठहरकर अबू ने अपनी बात आगे बढ़ाई, ''अगर इनायत चाचा न होते तो शायद मैं महलसरा के आसपास ही मँडराया करता या फिर कोई हिमाकत कर बैठता। उन्हीं की मेहरबानी से मैं महल में तैनात हो सका। वह भी शहज़ादा साहेब की ख़िदमत में।'' छंगी का ध्यान बँट गया।

''ये इनायत चाचा कौन हैं? अपने भाऊसिंगपुरा में तो इस नाम का कोई नहीं था?'' छंगी ने उत्सुकता से पूछा।

''ना छंगी, ना। इनायत चाचा न तो अपने गाँव के हैं न ही अपने सगे वालों में से कोई। पर सच कहूँ छंगी! कभी-कभी बिराने अपनों से ज़्यादा प्यार दे देते हैं। इनायत चाचा उन्हीं में से एक हैं। और अपने वाले? अब रहने भी दो छंगी, उनके बारे में क्या कहा जाए?'' अबू की उदासी ने छंगी को भी छू लिया। दोनों के बीच कुछ देर तक चुप्पी तैरती रही। इस बीच अबू छंगी की उँगलियों से खेलता रहा। वह स्पर्श दोनों को आश्वस्त कर रहा था।

''इनायत चाचा अपने कोई नहीं हैं पर अपने वालों से भी ज़्यादा हैं।'' अबू ने संक्षेप में उसे सभी कुछ बतला दिया। सलमा ख़ाला और नाहिदा की बातों में से जो कुछ बताया जा सकता था, वही बताया। वह इनायत चाचा को छंगी के सामने रुस्वा नहीं करना चाहता था। इस अपरिचित के प्रति छंगी का दिल भी कृतज्ञता से भर आया, क्योंकि वह उसके अबू का सरपरस्त था।

पेड़-पौधों की परछाइयाँ धीरे-धीरे लम्बी होती जा रही थीं। सूरज दोपहरी काटकर पच्छिम की यात्रा पर तेज़ी से बढ़ रहा था। भरी दुपहरी की चमक और गरमी कम हो रही थी। सूरज की तपन कम हो जाने से पक्षी अपने कोटरों से बाहर आकर इधर-उधर फुदकने लगे। उनकी चहचहाट से सारा बाग़ गूँजने लगा। दोनों चौंक उठे। कितना समय निकल गया, उन्हें होश न रहा। पक्षियों की चहचहाट ने ही उन्हें जगाया। छंगी उठी और बाहर आकर उसने सावधानी से देखा, फिर उसने आसमान की ओर देखा। उसका नीलापन उजाले के कारण हलका हो गया था। पर नज़रें अभी भी अधिक समय तक ऊपर टिक नहीं सकती थीं। आकाश बिलकुल साफ़ था। छंगी ने अन्दाज़ लगाया कि गुलारा और शहज़ादा ख़ुर्रम करारा में बारादरियों के काम की देखभाल कर कुछ ही देर में रवाना होंगे। यह सब हिसाब लगाकर वह अन्दर आई!

अबू भी उठ खड़ा हुआ।

''सुनो अबू! शहज़ादा हुज़ूर और गुलारा के वापस आने का वक़्त हो रहा है। वे कभी भी आ सकते हैं। तुम अब अपने डेरे पहुँच जाओ। दिल तो तुम्हें छोड़ने को नहीं है पर...।'' विदाई की बात सोचकर छंगी व्याकुल हो उठी थी। पर मजबूरियों और हालात ने उसे लाचार कर दिया।

"हाँ छंगी! तुम्हारा सोचना सही है। मैं चाहता हूँ कि हम लोग कल फिर मिलें ताकि आगे की बातें तय कर सकें। ख़ुदा ने जब मेहरबानी की है और मुझे तुमसे मिला दिया है तो अब मैं तुम्हें नहीं छोड़ना चाहता।" अबू ने अपना दिल खोलकर रख दिया।

"मैं ही कहाँ तुमसे अलग रहना चाहती हूँ? अचानक तुमसे बिछुड़ जाने के बाद जानते हो अबू, मैंने मन ही मन तुम्हारे लिए ख़ुदा से कितनी दुआएँ माँगी हैं?" जुदाई की उन घड़ियों में मिली यंत्रणा की यादों ने उसे सिहरा दिया।

भावनात्मक स्पन्दन ने दोनों को अभिभूत कर दिया। शीघ्र ही दोनों सँभल गए। दोनों बाहर आए।

"देखो अबू! तुम मेरे पीछे-पीछे आओ। मैं तुम्हें बाग़ में आने-जाने का एक ऐसा रास्ता बतलाती हूँ जिससे तुम कल फिर आज ही की घड़ी आ जाना। मैं तुम्हें यहीं मिलूँगी। रास्ता कंटीला है, पर ख़तरे से ख़ाली है।" छंगी बातें करते हुए आगे बढ़ गई। वह पेड़-पौधों, झाड़ियों और क्यारियों की आड़ लेते हुए बाग़ के एक कोने में जा रही थी। बाग़ का उत्तरी कोना ताप्ती के किनारे के एक टीले से मिलता था। छंगी ने उसी ओर अबू को इशारा कर दिया।

छंगी से विदा लेने के पहले अबू ने उसके हाथ को थपथपाते हुए कहा, "कल फिर मैं आ रहा हूँ छंगी। आगे क्या कुछ करना है, मिलकर सोचेंगे।"

"कल की बात कल देखेंगे अबू। अब मैं चलती हूँ।" कहते हुए छंगी क़रीब-क़रीब दौड़ते हुए हरमसरा की ओर चल दी।

अबू खड़े-खड़े उसकी आकर्षक चाल को पीछे से देखता रहा। जब वह नज़रों से ओझल हो गई तो बागड़ से बाहर निकलने के पहले उसने सारे इलाके का मुआयना किया। बागड़ के बाहर आकर उसने बाहर की भी जाँच की। बागड़ एक ऊँचे टीले से मिली हुई थी। टीले की ऊँचाई पथरीली और फिसलन भरी थी। शायद उधर से बाग़ में आने का ख़तरा नहीं था। लेकिन उधर से ऊपर चढ़ना कठिन था। इसी प्रकार टीले की ढाल ताप्ती की तरफ़ काफ़ी ख़तरनाक थी। पर इसके सिवाय कोई चारा न था। टीला आगे चलकर शहरपनाह से जा मिला था। टीले की आड़ लेकर झाड़ियों को पकड़ता हुआ वह बड़े धीरे से नीचे ताप्ती की ओर उतरने लगा। कई बार फिसलते और नीचे गिरते बचा। टीले की ढलान और ताप्ती के किनारे के बीच एक सघन वन था। उसकी कुहनियाँ और घुटने छिल गए। पर वह हिम्मत न हारा। एक घड़ी की मेहनत के बाद वह नीचे जा लगा। ताप्ती के किनारे उतर जाने के बाद वह महल की विपरीत दिशा में चला। टीला जहाँ ख़त्म होता था, वहाँ से वह फिर ऊपर की ओर चढ़ा और शहर चल दिया। काफ़ी देर तक चलने के बाद वह जब शहर के पास पहुँचा तो उसने ख़ुद को शहरपनाह की दीवार के बाहर पाया। कुछ दूर चलने पर उसे असीर दरवाज़ा मिला। इस दरवाज़े से रास्ता असीरगढ़ के लिए घने जंगल के बीच से जाता था। उसने शहर में प्रवेश किया।

आज उसका मन ख़ुशी से भरा हुआ था। ख़ुदा का शुक्रिया अदा करने के लिए वह चौक की मस्जिद की ओर चल दिया। वजू करने वाले पानी से उसने अच्छी तरह से हाथ-पाँव धोये और खरोंचों-काँटों को साफ़ किया। मग़रिब की नमाज़ का समय हो रहा था। मस्जिद के पेश इमाम की 'अ...ल्ला...ह...हो...अ...क...बर...' अजान उसे सुनाई दी। ख़ुदा के बन्दों की यह पुकार थी। अजान की आवाज़ की गूँज के साथ ही कबूतरों का एक गोल मीनार के गुम्बद से उड़कर आसमान में चक्कर लगाने लगा। एक चक्कर लगाकर वह फिर वापस मीनार के खुले भागों पर तौलकर आ बैठा। वजू करने के बाद वह मस्जिद में दाखिल हुआ। उसने नमाज़ अदा की। उसका मन आज बहुत उदार हो गया था। अगर आज उसे सलामत भाई, याक़ूब, गौहरबाई, यहाँ तक कि इलाहीबख्श भी मिल जाता तो वह माफ़ कर देता। नमाज़ अदा करने के बाद वह मस्जिद से बाहर आया, मस्जिद के बाहर बैठे भिखारियों को उसने दान दिया और फिर महल की ओर चल दिया।

जिस समय वह महल के अस्तबल में पहुँचा, वहाँ की चहल-पहल बढ़ गई थी।

"क्यों भई! शहज़ादा हुज़ूर वापस आ गए क्या?"

एक साईस घोड़े को खुर्रा कर रहा था। दूसरा चारा-चन्दी में लगा हुआ था। सभी अपने-अपने कामों में व्यस्त थे। लीद और चारा-चन्दी की गन्ध हवा में तैर रही थी। उन्हीं में से एक ने उत्तर दिया, "हाँ भाई! अभी कुछ देर पहले ही शहज़ादा हुज़ूर और बेगम साहिबा आए हैं।"

अबू ने हिसाब लगाया। छंगी बड़ी आसानी से हरम के अपने कमरे में कब की पहुँच गई होगी। उसने घोड़े को खोला और सवार होकर लालबाग़ के अपने डेरे की ओर चल दिया। रास्ते में वह जब दिन-भर की घटनाओं को याद करने लगा तो उसे लगा कि छंगी न केवल चतुर हो गई है, बल्कि उसका सौन्दर्य भी निखर आया है। उसके हाव-भाव, सिंगार, बातचीत और चाल-ढाल में एक नया निखार आ गया है। भाऊसिंगपुरा के किसान की लड़की का गाँवठीपन एक चतुर सुजान नार में खो गया है। इस ओर तो वह बातचीत की रौ में उस समय ध्यान ही नहीं दे पाया था।

हवा के ठंडे और हलके झोंके उसके चेहरे को नहलाकर तरोताज़ा कर रहे थे। सूरज के पच्छिम में डूब जाने से साँझ का अँधेरा पूरब से घिरता चला आ रहा था। वह रात के धरती पर पसरने के पहले जल्द से जल्द डेरे पर पहुँचकर इनायत चाचा को अपनी सफलता का सन्देश दे देना चाहता था। उसने बावर्चीखाने में जाकर डटकर खाना खाया! उसकी भूख खुल गई थी। खाना खाकर वह तम्बू में आया, कपड़े बदले और इनायत चाचा से मिलने उनके डेरे पर गया। वह ख़ाली था। वह वापस चला आया। उसने ख़ुशी की लहर में कुछ अधिक ध्यान नहीं दिया। अपने तम्बू में आकर वह लेट गया। इतने दिनों से उसने अपने को जिस चिन्ता और संत्रास

के भँवर में फँसा पाया था, उससे आज उसे छुटकारा मिला था। ख़ुशी के कारण उसकी नींद उड़ गई थी। बेचैनी से करवटें बदलते हुए वह सुबह का इन्तज़ार करने लगा। उसने अनुभव किया कि अधिक चिन्ता और ख़ुशी दोनों मौकों पर नींद उड़ जाती है। पर न जाने कब उसकी पलकों पर नींद उतर आई उसे मालूम नहीं।

सुबह जब उसकी नींद टूटी तो धूप काफ़ी चढ़ आई थी। बेफ़िक्री के कारण वह काफ़ी देर तक सोया पड़ा रहा था। वह हड़बड़ाकर उठा। जल्दी-जल्दी तैयार हुआ। उसे ताज्जुब हुआ कि इनायत चाचा उससे मिलने क्यों नहीं आए? वे भी तो उत्सुकतापूर्वक महल से उसकी वापसी का इन्तज़ार कर रहे होंगे? और आज जब वह सफल होकर लौटा तो चाचा न जाने कहाँ व्यस्त हो गए? उसे उन पर झुँझलाहट भी हुई। उनसे लड़ने के लिए उनके डेरे की ओर जा निकला। दिन उसे बड़ा सुन्दर लगा। दिन निकले दो-तीन घड़ी बीत चुकी थी। इनायत चाचा के डेरे में कोई दूसरा जमा हुआ था। पूछने पर पता चला कि वे तो वापस आगरा चले गए हैं। वहाँ से अपनी जागीर के गाँव जाएँगे। उनकी बूढ़ी ख़ाला की तबीयत ख़राब है। कल दोपहर एक ख़त लेकर कोई आया था इसलिए वे छुट्टी लेकर चले गए। जाते वक़्त ने अपना पता दे गए हैं और ख़ुदा से उसकी सफलता की दुआ माँग गए हैं। पता उसे मिल गया।

उसका मुँह उतर गया। दिल भारी हो गया। निश्छल प्रेम करने वाला, वक़्त पर सही राय देने वाला, एक बुजुर्गवार सरपरस्त फिर तक़दीर ने उससे छीन लिया। वह बुझे दिल से शाही महल चल दिया। सीधे हरिण बाग़ पहुँचने के पहले वह चौक बाज़ार की ओर गया। वहाँ उसने भारी नाश्ता किया। फिर महल जा पहुँचा। शाही महल के बाहरी भाग में हलचल वैसी ही थी। वह पास ही लगे मुंशी के तम्बू में चला गया, यह जानने कि शहज़ादा साहेब और गुलारा क्या करारा गाँव चले गए या नहीं।

"आदाब अर्ज करता हूँ मुंशीजी।" सामने तख़्त पर बैठे लेखन में व्यस्त मुंशी से उसने कहा।

"आदाब! आदाब! कहो मियाँ, क्या चाहिए? किससे मिलना है?" कलम को कान में खोंसते हुए मुंशी ने पूछा।

"यही...शह...ज़ादा...सला...मत?" बात को लम्बाते हुए अबू ने पूछा।

"अरे मियाँ? शहज़ादा हुज़ूर को फ़ुर्सत कहाँ किसी से मिलने की? उन्हें सरकारी काम देखने का ही वक़्त नहीं तो फिर हम किस खेत की मूली हैं? वे आज फिर चले गए हैं, अपनी चहेती को लेकर। हमें क्या करना है? परेशानी होगी तो उन्हें ही। अहमदनगर से क़ासिद पर क़ासिद आ रहे हैं, पैग़ाम पर पैग़ाम लेकर। पर फ़ुर्सत किसे है उन्हें देखने की? महाबत ख़ान उधर नए हुक़्म के लिए भनभना रहे होंगे। और हुज़ूर हैं कि उन्हें रँगरेलियों से फ़ुर्सत नहीं। अपनी उस चहेती के लिए बारादरियाँ बनवाने में मशगूल हैं। मानो उसी काम के लिए वे बुरहानपुर तशरीफ़ लाये हैं। अरे

मियाँ! बड़े-बड़े लोग बड़ी-बड़ी ग़लतियाँ करते हैं। अब तुम्हीं बताओ, कैसे?'' बौखलाए बातूनी मुंशी ने सवाल उछाला।

अबू चुप रहा, सुनने के लिए। वह जानता था कि मुंशी ख़ुद उगलेगा। इतने दिनों से उसके दिल में जो कुछ भी घुट रहा है, वह आज ज़रूर उगल देगा। और वही हुआ।

''बस! नहीं बता सके ना, हम पहले ही जानते थे कि नहीं बतला सकोगे। शहज़ादा हुज़ूर भूल रहे हैं कि उन पर भी उनके दुश्मनों ने जासूस बिठा रखे होंगे। अपने दुश्मनों को बादशाह सलामत के कान भरने का मौक़ा वे ख़ुद ही दे रहे हैं ना? क्यों मियाँ, हमने सही कहा ना?'' बड़ी शान से मुंशी ने कहा।

उसने कोई जवाब नहीं दिया। पर मुंशी ने उसे भी कर्तव्य से अनजाने में सचेत कर दिया था। आसफ़ ख़ाँ को वक़्त पर सारी जानकारी देना उसका फ़र्ज़ था। और यदि वह चूक गया तो? वह सिहर उठा। वह अच्छी तरह से जानता था कि उन्होंने और भी इन्तज़ाम कर रखा होगा।

''कब तक आएँगे शहज़ादा साहेब?'' बात टालने के लिए उसने जानना चाहा।

''क्या जाने कब आएँ। वो जैसे नचा रही है, हुज़ूर नाचे जा रहे हैं। शायद शाम तक आ जाएँ। रात भी हो सकती है। पर भई, अभी कुछ दिन आपका मिलना उनसे नहीं हो सकेगा।'' मुंशी समझाने लगा।

''ठीक है। तकलीफ़ के लिए मुआफ़ करें।'' अबू जल्द बाहर आ गया। थोड़ी देर वह विचारमग्न खड़ा रहा। छंगी से मिले उसे अभी समय ही कितना हुआ था? अभी वे अच्छी तरह से मिल-बैठ-बोल भी नहीं पाए थे कि आसफ़ ख़ाँ का काम एक डंडे की तरह उसके सिर पर नाचने लगा। रास्ता निकालने की सोचता हुआ वह चल पड़ा। असीर दरवाज़े से उसने शहरपनाह पार की, और सावधानी से चारों ओर देखता हुआ वह टीले और शहरपनाह की दीवार के मिलन स्थल पर जा पहुँचा। यहाँ दीवार छोटी हो गई थी, जिससे बगीचे में कूदकर पहुँचा तो जा सकता था पर बाहर निकलना थोड़ा मुश्किल था। नीचे झाड़-झंखाड़ थे। अबू ने सावधानी से सभी ओर निगाह डाली और धप्प से कूद गया।

पेड़-पौधों और क्यारियों की आड़ लेता हुआ वह बाँस वाले कमरे में जा पहुँचा। बेसब्री और चिन्ता छंगी के सुन्दर चेहरे से झाँक रही थी।

''अबू! इतनी देर?'' हलकी नाराज़गी उसकी बात से झलकने लगी।

''हाँ छंगी! मुझे माफ़ करना, ज़रा देर हो गई।'' अबू अभी भी चिन्तित था।

''क्या बात है? बड़े फ़िक्रमन्द हो? ख़ैरियत तो है ना?'' अबू की गम्भीरता ने छंगी की व्याकुलता को बढ़ा दिया।

''हाँ छंगी। आज का दिन ही ठीक से नहीं निकला है मेरे लिए। इनायत चाचा बिना मिले ही चल दिये।'' परेशान अबू ने बतलाया।

"कहाँ?"

"आगरा के पास के अपने गाँव की जागीर चले गए हैं। उनकी ख़ाला की तबीयत ख़राब है। बुढ़िया की सेहत उमर की वजह से ठीक नहीं रह पाती आजकल। वहीं से बुलावा आया था। तुम्हें मिलने के चक्कर में मैं इधर मसरूफ़ था तब तक वे चल दिये। एक दानिशमन्द सरपरस्त इनसान का साया मेरे सिर पर से हट गया। सच छंगी, कभी-कभी इच्छा होती है कि हमें प्यार करने वाला, हमारी देखभाल करने वाला, हमारा भी कोई सरपरस्त होता, जिसे अपनी सारी परेशानियाँ सौंपकर हम जवाबदारियों से बरी हो सकते तो कितनी ख़ुशी और राहत का हम एहसास करते।" अबू की इस भावना से छंगी पूरी तरह से सहमत थी। अबू के इस दुख ने उसे भी छू लिया था। दूसरे से बँध जाने पर उसके सुख-दुख हमें गहरे तक अपने आप छू जाते हैं।

थोड़ी देर वे चुप बैठे रहे।

अबू ने छंगी की ओर निहारा, वह मुरझाई हुई थी। कजरे के बिना उसकी आँखों का फीकापन चेहरे को और अधिक उदास बनाए था। ऐसा लगा कि रात उसने बेचैनी में काटी है। शायद वह रोई भी थी। सिंगारहीन उसका चेहरा सुबह के चाँद की तरह फीका पड़ गया था।

"और तुम्हें क्या हो गया है छंगी?" अबू की परेशानी बढ़ गई।

"अम्मी के दुख ने मुझे रात भर सोने नहीं दिया अबू। न जाने कहाँ और किन हालात में वे होंगी?" वह कुछ रुकी, फिर धीरे से कहा, "या इस दुनिया में वे अब हैं भी या नहीं?" वह सिहर उठी।

अमीना के बारे में छंगी को चिन्तित देख अबू कड़ा पड़ गया। वह अमीना को माफ़ न कर सका था। पर छंगी को दुखित न करने के लिए वह चुप बैठा रहा। "यहाँ माली वगैरह नहीं है क्या छंगी?" उसने बात बदल दी।

"शहज़ादा साहेब का हुक़्म है कि माली वगैरह सूरज निकलने के बाद दो घड़ी के अन्दर ही सारा काम निबटा लिया करें। बचा काम वे साँझ के बाद या दूसरे दिन करें ताकि हरमवालियाँ जब मन करे, यहाँ घूमने आ सकें। इसीलिए तो मैं तुम्हें यहाँ ले आई कि यह जगह ज़्यादा महफ़ूज है। फिर यहाँ से निकलने की भी बड़ी सहूलियत है।

"अरे हाँ अबू, तुमने बतलाया नहीं कि बुरहानपुर के बाद तुम कहाँ-कहाँ कैसे रहे?" छंगी उसके बिकने के बाद की कहानी जानना चाहती थी।

"उन दिनों की याद करता हूँ छंगी तो रोंगटे खड़े हो जाते हैं। वे भयावह दिन मैंने क़तल की रात की तरह काटे हैं। कैसे-कैसे अनुभव मुझे हुए, किस-किस तरह के लोग मुझे मिले, अब मैं तुम्हें क्या बतलाऊँ?" अबू बाँस की जालीदार बेलों से ढकी दीवार के सहारे आराम से टिक गया। पास लटक रही बेल की फूलदार डाली

का एक हिस्सा तोड़कर वह उससे खेलने लगा। छंगी भी आराम से पाँव मोड़कर उसके पास कुछ अन्तर से बैठ गई। सारा बीता कल अबू की नज़रों में घूम गया।

"सलामत भाई मेले में मुझे घुमाते फिरे। मुझे ख़ुश रखने के लिए उन्होंने मिठाई और नमकीन खिलाया। चकरी पर मैं बैठा, ख़ुशी-ख़ुशी उनके साथ घूमता फिरा। शाम को मुझे वे एक सराय में ले गए। सराय के एक कमरे के सामने आँगन में एक खाट बिछी थी। उसके पास एक कद्दावर हट्टा-कट्टा पठान खड़ा था। वह पेशावरी चप्पल, शलवार-कुर्ता और बंडी पहने हुए था। चेहरा उसका बड़ा-सा था, जिस पर घनी बल खाई मूँछें थीं। दाढ़ी सफाचट थी। हाथ में वह एक कड़ा पहने था। आँखों के डोरे लाल थे। वे बड़ी खूँखार लगती थीं। नाम था उसका शेर ख़ाँ पठान।

छंगी को याक़ूब की याद आ गई। वह सिहर उठी। धीरे से अबू के पास सरक आई।

"क्यों मियाँ? यही है?" शेर ख़ाँ की आवाज़ गरजदार थी।

"हाँ, यही है ख़ान साहब।" सलामत बड़े अदब से बोला।

शेर ख़ाँ ने अबू को ऊपर से नीचे तक देखा। मानो किसी जानवर को ख़रीदने के पहले जाँच-पड़ताल कर रहा हो फिर कहा, "कितना-क्या दे दूँ?"

"आप थोड़ा परे चलिए ना।" सलामत अबू के सामने कोई भी बात तय करना नहीं चाहता था।

वे थोड़ी दूर परे हटकर बातें करने लगे। अबू सहमा सा चुपचाप खड़ा रहा। वह समझ गया कि उसी को लेकर बातें चल रही हैं। ख़ान "ना...ना...इतना कैसे दे सकता हूँ...यह तो बहुत ज़्यादा माँग रहे हो। हाँ, कोई छोकरी होती तो और बात थी। मैं तो इतना ही दे सकता हूँ, बोलो मंजूर है?" सलामत ने क्या कहा, यह तो उसे सुनाई नहीं दिया, क्योंकि वह खुसुर-फुसुर कर रहा था। फिर रकम गिनने की आवाज़ सुनाई दी। बातें ख़त्म कर वे दोनों उसके पास लौट आए। अंटी में रुपये खोंसते हुए सलामत बोला, "सुनो अबू, तुम यहीं ठहरो ख़ान साहेब के पास। मैं अब्बा के लिए तम्बाकू, कपड़े वगैरह ख़रीदकर अभी आया। हाँ, ख़ान साहेब जो भी कहें, उनका हुक़्म मानना।" कहकर सलामत चल दिया।

अबू बुद्धू की तरह खड़ा रहा।

"अबे ओ छोकरे, क्या नाम है तेरा?" शेर ख़ाँ ने गुर्राकर पूछा।

"जी अब्दुल्ला!" डरते-डरते उसने जवाब दिया।

"देख बे अब्दुल्ले! तेरा वह भाई या चाचा जो भी हो, वो अब नहीं आएगा इधर। वो तुझे हमारे हाथ बेच गया है और रकम अंटी में दबा ले गया है, समझा।

इधर से भागने की कोशिश की तो हम तेरी टाँग तोड़कर लँगड़ा कर देंगे या हाथ तोड़ देंगे। नहीं तो आँखें निकलवा दूँगा। ज़िन्दगी भर भीख मँगवाऊँगा। समझा कुछ?'' शेर ख़ाँ दहाड़ा।

डर के मारे अबू रोने लगा।

''छोकरियों की तरह रोता क्या है, साले? चुप कर! वर्ना इतनी लातें दूँगा कि तबीयत हरी हो जाएगी।'' शेर ख़ाँ ख़रीदे लड़के-लड़कियों से पहली ही बार में निपटना अच्छी तरह से जानता था। फिर वह बोला, ''जा बे! पास वाले कमरे में दो लड़के और हैं, उनसे मिल ले! समझा कुछ?''

अबू टस से मस न हुआ। तब शेर ख़ाँ चीख़ा, ''सुनता है कि नहीं साले? वर्ना उठकर दूँ दो जूते?''

अबू चुपचाप पास के कमरे में चला गया। उसने समझ लिया कि उसकी तक़दीर उसके भाईजान मुहरबन्द कर गए हैं। उस कमरे में पहले से ही तीन बच्चे थे। एक छै-सात साल की लड़की, गुपचुप कमरे के कोने में बैठी एकटक देख रही थी। एक और लड़का था उससे दो-तीन साल छोटा। कमरे में बिखरे सामान को सहेज रहा था। उमर उसकी दस बरस के आसपास होगी। फटी क़मीज़ और पैबन्द लगा पैजामा पहने हुए था। एक लड़का और था, उससे सातेक साल बड़ा। उन्नीस-बीस के लगभग उसकी उमर थी। वह क़मीज़ और धोती पहने था। बालों में उसके तेल पड़ा था। कपड़े भी साफ़-सुथरे थे। आँखों में उसके सुरमा था। उसी ने उसका स्वागत किया, ''आओ भाई, आओ। क्या नाम है तुम्हारा?''

''अब्दुल्ला।''

''किस गाँव के रहने वाले हो?''

''भाऊसिंगपुरा।''

''उस्ताद के हाथ कैसे पड़ गए? कौन बेच गया तुम्हें और कितने में?''

''मेरे भाईजान ही। ऐसा वो बाहर बैठे हैं ना, वो कहते हैं।'' अबू रुआँसा हो गया। आँखों से आँसू लुढ़क पड़े।

''ठीक है यार! रोता क्यों है? हम सभी एक ही नाव में बैठे हैं। अपने-अपने रिश्तेदारों के मारे हैं। जब तक उस्ताद हमें एक-एक कर बेचता नहीं, मिल-जुलकर तक़दीर का सामना करेंगे। सुन, मेरा नाम है बृजलाल बिरजू। और वह है सोहन। यह लड़की है लच्छो, लक्ष्मी। पर बिकने के लिए जगह-जगह घूम रही है। वे दोनों भी तेरी ही तरह यहाँ आए हुए हैं, वे तो रो नहीं रहे हैं। फिर तू काहे हिम्मत हारता है? हम लोग जहाँ थे, वहाँ भी तो नौकरों से बदतर हालत थी। धीरे से सब कुछ ठीक हो जाएगा।'' बिरजू ने समझाया।

बात तो सही थी। मगर उसका दिल बैठ गया। उसके घर तो उसे प्यार करने वाले दो प्राणी थे—एक उसके अब्बा और दूसरी भाभी। पर अब क्या किया जा

सकता था ? उस पर शेर ख़ाँ की धौंस काम कर गई। एक कोने में बिसूरता बैठा रहा। रात को पानी-सी पतली सब्जी, पनियल दाल और रोटी उसे खाने को दी गई, और कमरे को बाहर से बन्द कर उन्हें सुला दिया गया। बच्ची को वह अपने कमरे में ले गया।

रात में अचानक अबू को लगा कि कोई उससे चिपटकर सोया है। वह भड़भड़ाकर उठ बैठा। बिरजू उसके बिस्तर पर आ गया था। उसका चिपटकर सोना, उसे बिलकुल ही पसन्द नहीं आया। वह एक तरफ़ सरक गया।

अभी वह गहरी नींद में ही था कि उसे आवाज़ें सुनाई देने लगीं। उसे लगा कि वह सपना देख रहा है। फिर किसी ने उसे ठोकर मारी, "ओए, उठ बे! चल जल्दी कर, तैयार हो जा। गाड़ी जोत ली है। हम रवाना होने वाले हैं।" शेर ख़ाँ उसे उठाने के लिए पैरों से उलट-पुलट रहा था।

डरते-डरते वह जल्दी से उठा। दूसरे बच्चे भी जाग गए थे। रात का अँधेरा अभी भी चारों ओर फैला हुआ था। सिर्फ़ तारे टिमटिमा रहे थे। जल्दी-जल्दी सारा सामान समेटा गया। उसे सराय के बाहर खड़ी घोड़ागाड़ी पर लादा गया। यह सब काम उन्हीं को करना पड़ा। शेर ख़ाँ ने अच्छी तरह से कमरे को देखा कि कहीं कुछ सामान छूट तो नहीं गया। उसके बाद वह पहली गाड़ी पर उस लड़की को लेकर जा चढ़ा। मुँहअँधेरे ही वे लोग चल दिये। ठंडी-ठंडी बयार बह रही थी। घोड़ागाड़ी के हिचकोलों ने उसे नींद की आगोश में लुढ़का दिया। सुबह का उजाला जिस समय चारों ओर फैला वे लोग बुरहानपुर से काफ़ी दूर निकल आए।

"छंगी, बाद में मुझे पता चला कि कोई आदमी लच्छो और सोहन को उड़ा लाया था और उन्हें शेर ख़ाँ के हाथ बेच गया। बिरजू तो पहले से ही आवारा था। घर के लोग उससे बड़े परेशान थे। चोरी-चकारी उसके लिए बाएँ हाथ का खेल था। एक दिन पड़ोस में चोरी करने पर उसके बाप ने उसकी ख़ूब पिटाई की तो वह घर से भाग निकला और शेर ख़ाँ के हाथ में पड़ गया। तब से उसी के पास था। शेर ख़ाँ से वह भी घबराता था। हम सभी बच्चे उससे नफ़रत करते थे। पर बेबस और लाचार थे। हम सभी के लिए वापस जाने के या कहीं और भाग निकलने के रास्ते बन्द थे।

"वह शैतान हमें बुरहानपुर से उज्जैन ले गया। वहाँ उसने उस मासूम बच्ची को एक बे-औलाद को बेचा। वैसे उसका इरादा उसे किसी कोठे पर बेचने का था। पर लड़की की क़िस्मत अच्छी थी। वह बच गई। हम तीनों को भी उसने बेचने की बड़ी कोशिश की। मुझे तो वह यह कहकर बेचने की कोशिश करता था, 'यह किसान का लड़का है, बड़ा मेहनती और ज़हीन। ईमानदार भी बहुत है। अकेला दो आदमियों का काम निपटा सकता है।' पर न जाने क्यों ख़रीदार मुझे देखकर आगे बढ़ लेता। मैं शेर ख़ाँ के आतंक से जल्द छुटकारा पाना चाहता था। हमेशा ख़ुदा से दुआ माँगता था कि मुझे कोई ख़रीद ले। मगर क़िस्मत साथ नहीं दे रही थी।

''शेर ख़ाँ के अलावा मैं उस हरामी बिरजू से भी परेशान था। वह हमेशा मुझसे या सोहन से प्यार जताने की कोशिश करता। रात में हम दोनों में से किसी एक को अपने पास सुलाने की कोशिश करता रहता था। गन्दी-गन्दी हरकतें और बातें करना उसकी आदत थी। कभी-कभी गन्दे इशारे भी करता था।''

छंगी शरम से लाल हो गई। पर बातचीत की रौ में अबू इस ओर ध्यान नहीं दे पाया।

''हम दोनों बड़े परेशान थे। मगर शेर ख़ाँ के डर के मारे कोई कुछ बोल नहीं पाता था। एक दिन जब शेर ख़ाँ बाहर चला गया तो मैंने और सोहन ने सलाह कर, उसकी अच्छी धुनाई कर दी। उस दिन से वह ठीक हो गया। फिर उसने कोई भी बेजा हरकत करने की कोशिश नहीं की। वह समझ गया कि हम दोनों ने उसके ख़िलाफ़ गुट बना लिया है। सोहन हमेशा उदास रहता था। वह बहुत कम बोलता था। शायद घर की याद उसे सताया करती थी। अन्दर ही अन्दर मानो वह लड़का घुला जा रहा था। उसे रात में रोज़ बुख़ार रहने लगा। उसने खाना कम कर दिया। पर हममें से किसी की हिम्मत शेर ख़ाँ को यह बतलाने की नहीं हुई। मैं नासमझ था। मगर बिरजू पहचान गया कि अगर वक़्त पर सोहन को सँभाला नहीं गया तो शायद वह बच न पाए।'' उसने एक रात मुझसे कहा भी, 'देख अब्दुल! यह सोहन अब शायद ही बचे। मर जाएगा। साला उस्ताद उसकी तरफ़ बिलकुल ही ध्यान नहीं दे रहा है। देखना भला। वह जल्दी ही ख़त्म हो जाएगा।'

''मौत का नाम सुनते ही मैं डर गया छंगी। मौत मैंने कभी देखी न थी। उसके बारे में सुना भर था। अपने गाँव में जब किसी की मौत होती तो अब्बा मुझे उधर झाँकने तक नहीं देते थे कि कही मैं डर न जाऊँ और तुम्हें याद है, जब कभी भूले-भटके कोई मय्यत या जनाजा हमें दिख जाता था तो हम दोनों कुर्ते से गला बन्द कर लिया करते थे।'' छंगी स्तब्ध सब कुछ सुनती रही। ''पर तक़दीर का खेल देखो छंगी, कि मुझे छोटी-सी उमर में क्या कुछ न करना पड़ा।

''उस रात शेर ख़ाँ नाच-गाना देखने बाहर ही रह गया था। हम लोग शायद भेलसा में थे। शहर किनारे की सराय में ठहरे थे। मैं, बिरजू और सोहन एक ही कमरे में थे। अचानक, रात में सोहन की तबीयत ज़्यादा ख़राब हो गई। शाम से ही बुख़ार उसका बढ़ रहा था। ऐसा दो-तीन दिन से चल रहा था। पसीना आने के बाद बुख़ार उतर जाता था। हम समझे कि आज भी शायद पसीना आने के बाद बुख़ार उतर जाएगा। उसे अच्छी तरह से उढ़ाकर हम सो गए। तभी आधी रात को वह बुख़ार की तेज़ी में बड़बड़ाने लगा...'पानी...पा...नी माँ, मुझे पानी दो ना...भैया...रामू...अब... मैं...तुमसे नहीं लड़ूँगा।... पानी।...' मैं तो नींद में था। मगर बिरजू एक झटके से उठ खड़ा हुआ। उसने मुझे झिंझोड़कर उठाया, 'अबे, अब्दुल...उठ बे। सोहन की हालत ज़्यादा ख़राब है। तू सँभाल, मैं पानी लाया।' वह भागा पानी लेने। मैं भी उठ खड़ा

हुआ। आँखें निंदियाई थीं। फिर भी सोहन के पास पहुँचा। एक फटी दरी पर चादरें ओढ़े वह पड़ा था। सिर हिला रहा था। मैंने हाथ लगाकर देखा, उसका शरीर तवे-सा जल रहा था। बुख़ार की गरमी से आँखें बन्द थीं, बार-बार जुबान ओठों पर फेर रहा था।

''कभी-कभी फटी-फटी आँखों से चारों ओर देखकर कुछ पकड़ने की कोशिश करता। मगर बुख़ार की तेज़ी से पलकें बन्द हुई जा रही थीं। जुबान लड़खड़ा जाती थी। सिर बहुत ज़ोरों से दर्द कर रहा था। मुझे मालूम नहीं था कि ऐसी हालत में क्या करना चाहिए। मैं बुद्धू-सा बैठा था। बिरजू पानी लेकर आया। पानी की बूँदें उसके गले से नीचे उतरने के पहले ही सोहन ने गरदन लटका दी। मौत के एहसास ने बिरजू को डरा दिया। मौत अपनी खौफ़नाक शक्ल में दोनों के सामने खड़ी थी। सोहन जो अभी कुछ देर पहले उनके सामने था, अब लाश बन गया था। शमादान के कमज़ोर उजाले में मौत का वह भयानक नंगा रूप हम पर हावी हो गया। उसे हाथ लगाना तो दूर, एक कमरे में उसके साथ रहना हमारे लिए दूभर हो गया। हमें लगा कि कमरे की हवा के हर कण में मौत नाच रही है। उस एक कमरे में अब हमारे लिए ठहरना भी मुश्किल हो गया। पर जाएँ तो कहाँ जाएँ? बिरजू ने ईश्वर का और मैंने ख़ुदा का नाम रटते-रटते वह रात काटी। दोनों इतने घबरा गए थे कि कहा नहीं जा सकता था। हमें शेर ख़ाँ का डर अलग खाए जा रहा था, पर लाचार थे।

''सुबह जब शेर ख़ाँ आया और उसने सोहन की लाश देखी तो एक लम्हे के लिए सकते में आ गया। फिर नुकसान की याद आते ही भड़क उठा। उसने मेरी और बिरजू की यह कहते हुए पिटाई कर दी, 'हरामजादो, जब वह बीमार था तो मुझे कहा क्यों नहीं? मुझे बतलाया क्यों नहीं? अब उस साले के मर जाने से मुझे जो नुकसान हो गया, उसे क्या तुम्हारा बाप पूरा करेगा?' वह पिटाई करता जाता था और गन्दी गालियाँ बकता जा रहा था।

''सच छंगी, अपनी ज़िन्दगी में इतनी मार पहले मैंने कभी नहीं खाई थी। वैसे शेर ख़ाँ ने मेरी बजाय बिरजू की ही जमकर पिटाई की। मैं तो दो-चार झापड़ और लात-घूँसों में ही ठंडा पड़ गया था। पीटने से जब उसका दिल भर गया तो उसने हमें ही सोहन को दफ़न करने का हुक़्म दे डाला। जो चादर सोहन ओढ़े था, उसी में लपेटकर ले जाने का हुक़्म दिया।

''तुम सोचो छंगी, जिसने अपने बचपन में न तो मुर्दा देखा हो, न किसी की मय्यत में गया हो उसे अगर मुर्दा दफ़नाना पड़े तो उसकी क्या हालत होगी?'' छंगी घबरा उठी। वह उसके और क़रीब सरक आई। अबू को आश्वस्त करने के लिए उसने उसका हाथ अपनी हथेलियों के बीच ले लिया और सहलाने लगी। एक दार्शनिक भाव अबू के चेहरे पर उभर आया था। वह ऐसे तटस्थ भाव से सारी कहानी सुना रहा था मानो वह किसी दूसरे की कथा कह रहा हो।

''जिस सराय में हम ठहरे थे, उसी से लगा जंगल था। चादर में लपेटी सोहन की लाश को बिरजू ने बड़े सहमते-डरते उठाकर कन्धे पर लादा। मैंने भी हाथ लगाया। अपनी हालत मैं क्या बतलाऊँ! एक-दो बार जब वह फिसलने लगी तो शेर ख़ाँ मुझ पर दहाड़ा, 'उसकी मदद कर साले! नहीं तो ऐसी दो लातें दूँगा कि कमर टेढ़ी हो जाएगी। और सुनो! लाश को दफ़नाने के बाद चादर और कपड़े ले आना, समझे? वर्ना मुझसे बुरा कोई नहीं। भागने की कोशिश की तो देख लेना!' एक छुरी हमारे सामने उसने चमका दी। दोनों सन्न रह गए।

''सोहन की लाश लेकर हम जंगल में पहुँचे। फावड़ा और कुदाली का इन्तज़ाम कर उन्हें शेर ख़ाँ ने मुझे पकड़ा दिया था। एक साफ़ जगह पर बिरजू ने लाश रख दी और दफ़नाने के लिए दूसरी साफ़-सुथरी जगह वह ढूँढ़ने लगा। फिर अचानक वह रुक गया और बोला, 'नहीं-नहीं, यह नहीं हो सकता। देख अब्दुल्ला! मैं यह नहीं करूँगा।' वह बहुत गम्भीर था। एक दृढ़ निश्चय मानो उसने कर लिया था।

'' 'क्या नहीं हो सकता?' मैं कुछ समझा नहीं, चकित बिरजू को देखने लगा।

'' 'सोहन हिन्दू है, मैं उसे दफ़नाऊँगा नहीं। उसके लिए चिता सजाऊँगा।' उसने पक्के निश्चय के साथ कहा। उसकी इस बात का मैंने समर्थन किया। मैंने भी अपने गाँव में हिन्दुओं के शवों को अर्थी पर ले जाते देखा था। उनके जलाए जाने की बात मुझे मालूम थी।

'' 'अब्दुल, तू उसके शव को सँभाल। मैं अभी लकड़ी-कंडे बीनकर लाया। देखना, चील-कौए उसके शरीर को ख़राब न करें।' कहकर बिरजू जंगल में ग़ायब हो गया। जाते वक़्त वह सोहन के शरीर को ढकने वाली चादर साथ ले गया ताकि उसी में कंड़े-लकड़ी भर लाए।

''अब सोहन का शव था और मैं। सूरज की चिलक फैल गई थी। चारों ओर सन्नाटा था। कहीं कोई न था। लाश के साथ अकेला रहने की कल्पना से ही मैं घबरा उठा। मैंने लाश पर से नज़रें हटा लीं और इधर-उधर देखने लगा। आसपास बबूल, इमली, पीपल, बड़ आदि के पेड़ थे। कहीं-कहीं पेड़ों की सघनता के कारण धूप टुकड़ों-टुकड़ों में छनकर धरती पर आ रही थी। पास ही एक पहाड़ी नाला बह रहा था। ज़मीन पर गोखरू की झाड़ियाँ, धूल, बबूल के काँटे, सूखा गोबर, पत्ते और पत्थर पड़े हुए थे। मैं जितना ही लाश से अपनी नज़रें दूर रखने की कोशिश करता, आँखें थीं कि बरबस ही उधर ही खिंच जाती थीं।

''सोहन की बेजान आँखें खुली थीं। मैं डर गया। मानो मौत को घूरते हुए मैंने देख लिया। सोहन के रूखे बाल घास के तिनकों की तरह हवा में हिल-हिल जाते थे। चेहरा सफ़ेद पड़ गया था। मानो सारा ख़ून पानी बन गया हो। चेहरा धीरे-धीरे काला पड़ रहा था। मैंने डरकर सिर घुमा लिया।

"'काँव...काँ...व...काँव...काँ...व...' करते हुए कौओं और चीलों का एक झुंड सोहन की लाश के ऊपर के आसमान में मँडराने लगा। पर तौलकर वे ज़मीन पर उतरना चाहते थे, अपना पेट भरने के लिए। शायद लाश की गन्ध उन्हें आसपास से खींच लाई थी। मैं एकदम चौकन्ना ही गया। मैंने जल्दी से अपना कुर्ता निकालकर उसके चेहरे को ढक दिया। और 'शी...इ...शा...शी...ई...' कहकर पत्थर मारकर पक्षियों को दौड़-दौड़कर भगाने लगा। इतने में न जाने कहाँ से एक कुत्ता आकर सामने बैठ गया। मुझको देख दुम हिलाने लगा। मैंने पत्थर मारकर उसे भी खदेड़ा। वह थोड़ी दूर जाकर बैठ गया। मैंने पास पड़ी एक सूखी डाली उठा ली। दूसरे हाथ में पत्थर ले लिया। दौड़कर मैं चील-कौओं और कुत्ते को भगाने लगा। मेरा डर एकदम काफ़ूर हो गया। मैं एक अनजान हिम्मत से भर गया। लगा कि बेकार ही मुर्दे से डर रहा था।

"थोड़ी देर में बिरजू चादर में सूखे गोबर के कंडे और लकड़ियाँ उठा लाया। एक साफ़-सुथरी जगह पर वह उन्हें चिता के रूप में जमाने लगा। जब आधी चिता बन गई तो वह सोहन के शव के पास आया। उसने मुझसे कहा, 'हाथ तो दे यार।' मेरा डर फिर लौट आया। डरते-डरते मैंने हाथ लगाया। सोहन के सारे कपड़े बिरजू ने जल्दी से उतार दिये और उस नंगी लाश को हम दोनों नाले के पास ले गए। बिरजू उसे नहलाने लगा। भयभीत मैं पास खड़ा रहा।

" 'अबे! डरता क्या है, चल मदद कर।' बिरजू ने झिड़का।

"मैं सहमते-सहमते दोनों हाथों से पानी उलीचने लगा। नहला देने के बाद हम दोनों ने शव को उठाकर चिता पर रख दिया। एक अजानी हिम्मत फिर लौट आई। मैं बिरजू के कहे मुताबिक़ शव पर लकड़ी-कंडे जमाने लगा। बिरजू बीच-बीच में मुझसे कहता जाता था, 'इधर नहीं, उधर दो कंडे रख। हाँ, दो लकड़ियाँ तो और देना। अरे यार, उधर से तू जमाता चल न।' मंतर से बँधे आदमी की तरह मैं सब कुछ करता चला गया। थोड़ी ही देर में सारा शरीर ढक गया। चकमक पत्थर से पहले घास इकट्ठी कर बिरजू ने उसे जलाया। और बाद में उसने चिता में आग लगा दी। एक ओर से चिता में बिरजू ने आग दी और दूसरी ओर से मैंने। सूखी लकड़ियाँ और कंडे धू-धू करके जल उठे।

"सच छंगी! उस वक़्त मुझमें न जाने कहाँ की हिम्मत आ गई। इतनी ताक़त आ गई थी कि ऐसा लग रहा था कि दो-चार मुर्दे और आ जाएँ तो उन्हें भी ठिकाने लगा सकता हूँ।" अबू बड़ी गम्भीरता से बोला। सारा दृश्य छंगी के मानस-पटल पर साकार हो उठा था। वह डरकर उससे सट गई।

"क्यों डर गईं?" बड़े प्यार से अबू ने उसे निहारा। भय से छंगी का सूखा चेहरा और अधिक सूख गया था।

"और आगे सुनाऊँ? अपनी उस छोटी-सी उमर में मिले तजुर्बों को?"

छंगी ने हामी भर दी। वह उसकी ज़िन्दगी की कहानी से मानो बँध गई थी—एक मंत्रबद्ध नागिन की तरह।

"जब तक चिता जलती रही, हम दोनों एक पेड़ के तने से टिके बैठे रहे। उस समय मेरे दिमाग़ में चील की तरह एक ही बात चक्कर काट रही थी, सब कुछ बेकार है। ये प्यार, लड़ाई-झगड़ा, माया-मोह और ममता। यह ज़िन्दगी, भागदौड़, इन सबका आख़िर मतलब ही क्या है? शायद बिरजू भी यही सोच रहा था। हलके-हलके हम दोनों काँप उठते थे। एक-दूसरे का हाथ थामे बैठे रहे। महान दुख के उस क्षण में हम दोनों एक-दूसरे के क़रीब आ गए। तभी अचानक बिरजू बोल उठा, 'अब्दुल! अपन ने यह क्या कर डाला यार? सोहन को जला दिया?' अपराध का एहसास होते ही हम दोनों रोने लगे। इतनी देर की घुटन जो अन्दर ही अन्दर घुमड़ रही थी, फूट पड़ी। हम निःशब्द रोते रहे। सोहन की सारी अच्छाइयाँ जाग उठीं। हमें लगा कि हम उसे बहुत प्यार करते थे। जब मन हलका हुआ तब तक चिता की अन्तिम लपटें ठंडी पड़ गई थीं।"

दोनों बिना कुछ बोले उठे, नाले पर जाकर हाथ-पाँव धोये। जब चलने के पहले सोहन के कपड़े और चादर उठाने का मौक़ा आया तो दोनों सहम गए। उन्होंने एक-दूसरे को देखा। उनके चेहरे उतरे, सूखे हुए थे। किशोर होने के कारण अबू अधिक भयभीत दिखा। उन्हें लगा, मानो मौत के कण अभी भी उन कपड़ों में चिपके हैं। वे खड़े रहे। पर शेर ख़ाँ के डर के मारे बिरजू ने पास पड़ी एक लकड़ी से कपड़ों को उठा लिया। दोनों चुपचाप चल पडे। तभी अचानक बिरजू बोला, "देख अब्दुल! मैं उस हरामी से किसी दिन ऐसा बदला लूँगा कि वह ज़िन्दगी भर याद रखेगा। साले को खतम कर दूँगा।" बिरजू दाँत पीस रहा था। अबू सहम गया। कुछ नहीं बोला।

"देख अब्दुल, वह साला पूछे तो यह मत बताना कि हमने सोहन को चिता दी थी। समझा तू?" अबू ने स्वीकृति में सिर हिला दिया।

जब वे डेरे पर पहुँचे तो चलने की तैयारी हो चुकी थी। सारा सामान घोड़ागाड़ी पर रखने के लिए बँध रहा था। शेर ख़ाँ चीख़ा, "चलो खाना खाकर तैयार हो जाओ। अभी थोड़ी ही देर में रवाना हो रहे हैं।" सामने काग़ज़ पर रोटियाँ और सब्जी-प्याज पड़े थे। मगर जिस अनुभव और परेशानी से वे दोनों अभी गुज़रे थे उसके बाद खाना उनके गले से उतरना सम्भव नहीं था। हर कौर गले में अड़ रहा था। पर शेर ख़ाँ खुली तलवार के समान उनके सिर पर मँडरा रहा था। जैसे-तैसे वे दोनों खाकर उठे। तभी उन्हें सुनाई दिया, "सारा काम निबटा दिया ना? क्यों बे बिरजू?" बिरजू ने मंज़ूरी में सिर हिला दिया। जल्दी से सामान लादकर वे दोनों भी गाड़ी पर सवार हो गए। उस रात डर के मारे अबू ख़ुद बिरजू से चिपटकर सोया। उसे नींद में भी ऐसा लग रहा था मानो सोहन की खुली आँखें उसे घूर रही हैं। गई रात और दिन-भर के दुख, मानसिक तनाव और मौत की भयानकता ने उन्हें एक-दूसरे के निकट ला दिया। दो

दिन की यात्रा के बाद वे ग्वालियर पहुँचे। शेर ख़ाँ ग्वालियर का ही रहने वाला था। वहीं उसकी खेती और एक बड़ा मकान था। उसे एक छोटी-मोटी गढ़ी ही कह सकते हैं। मकान के पीछे के चार-पाँच कमरों में नौकर-चाकर और ख़रीदे गए लड़के-लड़कियों को रखा जाता था। उस समय दो कमरे ख़ाली पड़े थे। इसलिए एक छोटे कमरे में मुझे और दूसरे में बिरजू को उसने टिका दिया ताकि दोनों की रोज़ साफ़-सफ़ाई हो सके।

''वहीं हमें पता चला छंगी, कि शेर ख़ाँ के दो बीवियाँ हैं। असल में दूसरी तो उसकी रखैल थी। दिल्ली के पास के किसी पहाड़ी इलाके से वह उसे भगा लाया था। पहले तो उसका इरादा उसे बेच देने का था पर बाद में वह ख़ुद उस पर रीझ गया था और घर में डाल लिया। उसकी पहली बीवी से एक लड़की और लड़का था। पहली बीवी को उसकी रखैल ने लड़-लड़ाकर मैके भगा दिया था। पर लड़की और लड़का यहीं रह गए थे। शेर ख़ाँ की रखैल बड़ी दबंग औरत थी। उसका अपनी सौत के बच्चों से हमेशा लड़ाई-झगड़ा होता रहता था। शाम को हारा-थका शेर ख़ाँ जब खेत से लौटकर पीने-पिलाने बैठता, तब मौक़ा देख वह उन बच्चों की, ख़ासकर लड़की जैनब की शिकायत करती थी। जैनब अठारह साल की जवान, समझदार लड़की थी। नशे के सुरूर में शेर ख़ाँ भड़क उठता था और तब वह हरामी अपनी जवान-जहान लड़की को जूतों से पीटने में भी नहीं हिचकता। फिर शराब पीकर पड़ रहता। पठान की बेटी होने से जैनब ने भी वैसी ही क़द-काठी और ख़ूबसूरती पाई थी। जवानी मानो उसके अंग-अंग से फूटी पड़ रही थी।

''मुझे शेर ख़ाँ ने घर के काम में लगा लिया, और बिरजू को उसने खेती के काम में जोता। शेर ख़ाँ हमें इतने दामों बेचना चाहता था ताकि मरे हुए सोहन की रक़म भी वसूल हो जाए। दोनों की बिक्री से उसका घाटा पूरा हो सके। इसी चक्कर में दोनों बिन बिके रह गए। तब उसने बैठे-ठाले खिलाने के बजाय काम लेना शुरू कर दिया। मेरी गिनती बच्चों में करने से मुझे घरेलू नौकर बना लिया। मैं घर के सभी काम करने लगा। तभी मैं जैनब के नज़दीक आया। मेरी भोली सूरत उसे पसन्द आ गई। मैं बचपन पार कर जवानी की दहलीज पर पाँव रख रहा था। न तो मैं लड़का था न ही जवान। उमर के एक ऐसे मोड़ पर खड़ा था, जहाँ मुझमें बालपन और जवानी दोनों की खूबियाँ थीं। अपनी रखैल माँ से सताई और अपने बाप से दुत्कारी जैनब को ढलान चाहिए था। उसे प्यार की भूख थी। उसे वह मुझमें खोजने लगी। भाई उसका छोटा होने से नासमझ था इसलिए मेरी ओर ही उसका झुकाव होने लगा। मौक़ा देखकर जैनब मुझसे बतियाने लगी। मुझे चोरी-चुपके खाने के लिए चीज़ें देने लगी। कभी-कभी वह चोरी से मुझसे बाज़ार से टिकुली, फुंदे, बुंदे आदि मँगवा लेती। छोटा होने से न तो शेर ख़ाँ, न ही घर का दूसरा कोई मुझ पर शक-

शुबहा करता था। मेरे चेहरे के निरीह भाव और गुपचुप सहमे रहने की मेरी आदत ने मुझे घर का विश्वासपात्र बना दिया। अक्सर मैं शेर ख़ाँ की हवेली में ही बना रहता। घर का काम निबटाने के बाद भी मुझे शेर ख़ाँ की दूसरी बीवी के छोटे बच्चे को सँभालना पड़ता था।

''बिरजू से अब मेरी रात को ही मुलाक़ात हो पाती थी क्योंकि सुबह से ही वह खेत पर निकल जाता था। रोटी उसे वहीं भेज दी जाती। थका-हारा वह साँझ को लौटता। रोटी खाकर पड़ रहता। कभी-कभी वह बतियाने के लिए मेरी कोठरी में आ जाता और छेड़ता, 'यार अब्दुल! मजे तो तुम्हारे हैं प्यारे! उस शैतान के घर की सुन्दरी तुम पर फिदा है। क्या तक़दीर पाई है मेरे यार ने।'

'' 'अरे यार, चुप कर। क्या मरवाएगा? कहीं ख़ान ने सुन लिया तो हड्डी-पसली तोड़ देगा हम दोनों की।' डरा हुरा मैं मिन्नत करता।

'' 'अबे, चल बे। क्यों फ़िक्र करता है। वो छोकरी, क्या नाम है उसका। जैनब! यार, वह तो तुम पर मरी जा रही है। लेकर भाग जा साली को। ज़िन्दगी सुधर जाएगी तेरी। वर्ना यह सूअर या तो तुझे कहीं जानवर की तरह बेच देगा या सारी ज़िन्दगी यहीं हड्डियाँ खटाना पड़ेंगी।' बिरजू समझाने लगता।

'' 'तू ही क्यों नहीं जमा लेता?' मैं झिड़कता।

'' 'अपनी ऐसी तक़दीर कहाँ यार? और हमें मौक़ा ही कौन दे रहा है? हम क्या तेरी तरह नसीब वाले हैं? और मौक़ा मिला तो हम छोड़ेंगे थोड़े ही तेरी तरह। जैनब तो तुझ पर दिल रखती है, साले, हम पर थोड़े ही।' जलन साफ़ ही बिरजू की बातों से झलकने लगती।

''शेर ख़ाँ के यहाँ रहते काफ़ी समय बीत गया। दोनों नौकर ही बनकर रह गए थे। जैनब मुझ पर जान छिड़कने लगी थी। वह मुझसे हँसी-मज़ाक़ करने लगी। कमर में गुदगुदा देना उसकी आदत थी। मैं उससे घबराता। शेर ख़ाँ का डर सदा हावी रहता। जैनब बहुत कुछ समझती थी, जबकि उससे दो-तीन बरस छोटा मैं बुद्धू था। मुझसे छेड़छाड़ करना जैनब के लिए मामूली बात थी। हवेली के अँधेरे कोनों में मुझे वह जबरन चिपटा लेती थी। तब घबराकर छूटने के लिए मैं छटपटाने लगता। पर जैनब के अंगों से फूट रही सुगन्ध मुझे बहुत अच्छी लगती। मैं उसके लिए लालायित रहता था। कोई देख न ले, यह डर सताता रहता था। जैनब मुझे चोरी से मिठाई-नमकीन, फल वगैरह खाने को दे दिया करती थी। अकेले में वह दिल खोलकर अपनी रखैल माँ की बुराइयाँ करती।

'' 'सच अबू, हमारे अब्बा तो बड़े अच्छे आदमी हैं। पर इस हरामजादी ने आकर हमारा घर बरबाद कर दिया। वो कोई शादीशुदा थोड़े ही है, वह तो रखैल है, रखैल। अब्बा पर उस रांड ने ऐसा जादू फेर रखा है कि वे भी उसी की हाँ में हाँ मिलाने लगे हैं। उसी के कारण हमारी अम्मी को घर छोड़कर जाना पड़ा। झूठमूठ

तोहमत लगाकर वह शैतान की ख़ाला हमें अब्बा से पिटवाती रहती है। सच अबू, मैं तो उसे फूटी आँख नहीं सुहाती।' कहकर कुछ देर वह चुप रही।

अबू को अपने सलामत भाई का सलूक याद आ गया।

''यहाँ हमें कोई प्यार नहीं करता सिवाय तुम्हारे।'' जैनब भावुक हो उठी। उसने अबू का हाथ पकड़ लिया और उसकी हथेली चूम ली, अबू घबरा गया। उसने झटककर हाथ छुड़ा लिया और दबे गले से बोला, ''आप ये क्या कर रही हैं? आप तो हमसे बड़ी हैं। हमारी बड़ी बहन, आपा। मुझे छोड़ दीजिए आपा जी। कहीं उन्होंने, आपके अब्बा जी ने देख लिया तो मार ही डालेंगे। आपको भी मार पड़ सकती है। ख़ुदा के लिए मुझे जाने दीजिए!'' अबू गिड़गिड़ाने लगा।

''अरे अबू, तू काहे डरता है रे? और सुन, न तो मैं तेरी आपा-वापा हूँ, न बड़ी बहन। देख अबू, तू मेरा कहना मानेगा ना तो मजे में रहेगा। चल तू मुझे यहाँ से कहीं ले चल। यहाँ न तो तुझे कोई प्यार करता है, न मुझे। सिर्फ़ मैं ही तुझे चाहती हूँ। है ना? यह भी कोई घर है? यह तो नरक है नरक।'' जैनब ग़ुस्से में थी।

''और सुन, तू फ़िक्र मत करना अबू। मैं अपने साथ कुछ माल भी ले चलूँगी ताकि जब तक तुझे काम-धन्धा न मिले, अपन भूखे न मरेंगे। समझा? अरे हाँ, तू वैसे रहने वाला किधर का है?'' जैनब ने पूछा।

''जी, बुरहानपुर के पास भाऊसिंगपुरा गाँव का।'' सहमे से अबू ने बताता।

''तब तो उधर जाना नहीं हो सकेगा। अपन पंजाब या लखनऊ की तरफ़ निकल जाएँगे। अब्बा बड़े तेज़ हैं, वे हमें ढूँढ़ने बुरहानपुर की तरफ़ ही जाएँगे। समझा अबू?'' जैनब बहुत चतुर थी।

''वह भी तुम्हें अबू ही कहती थी?'' जलन से छंगी ने पूछा।

''हाँ। अबू ही कहती थी।'' बिना समझे अबू बोला।

''उसे अबू कहना कहीं तुमने तो नहीं सिखाया था, बोलो तो?'' हलका ग़ुस्सा छंगी की बातों से टपकने लगा।

अबू छंगी की जलन भाँप गया। उसकी तड़प का मज़ा लेते हुए कहने लगा, ''मैंने अनुभव किया है छंगी, कि लड़कियाँ न जाने क्यों मुझे अबू कहना ज़्यादा पसन्द करती हैं। अब इसके लिए मैं क्या करूँ? बताओ तो? क्या मैं उन्हें कहने जाता हूँ?'' शैतानी से अबू मुस्कराया।

''ऐसी कितनी लड़कियाँ और हैं जो तुम्हें अबू कहती हैं? सुनूँ तो भला?'' इस बार सच्चे ग़ुस्से से छंगी ने जानना चाहा।

''वक़्त आने पर सब कुछ बतलाता चलूँगा। मरी क्यों जा रही हो! अभी तो जैनब की बात सुनो।'' अबू ने समझाया।

''उस रात तो जैनब ने ग़ज़ब ही कर दिया। अपनी रखैल के कहने पर, बाहर से लौटने के बाद शेर ख़ाँ ने जैनब को पीट डाला। शाम को ही झगड़ा शुरू हो गया।

जैनब कुछ न बोली, चुपचाप पिटती रही। गुस्से की वजह से उसकी आँखों में आँसू तक नहीं आए। उसकी पिटाई देखकर मैं एक कोने में खड़ा थरथर काँपता रहा। किसी की हिम्मत उसे शेर ख़ाँ के पंजे से छुड़ाने की नहीं हुई। मार खाने के बाद चुपचाप उठकर वह अपने कमरे में चली गई। उसने अन्दर से दरवाज़ा बन्द कर कुंडी चढ़ा ली। न खाना खाया न कुछ। गुपचुप कमरे में सोई पड़ी रही।

"अचानक आधी रात को अपने कमरे के दरवाज़े पर हलके से ठक-ठक सुनकर मेरी नींद खुल गई। मैंने दरवाज़ा खोला। दरवाज़ा खुलते ही आँधी की तरह कोई कमरे में घुस आया और उसने पलटकर खट से किवाड़ बन्द कर दिये। शमादान के उजाले में मैंने देखा और जिसे अपने सामने खड़ा पाया, उसे देखकर मैं पीपल के पत्ते की तरह काँपने लगा। सामने जैनब खड़ी थी।

"अ...आ...प...इतनी...रात...गए... ?" अबू हकला गया।

"देख अबू, मैंने सब तैयारी कर ली है। चल हम दोनों अभी ही भाग चलें। अस्तबल से तू घोड़ागाड़ी जोत ला। मैं भी तुझे मदद करूँगी। मैंने सारे जेवर और कपड़े भी समेट लिये हैं। कुछ नगदी भी है। चल जल्दी कर, मुझे इस नरक से निकाल ले चल।" जैनब उसके पास तक चली आई।

"आपा जी! आप यह क्या कह रही हैं? आप होश में भी हैं? वो...वो... आपके अब्बा ने यदि कहीं हमें पकड़ लिया तो मुझे मार ही डालेंगे। आपको भी नहीं छोड़ेंगे। मैं आपके हाथ जोड़ता हूँ, पाँव पड़ता हूँ। मुझे माफ़ करिए। मेहरबानी कर आप अपने कमरे में चली जाइए।" अबू वास्तव में बहुत घबरा गया था और सच में ही उसके पाँव पड़ने के लिए झुकने लगा।

"अरे मूरख, तू ये क्या कर रहा है? बेवकूफ़, तुझे मुझ जैसी हसीन और समझदार लड़की कभी नहीं मिलेगी। देख मेरी ओर, एक मरद की निगाहों से देख।" कहते हुए अपनी चुनरी, जो उसके सिर और चोली को ढके हुए थी, खींच ली। जैनब लहँगा, चोली पहने थी और ओढ़नी ओढ़े थी। पठान की बेटी होने से उसका रंग गोरा झक्क था। आँखें न बड़ी न छोटी थीं, पर बाल कमर तक लटक रहे थे। अंग-अंग गदराया था। ओढ़नी के हटते ही चोली और लहँगे के बीच का खुला पेट और कमर नंगे हो गए। उसकी गोरी जवानी दपदप कर जल उठी। चुन्नी के हट जाने से उसकी चोली के उभार को तोड़कर मानो उसकी छातियाँ बाहर निकल पड़ना चाहती थीं।

अबू बुरी तरह से घबरा गया। डर के मारे उसने न केवल अपनी आँखें बन्द कर लीं, उन्हें हथेली से कसकर ढक लिया। रोते-रोते घिघियाये स्वर में बोला, "ओह! आप ये क्या कर रही हैं, आपा जी? म...म...मैं...तो आपका छोटा भाई हूँ। आप मुझे माफ़ करें। ख़ुदा के लिए, मेहरबानी कर आप जाएँ। आप नहीं जानतीं, आप क्या कर रही हैं? आप अपने आपे में नहीं हैं। आपके मैं हाथ जोड़ता

हूँ। मुझे छोड़ दीजिए।'' अबू हाथ जोड़कर खड़ा हो गया। डर के मारे थरथर काँप रहा था।

''साले हरामी! तू तो हिजड़ा है हिजड़ा। तू क्या जाने औरत किस समय क्या चाहती है? जब तक मर्द यह नहीं जानता कि औरत कब क्या चाहती है, वह औरत को नहीं समझ सकता। मर, यहीं रहकर जूते खा। वे ही शायद तेरी तक़दीर में लिखे भी हैं।'' और तड़ से जैनब ने अबू को एक थप्पड़ जड़ दिया। ग़ुस्से में नागिन-सी फुफकारती हुई वह चली गई।

''जैनब के जाते ही मैंने फ़ौरन दरवाज़ा बन्द कर लिया। एक राहत की साँस ली। उस रात अपनी हालत पर रात-भर रोता रहा।

''दूसरे दिन से जैनब का बर्ताव बिलकुल बदल गया। कभी-कभी तो वह उदास रहती, मेरी ओर बिलकुल ध्यान न देती। न बात करती न कुछ कहती। और कभी-कभी वह मेरी जरा-सी ग़लती पर भड़क उठती। मुझे डाँटने-झिड़कने लगती। मुझे कामचोर और बदमाश कहकर एकाध चाँटा मार देती। मैं चुपचाप उसके सभी जुल्म सहने लगा। मुझे इस बात से राहत मिली कि मैं जैनब के प्यार के जुल्म से बचा रहा। मैं जानबूझकर उससे दूर रहता था, परन्तु कभी-कभी जैनब की ख़ूबसूरती और जवानी की मोहकता से अपने को बँधा हुआ पाता था। मगर शेर ख़ाँ का ध्यान आते ही वह सूख जाता।

''उस सुबह अचानक आँख खुल गई। बाहर कुहराम मचा था। कई लोग ज़ोर-ज़ोर से एक साथ बोल रहे थे। कोई औरत रो रही थी, छाती पीट-पीटकर गन्दी-गन्दी गालियाँ बके जा रही थी। मेरे कमरे के दरवाज़े पर लातें मार-मारकर कोई भड़भड़ा रहा था। आँखें मलते हुए मैंने दरवाज़ा खोला। सामने शेर ख़ाँ था। ग़ुस्से से वह काँप रहा था, आँखों से चिनगारियाँ फूट रही थी। मुझे सामने देखते ही उसने तड़ से एक झापड़ कसकर मारा और पूछा, 'बता साले, वो कहाँ है?'

''अचानक हुए इस हमले को मैं सँभाल नहीं पाया। गिरते-गिरते बचा। बेवकूफ की तरह ताकने लगा। मेरी समझ में कुछ नहीं आया कि शेर ख़ाँ किसके बारे में क्या पूछ रहा है? कौन कहाँ है? मेरा हाथ पकड़कर शेर ख़ाँ आँगन में खींच लाया और झटका देकर उसने हाथ छोड़ दिया फिर एक चाँटा और दिया, 'अबे हरामी बोलता क्यों नहीं? वह सूअर का बच्चा कहाँ है?' ''

अबू की आँखें छलछला आईं। उसने धीरे से पूछा, ''कौन मालिक?''

''वही बिरजू। सूअर का बच्चा। कहाँ गया, बता जल्दी वर्ना तुझे मार डालूँगा।''

''मुझे कुछ नहीं मालूम मालिक। मैं तो उससे दो दिन से मिला भी नहीं हूँ। मुझे क्या मालूम सरकार।'' अबू ने रोते-रोते कहा।

''अब उस बच्चे को क्यों मारे जा रहे हो? बदमाश तो तुम्हारी बेटी ही थी। वही भगा ले गई होगी। इस लड़के से तो वह वैसे भी जलती थी। उसे क्या मालूम?

वह हरामजादी तो सब कुछ ले भागी। कपड़े-जेवर सभी कुछ। अरे मेरे ख़ुदा, मैं तो लुट गई। अब उसे छोड़ो, चारों ओर आदमी दौड़ाकर उन्हें घेरो। उनकी घोड़ागाड़ी अभी ज़्यादा दूर नहीं गई होगी।'' घर की मालकिन रोती जा रही थी। बाक़ी लोग हतबुद्धि खड़े तमाशा देख रहे थे।

''उसे छोड़कर शेर ख़ाँ बाहर भागा। बिरजू-जैनब को पकड़ मँगवाने के लिए चारों ओर आदमी दौड़ा दिये। मैंने रोना बन्द कर दिया। गई रात जैनब और बिरजू कपड़े-जेवर, नगदी लेकर घोड़ागाड़ी में चम्पत हो गए थे। मुझे अन्दाज़ था कि वे किधर गए होंगे। पर मैंने कुछ भी नहीं बतलाया। शेर ख़ाँ के घर में जो माहौल था, उससे जैनब और बिरजू को जो छुटकारा मिला, उससे दिल ही दिल मैं ख़ुश था। पर मन के एक कोने में बिरजू से जलन भी थी।

''उसके बाद छंगी, शेर ख़ाँ ने मुझ पर भी भरोसा नहीं किया। मुझे अपने एक कारिन्दे के साथ आगरा भिजवा दिया। जहाँ मुझे आसफ़ ख़ाँ के आदमियों ने ख़रीद लिया। आजकल मैं उन्हीं के साथ हूँ। वे मुझ पर बड़े मेहरबान हैं। मुझे पढ़ाया-लिखाया और आराम से रखा। मेरे काम से ख़ुश होकर न सिर्फ़ मुझे आज़ाद कर दिया, बल्कि अपनी नौकरी में रख लिया। उनके पास पहुँच जाने के बाद से ही मेरी मुसीबतें ख़त्म हो गईं।'' एक सन्तोष अबू के चेहरे पर उभर आया।

वे चुप बैठे रहे। छंगी जैनब-बिरजू के बारे में जानना चाहती थी। तभी उसे सुनाई दिया, अबू कह रहा था, ''छंगी! मेरी बड़ी चाहत थी अपने लोगों से, तुमसे मिलने की। इसीलिए जब मुग़ल फौज इधर आई तो मुझे भी आसफ़ ख़ाँ साहेब ने ख़बरें इकट्ठी करने इधर भेजा। मैंने उनका हुक़्म बख़ुशी मान लिया। कई सालों बाद अपने इलाके, अपने गाँव-घर और अपने लोगों से मिलकर कितनी ख़ुशी होती है! पर भाऊसिंगपुरा में सारी बातें सुनीं तो मन खट्टा हो गया। पछतावा भी हुआ कि इधर आया ही क्यूँ? पर सिर्फ़ एक तुम्हीं पर मेरी सारी उम्मीदें टिकी थीं। और कल तुमसे मिलकर दिल भर आया। मेरी सारी परेशानियाँ जिस ख़ुशी में बदल गईं, वह मैं ही जानता हूँ, शायद वही हालत तुम्हारी भी है।'' अबू भावुक हो उठा। छंगी का मन भी भर आया था। दोनों भावुकता के घेरे में बँध जाने के कारण चुप बैठे रहे। छंगी दुपट्टे के पल्लू को अपनी अँगुली में लपेटने-खोलने लगी।

''अरे हाँ! ये आसफ़ ख़ाँ कौन हैं और कौन-सी ख़बरें तुमसे इकट्ठी करवा रहे हैं?''

अबू चौंक गया। भावुकता की रौ में वह क्या बोल गया, इसका एहसास होते ही वह सँभल गया। जासूस सावधान हो उठा, ''ख़बरें! अच्छी ख़बरें! अरे भई, ये ही दक्खन की लड़ाई की ख़बरें। किस मोर्चे के क्या हालात हैं? दुश्मन के हौसले तोड़ने के लिए क्या करना चाहिए? बस, यही। और आसफ़ ख़ाँ तो शहज़ादे के ससुर हैं। ख़ैर, ये सब बातें तुम किसी से न करना। न तो गुलारा बेगम से न और किसी से।

और हाँ, मैंने जैनब के बारे में तुम्हें बतलाया नहीं।'' अबू ने उसका ध्यान बँटाया।

''अरे हाँ, अभी कहाँ बतलाया। क्या जैनब-बिरजू पकड़ में आ गए?''

''नहीं छंगी। ख़ुदा का शुक्र है कि वे लोग उसके फन्दे से दूर ही रहे। हमारा देश, यह हिन्दोस्तान बहुत बड़ा है छंगी। कोई चाहे तो यहाँ आराम से गुम हो सकता है। पर हाँ, उन दोनों के भाग जाने से शेर ख़ाँ पागल कुत्ते की तरह घर में सबको काटने दौड़ता था। उसकी सारी इज़्ज़त धूल में जो मिल गई थी! उसकी रखैल दिन-भर जैनब को गालियाँ दिया करती। सच छंगी! ऐसा लगता था मानो मैं किसी जहन्नुम में उन दिनों था। हर कोई एक-दूसरे से आँखें चुराता। मैं तो बड़ा घबराया-डरा-सा रहता। बिरजू ने सच ही बड़ा ज़बर्दस्त बदला शेर ख़ाँ से लिया था। जब तक मैं वहाँ था, तब तक तो वे पकड़ में नहीं आए थे। अगर पकड़ में आ जाते तो ख़ुदा जाने क्या होता? शेर ख़ाँ बिरजू की बोटी-बोटी कटवाकर कुत्तों को खिला देता। परे जैनब बड़ी तेज़-तर्रार थी। वह ज़रूर ही बिरजू को ऐसी जगह ले गई होगी, जहाँ शेर ख़ाँ के परिन्दे भी पर न मार सकें। ख़ुदा करे, वे पकड़ में नहीं आवें।'' अबू ने सच्चे दिल से दुआ माँगी।

''अरे हाँ, तुम्हारी शादी वगैरह हो गई कि नहीं? वो तुम्हारी घर वाली...वगैरह... वगैरह...कहाँ हैं?'' बड़े झिझकते-अटकते, धड़कते दिल से छंगी ने जानना चाहा।

''मेरी शादी? ओ...हाँ! अभी तो नहीं हुई है। पर लड़की पसन्द कर ली है। सब कुछ ठीक-ठाक चला तो शादी भी जल्दी ही हो जाएगी।'' अबू छेड़छाड़ पर उतर आया।

छंगी का दिल बैठ गया। फिर भी उसने जानना चाहा, ''कहाँ की? किसकी लड़की है?''

''छंगी, तुम जानकर क्या करोगी? बेकार परेशान होकर अपना दिल और दिमाग़ क्यों ख़राब करती हो?'' अबू ने देखा छंगी का चेहरा उतर गया था। उसके दिल में भी पीड़ा हुई। उसने तभी अँगरखे की जेब से एक अँगूठी निकाली और छंगी का हाथ अपने हाथ में ले लिया! उसकी अँगुली में वह अँगूठी पहनाने लगा। दपदप दमकती हीरे की उस अँगूठी को वह देखती ही रह गई।

''यह अँगूठी मुझे देने के पहले तुमने अपनी उस चहेती से भी पूछ लिया है या नहीं?'' जलकर छंगी ने पूछा और ग़ुस्से में वह अँगूठी निकालने लगी।

''उसी से तो पूछ रहा हूँ।'' बड़े ही मीठे और कोमलतम स्वर में अब ने उत्तर दिया।

छंगी चुप रह गई। मोहब्बत की सुमधुर शहनाई उसके कानों में रस घोलने लगी। उसकी लज्जा लौट आई। वह लज्जा से लाल हो उठी। उसने सिर झुका लिया। पाँव के अँगूठे से वह धरती कुरेदने लगी। सुख के उस क्षण में उसकी पलकें बन्द हो गईं। ख़ुशी के आँसू उसके सुर्ख़ गालों पर लुढ़क पड़े। जिस सुख की कल्पना

उसने गत कई वर्षों में भी नहीं की थी, अचानक वह उसे मिल गया था। बिना कुछ कहे, अथवा अबू की ओर देखे, उसने वह अँगूठी वापस पहन ली। उसका चेहरा प्रेम की मधुरिमा से अत्यन्त ही मोहक हो उठा। रात का सारा संत्रास अचानक ग़ायब हो गया। अबू की सारे दिन की निराशा तिरोहित हो गई। वह उत्साह से भर उठा।

धीरे से उसने समझाया, "छंगी! यह अँगूठी अब तुम अपने ही पास रखना। पर एक इल्तिजा (निवेदन) है। इसे किसी को भी मत बतलाना। यहाँ तक कि गुलारा बेगम और शहज़ादा हुज़ूर को भी नहीं। जब तक सब कुछ ठीक-ठाक न हो जाए। मैं नहीं चाहता कि और कोई अड़चन हमारे रास्ते को रोके। अनेक मुसीबतें अभी भी हमारे रास्ते मैं हैं। अभी तुम्हें बोरवाड़ी के कोठे से गौहरबाई से छुटकारा पाना है। दक्खन की जंग का क्या फ़ैसला होता है, ख़ुदा जाने। शहज़ादा हुज़ूर गुलारा बेगम को लेकर दक्खन जाएँगे या आगरा या उन्हें यहीं छोड़ जाएँगे? कुछ कहा नहीं जा सकता, क्या होने वाला है। इसीलिए इल्तिजा है, तुम अभी सब कुछ अपने तईं ही रखना। मैं भी कल एक ज़रूरी काम से हफ्ते-पन्द्रह दिन के लिए बाहर जा रहा हूँ। समझ लो इस अँगूठी में ही मेरी जान है, जो तुम्हें दिये जा रहा हूँ। इसे सबकी नज़रों से बचाकर रखना।" अबू ने छंगी का हाथ अपने हाथ में ले लिया। दोनों रोमांचित हो उठे। उनके शरीर में पुलक भरी सिहरन दौड़ गई। अबू की इच्छा हुई कि छंगी को खींचकर अपने सीने से लगा ले पर वह जब्त कर गया। उसने बड़े ही मृदुल स्वर में पूछा, "मेरी बात मानोगी ना?"

बिना जवाब दिये छंगी ने शर्म से सिर झुका लिया। उसने धीरे से 'हूँ' कह मंजूरी दे दी।

"अच्छा जी! अब आपने हमसे बोलना बन्द कर दिया? वर्ना कल से तो चबर-चबर कर हमारी जान खा ली थी। अँगूठी पहनते ही ज़ुबान बन्द हो गई?" अबू ने छेड़ा।

"आप अपनी हरकतों से बाज नहीं आएँगे?" छंगी हौले से शिकायत करने लगी।

"अच्छा तो अब हम 'अबू' से 'आप' हो गए? वाकई भई, मान गए अँगूठी के जादू को! अब हम उसी के घेरे में तुम्हें क़ैद रखेंगे ताकि लड़ाई-झगड़ा न कर सको।"

दोपहरी ढल रही थी। पेड़-पौधों के साये लम्बे हो चले थे। दोपहरी की गरमी से बचकर आराम करने वाले पंछियों में से इक्के-दुक्के ने बाग़ के पेड़ों की टहनियों पर बैठकर चहचहाना, फुदकना शुरू कर दिया था। बगीचे की एकान्त निस्तब्धता पक्षियों की चहचहाट को भंग कर देती थी।

"अच्छा छंगी, तो अब मैं चलूँ?" अबू उठने की तैयारी करने लगा।

"क्या तुम्हें... ?" छंगी ने जबान काट ली, "आपका बाहर जाना ज़रूरी है?"

अबू उसकी व्याकुलता को समझ रहा था। वह ख़ुद भी अकुला रहा था। पर

काम की अहमियत के आगे वह लाचार था। एक लम्बी साँस लेते हुए उसने कहा, ''हाँ छंगी, जाना ही पड़ेगा। इसके अलावा कोई चारा नहीं है।''

''मुझे एक ही डर है। कहीं आपको फिर न खो बैठूँ।'' भावनाओं के उद्वेग के कारण छंगी रो पड़ी। उसने अपना सिर अबू की गोद में रख दिया।

छंगी के नि:शब्द रुदन ने अबू को विचलित कर दिया। वह बड़े प्यार से उसके रेशमी बालों को सहलाने लगा। उसकी तीव्र इच्छा हुई कि छंगी को लेकर वह भी बिरजू के समान कहीं निकल जाए—गुजरात या दक्खन। मगर आसफ़ ख़ाँ के एहसान उसे बगावत करने, कोई ग़लत क़दम उठाने से रोक रहे थे। फिर वह जानता था कि शेर ख़ाँ की तुलना में आसफ़ ख़ाँ के हाथ बहुत लम्बे हैं। ताज्जुब नहीं कि उन्होंने और भी कोई इन्तज़ाम कर रखा हो। इसीलिए कम-से-कम एक बार उनसे मिलकर उन्हें सभी बातों की जानकारी देना ठीक होगा। सारे हालात का जायज़ा लेकर उसी के बाद अगला क़दम उठाना चाहिए। यह तय करते ही उसने हौले से प्यार से समझाया, ''तुम चिन्ता न करो छंगी! क्या मैं ही तुम्हें छोड़कर जाना चाहता हूँ? मेरे दिल की हालत मैं अब तुम्हें कैसे बतलाऊँ पर कुछ काम इतने ज़रूरी होते हैं कि उन्हें निपटाना ही पड़ता है। तुम फ़िक्र मत करो। जिस ख़ुदा ने हमें इतने साल बाद मिलवाया, वे ही हम पर फिर मेहरबानी करेंगे। तुम चिन्ता मत करो।'' वह उसकी पीठ थपथपाने लगा।

अबू के प्यार की गरमी ने छंगी को ढाढ़स बँधाया। वह कुछ बोली नहीं। कुछ देर बाद दोनों उठ खड़े हुए, और बाहर दरवाज़े के पास आ पहुँचे। जुदाई के लम्हों को वे मानो टाल रहे थे। छंगी ने हौले से अबू का हाथ अपने हाथ में ले लिया और बोली, ''आप कल तो फिर आ रहे हैं ना? जाने के पहले मेहरबानी कर एक बार फिर मिल जाइएगा। मेरा दिल न जाने क्यूँ घबरा रहा है। मैं इन्तज़ार करूँगी, हाँ, आप ज़रूर आना!'' उसने अबू के सीने पर अपना सिर टिका दिया। उसके बालों और अंगों से निकलने वाली सुरभि से अबू के नथुने भर उठे। उसने छंगी की पीठ थपथपाई। कुछ देर दोनों रोमांचित से खड़े रहे।

''अच्छा, मैं चलता हूँ। कल आने की कोशिश करूँगा पर कुछ कह नहीं सकता। अँगूठी का ध्यान रखना। मेरे और तुम्हारे अलावा उसके बारे में और कोई कुछ न जाने। यहाँ से जाने के बाद मेरी इस निशानी को बक्स में सँभालकर रख देना।''

''ऐसी भी क्या बात है, सुनूँ तो?'' अँगूठी को देखते हुए छंगी ने जानना चाहा।

''वह मैं फिर बतलाऊँगा। हाँ, मुसीबत के वक़्त वह तुम्हें बचा भी सकती है, तो मुझे परेशानी में भी डाल सकती है, इतना ख़याल रहे। अच्छा, मैं चलता हूँ।'' कहकर ज्यों ही उसने पाँव आगे बढ़ाया तभी उसकी तेज़ नज़रों ने सामने देखा। वह ठिठक गया।

एक अनिंद्य सुन्दरी मंथर गति से हौले-हौले क़दम गिन-गिनकर रखते हुए

राज मराली की चाल से उन्हीं की तरफ़ आ रही थी। मुस्कान उसके पतले लाल ओठों और मृगी से दीर्घ चंचल नयनों से झाँक रही थी। वे निगाहें एक पल से अधिक शायद ही कहीं टिकना जानती थीं। पल-पल में वे फूल-पत्तियों, ज़मीन, आसपास के सभी माहौल पर नाच रही थीं। चेहरा थोड़ा लम्बा और चिबुक पर गोलाई लिये था। ठोड़ी पर था बीचो-बीच एक हरा तिल। मुख का भोलापन बड़ा ही आकर्षक, दिलकश और मनमोहक था। सारा शरीर साँचे में ढला हुआ था। अबू फ़ौरन समझ गया कि यह हसीन, अनिर्वचनीय सौन्दर्य की मालकिन, बहुचर्चित बेगम गुलारा ही है।

अबू ने अपना बढ़ा हुआ पाँव पीछे खींच लिया। एक पल में उसका ख़ून जमकर बर्फ़ हो गया। शीघ्र ही छिपने के लिए वह पीछे हटा। पर कहीं भी, किधर भी जाने की राह न थी। लाचार वह छंगी के पीछे ही थोड़ा अन्तर देकर खड़ा हो गया। डर के मारे उसका चेहरा सूख गया। वह लाचार था। एक तनाव का वह एहसास करने लगा। एक पल के लिए तो छंगी कुछ न समझ पाई। तभी उसे पायल की रुनझुन सुनाई दी। हवा के आने वाले झोंके हिना के इत्र से सराबोर थे। वह समझ गई कि उसे खोजने गुलारा आ रही है। उसने देखा, हँसती-मुस्कराती गुलारा आ रही थी। वह खिल उठी। अबू की ओर उसने निहारा। वह समझ गई कि अबू परेशान हो उठा है। तभी गुलारा सौरभ बिखेरती हुई अन्दर आ गई। हँसते हुए उसने शिकायत की, "अच्छा! तो आप यहाँ हैं। और हम हैं कि आपके लिए सारे महल को छाने दे रहे हैं। अहा! आप अकेली नहीं हैं? साथ मैं अबू भाई साहब भी हैं?"

अबू कुछ परे हटकर नीचा सिर किए बड़े अदब से खड़ा रहा। वह समझ गया कि छंगी ने शायद सभी कुछ गुलारा को बता दिया है। अब हालात का सामना किए बिना कोई चारा न था।

"आज तुम बड़ी जल्दी वापस आ गईं गुलारा?" छंगी ने मुस्कराते हुए पूछा।

"हाँ आपा! इन्होंने हमें जाते वक़्त ही रास्ते में बताया था कि आज सिपहसालारों और अमीर-उमरा से ज़रूरी सलाह-मशविरा करना है। अहमदनगर से महाबत ख़ान ने ज़रूरी राज भरा पैग़ाम भेजा है। जंग लम्बी खिंच जाने की वजह से शैतान मलिक अम्बर भी परेशान हो उठा है। लम्बी लड़ाई से इलाका उजाड़ हो गया है। शायद उसकी फौज, सेना और रियाया का हौसला भी टूट रहा है इसलिए वो सुलह करना चाहता है। उसी बाबत उन्हें ज़रूरी मशवरा करना था। फिर मांडू भी बादशाह सलामत को ख़बर भेजनी थी इसीलिए हम लोग जल्द चले आए। फिर हमारी चाह थी अपनी आपा के...हमारा मतलब है, अबू भाई साहब का दीदार करने की। सो हम भी आ गए।" बड़े भोले, पर शैतानी भरे अन्दाज़ से गुलारा ने सफ़ाई दी।

"आप तो हम लोगों से भी ज़्यादा शर्मा रहे हैं, अबू भाई! मेहरबानी कर हमारा आदाब तो कबूल करिए।" गुलारा की बोली रसमयी थी। उसकी छेड़छाड़

प्यारी-सी, मीठी-सी थी। वह अभिभूत हो उठा। उसने बड़े क़ायदे से गुलारा को सलाम किया।

"आप हमसे बात भी नहीं करेंगे ? बोलेंगे भी नहीं ? क्या हमारे आने से आप नाराज़ हैं ?"

"जी नहीं ! ऐसी तो कोई बात ही नहीं है। ये तो आपकी जर्रानवाजी है जो मुझ जैसे नाचीज़ पर भी आपने अपनी आपाजी की वजह से मेहरबानी की है।" अबू ने बड़ी मुश्किल से सिर उठाकर गुलारा बेगम की ओर देखा। उसके अवर्णनीय सौन्दर्य को वह ठगा-सा देखता ही रह गया। गुलारा के अंग-अंग से फूटने वाली मादक सुगन्ध, उसकी मीठी मुस्कान और सारे वातावरण को भर देने वाले उसके व्यक्तित्व ने उसे मोहित कर लिया।

"ठीक है। अच्छा आपा जी, अब हम चलते हैं। आप लोगों की तन्हाई में ख़लल डालने की गुस्ताख़ी के लिए हम माफ़ी चाहते हैं। उम्मीद है अबू भाई, आपाजी के कारण आपसे हमेशा मुलाक़ातें होती रहेंगी। हमारा आदाब फिर कबूल कीजिए।" गुलारा ने अपनी चम्पा-कली-सी अँगुलियों को मोड़कर बड़े नखरे के साथ अबू को आदाब किया। अबू ने भी झुककर जवाब दिया।

"शहज़ादा हुज़ूर...।" छंगी ने जानना चाहा।

"वे अपने अमीरों, मनसबदारों और सिपहसालारों से बात करने में मसरूफ़ हैं। अच्छा, अब हम चलते हैं। न जाने कब वे हमें याद कर लें।" वह उन्हें छोड़कर कुलाँचें भरती हुई महल की ओर चल दी। जाते-जाते भी वह एक महकती हुई ख़ुशी बिखेर गई। अबू मंत्रमुग्ध-सा उसे जाते हुए देखता रहा।

"क्यों ? क्या देख रहे हो ?" छंगी ने टोका।

अब्रू की तन्द्रा टूटी। "सच छंगी। गुलारा बेगम शहज़ादे को ख़ुदा की एक देन हैं। उफ़ ! कितनी प्यारी, हसीन और नेक दिल की हैं वे। तुम्हें बड़ी बहन मानकर वे कितना प्यार और इज़्ज़त देती हैं !" तारीफ़ अबू के हर लफ़्ज़ से झलक रही थी।

"हाँ अबू, पर ख़ुदा ने उसे कहाँ से कहाँ पहुँचाया। शाही हरम में पहुँचाने के लिए तक़दीर ने उसे पहले बोरवाड़ी के कोठे पर चढ़ाया।" भावनाओं के बहाव में बहकर छंगी ने न केवल उसे अबू कह दिया, बल्कि वह उनमें बह चली, "सच ! वह बहुत भोली और प्यारी हैं। उनका मन कंचन की तरह साफ़ और सभी के लिए मुहब्बत से भरा है।" थोड़ी देर रुककर बोली, "आपने बुरा तो नहीं माना, गुलारा के यहाँ आने का ? मैंने कल रात गुलारा को, उनके करारा से लौटने के बाद, सभी कुछ बतला दिया था। आपने देखा ना, वो बड़ी बहन मान मुझे कितना चाहती है ? कितनी इज़्ज़त करती है ? और फिर अबू ! सच पूछो तो ख़ुशी और ग़म के बोझ को हम जब किसी अपने के साथ बाँट लेते हैं तो कितना हलकापन, कितनी राहत महसूस होती है !"

''तुम सच कहती हो छंगी। एक बात और कह दूँ? कुछ लोगों से मिलने, बात करने, उनके आने-जाने से सारा माहौल ख़ुशी से भर उठता है। बेगम गुलारा उन्हीं में एक हैं।'' अबू ने मंजूर किया।

दोनों चुप हो गए। उस एकान्त और गुलारा ने जो निर्मल मुहब्बत भरा माहौल छोड़ा था, उसे वे भोगने लगे।

''अच्छा छंगी, तो अब मैं चलता हूँ।'' अबू ने जाने के लिए क़दम बढ़ाए।

''आप शहज़ादा हुज़ूर से नहीं मिलेंगे? उनसे हुई जान-पहचान शायद कभी काम ही आए।''

अबू इस सुझाव से परेशान हो उठा। उसका काम तो परोक्ष में रहकर शहज़ादे पर निगाह रखना था, उनसे मिलना किसी भी हालत में ठीक न था। मिलने पर तो शायद सब गड़बड़ा जाएगा। उसने जल्दी से जवाब दिया, ''ना-ना छंगी! अभी उनसे मिलने से क्या फ़ायदा? वैसे भी वे फ़िलहाल अमीर-उमरा और मनसबदारों से घिरे अहम मसलों पर चर्चा कर रहे हैं। उन्हें परेशान करना ठीक नहीं। फिर कभी उनसे मिल लूँगा। अच्छा, अब मैं चलता हूँ।'' वह जाने के लिए उतावला हो उठा। उसे डर था कि कहीं गुलारा शहज़ादे को भी न ले जाए। पर जाने से पहले वह रुका। उसने बड़ी कोमलता से छंगी का हाथ अपने हाथों में ले लिया और उसे सहलाने लगा। दोनों अभिभूत हो उठे।

''तो फिर आप कल आ रहे हैं?''

''हाँ, देखो। कोशिश करूँगा। और न आ सका तो परेशान मत होना। आठ-दस दिन बाद तो फिर मिलेंगे ही।'' कहते हुए उसने तेज़ी से क़दम बढ़ा दिये।

साँझ का झुटपुटा घिरने से पहले ही वह अपने डेरे पर पहुँच जाना चाहता था। उसे कल मांडू जाने की तैयारी भी करनी थी। उसका दिमाग़ तेज़ी से काम करने लगा। जिस समय वह चौक बाज़ार पहुँचा, रात की कालिमा घिर आई थी। नानबाई की दुकान पर उसने खाना खाया, फिर डेरे पर जा पहुँचा। सोने से पहले उसने मांडू रवाना होने के लिए तैयारी की। सोते ही वह मीठी नींद के आगोश में खो गया। सुबह उसने जल्दी से बची तैयारी की। फालतू सामान उसने यहीं रखने का तय किया। उसे भरोसा था कि जल्द ही वापस आना पड़ेगा। सामान समेत वह चौक बाज़ार आया। मस्जिद के अस्तबल के चौकीदार के पास उसने सामान सँभालकर रखवा दिया। चौकीदार को सामान सँभालने के एवज में कुछ रक़म पेशगी दे दी। इनाम-इकराम का भी वायदा किया।

मांडू रवाना होने से पहले अबू ताज़ा-ताज़ा ख़बरें, इकट्ठी करने लगा। वह फ़ौरन करारा गाँव के लिए चल दिया। उसने देखा कि उतावली के दोनों किनारों पर आधी से अधिक बारादरियाँ बन चुकी हैं। मज़दूर और कारीगर काम शुरू करने की तैयारी में थे। नौकर-चाकर और दासियाँ, बेगम तथा शहज़ादे के आने के इन्तज़ार

में थे। वे दोनों अभी तक आए नहीं थे। कभी भी आ सकते थे। कारीगरों से ही पता चला कि आठ-दस दिनों में बारादरियाँ बनकर तैयार हो जाएँगी। सारी ख़बरें इकट्ठी कर वह बुरहानपुर आया। उसे रास्ते भर डर लग रहा था कि कहीं बीच में ही बेगम गुलारा और शहज़ादे से मुलाक़ात न हो जाए। मगर ऐसा कुछ भी नहीं हुआ। उसने बाज़ार की अफ़वाहें सुनीं। खाना खाया और शाही महल जा पहुँचा। वहीं पता चला कि शहज़ादा दरबार-ए-ख़ास में राय-मशविरे में मशगूल हैं। करारा गाँव की बारादरियों को देखने बेगम साहिबा के साथ कब जाएँगे, कहा नहीं जा सकता। वह समझ गया कि अहमदनगर से जो ख़बरें आई हैं, उन्हीं पर अहम चर्चाएँ चल रही हैं। और आज शाम या कल तक कोई ख़त मांडू और दक्खन भेजा जा सकता है। अत: अब उसके लिए फ़ौरन मांडू रवाना हो जाना ज़्यादा ज़रूरी हो गया।

अबू ने बाग़ में जाकर छंगी से मिलने का विचार छोड़ दिया। वह मांडू के लिए रवाना हो गया। बुरहानपुर छोड़ते समय उसका दिल भारी था। अकुलाहट इतनी बढ़ गई कि उसे लगने लगा कि भविष्य में भी कभी उससे भेंट हो या नहीं। इस विचार ने ही उसे सिहरा दिया। वह सतपुड़ा की घाटी में फैले असीर के जंगल में उतर गया। ठंडी बयार के थपेड़े नथुनों से होते उसके फेफड़ों में भर गए।

मांडूगढ़ के जहाज महल के पास एक कमरे में आसफ़ ख़ाँ बेचैनी से चहलक़दमी कर रहा था। चलते-चलते वह रुक जाता था और कुछ सोचने लगता था। चिन्ता में डूब वह क़दम उठाना भूल जाता था और फिर चल पड़ता था। मानो कोई बेचैन चीता अपने पिंजड़े में चक्कर लगा रहा हो। अब्दुल्ला जान बड़े अदब से हाथ बाँधे, सिर झुकाए दूर खड़ा था। घबराई और डरी हुई निगाहों से वह कभी-कभी अपने मालिक को देख लिया करता। उसी दोपहर अब्दुल्ला जान मांडू पहुँचा था। डेरे पर जाकर उसने सामान रखा, तरोताज़ा हो, फ़ौरन अपने आका से मिलने जा पहुँचा। वह इतनी तेज़ी से आया था कि रास्ते में उसने बहुत कम आराम किया था। वह नहीं चाहता था कि शहज़ादे के सवार उससे पहले पहुँचें। दो दिन का रास्ता उसने डेढ़ दिन में ही पूरा कर लिया। मांडू पहुँचने के बाद भी उसने आराम नहीं किया। दोपहरी होने की वजह से आसफ़ ख़ाँ आराम फ़रमा रहे थे। अब्दुल्ला को आसफ़ ख़ाँ की ड्योढ़ी में सभी जानते थे। इसलिए उनके पास पहुँचने में उसे कोई दिक़्क़त नहीं हुई। और अब्दुल्ला की अवाई सुनकर आसफ़ ख़ाँ अपनी दोपहर की मीठी नींद छोड़ उससे मिलने चले आए।

चहलक़दमी करते हुए आसफ़ ख़ाँ अचानक रुक गया। "हाँ, तो उस नाचीज़, गलीज रक्कासा को शहज़ादा हुज़ूर ने गुलारा महल का खिताब अता कर दिया? उसके नाम पर करारा गाँव का नाम बदलकर महल गुलारा कर दिया?" ग़ुस्से से

आसफ़ ख़ाँ की आँखें छोटी हो गईं। पेशानी पर बल पड़ गए। नथुने फड़कने लगे। अनजाने में उसका हाथ तलवार की मूठ पर चला गया। वह घूरकर अब्दुल्ला को देखने लगा। मानो उससे जवाब-तलब कर रहा हो।

अबू डर गया। उसे उम्मीद नहीं थी कि आसफ़ ख़ाँ इस तरह आगबबूला हो उठेंगे। वह तो एक मामूली प्रतिक्रिया की उम्मीद कर रहा था। उसने मामूली तरीके से बुरहानपुर और शाही महल की सभी बातें बतलाई थी। उसे उम्मीद न थी कि ख़ान साहेब ऐसे भड़क उठेंगे। वह ख़ुद को एक अजीब संकट में फँसा हुआ पाने लगा। एक ओर थीं उसकी छंगी और गुलारा बेगम और दूसरी ओर थे उसके मालिक, जिनसे उसे बाप-सा प्यार मिला था। वह तो समझा था कि गुलारा और शहज़ादे की मुहब्बत को एक मामूली मसला समझकर तरह दे देंगे। रखैल रखना या अपनी पसन्द की किसी तवायफ़, यहाँ तक कि किसी बाँदी को भी हरम में डाल लेना, एक मामूली बात थीं। मगर गुलारा के मामले को आसफ़ ख़ाँ ने बड़ी संजीदगी से लिया। वे उसे अपनी प्यारी बेटी आर्जूमन्द बानो की सौत ही नहीं समझ बैठे बल्कि मुग़ल सियासी शतरंज पर इस मामले को लेकर क्या चालें चली जायेंगी, इसका भी अन्दाज़ लगाने लगे थे। दरबार की षड्यंत्रकारी राजनीति का चतुर खिलाड़ी होने से आसफ़ ख़ाँ का दिमाग़ तेज़ी से सारे जोड़-तोड़ की बातें सोच रहा था।

अबू इतनी दूर तक की कौड़ी नहीं ला पाया था। इसलिए आसफ़ ख़ाँ की नाराज़ी पर उसका चिन्तित होना स्वाभाविक था। वह इसलिए भी व्यग्र हो उठा कि छंगी की तक़दीर भी गुलारा के साथ बँधी हुई थी। गुलारा बेगम एक बहुत ही नेकदिल और मासूम औरत थी। उनका हँसता, मुस्कराता, भोला-भाला चेहरा साकार हो उठा। आसफ़ ख़ाँ उनके ख़िलाफ़ क्या कार्यवाही करेंगे, उसकी उसे जानकारी न थी। वह अकुला ज़रूर उठा। अन्दर ही अन्दर डर भी गया।

इसी व्याकुलता और भयभीत अवस्था में, अनजान में न चाहते हुए भी उसके मुँह से निकल गया, ''यही नहीं हुज़ूर! शहज़ादा साहब ने उन...उन...गुलारा बेगम की ख़्वाहिश के मुताबिक़ गाँव की उतावली नदी के किनारे दोनों ओर दो ख़ूबसूरत बारादरियाँ बनवाना शुरू कर दी हैं।'' बात ख़त्म होते-होते अचानक उसे होश आया कि वह क्या कह बैठा? उसने अपनी ज़ुबान काट ली। पर अब क्या किया जा सकता था? तीर कमान से निकल चुका था। अबू उस वक़्त यह एहसास नहीं कर पाया था कि उसने कितनी भयंकर ख़बर दी थी। उसने अपने मन को यह कहकर समझाया कि उसने तो अपना फ़र्ज़ पूरा किया है।

''उफ़! यह तो बड़ी ज़्यादती है! ये क्या हिमाकत है? उस चींटी की यह हिम्मत कि पर निकलते ही उड़ने लगी? अब तो उसे रास्ते से हटाना ही पड़ेगा। कहीं बादशाह को पता चल गया तो? इस बारे में उन्होंने सोचा भी है? हम अपनी बहन बेगम नूरजहाँ को क्या मुँह दिखाएँगे? सारे किए-कराए पर वे उस तवायफ़ की

ख़ातिर पानी फेर दे रहे हैं। क्या इसी दिन के लिए अन्य शहजादों के हक-हकूक मारकर, जहाँपनाह की नज़रों में उन्हें गिराकर, ख़ुर्रम को आगे लाया गया था? उन्हें दक्खन की कमान इसलिए दिलाई गई थी कि वे अहमदनगर की लड़ाई में कुछ कर दिखाएँ। अपनी काबिलीयत का सिक्का बादशाह, सारे मुग़ल दरबार पर ही नहीं बल्कि सारे हिन्दोस्तान पर बिठा दें। पर वे एक तवायफ़ के साथ बुरहानपुर में रँगरेलियाँ मना रहे हैं। क्या यह उन्हें शोभा देता है? हम चाहते थे कि वे वली अहद से बादशाह बनें। पर वे एक रक्कासा के चक्कर में सभी कुछ धूल में मिलाए दे रहे हैं।'' दुख और पीड़ा से आसफ़ ख़ाँ का चेहरा काला पड़ गया। उसने मुट्ठियाँ भींच लीं और ओठ काटने लगा।

अबू चुप खड़ा रहा।

''कहाँ हमारी बेटी आर्जूमन्द बानो और कहाँ वह नाचने वाली पतुरिया? हुँह! उसे बेगम गुलारा महल का खिताब दे दिया? बारादरियाँ बनाई जा रही हैं? और उधर मलिक अम्बर मुग़लों को नाकों चने चबवा रहा है। उसके मराठा गुरिल्ले कहर बनकर मुग़ल छावनियों पर टूट रहे हैं। अगर जहाँपनाह और बादशाह बेगम नूरजहाँ को पता चल गया तो सब चौपट हो जाएगा।'' कुछ पल आसफ़ ख़ाँ चुप रहा। उसने चहलक़दमी रोक दी। वह अपने आप से बातें कर रहा था। ख़यालों में इतना डूब-उतरा रहा था कि अबू की मौजूदगी तक भूल गया।

''सबसे पहला काम, फ़ौरन से पेश्तर, यह करना पड़ेगा कि—गुलारा...और... ख़ुर्रम...बाबत ख़बरें किसी भी हालत में बादशाह तक न...पहुँचे।'' आसफ़ ख़ाँ अटक-अटककर बोलने लगा। ''उफ़! ख़ुर्रम समझते क्यूँ नहीं कि वे कितनी बड़ी ग़लती कर रहे हैं?'' आसफ़ ख़ाँ फिर चहलक़दमी करने लगा। वह बड़बड़ाता भी जा रहा था। अगले हुक्म के इन्तज़ार में अब्दुल्ला सहमा-सा खड़ा रहा। तभी सुगन्ध-भरा एक झोंका सारे कमरे में फैल गया। एक अत्यन्त ही सुरीली आवाज़ उसके कानों से टकराई, ''अब्बा हुज़ूर! क्या बात है? आप बड़े परेशान नज़र आ रहे हैं?'' हलके क़दमों से कोई आकर आसफ़ ख़ाँ के पास खड़ा हो गया। आसफ़ ख़ाँ के पाँव रुक गए।

''कुछ नहीं बेटी! ऐसे ही हम...इस...अबू से दक्खन की जंग की बातें कर रहे थे। सियासी बातें तो अच्छे-अच्छों का दिमाग़ ख़राब कर देती हैं। हम भी उन्हीं में उलझे हुए हैं।''

अबू ने चोर नज़रों से देखा, एक अप्रतिम सौन्दर्य की मलिका उसके आका के पास खड़ी हैं। चेहरे पर हलका पीलापन है। नर्गिसी आँखों के नीचे हैं हलकी काली झाँइयाँ। सुतवाँ नाक के नीचे का ओठ सामान्य से थोड़ा अधिक मोटा है। पान के कारण ओठ लाल थे। काले बालों की एक लट पेशानी पर खेल रही थी। नाक की हीरे की लौंग कमरे के हलके अँधेरे में झलमला रही थी। उनके पेट का उभार

यद्यपि ढीले अँगरखे के नीचे छिपा लिया गया था, पर वह उनके गर्भवती होने की सूचना दे रहा था। मातृत्व की गरिमा मुखमंडल को दीप्त किए थी। अबू समझ गया कि वे हैं शहज़ादा ख़ुर्रम की चहेती बेगम और उनके मालिक की प्यारी बेटी आर्जूमन्द बानो।

तभी उसे सुनाई दिया, ख़ान बड़े प्यार से पूछ रहे थे, ''आपकी तबीयत अब कैसी है? दूध, फल, दवाई वगैरह तो ले रही हैं ना?''

''उफ़! अब्बा हुज़ूर! आप हमारी चिन्ता न करिए। हम ठीक हैं। बुरहानपुर से कोई ख़बर आई क्या? उनके क्या हाल हैं? उस शैतान मलिक अम्बर का क्या हुआ? वे कब मांडू तशरीफ़ ला रहे हैं? भई! हम तो परेशान हो उठे। न हो तो हमें भी बुरहानपुर भिजवा दीजिए। ख़ाला जी से कहकर जहाँपनाह से परवाना मँगवा लीजिए। उनके बिना हमारा जी नहीं लगता।'' आर्जूमन्द बेगम ने बड़ी तल्खी से कहा।

अबू घबरा उठा। बेगम गुलारा और आर्जूमन्द बानो बेगम के आमने-सामने होने के सोच से ही वह सिहर उठा।

''हमारी बिटिया रानी इतनी बेताब क्यूँ हो रही हैं? ख़ुदा की मेहरबानी से सभी कुछ जल्द ही ठीक हो जाएगा। शहज़ादा का दक्खन के मुहासिरे पर जाना बहुत ज़रूरी था। अपने आप पर थोड़ा जब्त रखना चाहिए। बस, अब जल्द ही जंग ख़त्म होने में आ रही है। फिर आपको ऐसी हालत में बुरहानपुर जाने देने का परवाना जहाँपनाह कैसे दे सकते हैं? जाइए, आप आराम करिए।''

''उनका कोई ख़त आए तो हमें बतलाइएगा। कई दिनों से उन्होंने हमें ख़त तक नहीं लिखा है। बुरहानपुर जाकर तो वे हमें भूल ही गए। न हो तो आप ही उन्हें ख़त भेजकर हाल-समाचार मँगवा लीजिए।'' आर्जूमन्द बानो हौले-हौले क़दम-ब-क़दम वापस जनानखाने में चली गईं।

आसफ़ ख़ाँ अपनी बेटी की व्याकुलता से तड़प गया। गुलारा पर उसका ग़ुस्सा उफन पड़ा। यदि वह सामने होती तो आसफ़ ख़ाँ उसकी गरदन अपने हाथों से कलम कर देता। उसकी बोटी-बोटी कटवा डालता। पर वह लाचार था। उसकी चहलक़दमी चालू हो गई। आर्जूमन्द बानो की आख़िरी बातों ने तो उसकी बेचैनी को और बढ़ा दिया था।

अगले हुक्म के इन्तज़ार में अब्दुल्ला चुप खड़ा रहा। पर वह मन ही मन दोनों की तुलना भी करने लगा। गुलारा ताज़े फूल-सी खिली-खिली है। उसकी चंचलता में तितलियों-सी मोहकता और रंगीनी है। नाच के रियाज़ से उसका अंग-अंग साँचे में ढला है। उसकी हर अदा में, चितवन में एक तीखा आकर्षण है। और आर्जूमन्द बानो बेगम में एक राजसी गर्व है। उनकी ईरानी ख़ूबसूरती भी ग़ज़ब की है। मातृत्व के कारण भरी नदी-सा ठहराव उनमें आ गया है। इसी वजह से स्थूलता भी अंगों में आ गई है। पर दोनों का अपना अलग-अलग आकर्षण है।

"अरे हाँ! अब्दुल, मोर्चे के क्या हाल हैं? ख़ुर्रम साहेब उसमें रुचि भी ले रहे हैं या सारा वक़्त उस रक्कासा के साथ रँगरेलियों में ही बिता रहे हैं?"

"जी नहीं हुज़ूर! ऐसी बात नहीं है। जंग और मोर्चे पर उनकी पूरी पकड़ है।" और फिर अबू ने गुलारा से सुनी ख़बर आसफ़ ख़ाँ को बतला दी। उसने एक बेफ़िक्री की साँस ली। उसे यह जानकर राहत मिली कि शहज़ादा ख़ुर्रम का कोई भी क़ासिद ज़रूरी ख़बरें लेकर अभी तलक मांडू नहीं पहुँचा है। उसने देखा, आसफ़ ख़ाँ का तनाव कुछ ढीला पड़ गया है।

"देखो अब्दुल्ला! फ़िलहाल तुम अपने डेरे पर जाकर आराम करो। दो घड़ी बाद हमसे मिलना, तब हम तुम्हें अगला हुक़्म देंगे।"

"बेहतर हुज़ूर!" फर्शी सलाम कर अब्दुल्ला बाहर आ गया। बाहर की खुली हवा में उसने राहत की साँस ली। आसमान साफ़ था। उसका नीला रंग हलका पड़ गया था। जहाज महल के पास थोड़ी दूर पर बने तालाब में बतखें और मुर्गाबियाँ तैर रही थीं। एक कोने में काई जम जाने से तालाब का पानी हरा दिख रहा था। तालाब के एक भाग में कमल के फूलों की बेलें फैली होने से गट्टे, पत्ते और फूल पानी में तैर रहे थे। तालाब के जहाज महल वाले हिस्से में पक्का घाट बना हुआ था। तालाब के दूसरी ओर अमराई थी। तालाब के किनारे एक-दो शाही डोंगियाँ बँधी थीं। अबू समझ गया कि शाही हरम की सुन्दरियाँ और बेगमात के साथ बादशाह यहाँ मौज़ मनाते होंगे। अबू को तभी पता चला कि बेगम नूरजहाँ के साथ बादशाह पास के जंगल में शिकार खेलने गए हुए हैं। मांडू के जिस भाग में शाही पड़ाव है, वहाँ मरम्मत और साफ़-सफ़ाई का काम चल रहा है। मांडू की चहल-पहल तथा रौनक मुग़लों के आने से बढ़ गई थी। एक छोटा-मोटा बाज़ार वहाँ लग गया था।

अपने डेरे पर आने के पहले उसने इन दो घड़ियों में मांडू को देख लेने का तय कर लिया। वह जानता था कि दो घड़ी बाद जो हुक़्म मिलेगा उसकी तामील करने के लिए उसे फ़ौरन रवाना होना पड़ेगा। तब उसे शायद मांडू देखने का मौक़ा ही न मिले। वह रूपमती और बाजबहादुर के महलों की ओर चल दिया। मालवा के पठार की बहारें ठंडक लिये हुए थीं। चारों ओर हरियाली थी! मांडू की ज़्यादातर इमारतें खँडहर हो गई थीं! जंगल, कटीली झाड़ियाँ और पेड़ उग रहे थे। मकड़ी के जालों ने जगह-जगह जाल बुन दिये थे! जल्दी-जल्दी उसने रूपमती और बाजबहादुर के महल देखे! उसे लगा कि इन खँडहरों में अभी भी रानी रूपमती और बाजबहादुर की रूहें भटक रही हैं।

दो घड़ी बीतने के पहले ही अबू जहाज महल पहुँच गया! सूरज पच्छिम की ओर सरक रहा था। साँझ होने में अभी देर थी। ज्यों ही वह कमरे में पहुँचा, आसफ़ ख़ाँ को विचारों में खोया पाया। वे रुक-रुककर चहलक़दमी कर लेते थे। उसे देखते

ही वे रुक गए। अबू ने झुककर बड़े अदब से सलाम किया और हाथ बाँधकर खड़ा हो गया।

"अब्दुल्ला! मैं तुम्हारा ही इन्तज़ार कर रहा था। बादशाह को गुलारा के बाबत कोई भी ख़बर न मिल पाए, इसका मैंने माक़ूल इन्तज़ाम कर दिया है। अब उधर का मामला ही सँभालना है। तुम हमारे ख़ास आदमी ख़ान अहमद चप को यह सन्देशा देना। उनसे कहना, शहज़ादा हुज़ूर की बेगम ने यानी कि हमारी प्यारी बेटी आर्जूमन्द बानो ने एक लड़की को जन्म दिया है। और...औ...र...।" बात करते हुए आसफ़ ख़ाँ अबू के एकदम पास आ खड़ा हुआ। उसके कान के पास धीरे से राजदार आवाज़ में फुसफुसाया, "और...उनसे कहना, ताप्ती का पानी जल-समाधि के लिए बड़ा मौज़ूँ है। समझे?" अनजाने में उसने अबू के कन्धे पर हाथ रख उसे दबा दिया। उसकी आँखों की चमक दुगुनी हो गई। बदले की आग में वे दिप-दिप जलने लगीं। कुटिलता से आसफ़ ख़ाँ की मूँछें मुस्करा उठीं। बात ख़त्म करते-करते वह उन पर बल देने लगा।

वह अच्छी तरह से समझ गया कि गुलारा बेगम ने उसके आका का सुख-चैन छीन लिया है! और शहज़ादे की बेगम, जो दो घड़ी पहले ही वहाँ आई थी, उन्होंने इसी बीच एक लड़की को जन्म दे दिया है! मगर लड़की के जन्म और ताप्ती में जल-समाधि को वह जोड़ नहीं पाया!

जाने के लिए वह उलटे क़दम सिर झुकाकर चलने लगा। तभी उसे सुनाई दिया, "और सुनो...!"

वह ठहर गया। अगले हुक़्म का इन्तज़ार करने लगा। तभी उसके क़दमों के पास छन्न से एक थैली आ गिरी।

"इसे उठा लो। यह तुम्हारे वापसी सफ़र के ख़र्च के लिए है।"

अब्दुल्ला बड़े धीमे से थैली उठाने के लिए झुका। उठाते समय उसने थैली को कुछ इस तरह से छुआ कि अन्दर के सिक्कों की गोलाई भाँप गया। वह समझ गया कि उसमें चाँदी के दिर्हमों की बजाय सोने की मुहरें ही हैं! ख़ुशी से उसका दिल बल्लियों उछलने लगा। पर उसने आत्म-संयम का प्रदर्शन किया! थैली उठा लेने के बाद में उसने झुककर तीन बार आसफ़ ख़ाँ को फर्शी सलाम किया।

"देखो हमारा पैग़ाम मनसबदार ख़ान अहमद के अलावा किसी दूसरे के कानों में न पड़े। वर्ना...तुम्हारी जुबान और सर...।" बात पूरी करने के बजाय आसफ़ ख़ाँ ने अपनी तलवार म्यान से आधी बाहर खींची और एक सन्न की आवाज़ के साथ म्यान में वापस डाल दिया। अब्दुल्ला मतलब समझ गया। वह काँप उठा। वह एक बुत की तरह खड़ा रहा।

"अगला हुक़्म तुम्हें अहमद से मिलेगा। उसे बजा लाना तुम्हारा फ़र्ज़ होगा, समझे?"

"अच्छा हुज़ूर!"

"अब तुम जा सकते हो!"

जहाज महल के उस कमरे से निकलकर उसने ठंडी साँस ली! दुपहरी ख़त्म हो चुकी थी। सूरज मांडू के पीछे की पहाड़ियों में छिप गया था। उसका उजाला अभी भी आसमान की सफ़ेदी पर बिखरा हुआ था। लाल रोशनी की लपटें मानो नीले-सफ़ेद आकाश में लपलपा रही थीं। मालवा की ठंडी हवाएँ बहने लगी थीं। उसका दिल ठंडा हो गया। मगरिब की नमाज़ का वक़्त हो रहा था!

शाही हरम शायद शिकार खेलकर वापस मांडू की ओर आ रहा था। दिन ढलने के पहले ही वे लोग अपने डेरों पर आ जाना चाहते थे। इसीलिए मांडूगढ़ के इस भाग में चहल-पहल बढ़ गई थी। नौकर-चाकरों और दास-दासियों की आवाजाही तेज़ हो गई थी। सैनिक और सिपाही भी, बादशाह, उनकी बेगमात, अमीर-उमरा और मनसबदारों के आने के पहले इन्तज़ामात में लग गए।

बेख़बर अब्दुल्ला जान जामा मस्जिद के पास की सराय की ओर बढ़ने लगा। वह वहीं ठहरा हुआ था। अपने कमरे पर पहुँचकर बुरहानपुर वापस जाने की तैयारी में वह लग गया। आसफ़ ख़ाँ से उसे इतनी जल्दी छुटकारा मिल जाएगा, इसकी तो उसने उम्मीद भी नहीं की थी। जिस वक़्त वह बुरहानपुर से मांडू के लिए रवाना हुआ था, बुझा-बुझा-सा था। मगर अब वह फ़ौरन उड़कर बुरहानपुर जाना चाहता था। जल्द बुरहानपुर पहुँचने के उतावलेपन में वह भूल ही गया कि आज ही वह मांडू पहुँचा है, और बिना आराम किए उसे फिर रवाना होना पड़ रहा है। छंगी से फिर मिलने की उम्मीद ने उसे दुगुने जोश से भर दिया। सूरज के मगरिब में डूब जाने के बाद, रात के पहले पहर में, जबकि लोग अपने खाने-पीने की तैयारी में लगे थे, अबू खाना-दाना लेकर बुरहानपुर के लिए चल दिया।

आसमान तारों से भरने लगा था। मौसम साफ़ था। पर चाँद और सितारों के कारण रात की कालिमा हलकी पड़ गई थी। उसने घोड़े को एड़ लगाई और कमान से छूटे तीर की तरह वह बुरहानपुर की ओर दौड़ पड़ा। छंगी का आकर्षक चेहरा उसे अपनी ओर खींच रहा था। उसे विश्वास था कि वह अब एक लम्बे समय तक बुरहानपुर में रह सकेगा। छंगी को पाने के लिए अपने दिमाग़ में ताने-बाने बुनने लगा। घोड़ा उड़ता चला जा रहा था और उसी के साथ छंगी को लेकर उसके ख़याली पुलाव भी पक रहे थे। ख़ुशी से भरा होने से उसे सब कुछ अच्छा लग रहा था।

बहुत कम समय में विंध्याचल से लेकर सतपुड़ा तक की पहाड़ियों को अब्दुल्ला जान और उसके घोड़े ने नाप डाला। नर्मदा को पार कर वह ताप्ती की ओर बढ़ लिया। विंध्याचल से उतरते ही वातावरण, बोली और मौसम में

अन्तर आ गया था। ठंडक की जगह गरमी ने ले ली। जिस वक़्त वह बुरहानपुर पहुँचा, साँझ धीरे-धीरे रात में बदलती जा रही थी। अँधियारा ताप्ती पर उतरने लगा था। बेगम गुलारा के शाही महल पर काले साये घिरने लगे थे। हवा बन्द हो जाने से शहर-भर का धुआँ मकानों के थोड़े ऊपर मँडरा रहा था। अब्दुल्ला अपने डेरे पर जा पहुँचा! वह थका हुआ था। उसकी पिंडलियों में हलका दर्द था। उसकी तीव्र इच्छा थी कि छंगी से जल्द से जल्द मिले पर वक़्त न था। नहा-धोकर वह तरोताज़ा हुआ। उसने हलका नाश्ता किया। वह बड़ा हलकापन महसूस करने लगा। ताज़ादम होकर वह ख़ान अहमद चप से मिलने के लिए चल पड़ा। ख़ान अहमद चप से मिलने के पहले अबू ने उनके बारे में जानकारी इकट्ठी करना ठीक समझा ताकि उनसे बात करने में सहूलियत हो। जो जानकारी मिली वह काफ़ी चौंका देने वाली थी।

खान अहमद चप शाही महल के पास ही सोनबल्ली में ठहरा हुआ था। वह शहज़ादा ख़ुर्रम की टुकड़ी का सरदार था। उसके आदमी छाया की तरह सदा शहज़ादे के साथ रहते थे। उसके अपने भेदिये शाही दरबार, फौज और शहर में ख़बरें इकट्ठी करने के लिए फैले हुए थे। वह शहज़ादे की नाक का बाल बना हुआ था। और बादशाह ही नहीं, बेगम नूरजहाँ तक उसकी पहुँच थी। ख़ान अहमद बड़ा घुटा हुआ, घुन्ना और चुप्पा था। वह बड़ा घाघ और चालाक था। वह ज़ुबान की बजाय आँखों और कानों का इस्तेमाल ज़्यादा करता था। कई मुहरों पर एक साथ दाग़ लगाना उसका शग़ल था। हर एक के काम की चाल वह अपने पास रखता था। मौक़ा आने पर उसका इस्तेमाल भी करता था। अहमद आसफ़ ख़ाँ का भी ख़ास आदमी था।

कल से अबू को एक बात परेशान किए हुए थी। उस बात ने उसके दिमाग़ को रास्ते भर भी उलझाये रखा था। वह आसफ़ ख़ाँ के पैग़ाम के राज को समझ नहीं पाया था। उसने अपने दिमाग़ पर कई बार ज़ोर डाला। उस सन्देश को तरह-तरह से दुहराया, मगर उसका सिर-पैर वह नहीं ढूँढ़ पाया। एक बार तो उसने खीजकर उसके बारे में सोचना ही बन्द कर दिया। उसे तो पैग़ाम अहमद को देकर छुट्टी पा लेना था। अहमद जाने वह सन्देश। वही सिर खपाए, उसे क्या? वह तो पैग़ाम देकर जल्द छुटकारा पाना चाहता था। वह सोनबल्ली की ओर चल दिया।

अब्दुल्ला जान ने महसूस किया कि चौक बाज़ार की चहल-पहल बढ़ गई है। भीड़ के साथ मिलकर बोरवाड़ी के दलाल ग्राहकों को खोज-खोजकर पटाने में लगे थे। ख़रीद-फ़रोख्त का बाज़ार गरम था। मोल-भाव पर बहस और हुज्जतें हो रही थीं।

दिल बहलाने की ग़रज़ से अब्दुल्ला ने बोरवाड़ी का चक्करदार रास्ता पकड़ लिया, जहाँ पहले उसकी छंगी क़ैद थी। उसने देखा, ज्यों-ज्यों रात जवान होती जा रही है, उसके स्वागत में बोरवाड़ी भी बहार और शबाब पर आ रही थी। फूल वालों

ने अपनी दुकानें गजरों, वेणियों, मालाओं और गुलदस्तों से सजा रखी थीं। कुछ माली अभी भी मशगूल थे। पनवाड़ी भी पीछे नहीं रहना चाहते थे। कत्थेदानी चूनादान वाली कलखियाँ चमचमा रही थीं। अगरबत्ती, अम्बरी तम्बाकू और किमाम की मिली-जुली सुगन्ध एक नई ख़ुशबू पैदा कर रही थी। वे पान के पत्तों को छाँटने, काटने और गिलौरियाँ बनाने में लगे थे। रसिकों ने मुहल्ले में चक्कर लगाना शुरू कर दिया था। कुछ गले में और कुछ कलाइयों पर माला-वेणियाँ लपेटे घूम रहे थे। कलाई उठाकर वे फूलों को गहरी साँस ले सूँघ लिया करते थे। उनमें से कुछ पनवाड़ी के पास खड़े हो पान खाने, चूना चाटने, तम्बाकू मलने के साथ ही दुकान के आइने में अपनी ख़ूबसूरती को बार-बार निहारकर ख़ुश हो रहे थे। वे तिरछी नज़रें आसपास के कोठों पर फेंक दिया करते थे। फ़िक़रेबाज़ी और चुहल ने बाज़ार को गुलज़ार कर रखा था। हँसी और मुस्कानों के तीर चल रहे थे। बोरवाड़ी की फिजां में रंगीनी तैर रही थी।

उस रात भाऊसिंगपुरा से जब वह लौटा था और बोरवाड़ी आया था तब और अब में बड़ा अन्तर था। उस रात के सुनसान कोठों के छज्जों तथा खिड़कियों पर अब हसीनाएँ बैठ चुकी थीं। उनकी छेड़छाड़, हँसी-मज़ाक़ तथा चुहलबाजी चल रही थी। सिंगार और सुगन्ध ने उनकी ख़ूबसूरती को दोबाला कर दिया था। गली-मुहल्ले और बोरवाड़ी के बाज़ार में घूमने वाले आशिकों को उनकी निगाहें तलाश रही थीं। वे अन्दाज़ा लगा रही थीं कि इनमें कौन-सा पंछी उनकी छतरी पर उतर सकता है। बीच-बीच में उनमें से कोई अपने चाहने वाले को ऊपर कोठे पर आ जाने का इशारा कर देती थी। नैनों के ये तीर और मुस्कराहटें घायल करने को काफ़ी थीं।

और उनमें से जो ज़्यादा हिम्मत रखती थीं, जीना उतरकर नीचे आने के लिए तैयार थीं। कुछ चढ़ाव के दरवाज़े पर खड़ी हो, बाहर ताक-झाँक कर रही थीं। कुछेक जीने की सीढ़ियों पर खड़ी हो, अपने चहेतों से बतिया रही थीं। कोठों से सारंगी के कान उमेठने, तबलों और ढोलकों को ठक-ठक करने और साज़ों को मिलाने के स्वर झर-झरकर आ रहे थे। कहीं-कहीं से घुँघरुओं की छूम-छन-छन भी आ रही थी। अब्दुल्ला इधर-उधर देखता सारे रंगीन माहौल का मज़ा लेता धीरे-धीरे चल रहा था। तभी उसे ऐसा लगा कि कोई उसे भी इशारा कर रही है। पर वह ध्यान दिये बिना ख़ान अहमद चप के डेरे की ओर चल दिया।

अनेक मुहल्लों को पार करता हुआ अब्दुल्ला सोनबल्ली जा पहुँचा। ख़ान अहमद चप का डेरा पहरेदारी में था। दरवाज़े पर ही एक सिपाही ने अब्दुल्ला को रोका।

"किससे मिलना चाहते हो?"

"हुज़ूर ख़ान अहमद चप साहेब से।" अबू पछताने लगा। पैदल आने के बजाय वह घोड़े पर आता तो शायद सिपाही से उसे ज़्यादा इज़्ज़तदार बर्ताव मिलता। पर अब क्या हो सकता था? गाड़ी तो वह चूक ही गया था।

"क्या काम है?"

"मैं मांडू से ख़ान आसफ़ ख़ाँ का पैग़ाम लाया हूँ। मेहरबानी कर हुज़ूर के ख़िदमत में जल्द अर्ज करें कि ग़ुलाम अब्दुल्ला जान फ़ौरन सलाम करना चाहता है।"

थोड़ी ही देर बाद अब्दुल्ला को भीतर आने का बुलावा आ गया। अहमद दीवानखाने में गावतकिये पर कुहनियाँ टिकाए पास बैठे किसी आदमी से बतिया रहा था। ज़मीन पर शानदार कालीन बिछा हुआ था। पीछे खड़ी बाँदी पंखा झल रही थी। सामने चाँदी की तश्तरी में नक्काशीदार चाँदी के ही दो प्याले रखे हुए थे, और चाँदी की ही शराब ढालने वाली सुराही थी। प्याले बता रहे थे कि उन्हें अभी ही ख़ाली किया गया है।

अब्दुल्ला ने बड़े अदब से झुककर तीन बार कोर्निश बजाई और हाथ बाँधकर खड़ा हो गया। ख़ान ने बैठे ही बैठे निगाहें ऊँची कर अब्दुल्ला की ओर सवालिया नज़रों से देखा। उसकी पेशानी पर एक–दो रेखाएँ खिंच आईं। अब्दुल्ला समझ गया कि ख़ान कुछ भी बोलने के बजाय सुनना चाहते हैं।

"ख़ादिम को अब्दुल्ला जान कहते हैं हुज़ूर। मैं मांडू से आ रहा हूँ। बादशाह सलामत, बेगम नूरजहाँ साहिबा, हरम और दरबार के साथ हुज़ूर–ए–वाला मेरे आका आसफ़ ख़ाँ भी मांडू तशरीफ़ लाये हैं। उन्होंने ही एक ज़रूरी पैग़ाम हुज़ूर के लिए भेजा है।"

"कहो क्या बात है?"

"हुज़ूर, मामला बहुत पोशीदा (गुप्त) है। वह सिर्फ़ हुज़ूर के लिए ही है।" अब्दुल्ला ने ख़ान के पास बैठे आदमी की तरफ़ देखा।

ख़ान का मेहमान उठ खड़ा हुआ। अहमद भी साथ ही उठा। उसने अपना नक्काशीदार चाँदी का पानदान खोलकर आगे बढ़ाया। मेहमान ने दो गिलौरियाँ उठाकर मुँह में ठूँस लीं, और भरे मुँह बोला, "अच्छा ख़ाँ साहेब! अब मैं आपसे इजाज़त लेता हूँ। उम्मीद है कि आप शहज़ादा हुज़ूर से हमारी मुश्किल अर्ज कर देंगे। हमें राहत दिलाएँगे। अगर हमारा धन्धा बढ़ता है तो उससे सल्तनत को ही फ़ायदा होगा। फिर हम व्यापारी तो हर हुकूमत और हुक्मरान की ख़िदमत के लिए हमेशा तैयार रहते हैं। आप हमें फ़ायदा पहुँचाएँ और हमसे मनचाही ख़िदमत लें।"

अब्दुल्ला समझ गया कि ख़ान का मेहमान सब मामलों में पूरा है, आठों गाँठ कुम्मैत। चालाक बनिया अपनी कौड़ियाँ होशियारी से खेलने में माहिर।

"आप निशाख़ातिर रहिए सेठ रामलाल साहेब! आपको कोई तकलीफ़ हम नहीं होने देंगे। आप हमारी ख़िदमत करिए, हम तो आपके मददगार हैं ही। शहज़ादा हुज़ूर तो बहुत नेकदिल इनसान हैं।" ख़ान सेठ रामलाल के नज़दीक पहुँचकर धीरे से फुसफुसाया, "आप याद रखिए, वली अहद होने से वे तो हमारे होने वाले

बादशाह और मालिक हैं। अभी भी उन पर बादशाह सलामत और बादशाह बेगम नूरजहाँ साहिबा की बड़ी मेहरबानी है। यदि अभी से ही उनके साथ आपकी पटरी बैठ गई तो फिर फ़िक्र किस बात की? आप बेफ़िक्र होकर तशरीफ़ ले जाइए! जब तक हम हैं, आपको कोई परेशानी नहीं होगी।'' ख़ान सेठ का कन्धा थपथपाने लगा।

''आप तो शहज़ादा साहब के ख़ास बरदार हैं ख़ान साहेब। इसीलिए तो आपको तकलीफ़ दे रहा हूँ।'' सेठ रामलाल ने भी रद्दा जमाया।

''यह तो उनकी नज़रे-इनायत है, वर्ना यह शख़्स तो नाचीज़ है।'' अहमद ख़ान ने खीसें निपोरकर दीनता दिखाई।

''हमें तो शहज़ादा हुज़ूर के साथ ही साथ आप जैसों के सहारे पर ही अधिक भरोसा है, ख़ान साहेब।'' बनिया आजिज़ी से पेश आया।

''आप चिन्ता न करें भाईजान!'' ख़ान अहमद ने सेठ रामलाल के दोनों हाथ अपने हाथों में लेकर मुस्कराते हुए, बड़ी गरमजोशी से उन्हें हिलाया मानो वह उसे आश्वस्त कर रहे हों। फिर सेठ के कन्धे पर हाथ रखकर वह उन्हें सामने के दरवाज़े तक छोड़ने चला गया।

तभी सुनाई दिया, ''बस, इतनी-सी बात? मैं अभी भिजवाए देता हूँ। आप हुक़्म तो करिए, चीज़ें हाज़िर हो जाएँगी।'' शायद सेठ रामलाल से ख़ान अहमद ने किसी चीज़ की माँग की थी, जिसे भिजवाने का वह वायदा कर रहा था।

अब्दुल्ला दोनों के काइयाँपन पर हैरान रह गया। हुक़्मरान और बनिये की साँठ-गाँठ ने उसे अचम्भित कर दिया। उनकी मिलीभगत रिआया को लूटने के कैसे-कैसे रास्ते पैदा कर सकती है, यह देखकर वह हैरान हो गया। वह अच्छी तरह से जानता था कि बनिया जो कुछ भी ऊपर पहुँचाएगा, ख़ान अहमद जैसों को देगा, वह रिआया की जेब काटकर ही देगा! जो कुछ देगा, उसे आम आदमी से वसूलेगा। पर उस जैसे अदने भेदिये को, जो उच्च सत्ता के गलियारों में घूमता था, सिखाया गया था—आँखें होने पर भी कई बातों को अनदेखा कर जाओ, कान होने पर भी वही सुनो जो मालिक चाहता है, और जुबान तभी खोलो जब मालिक चाहे। ख़ान अहमद जैसे भेदियों पर ये नियम नहीं लागू होते, क्योंकि ऊपर के सभी बड़े लोगों में आपस में मिलीभगत होती है।

सेठ रामलाल को छोड़कर आने के बाद अहमद की सवालिया नज़रें अब्दुल्ला पर अड़ गईं। अब्दुल्ला ने पंखा झलने वाली बाँदी की ओर देखा। ख़ान समझ गया कि सन्देशा गहरा राज़ लिये है। अब्दुल्ला किसी के सामने उससे कुछ भी नहीं कहना चाहता। यहाँ तक कि नौकरों, बाँदियों और ग़ुलामों के सामने भी नहीं। और पैग़ाम किसी बहुत बड़े आदमी के मसले से जुड़ा हुआ है।

''तख़लिया (हम एकान्त चाहते हैं)।'' अहमद ने हुक़्म दिया।

बाँदी सिर झुकाकर, पंखा लिये, उलटे पाँव, बड़े अदब से, बीच के दरवाज़े को

बन्द करते हुए चली गई। अहमद ने दरवाज़ों और खिड़कियों के परदे खींच दिये। कमरे में शमादान के उजाले के सिवाय कुछ नहीं रह गया। अहमद और अब्दुल्ला के साये लम्बे होकर दीवारों पर गिरने लगे।

अहमद मसनद के सहारे बैठ गया, और उसने अब्दुल्ला को भी निकटतम बैठ जाने का इशारा किया। सावधानी के बतौर चारों ओर एक बार और निगाह मारकर अब्दुल्ला बड़े अदब से थोड़ा अन्तर देकर बैठा। अहमद की ओर झुककर वह फुसफुसाया, "हुजूर! मुझे मेरे आक़ा ने शहज़ादा सलामत की निगहबानी के लिए रखा है।" अब्दुल्ला ने गले को खखारकर साफ़ किया और बोला, "हुज़ूर! आप तो जानते ही हैं कि एक भेदिये का काम कितना नाज़ुक, मुश्किलों से भरा और ख़तरनाक होता है?" अब्दुल्ला रुककर, बात को गम्भीरता देने के लिए, बड़े धीमे से बोला, "सो हुज़ूर, मुझे उनके और बेगम गुलारा के बाबत अपने मालिक को मांडू में सारी ख़बरें देनी पड़ीं। सब कुछ सुनने के बाद उन्होंने आपके पास पैग़ाम भेजा है।"

ख़ान का चेहरा अत्यन्त गम्भीर हो गया। उसकी आँखें छोटी हो गईं, पेशानी पर बल पड़ गए। उसकी दाढ़ी, मूँछें और कलमें एक-दूसरे से जुड़ी हुई थीं। उन्हें बड़ी ख़ूबसूरती से तराश दिया गया था। वे चेहरे की ख़ूबसूरती को बढ़ा रही थीं। मगर इस समय वह कुरूप दिखाई देने लगा। उसकी दाईं भौंह पर तलवार का एक घाव था जो डरावना लगने लगा। वह अब्दुल्ला के और नज़दीक खिसक आया। चाहता था कि अब्दुल्ला के पैग़ाम को दीवारें भी न सुन पाये। नज़दीक आ जाने के कारण उसके कपड़ों से उड़ रही गुलाब के इत्र की भभक अब्दुल्ला के नथुनों में भर गई। भीनी-भीनी, ठंडकदार सुगन्ध को अब्दुल्ला भी पसन्द करता था।

अब्दुल्ला ने सन्देश दुहरा दिया।

अहमद के चेहरे की गम्भीरता और भी गहरा गई। अचानक वह उठ खड़ा हुआ। अब्दुल्ला के लिए इशारा काफ़ी था। वह भी उठकर खड़ा हो गया। उसे अगले हुक़्म का इन्तज़ार था।

"सुनो अब्दुल्ला! तुम्हारा यहाँ का काम अब ख़त्म हो गया है। तुम फ़ौरन से पेश्तर अहमदनगर के लिए रवाना हो जाओ। वहाँ हमारे अज़ीज़ दोस्त सिपहसालार इब्राहिम ख़ान से मिलना। पर उनसे इन बातों की चर्चा करने की जुर्रत मत करना। अगले हुक़्म तक उन्हीं के साथ रहना। कहना, हमने तुम्हें उनकी ख़िदमत के लिए भेजा है। उन्हें यह भी मत बतलाना कि तुम आसफ़ ख़ाँ की नौकरी में हो। दुश्मन की ख़बरें लाने के लिए वह जो भी हुक़्म दे, बजा लाना। तुम्हारा यहाँ दिखाई देना तुम्हारे हक़ में ठीक नहीं होगा।" अहमद उसे जल्द से जल्द बुरहानपुर से हटा देना चाहता था।

"जो हुक़्म हुज़ूर!" अब्दुल्ला ने बड़े अदब से झुककर जवाब दिया पर वह

कुढ़ गया। उसे पूरी उम्मीद थी कि ख़ान सन्देश सुन लेने के बाद उसे बुरहानपुर में ही कोई दूसरा काम देकर यहीं रहने का मौक़ा देगा। तब वक़्त निकालकर वह छंगी से मिलता रहेगा। उसे यह उम्मीद न थी कि फ़ौरन बुरहानपुर से हटा दिया जाएगा। इसलिए उसे जब अहमदनगर जाने का हुक़्म मिला तो उसका तड़पना स्वाभाविक था। मगर वह लाचार था। उसने एक क्षीण आशा से ख़ान की ओर देखा। एक कठोर और हृदयहीन दृढ़ता के भाव उसके चेहरे पर खेल रहे थे। कस्साब-सी कठोरता उसकी नज़रों से टपक रही थी। वह समझ गया कि हुक़्म मानने के सिवाय और कोई चारा नहीं है।

"हुज़ूर आसफ़ ख़ाँ को मांडू जो ख़बर भेजनी है, हम भेज देंगे। अब तुम्हें इस मुआमले में ज़्यादा कुछ करना-धरना नहीं है। हाँ, एक बात का ख़याल रहे, बुरहानपुर में किसी से भी मिलने की कोशिश मत करना।" अहमद एक-एक लफ़्ज़ को तौल-तौलकर, वजन देकर बोल रहा था। उसने आगे कहा, "ख़ासकर शहज़ादा हुज़ूर और गुलारा बेगम की तुम पर निगाह न पड़े। उनके किसी भी ख़ास आदमी से भी मत मिलना, समझे? वर्ना..." अहमद चप ने अपनी कमर में बँधी छुरी निकाल ली। वह उससे लापरवाही से खेलने लगा। एक जल्लाद की-सी कुटिलता से वह छोटी आँखों से उसे घूरने लगा।

अब्दुल्ला 'वर्ना' के बाद का अंज़ाम सोचकर थर्रा उठा। उसका ख़ून सर्द हो गया और दम घुटने लगा।

तीन बार फ़र्शी सलाम करने के बाद वह उलटे पाँव चल दिया। ख़ान के डेरे से बाहर आकर उसने छुटकारे की एक गहरी साँस ली। वह समझ गया कि कई घोड़ों पर सफलता से सवारी करने वाले ज़्यादा ख़तरनाक होते हैं। और ख़ान उसी क़िस्म का आदमी है। वह शहज़ादा ख़ुर्रम और आसफ़ खाँ, दोनों के दिलों में घुसा हुआ होने पर भी अपने पत्ते अच्छी तरह से फेंकना जानता है। वह जो कहेगा, कर गुज़रेगा।

उसका दिल पिंजरे में बन्द पंछी की तरह फड़फड़ाने लगा। उसे लगा कि इस सारी व्यवस्था में उसके जैसा आदमी एक मामूली पुर्जा है। उसकी भावनाओं, कठिनाइयों और इनसानी मजबूरियों की कोई क़ीमत या क़द्र नहीं है। कोई अहमियत नहीं है। काम हो जाने पर उस पुर्जे को निकालकर फेंक भी दिया जा सकता है। हुक़्म उदूली करने पर उसका अस्तित्व ख़त्म किया जा सकता है। उसे इसकी धमकी मिल भी चुकी थी। वह कड़वाहट से भर गया। उसका अस्तित्व खतरे में पड़ गया था। पर वह लाचार और मजबूर था। शिथिल क़दमों से अहमदनगर जाने की तैयारी हेतु वह चल पड़ा।

उसने आसमान की ओर देखा। चाँद का कहीं पता नहीं था। रात की काली चादर ने शहर बुरहानपुर को पूरी तरह से अपनी गिरफ़्त में ले लिया था। वह सोचने लगा, 'यह रात अपने आप में किसके लिए न जाने क्या छुपाए हुए है?' उसे पहली

बार एक अदना जासूस बनने का दुख हुआ। वह छंगी के लिए अकुला उठा। पर लाचार था। छंगी को ख़बर भिजवाने का कोई ज़रिया न था। उससे मिलने तो क्या शाही महल की तरफ़ जाने का भी सवाल नहीं उठता। चाचा इनायत ख़ाँ की कमी उसे बेहद अखर गई। आज वे होते तो कोई रास्ता सुझाते या कम से कम छंगी तक ख़बर भिजवाने का इन्तज़ाम ज़रूर कर देते। छंगी पर निगाह भी रखते ताकि अहमदनगर से आने के बाद या अहमदनगर ही वे उसे उसकी ख़बरें भिजवा सकते थे। पर वह बेबस था। शिथिल क़दम वह लुढ़कने लगा। सुबह की सफ़ेदी निकलने के पहले अब उसे दक्खन रवाना होना था।

उधर ख़ान अहमद परेशान मुद्रा में कालीन पर आ बैठा। परेशानी और चिन्ता ने उसकी पेशानी पर बल डाल दिये। दोनों भौंहें और आँखें ऊपर चढ़ गईं। तलवार का घाव भौंहों के ऊपर चढ़ जाने से सिकुड़ गया। उसका चेहरा ख़तरनाक लगने लगा। कुछ सोचकर उसने तीन बार ताली बजाई। एक ग़ुलाम तुरन्त हाजिर हो गया।

''देखो ख़लील! अभी जो शख़्स यहाँ से गया है, उसका नाम अब्दुल्ला जान है। तुम्हें उस पर कड़ी निगरानी रखना है। ख़याल रहे वह शख़्स शहज़ादा हुज़ूर, गुलारा बेगम या उनके किसी भी आदमी से मिलने की कोशिश न कर पाए। और यदि कोशिश करे तो उसे ऐसा करने से पहले ही रास्ते से हटा देना, समझे? वह लालबाग़ की मुग़ल छावनी में कहीं ठहरा है। अभी गए उसे ज़्यादा वक़्त नहीं हुआ है।'' उसने आगे कहा, ''उसे रास्ते से इस तरह हटाना कि ज़्यादा हल्ला-गुल्ला न हो। और यदि वह दक्खन की ओर कल भोर होने के पहले ही रवाना हो जाए तो कुछ करने की ज़रूरत नहीं है। हाँ, थोड़ी दूर तक उसका पीछा ज़रूर करना और तसल्ली कर लेना कि वह दक्खन ही जा रहा है; भुलावा देकर वापस बुरहानपुर नहीं आने वाला है।''

''जो हुक़्म हुज़ूर।'' ख़लील तीर की तरह बाहर के अँधेरे में खो गया। ख़लील के चले जाने के बाद ख़ान उठ खड़ा हुआ। उसने कमरे के दो-चार चक्कर लगाए। ताज़ा हवा के लिए उसने खिड़कियाँ खोल दीं। परदे खींच दिये। उसका दिमाग़ तेज़ी से काम कर रहा था। उसने फिर दो बार ताली बजाई। एक बाँदी आकर खड़ी हो गई। उसने इशारा किया, बाँदी समझ गई। थोड़ी देर बाद वह चाँदी का हुक्का ले आई। हुक्के को देखते ही अहमद ने सन्तोष की साँस ली। वह कालीन पर पसर गया। उसने गोल तकिये को अपने पास खींचकर उस पर कुहनियाँ टिका दीं। नैचे को उसने अपने ओठों में दबा लिया। हुक्का गुड़गुड़ाने लगा। अम्बरी तम्बाकू के सुगन्धित धुएँ से सारा कमरा गमकने लगा। उसकी आँखें धीरे-धीरे मुँद गईं।

आसफ़ ख़ाँ द्वारा भेजे पैग़ाम की गहराई का राज़, परत-दर-परत खुलकर उस पर हावी होने लगा। हर कश के साथ हुक्के की चिलम में रखे अंगारे और उसका दिल दोनों दहक उठते थे। बिछी मुग़ल शतरंज के हर मोहरे और चाल को उसने

भाँपने की कोशिश की। किस मुहरे के पीछे कितना ज़ोर है, यह उसने अपने दिमाग़ में तलाशा। शहज़ादा ख़ुर्रम के पीछे छिपी ताकत को उसका तेज़ और चालाक दिमाग़ फ़ौरन भाँप गया। वह समझ गया कि शहज़ादा ख़ुर्रम की ताक़त और जलवा अपने ससुर आसफ़ ख़ाँ और उनकी सर्वशक्तिमान बहन बादशाह बेगम नूरजहाँ पर टिका हुआ है। आज शहज़ादा हुज़ूर ख़ुर्रम जो कुछ भी हैं, आसफ़ ख़ाँ और बेगम नूरजहाँ के रहमोकरम की वजह से ही हैं। इसलिए उसने आसफ़ ख़ाँ वाले मोहरे पर दाँव लगाना ही ठीक समझा। यह ऐसी गहरी चाल चलेगा कि शहज़ादे तो क्या उनके फरिश्ते भी पकड़ नहीं पाएँगे।

तम्बाकू के आख़िरी कश के साथ ही वह किसी निश्चय पर पहुँच गया। एक योजना का सारा ख़ाका उसके दिमाग़ में पूरा जो बन गया था। उसकी पेशानी के बल ढीले पड़ गए। सिकुड़ी हुई भौंहें और चढ़ी हुई आँखें अपनी जगह पर लौट आईं। उसने सुराही से शराब अपने प्याले में डाली, उसे लबालब भर लिया और एक ही साँस में उसे ख़ाली कर दिया। अगली कार्यवाही के लिए काले नाग की तरह अहमद चप लहराने लगा।

चलते-चलते अचानक अबू को ख़याल आया कि अहमद उसे इतनी सरलता से जाने नहीं देगा। निश्चय ही निगरानी के लिए उसने किसी को उस पर नियत किया ही होगा। इस प्रकार के खेल वह भी खेल चुका है। वह चौकन्ना हो उठा। सावधानी से आगे बढ़ने लगा। उसने अपनी चाल थोड़ी धीमी कर ली ताकि पीछे आने वाले को भाँप सके। रात का सन्नाटा छाया हुआ था, सन्नाटे में हलकी-सी आवाज़ भी साफ़ सुनाई देती है। तभी उसे अपने पीछे कुछ दूरी पर पदचाप सुनाई दी। उसका रोम-रोम कान बन गया था। अँधेरा होने के कारण वह पीछा करने वाले को देख तो नहीं सकता था। पीछे आने वाला अपनी राह जा रहा है या उस पर नज़र रख रहा है, यह जानने के लिए वह थोड़ा रुक गया। झुककर उसने अपने पाँव की जूती को निकाला, मानो उसमें कंकड़ घुस जाने से उसे वह साफ़ कर रहा हो। जूती को झटककर उसने बड़े आराम से उसे पहन लिया।

उसके रुकते ही पीछे की पदचाप भी रुक गई। वह समझ गया कि पीछा करने वाला ख़ान अहमद का ही ख़ास आदमी है। अपने शक को पक्का करने के लिए वह चौक की ओर चल दिया। बाज़ार की रौनक धीरे-धीरे ख़त्म हो रही थी। कुछ दुकानें खुली थीं तो कुछ बन्द हो रही थीं। बाज़ार उठने की तैयारी में था। हलवाइयों की दुकानों पर दूध और बालाई के चहेते भीड़ लगाए थे। पान खाने के लिए वह एक पनवाड़ी की दुकान पर खड़ा हो गया। फिर एकदम पलटकर वह पीछे की तरफ़ मुड़ गया। ख़लील इसके लिए तैयार न था। वह सकपका गया पर शीघ्र ही वह पास

की नानबाई की दुकान पर लगी भीड़ में घुस गया। मगर अबू ने उसकी एक झलक देख ही ली। वह समझ गया कि अहमद ख़ान का यह आदमी उसका पूरी तरह से वफ़ादार कुत्ता है। अपने मालिक के हुक़्म को अंज़ाम देने में वह बिलकुल हिचकिचाएगा नहीं। पान खाकर अपने डेरे पर आया। अब उसने पीछा करने वाले का ख़याल छोड़ दिया। उसने अहमदनगर जाना तय कर लिया। उसने तैयारी की और सोने चला गया ताकि थकान उतर सके।

रात जब डेढ़-दो घड़ी रह गई तब वह उठा। तैयार होकर वह अहमदनगर के लिए रवाना हो गया। ठंडी बयार के झोंकों ने उसे नहलाकर तरोताज़ा कर दिया। आसमान में रात के अँधेरे को चीरने वाले तारे छिटके हुए थे मानो काली चुनरी में आबदार मोती टँके हुए हों। इनमें भी भोर के तारे की चमक दूसरे सितारों की चमक को धूमिल किए दे रही थी। पेड़ रात के अँधेरे में भूतों के सायों की तरह दिखाई दे रहे थे। लोगों की आवाजाही सड़क पर न के बराबर थी। बुरहानपुर की शहरपनाह छोड़ने के पहले उसने एक बार पलटकर बड़ी हसरत से शाही महल की ओर निहारा, तभी उसे लगा कि एक साया तेज़ी से ओट में छिप गया। वह मुस्करा भर दिया। अँधेरे में महल के कंगूरे, गुम्बद और मीनारों की रेखाएँ दिखाई दीं। उनके पीछे के आसमान में सफ़ेदी की हलकी चादर फैली हुई थी। सफ़ेदी की वह चादर रात के अँधेरे को समेटने के लिए आकाश में उतर आई थी। मगर रात की कालिमा अभी भी गहराई हुई थी। अबू ने सोचा, उसकी छंगी मीठी नींद के सपनों में खोई होगी। उसे क्या मालूम कि उसका अबू मांडू से वापस आकर, एक बार फिर उससे दूर जा रहा है, न जाने कब लौटने के लिए। कुछ देर भावनाओं के ज्वार-भाटे में वह डूबता-उतराता रहा। फिर एक हसरत-भरी साँस लेकर उसने घोड़े को अहमदनगर की ओर मोड़ दिया। घोड़ा दुलकी चाल से दक्खन दरवाज़े की ओर बढ़ लिया।

दरवाज़े पर तैनात सिपाहियों ने उसकी ओर कोई ध्यान नहीं दिया। दरवाज़े के पास ही अलाव जलाकर कुछ सिपाही गरमा रहे थे। मशालें जल रही थीं। पहरे से बचे सिपाही पास वाले खुले बरामदे में सो रहे थे। दरवाज़े से जब अबू बाहर निकला तो उसने देखा कि शहरपनाह की दीवार के बाहर की ओर ग़रीबों ने बस्ती बसा रखी है। उनमें सोता पड़ा हुआ है। गवलियों के मुहल्ले में बँधी गाय-भैंसों के गलों की घंटियाँ टुनटुनाकर रात के सन्नाटे को तोड़ रही हैं। कहीं-कहीं से दूध दुहने की आवाज़ भी आने लगी है। किसी घर से चक्की पीसने की घर्र...घर्र...घर्र...के साथ ही इधर गाये जाने वाले गीतों की लय हवा के कन्धों पर सवार हो माहौल को संगीतमय बना रही है।

रास्ते में उसे जानवरों का एक रेवड़ मिला जो बुरहानपुर की ओर आ रहा था। चादर और कम्बल ओढ़े चरवाहे-रखवारे उनके साथ थे। टापों की ठोकर से उड़ने वाली धूल ने भोर को मटमैला बना दिया था। सुबह की ठंडक हवा में घुली हुई थी।

इक्का-दुक्का पक्षियों की चहचहाहट भी सुनाई देने लगी। ताप्ती के उस पार के किनारे के पीछे के आसमान का धरती को छूने वाला किनारा सफ़ेदी और सूरज की ललाई से रंगीन हो रहा था। तारों की चमक भोर के साथ ही निस्तेज़ होती जा रही थी। ताप्ती के किनारे की झाड़ियों और पेड़ों पर धुन्ध की चादर-सी फैल गई थी, वे ढक से गए थे। धुन्ध की यह चादर दूर तक फैलती चली गई थी। प्रकृति की इस ख़ूबसूरत भोर से बेख़बर, चिन्तामग्न अबू ने ताप्ती कब पार की इसका उसे पता न चला। वह अहमदनगर की ओर घिसटता चला जा रहा था।

अबू का दिमाग़ ठिकाने नहीं था। वह समझ गया कि आसफ़ ख़ाँ ने अहमद ख़ान को जो पैग़ाम भेजा है उसमें गहरा राज है। इसीलिए सावधानी के तौर पर उसे बुरहानपुर से हटा दिया गया है। क्या हो सकता है यह राज? क्या मतलब है उस पैग़ाम का? वह उस पैग़ाम को दुहराने लगा, 'शहज़ादे की बेगम का एक लड़की को जनम देना...ताप्ती का पानी जल-समाधि के लिए मौजूँ है...पुत्री का जन्म...जल-समाधि...उँह...कुछ भी समझ में नहीं आ रहा है...। उसने फिर दिमाग़ पर ज़ोर डाला, उस पर विचार करने लगा। तनाव के कारण वह उस रहस्य का सिरा पकड़ नहीं पा रहा था। विचारों में खोया वह बेभान चला जा रहा था।

हुर्र...र...हू...हू...हूर...र...हा...आ...हुर...र...हू...हा...आ...एक तीखी मधुर आवाज़ ने उसके विचारों की शृंखला तोड़ दी। उसने देखा, पास दाईं ओर के एक खेत में बनी मचान पर एक किसान की बेटी खड़ी थी। उछल-उछलकर वह चिल्ला रही थी। दाएँ हाथ से गोफन की रस्सी हवा में लहराकर, फ़सल पर बैठे पक्षियों को उड़ाने के लिए पत्थर फेंक रही थी। साथ ही...ह...आ...हा...हुर...र...कहकर उन्हें डरा रही थी। रंग-बिरंगी चोली, घुटनों के थोड़े नीचे का छींटदार घाघरा और ओढ़नी हवा में लहरा रहे थे। वह मचान पर फिरकनी की तरह घूम रही थी। चारों ओर खेत पर उसकी सतर्क निगाह थी। पक्षियों को तो वह एक क्षण के लिए भी ठहरने नहीं दे रही थी। सुबह की धूप चारों ओर फैल गई थी। हवा गरम हो उठी। गोफन के पत्थर की सर्राहट और उस लड़की की चिल्लाहट से डरकर तोतों का एक गोल आकाश में उड़ गया। आसमान साफ़, नीला और चमकदार था। सारे तारे ग़ायब हो चुके थे। तोतों का वह झुंड थोड़ी देर तक आकाश में मँडराता रहा और घूमकर पास के खेत में उतर गया। अबू जानता था कि पक्षियों को उड़ाया न जाए तो फ़सल को काफ़ी नुकसान पहुँच सकता है। वह भी बचपन में यही करता था। उसे अपने खेत याद आ गए।

अबू को लगा कि वह बुरहानपुर से काफ़ी दूर निकल आया है। शायद दस-बारह कोस का रास्ता उसने तय कर लिया है। सड़क के दोनों ओर खेतों का एक लम्बा सिलसिला है। बीच-बीच में बंजर ज़मीन भी मिल जाती है, जिस पर कटीली झाड़ियाँ, गोखरू के पौधे, बबूल, नीम और बड़ आदि के पेड़ दिखाई देते हैं। जहाँ

तक उसकी नज़र जाती थी, ऊबड़-खाबड़ ज़मीन पर छितराए पेड़ों की कतारें थीं। बीच-बीच में खज्जी के ऊँचे पेड़ भी थे। पीछा करने वाले को वह अब तक भूल चुका था। उसने हलकी-सी एड़ लगाई और घोड़ा उड़ चला। हवा के थपेड़ों ने उसे नहला दिया। उसे बड़ा अच्छा लगा। वह अपने इलाके में ही था।

कुछ खेतों-खलिहानों में दावण चल रही थी। कहीं-कहीं किसान दूसरी फ़सल बोने की तैयारी में थे। किसान का बेटा होने से वह जानता था कि धूप, बरसात और ठंड, हर मौसम में किसान को इन सबकी परवाह किए बिना काम करना पड़ता है। सड़क पर आवाजाही बढ़ गई थी। बंजारों का एक गिरोह घोड़ों और गाड़ियों पर जिंसें लादकर बुरहानपुर जा रहा था। कुछ किसान भी छकड़ों पर सब्जी, फल, दूध आदि ले जा रहे थे। दक्खन की ओर भी लोग जा रहे थे। सड़क पर चहल-पहल बढ़ गई थी। रास्ते में दोपहर का खाना उसने एक गाँव में खाया। थोड़ी देर आराम करने के बाद वह बढ़ लिया। शाम को वह एक कस्बे में जा पहुँचा। वहीं उसने मुकाम किया। इस बीच उसे अपना पीछा करने वाला कहीं नहीं दिखाई दिया। पर वह जानता था कि अधिक से अधिक दिन और उस पर निगाह रखी जाएगी। वैसे भी उसने अहमदनगर में पहुँचकर मनसबदार इब्राहिम ख़ान से मिलना तय कर लिया था। उसने अपने दिमाग़ में एक योजना बना ली। अहमदनगर में इब्राहिम ख़ान से मिलने के एकाध दिन बाद वह घर के लोगों से मिलने के नाम महीना-पन्द्रह दिन की छुट्टी माँग लेगा। वापस बुरहानपुर आ, छंगी से मिल, आगे की योजना बनाएगा। यह निश्चय होते ही वह हलका हो गया। तनाव और चिन्ता के बादल छँट गए। अब वह जल्द से जल्द अहमदनगर पहुँचकर इब्राहिम ख़ान से मिलना चाहता था। पर अभी भी रास्ता लम्बा और अहमदनगर दूर था।

दूसरे दिन वह तड़के ही रवाना हो गया। वह कम से कम समय में अधिक से अधिक दूरी तय करने लगा। केवल खाना खाने, घोड़े को चारा-चन्दी और आराम देने के लिए ही वह रुकता था। दिन-भर चलने के बाद रात जिस गाँव या कस्बे में होती, वहीं रुक जाता। बड़ी बेकली से गाँव वालों से पूछता, "अहमदनगर अब कितनी दूर है बाबा?"

"कहाँ से आ रहे हो, जवान?"

"बुरहानपुर से।"

"शायद मुग़ल सिपाही हो! क्या जंग में हिस्सा लेने जा रहे हो?"

"हाँ, यही समझ लो।"

"अरे भाई! अहमदनगर अभी दूर है। यही समझ लो अभी दस-बारह दिन का रास्ता और है।"

उस रोज़ वह चार दिन का सफ़र पूरा कर चुका था। अभी कम से कम दस दिन चलना है।

उसने महसूस किया कि दक्खन की तरफ़ की ज़मीन पथरीली ज़्यादा है। लोग भी मराठी बोलते हैं। दस-बारह दिन का रास्ता उसने नौ दिन में ही पूरा करने का फ़ैसला कर लिया। वैसे भी उसे चार दिन बीत चुके थे। उसने हिसाब लगाया कि अहमद ख़ान का आदमी अब तक ज़रूर वापस चला गया होगा।

अढ़ाई दिन तक अब्दुल्ला जान का पीछा करने के बाद, अब्दुल के बर्ताव और उसकी गतिविधि से ख़लील को इस बात का विश्वास हो गया था कि अब्दुल सीधे अहमदनगर ही जाएगा। उसके वापस बुरहानपुर आने की उम्मीद नहीं है। इसलिए उसने दोपहर बाद ही बुरहानपुर का रुख़ कर लिया और वह पक्का जासूस भी न था। उसे धोखा देना मामूली बात थी। पर इस वक़्त अबू के दिल में ऐसी कोई भावना नहीं थी।

रात दो घड़ी बीते वह खदीराबाद पहुँचा। उस दिन वह बहुत थक गया था। खदीराबाद अभी तक रास्ते में मिले सभी गाँव-कस्बों से बड़ा था। वह ढूँढ़-ढूँढ़कर सराय में जा पहुँचा। उसने घोड़े को साईस के हवाले किया। उसे खुर्रा कर नहलाने, चारा-चन्दी आदि कर देने की हिदायत दी। लगातार घुड़सवारी करते रहने से उसकी जांघों में दर्द होने लगा था। थकान उतारने के लिए वह भी गरम पानी से नहाया। नहा-खाकर वह सराय की खाट पर पसर गया। पर उसके दिमाग़ को शान्ति न थी। आसफ़ ख़ाँ का पैग़ाम दोबारा उभरकर उसके ख़यालों पर छा गया। उसने उसे सुलझाने की कोशिश की। मोमबत्ती लेकर वह बैठ गया। इस बार उसने सारा सन्देश एक काग़ज़ पर उतारा। अचानक एक बात उसके दिमाग़ में कौंधी कि इस पैग़ाम का ताल्लुक गुलारा बेगम से भी होना चाहिए। पहले तो उसने पैग़ाम को घुमा-फिराकर लिखा। कई बार काटा और लिखने के इसी दौर में उसने सन्देश के बीच में गुलारा बेगम का नाम लिख डाला। इससे उस खुफ़िया पैग़ाम का सारा मतलब साफ़ हो गया। वह सकते में आ गया। उसके रोंगटे खड़े हो गए और मुँह पीला पड़ गया। वह विकल हो काँपने लगा। फिर निढाल होकर वह खटिया पर गिर पड़ा। काग़ज़ पर लिखा सन्देश मौत की तलवार बन उस पर मँडराने लगा।

उसका जी चाहा कि वह उड़कर बुरहानपुर पहुँच जाए। परन्तु वह बुरहानपुर से, अपनी छंगी से और बेगम गुलारा से पाँच दिन की दूरी पर था। गुलारा बेगम के साथ छंगी भी बँधी थी। उन दोनों का भोला, मासूम और प्यार से भरा चेहरा उसकी निगाहों में नाचने लगा। उनके साथ होने वाले विश्वासघात और उसमें अपने को भी अनजाने में भागीदार पाकर उसकी आत्मा कचोट उठी। दुख से वह कराह उठा। पर लाचार था। जैसे-तैसे वह रात काटना चाहता था। वह फ़ौरन बुरहानपुर के लिए आधी रात को ही रवाना हो गया।

"गुलारा! हमारी समझ में एक बात आज तक नहीं आई। उस गुत्थी को हम अभी तक सुलझा नहीं पाए हैं। अब चूँकि तुम हमारे पास आ गई हो, तो तुम्हीं बतला सकती हो कि उस साँझ तुम्हारे साथ क्या वाक़या गुज़रा था? हम तो उस दिन, दिन-भर मसरूफ़ रहे। अहमदनगर से नई ख़बर आई थी, लड़ाई के मुताल्लिक। मुग़ल सिपहसालार चाहते थे कि फ़ौरन अहमदनगर के लिए कूच करें। और हम थोड़ा समय तुम्हारी ख़ातिर और चाहते थे।" शाहजहाँ ने उत्सुकता से जानना चाहा।

"हाँ मेरे मालिक! उस दिन सुबह से ही न जाने क्यूँ हम भी परेशानी महसूस कर रही थीं। एक घबराहट हममें दहशत भर रही थी। कई दिनों से हम देख रही थीं कि कुछ साये हमारा पीछा कर रहे हैं। शायद वे हमारी हर बात पर निगाह रख रहे थे। हमने कई बार आपको बतलाना चाहा, पर वहम मानकर टाल गई। उस छोटी-सी लापरवाही की हमें कितनी बड़ी सज़ा मिली। उफ़!" गुलारा एक बार फिर काँप गई। उदासी के बादलों ने उसके चाँद से चेहरे को ढक लिया।

"आपने हमें जो इज़्ज़त बख्शी थी, जो सुख दिया था, उसे कंजूस की दौलत की तरह, खो जाने के डर से, सँभाले रखना चाहती थी। हमेशा डर लगा रहता था कि कहीं हमारे इस सुख को कोई छीन न ले। उसे किसी की हाय या नज़र न लग जाए।" गुलारा की व्याकुलता फूट पड़ी।

"आप उस दिन अहमदनगर के अहम मसले में बाहर दरबार-ए-ख़ास में अमीर-उमरा और सिपहसालारों से घिरे चर्चाओं में मशगूल थे। इसीलिए आपको तकलीफ़ देना हमने ठीक न समझा। और अपनी बेचैनी को दूर करने के लिए अपनी बाँदियों के साथ बजरे पर ताप्ती की सैर को निकल गए। मैं अपने ख़यालों में डूबी हुई थी। और जब मुझे होश आया तो बजरा किनारे से काफ़ी दूर गहरे में बहा जा रहा था। शहर की रोशनियाँ आसमान के तारों सी टिमटिमाती दिखाई दीं। मैंने महसूस किया कि महलसरा से मैं काफ़ी दूर आ गई हूँ। मैंने नावड़ों को फ़ौरन वापस लौट चलने का हुक्म दिया। कुछ देर बाद मुझे 'छपाक्' की आवाज़ सुनाई दी। अचानक हमारा बजरा उलट गया। बाँदियों की चीख़-पुकार और नावड़ों के हल्ले-गुल्ले से सारी नदी गूँज उठी। मैं गहरे पानी में डूबने-उतराने लगी। किनारे लगने के लिए तैरने लगी। हुज़ूर! मैं उतावली की बेटी हूँ सो तैरना भी जानती हूँ। पर उस दिन मुझे इसका मौक़ा ही नहीं मिल पाया। जब मैं हाथ-पाँव चलाने की कोशिश में थी ही कि मुझे ऐसा लगा जैसे कोई मेरे पाँव खींच रहा है। मैं चीख़ूँ और मदद के लिए आवाज़ दूँ उससे पहले ही मैं और मेरी चीख़ पानी में डुबो दी गई। और...फि...र...मैं...मेरे...सर...ताज...सदा...के...लिए...आप से बिछुड़ गई...ई...।" गुलारा की रुलाई उस पर हावी हो गई। वह रोके नहीं रुक रही थी।

शहज़ादा पर शोक हावी हो गया। सान्त्वना देने के लिए वह गुलारा की कोमल हथेली सहलाने लगा। उसे लफ़्ज़ नहीं मिल रहे थे।

"हाँ गुलारा! वह रात तो हमारे लिए भी क़त्ल की रात साबित हुई थी। जब काफ़ी रात गए हम हरमसरा में पहुँचे तो पता चला कि तुम बजरे पर सैर के लिए बाहर गई हो। हमें बड़ा ताज्जुब हुआ। फिर तुम पर ग़ुस्सा भी बहुत आया। मगर थोड़ी देर बाद हमें घबराए हुए नौकरों से पता चला कि भँवर में फँसकर तुम्हारी कश्ती उलट गई है। तुम्हारा कोई पता नहीं है। हम बेहद परेशान हो उठे। उस रात, जागकर, मशालों की रोशनी में सारी ताप्ती में जाल डलवा दिये। उसे ऊपर से नीचे तक हिला डाला। अपनी बेकली की वजह से न हम सो सके, न हमने ताप्ती को सोने दिया न बुरहानपुर को। पर न तो तुम मिलीं न तुम्हारी लाश। और नावड़े? हमारे डर के मारे वे ऐसे भागे कि आज तलक उनका पता न चला।

"सच गुलारा! तुम्हारे सदमे से हम तीन-चार दिन तक तो दरबार नहीं गए। सभी से मिलने से इनकार कर दिया। यहाँ तक कि शाही दरबार और दक्खन से आए क़ासिदों की सूरत देखने से भी हमने मना कर दिया। हमें तुम्हें खोने का बड़ा भारी सदमा पहुँचा था। शराब के प्यालों में हम अपना ग़म ग़लत करने की कोशिश करते रहे। पर वे प्याले भी हमें सुकून न दे सके। चौथे दिन तुम्हारी लाश काफ़ी दूर ताप्ती के किनारे की एक झाड़ी में अटकी मिली तो हमारे सारे घाव फिर हरे हो गए। हमने बड़ी मुहब्बत और इज़्ज़त के साथ तुम्हें तुम्हारी प्यारी जगह, उतावली के किनारे, महल गुलारा की बारादरियों के पास दफ़नवा दिया। तुम्हारी अपनी पसन्दीदा जगह पर।" शाहजहाँ ने एक लम्बी-दर्दीली साँस ली।

"और गुलारा! हम जब तक बुरहानपुर में रहे, तुम्हारी मज़ार पर अपनी मुहब्बत के फूलों की चादर चढ़ाने रोज़ जाया करते थे। ख़ुदाबन्द करीम से तुम्हारी रूह को सुकून देने के लिए फ़ातिहा पढ़ा करते थे। हमने बड़ी तल्ख़ी के साथ महसूस किया था कि हमारा बहुत कुछ तुम अपने साथ ले गई थीं। थोड़े ही दिनों के साथ में गुलु, तुमने हमें जो कुछ दिया था, शायद वह हमें बेगम मुमताज भी न दे सकी थी।

"गुलारा! तुम्हारे बुरहानपुर में हमने पाया भी बहुत कुछ, पर खोया और भी ज़्यादा है। तुम्हें पाने की ख़ुशी से ज़्यादा तुम्हें खोने का सदमा रहा। तक़दीर का खेल देखो कि हमने अपनी मुमताज को भी तुम्हारे बुरहानपुर में ही खोया। हमारी दो चहेतियों को तुम्हारे उस शहर ने हमसे छीन लिया था गुलारा!" शाहजहाँ का चेहरा ग़मज़दा था!

"और तुमसे झूठ क्यों बोलें गुलारा! तुम्हारे महल गुलारा की बारादरियों के नक्शे पर ही हमने मुमताज बेगम के लिए भी, उसके मरने पर यह ताज बनवाया था। जमना के पार हम काले संगमरमर का एक दूसरा ताज बनवाकर उन दोनों को महल गुलारा की बारादरियों की तरह सफील से जोड़ देना चाहते थे। जमना को उतावली-

सी ख़ूबसूरत बना देने की हमारी इच्छा थी। अगर तुम्हारे लिए हम महल गुलारा की बारादरियाँ न बनवाते तो शायद मुमताज बेगम को भी ताज-सा मकबरा न मिलता!" शाहजहाँ की निगाहें फिर चाँदनी में नहा रहे ताज पर जा टिकीं। वो टकटकी बाँधकर उसे निहारने लगा। और जब वापस उसने गुलारा की ओर नज़रें फेरीं वह जा चुकी थी। उसका उदासी से भरा एकाकीपन लौट आया। ये तन्हाइयाँ उसे कचोटने लगीं।

अबू कम से कम वक़्त में ज़्यादा से ज़्यादा रास्ता तय करने की कोशिश कर रहा था। समय बचाने के लिए वह सुबह भारी नाश्ता कर लेता था और दिन-भर उसी से काम चलाता था। शाम का खाना भी वह घोड़े की पीठ पर ही खाता। उसे नहाने-खाने का होश नहीं रहा। वह धूलि-धूसरित हो गया। रास्ते की थकन, भूख और प्यास, वह सभी कुछ भूल गया। उसका सभी कुछ दाँव पर जो लगा हुआ था। गुनाह का एहसास अलग से उसकी रूह को कचोट रहा था। अगर गुलारा बेगम और छंगी को कहीं कुछ हो गया तो? अहमद ख़ान को उन्हें रास्ते से हटाने में सफलता मिल गई, तो फिर? कल्पना से ही वह कँपकँपा जाता था। अपने आपको वह कैसे माफ़ कर पाएगा? रास्ते भर वह ख़ुदा को याद करता रहा। उसने उनसे इल्तिजा की कि अहमद ख़ान अपने इरादों में सफल न हो। कम से कम उसके बुरहानपुर पहुँचने तक तो वह कुछ न कर सके। रास्ते में क्या हो रहा था, कौन आ-जा रहा था, इसका उसे होश न था।

छह दिन का फ़ासला वह चार दिन में पूरा करने में सफल हो गया। शाही महल के गुम्बद, कंगूरे, मीनारें और फहराते हुए शाही झंडे उसे आकाश-रेखा के बीच दिखाई देने लगे। उसने अन्दाज़ लगाया कि अभी भी वह बुरहानपुर से डेढ़ से दो कोस की दूरी पर है। अब सड़क पर चहल-पहल और भीड़ बढ़ गई थी। उसकी बड़ी ख़्वाहिश हुई कि वह सीधे शाही महल पहुँचे। मगर अब संयम और होशियारी से काम लेना ज़रूरी था। अगर अहमद ख़ान के किसी आदमी ने उसे देख लिया तो सारी मेहनत बेकार जाएगी। जिस समय ताप्ती पार कर वह दक्खनी दरवाज़े पर पहुँचा, दिन ढल रहा था।

शहर की चहल-पहल वैसी ही थी। पर शोर-शराबा वैसा न था। उसे हर कोई सहमा-सा लगा। उसे लगा मानो ग़म की एक चादर थी, जिसने सारे शहर को अपने साये में ले लिया था। किसी से कुछ भी पूछने की उसे हिम्मत न हुई। लोग आपस में बातें भी करते थे तो फुसफुसाकर। उसने सोनबल्ली और शाही महल वाला रास्ता टाल दिया। वह किसी ऐसी जगह ठहरना चाहता था जो सुनसान हो। जहाँ ख़ान अहमद के आदमी की उस पर निगाह न पड़े। इन चार दिनों में उसकी दाढ़ी अच्छी-ख़ासी बढ़ आई थी। फिर भी वह अपने चेहरे को शहर में आने के बाद ढके रहने

की कोशिश करने लगा। हाथ-मुँह धो, वह जब बाहर निकला तो रात धरती पर फैल चुकी थी।

छिपता-छिपाता वह शाही महल के पास जा निकला। वहाँ के हालात देख वह चौंक उठा। जो महल हर रात दीवाली की तरह जगमगाया करता था, आज अँधेरे के साये में डूबा हुआ था। यहाँ-वहाँ शमादान और मशालें जल रही थीं। शाही महल में काम करने वाले और पहरे पर खड़े हथियारबन्द सिपाही सहमे-से अपने काम में लगे थे। उसने जिसे भी देखा; वह ग़मगीन लगा। उसका दिल धक-धक करने लगा। एक डर दिल में समा गया। ख़ास महल के आसपास हिफ़ाज़त का ज़बर्दस्त इन्तज़ाम था। उसने मुंशी से मिलना ही ठीक समझा। वह जानता था कि उस जैसे बातूनी से महलसरा की जानकारी उसे मिल सकती है। किसी दूसरे से मिलना ख़तरनाक साबित हो सकता था। होशियारी से मुंशी की छोलदारी में जा पहुँचा।

मुंशी सिर झुकाए अपने काम में लगा हुआ था। थोड़ी देर अबू सामने खड़ा रहा। मुंशी इतना मशगूल था कि उसे अबू के आने का पता ही न चला। तब अबू थोड़ा-सा खखारा। मुंशी की सवालिया आँखों की चुभन वह अपने चेहरे पर महसूस करने लगा। मुंशी चुपचाप उसे घूरने लगा। अबू थोड़ा परेशान हो उठा। उसी ने पूछा, ‘‘मुंशी जी...शहज़ादा...हुज़ूर...साहब...।’’

कुछ पल चुप्पी छाई रही। फिर मुंशी ने ही उसकी ओर एक सवाल उछाल दिया, ‘‘लगता है मियाँ, अभी थोड़ी देर पहले ही आप मांडू या दक्खन से आ रहे हैं? तभी शायद यहाँ के हालात की जानकारी आपको नहीं है ना?’’

अबू ने मंजूरी में सिर हिला दिया।

‘‘आप चाहे जहाँ से भी आ रहे हो मियाँ! एक बात हम साफ़ बताए देते हैं। हुज़ूर शहज़ादा साहेब से मुलाक़ात वगैरह का तो सवाल ही नहीं उठता और उठ भी कैसे सकता है? ऐसे हालात में कोई किसी से मिल भी कैसे सकता है? जो कुछ उनके दिल पर गुज़र रही है, वो क्या कोई मामूली ग़म है? जो हादसा उनके साथ गुज़रा है, वह अच्छे-अच्छों को पागल कर सकता है।’’ मुंशी जी की वाचालता का बाँध फूट पड़ा।

‘‘गुलारा बेगम जैसी नेक, रहमदिल औरत के चले जाने पर किसे ग़म नहीं होगा? जितनी वे ख़ूबसूरत थीं, उतना ही ख़ूबसूरत उनका दिल भी था। छोटे से अर्से में ही उन्होंने अपनी ख़ूबसूरती और अदाकारी से जो कुछ हासिल किया था, जो शोहरत पाई, हाय! कोई उसे कैसे भूल सकता है? शहज़ादा हुज़ूर तो उन पर जान छिड़कते थे, मियाँ जान। उनके नाज़ुक दिल को ऐसी चोट पहुँची है कि चार दिन से दरबार में आना ही बन्द कर रखा है। ख़ुदा ऐसा ग़म, ऐसी चोट दुश्मन को भी न दे। अभी उन बेचारी ने देखा ही क्या था? फूल खिलने के पहले ही मुरझा गया। या ख़ुदा! उनके जाते ही महल की रौनक चली गई।’’

"क्यूँ? बेगम साहिबा को क्या हो गया? वे शहज़ादा हुज़ूर को क्यूँ छोड़ गईं?" बैठे दिल से अपने को धोखा देने के लिए उसने पूछा।

"लो बोलो, रहे न मूरख के मूरख? अरे मियाँ, क्या कोई अपने महबूब को, अपने सरताज को अपनी मर्ज़ी से छोड़ता है? और फिर गुलारा बेगम? तोबा-तोबा। वे तो शहज़ादे पर जान छिड़कती थीं। भला, वे क्यूँ वापस बोरवाड़ी के नरक में जातीं? सच कहूँ? उस बोरवाड़ी के बजाय उन जैसी हसीन, ज़हीन, और फ़न की मलिका के लिए सही जगह तो शाही महल ही था। पर शायद महल का सुख उनके नसीब में न था। इसलिए वे ख़ुदा को प्यारी हो गईं। जिन्हें लोग यहाँ प्यार करते हैं, शायद ख़ुदा भी उन्हें चाहने लगता है। इसीलिए जल्द उन्हें अपने पास बुला लेता है।"

और फिर अबू को सब बतला दिया। किस तरह चार दिन पहले ताप्ती की सैर पर निकली बेगम साहिबा का बजरा भँवर में फँसकर उलट गया और वे, उनकी सहेलियाँ और बाँदियाँ, सभी डूब गईं। कल ही उनकी लाश मिली जिसे शहज़ादा साहब ने बड़े प्यार से महल गुलारा की गाँव की बारादरियों के पास दफ़ना दिया है। उन्होंने क़ब्र के पास हरसिंगार का पेड़ भी लगाया है ताकि उसके फूल क़ब्र पर अपने आप बिखरते रहें। अपनी ख़ुशबू से उसे महकाते रहें। बेगम साहिबा को क़ब्र देने के पहले वे बहुत बिलख-बिलखकर रोये।

"मियाँ! उनका ग़म देखा न जाता था। सभी हाज़िरीन की आँखें नम हो गईं। उस वक़्त एहसास हुआ मियाँ, कि बेगम कितनी प्यारी और पाकदिल इनसान थीं। सच भाई! हमें भी पहले उनसे शिकवा-शिकायत रहती थी। पर वो सब बेकार था। हमें उस दिन महसूस हुआ कि शहज़ादा हुज़ूर ही नहीं, सारा बुरहानपुर उनसे, अपने इलाके की इस बेटी से प्यार करता था। सारे शहर ने चार दिन तक काम-काज बन्द रखा। जब उनका जनाज़ा उठा तो सारा शहर उसमें शामिल हुआ था। बोरवाड़ी में तो ऐसा रोना-धोना मचा कि क्या बताएँ मियाँ? ऐसा लगा कि वे सारी बोरवाड़ी की बेटी थीं। अपने में से एक के शाही हरम में पहुँच जाने, बेगम बन जाने का उन्हें कितना ग़रूर था, क्या बताएँ? तुमने देखा नहीं कि आज पाँचवें दिन भी, सारा शहर, चौक बाज़ार और बोरवाड़ी उनके ग़म में डूबे हैं।"

मुंशी की पहले वाली जलन हमदर्दी में बदल गई है। गुलारा की मौत के हादसे ने उनके अन्दर दबी इनसानियत को जगा दिया है।

मुंशी के हर लफ़्ज़ के साथ अबू ग़म की गहराइयों में डूब रहा था। वह ज्यों-ज्यों उस समन्दर से बाहर निकलने के लिए छटपटाता था, ग़म की भँवर थी कि उसे और गहरे में खींचे लिए जा रही थी। वह कँपकँपाने लगा। गिर न पड़े इसके पहले ही पास रखी तिपाई पर बैठ गया। उसका चेहरा पीला पड़ गया मानो किसी ने उसे निचोड़कर उसका सारा ख़ून निकाल लिया हो।

"क्या कोई भी न बचा?" बड़ी मुश्किल से उसने सूखे और भर्राये गले से पूछा।

"इसलिए तो मैं कहता हूँ मियाँ, कि जिस इनसान ने कभी दुख का कतरा न देखा हो, अगर उस पर ग़म का हिमालिया टूट पड़े तो वह क्या करे? भला ऐसे हालात में शहज़ादा साहब किसी से कैसे मिल सकते हैं? दरबार का काम कर सकते हैं क्या वे भला? इसीलिए मैं कहता हूँ कि आप अभी दो-चार दिन आराम करिए। यहीं बुरहानपुर में कहीं ठहर जाइए। फिर जब हुज़ूर का दिल थोड़ा-बहुत सँभलेगा, तब मौक़ा देखकर हम आपको मिलवा देंगे। अभी तो अच्छे-अच्छों की हिम्मत उनके सामने जाने की नहीं हो रही है। सिर्फ़ उनके ख़ास ख़ान अहमद चप ही उनकी देखभाल में जुटे हुए हैं।" मुंशी उसकी बात को अनसुनी करते हुए अपनी ही रौ में बोले जा रहा था। शायद बातों के बोझ को हलका करने के मौके को छोड़ना नहीं चाहता था।

जैसे ही अबू ने सुना कि ख़ान अहमद चप शहज़ादे की सेवा में लगा है, वह तिलमिला उठा। उसका जी चाहा कि फ़ौरन शहज़ादे को बतला दे कि बेगम गुलारा का असली कातिल यही है। चौक की मस्जिद की मीनार पर खड़ा हो चीख़-चीख़कर सारे बुरहानपुर को बतला दे कि असली शैतान यही है, जो शहज़ादे के पास छिपा बैठा है। पर वह लाचार था। अन्दर-अन्दर वह घुटता-फड़फड़ाता रहा परन्तु बाहर से पत्थर का बुत बना सब सुनता रहा।

"अरे हाँ, क्या पूछा था आपने कि कोई बचा या नहीं? अरे यार, उस हादसे में किसी के बचने का सवाल ही कहाँ उठता है? रात का अँधेरा, आसपास कोई बचाने वाला नहीं। नावड़े डर के मारे जान बचाकर भाग निकले। मियाँ, तीन दिन में बेगम समेत चार लाशों को दफ़नाया गया तो उसका असर शहज़ादे समेत सारे-बुरहानपुर पर क्या पड़ा होगा, ज़रा अन्दाज़ तो लगाओ? कौन पत्थर दिल इनसान होगा जिसने आँसू न बहाए होंगे? उन सबको भी महल गुलारा गाँव में ही एक साथ दफ़नाया है।"

"अब शहज़ादा हुज़ूर के हरम को कौन सँभाल रहा है?" वह नहीं उसकी प्रेतात्मा मानो पूछ रही थी। मुंशी ने सारी बातों को ऐसा गड़बड़ा दिया था, गोल-मोल कर रखा था कि वह समझ नहीं पा रहा था कि छंगी भी मारी गई या नहीं?

"हरम को? अमाँ यार, अब हरम में रह ही कौन गया है। बुलबुल तो बेचारी कब की ख़त्म हो गई। ले-देकर रह गईं बेचारी परवीन आपा। उनकी भी हालत ठीक नहीं है। वो तो ख़ुदा का करिश्मा समझो कि वे उस दिन मरहूम बेगम साहिबा के साथ घूमने नहीं गईं। वर्ना वे भी गई थीं काम से। पर दो दिन तो वे भी ग़म में बेहोश पड़ी रहीं। अब वे ही शहज़ादे को सँभालने में ख़ान साहब की मदद कर रही हैं।" फिर वह अचानक आगे झुक आया और बड़े आत्मीय ढंग से राज़दार आवाज़

में फुसफुसाया, ''पर मुझे नहीं लगता कि मनसबदार अहमद ख़ान उन्हें हरम में ज़्यादा दिन टिकने देंगे। वे नहीं चाहते कि गुलारा बेगम का कोई रिश्तेदार महल में टिका रहे और शहज़ादा साहेब के ग़म को हरा रखे। देखना, दो-चार दिन में ही वो उन्हें बोरवाड़ी को चलता कर देगा।''

इसमें कोई शक नहीं कि छंगी को सही-सलामत पाकर एक बड़ा बोझ अबू के सीने पर से हट गया। पर गुलारा बेगम की मौत ने उसे बेचैन कर दिया। उसे लगा कि बेगम गुलारा की रूह उसे कभी माफ़ नहीं करेगी। शायद अब इस गुनाह के एहसास के साथ ही उसे सारी ज़िन्दगी जीना पड़ेगा।

अबू का काम निपट चुका था। इसलिए अब मुंशी के पास ज़्यादा देर ठहरना उसने ठीक न समझा। दूसरे उसे पता चल गया था कि ख़ान अहमद अभी भी महल में ही है और उसकी नज़रों में पड़ जाने पर उसकी जान की ख़ैर नहीं रहेगी। अब तो वक़्त का इन्तज़ार करते हुए छंगी से मिलना था। और शाही महल या बाग़ में मिलना बेहद ख़तरनाक था। ख़ान की चालों पर निगाह रखना ही ठीक होगा। गुलारा की हत्या ने उसे झकझोरा था। मगर छंगी के बच जाने की ख़बर के सामने वह दुख कम हो गया।

''अच्छा, मुंशी जी। बहुत-बहुत शुक्रिया। तो अब मैं चलता हूँ। जब भी हालात ठीक होंगे और शहज़ादा साहब दरबार में बैठना शुरू करेंगे मैं हाज़िर हो जाऊँगा। शुक्रिया।'' आदाब कर वह चल दिया।

छोलदारी से जब वह शिथिल क़दम बाहर निकला तो छुटकारे की भावना के साथ ही उसे एक बोझ का एहसास था। वह निरुद्देश्य चल पड़ा। कुछ समय बाद उसने अपने को ताप्ती के किनारे खड़ा पाया। वह गुमसुम खड़ा रहा। पंचमी के चाँद की झाईं ताप्ती में हिल रही थी। किनारे से थोड़ी दूर पर पानी में पत्थर के दो बुत खड़े थे। एक बड़े हाथी का और दूसरा उसके बच्चे का था। यहाँ पानी उथला था। पर आगे और आगे उसकी गहराई बढ़ती चली गई थी। इसी गहराई के कारण ताप्ती की गति धीमी हो गई थी। पानी में कोई हलचल नहीं थी। आगे निचले बहाव में तलछट में पथरीला ऊबड़-खाबड़पन था। ताप्ती हलके शोर के साथ गिर रही थी। चाँदनी इतनी हलकी थी कि रात की अँधियारी को भेद पाने मैं नाकाम थी। किनारों के पेड़, झाड़ियाँ और पौधे भूतों के साये से थे। यदा-कदा हवा के झोंके से पत्तियाँ हिल उठती थीं, हवा ठंडी और हलकी थी। वह भारी मन से खड़ा रहा।

भारी क़दमों से वह सराय की ओर चल दिया। सराय पहुँचने के बाद एक वितृष्णा ने उसे घेर लिया। वह दिन-दिन भर सराय के कमरे में पड़ा रहता। हरदम वह एक अव्यक्त घबराहट महसूस करता था। वह सबसे दूर रहना चाहता था। यहाँ तक कि छंगी से भी वह दूर भाग जाना चाहता था। पर भाग नहीं सकता था। वह रात के अँधेरे में घूमने निकल पड़ता। न चाहते हुए भी ताप्ती किनारे जा पहुँचता था। पर घबराकर वह शहर की ओर निकल जाता। भीड़ और शोर-शराबे

में अपने को खो देने की कोशिश करता था। उस भीड़ में भी वह अपने को अकेला ही पाता था।

गुलारा बेगम जब तक ज़िन्दा रहीं, सारे शहर की चर्चा का विषय बनी रहीं। आज भी, मरने के बाद भी, वे शहर के दिलो-दिमाग़ पर हावी हैं। हर जगह उनकी ख़ूबसूरती और मौत की चर्चा है। चौक की जो रौनक फीकी पड़ गई थी, धीरे-धीरे समय के साथ वापस लौट रही थी।

इसी बीच एक साँझ के झुटपुटे में वह करारा गाँव हो आया। उसने गुलारा बेगम की क़ब्र पर फूलों की चादर चढ़ाई और फ़ातिहा पढ़ा। अपने गुनाह की उसने माफ़ी माँगी। फ़ातिहा पढ़ते समय गुलारा का हसीन, हँसता-मुस्कराता, शोख़ चेहरा उसकी नज़रों में घूम गया। पछतावे के आँसू झरने लगे। नज़र धुँधला गई और बेगम की क़ब्र कुछ समय के लिए ओझल हो गई। फ़ातिहा पढ़कर जब वह उठा तो उसे हलकापन लगा।

मुसीबतों के दिन-रात बड़े लम्बे लगते हैं। अबू को दिन काटना मुश्किल हो जाता था। अचानक जब रात को जाग उठता तो उसकी नींद उड़ जाती थी। फ़िजूल बातें, बचपन की परेशानियाँ, जैनब और बिरजू कहाँ होंगे, सोच-सोचकर वह परेशान हो उठता। करवटें बदल-बदलकर रात काट देता। फिर दोपहर में थका दिमाग़, नींद की गोद में सो जाता। इसी बीच एक शाम वह बोरवाड़ी भी हो आया। उसकी हिम्मत उस दिन गौहरबाई के कोठे की तरफ़ जाने की नहीं हुई। वह जानता था कि छंगी से मिलने के लिए, न चाहते हुए भी, उसे समय का इन्तज़ार करना पड़ेगा।

कुछ तो अबू के वापस न लौटने की चिन्ता और सिर में दर्द रहने की वजह से छंगी, उस साँझ गुलारा के साथ बजरे पर ताप्ती की सैर के लिए न जा पाई। जब गुलारा की नाव के उलट जाने की उसे ख़बर मिली तो वह घबरा गई; एक बेकली ने उसे घेर लिया। और उसके बाद ग़म के भँवर में वह ऐसे डूबी कि उससे निकलते न बना। वह समझ न पाई कि यह सब कैसे हो गया। तीन दिन उसने दिमाग़ी परेशानी में बिताये और जब उसने गुलारा की लाश देखी तो दो दिन तक बेहोश पड़ी रही। मगर शहज़ादा ख़ुर्रम की हालत देख उसे अपना ग़म भूलना पड़ा। वह उन्हें सँभालने में लग गई।

ख़ुर्रम ने अपने आपको एक कमरे में बन्द कर लिया। परवीन आपा के सिवा उसने किसी से भी मिलने से इनकार कर दिया। अपना अधिकांश वक़्त वह शराब में ही डुबाने लगा। दरबार में जाना और सभी से मिलना-जुलना बन्द कर दिया यहाँ तक कि शहंशाह के ख़तों और अहमदनगर से आए पैग़ामों को भी पढ़ने-सुनने की उसने मनाही कर दी।

शहज़ादा ख़ुर्रम के दरबार के सभी मनसबदार, अमीर-उमरा और सिपहसालार परवीन के ज़रिए ही, उनसे मिल सकते थे। बड़ी मुश्किल से उनका रुख़ देखकर ही परवीन उन्हें दरबारियों के पैग़ाम दे पाती थी।

ख़ान अहमद चप ने पहले तो ख़ुद सीधे शहज़ादे से मिलने की कोशिश की मगर जब उसे सफलता नहीं मिली तो वह भी परवीन आपा की शरण में गया। उसने परवीन आपा को ख़बर भिजवाई कि बेगम साहिबा की मौत की जाँच के सिलसिले में शहज़ादा साहेब से उसका उनसे मिलना निहायत ही ज़रूरी है। इसलिए वे उनसे मुलाक़ात का इन्तज़ाम कर दें। वह अपने मक़सद में सफल हो गया। उसके बाद तो वह शहज़ादे के पास ऐसा घुसा कि उसने शाही महल, दरबार और हरम के काम की बाग़डोर अपने कब्जे में ले ली। वह ख़ुर्रम और उसके हरमसरा का मालिक बन बैठा। तब उसने बड़ी सफ़ाई से परवीन का पत्ता कटवा दिया। उसने दस-पन्द्रह दिन के भीतर ही परवीन को शाही महल से हटवाने का इन्तज़ाम कर लिया। ख़ान ने भाँप लिया कि वक़्त के साथ शहज़ादे का ग़म भी कम हो रहा है। उसने लच्छेदार बातों का ऐसा जाल फेंका कि ख़ुर्रम उसमें फँस गया और उसी की राय पर चलने लगा।

उस दिन ख़ान अहमद चप ने परवीन को ख़बर भिजवा दी, "अच्छा हो अब आप बोरवाड़ी वापस चली जाएँ। आपके यहाँ रहने से शहज़ादा हुजूर अपने ग़म को भूल नहीं पाएँगे। आप उनके ग़म को हरा किए हुए हैं। वैसे भी आपको वापस तो जाना ही पड़ेगा क्योंकि दो-चार दिन में अहमदनगर की जंग ख़त्म होने जा रही है। शहजादा सलामत और शाही लश्कर मांडू वापस लौटने की तैयारी में हैं।"

छंगी धक से रह गई। वह खड़ी थी, एकदम बैठ गई। ख़ान की चालों को वह कई दिन से भाँप रही थी। मगर शराफ़त की वजह से बोल नहीं पाई थी। इस अपमान ने उसे तिलमिला दिया। ग़ुस्से से वह जल उठी। पर लाचार थी। अपनी लाचारी को देख उसकी आँखों में आँसू आ गए। तभी एक नए डर से वह भर गई। बिना गुलारा के वह बोरवाड़ी पहुँचकर अम्मी को क्या मुँह दिखाएगी? इस कल्पना से ही वह सिहर उठी। उसका कलेजा मुँह को आ गया। शाही महल आते वक़्त अम्मा ने गुलारा का हाथ उसके हाथ में देते हुए उसे उसका सरपरस्त बनाया था। क्या यही सरपरस्ती उसने निभाई? वह अन्दर ही अन्दर घुटने लगी और तब आँसू बाँध तोड़कर एक बार फिर बह निकले।

ख़ान अहमद ने उसे साँस लेने की फ़ुर्सत तक न दी। थोड़ी ही देर में बाँदी ने आकर उसे दूसरा हुक़्म सुनाया, "आपा जी! एक-दो घड़ी में ही पालकी आ रही है, आप तैयार हो जाएँ।"

भरी दुपहरी में, दिन के उजाले में बोरवाड़ी पहुँचकर, हज़ार जोड़ा सवालिया नज़रों का सामना करने की हिम्मत उसमें नहीं थी। वह ख़ान अहमद की तेज़ी से तिलमिला उठी। पर वह ख़ुद जानती थी कि शाही महल में, गुलारा के बिना, अधिक

देर टिकना वैसे भी अब मुश्किल है। पर उसका मन अपने अबू का इन्तज़ार कर रहा था। और वह था कि उसका कहीं पता न था। अब उसके पास बोरवाड़ी जाकर अम्मा का सामना करने के सिवाय कोई रास्ता न था। उसने धीरे से तैयारी शुरू कर दी। साथ ही उसने ख़ान अहमद को ख़बर भेज दी कि साँझ के बाद वह शाही महल को छोड़ देगी। ख़ान ने उसे अधिक दिक़ करना ठीक न समझा। पर उसने पालकी और सिपाहियों की एक टुकड़ी का इन्तज़ाम करके रखा। साथ ही उसने यह हुक्म दे दिया कि वे परवीन आपा को बोरवाड़ी में गौहरबाई के कोठे पर इज़्ज़त के साथ छोड़ आएँ और वापस आते वक़्त वहाँ पहरे पर जो टुकड़ी है, उसे भी लेते आएँ। अब वहाँ पहरे की क्या ज़रूरत है?

साँझ जब अँधेरे में बदल गई तो परवीन पालकी में धड़कते दिल से जा बैठी। पालकी में चढ़ने के पहले जब वह शहज़ादे को आदाब कर आख़िरी विदाई माँगने उनके दरवाज़े पहुँची तो पहरेदारों ने उसे अन्दर जाने से रोक दिया। ख़ान अहमद की नीचता देख पहले तो वह दंग रह गई, फिर अपमान से उसका चेहरा उतर गया। तमतमाए ग़मज़दा आँखों में आँसू छलछला आए। सिर नीचा किए वह जल्दी-जल्दी महल से बाहर आ, पालकी में बैठ गई। परदे गिरा दिये गए। कहारों ने पालकी उठा ली और सिपाहियों से घिरी पालकी तेज़ी से चल पड़ी।

न जाने कब पालकी बोरवाड़ी पहुँच गई, उसे पता ही न चला। पालकी जब रुकी तो समझ गई कि वह घर आ पहुँची है। साथ का सिपाही कुछ खखारा। वह कुछ बोले, इसके पहले ही वह पालकी से उतर पड़ी और सिर झुकाए जल्दी-जल्दी आँगन पार कर सीढ़ियाँ चढ़ने लगी। रोशनी से जगमगाने वाले कोठे की रौनक उजड़ गई थी। सिर्फ़ यहाँ-वहाँ हलकी रोशनी के दायरे छितराए हुए थे। बाक़ी का हिस्सा अँधेरे में डूबा था। कहार उसका सामान बरामदे में रख पालकी लेकर चले गए। सिपाही भी उनके साथ हो लिए।

छंगी ऊपर की सीढ़ी पर कुछ देर तक खड़ी रही। उसकी हिम्मत अन्दर कमरे में घुसने की नहीं हो रही थी। वह आहट लेती रही। शायद उसके पाँवों की आहट और पायजेबों की हलकी आवाज़ अन्दर पहुँच गई थी।

"कौन?" एक थकी आवाज़ उसे सुनाई दी।

अब सीढ़ियों पर वह अधिक देर ठहर न सकी। वह कमरे में दाखिल हो, अपराधिनी की तरह सिर नीचा किए खड़ी रही। परवीन को अकेली, उदास और फीके चेहरे में देख, गौहर के ग़म का ज्वार उमड़ पड़ा। उसका गोरा सुन्दर मुख पीड़ा से पीला पड़ गया। दोनों चुप थीं। गौहर की चुप्पी ने परवीन को भीतर ही भीतर और अधिक मथ दिया। वह चाहती थी कि अम्मी उसे डाँटें, पीटें, उससे जवाब-तलब करें। उनकी ख़ामोशी ने उसे और ज़्यादा अकुला दिया। उसने बड़ी हिम्मत कर जब नज़रें उठाकर सामने देखा तो गौहर को बैठे पाया। एक शमादान की रोशनी का

हलका दायरा उसके चेहरे पर पड़ रहा था। सारा कमरा अँधेरे में डूबा था। पास में उनका चिरसंगी न तो पानदान था न सरौता। उस उमर में भी सदा सिंगार और ख़ुशबू से महकने वाली अम्मी विधवा-सा वेश बनाए हुए थीं। न आँखों में सुरमा था न मुँह में पान। उदास आँखों से वे तक रही थीं। गौहर को ऐसी हालत में देखकर छंगी छटपटा उठी।

''ओ, मेरी माँ!'' कहकर क्रन्दन करते हुए वह गौहरबाई की ओर दौड़ पड़ी। उनकी गोद में लोट गई। अपना सिर पटककर रोने लगी।

''अम्मी, आप मुझे मार डालिए, मार डालिए। मैं अपना फ़र्ज़ नहीं निभा पाई। मैं आपकी कसूरवार हूँ। आप चाहे मुझे जो सज़ा दीजिए, मैं उफ़ तक न करूँगी।''

गौहर के आँसू बह निकले! परवीन के करुण रुदन ने, उसकी तीव्र वेदना ने, उसे अन्दर तक छू लिया। इस लड़की के प्रति करुणा और दया की एक दुर्निवार भावना ने गौहर को विगलित कर दिया। बिना कुछ बोले, वह हौले-हौले उसकी पीठ पर हाथ फिराने लगी। इस स्नेहमय स्पर्श को पाकर परवीन की रुलाई का वेग और अधिक बढ़ गया। ''ओ माँ, मुझे मुआफ़ कर दो मेरी अम्मी, मुझे मुआफ़ कर दो।'' कहकर वह दिल दहला देने वाला रुदन करती रही। और जब रोते-रोते वह थक गई तो निढाल-सी गौहर के क़दमों में पड़ी रही। इस सारे समय गौहर बिन बोले उसकी पीठ सहलाती रही। न जाने कब तक वे दोनों रोती रहीं। जब उन दोनों का मन हलका हुआ तो रात काफ़ी बीत चुकी थी। गौहर ने उसे ज़बर्दस्ती उठाया और कन्धा थामकर अन्दर ले चलीं।

उन्होंने धीरे से समझाया, ''चल बेटी, हाथ-मुँह धो ले। शायद ख़ुदा ने इतने दिनों के साथ के लिए ही उसे हमारे पास भेजा था। जो कुछ हुआ, उसमें तेरा क्या दोष? चल अब अन्दर चल। कुछ खा-पी ले।''

दोनों ने बड़ी मुश्किल से दो-चार कौर तोड़ मुँह जुठलाया और उस रात गौहर ने पहली बार परवीन को अपने पास, अपने सीने से लगाकर सुलाया। गुलारा के हादसे ने उन दोनों को एक-दूसरे के निकट ला दिया था।

गुलारा के ही कारण एक और परिवर्तन भी हुआ। दूसरे दिन परवीन उठकर जल्दी तैयार हो गई। उसने बग़ल वाले कमरे में जाकर घुँघरुओं का एक तोड़ा उठाकर अपने पाँवों को अपने हाथ से उनमें क़ैद करा लिया। जो काम गौहर की सख़्ती न कर सकी थी, उसे गुलारा की मौत ने सरलता से कर दिया। छमछमाती हुई जब वह बाहर आई तो उसने तबलानवाज बन्ने ख़ाँ को बाहर के कमरे में बैठा हुआ पाया। वे गौहरबाई की मिज़ाजपुर्सी करने आए थे। क़रीब-क़रीब रोज़ ही आ जाया करते थे। गुलारा के शाही हरम में दाखिल हो जाने के बाद से गौहर के कोठे पर नाच-गाने का रियाज़ तो बन्द ही हो गया था, अलबत्ता शाही महल में महफ़िल सजने पर वे अपने साज़िन्दों के साथ बजाने के लिए कई बार गए थे। शहज़ादे के

ख़ुश होने पर इनाम-इकराम भी पा चुके थे। वे गुलारा और गौहर के शुक्रगुज़ार थे जिनके कारण उन्हें शाही महफ़िलों में बजाने का फख्र हासिल हुआ था। वे गौहर के कोठे को अपना ही समझते थे। यहाँ की शान ही निराली थी और वे अपने को उससे जुड़ा पाकर गौरव अनुभव करते थे। गुलारा की मौत का उन्हें भी बड़ा सदमा पहुँचा था। वे उसे अपनी बेटी ही मानते थे और बेहद प्यार करते थे। गौहर से उनके तब के सम्बन्ध थे, जब वह इस कोठे पर आई ही थी। उसे भी उन्होंने रियाज़ कराया था। आजकल वे हर दूसरे-तीसरे दिन गौहर का दिल बहलाने आ जाया करते थे। परवीन को देखकर वे चकित रह गए। फिर बड़े प्यार से पूछा, "कब आ गईं बेटी ?"

"कल साँझ को ही आई हूँ चचा मियाँ! मेहरबानी कर मेरा एक काम कर दीजिए। दुर्गा महाराज को बुला लाइए। हम जल्द से जल्द उनसे नाच-गाना सीखना चाहते हैं। दूसरे साज़िन्दों को भी इकट्ठा कर लीजिए।

पत्थर को पिघलते देख, बन्ने मियाँ सकपका गए। उन्होंने सिर्फ़ इतना ही कहा, "यह तुमने ठीक ही तय किया है बेटी। ख़ुदा तुम्हें और तुम्हारी जवानी को सलामत रखे। तुमने गौहरबाई को उबार लिया।"

न जाने कब गौहर पीछे आकर खड़ी हो गई थीं। उनकी आँखों से आँसू झर पड़े। वह चुपचाप अन्दर चली गईं।

दो दिन के अन्दर ही गौहर के कोठे से घुंघरुओं की छूम...छन...न्...न्...छन् और साज़ों की स्वर-लहरी हवा में तैरने लगी। गानों के बोल से सारा माहौल संगीतमय हो उठा।

उस साँझ अबू सराय के बाहर चल दिया। जानवरों के खुरों से उठी धूल बुरहानपुर के आकाश पर छाने लगी थी। शहर धुएँ की चादर के नीचे ढक रहा था। पूरब के आसमान में चस्पाँ चाँद का फीकापन सूरज के छिपने के साथ ही ठंडी चमक में बदल रहा था। हर कोई अपने ठिकाने पर पहुँचने की जल्दी में था। वह चोरी-छिपे शाही महल की ओर चल दिया। महल के बाहर लगे तम्बू और छोलदारियाँ वहाँ से ग़ायब थे। अस्तबल के हाथी-घोड़ों के चले जाने से वह सुनसान था। बाग़ की सुन्दरता ख़ामोश थी। महल के ऊपरी कमरों और दरबार वाले कमरे में इक्का-दुक्का शमादानें जलकर चारों ओर फैले अँधेरे से लड़कर उसे भगाने की कोशिश कर रही थीं। फिजाँ में तैरने वाली ख़ुशबू और स्वर-लहरियाँ ख़त्म हो चुकी थीं। वहाँ की चहल-पहल और रंगीनी उजाड़ में बदल गई थी। बुर्जियों पर रखे तुरही, नगाड़ा, चोप और शाही झंडे निशान वहाँ नहीं थे। कोट, महल और अतराफ़ में पहरे पर तैनात सिपाही भी ग़ैरहाजिर थे। इक्का-दुक्का सिपाही और चौकीदार पहरे पर और अपने काम में लगे थे। सब कुछ वीराना था।

"क्यों जवान, इधर क्यों घूम रहे हो? किससे काम है?" एक चौकीदार ने, जो उधर से आ निकला था, शंकालु नज़रों से उसे देखते हुए टोका।

"कुछ नहीं भाई, जानना चाहता था कि शहज़ादा साहेब... ?" उसने बात के धागे को छोड़ दिया। वह जानता था कि बाक़ी की सारी बातें सामने वाला पूरी कर देगा।

"मियाँ! शहज़ादा साहेब तो कब के मांडू तशरीफ़ ले गए। मांडू में नए-जूने हो गए होंगे। उस शैतान मलिक अम्बर ने हारकर हथियार डाल दिये। उसने मुग़लों से समझौता करने में ही अपनी जान की ख़ैर समझी। जो काम कोई न अंजाम दे सका, उस जीत का सेहरा तक़दीर ने उनके सिर बाँध दिया। यहाँ ठहरने में भी क्या फ़ायदा था? फिर हर दिन उनकी चहेती बेगम आर्जूमन्द बानो के पैग़ाम भी उन्हें जल्द मांडू पहुँचने के लिए मिल रहे थे। इसीलिए वे चल दिये।"

"और उनके हरम के बचे लोग...परवीन आपा वगैरह... ?" उसने धड़कते दिल से पूछा।

"अरे हाँ, वे? उन बेचारी को और कहाँ ठिकाना मिल सकता है? बोरवाड़ी के सिवाय? जहाँ से उठाकर तक़दीर ने उन्हें महल में पहुँचा दिया था, उसी तक़दीर ने उन्हें फिर एक झटके के साथ वापस अपनी जगह पर पहुँचा दिया। सच भाई! कभी-कभी तक़दीर भी इनसान के साथ कैसा मज़ाक़ करती है।" अपनी उदासी के क्षण में भी एक फीकी मुस्कान उसके ओठों पर फैल गई। तभी उसे लगा कि एक बगूला पेट में से उठकर उसके गले में फँसकर रह गया है।

अबू ने एक गहरी साँस ली और निरुद्देश्य चल दिया। वैसे तो एक बार उसकी तीव्र इच्छा हुई कि वह अभी फ़ौरन बोरवाड़ी पहुँच जाए और छंगी से जा मिले और उसके सीने में सिर गड़ाकर दिल के गुबार को बहा दे।

घूमते-फिरते वह चौक बाज़ार जा पहुँचा। बाज़ार की रौनक फिर लौट आई थी। वे ही रोशनियाँ, गुल-गपाड़ा, ख़रीद-फ़रोख्त और लेन-देन पर होने वाली बहस और तकरारें। ग़म का कोई चिह्न कहीं नहीं था। वह ख़ामोश सब कुछ देखता रहा। कुछ देर बाद उसकी नज़रें जब ऊपर उठीं तो चौक की मस्जिद की मीनारें और गुम्बद चाँद की रोशनी में दूधिया लग रहे थे। मीनारों के गुम्बद के किन्हीं कोनों से यदा-कदा गुटर...गूँ...गूँ...गूँ करती कबूतरों की हलकी चहचहाट सुनाई दे जाती थी। चौक बाज़ार की उस भीड़ में वह अपने को अकेला महसूस कर रहा था। थोड़ी देर वहाँ खड़े रहने के बाद वह चल पड़ा और अनजाने में बोरवाड़ी जा निकला।

बोरवाड़ी की बहार लौट आई थी। कोठों पर वही रौनक थी। दीवाली-सी जगमगाहट सारे मुहल्ले में थी। गीत-संगीत की लहरियाँ हवा के कन्धों पर सवार होकर फैलती जा रही थीं। कोकिल कठों से झरने वाली हँसी, खिलखिलाहट, दिलकश मुस्कराहटें, चुहल और छेड़छाड़ ने एक रंगीन संसार की सृष्टि कर दी थी। सारी बोरवाड़ी गुलारा के ग़म को भूलकर अपने मदमाते माहौल में लौट आई थी।

पान की दुकानों और फूलवालों के माला-गजरों-वेणियों के आसपास रसिकों की भीड़ भौंरों-सी मँडरा रही थी। घुँघरुओं, गीतों और साज़ों की मिली-जुली जुगलबन्दी ने एक रंगीन छाता उस मुहल्ले पर तान दिया था। मुहल्ले में आवाजाही बढ़ गई थी। बोरवाड़ी के आकर्षण से बँधे, झिझकते हुए रसिक चले आ रहे थे। इस मुहल्ले में आने वाला हर कोई रसिकता से सराबोर हो रहा था। एक गली में कुछ शोहदे आपस में लड़ रहे थे, गालियाँ बक रहे थे। इक्का-दुक्का शराबी हिचकियाँ लेते, गाते, और लड़खड़ाते क़दमों से चलते कोठों की हसीनाओं को देख झूम-झूम उठते थे। बारजों में बैठी मनचलियों की हँसी-मुस्कराहटें और नयन-कटाक्ष राहगीरों और शैदाइयों के दिलों को चीर-चीर जाते थे।

इन सबसे बेख़बर अबू अपने ही ध्यान में मगन चलता चला जा रहा था। दलालों की फुसफुसाहटों और हसीनाओं की अदाओं तथा इशारों का उस पर कोई असर नहीं पड़ रहा था। और जब वह गौहरबाई के कोठे पर जा पहुँचा तो उसे होश आया। वहाँ कोई रौनक़ नहीं थी। न ही छंगी बारजे पर बैठी ग्राहकों को इशारे कर रही थी। गीत-संगीत की स्वर-लहरियों से भी वह सुनसान था। वह सूना कोठा ऐसा लग रहा था मानो उस रंगीन माहौल के बीच उदास, फीकापन लिये रसहीन कोई विधवा खड़ी हो। एक अँधेरे कोने में चोर की तरह खड़े होकर बड़ी हसरत-भरी निगाहें उठाकर उसने बारजे की ओर ताका। शायद छंगी की एक झलक उसे मिल जाए। किसी काम से वह बाहर आ निकले।

बारजे में खुलने वाले पास के दरवाज़े और खिड़की पर महीन परदे पड़े हुए थे। वे हवा में लहरा-लहरा जाते थे। उनसे छनकर कमरे के शमादान और झाड़-फानूसों का हलका उजाला बारजे के आधे भाग को आलोकित किए था। दीवारों से घिरा निचला आँगन अँधेरे में डूबा हुआ था। कोई भी सिपाही यहाँ नज़र नहीं आया। एक दर्दीली साँस उसने छोड़ी। तभी बग़ल से कोई फुसफुसाया, "क्या देख रहे हो मियाँ? गौहरजान तो बेचारी ख़ुद गहरे सदमे और ग़म से उबरने की कोशिश में लगी हुई है। शायद उस कोठे के दरवाज़े कुछ दिन और ग्राहकों के लिए बन्द रहेंगे। अभी उसकी दूसरी छोकरी को तैयार होने में वक़्त लगेगा। गौहर ने कच्ची गोलियाँ नहीं खेली हैं मियाँ। वह अपनी हर छोकरी को पूरे रियाज़ के बाद जब मैदान में उतारती है तो अमीर-उमरा तो क्या राजा-नवाब और शहज़ादे तक दिल थाम लेते हैं। हाय खाकर बैठ जाते हैं। अभी तो वह अपनी इस लड़की से भरपूर मेहनत करा रही है।"

अबू ने पलटकर देखा, बग़ल में एक औसत दर्जे का आदमी खड़ा था। मलमल का कुर्ता, पाजामा, मखमली वास्कट और सिर पर थी दोपल्ली तिरछी टोपी, आँखों में सुरमा तथा कलाई में जुही की कलियों का गजरा लपेटे था जिसे वह थोड़ी-थोड़ी देर में सूँघ लिया करता था। टोपी के नीचे की ज़ुल्फ़ों पर चुपड़ा ख़ुशबूदार तेल कलमों से होते गालों पर तिर आया था। शराब के भभके को दबाने के लिए वह

सुगन्धित तम्बाकू का पान खाए था। कान में खुँसा हुआ इत्र का फाहा अलग महक रहा था। अबू समझ गया कि इस रंगीन दुनिया का दलाल, एक भड़ुआ उसके सामने खड़ा है।

''देख क्या रहे हो मियाँ? गौहरजान के कोठे पर हर ऐरे-गैरे नत्थू-ख़ैरे की गुज़र नहीं है। वैसे फ़िक्र करने की बात नहीं भाई मियाँ। अंटी में माल हो तो प्यारे मियाँ, वह भी आपका इन्तज़ाम कर सकते हैं। पर मैं तो आपको राय दूँगा कि आप प्यारे मियाँ के साथ चले चलें। ऐसी जगे ले चलूँगा कि जहाँ नामा भी कम खरच हो और मज़ा भी भरपूर आए।'' बड़े लटके-झटके के साथ वह बोला।

''ठीक है! जब उसकी ज़रूरत पड़ेगी तो आपको ख़बर कर दूँगा।'' बड़ी गहरी नज़र से अबू ने उसे देखा।''

''ख़ाकसार को प्यारे मियाँ कहते हैं। किसी से भी पूछ लीजिएगा। वो आपको हमसे मिलवा देगा। हम तो हुज़ूर की ख़िदमत के लिए सदा तैयार हैं।''

''ठीक है, ठीक है। ज़रूरत पड़ने पर आपको ज़रूर तकलीफ़ देंगे।'' कोठे पर आख़िरी बार नज़र फेंककर अबू चल दिया। पीठ पीछे से उसे सुनाई दिया, प्यारे कह रहा था, ''हुज़ूर! ख़ाकसार प्यारे मियाँ को मत भूलिएगा।''

अबू सराय लौट आया, निढाल-सा चारपाई पर गिर पड़ा।

उस दिन से वह संशय के झूले में झूलने लगा। उसका एक दिल कहता कि छंगी से ज़रूर मिले। किसी को भी क्या पता कि इस सारे मामले में उसने क्या किया है? सिर्फ़ वह और उसका ख़ुदा ही गवाह है। छंगी से मिलने में कोई हर्ज नहीं। उसके साथ एक नई ज़िन्दगी फिर से शुरू की जा सकती है। परन्तु दूसरा मन उसे कचोटता। छंगी का सामना वह कैसे कर पाएगा? कहीं ग़लती से या भावनाओं के बहाव में वह कुछ कह बैठा तो? वह छंगी की निगाह में गिर जाएगा। एक बेचैनी के सागर में वह डूबने-उतराने लगा। इसी हालत में कुछ दिन और गुज़र गए।

तब अचानक वह उस दोपहर हिम्मत कर गौहर के कोठे पर जा पहुँचा। भरी दुपहरी में बोरवाड़ी सुनसान थी। दुकानों के पल्ले गिरे हुए थे। घरों के अन्दर हसीनाएँ आराम कर रही थीं। एकाध बारजे में एक हसीना दूसरी के खुले बालों में तेल मल रही थी। सिंगारहीन उनके चेहरे फीके और सफ़ेद थे। इक्का-दुक्का आदमी ही उस बाज़ार से गुज़र रहा था। साँझ और उसके बाद की रौनक का कहीं पता न था। एक ओटले पर दो-चार लड़के कौड़ियाँ खेल रहे थे। सड़क पर, ओटलों और उनके नीचे की नाली के आसपास पान के पत्तों, दोनों आदि गन्दगी का ढेर लगा हुआ था। कहीं-कहीं टूटी चिलम और हुक्के के ऊपरी भाग भी पड़े हुए थे।

अबू जब धड़कते दिल से आँगन पार कर चलने लगा तो उड़ा-उड़ा-सा था। उसका तेज़-तर्रारपन ग़ायब हो चुका था। बार-बार सूख रही ज़ुबान को वह गीला करने की कोशिश कर लेता था। एक निरीहता की भावना उसके चेहरे पर आ गई।

जब वह जीने की आख़िरी सीढ़ी पर पहुँचा तो एकदम से अन्दर जाने की उसकी हिम्मत नहीं हुई। उसने धीरे से झाँककर अन्दर देखा। कमरे की सजावट वैसी ही थी। साफ़-सुथरेपन के कारण कमरा जगमगा रहा था परन्तु वह ख़ाली था। पिछली बार तो वह एकदम दबंग तरीके से अन्दर धड़धड़ाता घुस पड़ा था। पर आज वह चुपचाप बाहर ही खड़ा आहट लेता रहा।

अन्दर के कमरे में घुँघरुओं और साज़ों के साथ गीतों के बोल भी छनकर आ रहे थे। कोई रियाज़ कर रहा था।

''आप किससे मिलना चाहते हैं?'' किसी ने उसे टोक दिया। सामने एक नौकरानी खड़ी थी।

''जी...म...मैं...छंगी...जी...मेरा मतलब है मैं परवीन जी से मिलना चाहता हूँ।'' वह हड़बड़ा गया।

''आप अन्दर आकर बैठिए। क्या नाम बताया आपने?''

''जी, मेरा नाम अबू है। उनका रिश्तेदार हूँ।''

''आप बैठिए, मैं अभी ख़बर करती हूँ।''

सहमा-सा वह भीतर आकर तिपाई पर बैठ गया।

परवीन का अंग-अंग थिरक रहा था। अबाध गति से वह नाचे जा रही थी। उसके घुँघरू साज़ों के सम का बराबर साथ दे रहे थे। पास बैठी गौहर प्यार और प्रशंसा से उसे निहार रही थी। दो-तीन लगे हुए पान पास तश्तरी में पड़े हुए थे। उसका सरौता धीरे-धीरे छालियाँ काट रहा था। मानो वह भी संगत कर रहा हो। पास खड़े दुर्गा महाराज की तेज़ नज़रें परवीन की हर भंगिमा, हर लय और अंग-संचालन पर थीं। साज़िन्दे विलम्बित लय को धीरे-धीरे द्रुत गति में बदलते जा रहे थे। बीच-बीच में दुर्गा महाराज ताली दे-देकर नाच की गिनती गिन रहे थे। मेहनत के कारण परवीन की पेशानी और ऊपर के ओठ पर, ओस की बूँदों के समान, पसीने की नन्ही-नन्ही बुन्दियाँ झलक आई थीं। उसकी चोली पसीने से नहा उठी थी।

नाच के रियाज़ ने थोड़े ही दिनों में उसके शरीर के ढीलेपन को झाड़-पोंछकर फेंक दिया था। अंगों में एक भराव और नई कसावट आ गई थी। एक नई आभा, चमक, ताज़गी और आकर्षण पैदा हो गया था। उसके नयन-कटाक्ष तीखे और भौंहों का संचालन दिलकश हो उठा था। नितम्ब और वक्ष के उभारों ने उसकी कमर को अधिक पतला और सुन्दर बना दिया था। साँचे में ढली वह एक परी-सी बनती चली जा रही थी। नाच में उसे भी मज़ा आने लगा था। नृत्य के बाद वह सुवासित गुनगुने जल से स्नान कर जब हमाम से बाहर निकलती तो बड़ा हलका-फुलकापन महसूस

होता था। बड़े मनोयोग और तन्मयता से वह रियाज़ करती रही। और जब सम पर उसके घुँघरू थमे तो दुर्गा महाराज के मुँह से तारीफ़ अपने आप फूट निकली, "वाह बेटी, वाह! तुम तो एक छिपा हुआ हीरा निकली। तुम्हारी चमक से, मुझे विश्वास है कि बोरवाड़ी और गौहर का नाम एक बार फिर चमक उठेगा। और लोग गु...।" तभी वे सावधान हो उठे। उन्होंने जुबान काट ली। भावों के आवेग में वे भूल गए कि गुलारा का नाम इस कोठे पर सबको बेचैन कर देता है। घाव ताज़े होकर रिसने लगते हैं।

"वाह-वाह! वल्लाह, क्या सही बात कही आपने दुर्गा महाराज!" बन्ने मियाँ ने फ़ौरन समर्थन किया और ख़ुशी में तबले पर धम्म से एक हाथ मार दिया। तबला धूम...अ...अ...कर उठा। परवीन खड़ी-खड़ी मुस्कराती रही।

"ये सब आप लोगों और ख़ासकर दुर्गा महाराज की मेहरबानी और दुआ का ही फल है। हमारी बेटी अब दिल से जो सीख रही है। आ बेटी, आ। बैठ हमारे पास। थक गई होगी। थोड़ा आराम कर ले।" बड़े प्यार से गौहर ने परवीन को अपने पास बुलाया।

पल्ले से अपना पसीना पोंछते हुए हौले-हौले क़दम गिन-गिनकर परवीन गौहर के पास आ बैठी। अब उसकी चाल में भी अन्तर आ गया था। वह सुस्ताने लगी।

तभी उसकी नज़रें सामने दरवाज़े पर खड़ी रसूलन पर पड़ गई। उसे लगा जैसे वह कुछ कहना चाहती है।

"क्या बात है रसूलन?"

"जी, आपसे कोई मिलने आया है।"

"मुझसे?"

"जी।"

"कौन हैं? क्या नाम है उनका? कहाँ से आए हैं?"

"जी अबू है।"

परवीन का चेहरा फक पड़ गया। मगर उसने अपने को फ़ौरन सँभाल लिया। सोचने लगी कि वह उससे मिले या इनकार कर दे। तभी उसने महसूस किया कि गौहरबाई और सभी उसे ताकने लगे थे। वह जल्दी से उठ खड़ी हुई, उसने बड़े धीरे से कहा, "अम्मी, मैं उनसे मिलकर अभी आई। महाराज जी, आप, चाचा और सभी सुस्ता लें। मैं अभी आती हूँ।"

वह बैठक की ओर चल दी। जब वह उसे भूलकर अपनी ज़िन्दगी को नए सिरे से ढालने में जुट गई थी, तभी वह फिर से आ धमका था। उसका दिल धड़क उठा!

बैठकखाने में जब वह पहुँची तो उसने अबू को ख़यालों में खोया पाया। बारजे की ओर खुलने वाले दरवाज़े से बाहर की ओर वह देख रहा था। उसके घुँघरुओं की छमाछम भी उसका ध्यान न बँटा सकी थी। परवीन ने देखा, इन कुछ दिनों में

ही अबू दुबला गया है। उसकी आँखों और चेहरे की चमक ग़ायब हो चुकी थी। एक मुर्दनी-सी उस पर छाई हुई थी। शायद कुछ दिनों से वह एक दिमाग़ी तनाव में जी रहा था। कोई ग़म था जो उसे घुन की तरह अन्दर ही अन्दर खाए जा रहा था। बाल उसके रूखे थे। कई दिनों से उनमें तेल नहीं पड़ा था। हवा के झोंकों के साथ वे घास के तिनकों से उड़ रहे थे। दाढ़ी उसकी बढ़ी हुई थी। उस दिन का पहली मुलाक़ात वाला दिलकश जवान अब थका और बुझा-सा लग रहा था।

परवीन का मन भर आया। आज की मुलाक़ात कितनी पीड़ाओं से भरी हुई थी। उसे गुलारा की याद सालने लगी। भावनाओं के आवेग ने उसे उद्वेलित कर दिया। वह क़रीब-क़रीब दौड़कर उसके सामने जा खड़ी हुई।

अचानक छंगी को अपने सामने देखकर वह हड़बड़ा गया। उसे उम्मीद थी कि आवाज़ देकर उसे सचेत किया जाएगा। वह अचकचाकर उठ खड़ा हुआ। तभी बड़े वेग से आ रही रुलाई परवीन के अन्दर के दबाव को एकदम ठेल-ठालकर बाहर फूट निकली। बड़ी दर्द-भरी आवाज़ में, दोनों हाथों की मुट्ठियों से अबू के सीने पर मुक्कियाँ मारते हुए, रुँधे गले से, शिकायत करने लगी, ''बोलो तो भला! इतने दिन तुम कहाँ रहे? क्या हम सब तुम्हारे लिए कोई अहमियत नहीं रखते? आठ-दस दिन में आने की कहकर क्या कोई महीनों-महीनों ग़ायब रहता है? तुम इतने बेफ़िक्र कैसे हो उठे? तुम्हें मेरा, हमारी गुलारा का भी कुछ ख़याल नहीं आया? अगर तुम यहाँ होते तो क्या यह हादसा होता? हमारी गुलु इस प्रकार मरती? बोलो...तुम कहाँ छिपे थे, बो...लो...अब चुप क्यों हो?'' और वह रो पड़ी।

गूँगा बना अबू उन मुक्कियों के साथ उनमें निहित छंगी का शिकवा-शिकायत सुनता रहा। उसके प्यार ने उसे सराबोर कर दिया। वह बड़े से बड़े हथियार के वार को सहने की हिम्मत रखता था। किन्तु छंगी के इस हमले को सहने की ताकत उसमें न थी। उसका हर लफ़्ज़ और मुक्की एक छुरी-सा उसे गोदे डाल रहा था। अनजान में वह क्या कह रही थी, क्या आरोप लगा रही थी, उसे मालूम नहीं। इसका उस पर कितना गहरा असर हो रहा था, वह क्या जाने। अबू भीतर ही भीतर घुट रहा था। वह चुपचाप रो रहा था, अकुला रहा था।

उसने धीरे से छंगी के सिर को अपने सीने में गड़ा लिया। हौले से उसकी पीठ पर हाथ फिराने लगा। छंगी फफक-फफककर रो रही थी। उसकी दिल फाड़ देने वाली रुलाई अबू को चीर-चीर रही थी। उसके सहानुभूति और प्यार-भरे स्पर्श ने जमी दुख की बर्फ़ीली परतों को पिघलाकर बहा दिया। इतने दिनों का अबू का सन्ताप भी गलने लगा। जो अपने बिकने पर नहीं रोया, सोहन की मौत के घाव को झेल गया और दुनिया-भर के ग़म अपने सीने में छिपाए घूमता रहा, उसके संयम और साहस की कड़ियाँ अपने आप, बिना शब्द टूटकर बिखर गईं। उसके अन्दर का हिमालय पिघलकर बहने लगा। वह भी आँसू बहाने लगा।

दुनिया देखी, चतुर, सुजान, तर्कबाज गौहर फ़ौरन भाँप गई कि परवीन का पुराना चहेता, जो उससे पहले लड़ गया था, उसे डरा-धमका गया था, फिर आ धमका है। वह शायद शाही महल में भी परवीन से मिल चुका है। परवीन के चेहरे के उड़े रंग ने, उसके शक को पक्का कर दिया था। पर उसने उसे उस समय रोकना-टोकना ठीक नहीं समझा। वह जानती थी कि रोकने पर परवीन भड़ककर बग़ावत कर देगी। अनुभवहीन और जवानी के मद में बहकी हुई मूर्ख लड़कियों को डाँटने या फटकारने या तर्क से जीतने के बजाय भावनाओं के ज्वार में बहा ले जाना अधिक सरल होता है। वह चुप दम साधे बैठी रही। परवीन जब बाहर चली गई तो गौहर के दिमाग़ में अचानक यह विचार कौंध उठा कि कहीं उसकी इस दूसरी बेटी को भी उससे छीन न लिया जाए? वह सिहर उठी। मगर आसपास बैठे साज़िन्दों और दुर्गा महाराज का ख़याल आते ही वह गम्भीर हो गई। कमरे की हवा भारी हो उठी। दुर्गा महाराज, बन्ने मियाँ और अन्य साज़िन्दों की सवालिया नज़रों की चुभन वह महसूस करने लगी। थोड़ी देर बाद वह उठ खड़ी हुई। बाहर जाते-जाते उसने कहा, "आप लोग थोड़ी देर यहीं बैठें। मेहरबानी कर बाहर न आएँ। मैं अभी आती हूँ। और ज़्यादा देर हो जाए तो आप लोग पिछले रास्ते से चले जाएँ।" दबे पाँव वह बैठक की ओर चल दी।

बैठक में जो कुछ घट रहा था उसे उसने परदे की आड़ से देखा-सुना। उन दोनों के भावनात्मक उद्वेग ने उसकी आत्मा को भी छू लिया! उसकी आँखें भर आईं। गुलारा के ग़म का घाव ताज़ा होकर रिसने लगा। अब्दुल्ला को वह पहचान गई। परन्तु उसकी ज़ाहिरा हालत ने उसे भीतर तक छू लिया। उसके लिए उसका ग़ुस्सा गलकर बह गया। मुहब्बत का एक सोता फूट पड़ा। उसे लगा कि उसी के दो बच्चे, उसके सामने रो रहे हैं। अपना दर्द ज़ाहिर कर रहे हैं। उसकी सोई 'माँ' जाग उठी। उन लोगों के सच्चे दुख ने उसे दयार्द्र कर दिया। उसकी तीव्र इच्छा हुई कि वह भीतर जाकर उन बच्चों को अपने सीने से लगा ले। गोद में बिठाकर उनके सिर पर स्नेह से हाथ फेरकर उनके दर्द को पी ले। पर वह चुप खड़ी रही। उसने ख़लल डालना ठीक न समझा।

भावनाओं के उस उफान के कारण वे दोनों समय, स्थान और परिस्थिति, सभी कुछ भूल गए। जब पहला उबाल ठंडा हुआ तो वे कालीन पर बैठ गए। अबू ने छंगी की हथेली अपने हाथों में ले ली। छंगी ने भरे गले से पूछा, "इतने दिन तुम कहाँ थे अबू? मैं कितना परेशान रही। अपनी ज़िन्दगी के उन काले दिनों को याद करती हूँ तो आज भी काँप-काँप जाती हूँ।"

"हाँ छंगी! मैं महसूस कर सकता हूँ कि अकेले रहने पर तुम्हें कितनी दिक़्क़तों का सामना करना पड़ा होगा।" वह चौकन्ना हो गया क्योंकि भावनाओं का ज्वार अब ठंडा पड़ गया था। सिर्फ़ इतना ही कहा कि अपने मालिक के काम से उसे

अहमद्नगर जाना पड़ा था। और इस बीच यह सब घट गया। अभी कुछ दिन पहले ही वह लौटा है। और उसने जो कुछ सुना, उसने उसे आकुल-व्याकुल कर दिया। उससे मिलने के पहले वह एक ऊहापोह में पड़ा रहा। अन्त में उससे मिलने का फ़ैसला कर वह आ पहुँचा है।

छंगी के उसके प्रति प्यार और विश्वास ने उसे एक नई ताक़त दी। इतने दिनों से ग़म के जो बादल उसे घेरे हुए थे, वे छँटने लगे। उसे लगा कि वह बेकार ही इतने दिनों परेशान रहा। उसका तो कोई भी दोष न था। तभी उसने कहा, ''मैं तुम्हें लेने आया हूँ, छंगी। मेरे साथ चलो। हम नए सिरे से एक नई ज़िन्दगी शुरू करेंगे। मेरे पास इतने दिनों की कमाई की बड़ी रक़म है। हमें गिरस्ती जमाने में दिक़्क़त नहीं होगी। तुम चाहो तो भाऊसिंगपुरा में खेत-मकान ख़रीदकर अपना नया घर बसा लो। या तुम जहाँ कहोगी, मैं चलने को तैयार हूँ।'' उम्मीद से उसका चेहरा चमकने लगा।

छंगी दुविधा में पड़ गई। गौहरबाई का मन धक-धक करने लगा।

''अबू! मैं अम्मी को छोड़कर कैसे जा सकती हूँ? गुलारा के चले जाने के बाद अब उनका सहारा मैं ही रह गई हूँ। और अब मैंने इस कोठे की, बोरवाड़ी की ज़िन्दगी में अपने को ढालने की कोशिश शुरू कर दी है। तुमने देखा नहीं?'' उसने घुँघरुओं में क़ैद अपने पाँव जैसे ही आगे बढ़ाए छन...छन...छूम...करते हुए घुँघरुओं की सुमधुर स्वर-लहरी कमरे में तैर गई। उनकी छनछनाहट एक चाकू-सी अबू के दिल में उतरती चली गई। अबू का चेहरा तमतमा गया। दर्द की एक काली बदली फिर उसके चेहरे पर घिर आई। वह स्तब्ध बैठा रहा।

''तुम बुरा मत मानो मेरे अच्छे अबू! तुम अम्मी के दुख का अन्दाज़ नहीं लगा सकते कि गुलारा के चले जाने का कितना गहरा सदमा उन्हें पहुँचा है। बड़ी मुश्किल से मैं उन्हें ग़म के उस भँवर से निकाल पाई हूँ। उन्हें तो पहले से ही मुझसे कुछ उम्मीद न थी। पर अब मैंने उनके मन में उम्मीद और भरोसे की जो जोत जगा दी है, अब मुझे ही उसे अपने हाथों बुझाने के लिए मजबूर न करो। फिर इस भरी दुनिया में उनका मेरे सिवाय और है ही कौन? और फिर कोठे पर काफ़ी बरस रही एक लड़की को तुम्हारा समाज कैसे स्वीकार करेगा? तुम मुझे भूल जाओ अबू। किसी अच्छी लड़की को पसन्द कर शादी रचा लो।'' उसका कंठ रुँध गया और वह रो पड़ी।

छंगी का हर लफ़्ज़ अबू को फिर से पीड़ा के गहरे गर्त में उतारता चला जा रहा था। उम्मीद के जिस दीप को अभी-अभी जलाया था, उसे छंगी की इनकारी और मजबूरियों के तेज़ झोंके ने तुरन्त बुझा दिया। वह चुप बैठा रहा। छंगी उसकी हथेली को सहलाकर ढाढ़स बँधाने की असफल कोशिश कर रही थी। छंगी के बिना उसे अपनी ज़िन्दगी का कोई मतलब नहीं दिखाई दिया।

छंगी का हर शब्द गौहर की आत्मा को भी मथे डाल रहा था। अपने लिए इस लड़की की मुहब्बत को देखकर वह विह्वल हो उठी। वह यक़ीन न कर सकी कि यह वही लड़की है जिसे वह अपने गले में पड़ा पत्थर मान रही थी। तभी उसे सुनाई दिया, अबू कह रहा था, "ना, छंगी ना! तुम्हारे बिना मैं अपनी ज़िन्दगी की कल्पना भी नहीं कर सकता। मैं यह भी जानता हूँ कि गुलारा बेगम को खो देने के बाद तुम्हें भी खो देने पर उन्हें कितना गहरा सदमा पहुँचेगा। पर मैं भी मजबूर हूँ छंगी। बड़ी मुश्किल से, ख़ुदा की मेहरबानी से, मैं तुम्हें पा सका हूँ। ना छंगी, अब मैं तुम्हें खोने के लिए किसी भी हालत में तैयार नहीं हूँ।" वह कुछ देर चुप रहा, फिर जैसे किसी निश्चय पर पहुँच गया। धीरे से एक-एक शब्द तौलते हुए कहने लगा, "यदि तुम मेरे साथ चलने को तैयार नहीं हो तो कोई बात नहीं। मैं ही यहीं इसी कोठे पर किसी कोने में पड़ा रहने को तैयार हूँ। मैं प्यारे मियाँ बनने को भी राज़ी हूँ।"

छंगी और गौहर दोनों दंग रह गईं। छंगी के लिए वह बोरवाड़ी का दलाल बनने, भड़वागिरी करने को भी तैयार है यह देखकर वे विकल हो उठीं। नए सिरे से छंगी रोने लगी। गौहर के आँसू भी थम न सके। अपनी बेबसी के एहसास ने छंगी को तिलमिला दिया। लड़ने की चुनौती देने वाले का तो सामना किया जा सकता है, परन्तु जिसने लड़ने के पहले चरणों में आत्मसमर्पण कर दिया हो, उसका क्या किया जाए? गौहर परेशान हो उठी। फिर एक दृढ़ निश्चय के साथ मंथर गति से वह बैठक में आ पहुँची।

अचानक अम्मी को अपने सामने पाकर हड़बड़ाकर वे दोनों उठ खड़े हुए। दोनों ने लज्जा से सिर झुका लिया मानो चोरी करते हुए पकड़े गए हों। दोनों चुप खड़े रहे। कुछ समय तक एक चुप्पी कमरे की हवा में तैरती रही। इस बीच परवीन ने अपने आप पर काबू पा लिया। उसने फँसे गले को साफ़ करते हुए धीमे से कहा, "अम्मी, ये अबू...मेरा मतलब है...।"

"हाँ-हाँ बेटी, मैं इन्हें अच्छी तरह से जानती हूँ। तुम जब शाही महल में थीं तो ये तुमसे मिलने यहाँ आए थे।" मुस्कराते हुए गौहर ने कहा।

"मुझे क्यों शर्मिन्दा करती हैं, अम्मी जी?" अबू पानी-पानी हो गया। उसकी इच्छा हुई कि भाग खड़ा हो।

दोपहरी साँझ बनकर उड़ गई थी और रात, ढलते दिन के कन्धों पर सवार होकर मकानों की छतों, बारजों, कमरों और धरती पर उतर आई थी। पर बोरवाड़ी में दीवाली की रौनक फैल गई। दोपहरी का सन्नाटा न जाने कहाँ ग़ायब हो गया था। रात की रंगीन दुनिया उस मुहल्ले के माहौल में रस घोलने लगी थी। बोरवाड़ी शबाब पर आ रही थी।

इसी समय रसूलन शमादान जलाकर कमरे में रख गई। उसने झाड़फानूस भी जला दिये। कमरा दिन के उजाले-सा जगमगाने लगा।

कालीन पर बैठते हुए गौहर ने नौकरानी से कहा, ''देख रसूलन, अन्दर जाकर सैदन को कहना, एक साहब और खाना यहीं खाएँगे। क्यों अबू मियाँ, आपको यहाँ खाने पर कोई एतराज तो नहीं?''

''आप नाहक तकलीफ़ उठा रही हैं। म...मैं...बाज़ार में ही खा लूँगा। वैसे एतराज जैसी कोई बात नहीं है। फिर भी आप नाहक परेशानी उठा रही हैं।'' अबू ने हलका-सा विरोध जतलाया।

''उसकी चिन्ता न करो। आओ, पहले तुम दोनों मेरे पास आकर बैठो फिर आगे बात करेंगे।''

दोनों बैठ गए। अबू थोड़ा परे हटकर बड़े अदब से बैठा। जबकि परवीन को अपने पास बैठने का इशारा गौहर ने किया। वह उससे सटकर बैठ गई। उसकी पीठ पर बड़े प्यार से हाथ फेरते हुए समझाने के लहज़े में ग़ौहर कहने लगी, ''बेटी, मैंने तुम दोनों की सारी बातें सुन ली हैं। इस चोरी के लिए मैं तुम दोनों से मुआफ़ी माँगती हूँ। पर एक तरह से यह अच्छा ही हुआ। एक भला आदमी सारी बातें समझकर भी जब तुम्हारा हाथ थामने को तैयार है, इस नरक से निकालकर तुम्हें अपने घर की रानी बनाकर, एक इज़्ज़त देना चाहता है तो अब तुम इनकार न करो।''

अबू और परवीन दोनों स्तब्ध रह गए। उन्हें इस प्रकार की कोई उम्मीद गौहरबाई से नहीं थी। उनकी उदारता और दरियादिली ने उन्हें अभिभूत कर दिया। परवीन तो इतनी विचलित हो उठी कि उसके आँसू पुनः बह निकले। अबू चाहता था कि वह छंगी को अपने साथ ले जाने से इनकार कर दे, पर चाहत ने उसे गूँगा कर दिया। वह चुपचाप सिर नीचा किए बैठा रहा।

''ना अम्मी, ना! मैं आपको कैसे अकेला यहाँ छोड़ सकती हूँ? मेरे और गुलारा की वजह से आपको जो कुछ भोगना पड़ा, वह क्या कम है? और फिर अब आपको सँभालना भी तो ज़रूरी है?'' रुँधे गले से परवीन ने विरोध किया।

''नहीं बेटी, ऐसी कोई बात नहीं है। गुलारा के हादसे के लिए क्या किया जा सकता है? ख़ुदा की जैसी मर्जी? तू मेरी चिन्ता न कर। तू अबू के साथ चली जा। ऐसा बहादुर लड़का लाखों में मिलता है। फिर ख़ुदा ने तुझे अपनी ज़िन्दगी सँवारने के लिए एक मौक़ा दिया है। इस सुनहरे मौक़े को मत छोड़। तेरे सामने तो एक पहाड़-सी लम्बी ज़िन्दगी पड़ी है। अगर एक बार हाथ आए मौके को छोड़ दिया तो ज़िन्दगी भर पछताने के सिवाय और कुछ नहीं रह जाएगा। तू मेरी चिन्ता ना कर। ख़ुदा ने मेरे खाने-खर्चे के लिए बहुत कुछ दिया है। जाते-जाते भी मेरी गुलारा मेरे लिए इतना कुछ छोड़ गई है कि मेरी बाक़ी ज़िन्दगी बड़े आराम से कट जाएगी।'' एक लम्बी गहरी साँस गौहर ने ली। बड़े इत्मीनान से वह छंगी को समझा रही थी।

परवीन चुप हो गई। एक ओर था अबू, जो एक नई और सुनहली ज़िन्दगी का

दरवाज़ा खोले हुए खड़ा था, स्वागत में पलक पाँवड़े बिछाए, और दूसरी ओर थी गौहर। अपनी अम्मी के लिए उसका फ़र्ज़। उसका मन न तो अबू को छोड़ना चाहता था, न ही अम्मी को। पिछले कुछ दिनों से उसे अम्मी से बेहद प्यार हो गया था। उसने अपने को एक दुविधा में पाया। वह सोच में पड़ गई।

''क्या सोच रही है, पगली? मेरे तजुर्बे से तू कुछ सीख। मेरा कहना मान और अबू के साथ चली जा। तू यह सोच रही होगी कि अम्मी को कैसे छोड़ूँ? देख बिटिया, मैं ख़ुद तुझे इनके साथ जाने की इजाज़त दे रही हूँ। फिर इसमें संकोच की क्या बात है? हर लड़की को ससुराल तो जाना ही पड़ता है, बेटी। क्या वह ज़िन्दगी भर अपनी माँ के पास रह सकती है? फिर कोठे से छुटकारा पाने वाली तो दूसरी लड़कियों से ज़्यादा ख़ुशक़िस्मत होती है, बेटी। मेरी मान ले और इनके साथ चली जा।'' बड़े हौले से प्यार से गौहर ने कहा।

''देख परवीन! बोरवाड़ी की हर लड़की और औरत एक अच्छी गिरस्तिन की ज़िन्दगी जीने की लालसा लिये ही इस दुनिया से कूच कर जाती है। कोई भी अपनी मर्जी से तवायफ़ बनना पसन्द नहीं करती। पर सभी को अबू या शहज़ादा ख़ुर्रम नहीं मिल पाते। सच बेटी! तू बड़े नसीबों वाली है। इस मौक़े को हाथ से न जाने दे। मेरी बात मान ले।''

परवीन का मन भी डिग गया। परन्तु दिल में कहीं न कहीं कुछ था जो अन्दर ही अन्दर काँटे की तरह साल रहा था। तभी उसने सुना, अबू बड़ी दीनता भरी वाणी में कह रहा था, ''न हो अम्मी, आप भी हमारे साथ चलिए ना। हम दोनों का आपके सिवाय इस भरी दुनिया में और है ही कौन? आप हमारी सरपरस्त बनकर रहिएगा। माँ-बाप की मुहब्बत से वंचित दो ठुकराए हुए बच्चों की माँ बन जाइएगा।'' अबू का गला रुँध गया।

''हाँ अम्मी! अबू ठीक कह रहा है। आप भी हमारे साथ चलिए ना।'' एक नई उमंग से छंगी छलक पड़ी।

अब गौहर सोच में पड़ गई। तभी उसकी निगाहें सामने की दीवार पर जा पड़ीं। वहाँ इस कोठे की ही नहीं वरन् बोरवाड़ी और सारे खानदेश में प्रसिद्ध तवायफ़ों के चित्र टँगे हुए थे। उन्हीं में से एक गुलारा का मुस्कराहट से दीप्त चेहरा भी झाँक रहा था। वे सभी इस कोठे की पहली मालकिनें थीं। उन चित्रों से झाँक रही नायिकाओं ने चुपके से गौहर के कान में फुसफुसा दिया, 'ज्वार निकल जाने पर तलछट में कई गन्दी चीज़ें ही रह जाती हैं, गौहर, सो कोई भी फ़ैसला करने के पहले अच्छी तरह से सोच-समझ लेना।' एक दृढ़ निश्चय के साथ ही गौहर का चेहरा नई चमक से दीप्त हो उठा।

''ना बेटी! मेरा तुम लोगों के साथ चलना ठीक नहीं। भला माँ क्या अपनी बेटी के साथ उसकी ससुराल जाती है? फिर मेरा तो निकाह ही इस कोठे के साथ हुआ

है। अब तो मेरी लाश ही यहाँ से निकलेगी। तेरी न तो नथनी ही अभी तक उतरी है न तूने किसी के सामने मुजरा ही किया है। तू तो कुँआरी ही है। तू जा सकती है। तुझे विदा कर मुझे दिली ख़ुशी होगी। कम से कम सवाब का एक काम तो मुझे करने दे बेटी।'' सच्चे मन से गौहर ने उसके सामने प्रस्ताव रखा था।

अब इस सबका परवीन क्या उत्तर दे? उसका मन भर आया। आँसू थे कि रुकने का नाम नहीं ले रहे थे। वह हिचकियाँ ले-लेकर रोने लगी। इतना रोना तो उसे उस दिन भी नहीं आया था, जब उसकी सगी माँ ने उसे जानवर की तरह बोरवाड़ी के दलाल याक़ूब ख़ाँ के हाथ बेच दिया था और वह भाऊसिंगपुरा छोड़कर इस कोठे पर आई थी। गौहर ने उसे अपनी गोद में खींच लिया। दोनों ही रुदन करने लगीं। अबू गुनहगार की तरह गुमसुम बैठा रहा। करुणा के सागर ने सारे कमरे को अपने में डुबो लिया। शमादान की बत्ती गल-गलकर बही जा रही थी। चारों ओर निस्तब्धता थी। न जाने कितने पल बीत गए।

तभी रसूलन ने आकर कहा, ''खाना तैयार है, मालकिन! दस्तरख़ान बिछा दिया है।''

''चलो बेटे चलें!'' बड़े ममत्व से गौहर ने उन्हें उठाया। तीनों चुपचाप अन्दर चल दिये।

खाना खाने के बाद अबू जब गौहरबाई के कोठे से निकला तो मानो एक भारी बोझ उतर गया था। वह एक हलकी-सी उत्फुल्लता और हलकापन महसूस करने लगा। मगर उसमें कहीं न कहीं उदासी का पुट भी था। गौहरबाई का सामना होने पर उसे जिस तकरार और डाँट-फटकार का डर था, वैसा कुछ भी नहीं हुआ। रात भीग रही थी और भीगती रात के साथ ही बोरवाड़ी जवान होती जा रही थी। उसकी, गौहर और छंगी की परेशानियों से बेख़बर बोरवाड़ी अपनी ही मस्ती में मस्त थी। एक रंगीन माहौल ने सभी को लपेट रखा था। सारे रसीले माहौल को किसी के सुख-दुख से क्या लेना-देना? दलालों की टोका-टोकी की ओर ध्यान दिये बिना वह सराय की ओर चल दिया। तनाव ख़त्म हो जाने के कारण बिस्तर पर गिरते ही वह गहरी नींद के आग़ोश में चला गया।

उस रात गौहर ने परवीन को अपने ही साथ सुलाया। उससे अबू का सारा इतिहास जान लिया। गई रात वे दोनों बतियाती रहीं। परवीन के बारे में भी उसे सब कुछ पता चल गया। उन दोनों के क़िस्से ने उसकी सहानुभूति ही जगाई। उसने धीरे से उसे एक नेक सलाह दी, ''देख बेटी! इनसान के दिल के बारे में कुछ कहा नहीं जा सकता; वह कब क्या कर बैठे, इसका कोई भरोसा नहीं। अबू एक अच्छा लड़का है और तुझे चाहता भी बेहद है। फिर भी सावधानी के तौर पर मैं तो तुझे यही राय दूँगी कि वह निकाह के बाद ही तुझे यहाँ से ले जाए तो ठीक रहेगा। फिर जैसी तुम दोनों की मर्ज़ी।''

छंगी पहले तो चुप रही, फिर धीमे से उसने उत्तर दिया, "आप जो भी हुक़्म देंगी, मुझे मंज़ूर है।"

दूसरे दिन सुबह-सुबह जब अबू जागा तो ख़ुशी से भरा था। वह सुबह उसे बड़ी सुहावनी लगी। अब वह चाहता था कि छंगी को जल्द से जल्द बोरवाड़ी से निकाल लाए, और एक नई ज़िन्दगी शुरू करे। परन्तु उसने अभी तक तय नहीं किया था कि कहाँ बसेगा। अपने मालिक आसफ़ ख़ाँ के पास क्या वह वापस चला जाए? आसफ़ ख़ाँ की याद आते ही वह कड़वाहट से भर गया। उसने घृणा से थूक दिया। उसने तय किया कि उन हत्यारों के पास जाने से कोई लाभ नहीं। इससे तो अच्छा है कि भाऊसिंगपुरा में खेती करे और घर-द्वार फिर ख़रीद ले। उन दोनों के लिए वह काफ़ी रहेगा। फिर छंगी के पास वह बेशक़ीमती अँगूठी जो है। उसे बेचकर आराम से ज़िन्दगी बिताई जा सकती है। ताप्ती और वहाँ के सभी कुछ के लिए उसका प्यार उमड़ आया। इन सभी में उसके और उसकी छंगी के बचपन की यादें जो महक रही थीं। फ़ौरन तैयार हो वह जब बाहर निकला तो शहर की चहल-पहल उसे बड़ी अच्छी लगी। नानबाई की दुकान पर खाना खा, वह बोरवाड़ी चल दिया।

छंगी उसी का इन्तज़ार कर रही थी। सुबह जब साज़िन्दे और दुर्गा महाराज रियाज़ के लिए कोठे पर पहुँचे तो परवीन के बजाय गौहर ने उनका स्वागत किया। फिर सरौते से छालियाँ काटते हुए बोली, "पंडितजी, अभी कुछ दिन बिटिया रियाज़ नहीं कर पाएगी। आप लोग भी आराम करें। ज़रूरत पड़ने पर मैं बुलवा लूँगी।"

"ऐसी भी क्या बात है, गौहरबाई, कि एकदम रियाज़ ही बन्द करवा दिया? लड़की की तबीयत तो ठीक है ना?" बन्ने ख़ाँ ने हवा को सूँघ लिया। वह समझ गया कि कहीं दाल में काला है। कुछ गुपचुप चल रहा है। उसने बात आगे बढ़ाई, "ज़रा सँभलकर क़दम उठाना गौहरबाई। कहीं ऐसा न हो कि बुढ़ापे में किसी परेशानी का सामना करना पड़ जाए।"

"आपका फ़िक्र वाजिब है, बन्ने मियाँ। परन्तु कभी-कभी हम औरतों को जानबूझकर घाटे का सौदा करना पड़ता है। तवायफ़ बन जाने के बाद भी अन्दर की मुई औरत कहाँ मर पाती है? वैसे आप निशाख़ातिर रहें। ख़ुदा ने चाहा तो सब ठीक ही होगा।" इतना कहकर वह अन्दर चली गई।

जब बैठक में आई तो अबू के क़दमों की चाप उसे सीढ़ी पर सुनाई दी। एक प्रेमी के उतावलेपन का उसे अन्दाज़ था। जैसे ही अबू ने बैठक के दरवाज़े से अन्दर झाँका, गौहर ने ही उसका स्वागत किया।

"आइए, अबू मियाँ, आइए! हम दोनों आपका इन्तज़ार कर रहे थे।"

अबू ने बड़े क़ायदे और अदब से गौहर को आदाब किया। पास ही अन्तर देकर बैठने लगा।

''इतनी दूर नहीं! आइए, हमारे पास बैठिए।''

वह पास आकर बैठ गया।

''आप फ़िलहाल कहाँ ठहरे हुए हैं?'' गौहर की ज़ुबान बड़ी ही मीठी थी, शहद घुली। इस लड़के की दिलेरी ने उन्हें प्यार से भर दिया था।

''जी, फ़िलहाल अकबरी सराय में ठहरा हूँ।'' अबू का सिर नीचे ही रहा।

''आपने खाना खाया या रसूलन को आवाज़ देकर इन्तज़ाम करूँ?''

''जी खाकर आया हूँ।''

कुछ क्षण चुप्पी तैरती रही।

''आपने क्या तय किया?''

''जी, यदि आप हुक़्म दें तो छंगी को...मेरा मतलब है, परवीन को ले जाऊँ।''

''आप लोग जाएँगे कहाँ? कुछ तय किया है?''

''जी, इस बारे में तो एक मामूली-सा ख़याल आज सुबह ही मेरे दिमाग़ में आया था। आप राय दें तो भाऊसिंगपुरा में ही खेती की ज़मीन, मकान ख़रीदकर बस जाऊँ। पास रहने पर आपसे भी रसूख बना रहेगा। जब भी इच्छा हो, आप हमारे पास आ जाइएगा। वह भी आपसे मिल सकेगी।''

''तो आपने मुग़लों की नौकरी छोड़ने का इरादा कर लिया है?''

''जी हाँ।'' वह कहना चाहता था कि गुलारा बेगम के हादसे के बाद से मेरा मन फट गया है। पर सँभल गया।

''आप बुरा न मानें तो मैं एक छोटी-सी इल्तिजा करूँ?''

''आप हुक़्म करिए। वैसे मेरी भी एक इल्तिजा है। मैं तो आपके बेटे के बराबर हूँ। मेहरबानी कर आप मुझे 'तुम' कहेंगी तो ज़्यादा बेहतर होगा।''

गौहर मुस्करा दी।

''देखिए अबू जी, मेरी ख़्वाहिश है कि तुम परवीन को ऐसे ही मत ले जाओ। तुम उससे बाक़ायदा निकाह कर लो। उसे अपनी बेगम बनाकर ले जाओ। यह तुम दोनों के हक़ में ठीक रहेगा। मुझे भरोसा है कि तुम एतराज नहीं करोगे।''

इस बात पर तो उसने अब तक ध्यान ही नहीं दिया था। हाँ, यह तो सबसे पहले होना चाहिए। बेझिझक बोला, ''आप जो भी हुक़्म देंगी, मुझे मंज़ूर है।''

गौहर ख़ुश हो उठी। उठते हुए वह बोली, ''तुम बैठो बेटा। मैं अभी परवीन को भेजे देती हूँ। हाँ, एक बात का ख़याल रखना! इतने नज़दीक रहने और मेरे आने-जाने पर गाँव वालों ने एतराज किया तो?'' फिर वह कुछ सोचने लगी, ''ऐसा करो, अभी तो यहीं जैनाबाद या बहादुरपुर में इन्तज़ाम कर लो, फिर बाद में न हो, मालवा या और कोई कहीं इन्तज़ाम कर लेना।''

''आप चिन्ता न करें, अम्मी जी। मैं मुग़ल फौजी हूँ, मुझसे उलझने की हिम्मत नहीं करेगा कोई। आप निशाख़ातिर रहें।''

गौहर अन्दर चली गई। अबू की तीव्र इच्छा हुई कि इस दरियादिल औरत के क़दमों में अपनी सारी श्रद्धा उड़ेल दे।

कुछ ही देर बाद छंगी आ पहुँची। अबू का मन-मयूर ख़ुशी से नाच उठा। वह हौले से उसके पास आ बैठी। मुस्कराते हुए पूछा, "अम्मी से सब बातें हो गईं?"

"इस छोटी-सी बात के लिए उन्हें तकलीफ़ देने की क्या ज़रूरत थी? क्या तुम नहीं कह सकती थीं?"

"सच कहूँ, अबू। मैंने तो इस बारे में कुछ सोचा ही नहीं था। महीने भर से ज़्यादा ग़ायब रहने पर मुझे यह लगने लगा था कि कहीं तुम फिर खो न गए हो? मैं तो बेहद निराश हो गई थी। और फिर गुलारा की अचानक मौत ने मुझे बेचैन कर दिया। अम्मी की हालत का ख़याल कर मैं काँप-काँप जाती थी। गुलारा उनका बड़ा सहारा थी। उसने उनका नाम रोशन किया था। उसे लेकर क्या-क्या सपने उन्होंने नहीं सँजोए थे। पर ख़ुदा को शायद यह सब मंज़ूर न था। तब मैंने निश्चय किया कि मैं उनकी सेवा करूँगी। और अपने को इस जगह की ज़िन्दगी में ढालने लगी थी कि तुम आ गए।"

गुलारा का नाम सुनते ही अबू उदास हो गया।

"अरे तुम क्यों अपना दिल छोटा कर रहे हो? अम्मी ने कुछ कहा क्या?"

"नहीं! बेगम साहिबा की याद आते ही मन उदास हो जाता है। बेचारी अम्मी! वे तो मेरे प्रति बड़ा प्यार दिखा रही थीं। उन्हें देख ऐसा लगता है, जैसे मेरी माँ उनमें फिर ज़िन्दा हो उठी है।"

"उन्हीं के कारण तो मेरा मन भी दो तरफ़ा हो गया है। एक ओर तुम और दूसरी ओर वे। न तुम्हें छोड़ते बनता है, न उन्हें। तुम बताओ क्या करूँ अब?"

"सच छंगी! उनकी बात सोचकर तो मेरा भी मन बैठ जाता है। मन होता है, तुम्हें यहीं, उन्हीं के पास छोड़कर कहीं चल दूँ।"

वे उदास हो गए। न जाने कितना समय बीत गया। रसूलन आकर शमादान रख गई, तब अबू को होश आया। वह व्यग्रता से उठ खड़ा हुआ।

"अच्छा छंगी! अब मैं चलता हूँ। मकान का इन्तज़ाम कर फिर तुम्हें लेने आऊँगा। अम्मी से कहना, निकाह की रस्म सीधी-सादी हो। मैं कोई धूमधाम पसन्द नहीं करूँगा।" वह सीढ़ियों पर जा पहुँचा।

"दो-चार दिन में ही आ जाओगे ना? ज़्यादा वक़्त न लगाना। तुमने जो सपने जगा दिये हैं उनके तिनके न बिखेर देना!"

"ना छंगी, भरोसा करो, इस बार पहले जैसी कोई मजबूरी मेरे साथ नहीं है। मैं जल्द से जल्द आऊँगा, तुम बेफ़िकर रहो!" वह नीचे उतर आया।

दो दिन के अन्दर अबू ने ताप्ती के उस पार जैनाबाद में एक मकान का इन्तज़ाम कर लिया। उसने अपनी छोटी-सी गिरस्ती भी जमा ली। सराय से उठकर वह अपने

घर में आ गया। गौहर ने उसके इन्तज़ाम को मंजूरी दे दी। सादगी के साथ उसने परवीन को अबू से ब्याह दिया। दुल्हन बनी छंगी जब गौहर से विदा हुई तो उसका दिल रो उठा। अपनी माँ से विदा होते वक़्त उसे जो ग़म नहीं हुआ, उससे भी अधिक दुख उसे गौहर अम्मी से बिछुड़ने पर हुआ। गौहर की आँखें भी भर आईं। डोली में बिठाने के पहले कसकर उन दोनों को उसने गले से लगा लिया।

दो दिन बाद जब बोरवाड़ी को इस निकाह की ख़बर मिली तो मुहल्ले में सन्नाटा छा गया। गुलारा की मौत के ग़म में जहाँ सारी बोरवाड़ी गौहर के साथ थी, वहीं परवीन के निकाह की ख़बर से कई दिलों पर साँप लोट गए थे, हर कोई गौहर की मूर्खता पर दया जतलाने लगा।

सारी बोरवाड़ी में चर्चाओं और अफ़वाहों का नया दौर चल पड़ा। जमीला ने अपने बारजे से आवाज़ देकर पड़ोसन को इत्तला दी, "सुना मोहिनी, बड़े कोठे वाली ने अपनी दूसरी बेटी को किसी को फाँसकर उसके घर में बिठा दिया है।"

"हमने सुना, उसने निकाह कराया है!" मोहिनी ने जानकारी दी।

"अय-हय! बड़ी आई निकाह कराने वाली। अरे अच्छा माल ऐंठने को मिल गया होगा इसीलिए राज़ी हो गई होगी। वर्ना उस कल्लो को कौन गुलारा मान रहा था? और वो भी कहाँ बड़े कोठे वाली को हाथ धरने दे रही थी? बड़े कोठे वाली ने सोचा होगा, चलो इसी बहाने अपने गले पड़े पत्थर को निकाल बाहर करो। जो भी रक़म मिले, ले-लिवा लो।" सामने की खिड़की से जौहरा ने तल्खी से बीच में जुबान अड़ा दी। हाथ नचा-नचाकर वह बोल रही थी।

गौहर बहरी बनी बैठी रही।

याक़ूब ख़ाँ को पता चला तो हाँफता-हाँफता, थुल-थुल शरीर लिये भागा-भागा गौहर के कोठे पर पहुँचा। बड़ी मुश्किल से सीढ़ियाँ चढ़ जब वह ऊपर पहुँचा तो उसकी साँस चढ़ रही थी। पान की पीक ओठों के किनारे से बहकर ठुड्डी को नहलाने लगी थी। आँखों की कोरों में कीचड़ आ गया था।

बैठक में गौहर अपने सरौते से आराम से छालियाँ काटने बैठी थी। एक नई आभा से उसका चेहरा चमक रहा था।

"ये क्या कर दिया, गौहरबाई? अपने हाथ से पिंजड़ा खोल चिड़िया को उड़ा दिया। अरे ज़रा अपने बुढ़ापे का तो ख़याल किया होता भागवान! एक तो हादसे में ख़ुदा को प्यारी हो गई और दूसरी को अपने हाथ से विदा कर दिया? अरे! कुछ तो ख़याल किया होता। मालूम है बग़ल के कोठे वाली मोहिनी क्या कह रही थी, 'गौहर तो सठिया गई है। अपने हाथ से अपने पाँव पर कुल्हाड़ी मार ली।' " इतना कहते-कहते याक़ूब हाँफ गया। बुढ़ापे ने उसे तोड़ दिया था। तोंद निकल आई थी, जिस पर पान की पीक के छींटे पड़े हुए थे। मूँछों के बाल ढीले पड़ गए थे।

"हाँ याक़ूब मियाँ! तुम्हारी दुनिया के हिसाब से तो मैंने बेवकूफ़ी ही की है।

ख़ैर, वही सही! पर इतना ख़याल रखना मियाँ, कि कभी-कभी नुकसान उठाकर काम करने में भी मज़ा आता है! और फिर मियाँ, दुनिया का हर काम हमेशा नफ़े-नुकसान पर ही नहीं चलता। अच्छा, अब तुम चलो। मैं जरा आराम करूँगी। मेरे सिर में दर्द होने लगा।''

''अजीब औरत है, कहाँ तो उस छोकरी को लेकर मुझे हज़ार बातें सुनाई थीं और कहाँ अब उसी पर जान छिड़क डाली। भई औरतों को समझना, सच ही बड़ा मुश्किल है।'' बड़बड़ाते-हाँफते हुए लुंगी और लटकते पेट को सँभालता याक़ूब सीढ़ी उतरने लगा।

मुन्नीबाई ने अपनी बात पूरी करते हुए कहा, ''हुज़ूर! सुल्तान शाह ख़ुर्रम ही आगे चलकर शाहजहाँ के नाम से हिन्दोस्तान के बादशाह बने थे। और बेगम आर्जूमन्द बानो मुमताजमहल के नाम से तवारीख में मशहूर हुईं। आसफ़ ख़ाँ साहब ने पहले तो अपनी बहन बेगम नूरजहाँ को मोहरा बनाकर शाह ख़ुर्रम को बादशाहत दिलाने के लिए गन्दे सियासी हथकंडे अपनाए। उसने कई खेल परदे के पीछे रहकर खेले। अपनी बेटी को वह रानी जो बनाना चाहता था। और बाद में काम निकल जाने पर, हसीन बेगम नूरजहाँ को दूध की मक्खी की तरह निकाल फेंका। एक समय की उस ख़ुशक़िस्मत, पुरअसर औरत को चार-चार आँसू रुलवाया। बेचारी ने अपनी आख़िरी साँसें लाहौर में ग़रीबी और कंगाली में गुजारीं।

''पर उन आसफ़ ख़ाँ साहब ने तो हमारी ख़ानदान की गुलारा को पानी में ही दफ़न करवा दिया था, हुज़ूर। जो अपनी सगी बहन का न हुआ उससे गुलारा के लिए क्या उम्मीद की जा सकती थी?'' उसने एक गहरी पर दर्दीली साँस ली।

''अम्मी!'' पीछे से एक सुरीली आवाज़ सुनाई दी। सामने ही मुन्नीबाई की नाज़नीन बेटी मयूरी बनी खड़ी थी। उसने रेशमी बुरहानपुरी साड़ी को खानदेशी शैली में लांग लगाकर पहन रखा था। लांग के कारण घुटनों के नीचे की पिंडलियों की मांसल गोरी मछलियाँ उभर आई थीं। उनमें जैसे शराब भर दी गई हो। उस पर उसका सिंगार बड़ा चित्ताकर्षक था। पतली कमर में खोंसकर फैलाए हुए मोरपंखियों का पंखा, नाक में नथ, ठुड्डी पर खानदेशी नीला तिल, और सिर के काले बालों के जूड़े में भी खुँसे हुए थे मोरपंख। उसका सौन्दर्य देखकर मैं जड़वत् उसे टकटकी लगाए ही देखता रह गया। सभी की वही हालत थी। ऐसा लगा कि गुलारा एक बार फिर उन बारादरियों के बीच साकार हो उठी।

मुन्नीबाई का दिल, अपनी बेटी के प्रभाव को देखकर शायद प्यार से भर आया। उनके इशारे के साथ ही मयूरी नृत्य शुरू हो गया। उसकी हर थिरकन, अंग-

भंगिमा, और नेत्र–पलक संचालन ग़ज़ब का लयबद्ध था। सारे शरीर के संचालन और भाव–अभिव्यक्ति में सुन्दर समन्वय वह प्रस्तुत कर रही थी। उसने ऐसा समाँ बाँधा कि मंत्रबद्ध सर्प की भाँति हम सब मुग्ध हो उठे। उस खानदेशी लोकनृत्य में, किसी भी शास्त्रीय नृत्य से टक्कर लेने की क्षमता थी। तबले, ढोलक, सारंगी और अन्य साज़ों की हर थाप और ताल पर, सम आते ही उसके कौशल कलात्मक पैरों और हाथों का संचालन सर्वोत्तम था। सारे वातावरण पर वह अकेली छा गई। नृत्य समाप्त हो जाने के बाद भी हम कई क्षणों तक स्तब्ध बैठे रहे। मुझे लगा कि नृत्य जैसी श्रेष्ठतम कला को मुन्नीबाई, और उसकी बेटी जैसी बोरवाड़ी की अन्य लड़कियों ने ही आज तक ज़िन्दा रखा है। हम इतने अभिभूत हो उठे थे कि तारीफ़ में वाहवाही भी न कर सके।

मुन्नीबाई ने जब धीमे से रसीले पान–बीड़ों की तश्तरी बढ़ाई तो हमने अपनी सभी जेबें खुले दिल से ख़ाली कर दीं। फिर भी ऐसा लगा कि हमने उन्हें उनके कला–प्रदर्शन की तुलना में कुछ भी नहीं दिया। यदि मैं कोई शहज़ादा या बादशाह होता तो मुन्नीबाई की उस हसीन कलाकार बेटी पर सभी कुछ न्योछावर कर देता। मुझे महसूस हुआ कि शहज़ादा ख़ुर्रम की मन:स्थिति गुलारा के मयूर नृत्य के सामने ग़लत न थी। मुन्नीबाई की बेटी की नृत्य कला ने उसके सोने से रूप में सुहागे का काम किया था। कुछ भी उसके लिए अदेय न था।

महफ़िल जब उखड़ी, उस समय तक भोर का तारा आसमान की खिड़की से झाँकने लगा था। निस्तेज़ और शिथिल, पूर्णिमा का चाँद पश्चिम की ओर लुढ़क रहा था। इक्का–दुक्का चिड़ियों की चहचहाट, उतावली की कल...क...ल...क...ल...से जुगलबन्दी करने लगी थी।

जाने से पहले अपनी उत्सुकता को रोक न पाने के कारण मैंने मुन्नीबाई से पूछा, ''मुन्नीबाई, आपने अपनी कलाकार बेटी का नाम नहीं बताया?''

''हुज़ूर! इस अभागी को भी गुलारा ही कहते हैं। न जाने कब, किस शहज़ादे की इस पर नज़रे–इनायत होगी? या कोठे पर ही इस अभागी को अपनी सारी ज़िन्दगी काट देनी पड़ेगी?'' मुन्नीबाई का स्वर एक नारी की उदास व्यथा के तार झंकार रहा था। उसने एक गहरी साँस खींची।

मैं सकते में आ गया।